Monika Felten

Das Vermächtnis der Feuerelfen

Eiswüste
N
W
O
S
Die Feuerinseln
Mole
Brennendes Wasser
Korridor
Landeplat
Ozean der Stürme
Die Riffinseln
© Erhard Ringer 2008

Die Boote
Armides Höhle
Caiwens Dorf
Der Mahnende Finger Mar-Undrums
Durins Höhle
Die Riffinseln
Tromland
Die Geweihten Eichen
nige Furt
Celossos Altar
Tamoyen
Arvid
Maeves Haus
Zum Hölzernen Fass
Hafen
Lagerhalle des Schwarzen
Arvid – Das Hafenviertel

Monika Felten

Das Vermächtnis der Feuerelfen

cbj

cbj ist der Kinder- und Jugendbuchverlag
in der Verlagsgruppe Random House

Der Auszug aus dem Gedicht »Estel fire« in Quenya erscheint mit
freundlicher Genehmigung der Verfasserin Imke Hans.

FSC
Mix
Produktgruppe aus vorbildlich
bewirtschafteten Wäldern und
anderen kontrollierten Herkünften

Zert.-Nr. SGS-COC-1940
www.fsc.org
© 1996 Forest Stewardship Council

Verlagsgruppe Random House FSC-DEU-0100
Das für dieses Buch verwendete FSC-zertifizierte Papier *EOS*
liefert Salzer, St. Pölten.

Gesetzt nach den Regeln der Rechtschreibreform

1. Auflage 2009

Ein Projekt der AVA international GmbH Autoren- und Verlagsagentur
www.ava-international.de
Karte im Innenteil: Erhard Ringer
Umschlagillustration: Christophe Vacher via Agentur Schlück GmbH
Umschlaggestaltung: HildenDesign, München
SE · Herstellung: WM
Satz: Uhl + Massopust, Aalen
Druck: GGP Media GmbH, Pößneck
ISBN 978-3-570-13581-5
Printed in Germany

www.cbj-verlag.de

Síve i cala fire earo morne núriessen,
San fire estel.
Síve i súle sinte helca súresse,
San sinta estel.
Mal síve Anar orta arinesse,
San orta estel.

Wie der Atem im kalten Wind verblasst,
so verblasst auch die Hoffnung.
Wie das Licht in den dunklen Tiefen des Meeres schwindet,
so schwindet auch die Hoffnung.
Doch wie die Sonne am Morgen steigt,
so steigt auch die Hoffnung.

INHALT

ZWEITES BUCH

Síve i súle sinte helca súresse,
San sinta estel.

DRITTES BUCH

Mal síve Anar orta arinesse,
San orta estel.

Prolog

Dämmerung senkte sich über die schwarzen, wild zerklüfteten Riffinseln weit draußen vor der Küste Tamoyens. Das Licht wurde grau, die Schatten länger, während der Ozean der Stürme seine gischtenden Fluten gegen die Klippen der kleinen Inselgruppe warf und die Sonne als roter Feuerball hinter einer aufziehenden Wolkenwand im Westen versank.

Die einsetzende Dunkelheit brachte den Wind zum Schweigen. Reglos harrten die schlanken silbergrauen Halme des Nebelgrases der Nacht, während die pfeifenden Schreie der Felstölpel verstummten, als sie wie an jedem Abend ihre Schlafmulden zwischen den Felsen aufsuchten.

Lenval stand am Fenster, ließ den Blick über das Land schweifen und beobachtete, wie in den Wohnstätten der Riffbewohner nach und nach die Feuer der Öllampen aufflackerten. Aus der Ferne wirkten die tanzenden Flammen fast wie kleine Lebewesen. Sie zeigten ihm, dass er nicht allein war. Es hätte ihn trösten sollen, doch der Schmerz, den er spürte, war zu groß. Die Trauer über den Verlust seines ersten Kindes zu übermächtig, als dass der Anblick der Feuer ein Licht in sein Herz hätte tragen können.

Hinter sich in der Schlafkammer hörte er Verrina schluchzen. Es brach ihm fast das Herz. Vergeblich hatte er versucht, ihr das kleine Bündel wegzunehmen, das sie seit dem späten Nachmittag unter Tränen an sich presste und wiegte, als wohne noch eine Seele in dem winzigen Körper.

Lenval zog sich das dunkle Gewand enger um die Schultern, obwohl er wusste, dass es nicht die Kälte war, die ihn frösteln ließ. Es war ein ungerechtes und grausames Leben, das die Menschen der Riffinseln führten. Auf dem kargen, einsamen Eiland gab es kaum Heilmittel und so war der Tod oft zu Gast in den ärmlichen Hütten.

Die Neugeborenen traf es am härtesten. Besonders wenn sie so klein und zart waren wie seine Caiwen. Nur vier Wochen nach der Geburt hatte das Fieber sie gepackt und nicht wieder losgelassen, bis das erschöpfte Herz den Kampf aufgegeben hatte. Es gab keinen Trost. Was blieb, war der Schmerz über den tragischen Verlust und eine Bitternis, die Lenval zornig die Fäuste ballen ließ.

Warum trifft es ausgerechnet uns? Es gab keine Antwort auf diese Frage und doch kreiste sie unaufhörlich durch seine Gedanken. Warum? Sie hatten doch so lange auf dieses Kind gewartet und waren so glücklich gewesen, als Verrina endlich die Gewissheit hatte, schwanger zu sein – und nun?

»Ihr werdet andere Kinder haben«, hatte die Heilerin Armide vor drei Wintern zu Lenvals Schwester gesagt, als diese ihr Neugeborenes verloren hatte. Worte, die fast jede Familie der Riffinseln schon einmal gehört hatte. Doch für Lenval gab es diese Hoffnung nicht. Seine Schwester hatte später noch zwei Söhne geboren, Verrinas Schoß aber würde leer bleiben. Nach der schweren Geburt hatte Armide klare Worte gefunden. Verrina würde keine Kinder mehr bekommen.

Vor dem Hintergrund des verblassenden Sonnenlichts türmten sich die Wolken am Horizont rasch zu einer bedrohlichen Front auf.

Es würde Sturm geben. Lenval spürte es mit jeder Faser seines

Körpers. Die Windstille war nur ein Vorbote des Unwetters. Ein Atemholen der Natur, ehe sie ihre entfesselten Gewalten wütend gegen die Felsen schleuderte. Der Ozean der Stürme trug seinen Namen zu Recht. Er war berüchtigt für heftige und plötzlich auftretende Unwetter und bei allen Seeleuten gefürchtet.

Für die Menschen, die hoch oben auf den Klippen wohnten, war das Fluch und Segen zugleich. Da sie keinen Handel trieben, waren ihre einzigen Nahrungsquellen der Fischfang und die Jagd auf Felstölpel. Nur nach einem Sturm gab es am Strand auch andere Beute zu machen.

Ein scharfer Windzug fuhr durch die Ritzen der Steinhütte. Lenval seufzte. Wenn alles vorüber war, würde er mit den Männern hinunter an den Strand gehen. Auf die Suche, wie sie es nannten. Mit etwas Glück würde Mar-Undrum, der Gott des Meeres und des Windes, ihnen gewogen sein und sie teilhaben lassen an dem Tribut, den er immer wieder von den Seefahrern forderte.

Zuvor jedoch hatte Lenval noch eine traurige Pflicht zu erfüllen. Das Kind musste bestattet werden. Es noch länger bei Verrina zu lassen, würde sie nur unnötig quälen.

Lenval warf einen letzten Blick auf die Öllampen in den Fenstern, deren Flammen jetzt stärker flackerten. Seine Miene wirkte versteinert. Er war ein Mann der Tat, gestählt von dem entbehrungsreichen Leben, das keinen Raum für Sentimentalitäten ließ. Verrina das Kind zu nehmen aber war mehr, als selbst er ertragen konnte.

Und dennoch. Es musste sein.

Lenval presste die Lippen aufeinander, drehte sich um und schritt auf die Tür zu, die den Wohnraum von der kleinen Schlafkammer trennte. Verrina schien zu ahnen, was er vorhatte. Als er die Tür öffnete, verstummte ihr Schluchzen. Mit angstgeweiteten Augen folgte sie seinen Bewegungen, als er an das Bett trat. »Nein!« Schützend presste sie das Kind an ihre Brust, aber ihr fehlte die Kraft, sich ihm zu widersetzen.

Eine heftige Windböe bauschte seinen Umhang und trug Verrinas verzweifelte Schreie mit sich fort, als Lenval die Tür öffnete, nach dem Spaten griff und mit dem Bündel im Arm in die Nacht hinausstapfte.

Als er zurückkehrte, hatte der Wind seine Tränen getrocknet. Im Stillen dankte er Mar-Undrum für den Sturm, der rasch weiter zunahm und zur Mitte der Nacht seinen Höhepunkt erreichte. Das Rütteln und Zerren, Heulen und Pfeifen übertönte die bedrückende Stille im Haus. Und manchmal trug es ihm ein Geräusch zu, das ihn aufhorchen ließ und glauben machte, Caiwen läge noch in ihrer Wiege.

Schlaf fand er keinen.

Irgendwann in den frühen Morgenstunden setzte der Regen aus. Der Wind wurde schwächer. Es wurde Zeit, die Suche zu beginnen. Erschöpft von den Ereignissen und der durchwachten Nacht, aber auch froh über die willkommene Ablenkung, erhob sich Lenval und machte sich bereit.

Ein kurzer Blick in die Schlafkammer zeigte ihm, dass Verrina eingeschlafen war. Rote Locken hingen ihr wirr ins Gesicht, das selbst im Schlaf von Trauer und Verzweiflung gezeichnet war. Für einen Augenblick fragte er sich, wie es weitergehen sollte, verdrängte die Gedanken jedoch sogleich wieder. Der Strand rief. Die Männer warteten sicher schon auf ihn. Alles andere musste warten, bis er zurückkehrte.

Leise öffnete er die Tür, nahm Axt und Spaten vom Haken und einen Sack zur Hand. Dann trat er in den erwachenden Morgen hinaus. Die Luft war nach dem Sturm salzig und frisch. Die Vorfrühlingssonne sandte ihre ersten Strahlen über den fernen Horizont und über dem Riff zogen die Felstölpel ihre Kreise. Ihre pfeifenden Rufe mischten sich mit dem Tosen der Brandung. Ein Blick hinunter ins Dorf zeigte ihm, dass sich die anderen Männer schon am Versammlungsplatz eingefunden hatten. Wie er waren sie mit Säcken, Schaufeln, Seilen und Äxten ausgerüstet und schienen begierig, mit der Suche zu beginnen.

»Lenval, du Langschläfer, wo bleibst du denn?«, begrüßte ihn Borel, Verrinas Bruder, lachend. »Wenn wir nicht schnell genug unten sind, wird sich die Flut noch die besten Stücke holen.«

»Ach, lass doch den jungen Vätern ihren Schlaf«, rief Sicard gönnerhaft. »Seht nur, Emeric ist auch nicht viel schneller.« Er deutete auf die Hütte neben Lenval, deren Tür sich gerade öffnete. Lenval erwiderte nichts. Emeric war vor drei Schwarzmonden zum ersten Mal Vater geworden. Heylon, sein Sohn, entwickelte sich prächtig und war sein ganzer Stolz. Emeric lachte und machte einen Scherz. Er richtete das Wort auch an ihn, aber Lenval tat, als hörte er es nicht. Er hatte den anderen vom Tod seiner Tochter erzählen wollen, doch er konnte es nicht.

Später, dachte er bei sich, *wenn ich meine Gefühle besser im Griff habe, wird sich schon noch eine Gelegenheit finden, es ihnen zu sagen.*

Wie alle Männer der Riffinseln war auch Lenval dazu erzogen worden, vor anderen keine Schwäche zu zeigen. »Wir Piraten kennen keinen Schmerz«, lautete der Leitspruch, mit dem die Väter der Inseln ihre Söhne in Anspielung auf ihre raubeinigen Vorfahren erzogen. Auch Lenvals Urgroßvater war noch ein Pirat gewesen. Zusammen mit seiner Mannschaft war er auf der Flucht vor den Tamoyern als einer der Ersten auf das felsige Eiland gekommen. Der König der Tamoyer hatte den Freibeutern damals gnadenlos den Kampf angesagt. Die wenigen Piraten, die seine Häscher nicht gefangen und gehängt hatten, waren auf die Riffinseln vor der Küste geflohen und hatten dort eine winzige Kolonie gegründet.

Niemand auf dem Festland wusste, dass die Klippen vor der Küste besiedelt waren, und die Leute vom Riff sorgten dafür, dass das auch so blieb. So waren sie zu einem vergessenen Volk geworden. Zu einem Volk, das seinen Kindern die Furcht vor den

Tamoyern über Generationen hinweg in die Wiege gelegt hatte. Und auch wenn sie längst keine Freibeuter mehr waren, so genügten allein die Worte des verstorbenen Tamoyerkönigs, der noch auf dem Sterbebett geschworen hatte, die Piratenbrut bis auf den letzten Nachkommen vom Angesicht der Welt zu tilgen, um sie am Verlassen ihrer kargen Heimat zu hindern.

»Mar-Undrum sei gepriesen! Ein Schiff!« Emerics Ruf löste die Anspannung, die die Männer auf ihrem Weg begleitete. Er ging an der Spitze der zwanzig Mann starken Gruppe und konnte durch Gebüsch und Felsen hindurch als Erster einen Blick auf das Meer weit unter ihnen werfen.

»Ein Schiff!«

»Ein Schiff ist gestrandet.«

»Mar-Undrum sei Dank, endlich ein Schiff.«

Die Nachricht verbreitete sich wie ein Lauffeuer unter den Männern, als sie in einer Reihe die ausgetretenen Stufen im Felsgestein hinabstiegen. Nach den letzten beiden Stürmen war die Suche vergebens geblieben. Nicht eine Planke, nicht ein einziges Fass hatten die Wellen an den Strand getragen. Diesmal hatten sie Glück. Ein Schiff ließ auf reiche Beute hoffen. Und obwohl sie nur rätseln konnten, was es geladen hatte, genügte allein der Anblick des gekenterten Wracks draußen auf den Felsen, um die Stimmung zu heben.

Die Männer hatten es nun eilig. Im Laufschritt hasteten sie die vom Regen der Nacht schlüpfrigen Stufen hinunter, um so viel Strandgut wie möglich in Sicherheit zu bringen, ehe die Flut einsetzte. Jeder kannte seine Aufgabe und den Strandabschnitt, an dem er zu suchen hatte. Für Neid und Missgunst gab es keinen Raum. Alles, was das Meer anspülte, gehörte der Gemeinschaft und würde später auf dem Versammlungsplatz bei einem feierlichen Thing, dem großen Dankfest zu Ehren Mar-Undrums, bei dem alle Dorfbewohner zusammenkamen, gerecht verteilt werden.

Lenval sah schon von Weitem, dass Mar-Undrum es diesmal gut mit ihnen gemeint hatte. Raubmöwen kreisten über dem Strand, der mit Schiffstrümmern, Fässern, Kisten und anderer Beute übersät war. Auch Schiffbrüchige hatte das Meer an Land gespült. Einige lagen reglos in den Wellen, andere kauerten erschöpft im Sand oder irrten zwischen den Trümmern umher. Als sie die Männer erblickten, fuchtelten sie mit den Armen und kamen rufend auf sie zugelaufen. Wie immer, wenn es Überlebende gab, glaubten sie, gerettet zu sein. Doch wie immer irrten sie sich.

»Borel und Lenval, ihr übernehmt den Dicken. Emeric, du den Jungen dahinten. Olev und ich nehmen den Bärtigen. Die anderen kümmern sich um die im Sand«, befahl Sicard, wie es ihm als ihr Anführer zustand. Die Männer nickten grimmig und griffen ihre Äxte fester. Erst wenn Mar-Undrum auch jene Seelen erhalten hatte, die ihm im Sturm entgangen waren, würden sie die Beute bergen.

Der Dicke machte es Lenval und Borel nicht leicht. Als einer der Ersten begriff er, dass es keine Retter waren, die sich ihm von den Klippen her näherten. Obwohl er vollkommen erschöpft sein musste, ergriff er eine Schiffsplanke und wehrte sich nach Leibeskräften, bis Borel ihn mit einem Axthieb auf den Hinterkopf niederschlug. Mit geübten Bewegungen entkleideten Lenval und Borel den Bewusstlosen, fesselten ihn an Händen und Füßen und schleppten ihn zum Wasser.

Nach einem kurzen Dankesgebet übergaben sie ihn dem Gott des Meeres und des Windes und stapften zurück an den Strand, wo einige der anderen bereits dabei waren, die Kleidungsstücke der Schiffbrüchigen zusammenzutragen und ihre Strandabschnitte nach Beute abzusuchen. Lenval sah, wie Emeric den gefesselten Schiffsjungen schulterte, ihn zum Wasser trug und in die Strömung fallen ließ. Damit war auch der letzte Überlebende des

Schiffsunglücks an Mar-Undrum übergeben worden. Nun gehörte der Strand ihnen.

Lenval verschwendete keinen Gedanken an das grausame Schicksal der Gestrandeten. Wer dem Sturm entkam, musste dem Meeresgott geopfert werden, nur dann, so hieß es in der Überlieferung, würde Mar-Undrum ihnen auch weiterhin gnädig gestimmt sein.

Lenval schulterte seinen Spaten und machte sich auf den Weg zu seinem Strandabschnitt. Er lag ganz am Ende des schmalen Strandes, dort, wo die Klippen bis weit ins Meer hineinreichten und eine natürliche Begrenzung bildeten. Schweigend ging er an den Männern vorbei, die unermüdlich Beutestücke an den Fuß der Treppe schleppten. Dann war er am Ziel.

Er hob den Kopf und ließ den geübten Blick über den gut hundert Schritt langen Abschnitt schweifen. Ein paar Fässer und Kisten, zersplitterte Planken, Takelage in einem wirren Haufen ...

Lenval wusste, Kisten und Fässer waren am wertvollsten. Um sie musste er sich als Erstes kümmern. Eine Kiste machte es Lenval besonders schwer. Sie lag in der Nähe der Schiffstaue und war von den Wellen bereits zur Hälfte im Sand eingespült worden. Den nassen Sand wegzuschaufeln, war anstrengend, und immer wieder machten die Ausläufer großer Wellen die Arbeit zunichte.

Lenval schwitzte. Es war die letzte Kiste in diesem Abschnitt, und er war fest entschlossen, sie zu bergen. Aus den Augenwinkeln sah er, dass die anderen bereits damit begonnen hatten, die Beute die Klippen hinaufzuschaffen. Eine kräftezehrende Arbeit, bei der jeder Mann gebraucht wurde. Lenval biss die Zähne zusammen und schaufelte schneller. Es war nicht seine Art, so kurz vor dem Ziel aufzugeben. Er würde ...

Ein leises Wimmern riss ihn aus seinen Gedanken und versetzte ihm einen Stich. Caiwen! Für den Bruchteil eines Augenblicks glaubte Lenval, sein Herz würde stehen bleiben. Hatte er nicht eben ein Kind weinen gehört? Unfähig, den nächsten Spatenstich zu tun, hielt er inne und schaute sich um. Über ihm zog ein großer schwarzer Vogel seine Kreise und stieß dabei krächzende Laute aus.

Ein Trauervogel …

Das Wort schlich sich wie von selbst in Lenvals Gedanken. Nie zuvor hatte er einen Vogel wie diesen gesehen, aber dass er gerade jetzt und hier auftauchte, erschien ihm wie ein Zeichen der Götter, die um seinen Schmerz wussten.

Jemand hatte nicht weit entfernt zwei Fässer Wein entdeckt. Die begeisterten Rufe der Männer lenkten Lenvals Aufmerksamkeit kurzfristig auf das Geschehen am Strand. Als er sich wieder umdrehte und nach dem seltsamen Vogel Ausschau hielt, war dieser verschwunden.

Eine Raubmöwe hockte stattdessen auf dem Haufen aus Seilen und Tauen und schaute ihn aus großen, dunklen Augen an. Lenval schalt sich einen Dummkopf. Bei aller Trauer durfte er nicht zulassen, dass ihm seine Sinne einen Streich spielten. Er packte den Spaten fester und begann zu graben, da hörte er das Weinen erneut.

Lenval hielt verwirrt inne. Das konnte nicht sein. Das war unmöglich. Hier gab es weit und breit kein Kind, das …

Er stockte, als das Weinen lauter wurde. Es klang ganz nah und kam von der anderen Seite der mit Seetang bedeckten Takelage.

Lenval rammte den Spaten in den Sand, ging langsam um den Haufen herum und prallte erschrocken zurück. Vor ihm lag eine Frau. Ihr Körper war von Seilen und Seetang bedeckt und wurde schon von den Wellen der einsetzenden Flut umspült. Das Gesicht lag in einer flachen Mulde voller Salzwasser. Sie war bleich und hatte die Augen geschlossen. Ihr langes hellblondes Haar fiel ihr in nassen, sandverklebten Strähnen ins Gesicht. Trotzdem war sie die schönste Frau, die Lenval jemals gesehen hatte.

Im ersten Augenblick glaubte er, vor einer Nymphe zu stehen, jenem schicksalhaften Meereswesen, das, glaubte man den Legenden, so viele seiner Vorfahren in einen nassen Tod gelockt hatte. Aber dann erkannte er, dass sie Beine hatte und keinen Fischschwanz, wie es den Nymphen nachgesagt wurde.

Lenval hatte in seinem Leben schon viele Schiffbrüchige gesehen und in Mar-Undrums Hände zurückgegeben. Diese Frau aber war die Erste, die etwas in ihm berührte. Er konnte es nicht in Worte fassen. Eines aber wusste er ganz sicher, er würde sie niemals töten können.

Ein leises Wimmern erinnerte ihn daran, warum er hier war. Er bückte sich, hob die nassen Taue etwas an und spähte in das Dunkel darunter. Dann sah er das Kind. Fest in ein dunkles Öltuch gewickelt, lag es etwas oberhalb der Frau auf dem Sand, ganz so, als hätte sie versucht, es noch weiter den Strand hinaufzuschieben, ehe die Wellen sie unter den Überresten der Takelage begruben. Ihre schlanken, bleichen Finger umklammerten noch immer einen Zipfel des Öltuchs.

Das Kind war wach.

Ein Sonnenstrahl fiel auf das pausbackige Gesicht, als Lenval vorsichtig Taue und Tampen beiseiteschob, um es näher zu betrachten.

Ein Mädchen.

Caiwen.

Lenval schluckte trocken. Die Kleine hatte Ähnlichkeit mit seiner geliebten Tochter, und ihm war, als hätte das Schicksal ihm eine zweite Chance gegeben. Dass er das Kind gerade heute fand, war mehr als ein Zufall.

Die Seelen von Mutter und Kind gehören Mar-Undrum, wisperte es hinter seiner Stirn. *Du darfst das Gesetz nicht brechen.* Lenval keuchte auf. Hin und her gerissen zwischen der Pflicht, das Kind und die Frau wieder dem Wasser zu übergeben, und dem Wunsch, dem tragischen Verlust der Nacht etwas entgegenzusetzen, starrte er das Kind an. Es hatte aufgehört zu weinen und streckte ihm seine kleine Hand entgegen.

Verrina wird wieder lachen können, schoss es ihm durch den Kopf. *Noch weiß niemand, dass unsere Caiwen gestorben ist. Niemand wird es merken, wenn wir dieses Kind an ihrer statt annehmen …*

»Bitte … hilf … hilf meiner Tochter.« Lenvals Kopf flog herum, und er sah, dass die Frau die Augen geöffnet hatte. Ihr Blick war trübe, überdeckt vom Schatten des nahen Todes. Dennoch hatte er für einen Moment das Gefühl, dass sie seine Gedanken gelesen hatte.

»Bitte … hilf ihr.«

»Deine Tochter wird es gut bei uns haben.« Die Worte entflohen Lenvals Lippen wie von selbst. Er konnte sich nicht erinnern, eine Entscheidung getroffen zu haben, und doch wusste er, noch während er die Worte aussprach, dass es genau so sein würde.

»Dann … ist … es gut.« Die Lider der Frau flackerten. »Sag ihr …«, hauchte sie mit dünner Stimme, die kaum das Meeresrauschen zu übertönen vermochte. »Sag ihr … dass ich sie nicht … nicht verlassen wollte. Ah!« Die Frau riss angstvoll die Augen auf. Ihre suchenden Finger tasteten nach dem Kind und legten sich auf seine Stirn, während sie etwas murmelte, was Lenval nicht verstehen konnte. Das Kind lächelte. Die Frau ließ die Hand sinken und sah Lenval flehend an. Er spürte, dass sie noch etwas sagen wollte, aber sie hatte keine Kraft mehr. Das Leben verließ sie nun sehr schnell. Noch ehe sie den Mund öffnen konnte, erschlaffte sie.

Lenval ließ den Blick schweifen, um sich zu vergewissern, dass niemand etwas bemerkt hatte. Er hatte Glück. Alle waren damit beschäftigt, die Beute vom Strand fortzuschaffen. Niemand beachtete ihn. Er drehte sich um und verscheuchte die Raubmöwe mit einem Fußtritt, die näher gekommen war und die Gestrandeten neugierig beäugte. Mit protestierendem Pfeifen erhob sich der große Vogel in die Lüfte und flog davon.

Lenval seufzte und warf einen letzten Blick auf die leblose Gestalt der Frau. Dann machte er sich daran, das schlafende Kind aus den Seilen zu befreien, um es an einem sicheren Ort zu verstecken, bis er es holen konnte.

ERSTES BUCH

Síve i cala fire earo morne núriessen,
San fire estel.

Sturmkind

Vereinzelte Sonnenstrahlen fielen durch die bleigraue Wolkendecke, brachen sich auf den seichten Wogen des Ozeans und ließen die Wasseroberfläche wie Perlmutt schimmern. Die windstille Luft war salzig und roch nach Seetang. Es war kalt.

Caiwen schlang die Arme fröstelnd um den Körper, trat an den Rand der Klippe und richtete den Blick nach Westen, wo sich an der Grenze zwischen Himmel und Wasser ein dunkler Punkt abzeichnete. Mit ihren fünfzehn Wintern war sie hochgewachsen und schlank, aber auch ausdauernd und kräftig, wie es das Leben in der rauen Umgebung verlangte. Ihre Haut war hell und bräunte auch im Sommer kaum. Das glatte goldblonde Haar trug sie kurz geschnitten. Am auffälligsten aber war ihr Gesicht, das sie noch mehr als die helle Haut und die blonden Haare von den anderen Riffbewohnern unterschied. Die dunklen Brauen standen schräg über den nussbraunen Augen, die Ohren waren klein und ungewöhnlich spitz, während die hohen Wangenknochen ihr Gesicht schmal wirken ließen.

»Sie trägt eindeutig das Erbe meiner Urgroßmutter in sich«, hatte sie Lenval, ihren Vater, schon oft sagen gehört, als müsse er sich bei den anderen Männern des Dorfes für ihr fremdartiges Aussehen entschuldigen. »Sie war eine der begehrtesten Hafendirnen in ganz Tamoyen und meinem Urgroßvater in wahrlich ergebener Liebe zugetan.«

Caiwen hatte lange gebraucht, um herauszufinden, was eine Hafendirne war, und sich dann gewünscht, nie davon gehört zu haben. Es war nicht gerade ein ehrenvoller Beruf, den ihre Ururgroßmutter ausgeübt hatte. Caiwen schämte sich dafür, und doch waren es gerade die Gedanken an die einstige Hafendirne gewesen, die vor ein paar Wintern das Fernweh in ihr geweckt hatten.

Eine Weile folgte Caiwen dem dunklen Punkt am Horizont mit den Augen, dann war er verschwunden. Sie seufzte, unschlüssig, ob sie nun traurig oder froh sein sollte. Den ganzen langen Winter hatte sie kein einziges Schiff vorbeifahren sehen. Allein die Schiffstrümmer, die die Stürme hin und wieder an die Küste der Riffinseln warfen, kündeten davon, dass es irgendwo dort draußen noch eine andere Welt gab, in der auch Menschen lebten. Menschen, die es wagten, den Ozean der Stürme auch in der gefährlichsten Jahreszeit zu befahren, und die diesen Mut nur allzu oft mit dem Leben bezahlten.

Der Gedanke an die vielen namenlosen Seeleute, die die Männer in den Schwarzmonden davor in Mar-Undrums kalte Umarmung zurückgeworfen hatten, stimmte Caiwen traurig. Aber wie alle Bewohner der Riffinseln war auch sie von dem Handel abhängig, den ihre Vorväter der Legende nach einst mit dem Gott des Meeres und des Windes geschlossen hatten.

Caiwen hatte wohl verstanden, dass es nicht Mordlust, sondern zwingende Notwendigkeit war, die ihren Vater und die anderen Männer immer und immer wieder zu diesen Gräueltaten veranlasste. Tief in ihrem Herzen aber schämte sie sich dafür, dass sie ihr Leben dem Tod Unschuldiger verdankte, und freute sich über jedes Schiff, das die Inseln wohlbehalten passierte.

Zu gern hätte sie einen dieser stolzen Segler einmal aus der Nähe gesehen. Es war jedoch müßig zu hoffen, dass sich dieser Wunsch einmal erfüllen würde. Entweder schleuderte ein Sturm die Schiffe auf ein Riff und zerschmetterte sie oder sie machten einen großen Bogen um die gefährlichen Untiefen und Klippen und segelten am fernen Horizont entlang.

Ein Sonnenstrahl streifte Caiwens Gesicht und ließ sie blinzeln. Als sie den Blick wieder auf das Meer richtete, bemerkte sie in der Ferne einen Schwarm Vögel, der auf die Klippen zuhielt. Felstölpel!

»Ja!« Caiwen ballte die Fäuste und stieß einen Freudenschrei aus. Wenn die Felstölpel aus ihren Winterquartieren im Süden zurückkehrten, war der Frühling nicht mehr weit. Nun würde das Leben wieder leichter werden. Mit einem Lächeln auf den Lippen wandte sie sich um und lief los, um den Leuten im Dorf von ihrer Entdeckung zu berichten.

Sie hatte noch nicht einmal die Hälfte des Weges zu den Hütten zurückgelegt, als der Umriss einer kauernden Gestalt nahe dem Felsrand ihre Aufmerksamkeit weckte. Wie es schien, war sie nicht die Einzige, die es an diesem späten Nachmittag zu den Klippen zog. Die Gestalt war dem Meer zugewandt und wirkte ganz in Gedanken versunken, aber Caiwen erkannte sofort, wer dort saß.

Ihre Augen funkelten, als sie sich, einer plötzlichen Eingebung folgend, hinter einen Felsen duckte und einen getrockneten Halm des Nebelgrases abpflückte, das hier überall wuchs. Auf dem langen, dürren Stiel saß ein dichtes Büschel aus gefiederten Samenkörnern, das die Winterstürme nahezu unbeschadet überstanden hatte. Die weichen Fruchtstände lösten sich erst im späten Frühling, wenn der Südwind sie in flauschigen Wolken über die Insel trieb. Ihnen war es zu verdanken, dass die Felstölpel im Frühling in Scharen zu den Riffinseln kamen, um hier zu brüten, denn auf dem harten und porösen Felsgestein der Klippen ließ sich daraus ein wunderbar weiches Nest bauen.

Grinsend verließ Caiwen ihre Deckung und den schmalen

Trampelpfad, der sich vom Dorf bis zum höchsten Aussichtspunkt hinaufschlängelte, und pirschte auf die Gestalt an der Klippe zu. Wie kein anderer auf der Insel verstand Caiwen, sich völlig lautlos zu bewegen. Wenn sie es darauf anlegte, konnte sie förmlich über den Boden schweben. Lenval hatte sie immer wieder gedrängt, diese Fähigkeit bei der Jagd auf Felstölpel einzusetzen. Doch obwohl Caiwen eine gute Bogenschützin war und wusste, dass sie jagen mussten, wenn sie genug zu essen haben wollten, hatte sie es nie übers Herz gebracht, einen der großen, weiß-grau gefiederten Seevögel zu töten.

Sie hatte es versucht. Oh ja, das hatte sie. Aber die Jagdausflüge mit ihrem Vater hatten stets mit einer großen Enttäuschung geendet. Lenval hatte ihr deshalb nie Vorwürfe gemacht, aber in seinen Augen hatte sie gesehen, wie verzweifelt er deshalb war. Irgendwann hatte er es ganz aufgegeben, sie mit auf die Jagd zu nehmen, und entschieden, sie bei der Heilerin Armide in die Lehre zu geben. »Deine Bestimmung ist das Leben, nicht der Tod«, hatte er nicht ohne Bitternis in der Stimme gesagt und damit das ausgesprochen, was Caiwen schon lange fühlte.

Zwei Winter war das jetzt her und sie war ihm dafür immer noch dankbar. Sie war anders als die Dorfbewohner, ja sogar anders als ihre Mutter und ihr Vater, und zu der Überzeugung gelangt, dass sie auch in vierzig Sommern nicht so werden würde wie sie. Bei Armide hatte sie eine Aufgabe gefunden, die ihrem Wesen entsprach. Es machte sie glücklich, anderen zu helfen. Und wenn es ihre Bestimmung sein sollte, die künftige Heilerin der Riffinseln zu werden, so blickte sie dem voller Zuversicht entgegen.

Caiwen hatte den Abgrund und den jungen Mann, der davorhockte, fast erreicht. Er war schlank wie sie, aber mit schulterlangem, leicht gewelltem dunklem Haar. Die Strähnen von Stirn und Schläfen hatte er am Hinterkopf zusammengeflochten, damit das Gesicht frei blieb. Ohne auch nur das leiseste Geräusch zu machen, stellte Caiwen sich hinter ihn. Ihre Hand schnellte vor und das weiche Nebelgras bohrte sich wie ein Dolch in seinen Nacken. »Du bist tot, Heylon!«, rief sie lachend und sprang zurück, um dem Schlag auszuweichen, mit dem er den Überfall abwehren wollte.

»Caiwen!« Keuchend kam Heylon auf die Beine und stemmte die Hände in die Hüften. »Wie oft soll ich dir noch sagen, dass du mich nicht so erschrecken sollst. Irgendwann falle ich noch die Klippen hinunter.«

Auch Caiwen stemmte die Hände in die Hüften, ahmte seinen strengen Ton nach und sagte: »Und wie oft soll ich dir noch sagen, dass du besser auf deine Umgebung achtgeben sollst? Irgendwann wirst du noch ohne mein Zutun in die Tiefe stürzen, weil du geträumt hast, du seist ein Felstölpel.« Sie lachte, trat auf ihn zu und knuffte ihn freundschaftlich in die Seite. »Ich werde immer besser, nicht wahr?«

»Du warst schon immer die Beste im Anschleichen. Ich weiß nur nicht, warum du es ausgerechnet mir immer wieder beweisen musst.«

»Weil du der einzige Träumer auf dem Riff bist«, erklärte Caiwen neckend und unterstrich die Worte mit einer ausladenden Geste. »Oder siehst du hier noch jemanden herumsitzen und die Wellen anstarren?«

»Fang du nicht auch noch damit an.« Heylon seufzte und senkte den Blick. Caiwen entging der Stimmungswechsel ihres Freundes nicht. »Gab es wieder Ärger?«, fragte sie mitfühlend.

Heylon setzte sich auf den Felsen und fuhr sich mit den Händen übers Gesicht. »Es ist immer das Gleiche. Er versteht mich einfach nicht.«

»Das tut mir leid.« Caiwen setzte sich neben ihn und strich ihm mit der Hand tröstend über den Rücken. »Aber er liebt dich. Das ist das Wichtigste.«

»Da bin ich mir nicht so sicher.« Heylons Stimme zitterte, als er sich bückte, einen Stein aufhob und über den Abgrund schleuderte. Die ungewohnt heftige Reaktion ihres Freundes erschreckte Caiwen. Ihre feinen Sinne spürten sehr deutlich, dass etwas Ernstes vorgefallen sein musste. Heylon und sein Vater stritten ständig, weil ihr Freund nicht so war, wie Emeric sich seinen Sohn wünschte. Heylon war ihm nicht stark und mutig genug. Es gelang ihm nicht, seine Gefühle vor den anderen zu verbergen, und was noch schlimmer war, er konnte nicht töten. Heylon und Caiwen waren die Einzigen auf dem Riff, die noch nie einen Felstölpel erlegt hatten. Doch was man bei einem Mädchen zähneknirschend duldete, machte einen Jungen unweigerlich zum Außenseiter. Die Jagd auf Felstölpel war die Lieblingsbeschäftigung der Halbwüchsigen auf dem Riff. Während die kleineren Kinder lediglich die Eier aus den Nestern sammelten, übten sich die älteren schon ab einem Alter von acht Wintern im Umgang mit Pfeil und Bogen. Sobald sie geschickt genug waren, nahmen ihre Väter sie mit zu den Klippen. Der erste selbst erlegte Tölpel galt als Zeichen der Ehre, die dem erfolgreichen Jäger fortan gestattete, auch allein zu den Klippen zu gehen, um zu jagen.

Im Alter von fünfzehn Wintern durften die Jungen dann das erste Mal mit zur Suche an den Strand. Ein Ereignis, dem die meisten viele Winter lang entgegenfieberten, aber auch eine Bewährungsprobe für die jungen Männer. Caiwen beneidete sie nicht um die zweifelhafte Ehre, an der die Frauen nie teilhatten. Es war schon schwer genug, einen Vogel zu töten. Da unten am Strand aber ging es um Menschenleben …

Obwohl Heylon nie einen Felstölpel geschossen hatte, hatte Emeric durchgesetzt, dass er die Männer kurz nach seinem fünfzehnten Lichttag auf die Suche begleiten durfte. Was dabei geschehen war, hatte Caiwen bis heute nicht in Erfahrung bringen können. Es musste für Emeric aber so demütigend gewesen sein, dass er seit diesem Tag kein freundliches Wort mehr mit seinem Sohn gewechselt hatte. Wäre es nach ihm gegangen, hätte er Heylon noch am selben Abend verstoßen. Allein Heylons Mutter war es zu verdanken, dass er darauf verzichtet hatte. Nach allem, was Caiwen seitdem mitbekommen hatte, fragte sie sich, ob es nicht besser gewesen wäre, wenn Heylon das elterliche Haus verlassen hätte. Andererseits aber war die Insel zu klein, um sich wirklich aus dem Weg gehen zu können.

»Alle Väter lieben ihre Söhne«, versuchte sie einzulenken, obwohl sie wusste, dass es sich für Heylon wie hohles Geschwätz anhören musste.

»Netter Versuch!« Heylon warf dem ersten Stein einen zweiten hinterher. »Niemand liebt einen Versager. Nicht einmal der eigene Vater.«

Die Verzweiflung, die in den Worten mitschwang, tat Caiwen weh. Das, was Emeric an seinem Sohn so sehr hasste, machte Heylon für sie liebenswert. Er war ihr vom Wesen her sehr ähnlich, und es ärgerte sie, dass niemand seine Stärken zu schätzen wusste. Caiwen war mit Heylon befreundet, seit sie denken konnte. Sie waren gleich alt und fast wie Geschwister aufgewachsen, weil ihre Mütter eng miteinander befreundet waren. Vor allem aber war es das Anderssein, das sie im Lauf der Sommer immer fester zusammengeschweißt hatte.

Inzwischen hatte Caiwen einen Weg eingeschlagen, der ihr zumindest ein wenig Anerkennung durch die Gemeinschaft einbrachte. Armide war allseits beliebt und wurde nicht müde, die Begabung ihrer neuen Schülerin zu loben. Und seit die Heilerin Caiwen die Gelegenheit gegeben hatte, ihre Fähigkeiten unter Beweis zu stellen, war das abfällige Lächeln ganz aus den Gesichtern der Riffbewohner verschwunden.

»Du bist kein Versager«, sagte sie sanft. »Du bist nur anders.«

»So wie du.« Heylon sah sie von der Seite her an.

»Genau.«

»Aber du bist eine Frau.«

»Na und?« Noch während Caiwen das sagte, spürte sie, dass sie einen Fehler gemacht hatte.

»Na und?«, fuhr Heylon sie an. »Wenn du mich jetzt auch verspotten willst, kannst du gleich wieder verschwinden. Du weißt ganz genau, was ich meine.«

»Und du weißt ganz genau, dass ich dich nicht verspotten will.« Caiwen hielt seinem zornigen Blick gelassen stand. »Aber etwas mehr Vertrauen in dich selbst könnte dir wirklich nicht schaden. Du bist kein Versager. Du ... du kannst so wunderbar zuhören und bist immer da, wenn ich dich brauche. Man kann sich stets auf dich verlassen, und du hast dir ganz allein etwas beigebracht, was außer meinem Vater nur ganz wenige können: lesen und schreiben.«

»Ja, ganz wunderbar.« Heylon schnaubte wie einer der Seelöwen, die sich manchmal an den Südstrand verirrten. »Und was nützt mir das? Vom Lesen und Schreiben wird niemand satt. Ich falle allen nur zur Last. Ohne die Gemeinschaft würde ich glatt verhungern.«

»Du könntest Tölpeleier und Muscheln sammeln, Suppe aus Seetang kochen und ...«

»Lass das. Mir ist jetzt nicht nach Scherzen zumute.« Heylon wandte sich ab.

Eine Weile blieb das ferne Rauschen des Meeres das einzige Geräusch, dann brach Caiwen das Schweigen. »Willst du mir nicht sagen, was los ist?«

Heylon ließ sich mit der Antwort Zeit. »Wenn die Tölpel zurückkehren, gibt mein Vater mir noch einen Schwarzmond«, hob er schließlich an. »Wenn ich bis dahin keinen Vogel getötet habe, werden sie mich für drei Schwarzmonde mit dem Floß auf die Nachbarinsel bringen.«

»Allein?« Caiwen konnte nicht glauben, was sie da hörte. Plötzlich war sie sich nicht mehr sicher, ob sie jemandem von der Ankunft der Felstölpel erzählen sollte.

»Natürlich allein. Was denkst du denn?« Heylon knetete seine Hände so fest ineinander, dass die Knöchel weiß hervortraten. »Er hat es mit den Ältesten so besprochen. Sie glauben, wenn ich eine Zeit lang auf mich allein gestellt bin, werde ich endlich lernen, mich wie ein Mann zu verhalten.«

»Und wenn nicht?« Caiwen spürte, wie ihr die Furcht vor der Antwort die Kehle zuschnürte.

»Dann hat das Riff einen Schmarotzer weniger.« Heylon spie auf den Boden. »Und mein Vater ist von der Schande seines nichtswürdigen Sohnes erlöst.«

»Das ist grausam.« Caiwen ballte die Fäuste. Angst, Wut und Verzweiflung mischten sich zu einem wilden Sturm aus Gefühlen, der sie aufspringen ließ. »Das lasse ich nicht zu!«, rief sie aus. »Das … das darf nicht sein. Ich will nicht den einzigen Freund verlieren, den ich jemals hatte … Ich …«

»Dann glaubst du also auch, dass ich es nicht schaffe?« Heylon schaute sie spöttisch an. »Danke für die Aufmunterung.«

»He, so habe ich das nicht gemeint!« Caiwen ging in die Knie und ergriff seine Hände. »Du schaffst das, da bin ich mir sicher«, sagte sie voller Zuversicht. »Aber besser ist es doch, wenn es gar nicht erst so weit kommt.«

»Wenn du damit sagen willst, dass ich einen der Vögel töten soll, kannst du es gleich vergessen.« Heylon streifte ihre Hände ab und schaute sie ernst an. »Niemals werde ich einem anderen Geschöpf das Leben nehmen.«

»Ich weiß.« Caiwen legte die Stirn in Falten und hob nachdenklich die Hand ans Kinn. »Deshalb müssen wir einen Plan machen. Irgendwie muss es doch möglich sein, deinem Vater einen Tölpel zu präsentieren, ohne dass du ihn selbst töten musst.«

»Du willst betrügen?«

»Ich will verhindern, dass er dich fortschickt.«

»Dann sollten wir uns besser schnell etwas einfallen lassen.« Heylon seufzte mutlos und deutete nach Westen, wo die Sonne sich gerade hinter dem Horizont zur Ruhe legte. »Der erste Schwarm ist vorhin angekommen.«

Die Elfenkriegerin

Der Nachmittag wich dem Abend. Das schwindende Licht ließ den Frost in die Stadt Arvid zurückkehren und verwandelte den feinen Nieselregen allmählich in Schnee. Die Schatten wurden länger, die Straßen leerer, während jene, die ihr Tagwerk verrichtet hatten, nach Hause eilten oder den Tavernen und Wirtshäusern zustrebten, um sich bei einer heißen Suppe aufzuwärmen und die Furcht vor den Gefahren der Nacht im Branntwein zu ertränken.

Stille legte sich über Arvid und das sonst so geschäftige Hafenviertel der Stadt. Eine unheimliche und bedrückende Stille, die aus den Schatten zu kriechen schien und die Welt wie ein Bahrtuch der Angst überzog, bis das Licht sie am Morgen wieder in ihre finsteren Verstecke zurückdrängen würde.

Finearfin stand reglos in einem dunklen Hauseingang und ließ den Blick über die Kaimauer und die Silhouetten der stolzen Segler schweifen, die wie schlafende Riesen im Wasser lagen. In der frostkalten Luft stieg ihr Atem als weiße Wolke in den Himmel auf. Sie hasste die Stille, aber mehr noch hasste sie den Schnee. Jede Flocke, die sich auf ihren erdfarbenen, pelzgefütterten Umhang legte, erschien ihr wie eine hämische Erinnerung an die Sinnlosigkeit ihres Handelns und an die Schuld, die sie auf sich geladen hatte.

Vor zwei Nächten war sie in Arvid angekommen.

Hinter ihr lag eine lange Reise, die sie vom Zweistromland kreuz und quer durch ganz Tamoyen bis an die Küste geführt hatte und deren Ende nicht abzusehen war. Eine Reise voller Gefahren und Entbehrungen, deren Wege mit getöteten Freunden, verlorenen Hoffnungen und den Wunden unzähliger Kämpfe gepflastert waren, die sie aber so lange fortsetzen würde, wie noch ein Funken Leben in ihr steckte.

Es gab kein Zurück.

Fußtritte zerrissen die Stille, als vier bewaffnete Gardisten, die einen Feuerträger eskortierten, aus einer Seitenstraße traten. Mit klackenden Schritten, die Schwerter und Armbrüste abwehrbereit in der Hand, strebten die fünf auf die Pechfackeln an der Kaimauer zu, die der Stadtrat in ganz Arvid hatte aufstellen lassen, um der Dunkelheit Einhalt zu gebieten.

Der Anblick der blau-roten Uniformen ließ Finearfins Hand zum Griff der kurzen Katana wandern. Sie konnte nicht anders. Zu tief hatten sich die Erinnerungen an den grausamen Krieg in ihr Gedächtnis gebrannt. Zu sehr entsprachen die Männer den Feinden, die sie fast dreizehn Winter lang tagtäglich vor Augen gehabt hatte. Und zu oft schon hatte sie im Kampf jene getötet, die die Farben der Garde trugen, als dass der Waffenstillstand von zwei Wintern die instinktive Bewegung verhindert hätte.

Wir sind jetzt Verbündete, ermahnte sie sich in Gedanken, nahm einen tiefen Atemzug und zwang sich, die verkrampfte Hand vom dem reich verzierten Schwertgriff zu lösen. Aus den Schatten heraus beobachtete sie, wie der Feuerträger Fackel um Fackel entzündete, während sich die Gardisten nervös umschauten. Sie waren wachsam, ohne Zweifel. Aber wie üblich nicht wachsam genug, denn obwohl sie immer wieder in Finearfins Richtung blickten, bemerkten sie sie nicht.

Ein streunender Hund, der in einem nahen Abfallhaufen nach Futter suchte, erhielt von einem der Soldaten einen kräftigen

Tritt und lief aufjaulend davon. Der gellende Laut hallte durch die leeren Straßen.

Die Männer gingen weiter. Ihre Bewegungen wirkten gehetzt und furchtsam. Es war deutlich zu spüren, dass sie sich danach sehnten, endlich hinter den Mauern eines Hauses Zuflucht zu finden. Nicht mehr lange, dann würden hier die Geschöpfe der Anderwelt, die wahren Feinde von Menschen und Elfen, auf der Suche nach Nahrung umherstreifen.

Finearfin spürte, wie sie sich in ihren Verstecken regten und bereit machten für die Jagd. Sie fürchtete die Wesen der Dunkelheit nicht, hatte aber in den langen Wintern des Krieges gelernt, dass es weniger Kraft kostete, einem Kampf aus dem Weg zu gehen, als ihn zu gewinnen. So richtete sie ihre Aufmerksamkeit wieder auf die Kaimauer, lauschte dem Zischen der feuchten Pechfackeln und beobachtete die Funken, die in glühenden Mustern über den Flammen aufstiegen. Immer wieder glaubte sie, darin Bilder zu erkennen, als wären die Funken ein Spiegel ihrer Seele und der Trauer, die sie in den letzten Mondwechseln immer heftiger in sich spürte.

Welchen Sinn hat das alles noch?, dachte sie bei sich. *Werde ich mein Ziel je erreichen? Kann ich meine Heimat vor dem Untergang bewahren?*

Sie seufzte und verscheuchte die trüben Gedanken. Hadern war zwecklos. Ihr Versagen konnte nur gesühnt werden, indem sie ihren Schwur erfüllte. Das Schicksal hatte sie gewiss nicht ohne Grund nach Arvid geführt. Hier lief alles zusammen. Hier endeten alle Spuren, denen sie auf ihrer langen Suche gefolgt war. Mit etwas Glück würde sie an diesem Ort endlich den entscheidenden Hinweis finden. Irgendwo in den Tavernen oder Straßen dieser Stadt musste es doch jemanden geben, der sich erinnerte …

Geduldig wartete sie, bis die Gardisten und der Feuerträger in eine andere Straße einbogen. Dann schloss sie den Mantel fester, um sich vor der Kälte zu schützen, löste sich aus dem Hauseingang und strebte auf die nächstbeste Taverne zu, hinter deren geschlossenen Fensterläden mildes Licht und Stimmengemurmel auf etwas Gesellschaft hoffen ließen.

Zum Hölzernen Fass stand auf einem verwitterten Schild über der Tür. Die Tür selbst war von innen verriegelt.

Sie haben Angst. Ein dünnes Lächeln umspielte Finearfins Lippen. Es erschien ihr nur gerecht, dass auch das Volk der Tamoyer litt. *Warum sollte es ihnen besser ergehen als meinem Volk,* dachte sie verbittert. *Nach allem, was sie uns angetan haben.*

Der Gedanke war ungerecht und sie wusste es. Die Tamoyer hatten aus einer Not heraus gehandelt. Man hatte sie erpresst. Aber sie hatten alles nur noch schlimmer gemacht, indem sie die Waffen gegen die Falschen erhoben hatten. Und obwohl auch die Tamoyer in den Jahren des Krieges einen hohen Blutzoll gezahlt hatten, tat Finearfin sich schwer damit, ihnen zu vergeben. Entschlossen trat sie vor und klopfte mit der Faust kräftig gegen das verwitterte Holz der Tür. Augenblicklich wurde es still in der Taverne.

Schritte näherten sich und eine schnarrende Stimme fragte: »Wer ist da?«

»Eine Wanderin, die eine Bleibe für die Nacht sucht«, erwiderte Finearfin gut vernehmlich.

»Du bist spät dran.«

»Es ist ein weiter Weg nach Arvid.« Für einen Augenblick fürchtete Finearfin, man würde sie nicht einlassen, aber dann hörte sie das Scharren eines Riegels und sah, wie die Tür einen Spalt weit geöffnet wurde. Ein kleiner, gedrungener Mann mit Augenklappe, Buckel und wettergegerbtem Gesicht steckte den Kopf heraus und schaute sich aufmerksam um. »Bist du allein?«, fragte er misstrauisch.

»Wenn du wissen willst, ob ich Mahre, Wechselwesen oder Dämonen im Gefolge habe, kannst du beruhigt sein«, antwortete

Finearfin kühl und schlug den Mantel zur Seite, damit der Wirt die beiden kurzen Katanas an ihrem Gürtel sehen konnten. »Ich habe mehr von ihnen getötet, als du jemals Gäste in deiner Taverne haben wirst.«

»Oh.« Der Wirt riss erstaunt sein verbliebenes Auge auf, machte aber keine Anstalten, Finearfin einzulassen »Ihr … Ihr tragt aber ungewöhnliche Schwerter für eine …«

»Willst du mich jetzt einlassen oder warten, bis der erste Nachtmahr um die Ecke kommt?«, fiel Finearfin ihm ins Wort. »Es ist kalt und ich habe Hunger.«

»Oh ja … ja natürlich, verzeiht.« Hastig wich der Wirt zurück und öffnete die Tür gerade so weit, dass sie eintreten konnte.

Fünfzehn Augenpaare starrten sie mit einer Mischung aus Ablehnung und Neugier an und folgten jedem ihrer Schritte, als sie zum Tresen ging. Finearfin tat, als bemerke sie es nicht. Sie hatte gewusst, dass die Tamoyer sie nicht willkommen heißen würden, und scherte sich nicht darum. Ohne die anderen Gäste auch nur eines Blickes zu würdigen, ließ sie die Tasche mit ihren Habseligkeiten auf einen der hochbeinigen Schemel vor dem Tresen gleiten, öffnete die silberne Spange ihres Umhangs und legte ihn dazu.

Ein Raunen ging durch den Raum. Finearfin war groß und langbeinig und besaß den athletischen Körperbau einer Kriegerin. Ihre Bewegungen waren geschmeidig wie die einer Katze, ihre Sinne immer hellwach. Ein dünnes Lederband hielt das flachsblonde Haar zurück, das ihr, zu dünnen Zöpfen geflochten, bis über die Schultern reichte. Ihre Haut war hell und spannte sich straff über die breite Stirn und die hohen Wangenknochen. Die Augen waren dunkel und schienen mit ihren Blicken alles zu durchdringen. Es hätte nicht erst der spitzen Ohren bedurft, um zu erkennen, was sie war: eine Elfe aus dem Zweistromland.

»Was darf ich Euch bringen?« Als Einziger im Raum schien der buckelige Wirt seine Sprache wiedergefunden zu haben. Er hatte die Tür verriegelt und kehrte humpelnd zum Tresen zurück.

»Was hast du?«

»Gewürzten Wein, heiße Brühe und Brot.«

»Dann nehme ich das.«

»Eine gute Wahl.« Der Wirt verzog den Mund zu einem schiefen Grinsen.

»Habe ich denn eine?« Finearfin bemerkte die Neugier in den Augen des Mannes und wappnete sich. Sie war nicht in der Stimmung, sich zu unterhalten.

»Die Zimmer sind alle belegt«, hörte sie den Wirt sagen, während er ihren Becher mit Wein füllte. »Aber Ihr könnt die Nacht in der Schankstube verbringen, wenn Ihr Euch nicht an den anderen Gästen stört.«

»Ich hatte schon schlechtere Gesellschaft«, entgegnete Finearfin knapp. »Was bin ich dir schuldig?« Noch während sie sprach, löste sie einen Lederbeutel von ihrem Gürtel und ließ ihn auf den Tresen fallen. Das klirrende Geräusch ließ Gier in den Augen des Wirtes aufblitzen. »Drei Silberstücke.«

»Zwei.« Finearfin maß den Wirt mit einem langen, schwer zu deutenden Blick. Dieser riss empört den Mund auf, als ob er widersprechen wollte, überlegte es sich dann aber anders und nickte. »Also gut, zwei.«

Mit ausdrucksloser Miene zählte Finearfin zwei Stücke Hacksilber auf den Tresen. Sie war sich bewusst, dass es immer noch viel zu viel war für die karge Mahlzeit und das dürftige Dach über dem Kopf, aber sie war müde und wollte nicht streiten. Mit dem Becher und dem Brot in der einen und einer Schüssel Brühe in der anderen Hand machte sie sich auf den Weg in den hinteren Teil der Schankstube, wo in einer Ecke nahe dem Ofen noch ein Tisch frei war.

Während sie die Brühe löffelte, die zwar heiß, aber nicht besonders schmackhaft war, nahmen die anderen Gäste nach und nach ihre Unterhaltung wieder auf und schienen bald das Interesse an ihr zu verlieren. Anscheinend waren keine Gardisten in Zivil unter ihnen, die häufig noch eine offene Feindschaft gegen die Elfen hegten. Der Elfe war das nur recht. Der Krieg hatte sie gelehrt, die kostbaren Momente der Ruhe und Sicherheit zu schätzen. Von ihrem Platz aus hatte sie einen guten Blick über die Schankstube, in der es rasch wieder so laut und lärmend zuging wie vor ihrem Eintreten. Die meist männlichen Gäste hatten, den geröteten Wangen nach zu urteilen, schon reichlich dem Wein zugesprochen. Sie vertrieben sich die Zeit mit Würfel- oder Kartenspielen oder versuchten, der drallen Bedienung mit derben Sprüchen die Schamröte ins Gesicht zu treiben.

Nur einmal wurde es still, als ein Nachtmahr unter einem der Fenster sein schauriges Heulen ertönen ließ. Instinktiv schlossen sich Finearfins Finger um den Griff der Katana.

»Verdammtes Dreckspack!« Ein bärtiger Seefahrer mit nur einem Bein schleuderte seinen Weinkrug in Richtung Fenster. Das Scheppern, mit dem der tönerne Krug an der Wand zerbarst, ließ den Nachtmahr verstummen. Finearfin spürte, wie die Aura des Bösen, die den Wesen der Anderwelt anhaftete, schwächer wurde, als er sich davonmachte. Sie fürchtete die Nachtmahre nicht, hatte aber gelernt, sie zu respektieren. Es waren blutrünstige Bestien, die wie eine Kreuzung aus Hund, Schwein und Kojote aussahen, ihre Artverwandten aber um mehr als zehn Handspannen überragten. Von allen abscheulichen Kreaturen, die das Tor der Anderwelt durchschritten, waren sie die hinterhältigsten, da ihre nackte grauschwarze Haut sie in der Dunkelheit so gut wie unsichtbar machte. Zudem waren sie die einzigen, die in Rudeln jagten. Eine Eigenschaft, die sie noch gefährlicher machte.

Dass Finearfin bisher alle Begegnungen mit den hässlichen Kreaturen überlebt hatte, hatte sie allein ihren feinen Elfensinnen zu verdanken, die sie stets rechtzeitig gewarnt hatten. Der Gedanke, dass sich ein Nachtmahr in den Straßen herumtrieb, behagte ihr gar nicht, auch wenn sie, ebenso wie die anderen Gäste der Taverne, nicht vorhatte, die Schankstube vor dem Morgengrauen zu verlassen.

Ein letztes Mal tastete sie mit ihrem Bewusstsein nach draußen, um sich zu vergewissern, dass der Nachtmahr wirklich verschwunden war. Dann wandte sie ihre Aufmerksamkeit wieder dem Geschehen in der Schankstube zu. Dort hatte sich zwischen den drei Männern am Würfeltisch eine handfeste Auseinandersetzung entwickelt, die der Wirt zu schlichten versuchte. Finearfin beobachtete, wie er erst auf den einen und dann auf die anderen beiden einredete und schließlich kurzerhand die Würfel einkassierte, um weiteren Zänkereien zuvorzukommen. Das wiederum ließen sich die angetrunkenen Männer nicht gefallen. Als hätte es nie einen Streit gegeben, schlossen sie sich zusammen und bauten sich drohend vor dem Wirt auf.

»Noch Wein?« Die raue Stimme der Bedienung riss Finearfin aus ihren Gedanken. »Nein.« Sie schüttelte den Kopf.

»Recht so.« Die Frau schenkte ihr ein mütterliches Lächeln, das die Falten um ihre Augen vertiefte. »Es muss ja nicht immer so enden wie bei denen da.« Sie seufzte. »Früher war alles leichter. Da hätte er sie einfach vor die Tür gesetzt.«

Finearfin konnte sich beim besten Willen nicht vorstellen, wie der kleine, buckelige Wirt einen kräftigen Seemann hinauswarf, aber sie wollte nicht unhöflich sein und antwortete, obwohl ihr immer noch nicht nach Reden zumute war. »Und jetzt?«

»Jetzt wäre es ihr Todesurteil.« Die Frau schüttelte den Kopf. »Das bringt er nicht übers Herz. Wenn er nicht achtgibt, werden sie ihm irgendwann die Schankstube kurz und klein schlagen.« Sie seufzte erneut. »Verdammter Wein, verfluchte Nachtmahre.«

»Ist es so schlimm?« Die Frage war überflüssig. Finearfin wusste sehr wohl, dass es die immer grausameren Angriffe der Anderweltgeschöpfe gewesen waren, die Elfen und Menschen nach dem langen und blutigen Krieg zum Schulterschluss gezwungen hatten.

»Schlimmer!« Die Frau stellte den Krug mit dem Wein ab, stützte die Hände auf den Tisch und sah Finearfin aus ihren hellgrauen Augen durchdringend an. »Wo kommst du her, dass du das fragen musst? Ich hörte, die Nachtmahre, Wechselwesen und Dämonen treiben längst auch im Zweistromland ihr Unwesen. Oder wie ist es dort?«

»Kalt.« Finearfin sagte das so bitter, als wäre die Kälte schlimmer als alle Bewohner der Anderwelt zusammen.

»Kalt ist es hier auch.« Die Frau schien zu schaudern. »Es hätte längst Frühling sein müssen, aber der verdammte Winter will einfach nicht weichen. Als ich noch ein kleines Mädchen war, gab es hier nie Schnee und Eis. Die Winter waren nass und stürmisch, aber nie frostig. Seit der Krieg vor fünfzehn Wintern begonnen hat, scheint sich auch das Wetter gegen uns verschworen zu haben. Jeder Winter ist härter als der vorangegangene und jeder dauert länger als sein Vorgänger. Wenn das so weitergeht, wird es in Arvid bald nur noch Winter geben.« Sie schüttelte den Kopf. »Aber es ist doch sicher nicht die Kälte, die dich so weit in den Süden führt.«

»Nein.«

»Was ist es dann?«

»Ich bin auf der Suche.« Finearfin spürte, dass sie im Begriff war, sich auf ein Gespräch einzulassen, das sie eigentlich nicht hatte führen wollen. Andererseits hatte sie gerade nichts Besseres zu tun, und sie wusste, dass sie keine Antworten bekommen würde, wenn sie sich niemandem anvertraute. In der Schankstube war Ruhe eingekehrt. Irgendwie hatte es der Wirt geschafft, die Streithähne zu besänftigen. Die drei Männer saßen wieder einträchtig am Tisch, würfelten und tranken.

»Und wonach suchst du, wenn ich fragen darf?«, wollte die Bedienung wissen.

»Nach jemandem, der sich erinnert.«

»Vielleicht kann ich dir helfen?«, bot die Frau an. »Ich arbeite schon viele Winter hier in der Taverne. Da bekommt man so einiges mit.«

Die Männer am Kartentisch verlangten grölend nach mehr Wein. Sie nahm den Krug zur Hand, beugte sich zu Finearfin herunter und flüsterte: »Ich komme gleich wieder. Dann reden wir.«

Daraus wurde nichts. Die Gäste schienen alle gleichzeitig Durst zu bekommen, und die Bedienung hatte alle Hände voll zu tun, die Wünsche zu erfüllen. Aber sie hatte Finearfin nicht vergessen. Als der letzte Gast seinen Wein erhalten hatte, kam sie zu ihr an den Tisch, zog sich einen Stuhl heran und sagte in einem Ton, als wäre sie nie fort gewesen: »Also? Ich höre. Was willst du wissen?«

Der Kopfgeldjäger

Durin bemerkte den Nachtmahr nur, weil Saphrax ihn warnte.

Das tanzende Licht der Pechfackeln spiegelte sich kalt in den Augen des großen Mannes, der wie ein einsamer Wolf durch Arvids verlassene Straßen streifte. Er wusste um die Gefahren der Nacht und war auf der Hut. Dennoch hätte er die schattenhafte Gestalt fast übersehen, die sprungbereit zwischen zwei Abfallhaufen lauerte.

Saphrax alarmierender Ruf ertönte gerade im rechten Moment und ließ Durin verharren, ehe er in Reichweite des Nachtmahrs gelangte. Das Wechselwesen hatte an diesem Abend die Gestalt einer Ratte angenommen, um seinen selbst gewählten Herrn unauffällig begleiten zu können. Ein Umstand, der sich nun auszahlte.

Durins Gesicht nahm einen grimmigen Ausdruck an, während sich seine Finger in einer routinierten Bewegung um den Griff seines Kurzschwerts schlossen. Anders als Saphrax besaß er nicht die Gabe, im Dunkeln sehen zu können, und nahm nur die zusammengekniffenen gelben Augen und die blutgierig gefletschten Zähne des Untiers wahr.

»Wie viele sind es?«, raunte er Saphrax zu.

»Einer«, kam augenblicklich die geflüsterte Antwort. Doch gerade als Durin aufatmen wollte, fügte das Wechselwesen hinzu: »Vielleicht auch mehr.«

»Sehr aufschlussreich. Kannst du es nicht ein bisschen genauer sagen?«

»Nein.«

»Wo bist du?«

»Hinter dir.«

»Feigling.«

Ehe Saphrax etwas erwidern konnte, gab sich der Nachtmahr zu erkennen. Den hässlichen Kopf vorgestreckt, die Ohren angelegt, löste er sich geduckt aus seinem Versteck und kam knurrend näher. Es war ein großes Tier. Im Licht der Fackeln sah Durin, wie sich die Muskeln unter der schwarzen Haut spannten, wusste aber, dass der Nachtmahr nicht angreifen würde. Noch nicht. Nachtmahre waren grausame Bestien, aber nicht dumm. Ein wehrloses Kind töteten sie, ohne zu zögern, mit einem Biss, einen bewaffneten Mann aber griffen sie nicht alleine an. Jetzt würde sich zeigen, ob sich noch weitere Mahre in der Dunkelheit verbargen.

Durin rührte sich nicht. Das Kurzschwert gezückt, stand er da und ließ die Kreatur nicht aus den Augen. Für einen schrecklichen langen Augenblick musterten Jäger und Opfer sich in der Stille der Nacht, während der immer dichter werdende Schneefall eine weiße Decke über die Stadt breitete.

Während Durins Herz rasend schnell schlug, schien die Zeit stillzustehen. Schließlich legte der Nachtmahr den Kopf in den Nacken und ließ das gefürchtete Heulen erklingen, das von einer gestellten Beute kündete und alle seine Brüder in der näheren Umgebung anlocken würde.

Durin wartete nicht länger. Mit einer erschreckend plötzlichen Bewegung stürzte er auf den Nachtmahr zu und durchtrennte dessen Kehle mit einem einzigen Schnitt, noch ehe das Heulen verklungen war. Blut schoss aus der klaffenden Wunde und färbte den Schnee violett, während das Untier sich weiter auf den Beinen hielt, als könne es nicht begreifen, dass sein Leben hier und jetzt endete.

Durin versetzte ihm einen Fußtritt und brachte ihn zu Fall. »So ist es besser«, murmelte er, spie auf den Boden und säuberte sein Schwert mit einer Handvoll Schnee. »Du kannst rauskommen«, wandte er sich nun laut an Saphrax. »Das Vieh war allein.«

»Ganz recht, es war allein!« Wie aus dem Nichts schoss Saphrax heran – eine hagere graue Ratte auf dem weißen Schnee –, setzte zum Sprung an und verwandelte sich noch im Flug in ein schwarz-weiß gestreiftes Baumhörnchen, das sich ängstlich an Durins ledernen Brustharnisch klammerte. »Wir müssen weg. Sie kommen!«, zischelte er und schaute sich dabei unablässig in alle Richtungen um.

»Bin schon unterwegs.« Mit dem Kurzschwert in der Hand setzte Durin seinen Weg im Laufschritt fort. Saphrax war ein Wesen der Anderwelt und gehörte eigentlich zu seinen Feinden. Das Schicksal aber hatte gewollt, dass sie zusammenfanden. Während er um die nächste Hausecke bog, hörte er hinter sich das Hecheln von mindestens drei weiteren Nachtmahren und war nicht zum ersten Mal froh darüber, Saphrax an seiner Seite zu haben.

»Es sind vier«, hörte er Saphrax schnarren, als hätte dieser seine Gedanken gelesen.

»Keine Sorge, sie werden uns nicht verfolgen.« Hinter ihm ertönte wütendes Knurren und Fauchen. Zweifellos hatten die Mahre den toten Körper gefunden und sofort damit begonnen, sich um die besten Stücke zu streiten. Durin grinste. »Jedenfalls nicht, bevor sie ihren Bruder verspeist haben.« Er ging nun langsamer, nahm Saphrax auf die Hand und hielt ihn so, dass er ihm in das pausbackige Nagergesicht sehen konnte. »Das war nun schon das sechste Mal, dass du mir das Leben gerettet hast«, sagte er gespielt tadelnd. »Das sind fünf Leben mehr, als du mir zu verdanken hast.«

»Fünf sind nicht genug.« Saphrax stieß sich ab und landete gekonnt auf Durins Schulter. »Wenn du mich loswerden willst, muss ich dich enttäuschen.«

Durin schmunzelte. Er war ein Einzelgänger, der in den vielen Wintern der Einsamkeit schon fast vergessen hatte, wie angenehm Gesellschaft sein konnte. Abgesehen davon, dass Saphrax' außergewöhnliche Fähigkeiten ihm eine wirkliche Hilfe waren, musste er sich nach den vier Schwarzmonden, die das Wechselwesen ihn nun schon begleitete, eingestehen, dass er sich längst an den ungewöhnlichen Gefährten gewöhnt hatte.

Ein gellender Todesschrei in der Ferne ließ ihn zusammenzucken und erinnerte ihn daran, dass die Nacht noch nicht vorüber war. »Mir scheint, da war jemand unvorsichtig«, kommentierte Saphrax nüchtern.

»Hat eben nicht jeder so ein wachsames Wechselwesen bei sich.« Durin spähte aufmerksam um die nächste Hausecke und setzte den Weg zum Hafen fort. Sein Ziel war die Taverne *Zum Hölzernen Fass*. Dort, so hatte man ihm gesagt, würde er erwartet werden. Schon am Abend hätte er dort eintreffen sollen, aber er war aufgehalten worden. Nun machten Dunkelheit und Schneetreiben ihm die Suche schwer. In dem engen Gewirr aus Gassen und Gängen, die das Hafenviertel prägten, brauchte er schon eine gehörige Portion Glück, um die Taverne jetzt noch zu finden. Aber er trug sich mit der Hoffnung, dass der Bote seines Auftraggebers auch noch am nächsten Morgen auf ihn warten würde.

Saphrax schnatterte aufgeregt. Das Wechselwesen sprang von seiner Schulter auf eine nahe Mauerkrone und deutete mit der pelzigen Pfote voraus. Durin reckte sich und spähte über die Mauer hinweg. Durch eine Lücke zwischen den Häusern konnte er die Kaimauer und die Masten eines Schiffes sehen. Er war am Ziel. Der Hafen lag zum Greifen nahe vor ihm. Jetzt musste er nur noch die Taverne finden.

Eine gefühlte Ewigkeit und zwei unangenehme Begegnungen mit Nachtmahren später, musste er sich eingestehen, dass er die Lage wohl zu optimistisch eingeschätzt hatte. Zweimal war er die gesamte Hafenpromenade im Licht der Pechfackeln entlanggeschritten. Vergeblich. Gegenüber der Kaimauer drängten sich die Tavernen, Gast- und Freudenhäuser dicht an dicht, doch das gesuchte Wirtshaus war nicht darunter.

»Mir ist kalt«, kam Saphrax' Stimme aus den Tiefen von Durins fellgefütterter Kapuze.

»Mir auch.« Durin blinzelte gegen den heftigen Schneefall an und versuchte, die Inschrift auf einer von Schnee bedeckten Holztafel über einer Wirtshaustür zu lesen.

»Warum kehrst du nicht endlich irgendwo ein?«, maulte Saphrax ungeduldig. »Das *Hölzerne Fass* können wir morgen auch noch suchen.«

»Ich glaube nicht, dass sie uns einlassen würden.« Durin seufzte. »Du weiß doch, Wirtsleute waren …«

»… schon immer ein feiges Pack?« Eine samtene Stimme ließ Durin herumwirbeln. Hinter ihm stand eine Frau. Hochgewachsen und in einen Umhang gehüllt, der ihre gertenschlanke Figur selbst in der Dunkelheit hervorragend zur Geltung brachte. »Oh, habe ich dich etwa erschreckt?«, hauchte sie mit verführerischem Lächeln.

»Mich erschreckt man nicht so leicht.« Durin räusperte sich, wohl wissend, dass sie die Lüge durchschauen musste.

»Nun, dann ist es ja gut.« Ihr Lächeln erreichte die Mundwinkel nicht, als sie die Hand ausstreckte und seine Wange mit behandschuhten Fingern berührte. »Du siehst aus, als könntest du heute Nacht etwas Gesellschaft gebrauchen.«

»Durin …!« Saphrax' wispernde Stimme drang warnend an sein Ohr, aber Durin tat, als hörte er es nicht. »Gut beobachtet, meine Schöne«, entgegnete er schmeichelnd. »Hast du zufällig welche anzubieten?«

»Zufällig.« Die Frau gab einen Laut von sich, der dem Schnurren einer Katze ähnelte.

»Durin...!« Aus den Tiefen der Kapuze meldete sich Saphrax wieder zu Wort.

»Darf ich fragen, mit wem ich die Ehre habe?«, erkundigte sich Durin galant, ohne auf Saphrax' Drängen einzugehen.

»Du kannst mich Vereana nennen. Ich bin die beste Gesellschafterin im ganzen Hafenviertel.« Die Frau gab ihm mit einer Geste zu verstehen, dass er ihr folgen sollte, lächelte und wandte sich um.

»Durin, sie ist...« Saphrax schnappte nach Luft. Er schien sich kaum noch beherrschen zu können.

»Schscht...«, zischte Durin und sagte dann laut und fast überfreundlich: »Teuerste?«

»Was?« Ein rötliches Aufblitzen in den Augen der Frau mahnte Durin zur Vorsicht, als sie sich eine Spur zu ungehalten zu ihm umdrehte.

»Man warnte mich, dass sich hier im Hafen nächtens allerlei zwielichtige Gestalten herumtreiben«, begann er in einem Ton, als wären ihm die Wesen der Anderwelt fremd. »Sagt, kann ich Euch trauen?«

»Aber natürlich.« Die Frau kam zurück. Ihr Lächeln wirkte wie in Stein gemeißelt. »Du musst nicht alles glauben, was die Dummköpfe hier an Gerüchten in die Welt setzen. Von mir hast du nichts zu befürchten. Es sei denn, du fürchtest dich davor, ein wenig Spaß zu haben.«

»Unsinn.« Durin tat verlegen. »Dennoch hätte ich gern einen Beweis.«

»Einen Beweis?« Ein erbostes Fauchen begleitete die Worte der Frau. Sie fing sich jedoch schnell und fragte nun wieder mit süßlicher Stimme: »Was sollte das sein?«

»Ich suche die Taverne *Zum Hölzernen Fass*, aber ich kann sie nicht finden«, erklärte Durin in einem Ton, der nichts von dem verriet, was er dachte. »Führt Ihr mich sicher dorthin, schenke ich Euch mein Vertrauen.«

»Also gut, komm mit.« Die Frau wirbelte herum und ging die Straße entlang. Dort, wo ihr Mantel den Boden berührte, hinterließ er feine Schleifspuren im frisch gefallenen Schnee. Fußabdrücke entdeckte Durin keine. Nach fünfzig Schritten blieb sie stehen, deutete in eine düstere Gasse und sagte: »Da ist es. Die erste Tür im zweiten Haus. Zufrieden?«

»Mehr als das.« Noch während er sprach, zog Durin in einer ansatzlosen Bewegung sein Schwert und schlitzte den Mantel der Frau von oben bis unten auf. Mit einem Geräusch, das an ein dumpfes Seufzen erinnerte, glitt er zu Boden und gab den Blick frei auf eine Frauengestalt, die gänzlich aus silbernem Licht zu bestehen schien. »Wenn du glaubst, ich sei so leicht zu verführen wie einer dieser versoffenen Seemänner, hast du dich getäuscht, Valkyre«, sagte er drohend. »Noch ist es nicht so weit, dass ich mich nach meinen Ahnen sehne.«

»Du elender Bastard!« Das anmutige Frauengesicht schwoll an und wurde zu einer hässlichen Fratze, die sich in einen riesigen grinsenden Totenschädel verwandelte. »Diesmal hast du mich durchschaut, Wanderer«, sagte sie in einem Ton, der nichts Menschliches mehr hatte. »Das nächste Mal bist du mein!« Die Valkyre setzte zu einem höhnischen Gelächter an. Dabei erhob sie sich langsam in die Lüfte, als würde sie davonschweben, ehe ihre Lichtgestalt zu einem gleißenden Ball wurde, der wie eine Sternschnuppe zum Himmel hinaufschoss und zwischen den wirbelnden Schneeflocken verschwand. Ihr Lachen hallte noch eine Weile nach. Dann war es still.

»Du hast es gewusst?« Zitternd kam Saphrax aus der Kapuze hervorgekrochen.

»Von Anfang an.« Durin steckte sein Schwert ein und nickte.

»Warum hast du sie nicht getötet?«

»Weil man nicht töten kann, was schon tot ist.« Durin versetzte dem Mantel am Boden einen Tritt. »Man kann sie nur verscheuchen, indem man sie erkennt. Wer sie beim Namen nennt, über den haben sie keine Macht mehr.«

»Und warum hast du sie dann nicht gleich enttarnt?«, wollte Saphrax wissen.

»Weil sie mir helfen sollte.« Durin lachte und deutete auf das verwitterte Holzschild, das über dem Eingang zur Taverne hing. »Immerhin hat sie uns nicht angelogen. Da steht *Zum Hölzernen Fass*. Wir sind da.«

Eine schicksalhafte Begegnung

»... als der Waffenstillstand beschlossen wurde, habe ich mich sofort auf die Suche nach ihnen gemacht.« Finearfin nahm einen tiefen Atemzug und beendete ihren Bericht mit den Worten: »Ich weiß, es ist lange her. Fast eine Ewigkeit, gemessen an der Kurzlebigkeit deines Volkes. Und doch ist noch nicht zu viel Zeit vergangen. Im Hafen von Arvid enden alle Spuren, denen ich folgte. Irgendwo hier liegt der Schlüssel zu den Fragen, die das ungewisse Schicksal unserer Hohepriesterin aufwirft.«

»Ja, fünfzehn Winter sind eine lange Zeit für uns Menschen.« Die Frau hatte Finearfin aufmerksam gelauscht und sie nicht ein einziges Mal unterbrochen. Es war nicht zu übersehen, wie sehr Finearfins Worte sie berührt hatten. Nun legte sie die Stirn nachdenklich in Falten und hob die Hand ans Kinn. »Ich muss gestehen, ich habe mich nie sehr dafür interessiert, was die da oben machen. Darauf hatte unsereins doch sowieso keinen Einfluss. Die Könige dieser Welt scheren sich keinen Deut um das Schicksal ihrer Untertanen. Natürlich habe ich Gerüchte gehört. Viele Gerüchte. Aber ich lege meine Hand nicht dafür ins Feuer, dass auch nur ein Funken Wahrheit in ihnen steckt.«

»Was für Gerüchte?« Finearfin versuchte, sich nicht anmerken zu lassen, wie enttäuscht sie war. Gerüchte hatte sie wahrlich schon mehr als genug gehört. Neue und alte, wobei sich irgendwie immer alles zu wiederholen schien. Aber die Nacht war noch lang. Sie hatte viel Zeit und wollte die freundliche Frau nicht beleidigen.

»Nun, das meiste kennst du sicher schon«, räumte die Frau ein. »Sie sagen, der König von Tamoyen hätte die Hohepriesterin damals entführen lassen, um mit ihr die gestohlene Wächterstatue aus dem Celossos-Altar freizupressen, deren Magie viele hundert Winter das Tor zur Anderwelt verschloss. Viele hier glauben, dass es deshalb Krieg gegeben hat.«

»Das ist kein Gerücht.« Finearfins Gesicht nahm einen harten Ausdruck an. »Es ist die Wahrheit. Eine Wahrheit, die Hunderte Elfen und Tausende Tamoyer das Leben kostete und dem Zweistromland den ewigen Winter gebracht hat. Das Schlimmste aber ist, dass die Entführung euch nicht geholfen hat. Die Statue ist nicht zurückgekehrt. Alles ist nur noch schlimmer geworden.«

»Nicht wenige in Tamoyen sehen es wie du.« Die Frau nickte bedächtig. »Es gibt kaum jemanden in diesem Land, der nicht einen Angehörigen im Krieg gegen die Elfen verloren hat. Man munkelt, dass der alte König keines natürlichen Todes starb. Angeblich ist er von seinen Widersachern heimtückisch vergiftet worden, um den Thron für seinen Sohn frei zu machen, der mit den Elfen des Zweistromlandes Frieden schließen wollte, und …«

»Was er dann ja auch getan hat.« Finearfin hatte keine Lust, sich mit der Frau über die Verhältnisse im tamoyischen Königshaus zu unterhalten. »Im Grunde kümmert es mich herzlich wenig, wer in Tamoyen regiert«, sagte sie ohne eine Spur von Bedauern. »Mein Volk verliert seine Heimat und ich trage eine Mitschuld daran. Das ist es, was mich mehr als alles andere bewegt. Ich muss wissen, was aus der Hohepriesterin und ihrem Kind geworden ist.«

»Es heißt, sie hätten sie auf ein Schiff gebracht, das mit unbekanntem Ziel ausgelaufen ist«, erklärte die Frau.

»Auch das habe ich schon gehört.« Finearfin nickte ernst. »Aber das Ziel war nicht unbekannt. Nach allem, was ich erfahren habe, sollte die Hohepriesterin zur Feuerinsel weit draußen im Ozean der Stürme gebracht werden. Dorthin wurden vor mehr als zweihundert Wintern ihre Vorgängerin, die Elfenpriesterin Nimeye, und ihr Gefolge nach einem missglückten Attentat auf den Elfenkönig verbannt. In ihrem Auftrag, so habe ich erfahren, wurde die Wächterstatue geraubt, mit dem Ziel, sie gegen die Hohepriesterin auszutauschen. Indem Nimeye Tamoyen der Anderwelt preisgab, hoffte sie, seinen König dazu zu zwingen, ihr die Hohepriesterin zu bringen.«

»So eine Schande«, rief die Frau empört aus, verstummte aber sogleich wieder, weil einige der Gäste neugierig zu ihr herüberblickten, und fuhr im Flüsterton fort: »Aber warum so umständlich? Warum haben die abtrünnigen Elfen die Hohepriesterin nicht selbst entführt?«

»Weil sie mit einem Bann belegt sind und die Feuerinsel nicht verlassen können. Sie würden sterben, noch ehe sie das Festland erreichen. Und sie konnten auch nicht ihre Handlanger schicken, da der Bann des Elfenkönigs jeden, der mit den Elfen der Feuerinsel im Bunde ist, daran hindert, das Zweistromland zu betreten.«

»Ein kluger Schachzug.« Die Frau nickte, schien aber noch Fragen zu haben. »Wenn du das alles schon weißt, verstehe ich nicht, wonach du noch suchst.«

»Ich weiß, was geschehen sollte, nicht aber, was wirklich geschah«, setzte Finearfin zu einer Erklärung an. »Wenn meine Informationen stimmen, hat die Hohepriesterin die Feuerinsel nie erreicht, denn die Statue befindet sich immer noch dort.«

»Es tut mir leid, aber nach allem, was ich weiß, ist das Schiff, das sie fortbringen sollte, in einem Sturm gesunken«, sagte die Frau leise. »Niemand hat das Unglück überlebt.«

»Das ist nicht wahr. Die Hohepriesterin lebt!« Finearfin sagte das in einem Ton, als genüge allein der Glaube daran, um aus den Worten Wirklichkeit werden zu lassen. »Wäre sie damals gestorben, wäre das Zweistromland längst unter einer dicken Eisschicht begraben. Ihre Kraft ist schwach und schwindet mit jedem Winter ein wenig mehr, aber sie ist noch zu spüren, denn sie hält die Eisdämonen aus dem Norden nach wie vor davon ab, gänzlich in meine Heimat einzufallen. Noch gibt es Hoffnung.«

»Und diese Hoffnung führt dich hierher.« Die Bedienung nickte bedächtig. »Aber was willst du hier finden?«

»Jemanden, der mir sagen kann, was auf dieser Reise geschehen ist.« Finearfin brach ab und fuhr nach einer kurzen Pause fort: »So ein Schiff fährt nicht von allein. Irgendwo in dieser verdammten Stadt muss es doch jemanden geben, der weiß, wo die Reise endete, der …«

»Ich fürchte, du hast den beschwerlichen Weg umsonst auf dich genommen«, die Frau schüttelte bedauernd den Kopf. »Zu der Zeit gab es hier besonders viele Stürme. Heftige Stürme.« Ein Schatten huschte über ihr Gesicht. »Viele, die damals ausliefen, kehrten nie zurück.«

»Du hast jemanden verloren.« Das war keine Frage, sondern eine Feststellung. Finearfin spürte den Kummer der Frau so deutlich, als wäre es ihr eigener.

»Meinen Bruder. Er … er war …« Sie brach ab und ließ den Satz unvollendet. Mit zitternden Fingern zog sie ein fleckiges Taschentuch aus der Tasche ihres Kittels und putzte sich umständlich die Nase. »Entschuldigung. Ich … Ich dachte, ich wäre drüber weg.«

»Nur die sind wirklich tot, derer man sich nicht mehr erinnert«, sagte Finearfin mitfühlend. »Solange du sein Andenken in deinem Herzen verwahrst, wird er dort weiterleben.« Sie gab der Frau Zeit, sich zu beruhigen. Dann sagte sie: »Ich weiß von den Stürmen, und ich weiß auch, dass sie etwas mit dem Schicksal unserer Hohepriesterin zu tun haben müssen. Die Frage ist nur: Wann ging das Schiff mit der Hohepriesterin verloren? Bevor oder nachdem sie gegen die Wächterstatue ausgetauscht wurde? Ersteres lässt kaum Raum für Hoffnung, Letzteres hingegen könnte bedeuten, dass Nimeye die Tamoyer betrogen hat und sie noch am Leben ist.«

»So genau wird dir das niemand sagen können. Der Schwarze verkündet, welche Schiffe dem Riff zum Opfer fallen. Dabei spielt es keine Rolle, ob sie von Arvid kommen oder Kurs auf unsere Stadt genommen haben. Die Angehörigen der Seeleute wollen Gewissheit, denn was das Riff sich holt, gibt es nicht wieder her. Niemals ist auch nur ein Seemann dort lebend geborgen worden.«

»Der Schwarze?« Finearfin zog erstaunt eine Augenbraue in die Höhe. »Wer ist das?«

»Ein Priester, ein Druide, ein Scharlatan …« Die Frau machte eine ratlose Geste. »Wir nennen ihn so, weil er immer ganz in Schwarz gekleidet ist. Die Leute hier behaupten, er könne mit den Möwen reden. Es heißt, sie würden ihm von den Schiffen berichten, die am Riff zerschellen. Ich weiß nicht, ob das stimmt. Aber eines ist sicher, als Todesbote hat er sich noch nie geirrt.«

»Wo kann ich ihn finden?« Finearfin war entschlossen, jeder noch so kleinen Spur nachzugehen. Von einem, den man den Schwarzen nannte, hatte sie noch nie gehört.

»Ich weiß nicht, ob er ein Heim besitzt«, sagte die Frau. »Er taucht einfach auf und verschwindet wieder. Ist mal hier und mal dort. Niemand hat ihn gern in seiner Nähe. Nach einem Sturm wirst du ihn ganz sicher am Hafen antreffen. In ruhigeren Zeiten halte am Kai nach einem Schwarm Möwen Ausschau, bei ihnen wirst du ihn am ehesten finden.«

Durch die geschlossenen Fensterläden drang irres Gelächter in die Schankstube. Die Gespräche im Raum verstummten. Finearfin fühlte, wie die Angst nach den Gästen griff. Das Gelächter wurde lauter und so dröhnend, dass es für die Elfe kaum zu ertragen war. Endlich wurde es leiser und verhallte in der Ferne.

»Was … was war das?« Aus dem Gesicht der Bedienung war alle Farbe gewichen. Sie zitterte.

»Etwas, dem ich lieber nicht begegnen möchte«, erwiderte Finearfin mit besorgtem Blick. »Ich hätte nicht gedacht, dass sie sich schon in die Städte wagen.«

»War es ein Dämon?«, fragte die Frau mit bebender Stimme.

»Nein.« Finearfin schüttelte den Kopf. »Es war …«

Von draußen wurde polternd an die Tür geklopft und eine raue Männerstimme verlangte Einlass.

Alle Blicke waren jetzt auf die Tür gerichtet. Niemand sagte ein Wort. »Öffne nicht!« Die Frau erhob sich und gesellte sich zu dem Wirt, der unschlüssig am Tresen stand. »Es könnte der Dämon sein.«

»Verdammt noch mal, was ist das hier für eine unfreundliche Stadt, die weit gereisten und hungrigen Gästen in eisiger Nacht kein Obdach gewährt.« Wer immer da draußen stand, war außer sich vor Wut. Wieder donnerte er gegen die Tür und rief noch einmal: »Im Namen aller guten Götter, lasst mich ein.«

Finearfin sah, wie der Wirt zur Tür eilte. Doch statt zu öffnen, nahm er eine Fackel aus der Halterung und rief: »Hinfort mit dir, elender Dämon. Hier ist kein Platz für dich.«

»Dämon?« Das Lachen, das diesmal von draußen zu hören war, klang sehr menschlich. »Ich bin kein Dämon. Die einzige Dämonin, die sich hier herumtrieb, habe ich gerade verscheucht. Ihr müsst ihr Lachen gehört haben.«

»Du lügst«, rief der Wirt durch die geschlossene Tür hindurch. »Niemand kann es mit einem Dämon aufnehmen.«

»Ich schon!«, kam die Antwort von draußen. »Und jetzt lasst mich endlich ein. Ich werde erwartet.«

»Erwartet?« Jetzt war es der Wirt, der ein glucksendes Lachen von sich gab. »Damit hast du dich verraten, Dämon. Ich kenne jeden einzelnen meiner Gäste. Hier gibt es niemanden, der auf dich wartet.«

»Doch, mich.«

Die Menschen in der Schenke starrten Finearfin an, die sich langsam erhob und auf die Tür zuging.

»Davon habt Ihr nichts gesagt«, beschwerte sich der Wirt mit lauerndem Blick. Die Fackel abwehrbereit in beiden Händen haltend, stellte er sich breitbeinig vor die Tür, um sie notfalls auch gegen die Elfe zu verteidigen.

»Du hast mich nicht danach gefragt.« Finearfin hatte die Tür fast erreicht. Sie spürte die Verunsicherung des Wirts und grinste innerlich. Wenn sie es darauf anlegte, konnte sie sehr überzeugend lügen. Sie war allein unterwegs und hatte auch nicht vor, das zu ändern, aber sie hatte am eigenen Leib erfahren, wie bitterkalt die Nacht war, und der Mann vor der Tür tat ihr leid. Nicht einen Augenblick zweifelte sie daran, dass er die Wahrheit sagte. Ihre scharfen Elfensinne täuschten sich nie. Wer immer er sein mochte, ein Dämon war er nicht. Es gab also keinen Grund, ihm Wärme und Nahrung zu verwehren.

»In Zeiten wie diesen ist es besser, mit offenen Karten zu spielen«, hörte sie den Wirt sagen.

»Woher sollte ich wissen, dass er mitten in der Nacht hier auftaucht?«, erwiderte Finearfin ruhig, legte eine Hand an die Tür und fragte laut: »Wie ist dein Name?«

»Durin!«

Obwohl der Name Finearfin natürlich nichts sagte, nickte sie dem Wirt zu: »Er ist es.« Aber so schnell legte der Mann sein Misstrauen nicht ab. Er drehte sich um und rief durch den Türspalt: »Und wer ist es, mit dem du hier drinnen verabredet bist?«

»Ich kenne den Namen nicht. Man sagte mir nur, dass es jemand vom Stamm der Elfen sei«, kam die Antwort von draußen.

Finearfin zuckte unmerklich zusammen. Wie konnte der Mann von ihr wissen? In ganz Arvid gab es nicht einmal eine Handvoll Elfen. Im Hafenviertel war sie vermutlich die einzige. Der Abend nahm eine recht seltsame Wendung, aber sie ließ sich ihre Überraschung nicht anmerken und sagte nur: »Da hörst du's. Nun mach endlich auf, ehe der arme Kerl da draußen erfriert.«

Der Wirt wechselte einen raschen Blick mit der Bedienung, die zustimmend nickte, dann steckte er die Fackel wieder in die Halterung und schob den eisernen Riegel mit dem Satz »Mögen Eure Worte von den guten Göttern erhört werden« zurück.

Schneeflocken stoben, vom eisigen Wind getragen, in die Schankstube, schmolzen in der Wärme und hinterließen nasse Punkte auf den abgewetzten Dielenbrettern, als der Mann eintrat.

Er war groß, der dunkle Reiseumhang und der breitkrempige Hut waren schneebedeckt. Im spärlichen Licht der Fackel war sein Gesicht nicht zu erkennen, trotzdem wusste Finearfin sofort, dass er ein Tamoyer war. Und noch etwas bemerkte sie. Es war nur ein Gefühl. Etwas, für das sie keine Beweise fand und das sie dennoch fast überdeutlich spürte: Er war nicht allein.

Der Wirt verriegelte hastig die Tür und wich furchtsam ein paar Schritte zurück, während der Fremde sich den Schnee von dem Mantel klopfte. Als er damit fertig war, wandte er sich dem Wirt zu, der sich unter seinen Blicken zu ducken schien, und sagte erstaunlich freundlich: »Danke. Ich übertreibe wohl nicht, wenn ich sage, dass dein gutes Herz mir das Leben gerettet hat. Da draußen braut sich ein richtiger Schneesturm zusammen.«

»Dankt nicht mir, sondern ihr.« Der Wirt deutete mit zitternder Hand auf Finearfin. »Wenn sie nicht für Euch gesprochen hätte, wäre die Tür verschlossen geblieben.«

»Nun, dann danke ich dir ebenso.« Der Fremde schenkte Finearfin ein kühles Lächeln. »Ich weiß, ich bin spät dran, aber die Zeiten sind schlecht und ich wurde aufgehalten. Umso mehr freut es mich, dass du hier auf mich gewartet hast.«

Finearfin antwortete nicht sofort. Sie hatte den Mann noch nie gesehen und war schon gar nicht mit ihm verabredet. Sie hatte ihm helfen wollen, aber die Situation hatte sich sonderbar entwickelt und sie in eine brenzlige Lage gebracht. Wenn der Wirt und die Gäste erfuhren, dass sie gelogen hatte, würde sich ihr Zorn gegen sie richten. Sie hatte keine Wahl, sie musste weiter mitspielen. Wenigstens bis zum Morgengrauen.

»Wohin hätte ich gehen sollen, bei dem Wetter?«, sagte sie leichthin und unterstrich die Worte mit einer beiläufigen Geste. »Dieses Wirtshaus ist so gut oder so schlecht wie jedes andere am Hafen. Und es ist ein sicherer Platz für die Nacht.«

»Im Namen der guten Götter, das ist ein wahres Wort.« Der Fremde nickte, blies sich auf die blau gefrorenen Hände und rieb sie aneinander, um sie ein bisschen warm zu bekommen. Dann wandte er sich wieder an den Wirt. »Ich habe Hunger und Durst. Bring mir, was da ist, aber beeile dich.«

Der Wirt nickte und verschwand hinter dem Tresen.

»Wo ist dein Platz?«, erkundigte sich der Fremde wie selbstverständlich bei Finearfin.

»Dahinten, nahe dem Ofen.« Finearfin deutete in den hinteren Teil der Schankstube. Es war ihr alles andere als recht, den Rest der Nacht in Gesellschaft des Tamoyers zu verbringen, aber die Geister, die sie mit ihrem selbstlosen Handeln herbeigerufen hatte, ließen sich so schnell nicht wieder vertreiben. So begleitete sie den Mann zum Tisch und bestellte sich noch einen Becher Wein, um den Schein zu wahren.

Der Tamoyer folgte ihr wortlos, löste sein Bündel vom Rücken und legte den Mantel ab. Als er den Hut abnahm, ging ein erstauntes Raunen durch den Raum. Sein Schädel war kahl und von verschlungenen schwarzen Tätowierungen bedeckt, von denen eine über die Stirn bis zum rechten Auge hinunterreichte, was ihm ein barbarisches Aussehen verlieh.

Die Menschen in der Taverne steckten die Köpfe zusammen und tuschelten aufgeregt miteinander. Niemand wagte es, den Fremden direkt anzusprechen. Doch spätestens als die Gäste an den Nachbartischen ihre Weinkrüge nahmen und sich einen Platz im vorderen Teil der Schankstube suchten, wurde klar, dass er ihnen nicht geheuer war.

»Sieht aus, als hätten sie etwas gegen dich… Durin.« Finearfin blieb gelassen. Es war nicht das erste Mal, dass sie einem tamoyischen Kopfgeldjäger begegnete, allerdings hatte sie noch nie zuvor ein Wort mit ihnen gewechselt. Die beiden anderen hatten dazu wenig Gelegenheit gehabt. Im Krieg gegen die Elfen hatten sich diese Männer als Söldner verdingt. Seitdem haftete ihrer Zunft der Ruf von Gier und Unbarmherzigkeit an. Berichte über ihre Gräueltaten hatten nicht nur im Zweistromland die Runde gemacht, sie hatten auch die Bewohner Tamoyens in Angst und Schrecken versetzt. Kopfgeldjäger waren die Speerspitze des Königs gewesen, die er nicht nur gegen die Elfen, sondern auch gegen Feinde in den eigenen Reihen eingesetzt hatte. Auf seinen Befehl hin hatten die Kopfgeldjäger Deserteure, Rebellen und Verräter verfolgt und gerichtet und dabei nicht selten auch großes Leid über Unschuldige gebracht. Sie arbeiteten immer allein. Alles, was für sie zählte, war Gold. Zweimal schon hatte ein Kopfgeldjäger Finearfin erwischt, die als Späherin für den Elfenkönig hinter den Linien der Tamoyer unterwegs gewesen war. Trotz ihres brutalen Auftretens hatten sie einer Kampferfahrung von mehr als zweihundert Wintern nichts entgegenzusetzen gehabt. Finearfin schmunzelte insgeheim. Zumindest diese beiden hatten ihren gerechten Lohn erhalten.

»Du nicht…?« Durin zog sich einen Stuhl heran. Seine Wortwahl und der fragende Blick ließen keinen Zweifel daran, dass er ihren Namen wissen wollte, aber Finearfin blieb vorsichtig. »Mein Name tut nichts zur Sache«, erwiderte sie knapp.

»Gut.« Durin hob die Hände und machte eine entschuldigende Geste. »Wir haben schon genug Zeit verloren. Dann sprechen wir eben über die Sache selbst.«

Finearfin schluckte. Was sollte sie darauf antworten?

»So. Zwei Becher Wein, Brot und eine heiße Brühe für den

späten Gast.« Die Bedienung kam mit der Bestellung und verschaffte Finearfin eine kurze Bedenkzeit, die sie wohl zu nutzen wusste. Als Durin gezahlt hatte, erwiderte sie in leicht verärgertem Ton: »Ich bin nur der Mittler. Ich kann und darf dir nichts sagen. Meine Aufgabe wäre es gewesen, dich am Nachmittag zu denen zu bringen, die deine Dienste in Anspruch nehmen möchten.« Sie deutete zum Fenster, an deren Läden ein immer heftigerer Wind rüttelte. »Das ist jetzt natürlich nicht mehr möglich. Ich fürchte, du musst dich bis zum Morgengrauen gedulden.«

»Dann weißt du nichts über das Kind, das ich suchen soll?«

Ein Kind? Finearfin zuckte unmerklich zusammen, aber ehe sie etwas erwidern konnte, lenkte etwas anderes ihre Aufmerksamkeit auf sich. Aus den Augenwinkeln glaubte sie eine Bewegung auf Durins Umhang zu bemerken, während das Gefühl einer nahen Anderweltkreatur ihre Sinne alarmierte. Es war jedoch nur eine Fliege, die den Mantel des Kopfgeldjägers erkundete, und Finearfin atmete auf.

»Ich hab dich was gefragt, Elfe.« Die Geschwindigkeit, mit der Durin die Suppe löffelte und das Brot in sich hineinstopfte, ließ auf großen Hunger schließen.

»Warte bis morgen. Dann wirst du alles erfahren«, antwortete Finearfin betont kühl, während sie ihr Bündel zur Hand nahm und darin unauffällig nach dem Fläschchen mit Schlafpulver suchte, das sie für solche Fälle immer bei sich hatte.

Das Grab

Die Verfolger kamen näher. Caiwen rannte. Ihren Weg säumten Tote, die wie zerbrochene Puppen in ihrem Blut auf dem Boden lagen. Caiwen war erschöpft. Sie wusste, dass sie nicht schnell genug war, aber sie gab nicht auf. Das kleine Bündel in ihrem Arm schützend an sich gepresst, lief sie weiter.

Eine Frau mit hellen Haaren war dicht an ihrer Seite. Sie rief ihr etwas zu, dann riss sie jäh die Augen auf und stürzte, einen Pfeil zwischen den Schulterblättern, zu Boden. Verzweiflung übermannte Caiwen. Sie blieb stehen und beugte sich über die Frau, in deren Körper kein Leben mehr war.

Im gleichen Augenblick waren die Verfolger heran. Düstere Schatten ohne Gesichter, die den Kreis um sie immer enger zogen. Caiwen wollte fliehen, aber sie waren überall. Etwas zischte heran, schlang sich um ihre Beine und brachte sie zu Fall. Als sie sich umdrehte, sah sie den Mann. Das Gesicht im Dunkel einer weiten Kapuze verborgen, stand er neben ihr und schaute auf sie herab wie auf ein in die Enge getriebenes Wild.

»So endet es also«, hörte sie ihn sagen und sah, wie er langsam, fast andächtig die Hände hob, um die Kapuze zurückzuschieben. »Dein Schicksal ist besiegelt …«

… Síve i cala fire earo morne núriessen, San fire estel.

Caiwen schreckte aus dem Schlaf hoch. Sie zitterte am ganzen Körper. Ihr Herz raste. Sie zwang sich, ein paar tiefe Atemzüge zu nehmen. Langsam legte sich die Angst und machte Ärger Platz. In all den Wintern, in denen der Albtraum sie nun schon heimsuchte, hatte sie nie das Gesicht des Mannes gesehen, der sich wie ein grausiger Bote des Todes über sie beugte. Der Traum verlief immer gleich und endete stets an derselben Stelle: mit den Worten in einer ihr völlig unbekannten Sprache. Sie wusste nicht, was das alles bedeuten sollte, und hatte noch kein Mittel gegen den Schrecken gefunden, den der Traum in ihr erzeugte, aber sie hatte gelernt, mit ihm zu leben.

Seufzend ließ sie sich in ihr Kissen sinken und wartete darauf, dass sich ihr Herzschlag beruhigte, als ihr auffiel, dass etwas nicht stimmte. Es war nur ein Gefühl, das sie nicht in Worte fassen konnte, aber es war da.

In der Hütte war es dunkel. Dem Schlaf noch nicht ganz entronnen, schlug sie die gewebte Decke zur Seite, schlich zum Fenster und blickte nach Osten, wo der Sonnenaufgang einen ersten, schwachen Silberschimmer über den Horizont schickte.

Einen langen Augenblick blieb sie am Fenster stehen und lauschte in die Dunkelheit hinein. Dann wusste sie es. Es war die Stille im Haus. Eine vollkommene Abwesenheit jeglichen Geräuschs, wie sie es noch nie zuvor erlebt hatte. Kein Wind pfiff durch die Ritzen, keine brennenden Steine brachten den eisernen Ofen zum Knacken und aus der Schlafkammer der Eltern drang kein Schnarchen an ihre Ohren. Das Haus schien leer und tot.

»Vater? Mutter?« Caiwen eilte zur Tür ihrer Kammer. Das Bett sah benutzt aus, aber es war leer. Es dauerte einen Moment, bis sie begriff, dass sie ganz allein im Haus war. Seltsam. Seit sie denken konnte, war es noch nie vorgekommen, dass Verrina und Lenval die Hütte gemeinsam verlassen hatten, ohne es ihr mitzuteilen oder ihr eine Nachricht zu hinterlassen – schon gar nicht in der Nacht.

Je älter sie wurde, desto öfter verfluchte Caiwen es, so behütet zu werden, auch wenn sie verstehen konnte, dass sich ihre Eltern ganz besonders um die einzige Tochter sorgten. Inzwischen war sie fast erwachsen und sehnte sich nach mehr Freiheit. Dass sie ihr so unverhofft zuteilwurde, schürte jedoch die Sorge in ihr.

Wo waren ihre Eltern hingegangen? Wann würden sie zurückkommen? Caiwen beschloss, nicht zu warten, bis es so weit war. Geduld war noch nie ihre Stärke gewesen. Wenn es etwas zu ergründen gab, dann wollte sie es sofort wissen.

Mit wenigen Schritten kehrte sie zu ihrem Schlafplatz zurück, kleidete sich an und verließ die Hütte. Das Rauschen der fernen Brandung vertrieb die Stille und brachte ein Stück Normalität zurück. Unschlüssig schaute Caiwen sich um. Schatten umhüllten die Hütte wie Rauch und über dem Weg hinunter zum Dorf hingen schwache Nebelschleier wie Gespinste aus einer anderen Welt. Caiwen unterdrückte den Impuls, eine Pechfackel zu entzünden. Wenn sie ihre Eltern suchen wollte, musste sie es im Dunkeln tun. Gewiss hatten Lenval und Verrina einen guten Grund dafür gehabt, die Hütte heimlich zu verlassen, und einer davon war sicherlich, dass sie Caiwen nicht dabeihaben wollten.

Aber wo sollte sie suchen? Caiwen schloss die Augen und konzentrierte sich auf die Geräusche der schwindenden Nacht. »Du hast bessere Ohren als eine Katze«, hatte Heylon einmal scherzend zu ihr gesagt. Ein Vergleich, der durchaus seine Berechtigung hatte, und ein weiterer Beweis dafür, wie sehr sie sich von den anderen Riffbewohnern unterschied.

Für wenige Herzschläge richtete sie ihre Sinne in die Nacht hinaus, dann wies ihr ein verhaltenes Gemurmel, das von irgendwo jenseits der Hütte kam, den Weg. Caiwen zögerte nicht länger. So lautlos, dass es selbst die wachsamen Felstölpel nicht hätten hören können, schlich sie um die Hütte herum und bahnte sich zwischen Felsen und Gestrüpp hindurch einen Weg auf die Stimmen zu.

Sie fand ihre Eltern in einer kleinen Senke kaum fünfzig Schritte von der Hütte entfernt. Verrina hielt den Kopf gesenkt.

Sie wirkte traurig. Lenval hatte den Arm um sie gelegt, ganz so als wollte er sie trösten. Die beiden sprachen nun nicht mehr. Sie standen einfach nur da und schauten auf einen winzigen Strauß gelber Vorfrühlingsblumen, der vor ihnen auf dem Boden lag.

Caiwen wartete, aber mehr geschah nicht.

Der Silberstreif am Horizont wurde breiter und trieb die Dunkelheit langsam nach Westen. Schließlich hob Lenval den Kopf, seufzte und sagte leise zu Verrina: »Komm, wir müssen gehen. Sie wird bald aufwachen.«

Verrina nickte stumm.

Noch ehe die beiden sich anschickten, die Senke zu verlassen, war Caiwen schon auf dem Heimweg. Wenn ihre Eltern nach Hause kamen, musste sie in ihrem Bett liegen. Ruhe würde sie keine mehr finden. Sie war losgezogen, um Antworten zu bekommen, hatte aber nur neue Fragen gefunden. Fragen, die wiederum nach Antworten verlangten.

Nach der Morgenmahlzeit verabschiedete Caiwen sich von ihren Eltern und lief ins Dorf hinunter. Sie hätte zu Armide gehen sollen, aber sie tat es nicht. Kaum hundert Schritte von ihrem Elternhaus entfernt, bog sie nach rechts ab, versteckte sich nahe dem Weg, der zum Südstrand hinunterführte, hinter einem Felsen und wartete.

Ihre Geduld wurde schon bald belohnt. Als die ersten Sonnenstrahlen die schlanke Felsnadel berührten, die die Riffbewohner *Den Mahnenden Finger Mar-Undrums* nannten, sah sie Heylon mit einem Sack über der Schulter den gewundenen Pfad entlangkommen.

Wie an jedem Morgen war er auf dem Weg zum Südstrand, um brennende Steine zu sammeln, die das Meer in der Nacht dort angespült hatte. Eigentlich war es die Aufgabe der Frauen, das einzige brennbare Material, das es auf den Inseln gab, einzusammeln und zu den Hütten zu bringen. Aber Emeric hatte darauf bestanden, dass sein nichtsnutziger Sohn seinen Teil zum Leben in der Gemeinschaft beitrug, und ihm befohlen, jeden Tag mindestens ein halbes Dutzend Säcke mit Steinen ins Dorf zu schaffen.

Heylon nahm die Arbeit sehr ernst. An guten Tagen schaffte er allein mehr brennende Steine ins Dorf, als die Frauen in drei Sonnenaufgängen vom Strand herauftragen konnten. Die Riffbewohner hätten ihm dafür dankbar sein müssen. Seit er die Steine holte, hatten sie es auch im Winter immer warm. Doch statt Lob erntete Heylon nur Hohn und Spott, weil er Weiberarbeit verrichtete, die eines Mannes angeblich nicht würdig war.

»Buh!« Heylon war bis auf wenige Schritte an ihr Versteck herangekommen, als Caiwen hervorsprang und ihm den Weg versperrte.

»Caiwen!« Heylon blieb ruckartig stehen und schaute sie tadelnd an. »Genügt es dir nicht, dass du mich erst gestern halb zu Tode erschreckt hast?«

»Nein.« Caiwen grinste schelmisch.

»Du änderst dich wohl nie.« Heylon seufzte und hob in gespielter Verzweiflung die Hände. Dann lächelte er und fragte: »Also gut. Was willst du? Ich kenne dich doch. Wenn du mir so auflauerst, hat das immer einen besonderen Grund. Sag bloß, du hast in der Nacht einen Plan für die Tölpeljagd ausgeheckt?«

»Das leider nicht.« Caiwen schüttelte bedauernd den Kopf. »Ich will dir etwas zeigen.«

»Was denn?«

»Das weiß ich auch noch nicht.«

»Wie?« Heylon runzelte verwirrt die Stirn. »Aber du hast doch gesagt …?«

»Frag nicht und komm einfach mit.« Caiwen verließ den Pfad und kämpfte sich durch das kahle Gestrüpp, das hier überall in den Spalten zwischen den Felsplatten wucherte. Nach ein paar Schritten blieb sie stehen und schaute sich um. »Jetzt komm schon«, forderte sie Heylon noch einmal auf, der keine Anstalten machte, ihr zu folgen. »Aber sei leise. Ich möchte nicht, dass uns jemand sieht.«

Kurz darauf kauerten Caiwen und Heylon geduckt am Rand der kleinen Senke, in der Lenval und Verrina in der Nacht gestanden hatten. Die Spuren der beiden waren im feuchten Sand deutlich zu erkennen und auch der kleine Blumenstrauß lag noch dort.

»Und? Was soll ich hier?« Heylon gab sich keine Mühe, seinen Unmut zu verbergen. »Es wäre sehr freundlich, wenn du mich langsam mal aufklären würdest.«

»Also gut. Hör zu. Als ich heute Morgen erwachte …« Mit wenigen Worten schilderte Caiwen Heylon, was sie vor Sonnenaufgang beobachtet hatte, und sagte abschließend: »… findest du es nicht seltsam, dass meine Eltern sich heimlich aus der Hütte schleichen, um hier im Dunkeln ein Sträußchen Blumen abzulegen?«

Heylon ließ sich mit der Antwort Zeit. Dann erwiderte er. »Es ist wirklich merkwürdig. Was meinst du? Sollen wir runtergehen und nachsehen, was es dort unten so Besonderes gibt?«

»Das wollte ich gerade vorschlagen.« Caiwen spähte kurz zum fernen Elternhaus hinüber und vergewisserte sich, dass sie nicht beobachtet wurden. Dann kroch sie auf allen vieren in die Senke hinunter. Heylon tat es ihr gleich. Unten angekommen verbarg der Rand der Senke sie vor neugierigen Blicken.

»Hier ist nichts«, stellte Heylon enttäuscht fest, nachdem er sich ein wenig umgesehen hatte.

Caiwen schwieg. Ihr Blick ruhte auf dem Bund aus gelben Blumen. Heylon hatte recht. Hier gab es nur Sand und ein paar Büschel Nebelgras. Und doch war da etwas. Vorsichtig streckte sie die Hand aus, hielt sie über die Stelle, an der das Sträußchen lag, und schloss die Augen.

»Was ist …?« Heylon verstummte.

»Ah …« Caiwen keuchte auf, wich zurück und schaute Heylon aus schreckgeweiteten Augen an.

»Was ist? Was … was hast du gespürt?«, fragte Heylon verunsichert.

»Ein Grab.« Caiwen war noch blasser geworden. Nur mühsam kamen ihr die Worte über die Lippen. »Das ist ein Grab.«

»Unsinn.« Heylon schüttelte den Kopf. »Auf den Inseln gibt es keine Gräber. Du weißt so gut wie ich, dass wir unsere Toten verbrennen und ihre Asche vom Wind davontragen lassen.«

»Es ist aber wahr.« Caiwen ließ sich nicht beirren. »Ich spüre Tod. Meine Eltern betrauern ihn noch heute.« Plötzlich kam Leben in sie. Auf allen vieren kniend, begann sie, mit bloßen Händen im weichen Sand zu graben.

»He, was machst du da? Bist du verrückt geworden?« Heylon wich erschrocken ein Stück zurück. »Du … du willst das … das Was-immer-es-ist doch nicht etwa ausgraben?«

Caiwen antwortete nicht. Sie musste wissen, was ihre Eltern vor ihr geheim hielten und wer ihnen so wichtig war, dass sie mitten in der Nacht hierherkamen, um seiner zu gedenken.

Je tiefer sie grub, desto fester wurde der Sand. Caiwens Finger schmerzten, aber sie gab nicht auf. Sie überhörte Heylons geflüsterte Warnungen und machte keine Anstalten, ihn aufzuhalten, als er ankündigte, er werde gehen, weil er mit alledem nichts zu tun haben wolle. Dann endlich stießen ihre Hände auf etwas Hartes. »Warte!« Ihr gemurmeltes Wort hielt Heylon zurück, der den Rand der Senke schon zur Hälfte erklommen hatte. »Da ist etwas.« Vorsichtig legte sie etwas Dunkles frei, das unter dem Sand zum Vorschein kam. Es war ein Brett, feucht und halb vermodert, aber noch so gut erhalten, dass sie die Buchstaben erkennen konnte, die darauf eingeritzt waren. »Hier steht etwas.« Sie hob das Brett hoch, betrachtete es eingehend und reichte es an Heylon weiter. »Ich … ich kenne nicht alle Buchstaben«, sagte sie mit bebender Stimme. »Kannst du es lesen?«

Heylon schwieg, während sein Blick auf dem Brett ruhte. Dann nickte er: »Ja, das kann ich.«

»Und?« Caiwen hielt es vor Spannung kaum noch aus. »Was steht da?«

Schweigen.

»Na los. Nun sag schon.«

Heylon schaute Caiwen an. Sie konnte spüren, wie sich alles in ihm dagegen sträubte, ihrem Wunsch nachzukommen. Aber gerade das machte sie noch neugieriger.

»Willst du es wirklich wissen?«, fragte er.

»Ja, verdammt.«

»Also gut.« Heylon holte tief Luft und las vor: »Hier steht: Im Gedenken an unsere geliebte Tochter«, er machte eine bedeutungsvolle Pause, »Caiwen.«

»Caiwen? Unsere … Tochter?« Caiwen schluckte trocken. Sie musste sich verhört haben. »Aber das … das ist unmöglich. Ich bin ihre einzige Tochter. Und ich lebe noch.«

»Dann kann das nur eines bedeuten.« Heylon gab Caiwen das Brett zurück: »Du hattest eine Schwester.«

Die Halbelfe

Als Durin erwachte, schien die Sonne hell und freundlich in die Schankstube der Taverne. Es war kalt. Irgendjemand hatte die Tür und die Fensterläden weit geöffnet, um den Gestank von zwanzig mehr oder weniger betrunkenen Gästen herauszulassen, die viel zu lange auf zu engem Raum zusammengesessen hatten.

Durin gab einen ächzenden Laut von sich und blinzelte in das grelle Licht. Sein Kopf brummte und schwindlig war ihm auch. Es dauerte eine Weile, bis er wieder klar sehen konnte und erkannte, dass er der letzte Gast im *Hölzernen Fass* war.

»Wurde auch langsam Zeit, dass du aufwachst.« Saphrax hockte neben ihm auf einen Stuhl und blickte ihn aus geschlitzten grünen Augen vorwurfsvoll an. Das Wechselwesen hatte die Gestalt einer streunenden Katze angenommen, wie es sie im Hafen zu Hunderten gab. »Die anderen sind schon alle weg.«

»Alle?« Durins Gedanken arbeiteten nur langsam. Dafür nahm der Kopfschmerz rasch weiter zu. »Auch die Elfe?«

»Die war zuerst weg.« Saphrax legte den Kopf schief. »Kaum, dass es hell wurde, ist sie auf und davon.«

»Aber … aber das verstehe ich nicht.« Durin schlug die Hände vors Gesicht und rieb sich die Augen, in der Hoffnung, endlich klar denken zu können. »Sie wollte mich doch …«

»…zu deinem Auftraggeber bringen?« Die Katze schnitt eine Grimasse, die an ein Grinsen erinnerte. »Wohl kaum.«

»Was soll das heißen?« Durin verfluchte den Wein, dessen Nachwirkungen seinen Geist noch immer umfangen hielten. Wie viel hatte er getrunken? Er zählte nach, kam aber nur auf zwei Becher, an mehr erinnerte er sich nicht. Seltsam. Er gehörte nun wirklich nicht zu den Menschen, die keinen Alkohol vertrugen.

»Nun, hätte sie dir sonst Pulver in den Wein geschüttet?«

»Sie hat was? Das glaube ich dir nicht.«

»Nicht?« Saphrax blinzelte, gähnte ausgiebig und ließ seine spitzen Eckzähne im Sonnenlicht aufblitzen. »Ich kann mich jedenfalls nicht erinnern, dass du je zuvor so tief und fest geschlafen hättest.« Er begann, sich zu putzen. »Die Alte dahinten hat schon viermal vergeblich versucht, dich zu wecken.«

Durin schaute sich um und entdeckte hinter dem Tresen eine alte Frau, die wohl zum Reinemachen in die Taverne gekommen war. Neben ihr stapelte sich schmutziges Geschirr, während sie ganz ungeniert die Reste aus den Krügen trank und mit den Fingern von den Tellern kratzte, was die Gäste übrig gelassen hatten.

»Wir haben geschlossen!«, rief sie Durin mit krächzender Stimme zu, als sie seinen Blick bemerkte. Wirklich nachdrücklich klang es nicht, denn sie setzte schon den nächsten Krug an die Lippen.

»Bei den Göttern.« Durin seufzte. Plötzlich kam Bewegung in ihn. Hektisch kontrollierte er seinen Mantel und sein Gepäck, um nachzusehen, ob ihn jemand bestohlen hatte.

»Ist alles noch da.« Saphrax putzte sich lässig die Vorderpfoten. »Ich hab aufgepasst. Du konntest es ja nicht.«

»Wollte mich denn jemand bestehlen?«

»Nein.« Saphrax strich sich über die Schnurrhaare.

»Die Elfe auch nicht?«

»Nee, die wollte nur weg.«

»Verdammt noch mal, wenn du gesehen hast, wie sie mir das Pulver in den Wein geschüttet hat, warum hast du mich dann nicht gewarnt?«, brauste Durin ohne jede Vorwarnung auf.

Saphrax sprang vom Stuhl, legte die Ohren an und fletschte die Zähne. »Sie ist eine Elfe«, zischte er wütend. »Elfen hassen Wechselwesen. Sie hätte mich auf der Stelle getötet. Außerdem hatte ich die Gestalt einer Fliege angenommen und nur ein ganz leises Stimmchen. Selbst wenn ich gewollt hätte, ich hätte dich nicht warnen können.«

»Ja, ja, schon gut.« Durin seufzte und barg das Gesicht in den Händen. Er konnte sich nicht daran erinnern, sich schon einmal so elend gefühlt zu haben. Wenn doch nur der Kopfschmerz endlich nachlassen würde. »Ich wollte dich nicht kränken. Dich trifft keine Schuld.«

»Ah, da ist ja immer noch ein Gast.« Ein Schatten fiel auf den Tisch, als die Frau, die am Abend in der Taverne bedient hatte, neben Durin trat. »Deine Gefährtin ist schon lange fort«, erklärte sie mit einer Spur von Bedauern in der rauen Stimme und trat nach der Katze, die fauchend zur Tür sauste. »Sie hat noch versucht, dich zu wecken, aber du hast geschlafen wie ein Bär.«

»Hat sie gesagt, wohin sie geht?«, erkundigte sich Durin. »Oder eine Nachricht für mich hinterlassen?«

»Wenn ihr nichts ausgemacht habt, kann ich dir auch nicht helfen«, erwiderte die Frau. »Die Elfe ging ohne ein Wort des Abschieds.«

»Verdammt.« Durin ließ die Faust auf den Tisch krachen und starrte zur Tür, wo Saphrax es sich auf der Schwelle bequem gemacht hatte. »Dann wird wohl nichts aus dem Auftrag«, murmelte er missmutig vor sich hin.

»Warte.« Die Frau hob nachdenklich eine Hand ans Kinn. »Vielleicht kann ich dir doch helfen.«

Durin sah die Frau an. »Was weißt du?«

»Viel ist es nicht. Die Elfe schien sehr interessiert an einem

Mann, den wir den Schwarzen nennen. Er taucht immer dann am Hafen auf, wenn Schiffe draußen auf das Riff gelaufen sind und es tote Seeleute zu beklagen gibt. Sie hofft wohl, von ihm etwas über die Elfenpriesterin und ihr Kind zu erfahren, die vor fünfzehn Wintern verschollen sind.«

»Sie sucht nach einem Kind?« Durin horchte auf. Auch er sollte nach einem Kind suchen. So viel wusste er bereits über seinen neuen Auftrag.

»Nach der Elfenpriesterin und ihrem Kind«, korrigierte die Frau. »Wenn du mehr wissen willst, musst du sie schon selbst fragen.«

»Das mache ich.« Durin versuchte, nicht auf den hämmernden Kopfschmerz zu achten, und stand auf. »Wo kann ich diesen Schwarzen finden?«

»Das ist nicht so leicht.« Die Frau seufzte. »Er ist ein Einzelgänger und hält sich mal hier und mal dort auf. Am Hafen sind die Seevögel immer bei ihm. Halte am besten nach einem Schwarm Möwen Ausschau, dann findest du ihn am schnellsten.«

»Danke.« Durin hüllte sich in seinen Mantel, setzte den Hut auf und nahm sein Gepäck zur Hand. Er verabschiedete sich, indem er der Frau höflich zunickte, und verließ die Taverne.

Draußen lag dicker Schnee. Das reine Weiß, Zeichen eines letzten Aufbäumens des Winters, bedeckte Unrat und Abfallhaufen und ließ den Hafen frisch und sauber erscheinen. Ein Eindruck, der nicht lange halten würde. Schon ließ die aufgehende Vorfrühlingssonne den Schnee auf den Dächern schmelzen, während Pferde- und Ochsenkarren ein Übriges taten, um Straßen und Gassen in Schlammlandschaften zu verwandeln.

»Ein Dämon soll sie holen«, hörte er Saphrax wütend neben sich murmeln.

»Schlechte Laune?« Unschlüssig, wohin er sich wenden sollte, blickte Durin die Straßen entlang.

»Sie hat mich getreten«, empörte sich Saphrax.

»Dann mag sie wohl keine Katzen.« Durin entschied sich, der Kaimauer nach Norden zu folgen. »Kommst du mit?«

Mit einem Satz war Saphrax auf seinem Arm. »Kann losgehen«, schnurrte er.

Aber Durin dachte gar nicht daran, das Wechselwesen zu tragen. »Nichts da, du läufst«, raunte er der Katze zu, während er sie wieder auf den Boden setzte.

»Durch den Schnee?«, fragte Saphrax entrüstet. »Bist du verrückt? Da werden doch meine Pfoten nass.«

»Meine Füße werden auch nass.« Durin ließ sich nicht beirren.

»Einen Moment.« Mit wenigen Sätzen war Saphrax in einer Lücke zwischen den Hütten verschwunden. Es dauert nicht lange, da kehrte er in Gestalt eines zottigen Wolfshundes zurück. »Ich bin so weit.«

»Na dann los.« Durin wandte sich nach rechts und wollte gerade losgehen, als ihm jemand von hinten die Hand auf die Schulter legte. »Warte!«

Mit einer Geschicklichkeit, die sein Alter Lügen strafte, wirbelte Durin herum und setzte dem Fremden ein Messer an die Kehle, ehe dieser auch nur einen Laut hervorbringen konnte. Er war etwas kleiner als Durin und trug einen langen moosgrünen Umhang mit weiter Kapuze, die sein Gesicht fast völlig verdeckte. »Sei froh, dass ich heute gute Laune habe«, zischte Durin ihm drohend ins Ohr. »Sonst wärst du jetzt tot.«

»Sei froh, dass ich dich nicht töten wollte«, kam die furchtlose Antwort aus den Tiefen der Kapuze. »Sonst hättest du keine Gelegenheit mehr gehabt, mir zu drohen.«

Durin ging nicht darauf ein: »Was willst du?«, fragte er mürrisch, während er den Druck auf die Kehle des Mannes noch etwas verstärkte.

»Meinen Auftrag ausführen.« Der Fremde wand sich keuchend unter Durins Griff.

»Und der lautet?« Durin ließ nicht locker.

»Ich sollte gestern einen Kopfgeldjäger im *Hölzernen Fass* treffen«, japste der Fremde. »Aber er ist bis zum Einbruch der Nacht nicht gekommen. Nun kehre ich zurück und sehe dich aus der Taverne kommen ...«

»Wer bist du?« Ruckartig ließ Durin den Fremden los und stellte sich so, dass er ihn ansehen konnte.

»Melrem.« Der Fremde streifte die Kapuze ab. Er hatte dunkel gelockte, schulterlange Haare. Sein Gesicht aber trug fast elfische Züge – eine überaus ungewöhnliche Mischung, wie Durin beiläufig feststellte. »Ich soll dich zu meiner Großmutter bringen«, erklärte er und rieb sich mit den Händen die schmerzende Kehle. »Sie hat einen Auftrag für dich und ließ dir über einen Boten den Treffpunkt mitteilen.«

»Der Bote sprach von einem Elfen, der mich in der Taverne erwartet«, sagte Durin und blickte sich übertrieben suchend um. »Ich sehe hier aber keinen. Warum sollte ich dir trauen?«

»Ich bin elfischen Blutes.« Melrem strich sich die Haare gerade so weit aus dem Gesicht, dass Durin seine spitzen Ohren sehen konnte. »Jedenfalls zu einem gewissen Teil. Meine Großmutter ist eine Halbelfe. Sie wäre selbst gekommen, aber sie ist zu schwach.«

»Verstehe.« Durin nickte.

»Heißt das, du glaubst mir?«

»Das heißt, dass du mich neugierig gemacht hast«, knurrte Durin. »Ob ich dir glauben kann, werde ich später entscheiden.«

»Wie auch immer.« Melrem wirkte erleichtert. »Folge mir. Meine Großmutter war nicht gerade erfreut darüber, dass ich dich gestern verpasst habe.«

»Ich wurde aufgehalten.« Durin gab Saphrax ein Zeichen und folgte dem jungen Mann durch die verwinkelten Gassen des Hafenviertels. Die Sonne stieg höher, es wurde milder und der Schnee der Nacht schmolz dahin. Durin verfluchte den Morast auf den Wegen und Straßen und war froh, als Melrem endlich vor einem Haus anhielt, das, verglichen mit den schäbigen Gebäuden in seiner Nachbarschaft, fast schon prächtig zu nennen war.

»Scheint eine ziemlich wohlhabende Großmutter zu sein«, bemerkte er mit einem Blick auf die sauber verputzte Fassade mit den bunt verglasten Fenstern und dem kunstvoll mit Schnitzereien verzierten Gebälk.

»Eine kleine Handelsflotte beschert ihr einen bescheidenen Wohlstand«, gab Melrem Auskunft. Er deutete auf einen Kübel mit Wasser, in dem eine Bürste aus Schweineborsten steckte: »Mach deine Stiefel sauber, ehe du eintrittst. Sie hasst es, wenn die Teppiche schmutzig werden. Dein Hund muss draußen bleiben.«

»Zwei gute Gründe, das Haus gar nicht erst zu betreten.« Durin schnitt eine Grimasse, nahm dann aber doch die Bürste zur Hand. Die ganze Sache erschien ihm äußerst merkwürdig. Niemals zuvor war er jemandem begegnet, der das Erbe von Menschen und Elfen gleichermaßen in sich trug. Noch bei Sonnenaufgang hätte er jeden der Lüge bezichtigt, der ihm von dieser Spielart der Natur erzählt hätte. Und jetzt stand der Spross einer einstigen Verbindung zwischen Elf und Mensch leibhaftig vor ihm … verrückt.

Durin schnaubte und schüttelte fast unmerklich den Kopf. Seine Vernunft sagte ihm, dass es besser sei, von hier zu verschwinden, aber seine Neugier siegte wie üblich. Außerdem kam ihm der Auftrag gerade recht. Sein Beutel war leer und er brauchte dringend etwas Hacksilber.

»Du wartest hier!«, sagte er in strengem Tonfall zu Saphrax, der es sich auf einer schneefreien Stelle in der Sonne bequem gemacht hatte und ihn schläfrig anblinzelte. Eine Antwort gab er natürlich nicht, weil Melrem in der Nähe war. So blieb Durin nichts anderes übrig, als zu hoffen, dass das eigensinnige Wechselwesen ihm gehorchte und nicht auf dumme Gedanken kam.

Im Haus war es dunkel und still. Die bunten Glasfenster ließen nur wenig Licht herein, während die dicken Teppiche auf dem Boden die Geräusche seiner Schritte verschluckten. Es dauerte einige Herzschläge, bis Durins Augen sich an die Düsternis gewöhnt hatten. Blinzelnd folgte er Melrem einen langen Korridor entlang in einen Raum, der nur ein Schlafgemach sein konnte.

Abgesehen von ein paar Eichenstühlen mit grünen Samtpolstern, gab es darin nur ein riesiges Himmelbett aus gedrechseltem Eichenholz, an dessen Kopfende zwei fünfarmige Kerzenleuchter ein flackerndes Licht auf die schmale Gestalt einer alten Frau warfen.

Die Alte gab den beiden Dienerinnen, die ihr beim Aufsetzen geholfen hatten, ein Zeichen, worauf diese lautlos aus dem Zimmer huschten.

»Ist er das?«, fragte sie mit erstaunlich kräftiger Stimme, die so gar nicht zu ihrem zerbrechlichen Äußeren passen wollte.

»Ja, Großmutter.« Die Demut in Melrems Worten ließ erahnen, welche Macht die Alte besaß.

»Komm näher. Komm ins Licht.« Sie hob ihre knochige Hand und machte eine winkende Geste. »Meine Augen sind nicht mehr so gut wie früher.«

Melrem trat vor.

»Du nicht!« Ihr Ton war so scharf, dass selbst Durin zusammenzuckte. »Er!« Ihr hagerer Zeigefinger deutete auf ihn. Er trat vor und neigte zur Begrüßung das Haupt gerade so weit, dass es nicht ehrfürchtig wirkte. Jetzt, da er nahe am Bett stand, konnte er die Alte noch besser sehen. Sie war alt. Unglaublich alt. Noch nie hatte Durin einen Menschen mit so vielen Falten gesehen, noch nie eine Frau mit so schütterem Haar. Nur wenige schlohweiße Strähnen bedeckten ihren kahlen, von Altersflecken übersäten Schädel wie ein dünner Flaum. Die spitzen Ohren und die gebogene Nase waren unnatürlich groß. Dürr, wie sie war, wirkte sie wie das grausige Abbild des Todes, und doch, das spürte er genau, steckte noch eine Menge Lebenskraft in ihr.

»Na, erschreckt dich mein Anblick?« Die Alte verzog das Gesicht zu einem zahnlosen Grinsen. »Alle erschrecken sich, wenn sie mich zum ersten Mal sehen.«

»Sagen wir, er fasziniert mich.«

»Eine gute Antwort und eine mutige.« Die Alte lachte und es klang wie das Rascheln von Pergament. »Wie heißt du?«

»Durin.«

»Durin.« Die Alte sprach den Namen so langsam aus, als sei er eine Speise, von der sie erst kosten musste. »Ich bin Maeve«, stellte sie sich schließlich vor und deutete auf ein Gemälde, das neben dem Bett an der Wand hing. Es zeigte eine wunderschöne Elfe in einem fließenden himmelblauen Kleid. »Ich war nicht immer so hässlich«, sagte sie, und es klang fast ein wenig entschuldigend. »Vor einhundertachtzig Wintern hielten sich das menschliche und das elfische Erbe noch im Gleichgewicht. Inzwischen musste ich erfahren, dass Halbelfen nach einer langen Jugend erschreckend schnell altern, weil die sterbliche Hülle dem hohen Alter nicht gewachsen ist. Ein bitterer Preis für ein langes Leben.«

»Ihr … Ihr habt einhundertachtzig Winter gesehen?« Durin gab sich keine Mühe, seine Überraschung zu verbergen.

»Zweihundertundsieben Winter, um genau zu sein«, korrigierte Maeve. »Auf dem Bild bin ich siebenundzwanzig.«

»Unglaublich.« Durin war beeindruckt. »Bevor ich Melrem begegnet bin, habe ich immer geglaubt, dass sich die Völker nicht vermischen.«

»Das tun sie auch nicht.« Die Alte nickte bedächtig. »Ich darf von mir behaupten, die einzige Tochter eines Elfen und einer Tamoyerin im ganzen Königreich zu sein.« Sie kicherte heiser. »Meiner Mutter eilte der Ruf einer großen Verführerin voraus. Es muss wohl etwas dran gewesen sein, denn immerhin konnte mein Vater Lorcann ihr nicht widerstehen.«

»Ist sie das?« Durin deutete auf ein Gemälde, das neben dem Bild der jungen Maeve hing. Es zeigte eine andere wunderschöne Frau, die Maeve sehr ähnlich sah.

»Nein.« Die Alte presste die Lippen zusammen und wandte sich ab. Durin spürte ihren Schmerz und wusste, dass sie nicht antworten würde.

»Das ist meine Mutter«, warf Melrem von hinten ein. »Sie ist tot.«

»Das tut mir leid.« Durin räusperte sich verlegen. Als einer, für den das Töten zum Handwerk gehörte, besaß er wenig Übung in Beileidsbekundungen. Insgeheim ärgerte er sich, dass er gefragt hatte.

»Sie ist nicht tot! Sie ist verschollen!« Die heftige Reaktion der Alten machte deutlich, dass sie sich noch nicht mit dem Tod ihrer Tochter abgefunden hatte.

»Aber der Schwarze hat …«

»Schweig! Der Schwarze ist ein Narr und ein Scharlatan«, fiel Maeve ihrem Enkel scharf ins Wort. »Solange es keine Beweise gibt, ist Annaha nicht tot.«

»Ist sie es, die ich für Euch suchen soll?«, fragte Durin, um einem Streit zuvorzukommen.

»Auch. Aber nicht nur.« Die Alte warf Melrem noch einen zornigen Blick zu und wandte sich dann wieder freundlich an Durin. »Setz dich doch. Vom ewigen Hinaufstarren bekomme ich Nackenschmerzen. So kann ich nicht reden.«

Durin zog sich einen der gepolsterten Stühle heran und tat, wie ihm geheißen. »Also, ich höre.«

»Versprich mir, dass alles, was du nun erfahren wirst, unter uns bleibt«, verlangte Maeve.

»Wäre ich schwatzhaft wie ein Marktweib, stünde ich jetzt nicht hier«, erwiderte Durin kühl. »Seid unbesorgt. Eure Geheimnisse sind bei mir in besten Händen.«

»Ich habe nichts anderes erwartet.« Die Alte nickte, ließ sich in die Kissen sinken, die ihr den Rücken stützten, und schloss für einen Moment die Augen, als müsse sie erst Kraft schöpfen für das, was sie erzählen wollte.

»Mein Vater war ein enger Vertrauter der Elfenpriesterin Nimeye«, nahm sie schließlich den Faden auf, ohne die Augen zu öffnen. »Sieben Winter nach meiner Geburt versuchte Nimeye, den Elfenkönig zu stürzen. Aber der Aufstand misslang und wurde blutig niedergeschlagen. Mein Vater wurde gefangen genommen und mit Nimeye und einhundertfünfzig anderen Aufständischen auf die Feuerinsel im Ozean der Stürme verbannt.« Sie schaute Durin prüfend an. »Kennst du die Geschichte?«

»Wer in Tamoyen kennt sie nicht?« Durin nickte.

»Meine Mutter wurde krank vor Kummer, wusste sie doch, dass sie meinen Vater, den sie mehr als alles andere auf der Welt liebte, niemals wiedersehen würde. Als Tamoyerin blieben ihr nur wenige Winter, während Lorcann, mein Vater, noch ein langes Leben in der Verbannung vor sich hatte.« Die Alte machte eine Pause, um Atem zu schöpfen. Dann fuhr sie fort: »Neun Winter nach seiner Verbannung starb meine Mutter als verbitterte, gramerfüllte Frau. Aber bevor sie starb, nahm sie mir das Versprechen ab, dass ich alles tun würde, um meinen Vater zu befreien.«

»Ein ehrenvoller, aber, wie ich meine, recht aussichtsloser Schwur«, bemerkte Durin. »Soweit ich weiß, sind die verbannten Elfen verflucht. Sie können die Feuerinsel nicht verlassen, ohne zu sterben.«

»Daher nennen die Tamoyer sie die Feuerelfen …« Maeves Stimme zitterte leicht. »Aber was du sagst, ist richtig. In meinem jugendlichen Leichtsinn begriff ich das Ausmaß dessen, was ich da versprach, nicht. Erst die Zeit belehrte mich eines Besseren. Ich machte Fehler, wurde nachdenklicher und vorsichtiger. Eine ganze Menschengeneration ging dahin, bis ich gelernt hatte, klug zu handeln und meinen Reichtum und Einfluss für das große Ziel zu nutzen. Das elfische Blut erlaubt mir, in anderen Dimensionen zu denken. Selbst jetzt, da mein Körper nur eine faulige Hülle ist, spüre ich, dass mein Ende noch nicht gekommen ist. So begann ich vor etwa einhundert Wintern, meine Pläne langsam in die Tat umzusetzen.

Die Heirat mit einem wohlhabenden Reeder und dessen früher Tod bescherten mir eine Handelsflotte, die sich sehen lassen konnte. Damals erhielt ich eine erste Botschaft von meinem Vater. Es war den verbannten Elfen gelungen, einige Rußraben abzurichten, die auf der Feuerinsel leben. Diese schickten sie als Botenvögel auf das Festland. Schreckliche Nachrichten waren es, die die Raben ins Land trugen, denn das Leben der Feuerelfen war voller Entbehrungen und Schmerz. Mehr als ein Dutzend Mal flogen Rußraben zum Elfenkönig und brachten ihm das Gnadengesuch der Verstoßenen, aber nicht ein Rabe kehrte zurück. In seiner Verzweiflung erinnerte sich mein Vater an mich.« Sie schaute Durin von der Seite her an und sagte: »Du weißt ja, Blut ist dicker als Wasser. Ich konnte nicht anders. Ich musste ihm helfen, auch wenn ich ihn kaum gekannt hatte. Ich belud sofort ein Schiff mit dem Nötigsten und heuerte einige mutige Männer an. Das war der Beginn einer ganzen Reihe von Hilfslieferungen, in deren Verlauf es mir gelang, die größte Not der Feuerelfen zu lindern. Seinen sehnlichsten Wunsch aber konnte ich meinem Vater nicht erfüllen – die Rückkehr ins geliebte Zweistromland.«

Durin nickte. »Was hat das alles mit mir zu tun?«

»Dass ihr Schnellsterber aber auch immer so ungeduldig sein müsst.« Maeve maß Durin mit einem tadelnden Blick aus ihren trüben Augen und schüttelte den Kopf. »Um das herauszufinden, wirst du mir schon noch ein Weilchen zuhören müssen. Melrem? Ich habe Durst.«

Melrem trat an das Bett seiner Großmutter, schenkte etwas Wasser aus einem Krug in einen Becher und reichte ihn ihr.

Maeve nahm ein paar kleine Schlucke und gab ihm den Becher zurück. »Jetzt geht es wieder. Wo war ich doch gleich stehen geblieben?« Sie stockte und schien zu überlegen.

»Du hast erzählt, dass dein Vater nicht ins Zweistromland zurückkehren kann«, erinnerte Melrem.

»Ah, ja. Der Fluch, der auf meinem Vater und seinen Gefährten lastet, ist unglaublich stark. Nur der Elfenkönig oder seine Hohepriesterin könnten ihn aufheben. Diese aber hatten die Verbannten bald vergessen und scherten sich nicht darum, ob sie litten. Vor sechzehn Wintern begann sich die Lage auf der Feuerinsel bedrohlich zuzuspitzen. Nimeye, die Priesterin, spürte, dass der Vulkan nach langem Schlaf wieder zum Leben erwachte. Erdbeben und Rauchwolken eilten dem Unheil voraus. Die Verbannten fürchteten um ihr Leben und ersannen einen verzweifelten Plan, bei dessen Umsetzung ich helfen sollte. Da weder sie noch ihre Verbündeten – also auch ich – das Zweistromland betreten können, mussten wir den König von Tamoyen dazu zwingen, uns die Hohepriesterin zu holen. Es galt, etwas zu finden, das dem König so wichtig war, dass er dafür sogar einen Krieg mit den Elfen in Kauf nehmen würde …«

»*Ihr* habt die Wächterstatue aus dem Celossos-Altar gestohlen?« Durin traute seinen Ohren nicht. Wie alle hatte er angenommen, dass die Elfen aus dem Zweistromland die Figur geraubt hatten. Dass die Verbündeten der Feuerelfen dahintersteckten, davon schien niemand etwas zu wissen.

»Irgendjemand musste es tun«, sagte Maeve leichthin. »Die Feuerelfen können ihre Insel nicht verlassen. Also heuerte ich ein paar Männer an, die sich als Elfen verkleideten, und wies sie an, die Statue zu stehlen.« Sie lachte gackernd. »Es war ganz leicht. Sie mussten nur hingehen und das Ding in einen Sack stopfen. Die beiden Männer, die den Altar bewachten, schliefen und waren kein Hindernis. Offenbar glaubte man nicht, dass jemand so dumm sein könnte, die Statue zu stehlen.«

»… besser gesagt so grausam, Tamoyen den Kreaturen der Anderwelt preiszugeben«, korrigierte Durin mit ausdrucksloser Miene.

»Ja, ich gebe zu, ich dachte nicht, dass es so schlimm werden würde«, räumte die Alte ohne eine Spur vor Reue ein. »Die wahren Folgen zeigten sich ja auch erst nach ein paar Wintern. Und da war die Statue längst auf der Feuerinsel.«

»... und der Austausch gegen die Hohepriesterin gescheitert.« Durin nickte wissend. »Ein hübsches Stück Pech, würde ich sagen.«

»Mehr als das.« Bitternis schwang in der Stimme der Alten mit. »Meine Tochter bestand damals darauf, mit den Tamoyern zu segeln. Sie wollte die entführte Hohepriesterin zur Feuerinsel begleiten und ihren Großvater kennenlernen – aber sie kehrte niemals zurück.«

Nach diesen Worten senkte sich Stille über den Raum. Durins Blick wanderte wie von selbst zu dem Bild Annahas. Eine Schande, dass sie so jung sterben musste, dachte er bei sich, gleichzeitig fand er den Preis für Maeves schändliche Tat auch angemessen.

»Was wurde aus den Verbannten?«, erkundigte er sich schließlich, weil ihm das Schweigen zu lange dauerte. »Ist der Vulkan ausgebrochen?«

»Nein.« Maeve schüttelte das greise Haupt. »Nimeye gelang es gerade noch rechtzeitig, die Kräfte im Erdinnern zu besänftigen. Soweit ich weiß, leistete ihr die Magie, die der Wächterstatue innewohnt, dabei gute Dienste.«

»Aha, darum rücken sie die Statue also nicht wieder raus.« Jetzt wurde Durin einiges klar. »Es ist ihr völlig gleichgültig, ob hier Hunderte Unschuldiger von Dämonen und Nachtmahren niedergemetzelt werden, Hauptsache, der Vulkan speit kein Feuer. Ganz schön unbarmherzig.«

»Es ist dein gutes Recht, es so zu sehen. Wir sehen es anders.« Die Kälte in Maeves Stimme jagte Durin einen Schauder über den Rücken. Mehr als alle Worte zuvor machte sie deutlich, auf welcher Seite Maeve stand.

»Und?« Durin wollte jetzt endlich wissen, welcher Auftrag ihn erwartete.

»Seit dem letzten Sommer gewinnt der Berg wieder an Kraft«, begann Maeve den letzten Teil ihres Berichts. »Selbst mithilfe der Statue wird Nimeye das Feuer im Bauch der Erde nicht mehr lange zurückhalten können.«

»Wenn Ihr einen Magier sucht, muss ich Euch enttäuschen.« Durin hob abwehrend die Hände. »Für so etwas bin ich gänzlich ungeeignet.«

»Ich suche keinen Magier.« Mit einer Schnelligkeit, die Durin ihr nicht zugetraut hätte, schlug Maeve nach einer Fliege, die sich auf ihrem Kissen niedergelassen hatte, und zermalmte sie zwischen den Fingern.

Saphrax! Durin schluckte trocken. Er konnte nur hoffen, dass das Wechselwesen noch draußen wartete und nicht auf dumme Gedanken gekommen war.

»Ich suche Gewissheit«, durchbrach Maeves Stimme seine Gedanken. »Nimeyes Rußraben beobachten schon lange ein Mädchen auf den Riffinseln vor der tamoyischen Küste. Nimeye ist überzeugt, dass es die Tochter der entführten Hohepriesterin ist. Ich bezweifle das, aber wenn es wahr ist, könnte auch meine Tochter noch am Leben sein.« Sie ballte die Fäuste. »Das ist es, was ich von dir will. Welche Elfe auch immer dort draußen leben mag, bring sie zu mir.« Maeve sah Durin durchdringend an. »Ich gebe dir mein bestes Schiff und meine mutigsten Männer. Sie werden dich zu den Riffinseln bringen und vor der Küste auf dich warten, während du dich auf die Suche machst.«

Durin legte die Stirn nachdenklich in Falten. »Warum habt Ihr Eure Männer nicht schon längst zu den Inseln geschickt, um nach Eurer Tochter zu suchen? Warum heuert Ihr dafür extra einen Kopfgeldjäger wie mich an?«

»Weil dir wie keinem anderen der Ruf der Kühnheit vorauseilt«, erwiderte Maeve ernst. »Es heißt, du fürchtest weder den Tod noch die Ungeheuer der Anderwelt. Vor allem aber heißt es, dass du ehrlich bist und man sich auf dich verlassen kann.«

»Das hört man gern.« Durin nickte Maeve zu. »Aber das ist keine Antwort auf meine Frage.«

»Kein Seefahrer wird freiwillig einen Fuß auf die Riffinseln setzen«, erklärte Maeve. »Nicht für alles Gold Tamoyens. Glaubst du, ich hätte es nicht schon versucht? Das Riff ist für sie ein verfluchter Ort, an dem die Seelen der toten Seeleute umgehen, die ihr Leben in den Stürmen verloren haben und nur darauf warten, ihre Kameraden in ihr kaltes Reich zu holen.« Maeve warf Durin einen Seitenblick zu. »Kennst du die Geschichten, die sie sich in langen Nächten in den Tavernen erzählen?«

»Nein, die kenne ich nicht«, gab Durin zu. »Ich war noch nie in Arvid. Aber ich bin mir ziemlich sicher, dass nicht ein Funken Wahrheit dahintersteckt.«

»Dann bist du dabei?«

»Was springt für mich heraus?«

Maeve ließ die knochige Hand unter der Bettdecke verschwinden und zog einen ledernen Beutel hervor, in dem es verführerisch klimperte. »Diesen Beutel mit Hacksilber gebe ich dir sofort. Wenn du mir bringst, wonach ich suche, erhältst du dieselbe Menge noch einmal in Gold.«

In Gold! Durin schluckte. Das war ein wahrhaft königlicher Lohn für eine kleine Schiffsreise. »Und wenn ich auf dem Riff niemanden antreffe?«, fragte er vorsichtig.

»Dann hast du mit dem Hacksilber immer noch ein gutes Geschäft gemacht.« Maeve hielt den Beutel in die Höhe. »Und? Was sagst du?«

Durin zögerte. Der Auftrag erschien ihm fast zu einfach für die üppige Bezahlung. Seine Vernunft warnte ihn. Er suchte nach einem Haken bei der Sache, aber wie er es auch drehte und wendete, er konnte keinen finden. Am Ende siegten wie so oft Neugier und Abenteuerlust über die Vorsicht. »Also gut. Ich bin dabei«, sagte er mit fester Stimme und fing den Lederbeutel, den Maeve ihm zuwarf, geschickt auf. »Wann geht es los?«

»Noch heute!« Maeve deutete auf ihren Enkel. »Das Schiff ist bereit. Es kann jederzeit auslaufen.« Auf ihren Lippen zeigte sich ein dünnes Lächeln. »Ich war mir ziemlich sicher, dass du zusagen wirst.«

»Erzählt man sich etwa auch, dass ich leicht zu kaufen bin?«

»Nein, das nicht.« Maeve schüttelte den Kopf. »Aber dass du ein Abenteurer bist.«

Die Höhle am Meer

Die Sonne war aufgegangen, hatte ein paar Strahlen über die Inseln geworfen und sich wieder hinter Wolken verborgen, als Caiwen beim Haus der Heilerin Armide ankam. Sie war spät dran. Das Warten auf Heylon, die Entdeckung des Grabs und der Umweg, den sie gemacht hatte, weil sie möglichst niemandem begegnen wollte, hatten mehr Zeit in Anspruch genommen, als sie gedacht hatte.

Bei Sonnenaufgang hätte Caiwen bei Armide eintreffen sollen. Gemeinsam wollten sie eine Höhle in den Klippen aufsuchen, um Seetang zu sammeln, denn Armide hatte ihre Vorräte an Heilmitteln in den langen Wintermonden fast aufgebraucht. Den roten Blasentang und das grüne Schwimmgras gab es nur in dieser einen Höhle, aber das Wasser stand dort meistens so hoch, dass sie die Pflanzen nicht erreichen konnten.

Dieser Morgen schien mehr als günstig für einen Besuch in der Höhle. Das Wasser stand niedrig und der Wind schlief – ein Zusammentreffen, das auf dem Riff nur sehr selten stattfand. So selten, dass Caiwen eigentlich keine Zeit hätte vergeuden dürfen. Sie ahnte, dass Armide über die Verspätung nicht gerade erfreut sein würde, beruhigte ihr schlechtes Gewissen aber mit dem aufsehenerregenden Fund, den sie und Heylon gemacht hatten. Die Inschrift auf dem Brett ging ihr nicht aus dem Kopf.

Du hattest eine Schwester.

Heylon hatte ausgesprochen, was auch sie glaubte, seit er ihr die Inschrift vorgelesen hatte. Aber warum hielten ihre Eltern das vor ihr geheim? Warum?

Auf dem Riff war es nicht ungewöhnlich, dass Neugeborene starben. Caiwen kannte viele, die tote Kinder zu beklagen hatten. In den zwei Wintern, die sie nun schon bei Armide die Heilkunst erlernte, war Caiwen schon mehrfach Zeuge der Aussichtslosigkeit geworden, mit der sich ihre Lehrmeisterin dem Tod entgegenzustellen versuchte. Oft wachte die Heilerin von einem Sonnenaufgang zum nächsten an der Seite eines Erkrankten, um am Ende einsehen zu müssen, dass ihre Mittel wieder nicht ausgereicht hatten, sein Leben zu retten. Wenn es ihr gelang, den Tod zu überlisten, war die Freude umso größer.

Das ewige Ringen mit Siechtum und Krankheiten bestimmte das Leben auf dem Riff, und Caiwen hatte gelernt, es als Teil ihres Schicksals anzunehmen.

Niemand, der einen Angehörigen verloren hatte, machte daraus ein Geheimnis – niemand außer ihren Eltern.

Warum haben sie es mir nicht gesagt?

Caiwen wusste, außer ihren Eltern konnte ihr nur eine Antwort darauf geben: Armide.

Sie hatte die Hütte fast erreicht, als die Tür geöffnet wurde und die Heilerin ins Freie trat. Sie trug ihren warmen Mantel und vortreffliches festes Schuhwerk, wie es nur selten angespült wurde. Das ergraute Haar wurde von einem Kopftuch bedeckt. In der Hand hielt sie zwei Körbe aus geflochtenem Nebelgras, von dem sie Caiwen einen mit den Worten »Wurde auch Zeit, dass du kommst« reichte. Caiwen öffnete den Mund, aber Armide war schon an ihr vorbei und eilte mit schnellen Schritten auf die Klippen zu, ohne sie auch nur eines Blickes zu würdigen. Caiwen schaute ihr verwundert nach, dann folgte sie ihr. Es war das erste Mal, dass sie ihre Lehrmeisterin wirklich verärgert erlebte.

Den ganzen Weg hinunter zum Strand sprach Armide nicht ein einziges Wort. Caiwen versuchte zweimal, sie anzusprechen, erntete aber nur Schweigen. Die Stimmung war so angespannt, dass Caiwen glaubte, sie mit den Händen greifen zu können. Je länger sie darüber nachdachte, desto mehr wurde ihr bewusst, wie leichtfertig sie am Morgen gehandelt hatte. Sie hatte gewusst, wie selten die Höhle zugänglich war und wie wichtig die Algen für die Bewohner des Riffs waren. Armide hatte ihr am Abend zuvor unmissverständlich klargemacht, dass sie pünktlich sein musste, aber sie hatte ihre eigenen Interessen kurzerhand für wichtiger erklärt, obwohl sie das Grab auch noch später am Tag hätte aufsuchen können.

Jetzt war die Heilerin von ihr enttäuscht, und Caiwen ahnte, dass es schwer sein würde, den Fehler wiedergutzumachen. Sie schämte sich und ärgerte sich über ihre Gedankenlosigkeit.

Armide erreichte das Ende des langen Abstiegs mit seinen dreihundertdreiundvierzig Stufen als Erste, schwenkte nach rechts und setzte den Weg am Stand fort. Caiwen folgte ihr. Sie war noch nie in der Höhle gewesen und hatte sich gefreut, dass Armide sie nun auch in dieses Geheimnis ihrer Arbeit einweihen wollte. Es hätte ein harmonischer Ausflug werden können, aber nun hatte sie alles verdorben.

Betrübt ließ Caiwen den Blick über den Strand und den Ozean schweifen, der an diesem Morgen so ruhig dalag wie sonst fast nie. Eine Handvoll Raubmöwen suchte im flachen Wasser zwischen Schiffstrümmern, Brettern und algenbewachsener Takelage nach Muscheln und Krebstieren, während weiter draußen drei Felstölpel auf den seichten Wellen schaukelten.

»Die Felstölpel sind zurückgekehrt«, versuchte Caiwen zaghaft ein Gespräch zu beginnen. »Jetzt ist der Frühling nicht mehr fern.«

»Ist es das, was dich heute Morgen so lange aufgehalten hat?«, fragte die Heilerin mürrisch. Caiwen antwortete nicht sofort.

Armides Worte boten ihr die Möglichkeit für eine Entschuldigung, denn die Rückkehr der Felstölpel war immer ein Grund zur Freude und sorgte nicht selten für große Aufregung im Dorf. Es wäre ein Leichtes, die Gelegenheit zu nutzen und sich eine Ausrede auszudenken, die Armide versöhnte, aber Caiwen wollte die Heilerin nicht anlügen. »Nein«, gab sie zu. »Ich habe die Tölpel schon gestern Abend gesehen, aber noch niemandem davon erzählt.« Sie zögerte kurz. Dann nahm sie all ihren Mut zusammen und fuhr fort: »Ich bin zu spät gekommen, weil ich hinter unserer Hütte ein Grab entdeckt habe.«

»Ein Grab?« Armide blieb stehen, schaute sie stirnrunzelnd an und schüttelte den Kopf. »Das ist wirklich eine ziemlich dumme Ausrede, Caiwen. Die Toten werden verbrannt. Niemand hat je auf dem Riff ein Grab ausgehoben.« Damit wandte sie sich um und stapfte weiter auf die Klippen zu, an deren Fuß sich die Höhle wie ein weit geöffnetes Maul auftat.

»Aber es ist wahr.« Caiwen begann zu laufen und schloss wieder zu ihr auf. »Ich glaube, dass mein Vater es ausgehoben hat, denn ich habe dort ein Brett mit der Inschrift: *Im Gedenken an unsere geliebte Tochter,* gefunden.«

»Unsere geliebte Tochter?« Armide warf ihr einen raschen Blick zu, blieb aber nicht stehen. »Was redest du da für einen Unsinn? Du bist die einzige Tochter von Lenval und Verrina.«

»Vielleicht hatten sie ja vor mir schon mal ein Kind?« Endlich sprach Caiwen aus, was sie schon die ganze Zeit bewegte.

»Unmöglich!« Armide schüttelte den Kopf. »Das müsste ich wissen. Du warst und bist das einzige Kind, das Verrina jemals geboren hat.«

»Aber ich habe gesehen, wie meine Eltern …«

»Du irrst dich, Caiwen.« Armide hob abwehrend die Hand, so wie sie es immer tat, wenn sie nicht weiter über etwas sprechen wollte. »Was immer du dir in Gedanken auch ausmalen magst, es kann nicht stimmen. Am besten, du fragst deinen Vater, was es mit dem Ganzen auf sich hat. Ich bin sicher, er wird dir auf alles eine Antwort geben können.«

Sie hatten die Höhle erreicht. Wind und Wellen hatten sie in Hunderten von Wintern aus dem porösen Gestein herausgewaschen und die vorgelagerte Klippe zu einem Ort gemacht, an dem ganz besondere Schätze zu finden waren. Ein kleiner Tunnel, den die Riffbewohner vor vielen Wintern in die Klippe geschlagen hatten, führte vom Strand aus in den hinteren Teil der Höhle.

Caiwen war neugierig. Mit angehaltenem Atem folgte sie der Heilerin durch den Gang. Er war so schmal, dass Armides Schultern fast die Wände berührten, und so niedrig, dass Caiwen aufpassen musste, sich nicht den Kopf zu stoßen. Die Enge und das Wissen um die gewaltigen Gesteinsmassen, die sich über ihrem Kopf auftürmten, lösten bei Caiwen ein ungewohntes Gefühl von Beklemmung aus. Sie war erleichtert, als der Tunnel nach zwanzig Schritten in einem kuppelähnlichen Gewölbe endete, das bei Hochwasser fast gänzlich unter Wasser stand. Jetzt war das Wasser so weit zurückgegangen, dass der etwas höher gelegene Höhlenboden nahe den Wänden im Trockenen lag. Man konnte darauf gehen, ohne nasse Füße zu bekommen.

Armide drängte zur Eile. »Das Wasser steigt bereits wieder«, hörte Caiwen sie sagen und sah, wie sie sich daranmachte, auf dem rutschigen Gestein zum Wasser hinunterzuklettern. »Komm her!«, rief sie und bedeutete Caiwen, ihr zu folgen. »Hier gibt es genügend Blasentang, den du ernten kannst.« Sie deutete in die Höhle hinein und fügte hinzu: »Ich halte dahinten nach Schwimmgras Ausschau.« Ohne abzuwarten, ob Caiwen der Aufforderung Folge leistete, wandte die Heilerin sich um und entfernte sich.

Caiwen bewegte sich vorsichtig zu der Stelle, die Armide ihr gezeigt hatte, zückte ihr Messer und begann, den feuchten Blasentang büschelweise abzuschneiden. Dabei konnte sie förmlich zusehen, wie das Wasser stieg. Immer wieder musste sie auf höher gelegene Felsen ausweichen, um keine nassen Füße zu bekommen. Je höher das Wasser kam, desto schneller arbeitete sie, aber die Flut holte sie dennoch ein. In kürzester Zeit überwand das Wasser eine volle Mannslänge und beendete die Tangernte, noch ehe ihr Korb ganz gefüllt war.

Auch Armide musste die Arbeit früher als gehofft beenden. Ihr Korb war nur halb voll, als sie zu Caiwen auf den schmalen Pfad zurückkehrte, den die Männer einen Fuß über dem Meeresspiegel in den Fels geschlagen hatten. »Nicht viel, aber besser als nichts«, meinte die Heilerin mit einem betrübten Blick auf ihre magere Ausbeute. »Ich kann nur hoffen, dass es bis zum nächsten Niedrigwasser ausreicht.«

»Es tut mir leid«, sagte Caiwen aufrichtig. »Ich wusste nicht, dass wir so wenig Zeit haben.«

»Ich hatte es dir gesagt.« Armide seufzte. »Ja, ja, wenn die Jugend doch nur einmal auf uns Alte hören würde.«

»Das nächste Mal bin ich pünktlich.« Caiwen hob die Hand zum Schwur. »Versprochen.«

»Schon gut, Kind.« Armide lächelte versöhnlich. »Was geschehen ist, lässt sich nicht mehr ändern. Sprechen wir nicht mehr davon.«

Caiwen war froh, dass die Heilerin ihr nicht mehr böse war. Sie ließ den Blick durch die Höhle schweifen, in der das Wasser nun fast seinen höchsten Stand erreicht hatte, und versuchte, mit den Augen dem Pfad zu folgen, der sich schon bald hinter einer Biegung verlor. »Wohin führt dieser Pfad?«, wollte sie wissen.

Armide zögerte unmerklich. Dann sagte sie: »Zu den Booten.«

»Hier liegen Boote?« Caiwen riss erstaunt die Augen auf.

»Ja.« Armide nickte. »Drei. Weißt du, manchmal meint Mar-Undrum es gut mit uns und schickt uns eines der Beiboote von den gesunkenen Schiffen. Diese Boote sind für uns sehr wertvoll.

Sie haben uns schon so manches Mal gute Dienste geleistet.« Sie schaute Caiwen ernst an. »Nur eine Handvoll Männer und ich wissen davon, also behalte es bitte für dich.«

»Warum haltet ihr es geheim?«, fragte Caiwen.

Armide sah Caiwen vielsagend an. »Nicht jeder auf dem Riff ist glücklich mit dem Leben, das er führen muss. Da kann man leicht auf dumme Gedanken kommen. Natürlich sind die Boote zu klein und das Festland ist viel zu weit weg, aber wer verzweifelt genug ist, mag darin dennoch einen Ausweg sehen.«

»Das wäre sein Todesurteil.« Caiwen konnte sich nicht vorstellen, dass jemand so etwas Verrücktes tun würde. »Er würde auf dem Ozean umkommen.«

»Wahrscheinlich.« Armide nickte. »Es gibt aber noch eine andere Möglichkeit, die uns alle in Gefahr bringen würde.«

»Was meinst du?«

»Nun, der Flüchtling könnte von Tamoyern aufgegriffen werden. Und er könnte ihnen verraten, wohin unsere Vorfahren damals geflohen sind. Dann würden Schiffe mit Gardisten hier aufkreuzen und das Schicksal der Menschen auf dem Riff wäre besiegelt.«

»Oh.« Caiwen schluckte. Daran hatte sie noch gar nicht gedacht. Es erschien ihr zwar sehr unwahrscheinlich, dass ein kleines Boot auf dem weiten Ozean einem Schiff der Tamoyer begegnen könnte, aber es war auch nicht ausgeschlossen. »Mach dir keine Sorgen«, wandte sie sich schließlich wieder an Armide. »Von mir erfährt niemand etwas.«

Als Durin das Haus der Halbelfe verließ, war der zottige Hund von seinem Platz neben der Tür verschwunden.

Saphrax! Ein eisiger Schrecken durchfuhr ihn, während er im Geiste noch einmal Maeve vor sich sah, die eine Fliege mit den Fingern zerquetschte.

Er ist tot!

Der Gedanke lähmte Durin. Unfähig, einen weiteren Schritt zu tun, blieb er vor der Tür stehen und starrte auf die Stelle, an der das Wechselwesen in der Sonne gelegen hatte.

Es war unfassbar. Er, der stets jede Bindung gemieden hatte und seit mehr als zwanzig Wintern das Leben eines Einzelgängers führte, hegte ausgerechnet für einen Feind eine solche Zuneigung, dass er dessen Tod als Verlust empfand. Saphrax! Durin spürte, wie seine Kehle beim Gedanken an das Wechselwesen eng wurde. Er hatte es nicht wahrhaben wollen und es seinem kleinen Gefährten nie gesagt, aber hier und jetzt, da Saphrax ihn für immer verlassen hatte, wurde ihm schmerzlich bewusst, dass die durchlebten Abenteuer und Gefahren sie zueinandergeführt hatten – dass sie Freunde geworden waren.

»Was ist los?« Melrem, der ihn auf der Reise begleiten sollte und sein Gepäck aus dem Haus geholt hatte, trat neben Durin ins Freie und blickte ihn aufmerksam an. »Suchst du deinen Hund?«

»Ja.« Durins Stimme kratzte wie ein Reibeisen und er räusperte sich. »Es ist nicht seine Art, einfach wegzulaufen.«

»Ich spüre Trauer in dir.« Melrem ließ ihn nicht aus den Augen.

»Unsinn.« Durin fühlte sich ertappt und bemühte sich, seiner Stimme einen festen Klang zu geben. »Ich lasse ihn nur ungern hier zurück, wenn wir in See stechen.« Er spitzte die Lippen, stieß einen Pfiff aus und rief barsch: »Saphrax!«

Nichts geschah.

»Vielleicht ist er einer streunenden Hundedame begegnet und gerade verhindert.« Melrem grinste, wurde dann aber wieder ernst: »Auf jeden Fall können wir hier nicht auf ihn warten«, sagte er bestimmt. »Die Flut erreicht gegen Mittag den höchsten Stand. Das ablaufende Wasser wird die Abreise begünstigen. Ich will nicht unhöflich sein, aber wir müssen uns beeilen.«

»Ich weiß.« Durin seufzte, schulterte sein Bündel und setzte sich langsam in Bewegung. Warum hatte das Wechselwesen nicht auf ihn gehört? Warum hatte es ihm ausgerechnet in Gestalt einer Fliege folgen müssen und warum …? Durin führte den Gedanken nicht zu Ende. Grübeleien brachten Saphrax nicht zurück. Saphrax war tot. Er musste sich damit abfinden. Je schneller, desto besser. Kummer machte schwach und Schwäche konnte er sich nicht erlauben.

Das Schiff, zu dem Melrem ihn führte, war ein stolzer Viermaster, der den Namen *Annaha* trug. Eine breite Planke mit hölzernem Geländer führte von der Kaimauer zur Reling hinauf. Offenbar war das Schiff doch noch nicht ganz fertig beladen, denn Durin sah eine Menge Seeleute, die unermüdlich Kisten, Säcke und Fässer an Bord schleppten.

»Und, schon mal auf einem Schiff gewesen?« Melrem war stehen geblieben und gab Durin damit Zeit, die *Annaha* in ihrer ganzen Schönheit zu bewundern.

»Noch nie.« Durin legte den Kopf in den Nacken und beobachtete, wie sich die Seeleute in schwindelnder Höhe an den Rahsegeln zu schaffen machten. Spinnengleich und scheinbar mühelos erklommen sie die Wanten und balancierten ohne jede Absicherung an der Rah entlang.

»Ein prachtvolles Schiff, nicht wahr?« Der Stolz in Melrems Stimme war nicht zu überhören. »Es ist das letzte, das Großmutter bauen ließ. Deshalb trägt es auch den Namen meiner Mutter.«

»Hauptsache, es sinkt nicht.«

»Keine Sorge. Die *Annaha* hat mehr Stürmen getrotzt als so manch anderes Schiff hier im Hafen.« Melrem lachte. »Großmutter würde es nicht ertragen, sie auch noch zu verlieren. Sie lässt die *Annaha* nur von erfahrenen Kapitänen befehligen.«

»Klingt beruhigend.« Durin schnitt eine Grimasse und machte einen Schritt auf das Schiff zu. »Wollen wir?«

Der Kapitän der *Annaha* war ein hochgewachsener, stämmiger Seemann mit sorgfältig gestutztem weißem Bart und wettergegerbtem Gesicht. Die schwarze Uniformjacke mit blank polierten Goldknöpfen und die glänzenden schwarzen Stiefel verliehen ihm eine Aura von Unnahbarkeit. Die kleinen, eng zusammenstehenden Augen und die zu einem schmalen Strich zusammengepressten Lippen zeugten von Durchsetzungsvermögen und Strenge.

Jemand musste ihm berichtet haben, dass Melrem und Durin angekommen waren, denn er erwartete die beiden schon an der Reling, als sie das Schiff betraten. Nach einer militärisch knappen Begrüßung ohne Herzlichkeit wies er einen Schiffsjungen an, Melrem und Durin in ihre Kajüten zu begleiten, während er schon im nächsten Atemzug die Anweisung zum Segelsetzen gab.

Durin entschied, dass er den Mann nicht mochte. Ehe er dem Schiffsjungen unter Deck folgte, nahm er sich die Zeit, das Geschehen an Bord noch eine Weile zu beobachten. Die Planke wurde auf das Schiff gezogen, während man an Land die Taue löste, die das Schiff an der Kaimauer hielten. Ein Knarren, das einem erleichterten Seufzen ähnelte, durchlief das Schiff, als es, von den Fesseln befreit, im Wasser lag. Unter der Mannschaft brach Unruhe aus, die im ersten Augenblick hektisch wirkte, bei näherem Hinsehen aber einem genau festgelegten Plan folgte. Jeder schien genau zu wissen, was er zu tun hatte, und Durin kam es bald so vor, als ob es die lautstark gebrüllten Befehle des Ersten Offiziers gar nicht brauchte, der in schmucker Uniform neben dem Kapitän auf der Brücke stand und dessen Anweisungen an die Seeleute weitergab.

Nur wenige Augenblicke nachdem die Planke auf das Schiff gezogen worden war, gaben die Männer hoch oben in den Wanten die Rahsegel frei, um den ablandigen Wind zum Auslaufen zu nutzen. Entgegen Durins Befürchtungen schwankte das Schiff nicht, als es langsam in die Fahrrinne glitt und auf die Mole zuhielt, die den Hafen wie eine Zange aus Felsgestein vor der zerstörerischen Brandung des Ozeans schützte.

»Mein Herr?« Der Schiffsjunge berührte Durin schüchtern am Arm. Vermutlich wartete auf ihn eine Reihe von Pflichten, denen er aber erst nachgehen konnte, wenn er Durin seine Kajüte gezeigt hatte.

»Ich komme.« Durin riss sich vom beeindruckenden Anblick der weißen Segel los, die im Sonnenlicht wie frisch gefallener Schnee erstrahlten, und folgte dem Jungen eine steile Treppe hinunter in den Rumpf des Schiffes.

Es dauerte eine Weile, bis sich seine Augen an das spärliche Licht gewöhnt hatten. Es war eng und die Decke so niedrig, dass er aufpassen musste, sich nirgendwo den Kopf zu stoßen. Der Junge führte ihn einen schmalen, mit rötlichem Holz getäfelten Gang entlang, von dem rechts und links Türen abzweigten. Es roch nach geöltem Holz, Tabakqualm und allerlei anderen Dingen, die Durin nicht einordnen konnte. Er war noch nie ein Freund von Hütten und Häusern gewesen. Auch wenn er deren Schutz und Wärme zu schätzen wusste, vermittelten die Wände und Dächer ihm immer ein Gefühl des Eingesperrtseins, dem er nach Möglichkeit aus dem Weg zu gehen versuchte. Hier unten war es noch viel schlimmer. Er fühlte sich wie in einem Grab und sehnte sich schon jetzt nach der frischen Brise und dem Sonnenlicht auf dem Oberdeck zurück.

»Dies ist Eure Kajüte.« Der Schiffsjunge war vor einer Tür am Ende des Ganges stehen geblieben und drückte die Klinke herunter. Dahinter befand sich ein kleiner Raum mit zwei Kojen, die übereinander an der Wand angebracht waren. Eines der Betten war leer, das andere mit Kopfkissen und Daunendecke hergerichtet. Durch ein Sprossenfenster im Schiffsrumpf konnte Durin das Meer sehen. Gerade zog der Kopf der steinernen Mole vorüber. Vor dem Fenster stand ein kleiner Tisch mit einer

Öllampe, davor zwei Stühle mit grünen Polstern. Gegenüber den Kojen befand sich eine Holztruhe, in der das Gepäck aufbewahrt werden konnte, darüber hing ein Spiegel an der Wand. Mehr gab es in der Kammer nicht zu entdecken.

»Seid Ihr zufrieden?«, erkundigte sich der Schiffsjunge, der Durin den Vortritt gelassen hatte und im Flur wartete.

»Es genügt mir.« Durin warf sein Bündel in die Truhe und schaute aus dem Fenster. Er hatte nicht vor, sich lange in der Kajüte aufzuhalten.

»Habt Ihr noch einen Wunsch?«, hörte er den Schiffsjungen fragen.

»Nein, du kannst verschwinden.« Durin machte sich nicht die Mühe, sich umzusehen, als er antwortete. Sein Blick ruhte auf der Küste Tamoyens, an deren Strand sich schäumend die Wellen brachen, während das Land langsam hinter ihnen zurückblieb. Ein gutes Dutzend Raubmöwen begleiteten die *Annaha* bei ihrem Weg hinaus auf den Ozean der Stürme. Durin beobachtete ihren Flug und die waghalsigen Manöver, mit denen sie ins Wasser tauchten, um kleine Fische zu fangen.

Dass das Schiff allmählich zu schwanken anfing, erkannte er erst, als sich die helle Küstenlinie vor dem Fenster langsam hob und senkte. Er blinzelte und stützte sich am Tisch ab. Eine Weile gelang es ihm noch, sich einzureden, dass ihm das Auf und Ab nichts ausmachte, dann belehrte ihn sein Magen eines Besseren. Was mit einem leichten Schwindelgefühl und Unwohlsein begann, wuchs rasch zu einer heftigen Übelkeit an. Durin keuchte. Das Atmen fiel ihm schwer und auf seiner Stirn bildeten sich winzige Schweißperlen. Ruckartig wandte er sich vom Fenster ab, bereute die heftige Bewegung aber sofort.

Luft, dachte er. *Ich brauche frische Luft.*

Mit unsicheren Schritten wankte er auf die Tür zu. Decke und Wände seines Quartiers schienen ihm noch enger zusammengerückt als zuvor und das Gefühl der Beklemmung gab dem Unwohlsein zusätzlich Nahrung. *Ich muss hier raus,* hämmerte es hinter seiner Stirn. *Ich muss sofort an Deck.*

Mit unsicheren Schritten erreichte er die Tür und tastete sich, die Hände nach beiden Seiten ausgestreckt, wie ein Betrunkener an den Wänden entlang zur Treppe, die ins Freie führte. Er hatte sie fast erreicht, als hinter ihm eine Tür geöffnet wurde und Melrem in den Gang trat. »Ah, Durin«, sagte er gut gelaunt. »Hast du es schon bemerkt? Der Wind steht günstig und hat kräftig aufgelebt. Wir machen gute Fahrt. Wenn es so bleibt, werden wir die Riffinseln morgen Mittag erreichen.«

Durin schwieg. Er wagte nicht, den Mund zu öffnen. Mit einer fahrigen Handbewegung griff er nach dem Handlauf der Treppe, verfehlte ihn aber um Haaresbreite, weil das Schiff gerade einen Wellenkamm passierte. Die Bewegung ließ Durins Mageninhalt bis zum Rachen aufsteigen. Er würgte und hustete, ersparte sich aber weitere Peinlichkeiten, indem er hart gegen den Brechreiz anschluckte.

»Durin?« Melrem war hinter ihn getreten und legte ihm eine Hand auf die Schulter. »Geht es dir nicht gut?«

»Lass mich.« Durin musste sich stark zusammenreißen, um die Worte über die Lippen zu bringen. Er fühlte sich so elend, als hätte er ein ganzes Fass Wein geleert, und bereute es bitter, den Auftrag angenommen zu haben. Mit einer energischen Bewegung packte er den Handlauf und stürzte die Treppe hinauf an Deck.

Oben angekommen blieb er stehen, schloss die Augen und atmete tief durch. Die frische Luft tat ihm gut und drängte die Übelkeit ein wenig zurück. Das Rauschen der Wellen, die gegen den Bug schlugen, das Knarren der Takelage und die hellen Schreie der Raubmöwen, die die *Annaha* noch immer begleiteten, kündeten von der Freiheit des Ozeans und ließen ihn die Enge seines Quartiers augenblicklich vergessen.

»Alles in Ordnung mit dir?« Melrem war ihm gefolgt und schaute ihn besorgt an. »Du bist so blass.«

»Es geht mir gut.« Durin war kein Mann, der eine Schwäche vor anderen eingestand. »Ich brauche nur frische Luft.«

»Ach so.« Das Grinsen auf Melrems Gesicht verriet, dass er die Lüge durchschaute. »Ich fürchtete schon, du könntest seekrank sein. Das wäre wirklich bedauerlich, so kurz nach dem Auslaufen, denn da draußen«, er deutete auf den Ozean hinaus, »wird es noch heftiger schaukeln.«

Durin warf ihm einen säuerlichen Blick zu und ging, ohne zu antworten, zur Reling. Er brauchte etwas, an dem er sich festhalten konnte. Etwas, das hart war und ausnahmsweise mal nicht zu schwanken schien. Als er sich umdrehte, sah er mit einem Anflug von Neid, wie Melrem leichtfüßig wieder unter Deck verschwand. Maeves Enkel bewegte sich auf dem Schiff genauso sicher wie in den Straßen Arvids. Das Schaukeln schien ihm nicht das Geringste auszumachen.

Durin seufzte und schaute über das Wasser, wo sich die Wellen als schaumbekränzte Dünung bis zum Horizont erstreckten. Der Anblick der Wogen, die das Schiff hoben und senkten, versetzte seinen Magen erneut in Aufruhr.

Durin schloss die Augen. Ein Fehler, wie sich sogleich herausstellte. Mit geschlossenen Augen kamen ihm die Bewegungen des Schiffes noch heftiger vor. Dazu kam die Kälte an Deck. Der eisige Wind zerrte an seinem Hut und durchdrang mühelos die Kleidung. Durin fluchte leise. Seine Finger hielten die Reling so fest umklammert, dass die Knöchel weiß hervortraten. So elend, wie er sich fühlte, blieben ihm nur zwei Möglichkeiten. Entweder er würde in der warmen und engen Kabine elendig zugrunde gehen oder hier draußen in der frostigen Luft sein Leben aushauchen. Keine der beiden Möglichkeiten erschien ihm auch nur halbwegs erstrebenswert. Eines aber wusste er schon jetzt ganz sicher. Sollte er dieses Abenteuer wider Erwarten lebend überstehen, würde er nie wieder einen Auftrag annehmen, der ihn aufs Meer hinausführte.

Drei Raubmöwen kamen angeflogen und landeten hinter Durin auf dem Deck. Er wandte sich um, weil er sehen wollte, was sie angelockt hatte, wünschte sich aber sofort, es nicht getan zu haben. Ganz in der Nähe war einer der Seeleute an die Reling getreten und hatte damit begonnen, Fische auszunehmen, die in einem Kübel neben ihm lagen. Der Wind trug Durin den Geruch der Eingeweide zu, die der Matrose achtlos über Bord warf. Der Anblick der Gedärme, um die sich die Möwen kreischend stritten, der Gestank und das unablässige Schaukeln des Schiffes waren zu viel für ihn. Geistesgegenwärtig riss er sich den Hut vom Kopf und beugte sich weit über die Reling, ehe er den Inhalt seines Magens in einem gewaltigen Schwall Mar-Undrum opferte.

Als sich sein Magen nach einer gefühlten Ewigkeit endlich beruhigte, weil es nur noch bittere Galle gab, die Durin dem Meeresgott hätte darbringen können, war der Matrose mit den Fischen verschwunden. Durin achtete nicht auf die leise Stimme in seinem Kopf, die ihm zuflüsterte, dass der Ort, den der Mann für seine Arbeit gewählt hatte, gewiss kein Zufall gewesen war, und versuchte, nicht daran zu denken, welch erbärmlichen Anblick er geboten haben musste. Die Mannschaft hatte sich sicher köstlich amüsiert.

»Wirklich lecker, was du da so von dir gibst.« Die spöttische Stimme war zu hell, um von einem der Seeleute zu stammen. Schnaufend wandte Durin den Kopf und setzte zu einer wütenden Antwort an, die ihm jedoch im Hals stecken blieb. Neben ihm auf der Reling hockte eine Raubmöwe, die ihn aus blitzenden Augen anschaute.

Diese Augen! Durin stutzte und vergaß für einen Moment sogar, wie schlecht es ihm ging. In einer Mischung aus Hoffen und Bangen starrte er die Möwe an, als würde er einen Geist sehen. »S… Saphrax?«

»Na, wer denn sonst?« Die Möwe blinzelte gelassen. »Du hast

doch nicht wirklich geglaubt, dass ich dich auf dieser Reise als braves Hündchen begleite?«, fragte sie und schüttelte ihr Gefieder. »So einen Flohpelz ertrage ich nur für kurze Zeit. Das ewige Gekratze macht mich ganz verrückt.«

»Ich dachte, du … du bist tot.« Durin konnte immer noch nicht glauben, dass es wirklich Saphrax war, der da neben ihm hockte.

»Tot?« Saphrax öffnete den Schnabel, lachte keckernd und breitete die Flügel aus. »Da muss ich dich enttäuschen«, rief er gegen den Wind an, während er sich in die Lüfte erhob. »So schnell wirst du mich nicht los.«

Im Totenreich

Caiwen blieb bis zum Abend bei Armide. Gemeinsam säuberten sie den Blasentang und das Schwimmgras von Sand und Salz und hängten die glitschigen Pflanzen sorgfältig zum Trocknen auf. Während sie arbeiteten, erklärte die Heilerin ihr die Wirkung der verschiedenen Tinkturen und Pulver, die sie daraus herstellen wollte, und schilderte ihr die Krankheiten, gegen die sie halfen.

Über das Grab, das Caiwen hinter der Hütte ihrer Eltern gefunden hatte, sprachen sie nicht mehr. Caiwen spürte, dass die Heilerin ihr nicht glaubte und alles für ein Missverständnis hielt. Obwohl sie enttäuscht war, konnte Caiwen die Reaktion gut verstehen. In den mehr als zwei Dutzend Wintern, die Armide sich nun schon um die Kranken auf dem Riff kümmerte, hatte sie mehr als achtzig Kindern ins Licht der Welt geholfen. Und an jedes einzelne konnte sie sich noch erinnern. Wenn Verrina schon einmal schwanger gewesen wäre, ehe Caiwen geboren wurde, hätte Armide es wissen müssen. Dass die Heilerin die Wahrheit sagte, daran bestand für Caiwen kein Zweifel. Sie kannte Armide inzwischen so gut, dass sie ihr eine Lüge sofort angesehen hätte.

Seltsamerweise beruhigte Caiwen das aber nicht. Im Gegenteil. Wie es schien, waren Verrina und Lenval die Einzigen, die ihr etwas dazu sagen konnten. Den ganzen Nachmittag kreisten Caiwens Gedanken um die Inschrift auf der Holzplatte. Als sie am Abend nach Hause ging, rang sie immer noch mit sich, ob sie ihre Eltern darauf ansprechen oder besser schweigen sollte.

Sie entschied sich zu schweigen.

Im selben Augenblick, da Caiwen eintrat, den vertrauten Geruch in der Hütte wahrnahm und ihre Mutter wie an jedem Abend am Herdfeuer stehen sah, wusste sie, dass sie weder Verrina noch Lenval nach dem Grab fragen würde. Ihre Eltern hatten sie liebevoll und mit viel Hingabe erzogen. Sie hatten sie behütet und ihr mit ihrer Liebe und Aufmerksamkeit das Wertvollste gegeben, was man einem Kind schenken konnte. Wenn sie wirklich schon vorher eine Tochter gehabt hatten, die gestorben war, so hatten sie es Caiwen nicht ein einziges Mal spüren lassen, und hätte der Zufall es nicht gewollt, hätte sie wohl nie etwas davon erfahren. Es erschien ihr ungerecht und unnötig grausam, die Wunden der Vergangenheit wieder aufzureißen. Und obwohl sie sich mehr als alles andere danach sehnte, das Geheimnis zu lüften, war ihr noch wichtiger, ihren Eltern keinen Kummer zu bereiten.

Bei der Abendmahlzeit versuchte sie, sich so zu geben, als sei nichts geschehen. Sie erzählte von der Höhle, jedoch ohne die Boote zu erwähnen, und davon, was Armide und sie mit den Pflanzen gemacht hatten. Ihre Eltern hörten zu, stellten ein paar Fragen oder ergänzten ihren Bericht durch eigene Erfahrungen. Wie von selbst kam irgendwann das Gespräch auf jene, denen Armide nicht helfen konnte. Ein Wort gab das andere und führte sie schließlich zu den vielen Kindern, die auf dem Riff nicht mehr als wenige Winter sahen, weil sie zu krank oder zu schwach waren.

»Ja, es ist wirklich traurig, dass es ausgerechnet die Kleinsten unter uns so oft trifft.« Ein Schatten huschte über Lenvals Gesicht. Verrina schwieg. Die Lippen fest zusammengepresst, starrte sie auf ihren Teller.

»Armide meint, wir sollen Mar-Undrum darum bitten, dass er uns mehr Kisten mit Heilmitteln schickt«, sagte Caiwen, um die bleischwere Stille zu durchbrechen. »Das würde ihr vieles erleichtern.«

»Das macht die Kinder, die gegangen sind, auch nicht wieder lebendig.« Verrina sprach, ohne aufzublicken. Caiwen bemerkte die Verbitterung in ihren Worten und fragte sich wieder, was in der Vergangenheit vorgefallen sein mochte.

»Aber es würde dazu beitragen, dass nicht mehr so viele Kinder sterben.« Lenval erhob sich und legte einen neuen Feuerstein in den Ofen. »Es ist ein hoffnungsvoller Gedanke«, sagte er, während er das Feuer schürte. »Richte Armide aus, ich werde ihren Wunsch in meine Gebete einschließen.«

In der Nacht wälzte sich Caiwen unruhig auf ihrem Lager hin und her und schreckte immer gerade dann auf, wenn der Schlaf nach ihr griff. Verrinas seltsames Verhalten am Abend hatte ihren Vermutungen neue Nahrung gegeben und ihre Neugier weiter anwachsen lassen. Irgendwann, vermutlich vor ihrer Geburt, musste ihre Mutter schon einmal ein Kind geboren haben. Anders waren ihre Bemerkungen und ihre plötzliche Traurigkeit nicht zu erklären. Und aus irgendeinem Grund wusste Armide nichts davon.

In der Mitte der Nacht hielt Caiwen es nicht länger aus. Von einem unerklärlichen Drang erfüllt, kleidete sie sich an und verließ die Hütte.

Die Nacht war wolkenverhangen und bitterkalt, aber es war nicht wirklich dunkel. Ein strammer Wind ließ keinen Nebel aufkommen. Caiwen fröstelte und schloss ihren Umhang fest vor der Brust. Dann nahm sie die Öllampe zur Hand, die neben dem

Eingang hing, und lief um das Haus herum zu der Senke, in der sie das Grab entdeckt hatte.

Obwohl sie nicht viel sehen konnte, fand sie die Stelle, an der das Brett lag, schnell wieder. Diesmal jedoch hob sie es nicht auf, sondern befreite es nur vorsichtig von dem Sand, den sie am Morgen darübergestreut hatte, um zu vertuschen, dass sie hier gegraben hatte. Dann kniete sie sich in den feuchten Sand, legte die Handflächen auf das Brett, schloss die Augen und konzentrierte sich.

Wie schon am Morgen streifte sie der Atem des Todes, kaum dass sie das Brett berührte. Anders als beim ersten Mal hieß sie das Gefühl willkommen, und was zuvor nur sanft an ihrem Bewusstsein gezupft hatte, wurde Gewissheit. Mochte Armide an ein Missverständnis glauben, sie wusste es besser – hier lag ein Mensch begraben.

Caiwen atmete schwer und versuchte, ihre Gedanken zu beruhigen. Das Grab war ein Tor, das aufgestoßen werden konnte. Ein Tor, hinter dem sie vielleicht die Antwort finden konnte, nach der es sie so sehr verlangte. Caiwen hielt die Augen geschlossen und verband ihren Geist mit dem Sog, der sie wie ein unsichtbarer Strudel in die Erde und ins Reich der Toten führen würde. Dabei löste sie, ohne es zu bemerken, nach und nach die Fäden, die sie mit der Welt der Lebenden verbanden, und glitt immer tiefer in die bodenlose Schwärze, die sich vor ihr auftat. Zunächst war alles ruhig. Dann hörte sie Stimmen. Raunend und wispernd strichen sie an ihr vorbei, ohne dass sie auch nur ein einziges Wort verstehen konnte.

Tiefer und tiefer sank sie, und die Stimmen begannen, Gestalt anzunehmen. Sie begegneten ihr als hauchzarte Nebelgespinste, die sich tanzend in dem Dunkel bewegten. Nach und nach nahmen sie Formen an. Menschliche Formen, deren Gesichter nicht zu erkennen waren. Sie schienen Caiwens Nähe zu spüren. Der Hauch des Lebens zog sie an wie die Motten das Licht. Mehr und mehr drängten sich um Caiwen und vereinten ihr Flüstern zu einem geisterhaften Chorgesang, der so traurig klang, dass er Caiwen tief berührte. Sie formte in Gedanken eine Frage: »Wo ist sie? Wo ist Caiwen?«

Niemand antwortete ihr. Nur das Klagen und Seufzen wurde lauter, als die Seelen der Toten erkannten, dass nicht sie es waren, die gesucht wurden. Die Gespinste glitten auseinander und gaben den Blick auf ein kleines Bündel frei. Es war ein Kind, kaum wenige Wochen alt.

Caiwen schwebte näher heran. Sie spürte, dass sie fast am Ziel war. Aber noch fehlte ihr der Beweis, den sie brauchte. Lautlos stellte sie die Frage, die ihr mehr als alles andere auf der Seele brannte: »Wer bist du?«

Sie erhielt keine Antwort, stattdessen schoben sich die Gespinste wieder vor das Kind, bis Caiwen es nicht mehr sehen konnte.

Komm, wisperte es von überall her. *Komm und begleite uns, wir werden dich zu ihr führen.* Sie streckten die Nebelhände aus und winkten Caiwen, ihnen zu folgen. Sie wehrte sich nicht.

»Na, na. Du willst doch noch nicht sterben – oder?« Die Stimme einer Frau riss Caiwen mit Macht zurück und schleuderte sie aus der Schwärze des Totenreichs in die frostige Nacht der Riffinseln zurück. Die Wucht der Bewegung warf sie auf die kalte Erde, wo sie benommen liegen blieb.

Für endlose Augenblicke war das hämmernde Pochen des Blutes in ihren Ohren das einzige Geräusch, das sie hörte. Sehen konnte sie nichts, außer einem blutigen Nebel, in dem kleine Sterne zu tanzen schienen. Das Erste, was sie fühlte, war der Wind. Er frischte auf, fuhr ihr wie eine eisige Hand durch die Haare und löschte die Öllampe. Sein Rauschen mischte sich mit dem fernen Donnern der Brandung und den klagenden Lauten, mit denen er durch die Spalten der Klippe strich.

Für den Bruchteil eines Wimpernschlags erfasste Caiwen ein

Schwindelgefühl, dann hörte sie ein leises Lachen und wieder die weibliche Stimme, die sagte: »Für dich ist die Zeit noch nicht gekommen.«

Caiwen fühlte sich elend. Erschöpft fuhr sie sich mit den Händen übers Gesicht, setzte sich auf und blickte sich blinzelnd um. Am Rand der Senke entdeckte sie die Gestalt einer Frau, die nur aus wogenden Schatten zu bestehen schien. Im ersten Augenblick glaubte Caiwen, ihre Mutter sei ihr gefolgt, erkannte ihren Irrtum aber sofort. »Wer bist du?«, rief sie gegen den Wind an, der ihr die Worte von den Lippen riss.

»Das ist nicht von Belang.« Die Worte erreichten Caiwen klar und deutlich, während sie sich erhob und zu Caiwen in die Senke herabschwebte. Sie trug einen hochgeschlossenen taillierten Mantel, der bis zum Boden reichte und allen Windböen zum Trotz unbeweglich blieb. Die Kapuze hatte sie sich so weit ins Gesicht gezogen, dass es völlig im Schatten lag. »Du bist entweder sehr mutig oder sehr dumm«, sagte sie mit einer Spur von Tadel in der Stimme.

»Warum?« Caiwen versuchte, beherzt zu klingen.

»Niemand sollte das Reich der Toten betreten, der nicht bereit ist zu sterben.«

»Aber ich …«

»Willst du sterben?«

»Nein. Natürlich nicht. Ich …«

»Dann mach das nie wieder.«

»Aber …«

»Kein Aber.« Der Tonfall der Frau wurde eine Spur schärfer. »Diesmal habe ich dich gerettet. Ein zweites Mal werde ich das nicht tun.«

»Muss ich mich jetzt bedanken?« Caiwen ärgerte sich, dass die Fremde sie nicht ausreden ließ, und gab sich trotzig, obwohl sie wusste, dass sie recht hatte. Was sie getan hatte, war mehr als leichtsinnig gewesen. Der Wunsch, die Wahrheit zu erfahren, war so übermächtig gewesen, dass sie sich in die Welt der Geister hatte locken lassen, ohne die Folgen ihres Handelns zu bedenken oder auch nur zu ahnen, worauf sie sich einließ. Ein Wagnis, das sie fast mit dem Leben bezahlt hätte.

»Das kannst du halten, wie du willst.« Die Frau schien nicht gewillt, sich auf einen Streit einzulassen. »Da, wo ich herkomme, zählen solche Höflichkeitsfloskeln nichts.«

»Ach, und wo kommst du her, wenn ich fragen darf?« Caiwen gelang es noch immer nicht, den Unmut aus ihrer Stimme zu verdrängen.

»Du hast den Ort gerade besucht.« Caiwen glaubte, ein Lächeln aus den Worten herauszuhören.

»Du bist ein Geist?« Die Worte waren heraus, ehe Caiwen darüber nachdenken konnte. Sie wunderte sich über sich selbst. Die Situation war völlig verrückt. Da hockte sie mitten in der Nacht am Grab ihrer Schwester und plauderte mit einer Toten, als würde Heylon neben ihr sitzen.

»Nicht direkt.« Die Frau schien etwas zu überlegen, dann sagte sie: »Jene, die mich kennen, nennen mich Valkyre. Ich bin eine Begleiterin.«

»Und wen begleitest du?«, fragte Caiwen nicht ohne Spott.

»Nun, ich habe zum Beispiel sie zum anderen Ufer geführt«, erklärte die Valkyre und deutete auf das Grab.

»Sie?« Caiwen riss erstaunt die Augen auf. »Was… was weißt du über sie?«

»Nichts.« Die Erscheinung hob bedauernd die Schultern. »Was sie waren, geht mich nichts an. Ich führe die Seelen nur, damit sie den rechten Weg finden.«

»Aber irgendetwas musst du doch wissen«, beharrte Caiwen.

»Sie war sehr jung, erst ein paar Wochen alt.« Sie seufzte und fügte hinzu: »Wie so viele hier.«

»Mehr nicht?« Caiwen war enttäuscht.

»Nein, mehr nicht. Wie gesagt, es geht mich nichts an.« Die

Valkyre wandte sich um und glitt zum Rand der Senke. »Gehab dich wohl«, sagte sie zum Abschied. »Und lass in Zukunft solche törichten Abenteuer, bis du deine Kräfte zu nutzen gelernt hast.«

»Warte!« Caiwen sprang auf und ihr nach. »Was soll das heißen: meine Kräfte?«

»Das soll gar nichts heißen. Nur dass ich dich nicht noch einmal retten werde. Du kennst jetzt die Gefahr und kannst sie meiden. Also halte dich auch daran.«

»Aber du weißt mehr. Das spüre ich.«

»Den Weg des Lebens muss jeder allein beschreiten«, gab die Valkyre zur Antwort. »Ich komme erst ins Spiel, wenn er ein Ende findet. Für alles andere bin ich nicht zuständig.« Sie drehte sich noch einmal um, und Caiwen glaubte, ihren Blick auf sich zu spüren. »Es liegt ein tieferer Sinn darin, dass ihr nicht wisst, wohin das Schicksal euch führt, auch wenn das grobe Muster bereits gewoben ist. Das Wissen um die Zukunft hat noch niemandem Glück gebracht. Hab Vertrauen und Geduld. Du wirst Antworten auf deine Fragen bekommen. Später. Aber nicht von mir.« Während sie sprach, begann ihre Gestalt langsam zu zerfließen. Die Konturen wurden durchscheinend und zerfielen, als der Wind sie wie feine Nebelschleier davontrug.

Caiwen sah ihr nach. Sie fragte sich, ob sie träumte. Was geschah hier? Was geschah mit ihr? Niemand, nicht einmal Armide, konnte das Reich der Toten betreten oder mit Geistern sprechen …

Warum ich? Caiwen fröstelte. Plötzlich sehnte sie sich nach ihren Eltern und der Sicherheit der Hütte zurück. Nach Dingen, die ihr vertraut waren, die Wärme und Geborgenheit verhießen und keine Geheimnisse bargen. Tief in sich spürte sie, dass ein Wandel bevorstand, der gerade erst begonnen hatte und dessen Ausmaß sie noch nicht ermessen konnte. Das Grab war nur ein Steinchen im Gefüge dieser Veränderung, die sich wie ein heraufziehender Sturm am Horizont ihres Daseins abzeichnete. Eine Veränderung, die auch ihr innerstes Wesen betraf und die sie nicht wollte.

Mit steifen Gliedern erhob sich Caiwen, nahm die erloschene Lampe zur Hand und schlich zu ihrem Elternhaus zurück. Sie hatte Angst. Angst vor der Zukunft, aber auch vor sich selbst.

Insel der Geister

Der Sonnenaufgang brannte wie Feuer über den endlosen Weiten des Ozeans, als er Wind und Dunkelheit nach Westen davonscheuchte und die bittere Kälte erträglich machte. Das Licht vertrieb die Schatten, die Wellenberge wurden flacher und irgendwo pfiff jemand ein munteres Lied.

Durin regte sich vorsichtig unter der ölgetränkten Plane, die ihm ein mitleidiger Seemann in der Nacht gegeben hatte, und unterzog seinen Körper einer kurzen Prüfung. Die Nacht zwischen Kisten und Netzen auf dem Oberdeck forderte nachdrücklich ihren Tribut. Sein Kopf brummte und sein Magen hatte immer noch keine Ruhe gefunden – aber er lebte.

Durin seufzte und fuhr sich mit den Händen müde über das bleiche Gesicht. Noch vor ein paar Stunden war er davon überzeugt gewesen, elendig sterben zu müssen. Die Seekrankheit hatte ihm mehr zugesetzt, als es je ein Weinrausch getan hatte. So sehr, dass ihm bei dem Gedanken an die Heimfahrt gleich wieder übel wurde. Durin unterdrückte das Gefühl und zwang sich, an etwas anderes zu denken. Schließlich war es nicht gewiss, dass sie auf dem Rückweg wieder so starken Wind haben würden. Zu schwach, um aufzustehen, veränderte er seine Haltung gerade so weit, dass er die schmerzenden Glieder etwas entlastete, schob seinen Hut zurück und blinzelte in das Licht der aufgehenden Sonne.

»Gut geschlafen?« Die grau-weiße Raubmöwe, die sich auf einer nahen Kiste niedergelassen hatte, legte den Kopf schief und zwinkerte ihm zu.

»Ein wenig mehr Mitgefühl würde dir gut zu Gesicht stehen, Saphrax.« Durin grinste gequält und wollte noch etwas hinzufügen, als er Schritte hörte, die sich rasch näherten.

Saphrax stieß einen spitzen Schrei aus und flog davon.

»Ah, da ist ja unser Held.« Die Arme vor der Brust verschränkt, bauten sich der Kapitän und der Erste Offizier vor Durins Nachtlager auf. Ihre Gesichter zeigten keine Regung, aber der Spott, der in den Worten mitschwang, war nicht zu überhören. »Melrem hat sich Sorgen gemacht, als er Euch am Morgen nicht in Eurer Kajüte fand«, erklärte der Kapitän. »Er fürchtete, es könnte Euch über Bord gespült haben.«

»Wie Ihr seht, bin ich noch da«, knurrte Durin und schob das Öltuch zur Seite. Er hasste es, zu anderen aufsehen zu müssen, und versuchte unbeholfen, auf die Beine zu kommen.

»Ist Euch nicht wohl?«, erkundigte sich der Erste Offizier höflich. Durin entging nicht, dass es um seine Mundwinkel verräterisch zuckte, ganz so, als könne er sich das Lachen nur mühsam verkneifen.

»Mir geht es bestens. Danke.« Durin bemühte sich, seiner Stimme einen festen Klang zu geben. Dabei sandte er ein kurzes Gebet zu den Göttern und dankte ihnen, dass das Schiff endlich zu schaukeln aufgehört hatte. »Ich bin es nicht gewohnt, in einem engen Raum zu nächtigen«, setzte er zu einer Erklärung an. »Die Luft hier draußen ist viel besser.«

»Verstehe.« Der Offizier verzog weiterhin keine Miene.

»Nun Durin, darf ich Euch trotzdem einladen, die Morgenmahlzeit gemeinsam mit Melrem, dem Ersten Offizier und meiner Wenigkeit in meiner Kajüte einzunehmen?«, fragte der Kapitän. »Bei der Gelegenheit können wir beraten, wie es weitergehen soll.«

»Gern.« Durin gelang ein Lächeln. Das Letzte, was er hatte, war Hunger. Schon bei dem Gedanken an Essen krampfte sich sein Magen zusammen. Aber er bewahrte Haltung und sagte: »Ich fühle mich geehrt und komme, sobald ich mich gewaschen und rasiert habe.«

»Wir erwarten Euch.« Der Kapitän nickte ihm zu, wandte sich um und ging. Der Offizier folgte ihm. Durin schaute den beiden nach und fluchte leise. Wie es aussah, hatte sich seine Seekrankheit bereits auf dem Schiff herumgesprochen. Der Held, wie der Kapitän ihn spöttisch genannt hatte, hatte sich vor der Mannschaft bis auf die Knochen blamiert, eine Schande, die Durin nur schwer ertragen konnte.

Hinter jedem freundlichen Wort, jedem Blick glaubte er Häme und Belustigung zu erkennen, als er über das Deck zu seinem Quartier ging.

»Also gut, es lässt sich nicht mehr ändern.« Durin straffte sich und nahm einen tiefen Atemzug. Im Grunde konnte es ihm gleichgültig sein, was die Seeleute von ihm dachten. Er hatte ohnehin nicht vor, nach dieser Reise noch einmal einen Fuß auf die Planken eines Schiffes zu setzen. Außerdem würden sie früh genug erkennen, dass ihm der Ruf der Unerschrockenheit zu Recht vorauseilte. Spätestens dann, wenn er, allen Geistern zum Trotz, die gefürchteten Riffinseln betrat, um dort nach der Elfe zu suchen. Durin schmunzelte. Im Geiste sah er schon die bleichen Gesichter der Matrosen vor sich, die bibbernd und mit weichen Knien am Strand zurückblieben, während er die Inseln allein erkundete.

Der Gedanke gefiel ihm so gut, dass er sich wenig später gut gelaunt in der Kajüte des Kapitäns einfand.

»Na, wieder wohlauf?« Melrem grinste.

»Solange der Kahn nicht mehr so schaukelt.« Durin erwiderte das Grinsen und setzte sich auf den freien Stuhl neben Melrem. Er hatte den Entschluss gefasst, zu seiner Schwäche zu stehen und dieser mit Humor zu begegnen, um den anderen keine Angriffsfläche zu bieten. »Noch mal nehme ich einen solchen Auftrag nur an, wenn man mir eine Flaute zusichert.«

»Wünscht Euch das nicht.« Der Offizier schenkte Durin etwas Tee in eine Tasse aus kostbarem Porzellan. »Zucker?«, erkundigte er sich.

Durin schüttelte den Kopf und griff nach einer Brotscheibe und einem großen Stück Käse. Der Anblick versetzte seine Eingeweide in Aufruhr, aber er achtete nicht darauf und nahm ein paar herzhafte Bissen.

»Nun, bei dem Appetit kann es ja nicht so schlimm gewesen sein«, meinte Melrem anerkennend. Die Bemerkung entschädigte Durin für die Krämpfe, mit denen sein Magen gegen die unerwünschte Nahrung rebellierte, und er biss gleich noch einmal ab. »Wie meint Ihr das?«, fragte er mit halb vollem Mund den Ersten Offizier und leerte die Teetasse in einem Zug. Der Offizier zog angesichts der ungehobelten Tischmanieren empört eine Augenbraue in die Höhe und antwortete kühl: »Eine Flaute verheißt auf diesem Ozean meist nichts Gutes. Windstille ist hier gleichbedeutend mit dem Nahen eines gewaltigen Sturms, gegen den der Wind der vergangenen Nacht Euch wie ein laues Lüftchen erscheinen würde.«

»Oh.« Durin fand Gefallen daran, die vornehme Runde zu schockieren, und setzte noch eins drauf, indem er sich die Finger an dem blütenweißen Tischtuch abwischte. »Dann werde ich eben eine schwache Brise fordern.«

»Zunächst einmal würde es genügen, wenn du das Mundtuch benutzen würdest«, bemerkte Melrem säuerlich. Das Verhalten seines Gastes schien ihm überaus peinlich zu sein, denn er erhob sich und verabschiedete sich mit einer fadenscheinigen Ausrede. Durin sehnte sich nach der frischen Luft an Deck und wäre ihm gern gefolgt, hatte aber noch ein paar Fragen an den Kapitän. »Wann werden wir die Riffinseln erreichen?«, erkundigte er sich, nachdem er auch die zweite Tasse Tee in einem Zug hinuntergeschüttet hatte.

»Wenn alles gut geht, heute Mittag«, gab der Kapitän Auskunft. »Der Wind steht günstig.«

»Und dann?«

»Wir haben beschlossen, in sicherer Entfernung vom Südstrand vor Anker zu gehen und Euch mit einem der Beiboote zur Insel zu bringen. Solltet Ihr bis zum Einbruch der Dunkelheit nicht fündig geworden sein, bringen Euch meine Männer zum Schiff zurück und Ihr könnt es morgen noch einmal versuchen.«

»Klingt einfach.« Durin grinste, während er mit dem Zeigefinger ein Stück Käse aus einer Zahnlücke fischte. »Ich werde mich beeilen. Je schneller ich wieder in Arvid bin, desto besser.«

»Wie wahr.« Der Erste Offizier warf dem Kapitän einen vielsagenden Blick zu und seufzte.

»Land voraus!«

Durin stand am Bug und spähte über das schier endlose Wasser, als der Ausguck in der Ferne die Riffinseln entdeckte. Es sah ganz so aus, als ob der Kapitän recht behalten sollte. Die Sonne hatte den Zenit noch nicht überschritten, der Wind blies stetig und sie machten gute Fahrt. Wenn nichts dazwischenkam, würden sie die Inseln zum vorgesehenen Zeitpunkt erreichen.

Saphrax landete neben Durin auf der Reling, schüttelte das Gefieder und begann, die Flügel mit dem Schnabel zu putzen. »Ist das euer Ziel? Die Inselgruppe dahinten?«

»Ja.« Durin sprach leise. Wenn die Mannschaft mitbekam, dass er sich mit einer Raubmöwe unterhielt, würde sie ihn vermutlich auch noch für verrückt halten. »Ich soll dort nach jemandem suchen. Nach einer Elfe mit hellblonden Haaren, die dort hausen soll.«

»Eine Suche? Das klingt spannend. Ich bin dabei.« Saphrax flog auf, stürzte sich kopfüber ins Wasser und kehrte mit einem kleinen silbrigen Fisch im Schnabel zurück, den er mit einem Bissen hinunterschlang. »'tschuldige, ich hatte Hunger«, sagte er und setzte die Gefiederpflege fort, als wäre er nie weg gewesen.

»Es geht das Gerücht, dass auf der Insel Geister umgehen, die jeden töten, der das Eiland betritt«, sagte Durin.

»Geister? Pah!« Saphrax schüttelte sich und wandte sich dem anderen Flügel zu. »Es gibt keine Geister in deiner Welt.«

»Das sehe ich auch so. Es würde mir allerdings sehr helfen, wenn du vorausfliegen und schon mal einen Blick auf die Insel werfen würdest. Halte Ausschau nach irgendeinem Unterschlupf, einer Hütte, einer Höhle oder Ähnlichem, besser noch nach der Elfe. Je schneller ich meinen Auftrag erfüllt habe, desto schneller kann ich dieses schaukelnde Ding wieder verlassen.«

»War es so schlimm?« Saphrax schaute Durin mitleidig an.

»Schlimmer! So etwas möchte ich nicht noch einmal durchmachen.«

»Dann will ich mal sehen, was ich in Erfahrung bringen kann. Oh, du bekommst Besuch.« Saphrax ließ einen schrillen Schrei ertönen, breitete die Flügel aus und flog davon.

Nur wenige Herzschläge später trat Melrem neben Durin, legte die Hände auf die Reling und schaute der Möwe nach. »Wie ich sehe, hast du schon einen Freund gefunden.«

»Manchmal ist die Gesellschaft von Tieren weitaus angenehmer als die von Menschen … oder Elfen.« Durin sah Melrem von der Seite an. »Sie spotten nicht.«

Melrem ging nicht darauf ein. »Nervös?«

»Ich glaube nicht an Geister. Dämonen ja, Geister nein«, erwiderte Durin kühl. »Wenn da draußen jemand lebt, wie deine Großmutter es behauptet, werde ich sie finden.«

»Ich habe nichts anderes erwartet.« Melrem nickte. »Trotzdem möchte ich dir ein paar Dinge über die Inseln erzählen. Wer weiß, vielleicht erweist es sich als nützlich.«

»Nur zu.« Durin gähnte gelangweilt. Er war nicht auf Melrems

Informationen angewiesen. Saphrax würde ihm alles berichten, was er wissen musste.

»Das Riff ist gefährlich«, begann Melrem. »Unzählige Schiffe zerschellten schon an den Klippen oder sanken, weil ihnen unter Wasser verborgene Felsen den Kiel aufschlitzten. Meine Großmutter hat allein in den letzten fünf Wintern drei Schiffe und mehr als hundert Seeleute verloren. Das Unheimliche ist, dass es bisher nie Überlebende gab. Bei Schiffen, die an anderen Stellen der Handelsrouten in Seenot geraten, können wir manchmal noch Menschenleben retten. Hier nicht.«

»Tragisch.«

»Ja, das ist es«, erwiderte Melrem, ohne auf Durins Spott einzugehen. »Vor vielen Wintern haben ein paar mutige Männer versucht, das Geheimnis der Insel zu ergründen …«

»Und?« Durin gähnte erneut.

»Sie kehrten nie zurück. Alles, was man von ihnen fand, war eines der Beiboote, mit denen sie an Land gegangen waren. Darin lag das Leinenhemd eines Matrosen, auf dem, mit Blut geschrieben, folgende Botschaft zu lesen war: *Wer die Ruhe der Toten stört, ist selbst des Todes.*« Melrem machte eine bedeutungsvolle Pause und fuhr dann fort. »Seitdem hat nie wieder ein Seemann einen Fuß auf die Insel gesetzt.«

»Es ist nie verkehrt, vorsichtig zu sein.« Durin machte keinen Hehl daraus, dass ihn das Ganze wenig beeindruckte. Auf seinen Reisen hatte er schon so viele Schauergeschichten gehört, dass er sie nicht mehr zählen konnte. Die meisten davon hatten sich später als Märchen erwiesen, die irgendjemand erdacht hatte, um ein Geheimnis zu schützen. Hier war es vermutlich nicht anders. Durin hätte einen Beutel Hacksilber darauf verwettet, dass auf dem Riff jemand lebte, der nicht entdeckt werden wollte und diese Gerüchte gezielt in die Welt setzte, um ungebetene Gäste fernzuhalten.

Diese Gedanken behielt er jedoch für sich. Immerhin galt es, seinen Ruf zu retten. Nach den Ereignissen der vergangenen Nacht kam ihm die Rolle des furchtlosen Geisterjägers gerade recht. »Gibt es irgendwelche Beweise für diese … Geister?«, erkundigte er sich.

»Vorbeifahrende Schiffe sehen bisweilen Lichter über den Klippen schweben. Manchmal trägt der Wind ihnen auch unheimliche klagende Laute zu.«

»Mehr nicht?« Durin lachte.

»Genügt das nicht?«

»Um mir Angst einzujagen, muss schon etwas mehr zusammenkommen.« Durin schob seinen Hut ein wenig in den Nacken und blickte zu den Riffinseln hinüber, die nun wie ein finsteres Gebirge vor ihnen aus dem Meer auftauchten. *Saphrax muss die Küste inzwischen erreicht haben*, dachte er bei sich. *Nicht mehr lange, dann werde ich wissen, was es mit diesen Geistern wirklich auf sich hat.*

»Eine Valkyre?« Heylon runzelte die Stirn. »Das Wort kommt mir bekannt vor. Irgendwo habe ich es schon einmal gehört.«

»Ich hatte gehofft, dass du in deinen Büchern etwas über Valkyren gelesen hast«, erklärte Caiwen. Wie schon am Vortag hatte sie Heylon auch diesmal bei Sonnenaufgang überrascht, als er auf dem Weg zum Südstrand war, um ihn nach der Valkyre zu fragen. Dabei war sie nicht ganz bei der Wahrheit geblieben. Sie hatte behauptet, die Valkyre sei ihr im Traum erschienen, da sie es für besser hielt, wenn er nichts von ihrem nächtlichen Ausflug erfuhr. Schließlich war es nicht wichtig, ob sie die Kreatur leibhaftig oder nur im Schlaf gesehen hatte. »Wenn sie eine Gestalt aus den Legenden wäre, die uns unsere Eltern und Ältesten erzählen«, fuhr Caiwen fort, »müsste ich sie auch kennen. Da ich aber noch nie von ihr gehört habe, dachte ich …«

»Du sagtest, sie nannte sich eine Begleiterin?«, fragte Heylon, der offensichtlich seinen eigenen Gedanken nachhing und ihr nur mit halbem Ohr zugehört hatte. »Eine, die die Seelen der Menschen ins Totenreich führt?«

»Das hat sie gesagt.« Caiwen nickte.

»Hm...« Heylon runzelte die Stirn.

»Das kann natürlich auch alles nur Unsinn sein«, beeilte sich Caiwen zu sagen, die plötzlich fürchtete, Heylon könne sie für verrückt halten. »Es... es war ja bloß ein Traum...«

»Nein, warte!«, unterbrach Heylon sie. »Ich glaube, ich weiß jetzt, wo ich etwas darüber gelesen habe. Bleib hier. Ich bin gleich zurück.« Ohne eine weitere Erklärung drückte er Caiwen die Säcke für die brennenden Steine in die Hand, wandte sich um und lief zurück ins Dorf.

Caiwen schaute ihm verwundert nach. Sie war neugierig, machte aber keine Anstalten, ihm zu folgen. Seufzend setzte sie sich auf einen Felsen, ließ den Atem in kleinen weißen Wölkchen zum Himmel aufsteigen und beobachtete, wie die Sonne im Osten über den Horizont kroch, während die Wolken der vergangenen Nacht nach Westen abzogen. Es würde ein schöner Tag werden, vielleicht sogar ein Frühlingstag.

Als die ersten Sonnenstrahlen eine sanfte Wärme auf ihre von Wind und Kälte geröteten Wangen zauberten, schloss Caiwen die Augen und lauschte dem Lärmen der Felstölpel, die über den Klippen aufstiegen, um mit der Jagd nach Fischen zu beginnen.

Felstölpel!

Die pfeifenden Schreie der großen Vögel versetzten ihr jäh einen Stich und erinnerten sie daran, dass sie Heylon ihre Hilfe zugesichert hatte. Beschämt musste sie sich eingestehen, dass sie die drohende Verbannung ihres Freundes auf die Nachbarinsel über den jüngsten Ereignissen total vergessen hatte. »Wir müssen einen Plan machen«, hatte sie zu ihm gesagt, wohl wissend, dass diese Aufgabe wie immer ihr zufallen würde. Aber wie sollte ihr das gelingen, wenn sie ständig an ihre tote Schwester denken musste?

Heylon hat auch etwas anderes als Valkyren im Kopf. Und er hilft mir trotzdem. Entschlossen straffte sie die Schultern, atmete tief durch und verdrängte alle störenden Gedanken aus ihrem Bewusstsein, um endlich darüber nachzudenken, wie sie Heylon helfen konnte …

»Ich glaube, ich hab's!« Als Heylon wenig später zurückkehrte, sprang Caiwen auf und lief ihm entgegen.

»Was?« Heylon schaute sie verständnislos an. »Heißt das, du bist jetzt doch selbst daraufgekommen, was eine Valkyre ist?«

»Nein.« Caiwen schüttelte den Kopf. »Ich weiß jetzt, wie wir deinem Vater einen erlegten Tölpel bringen, ohne dass wir ihn töten müssen.«

»Und wie?«

»Ganz einfach. Wir gehen jeden Morgen ganz früh zu den Klippen und suchen dort nach einem verendeten Tier. Wenn es noch nicht allzu lange tot ist und wir es geschickt anstellen, wird niemand die wahre Todesursache herausfinden.«

»Willst du ihm etwa nachträglich einen Pfeil in die Brust schießen?«

»Warum nicht?« Caiwen nickte. »Es tut ihm ja nicht mehr weh.«

»Das ist nicht schlecht, aber die Sache hat einen Haken.« Heylon machte ein betrübtes Gesicht. »Mein Vater will dabei sein, wenn ich auf die Jagd gehe. Er will mit eigenen Augen sehen, dass sein Sohn zum Mann geworden ist. Das hat er mir gestern gesagt.«

»Verdammt!« Caiwen trat ärgerlich einen Stein ins Gebüsch.

»Ich denke, ich werde mich gedanklich schon mal auf die Reise zur Nachbarinsel vorbereiten«, sagte Heylon niedergeschlagen.

»Sag das nicht.« Nun wurde auch Caiwen traurig. Es war einfach ungerecht, dass jemand, der so gut und ehrenhaft war wie Heylon, so hart bestraft werden sollte, nur weil er anders war. »Kann deine Mutter Emeric denn nicht umstimmen?«

»Nein.« Heylon schüttelte den Kopf. »Du kennst meine Mutter. Sie liebt mich, so wie ich bin. Die Pläne meines Vaters sind ihr ein Gräuel, aber sie ist wie alle Frauen hier. Sie würde nie das Wort gegen ihren Mann erheben.«

»Wie alle Frauen außer Armide«, korrigierte Caiwen.

»... und du.« Heylon lächelte. »Ach, komm«, sagte er und wischte die trüben Gedanken mit einer beiläufigen Geste fort. »Lassen wir uns den schönen Morgen nicht von meinem Vater verderben. Wer weiß, vielleicht überlegt er es sich noch anders oder er wird krank und muss das Vorhaben verschieben.«

»Wenn das geschieht, sorge ich persönlich dafür, dass er das Krankenlager bis zum Herbst nicht verlassen kann.« Caiwen hob die Hand zum Schwur. Obwohl sie das niemals übers Herz gebracht hätte, war sie in diesem Augenblick fest davon überzeugt, dass sie es genau so machen würde.

»So, und jetzt erzähle ich dir, was eine Valkyre ist«, wechselte Heylon das Thema, ohne auf Caiwens Bemerkung einzugehen. »In einem Buch mit Mythen und Legenden, das von einem der gesunkenen Schiffe stammt, fand ich folgende Erklärung.« Heylon legte eine dramatische Pause ein und fuhr in einem Ton fort, als hätte er die Passage auswendig gelernt: »Valkyren sind weibliche Totendämonen, die gefallene Krieger auf dem Schlachtfeld erwählen, um sie in allen Ehren in die Welt der Toten zu begleiten. Ihr Erscheinen gilt als todkündend.«

»Todkündend?« Caiwen erbleichte. »Heißt das, dass ich in Gefahr bin?«

»Bestimmt nicht. Du hast schließlich nur von ihr geträumt. In dem Buch steht zwar, dass sie manchmal auch versuchen, Lebende ins Reich der Toten zu locken. Aber dafür müsste so eine Valkyre dann schon persönlich hier auftauchen. Trotzdem finde ich es seltsam, dass du von einem Wesen träumst, von dem du nie zuvor gehört hast«, fuhr Heylon fort, der nicht zu bemerken schien, welchen Eindruck seine Worte auf Caiwen gemacht hatten.

»Vielleicht bin ich ihr in einem meiner früheren Leben schon einmal begegnet«, versuchte sich Caiwen an einer Erklärung. Der Glaube an Wiedergeburt war bei den Riffbewohnern sehr ausgeprägt. Es war einer der Gründe, warum sie ihre Toten verbrannten, denn es hieß, dass man nur dann wiedergeboren werden konnte, wenn von dem alten Körper nichts mehr vorhanden war.

»Möglich.« Heylon wirkte nicht überzeugt, beließ es aber dabei und fragte: »Genügt dir das als Antwort? Mehr konnte ich so schnell nicht herausfinden, aber wenn du möchtest, sehe ich heute Abend noch einmal nach.«

»Gern.« Caiwen hob die Säcke auf, reichte Heylon ein paar davon und sagte: »Zum Dank helfe ich dir. Dann bist du schneller fertig.«

Das Sammeln der brennenden Steine war weniger eine schwere als eine langwierige Arbeit, denn der Südstrand erstreckte sich über eine Länge von mehr als zweitausend Schritt entlang der Küste. Nur hier wurde das kostbare Brennmaterial angeschwemmt. Niemand wusste, woher die leichten schwarzen Klumpen stammten, die das Meer dem Riff zutrug. Die Quelle schien jedoch unerschöpflich zu sein, denn es hatte nie einen Mangel gegeben. Die Riffbewohner nutzten die Steine auf vielfältige Weise. Caiwens Vorfahren, die die Inseln besiedelten, hatten sie zunächst nur zum Befeuern der eisernen Öfen in den Hütten verwendet. Da sie eine große Hitze entwickelten und nahezu rauchlos brannten, boten sie einen hervorragenden Schutz vor Entdeckung durch vorbeifahrende Schiffe. Inzwischen wurde ein Teil der Klumpen in großen Tiegeln eingeschmolzen und für die Herstellung von Lampenöl und zum Abdichten der Hütten verwendet. Ohne die brennenden Steine wäre ein Überleben auf dem Riff unmöglich gewesen, und jeder Riffbewohner schloss in seinen Gebeten an Mar-Undrum die Bitte mit ein, dass der Strom nie versiegen möge.

Heylon hatte eine eigene Methode entwickelt, die es ihm erlaubte, Kräfte zu schonen und Zeit zu sparen. Sobald sich das Hochwasser am Morgen zurückzog und seine kostbare Fracht am Strand zurückließ, machte er sich auf den Weg, um die Ernte einzubringen. Dabei begann er stets in der Mitte des Strandes und wandte sich zunächst nach Osten und dann nach Westen.

Anders als die Frauen, die die Steine immer gleich in die Säcke gelegt hatten, ging er zunächst nur den Strand ab und schichtete die Steine in bestimmten Abständen zu kleinen Haufen auf, die er dann auf dem Rückweg einsammelte. So musste er die prall gefüllten Säcke nicht den ganzen Weg vor- und zurückschleppen und konnte, falls die Ausbeute einmal sehr groß war, die Haufen in der Nähe der Treppe liegen lassen, bis er mit den geleerten Säcken zurückkam.

Wenn Caiwen Heylon begleitete, teilten sie sich die Arbeit. Caiwen übernahm den westlichen und Heylon den östlichen Strandabschnitt.

So war es auch diesmal. Während Caiwen den Strand hinunterlief, beschäftigte sie sich in Gedanken immer noch mit der Valkyre, denn was sie erlebt hatte, wollte so gar nicht zu Heylons Erklärung passen. Die Valkyre hatte sie nicht in die Totenwelt gelockt. Im Gegenteil. Die Valkyre hatte sie davor bewahrt, sich gänzlich in dem finsteren Reich zu verlieren. Sie hatte ihr das Leben gerettet. Aber warum? *Warum hat sie mich gerettet?* Wieder eine Frage, auf die sie keine Antwort wusste. Denn die Worte der Valkyre: *Für dich ist die Zeit noch nicht gekommen,* stellten Caiwen nicht zufrieden. Es steckte noch etwas anderes dahinter, das spürte sie.

Caiwen hatte das Ende des Strandabschnitts erreicht, an dem die brennenden Steine angeschwemmt wurden. Sie streckte sich, um den schmerzenden Rücken zu entlasten, nahm einen der Säcke zur Hand und trat den Rückweg an. Zufrieden betrachtete sie die endlose Reihe schwarzer Steinhaufen, die sie am Strand zurückgelassen hatte. Die Ausbeute war beträchtlich. Der Feuermeister, wie die Riffbewohner den Mann nannten, der die Steine trocknete, einschmolz und unter den Dorfbewohnern verteilte, würde zufrieden sein. Caiwen gönnte sich eine kurze Verschnaufpause und ließ den Blick über das Meer schweifen. Am Himmel entdeckte sie eine Vielzahl dunkler Punkte, die auf die Riffinseln zuhielten.

Seltsam, dachte sie bei sich. *Die Sonne hat ihren höchsten Stand gerade erst überschritten und die Felstölpel kommen schon zurück.* Dann begriff sie: Die frühe Rückkehr der großen Vögel galt auf dem Riff als ein sicheres Zeichen dafür, dass ein Sturm aufzog! Sie musste sich beeilen. Als sie sich umdrehte, um weiterzumachen, bemerkte sie aus den Augenwinkeln eine Bewegung – ein Schiff! Caiwen schnappte nach Luft. Ein Irrtum war ausgeschlossen. Schon konnte sie die weißen Segel im Sonnenlicht erkennen. Es fuhr auf einem Kurs, den nie zuvor ein Schiff genommen hatte und der es gefährlich nahe an das Riff heranführte. Ein Kurs, der den Tod vieler Menschen bedeuten würde, wenn das Schiff nicht wendete, ehe der Sturm losbrach. Am liebsten hätte Caiwen laut geschrien und den Menschen an Bord zugerufen, dass sie umkehren mussten. Aber das Schiff war viel zu weit weg, und außerdem war es den Riffbewohnern streng verboten, sich vorbeifahrenden Schiffen zu zeigen.

Hastig begann Caiwen, die Steine aufzuklauben. Die Felstölpel irrten sich nie. Nicht mehr lange, und es würde ein gewaltiger Sturm losbrechen.

Der Sturm

»Umkehren?« Fassungslos starrte Durin den Kapitän an, der ihn zu sich in seine Kajüte gebeten hatte. »Jetzt?«

»Ja, jetzt.«

»Aber wir sind fast da. Warum?«

»Es zieht ein Sturm auf.«

»So ein Unsinn«, ereiferte sich Durin, der fürchtete, alle Strapazen könnten vergebens gewesen sein. »Falls Ihr es noch nicht bemerkt habt, draußen scheint die Sonne. Es ist kein Wölkchen am Himmel. Der Wind ist günstig und Ihr sprecht von einem Sturm.«

»Ich habe dieses Schiff nicht deshalb schon so lange unter meinem Kommando, weil ich mich auf das Offensichtliche verlasse«, erwiderte der Kapitän scharf. »Ich weiß, dass es ein Unwetter geben wird.«

»Ach, dann nennt Ihr wohl so eine Art von Hellsichtigkeit Euer Eigen?«

»Und Ihr seid wohl ein so erfahrener Seemann, dass Ihr es besser wisst.« Der Kapitän erhob sich, ging zum Fenster und ließ seinen Blick über die ruhige See schweifen. »Ich trage die Verantwortung für dieses Schiff und die Mannschaft«, erklärte er in einem Ton, der keinen Widerspruch duldete. »Mein Entschluss steht fest. Wir kehren um und warten das Unwetter auf dem

Ozean ab. Wenn wir in die Flaute geraten, die den Stürmen in diesen Gewässern vorauseilt, ist es zu spät.«

»Und was ist mit meinem Auftrag?«, wollte Durin wissen.

»Wenn der Sturm abgezogen ist, kehren wie hierher zurück.«

»Heißt das, ich soll in dem Sturm auf diesem Schiff ausharren und das Ganze noch einmal durchmachen?« Durin lachte empört auf. »Das ist ein Scherz – oder?«

»Mit solchen Dingen scherze ich nicht.« Die Miene des Kapitäns war ausdruckslos. »Ich habe klare Anweisungen, das Wohl des Schiffes und der Mannschaft über die Suche zu stellen.«

»Und wenn Ihr Euch irrt?«, fragte Durin. »Wenn es gar keinen Sturm gibt?«

»Ich fahre zur See, seit ich meinen siebten Winter gesehen habe. Ich weiß die Zeichen zu deuten und habe mich noch nie geirrt«, erwiderte der Kapitän mit zusammengepressten Lippen. »Maeve vertraut mir. Ich werde dieses Vertrauen auf keinen Fall aufs Spiel setzen. Nicht für die Suche und schon gar nicht für Euch.« Er ging an Durin vorbei zur Tür. »Ich werde jetzt den Befehl zum Wenden geben.«

»Ich gebe nicht so kurz vor dem Ziel auf!« Durin drängte sich an dem Kapitän vorbei und versperrte ihm den Weg. »Auch ich habe von Maeve klare Anweisungen erhalten und ich werde sie nicht enttäuschen«, sagte er mit mühsam unterdrücktem Zorn. »Vor allem aber werde ich mich keinen Sonnenaufgang länger als nötig auf diesem Kahn aufhalten – schon gar nicht bei einem Sturm.«

»Es steht Euch frei zu gehen, wenn wir wieder in Arvid sind. Aber solange Ihr auf diesem Schiff seid, begebt Ihr Euch dahin, wo es hinfährt. So wie alle hier.« Der Kapitän gab sich unbeeindruckt. »Und jetzt lasst mich durch.«

»Ihr habt mir nicht zugehört.« Durin machte keine Anstalten, die Tür freizugeben. »Ich habe Maeve versprochen, nach ihrer Tochter zu suchen, und genau das werde ich auch tun.«

»Daran hege ich keine Zweifel.«

»Ihr habt immer noch nicht verstanden. Ich werde es jetzt tun!«

Der Kapitän zog erstaunt eine Augenbraue in die Höhe. »Und wie wollt Ihr das anstellen?«

»Ich werde zur Insel rudern.«

»Ihr? Allein?« Der Kapitän schüttelte den Kopf. »Das ist vollkommen verrückt. Ihr könnt doch nicht …«

»Sagt mir nicht, was ich nicht tun kann!« Durin funkelte den Kapitän wütend an. »Gebt mit einfach ein Boot und etwas Proviant.«

Der Kapitän zögerte, dann sagte er: »Lasst Euch nicht täuschen, die Riffinseln mögen mit bloßem Auge nah erscheinen, aber für einen Mann in einem Ruderboot ist es noch ein weiter Weg dorthin. Die Strömungen sind …«

»Ich brauche ein Boot. Keine guten Ratschläge.« Durin war fest entschlossen, seinen Plan umzusetzen.

»Nun, wie Ihr wollt.« Der Kapitän nickte. »Ihr steht nicht unter meinem Kommando und könnt tun, was Ihr für richtig haltet. Aber setzt Melrem von Eurem gewagten Vorhaben in Kenntnis. Ich möchte nicht, dass Maeve mich später für Euren Tod verantwortlich macht.«

Mit leichtem Unbehagen beobachtete Durin wenig später, wie die Seeleute Vorräte, Decken, Fackeln, eine Öllampe und eine Reihe anderer Dinge, die für das Überleben auf einer einsamen Insel nötig waren, in einem Beiboot verstauten, das, verglichen mit der stolzen *Annaha*, wie eine Nussschale wirkte. Der Anblick des kleinen Bootes ließ zum ersten Mal leichte Zweifel in ihm aufkommen, das Richtige zu tun. Andererseits zeigte sich das Wetter weiterhin von seiner besten Seite, die Riffinseln lagen zum Greifen nahe vor ihm, und der Gedanke, bald wieder festen Boden unter den Füßen zu haben, tat ein Übriges, um ihn in seinem Entschluss zu bekräftigen.

»Meine Großmutter hatte schon immer eine Schwäche für mutige Männer.« Melrem trat neben ihn. »Schade nur, dass die meisten irgendwann vergaßen, wie schmal der Grat zwischen Heldentum und Dummheit ist.«

»Wie?« Durin wandte sich um und schaute Melrem verwirrt an. Er war tief in Gedanken versunken gewesen.

»Sie lebten nie lange.« Melrem lächelte und sagte: »Ich bewundere deinen Mut.«

Wäre ich mutig, würde ich auf dem Schiff bleiben, dachte Durin bei sich. Sein Plan, allein zur Insel zu rudern, mochte in den Augen der Seeleute tapfer erscheinen, für ihn war es lediglich das kleinere Übel. Geister oder nicht. Nach dem Grauen, das er in der vergangenen Nacht durchlebt hatte, erschien ihm die Insel wie der Inbegriff allen Sehnens.

»… aufpassen, Wind und Wellen erzeugen in den Riffs und Untiefen rings um die Insel eine starke Strömung, die Schiffe wie die *Annaha* mühelos an die Klippen drängt.« Melrem versuchte offenbar, ihm noch ein paar Warnungen mit auf den Weg zu geben, aber Durin hörte gar nicht hin. Das Meer war ruhig und die Sonne schien. Selbst wenn der Kapitän recht behalten sollte, würde er längst an Land sein, ehe der Sturm losbrach.

Mit lautem Klatschen tauchte das Beiboot ins Wasser. Einer der Matrosen ließ eine Strickleiter von der Reling zum Boot hinunter und gab dem Kapitän ein Zeichen, dass alles bereit war. »Nun denn, es ist so weit.« Der Kapitän legte Durin übertrieben freundschaftlich eine Hand auf die Schulter und fragte: »Wollt Ihr es Euch nicht noch einmal überlegen?«

»Das habe ich längst getan.« Durin streifte die Hand ab und schulterte das Bündel mit seiner persönlichen Habe. »Wenn ich meine Aufgabe erfüllt habe, werde ich vom Strand aus nach der *Annaha* Ausschau halten.«

»Mach dir keine Sorgen. Wenn der Sturm abgezogen ist, werden wir zurückkehren und dich abholen.« Melrem trat vor und reichte Durin zum Abschied die Hand. »Mögen die guten Götter dich beschützen und Mar-Undrum dir wohlgesinnt sein. Es wäre schön, wenn du meiner Großmutter beweisen könntest, dass nicht jeder Mutige irgendwann eine tödliche Torheit begeht.«

»Ich werde es versuchen.« Durin zwinkerte Melrem zu, schwang sich über die Reling und kletterte die Strickleiter hinunter.

Das kleine Boot schwankte, als er sich über Vorräte und Gerätschaften hinweg einen Weg zu der Holzbank bahnte, neben der zwei Riemen für ihn bereitlagen. Durin bedachte die beiden Hölzer mit einem langen Blick, seufzte und schaute zur größten Insel des Riffs hinüber, die sich wild zerklüftet über dem Wasser erhob. Wenn er schnell ruderte, dürfte er sie bald erreicht haben.

Rudern … Er war schon oft gerudert, allerdings nie sehr weit und schon gar nicht auf dem offenen Meer, aber er liebte die Herausforderung und fühlte sich stark genug, sie anzunehmen. Für eine Umkehr wäre es ohnehin zu spät gewesen. Er hatte kaum die Strickleiter losgelassen, da hatten die Seeleute sie bereits eingeholt und damit begonnen, den Anker zu lichten. Inzwischen hatte sich die *Annaha* schon ein beachtliches Stück von ihm wegbewegt. Durin beobachtete, wie ein Segel nach dem anderen heruntergelassen wurde und das Schiff Fahrt aufnahm.

Sieht aus, als ob sie vor etwas flüchten, dachte er bei sich und richtete den Blick nach Westen, wo von einem Sturm noch immer nichts zu sehen war. »Na also«, murmelte er zufrieden, setzte sich auf die Bank, legte die Riemen in die Dollen, tauchte sie ins Wasser und zog. Das kleine Boot setzte sich träge in Bewegung. Schlag für Schlag glitt es auf die Inselgruppe zu.

Wind und Wellen meinten es gut mit ihm. Die Sonne wärmte seinen Rücken und er kam rasch voran. Hin und wieder hob er den Kopf und schaute der *Annaha* nach, die immer kleiner wurde und schließlich hinter dem Horizont verschwand. »So ein

Feigling.« Durin gab einen verächtlichen Laut von sich. Endlich wusste er, warum ihm der Kapitän unsympathisch war. Männer, die ihre Stiefel blank polierten, sich befehlsgewohnt gaben, aber schon bei der Ahnung von Gefahr davonrannten, hatte er noch nie ausstehen können. Er drehte sich um und versuchte, die Entfernung zum Riff abzuschätzen, musste aber feststellen, dass er den Inseln noch nicht viel näher gekommen war. Gemessen an dem Weg, den die *Annaha* in derselben Zeit zurückgelegt hatte, schien er sich nahezu auf der Stelle bewegt zu haben.

Lasst Euch nicht täuschen, die Riffinseln mögen mit bloßem Auge nah erscheinen, aber für einen Mann in einem Ruderboot ist es noch ein weiter Weg dorthin. Wie von selbst kamen ihm die Worte des Kapitäns in den Sinn, und obwohl Durin ihn nicht mochte, musste er sich eingestehen, dass der Mann wohl recht gehabt hatte.

Vielleicht gibt es hier eine Strömung, die versucht, mich aufs Meer hinauszutragen, während ich mich abmühe, das Land zu erreichen. Dann rudere ich womöglich auf der Stelle, oder schlimmer noch, ich treibe ab. Der Gedanke war alles andere als erfreulich und er verdoppelte die Schlagzahl.

Die ungeheure Anstrengung trieb ihm schon bald den Schweiß auf die Stirn. Seine Arme schmerzten, aber er gönnte sich keine Rast. Erst als die Kräfte ihn völlig zu verlassen drohten, hielt er inne und wagte erneut einen Blick zur Insel. Das Riff war näher gerückt. Nicht so nahe, wie er es sich erhofft hatte, aber doch ein gutes Stück.

»Wenn das so weitergeht, ist es dunkel, ehe ich den Strand erreiche«, murmelte er übellaunig, bückte sich nach dem Wasserschlauch und leerte ihn mit kräftigen Schlucken fast bis zur Hälfte. Das kühle Wasser erfrischte seine erschöpften Lebensgeister. Den Rest ließ er sich mit einem wohligen Seufzer über das verschwitzte Gesicht laufen.

Der Zufall wollte es, dass er nach Westen schaute, als er die Augen öffnete, um mit dem Rudern fortzufahren. Was er dort sah, ließ ihn mitten in der Bewegung erstarren. Am Horizont war eine schmale, dunkle Linie zu erkennen, die binnen weniger Augenblicke zu einem breiten Streifen heranwuchs. Blitze zuckten von der brodelnden Schwärze, in der die Wolken wie der Rauch eines gewaltigen Feuers in die Höhe quollen.

»Verdammt!« Im gleichen Moment, da Durin nach den Riemen griff, bemerkte er, dass der Wind ausgesetzt hatte. Und nicht nur der Wind… Obwohl das Unwetter nahe war, lastete über dem Meer eine gespenstische Stille, die mehr war als nur die Abwesenheit von Geräuschen. Es war eine Stille, wie Durin sie nie zuvor erlebt hatte. Bedrohlich und lauernd schwang in ihr dieselbe Verheißung des Todes mit, die auch in den Augen eines Nachtmahrs lag.

Windstille ist hier gleichbedeutend mit dem Nahen eines gewaltigen Sturms, ertönte die Stimme des Ersten Offiziers in seinem Kopf. Sie löste die Starre, die Durin angesichts des aufziehenden Unwetters ergriffen hatte, und weckte seinen Überlebensinstinkt.

Durins Herz hämmerte im Takt der Ruderschläge, während er, aller Aussichtslosigkeit zum Trotz, versuchte, an Land zu kommen, ehe der Sturm ihn einholte. Die salzige Luft brannte ihm in der Kehle, seine Zunge klebte am Gaumen, aber er gab nicht auf. Die Lippen fest zusammengepresst, die aufziehende Wolkenwand immer im Blick, legte er alle Kräfte, die er aufbieten konnte, in die Arme und ruderte wie noch nie in seinem Leben.

Zu langsam, wisperte eine Stimme hinter seiner Stirn, *du bist viel zu langsam*. Durin biss die Zähne zusammen und zwang sich, noch schneller zu rudern. Die Furcht ließ ihn über sich selbst hinauswachsen. Seine Arme spürte er schon lange nicht mehr. Die Hände waren wund und blutig. Aber das war nebensächlich, solange Arme und Hände die Ruder ins Wasser tauchten und ihre Arbeit taten. Er war der Insel jetzt so nahe, dass er den Strand mühelos erkennen konnte, aber immer noch viel zu weit weg, um ihn rechtzeitig zu erreichen.

»Ich schaffe es nicht …« Er hatte den Gedanken noch nicht zu Ende geführt, als das Unwetter brüllend und tobend über das kleine Boot herfiel. Mit bösartiger Urgewalt zerrte es an Durins Umhang, fegte ihm den Hut vom Kopf und einige seiner Vorräte über Bord. Pechschwarze Wolken löschten das Sonnenlicht aus, während riesige Wellen auf das kleine Boot zubrandeten.

Die erste Woge ergoss sich schäumend in das Boot, füllte es zur Hälfte mit Wasser und durchnässte Durin mit einem Schlag bis auf die Knochen. Und als sei das alles noch nicht genug, öffnete nun auch der Himmel seine Schleusen. Regen ging in Sturzbächen über dem Ozean nieder, während der Wind die eisigen Tropfen wie nadelspitze Geschosse vor sich hertrieb.

Durin hustete und spuckte. Wasser lief ihm in die Augen und nahm ihm die Sicht, aber er wagte nicht, es fortzuwischen, weil er fürchtete, die Riemen zu verlieren. Verbissen ruderte er weiter, wohl wissend, dass er von nun an nichts weiter war als ein Spielball der entfesselten Naturgewalten.

Als er wieder etwas sehen konnte, versuchte er, die Insel auszumachen, aber die Welt um ihn herum schien nur noch aus Wasser zu bestehen. Was weiter als einen Pfeilschuss entfernt war, verschwand hinter einem dichten Vorhang aus Regentropfen und gischtenden Fluten. Dieser Sturm war anders als alle, die er bisher erlebt hatte. Es war, als sei er ein lebendes Wesen, voller Hass auf alle, die es wagten, sich dem Riff zu nähern. Das Wasser im Boot reichte Durin schon fast bis zu den Knien, aber zum Schöpfen fehlte ihm die Kraft. Seine Gedanken galten allein dem Ufer, das er erreichen musste, wenn er überleben …

Wie gelähmt saß Durin in dem winzigen Boot und starrte auf die gewaltigste Welle, die er jemals gesehen hatte. Gleich einer riesigen schwarzen Wand schob sie sich scheinbar lautlos auf ihn zu, während um ihn herum der Sturm brüllte und toste und die Wellenkämme krachend in sich zusammenbrachen.

Durin hatte dem Tod schon oft ins Auge gesehen, aber immer

war es ihm gelungen, das Blatt zu wenden. Auch diesmal hatte er gehofft und gekämpft, hatte das Letzte aus seinem Körper herausgeholt und nie den Glauben an sich selbst verloren.

Jetzt aber wusste er, dass er verloren hatte. Mut, Ausdauer, Geschick und Entschlossenheit … angesichts der gigantischen Welle zählten diese Eigenschaften nicht. Er hatte alles gewagt und verloren. Er war nicht besser als die anderen Mutigen, von denen Melrem gesprochen hatte. Auch seine letzte Entscheidung erwies sich nun als Dummheit. Nur wenige Augenblicke trennten ihn noch davon, ihr Schicksal zu teilen.

Das Boot setzte sich in Bewegung. Wie von Geisterhand glitt es auf die Welle zu. Durin ließ es geschehen. Seine Hände lösten sich von den Riemen, die sofort ins Wasser rutschten und davontrieben. Er schaute ihnen nach, machte aber keine Anstalten, sie zurückzuholen. Er saß einfach nur da und starrte dem Wasser entgegen, das sich ihm in Form eines schaumgekrönten Monstrums näherte, Himmel und Meer verschluckte, bis es nur noch die Wand aus schwarzem Wasser gab, deren Kamm sich zunächst wie ein Dach über ihm wölbte, einen Tunnel bildete und schließlich unter seinem eigenen Gewicht zusammenbrach.

Durin spürte, wie er den Boden unter den Füßen verlor. Wie eine Puppe wurde er aus dem Boot geschleudert und von der Strömung mitgerissen. Seine Hände suchten vergeblich nach einem Halt, seine Schreie gingen unter in den brodelnden Fluten. Verzweifelt versuchte er, zu schwimmen, aber die nasse Kleidung war schwer wie Blei und machte ein Fortkommen unmöglich. Durin presste die Lippen fest zusammen. Um ihn herum war nichts als wirbelndes dunkles Wasser. Es gab kein Oben und kein Unten, nur Wasser. Durin fühlte, wie seine Lungen sich zusammenkrampften. Luft, er brauchte Luft. Alles in ihm schrie danach, den Mund zu öffnen, aber noch gelang es ihm für einige Herzschläge, den todbringenden Reflex zu unterdrücken, der sein Schicksal besiegeln würde.

Etwas prallte hart gegen sein Bein. Ein Fels oder ein Trümmerstück, das die Welle mit sich führte. Er kämpfte gegen die Ohnmacht an, die nach ihm griff, aber er war zu schwach. Die Schmerzen und der Mangel an Luft waren stärker als sein Überlebenswille. Sein Mund öffnete sich und er tat einen verzweifelten Atemzug, der nichts als Wasser in seine Lungen spülte … Dann verlor er das Bewusstsein.

Das Unwetter über den Riffinseln machte den Tag zur Nacht.

Wütend zerrte der Sturm an den Dächern und Fensterläden, heulte und pfiff, drückte eisige Luft ins Innere der Hütten, warf Holzgestelle um, auf denen die Frauen Fische trockneten, und riss alles mit sich, was nicht festgebunden war. Mit entfesselter Urgewalt peitschte er die regenschweren Wolken über die Inseln und verwandelte die wenigen fruchtbaren Mulden auf dem Eiland binnen kürzester Zeit in morastige Tümpel.

Nichts regte sich hoch oben auf den Klippen. Die Riffbewohner hatten sich in die Hütten geflüchtet. Die Felstölpel drängten sich in den Tiefen der kleinen Höhlen zusammen, in denen sie ihre Nistplätze bauten.

Caiwen stand nahe dem Ofen am Fenster, beobachtete die filigranen Muster, die die zuckenden Blitze an den nachtschwarzen Himmel zeichneten, und dachte voller Sorge an das Schiff, das sie am Morgen gesehen hatte. Gern hätte sie einen Blick auf den Ozean geworfen, dessen gewaltige Wellen sich krachend am Riff brachen, aber das Dorf war von ihren Vorvätern zum Schutz vor Entdeckung in einer großen Mulde auf dem Gipfel der Klippe errichtet worden und sie konnte das Wasser nicht sehen.

»So schlimm wie heute war es lange nicht mehr.« Verrina saß unweit von ihr am Tisch und besserte im spärlichen Licht einer Öllampe Lenvals zerschlissenen Mantel aus. »Ich hoffe, die nächste Schiffsladung trägt uns ein paar Kleidungsstücke oder Stoffballen zu«, sagte sie seufzend. »Nicht mehr lange, und dieser Mantel besteht nur noch aus Flicken.«

»Wein und Tabak wären auch nicht schlecht.« Lenval setzte sich zu ihr, stopfte seine Pfeife und tat genüsslich ein paar Züge. »Mein Vorrat ist fast aufgebraucht.«

»Das Mehl geht auch zur Neige und Butter haben wir schon seit einer Ewigkeit nicht mehr«, fügte Verrina hinzu. »Ich habe schon so lange keinen Kuchen mehr gebacken, dass ich ganz vergessen habe, wie er schmeckt. Oder frisches Obst.« Sie ließ das Nähzeug sinken und schaute Caiwen an. »Weißt du noch, wie die Männer einmal eine Kiste Äpfel fanden?«

»Nein!« Caiwens Ton war scharf. Sie dachte an die Männer auf dem Schiff, die irgendwo da draußen vermutlich gerade um ihr Leben kämpften. Angesichts ihrer Not erschien es ihr nicht richtig, dass ihre Eltern so selbstverständlich über das Strandgut sprachen, als würden sie die vielen Toten, die jedes Schiffsunglück forderte, nicht kümmern. »Warum schreibt ihr dem König Tamoyens nicht einen Brief und bittet ihn, die Sachen rechtzeitig vor dem nächsten Sturm auf die Reise zu schicken?« Kaum dass sie es ausgesprochen hatte, tat es Caiwen schon leid. Schließlich konnten ihre Eltern nichts für das Leben, das sie führen mussten. Andererseits waren die Worte auch ein Spiegel der Schuld und Scham, die Caiwen an diesem Abend nicht zum ersten Mal fühlte, weil sie vom Tod Unschuldiger profitierte. Mit jedem Winter, den sie älter wurde, lastete dieses Wissen schwerer auf ihrer Seele und ließ sie ahnen, dass sie sich auf Dauer nicht mit diesem Dasein würde abfinden können.

»Caiwen!« Verrina legte den Mantel aus der Hand und schüttelte tadelnd den Kopf. »Wie kannst du nur so etwas Dummes sagen? Du weißt sehr wohl, dass das unmöglich ist. Der König von Tamoyen hat ein Kopfgeld auf uns ausgesetzt. Unsere Vorfahren konnten nur deshalb überleben, weil sie hier eine sichere Zuflucht fanden.«

»Eine Zuflucht?« Caiwen drehte sich um und schaute ihre Mutter an. »Wohl eher ein Gefängnis.« Nie zuvor hatte sie es gewagt, diesen Gedanken offen auszusprechen, aber die Sorge um Heylon und das Rätsel um ihre tote Schwester hatten einen Großteil ihrer Selbstbeherrschung aufgezehrt und die Worte kamen ihr wie von selbst über die Lippen.

»Aber Kind!« Verrina warf Lenval einen Hilfe suchenden Blick zu. Sie wirkte bestürzt, ging aber nicht darauf ein, weil sie es gewohnt war, dass ihr Mann in solchen Situationen die Führung übernahm.

Lenval ließ sich mit der Antwort Zeit. Er galt als ruhig und besonnen. Nie hatte Caiwen erlebt, dass er laut wurde oder aufbrauste, so wie Heylons Vater es häufig tat. Dennoch mangelte es ihm nicht an Durchsetzungsvermögen. Sein Wort war Gesetz. Hatte er einmal einen Entschluss gefällt, hatte die Familie sich zu fügen. Darin unterschied er sich kaum von den anderen Männern der Insel.

Wie immer, wenn er etwas Wichtiges zu sagen hatte, nahm er zunächst einen tiefen Zug aus seiner Pfeife, ehe er sich an Caiwen wandte. »Ein Gefängnis«, sagte er gedehnt und ohne Vorwurf in der Stimme. »Ist es das, was du siehst, wenn du hinausgehst?«

»Ich sehe einen Felsen von dreitausend Schritt Länge und tausend Schritt Breite, den ich nur verlassen kann, wenn ich sterbe«, erwiderte Caiwen mit fester Stimme. »Es ist viel Platz, aber es ändert nichts daran, dass wir hier gefangen sind.«

»Es ist unsere Heimat«, hielt Lenval ihr entgegen. »Hier sind wir frei.«

»Frei?« Caiwen lachte auf. »Frei sind hier nur die Felstölpel. Sie können das Riff verlassen – wir nicht.«

»Weil ihnen da draußen keine Gefahr droht.« Ihr Vater sprach so gelassen, dass Caiwen der Verdacht kam, er habe sich auf das Gespräch vorbereitet. Vielleicht weil er es einst selbst mit seinem

Vater geführt hatte. Vielleicht weil es etwas war, was alle jungen Leute auf dem Riff irgendwann einmal bewegte. Es war der uralte Konflikt zwischen den Jungen, die sich nach Freiheit sehnten, und den Alten, die sich in ihr Schicksal gefügt hatten. »Aber wir sind keine Piraten mehr!«, rief sie leidenschaftlich aus. »Die Tamoyer können uns doch nicht für etwas verantwortlich machen, was unsere Vorväter vor Generationen einmal getan haben.«

»Du vergisst, was der König von Tamoyen gesagt hat.«

»Ja, auf dem Sterbebett.« Caiwen gab einen verächtlichen Laut von sich. »Das ist doch schon eine Ewigkeit her. Wer sagt uns denn, dass der neue König uns immer noch hasst?«

»Wer sagt, dass er es nicht tut?« Lenval nahm erneut einen tiefen Zug aus seiner Pfeife und schaute Caiwen an. Die selbstsichere Art, mit der er seine Argumente vorbrachte, machte Caiwen wütend. »Niemand!«, rief sie aus. »Niemand kann uns das sagen. Wie denn auch? Ihr ertränkt ja alle, ehe sie uns Antworten geben können.« Sie ging zum Tisch, stützte die Hände auf und sah ihrem Vater herausfordernd in die Augen. »Weißt du, was ich glaube? Ich glaube, dass ihr es gar nicht wissen wollt. Ihr wollt hier gar nicht mehr weg.« Ein greller Blitz, gefolgt von einem krachenden Donnerschlag, unterstrich die Worte, die sie schon hundertmal gedacht, aber immer für sich behalten hatte. Jetzt waren sie heraus, und Caiwen fragte sich, wie ihre Eltern wohl auf den Vorwurf reagieren würden.

»Du irrst dich.« Lenval blieb ruhig. »Wir fragen sie danach. Wieder und wieder. Aber die Antwort ist immer dieselbe. Die Könige Tamoyens fühlen sich dem Schwur, alle Nachfahren der Piraten zu töten, auch weiterhin verpflichtet. Es tut mir leid, aber du musst dich damit abfinden. Selbst wenn wir es wollten, wir können diese Insel nicht verlassen.«

Das war gelogen. Caiwen schnappte nach Luft. Noch nie hatte sie die Unwahrheit in den Worten ihres Vaters so deutlich gespürt wie in diesem Augenblick. Die ungeheure Wucht der Empfindung ließ keinen Zweifel daran, dass niemals auch nur ein Schiffbrüchiger von den Männern befragt worden war.

»Da hörst du es«, mischte sich Verrina wieder in das Gespräch ein. »Die Männer tun ihr Möglichstes, damit wir hier irgendwann fortkommen. Aber die Tamoyer hassen uns noch immer.«

Caiwen schaute ihre Mutter nur an. Normalerweise ließ sie sich nicht den Mund verbieten und vertrat ihre Meinung stets laut und deutlich, aber diesmal war sie klug genug, ihrem Vater nicht zu widersprechen. So deutlich, wie sie die Lüge in seinen Worten gespürt hatte, fühlte sie jetzt, dass Verrina ihm bedingungslos glaubte. Die Erkenntnis erschütterte sie. Erst jetzt begriff sie wirklich, was vor sich ging. Die Männer waren es, die das Riff nicht verlassen wollten. Um ihr kleines Reich zu erhalten, pflegten sie die uralte Angst vor dem König in Tamoyen, belogen ihre Familien und machten sich nicht einmal die Mühe zu erfahren, wie es wirklich um sie stand. Plötzlich war sie sich nicht mehr sicher, ob es stimmte, was Armide ihr über die Boote erzählt hatte. Vielleicht war das Festland gar nicht so weit entfernt, wie immer behauptet wurde, vielleicht konnte man es mit einem der Boote durchaus erreichen …

»… das verstehst du doch sicher – oder?« Verrina hatte weitergesprochen, ohne dass Caiwen ihr zugehört hatte.

»Ja.« Caiwen seufzte und nickte matt. Sie wollte nicht streiten und bemühte sich um einen versöhnlichen Tonfall. »Ja, das verstehe ich.«

»Na also.« Verrina lächelte und nahm den Mantel wieder zur Hand, um die begonnene Arbeit zu beenden. »Ich wusste doch, dass du vernünftig bist.«

Lenval sagte nichts, aber Caiwen spürte, dass er zufrieden war. Alles würde so weiterlaufen, wie er es für gut und richtig hielt. Ohne unbequeme Fragen und ohne Unruhe. Das war für ihn und vermutlich auch für die anderen Männer auf dem Riff das Wichtigste. Für ihn war die Sache erledigt.

Für Caiwen nicht. Als der Sturm zur Mitte der Nacht endlich schwächer wurde, lag sie immer noch wach und grübelte darüber nach, wie viel die Männer vom Riff wussten und ob die Lügen, mit denen sie hier alle lebten, noch weiter gingen, als sie angenommen hatte.

Gestrandet

Das Erste, was Durin spürte, war die Kälte. Eine wilde, beißende Kälte, die ihn gefangen hielt und jede Bewegung unmöglich machte.

Nackt und mittellos wirst du die Hallen der Ahnen betreten.

Die Worte, die die Priester Tamoyens bei den Totenfeiern verkündeten, kamen ihm in den Sinn. Und er fragte sich, ob es in den Hallen nicht ein wenig wärmer sein könnte. Blinzelnd versuchte er, die Augen zu öffnen, gab es aber gleich wieder auf, weil ein grelles Licht ihn blendete. Was war das nur für ein Empfang? Durin fluchte leise. Wo waren die schönen Maiden, die den gefallenen Kriegern das Tor ins Jenseits öffneten, wo sie den Lohn für Ruhm und Tapferkeit erhielten, bis sie in neuer Gestalt in die Welt der Lebenden zurückkehren durften? Wo war der Wein, der hier in Strömen fließen sollte? Wo die Musik, zu der die Maiden zur Freude der Krieger tanzten?

Durin fühlte sich betrogen. Waren die endlosen Winter, in denen er sein Leben für Tamoyen und den König riskiert hatte, denn gar nichts wert? Oder waren die Worte der Priester gar eine Lüge? Was hatte er getan, dass er dazu verdammt war, nackt und frierend im gleißenden Licht auszuharren, bis …?

Ein Grunzen in unmittelbarer Nähe unterbrach den Strom seiner Gedanken. Durin lauschte angestrengt und endlich drangen auch die anderen Geräusche der Umgebung bis in sein Bewusstsein vor.

Wellenrauschen!

Durin stutzte. Das war das Letzte, was er in der Welt der Ahnen erwartet hätte. Er lauschte erneut. Aber wieder waren nur die Klänge von Wind und Wellen zu hören – und das widerliche Grunzen.

Mit einer enormen Willensanstrengung gelang es Durin, den Kopf anzuheben und ihn in die Richtung zu drehen, aus der das Grunzen kam. Mühsam öffnete er die Augen. Die gleißende Helligkeit verursachte ihm sofort Kopfschmerzen und er schloss sie wieder.

»Na wunderbar! Endlich rührst du dich.« Die Worte wurden von kehligen Grunzlauten begleitet, dennoch kam Durin die Stimme bekannt vor. Hinter seiner Stirn arbeitete es, aber die Gedanken bewegten sich noch sehr träge. Sosehr er sich auch bemühte, ihm wollte nicht einfallen, wo er sie schon einmal gehört hatte.

»... dachte schon, ich wäre zu spät«, hörte er das grunzende Etwas jetzt sagen. »Wenn ich gewusst hätte, dass du so dumm bist, in ein Boot zu steigen, wäre ich natürlich früher gekommen. *Grunz*. Ich konnte ja nicht ahnen, dass ein ausgewachsener Mann plötzlich einen Anfall von Größenwahn bekommt. Als ob du unter Wasser atmen könntest! *Grunz, grunz*. Nicht mal schwimmen kannst du richtig. Du meine Güte, ich kann dir sagen, das war nicht leicht. *Grunz*. Fast hätte ich es nicht geschafft, dich hierher ...«

»Saphrax?« Mit einem Schlag wusste Durin wieder, wer da so unaufhörlich und rücksichtslos auf ihn einredete. »Saphrax, bist du das?«

»*Grunz*! Wer denn sonst?«

»Aber ... aber ... Anderweltwesen sind in den Hallen der Ahnen nicht willkommen.« Der Versuch, die Zusammenhänge zu erfassen, gab Durins hämmernden Kopfschmerzen neue Nahrung. »Was … was tust du hier?«

»Was ich hier tue?« Saphrax stieß eine Reihe empörter Grunzlaute aus. »Na, was wohl? Was ich immer tue, seit wir zusammen sind. Ich rette dir das Leben.«

Es dauerte einige Augenblicke, bis Durin begriff, was das zu bedeuten hatte. »Dann … dann bin ich gar nicht tot?«, folgerte er hoffnungsvoll. »Ich bin nicht ertrunken?«

»Soweit ich das beurteilen kann, nicht. Obwohl du dir diesmal wirklich alle Mühe gegeben hast, *grunz,* und mich fast zur …« Saphrax redete und grunzte weiter, aber Durin hörte ihm nicht zu. *Ich lebe!* Der Gedanke war so ungeheuerlich, so unglaublich und fantastisch, dass er es zunächst nicht fassen konnte. Fieberhaft versuchte er, sich daran zu erinnern, was geschehen war, nachdem das Boot gekentert und er ins Wasser gefallen war, doch statt Bildern fand er in seinem Kopf nur einen schwarzen Abgrund.

»Wie hast du mich gefunden?«, fragte er matt.

»… und außerdem hast du noch immer nicht begriffen, was du wirklich … wie?«

»Wie du mich gefunden hast?«, wiederholte Durin etwas ungehalten.

»Ach so, ja. Wie gesagt, das war nicht ganz einfach. *Grunz.* Ich kam angeflogen und sah die Welle auf dich zurasen. Ich wollte dich warnen. Aber der Sturm machte mir zu schaffen und brachte mich immer wieder vom Kurs ab. Als ich wieder hinsah, war die Welle verschwunden und du auch. *Grunz.* Ich hab mich natürlich sofort ins Wasser gestürzt, mich verwandelt und nach dir gesucht. Aber es war so dunkel. Alles wirbelte durcheinander. Als ich dich fand, triebst du reglos im Wasser und warst schon nicht mehr bei Besinnung. *Grunz.* Ehrlich, ich dachte, du bist tot. *Grunz.* Das war vielleicht ein Schreck. Ich hab dich mit der Schnauze am Kragen gepackt und zum Strand geschleppt. Du hast gehustet und Wasser gespuckt. Dann bist du ohnmächtig geworden. *Grunz*. Das war wirklich nicht schön, sag ich dir. Die ganze Nacht habe ich an deiner Seite …«

»Dann ist das hier die Riffinsel?«

»Wenn du sie so nennst, ist sie das wohl.«

»Mir ist kalt.« Nachdem die wichtigsten Fragen geklärt waren, richtete sich Durins Aufmerksamkeit wieder auf naheliegendere Probleme.

»Kein Wunder. Du bist triefend nass und es weht ein kalter Wind. Warte!« Saphrax setzte sich schnaufend in Bewegung. Dabei machte er Geräusche, als ob etwas Schweres über den Strand schleifte. Durch die geschlossenen Lider bemerkte Durin einen massigen Schatten, der sich langsam um ihn herumbewegte.

»Besser?«

»Der Wind ist weg, wenn du das meinst.«

»'tschuldige. Ich hatte gehofft, die Sonne würde dich etwas wärmen«, räumte Saphrax beschämt ein. »An den kalten Wind habe ich nicht gedacht.«

»Schon gut.« Durin gelang ein Lächeln. »Man kann nicht immer an alles denken. Du hast mir das Leben gerettet, alles andere ist nebensächlich.«

»Wenn du dich bewegen kannst, rück dichter an mich ran. Ich wollte dich nicht zerquetschen, aber vielleicht kann ich dich wärmen.«

»Sehr rücksichtsvoll, danke.« Da Saphrax ihm Schatten spendete, startete Durin einen weiteren Versuch, die Augen zu öffnen. Er fluchte, als sich die feinen Sandkörner an den Wimpern lösten, kniff die Augen fest zusammen und unterdrückte im letzten Moment das Bedürfnis, mit den sandigen Händen über sein Gesicht zu reiben, was alles nur noch schlimmer gemacht hätte. Ohne auf den Schmerz zu achten, der in seinem rechten Bein wütete, robbte er so weit nach links, bis er gegen etwas Weiches stieß, das einen üblen Geruch verströmte. »Uh! Bei den Pforten der Anderwelt, was für eine Gestalt hast du denn diesmal gewählt?«, fragte er, um Atem ringend.

»Ich bin ein Seelöwenbulle«, gab Saphrax Auskunft. »Das einzige Tier weit und breit, das der stürmischen See trotzen kann und stark genug ist, lebensmüde Kopfgeldjäger an Land zu schleppen.«

»Na wunderbar. Falls du es noch nicht bemerkt hast, der Sturm ist vorbei. Du kannst dich jetzt in etwas Kuscheliges mit Fell verwandeln.« Durin hüstelte und fügte hinzu. »Du stinkst schlimmer als Nachtmahrgeschmeiß.«

»Ich könnte, aber ich will nicht.« Saphrax grunzte erneut. »Diese dicke Fettschicht ist herrlich warm und außerdem falle ich so nicht auf.«

Durin gab einen ächzenden Laut von sich und ließ sich erschöpft in den nassen Sand sinken. Da erinnerte er sich plötzlich wieder, warum Saphrax zur Insel geflogen war. »Erzähl mir, was du über das Riff herausgefunden hast«, bat er.

»Falls du Angst vor Geistern hast, kann ich dich beruhigen. *Grunz*«, schwatzte Saphrax so munter drauflos, als hätte er nur auf diese Frage gewartet. »Auf dieser Insel gibt es eine Menge Erstaunliches zu entdecken, aber keine Geister. Ich weiß gar nicht, wie die Seefahrer auf so eine verrückte Idee kommen. Es ist doch offensichtlich, dass … Oh!« Saphrax verstummte und rückte ein Stück von Durin ab.

»Was ist los?«, wollte Durin wissen.

»Da oben auf der Klippe steht jemand.« Saphrax grunzte aufgeregt. »Ich glaube, du bekommst Besuch.«

»Verdammt!« Während Durin mit der einen Hand nach seinem Kurzschwert tastete, das zu seiner Erleichterung immer noch in seinem Gürtel steckte, versuchte er verbissen, die kratzenden Sandkörner wegzublinzeln. Für einen Moment formte sich vor seinen Augen das verschwommene Bild eines breiten Sandstrands am Fuß einer gewaltigen Klippe aus schwarzem Gestein und der Eindruck eines strahlend blauen Himmels, dann wurden die Schmerzen unerträglich und er musste die Augen wieder schließen. Schleifende Geräusche in der Nähe und ein kühler Windzug ließen ihn ahnen, dass der Seelöwe sich entfernte. »Saphrax?«

»Ich tauche ab.« Die Stimme des Wechselwesens klang beunruhigend weit entfernt. »Wer weiß, was bei denen hier auf der Speisekarte steht. Du machst das schon.« Platschend und prustend wuchtete Saphrax seinen massigen Leib ins Wasser.

»Saphrax, warte!«

Niemand antwortete.

»Mistkerl!« Durin fluchte und ballte die Fäuste. Ohne den Schutz von Saphrax' massigem Körper griff der Wind wieder mit eisigen Klauen nach ihm. Er fror erbärmlich und sehnte sich nach einem geschützten Unterschlupf und einem wärmenden Feuer. Hätte er es gekonnt, wäre er zu den Klippen gehumpelt, aber der Schmerz in seinem rechten Bein war zu stark. Ohne fremde Hilfe würde er niemals aufstehen können. In Anbetracht der Umstände sah er nur eine Möglichkeit, dem Schicksal zu begegnen – er musste sich tot stellen.

Der Schwarze

Der Morgen über Arvid nahte mit frostig blassem Licht, das zögernd durch die hohe Wolkendecke sickerte, die Dunkelheit vertrieb und verheißungsvolle hellblaue Streifen an den eisengrauen Himmel zeichnete. Der Wind, der die ganze Nacht in den Straßen und Gassen der Stadt gewütet hatte, wurde schwächer, während sich die Sonne im Osten als roter Feuerball über den Dächern erhob und die Wellen des aufgewühlten Ozeans die Überreste nächtlichen Sturms gegen die Kaimauer warfen.

Finearfin verließ die Herberge, die ihr in der Nacht Schutz und Obdach geboten hatte, und schlug wie an jedem Morgen den Weg zum Hafen ein. Seit sie das *Hölzerne Fass* zwei Nächte zuvor verlassen hatte, war ihr der Hafen schon fast zu einer zweiten Heimat geworden. Von Sonnenaufgang bis Sonnenuntergang tauchte sie in das bunte Treiben zwischen Be- und Entladen, Netzflicken und Feilschen ein und sog eine Fülle von Eindrücken in sich auf, die das brodelnde Leben im Stadtviertel bestimmten. Gelächter, Streit und Schlägereien, die lockenden Stimmen der Hafendirnen, das Fluchen der Wirte und das Weinen von Kindern vereinten sich hier jeden Tag aufs Neue zu einem geschäftigen Summen, das Finearfin auf ihren Streifzügen begleitete und das Gefühl in ihr weckte, selbst ein Teil des Molochs Hafen zu sein.

Es war eine fremde und raue Welt, die so gar nichts mit dem Leben im Zweistromland gemein hatte, trotz allen Elends aber auch einen Reiz besaß, dem sich die Elfe nur schwer entziehen konnte.

Die stolzen Schiffe mit den weißen Segeln hatten es ihr besonders angetan. Sie kündeten von Abenteuern in fremden Ländern, die Finearfin sich selbst in ihren kühnsten Träumen nicht ausmalen konnte. Die Geschichten, die man sich des Nachts in den Tavernen darüber erzählte, taten ein Übriges, um Fernweh in der Kriegerin zu wecken. Auch wenn vermutlich weniger als die Hälfte davon der Wahrheit entsprach, wirkte das Leuchten in den Augen der Männer, die mit so viel Begeisterung von der Seefahrt sprachen, ansteckend.

Finearfin seufzte. Sie war nicht frei zu entscheiden, was sie als Nächstes tun würde. Bis sie gefunden hatte, wonach sie suchte, bis ihre Schuld gesühnt war, musste alles andere warten. Und das konnte lange dauern. Noch war sie keinen Schritt weiter als zu dem Zeitpunkt, da sie in Arvid angekommen war. Die Suche nach dem geheimnisvollen Schwarzen, der ihr mit etwas Glück etwas über das Schicksal der Hohepriesterin würde erzählen können, gestaltete sich schwierig. Fast jeder im Hafen war ihm schon einmal begegnet, einige hatten sogar mit ihm gesprochen, aber keiner konnte ihr sagen, woher er kam und wohin er ging. Seine Spur verlor sich irgendwo im Gewirr der Straßen und Gassen, und je länger Finearfin nach ihm suchte, desto mehr beschlich sie das Gefühl, einem Phantom nachzujagen.

Wie die Bedienung im *Hölzernen Fass* es ihr geraten hatte, hielt sie am Hafen nach Möwenschwärmen Ausschau. Doch die stritten sich nur um Fischabfälle oder anderen Unrat, den die Menschen ins Meer geschüttet hatten. Den Schwarzen fand sie bei ihnen nicht.

Finearfin verließ die schmale Gasse, in der die Herberge lag, und bog auf eine gepflasterte Straße ein, die zum Hafen führte.

Obwohl es noch früh am Morgen war, herrschte hier schon reger Betrieb. Die Menschen, zumeist Frauen, schienen es eilig zu haben. Nur wenige führten Waren oder Handwerkszeug mit sich. Mit gesenktem Blick zogen sie an Finearfin vorbei, getrieben von Furcht, Kummer und einem bangen Hoffen, das die Elfe so deutlich spüren konnte, als wäre es ein Spiegel ihrer Seele.

Der Schwarze verkündet, welche Schiffe dem Riff zum Opfer fallen. Nach einem Sturm wirst du ihn ganz sicher am Hafen antreffen.

Wie von selbst kamen ihr die Worte in den Sinn, die die Frau in der Taverne zu ihr gesagt hatte. Und plötzlich wusste sie, was all diese Menschen zu so früher Stunde zum Hafen hasten ließ. Es war die Sorge um jene, denen der Sturm auf dem Ozean begegnet war, Gefährten, Brüder, Söhne, und die bange Frage, ob sie heil zurückkehren würden.

Sie suchen den Schwarzen! Finearfin schöpfte neuen Mut. Sie musste sich nur den Menschen anschließen, dann würde sie ihn finden.

Sie wurde nicht enttäuscht. Am Hafen drängten sich Hunderte Menschen vor einem Schiff, an dessen Reling eine schattenhafte Gestalt zu sehen war, die von Möwen umkreist wurde. Der Lärm, den die Vögel dabei machten, war weithin zu hören und lockte auch jene an, die am anderen Ende des Hafens ihrer Arbeit nachgingen: Hafenarbeiter und Seeleute, Dirnen und Mägde, Schiffseigner in kostbaren Roben, Priester in langen, dunklen Gewändern und Kinder – alle waren gekommen. Ungeachtet der Standesunterschiede, harrten sie Seite an Seite vor dem Schiff aus, den Blick wie gebannt nach oben gerichtet.

Kaum dass Finearfin sich zu ihnen gesellt hatte, war sie auch schon in der Menge eingeschlossen. Ein winziger Punkt in einer schweigenden Masse, die nur aus Köpfen zu bestehen schien. Ein Fortkommen war unmöglich. Es schien, als sei an diesem Morgen ganz Arvid auf den Beinen, um die guten oder schlechten Nachrichten zu hören, die der Schwarze zu verkünden hatte.

Dieser ließ sich jedoch Zeit. Gelassen stand er an der Reling. Die Arme vor der Brust verschränkt, das Gesicht in den Schatten der weiten Kapuze verborgen, wirkte er wie ein mystischer Todesbote aus den Tiefen der Anderwelt. So überlegen und unnahbar, dass niemand es wagte, ihn zu drängen.

Das ehrfürchtige Verhalten der Umstehenden machte Finearfin neugierig. In ihrem langen Dasein war sie noch nie einem Menschen begegnet, der über die Gabe des Sehens verfügte und mit Tieren sprechen konnte. Selbst bei den Elfen besaßen nur die wenigsten diese Fähigkeiten, die zu nutzen sie zudem in Hunderten Wintern harter Arbeit erst erlernen mussten.

Für Finearfin war der Mann nichts weiter als ein Scharlatan, der es verstand, sich wichtig zu machen. Wenn die Bedienung im *Hölzernen Fass* recht hatte und seine Todesbotschaften stets der Wahrheit entsprachen, steckte vermutlich nur ein guter Trick dahinter.

Finearfin schloss die Augen, schob alle störenden Empfindungen beiseite und richtete ihre Sinne allein auf den Schwarzen. Was sie spürte, traf sie völlig unvorbereitet. Da war eine ungeheure Aura von Macht, die den geheimnisvollen Mann wie eine unsichtbare Hülle umgab. Eine Macht, die Finearfin nie zuvor bei einem Menschen gespürt hatte. Plötzlich war sie sich nicht mehr sicher, ob sie es hier wirklich mit einem Betrüger zu tun hatte. Außerdem … Finearfin schnappte nach Luft, als sie ihren Irrtum erkannte: Dort oben auf der Brücke stand kein Mensch. Der Schwarze war ein Elf.

Die Verbindung brach ab. Finearfin fühlte den Blick des Schwarzen auf sich ruhen und plötzlich hallten Worte durch ihr Bewusstsein: *Willkommen, Schwester.*

Ein Raunen lief durch die Masse, als der Schwarze nahezu im gleichen Atemzug die Arme in einer beschwörenden Geste hob. Die Möwen verstummten und suchten sich einen Platz dicht bei dem Elfen, der den Augenblick der Wahrheit geschickt noch etwas hinauszögerte. Die Anspannung der Menschen auf dem Platz erreichte einen Punkt, an dem sie für Finearfin nur schwer zu ertragen war. Wie alle Elfen hatte auch sie schon früh gelernt, ihre feinen Sinne gezielt einzusetzen und vor Schaden zu bewahren. Die Wucht der Gefühle, die hier inmitten der Versammelten auf sie einströmten, war jedoch so gewaltig, dass sie die Barrieren um ihren Geist nur mit einer enormen Willensanstrengung aufrechterhalten konnte.

Dann begann der Schwarze zu sprechen.

»Domus Mitander … Falkon Demm … Geron Vittka!«

In wohl bemessenen Abständen rief der Schwarze scheinbar zusammenhangslos Namen in die Menge. Finearfin war überrascht. Nach dem perfekt inszenierten Auftritt hatte sie zur Einleitung mit einer dramatischen Rede gerechnet. Die nüchterne, emotionslose Art, mit der der Schwarze vielen der Umstehenden die Nachricht vom Tod ihrer Angehörigen überbrachte, füllte sie mit Entsetzen, als aus der Menge immer öfter verzweifeltes Weinen und Schreie zu hören waren. Unmittelbar neben ihr brach eine Frau bei einem Namen schluchzend zusammen. Eine andere schlug wie wild um sich und raufte sich die Haare, während sie immer wieder kreischte: »Nein! Nein! Das ist nicht wahr! Das ist nicht wahr!«

Die Unruhe nahm mit jedem Namen weiter zu. Jene, die noch hoffen konnten, versuchten, weiter nach vorn zu gelangen, um besser zu hören, während viele, deren schlimmste Befürchtungen sich bestätigt hatten, gramgebeugt den Hafen verließen. Am Ende waren es fast einhundert Namen – die gesamte Besatzung einer Viermastbark –, die der Schwarze zu verkünden hatte. Einhundert Seelen, die niemals nach Arvid zurückkehren würden.

Trotz seiner Aura fragte sich Finearfin wieder, woher er all die Namen wusste. Hatte er sie tatsächlich von den Möwen oder konnte er gar ins Reich der Toten blicken?

Finearfin nahm sich vor, den Schwarzen danach zu fragen. An

der Antwort würde sie erkennen, wie es um seine Glaubwürdigkeit bestellt war. Das war wichtig, um den Wert der anderen Antworten einschätzen zu können, die sie sich von ihm erhoffte.

Als der Schwarze verstummte, begannen die Menschen, ihn mit Fragen zu bestürmen. Finearfin hörte, wie ihm die Namen anderer Schiffe zugerufen wurden, in der Hoffnung, etwas über deren Schicksal zu erfahren. Aber der Schwarze gab keine Auskunft mehr. Was er zu sagen hatte, war gesagt. Wer nicht betroffen war, durfte zumindest an diesem Morgen auf eine glückliche Heimkehr seiner Lieben hoffen.

Als die Versammelten begriffen, dass sie nichts weiter erfahren würden, zerstreute sich die Menge. Zurück blieben einige wenige Menschen, die zu zweit oder in kleinen Gruppen zusammenstanden, aufgeregt diskutierten oder sich gegenseitig Trost spendeten.

Finearfin ließ den Schwarzen nicht aus den Augen. Er schien es nicht eilig zu haben. Liebevoll streichelte er die großen Raubmöwen, die ihm Gesellschaft leisteten, gab ihnen Futter und sprach leise zu ihnen. Erst als auch die letzte sich in die Lüfte erhob und davonflog, machte er sich daran, das Schiff zu verlassen – eine Gelegenheit, die Finearfin sich nicht entgehen lassen durfte. Mit wenigen Schritten erreichte sie die Planke gerade in dem Augenblick, da der Schwarze den Kai betrat.

»Verzeih – Bruder.« Finearfin betonte die Anrede ganz bewusst so, dass der Schwarze sich erkannt fühlen musste.

»Ah, du bist es – Schwester.« Er schien nicht im Mindesten überrascht zu sein, sie zu sehen. Jetzt, da sie neben ihm stand, bemerkte sie, dass er selbst für einen Elfen ungewöhnlich groß war. »Ich wusste, du würdest nicht fortgehen.«

»So?« Finearfin zog erstaunt eine Augenbraue in die Höhe. »Warum?«

»Weil du Fragen hast.«

»Die hatten alle hier.«

»Aber deine Fragen sind nicht die ihren.«

»Das ist nicht schwer zu erraten.« Finearfin machte eine beiläufige Geste mit der Hand. »Elfen fahren nicht zur See. Es gibt niemanden, um den ich mich sorgen müsste.«

»Das stimmt nicht.« Die Schärfe in der Stimme des Schwarzen erschreckte Finearfin. Was wusste er?

»Auch du bist auf der Suche nach jemandem, dessen Schicksal dich bewegt«, fuhr der Schwarze fort. »Aber mehr noch als das bist du auf der Suche nach der Wahrheit. Doch das, Schwester, sollten wir besser nicht hier besprechen.« Der Elf drehte sich um und bedeutete Finearfin, ihm zu folgen. Zielsicher führte er sie durch die verwinkelten Gassen zu einem baufälligen Lagerschuppen, in dem ein altes Fischerboot, Netze, Kisten und allerlei andere Gerätschaften darauf warteten, dass man sich ihrer erinnerte.

»Dein Heim?« Zögernd wagte Finearfin den Schritt aus dem Licht ins Dunkel hinter dem verwitterten Tor. Es dauerte einige Herzschläge, bis sich ihre Augen an das spärliche Licht gewöhnt hatten, gefährliche Momente, in denen ihre Sinne in höchster Alarmbereitschaft waren. Sie traute dem Schwarzen nicht. Dass er sie in eine Falle lockte, erschien ihr ebenso wahrscheinlich wie die Möglichkeit, dass er ihr helfen würde. Erst als sie sicher war, dass es hinter dem Tor keine Anzeichen von Gefahr gab, wagte sie sich weiter in den Raum hinein.

»Nur eine von vielen Zufluchtsstätten.« Inmitten der Schatten war der Elf kaum zu erkennen. Finearfin ahnte seine Nähe mehr, als dass sie ihn sah, aber sie spürte die Trauer in seiner Stimme, als er hinzufügte: »Die Zeiten, da ich ein Heim hatte, sind lange vorbei.«

»Du stammst aus dem Zweistromland?« Finearfin entdeckte den Schwarzen nahe einem Stapel von Kisten, wo er sich niedergelassen hatte, und gesellte sich zu ihm.

»Das ist nicht die Frage, die dich zu mir führt.« Die leise Vertrautheit, die sich für einen Moment zwischen ihnen eingestellt hatte, war verflogen. Finearfin ahnte, dass der Elf mit den wenigen Sätzen mehr von sich preisgegeben hatte, als ihm lieb war, und war klug genug, nicht weiter in ihn zu dringen. »Das ist richtig«, lenkte sie ein. »Aber ich weiß auch gern, mit wem ich es zu tun habe.«

»Du hast mich gesucht, nicht ich dich«, erinnerte sie der Schwarze. »Es steht dir frei, wieder zu gehen.«

»Also schön, dann wähle ich eine andere Frage.« Finearfin seufzte. »Woher kennst du die Namen der Toten? Kannst du wirklich mit den Möwen sprechen, sind sie es, die sie dir verraten?«

Der Schwarze antwortete nicht sofort. »Ja und nein«, sagte er schließlich so langsam, als müsse er jedes Wort sorgfältig abwägen. »Ich spreche mit ihnen, das ist wahr. Aber nicht so, wie die Menschen es sich vielleicht vorstellen. Die Möwen bringen mir Bilder von fernen Orten und Ereignissen.«

»Dann siehst du die Schiffe versinken?«, hakte Finearfin nach.

»Ja.« Der Schwarze nickte. »Ich sehe das Unglück mit den Augen der Möwen. Die Schiffe im Hafen von Arvid sind mir alle wohlvertraut. Ich erkenne sie sofort. So weiß ich immer, wer nicht zurückkehren wird.«

»Aber die Namen? Wie …?«

»Die Namen der Seefahrer«, fiel der Elf ihr ins Wort, »erhalte ich von den Schiffseignern.«

»Von den Eignern?« Finearfin war fassungslos. »Warum?«

»Die Zeiten sind hart. Auch ein Elf muss irgendwie überleben.« Seiner Stimme glaubte Finearfin anzumerken, dass er lächelte. »In den ersten Wintern habe ich lediglich die Namen der Schiffe verkündet, die gesunken sind, denn ich glaubte, die Menschen hätten ein Recht, es zu erfahren. Damals hielt man mich für einen Betrüger, der sich am Unglück anderer ergötzt. Man beschimpfte und verhöhnte mich. Aber dann erkannten die Menschen, dass ich die Wahrheit spreche. Fortan kamen sie nach jedem Sturm an den Hafen und gaben mir eine Spende, um zu erfahren, welche Schiffe nicht heimkehren würden. Das wiederum sprach sich bei jenen herum, denen die Schiffe gehören. Du kannst dir sicher vorstellen, dass die Schiffseigner wenig Freude daran haben, den Hinterbliebenen die Nachricht vom Tod ihres Sohnes, Bruders oder Gefährten zu überbringen. So boten sie mir an, für sie zu arbeiten. Ich nehme ihnen diese unangenehme Pflicht ab und erhalte dafür einen Lohn. So einfach ist das.«

»Ich verstehe.« Finearfin nickte bedächtig und fügte hinzu: »Keine Sorge, dein Geheimnis ist bei mir sicher.«

»Nichts anderes habe ich erwartet.« Der Schwarze beugte sich vor, hob den Arm, legte zwei Finger auf Finearfins Stirn und sagte: »Und nun schließe die Augen und öffne deinen Geist!«

»Warum sollte ich das tun?« Finearfin wich ein Stück zurück.

»Weil ich etwas für dich habe.«

Finearfin zögerte. Das Ritual des *Dritten Auges* beherrschten nur wenige Elfen, aber es war ihr nicht unbekannt. Im Zweistromland wurde es eingesetzt, um jemandem ohne langes Reden von einem wichtigen Ereignis zu berichten, vor allem aber um die Erinnerung an furchtbare Schrecken aus dem Bewusstsein von Verletzten zu tilgen. Es war ein Ritual, das viel Gutes bewirken, aber auch großen Schaden anrichten konnte. Finearfin wusste um die Gefahr, der sie sich aussetzte. Wenn sie ihren Geist für den Fremden öffnete, war sie ihm hilflos ausgeliefert, im schlimmsten Fall konnte er sie sogar töten.

»Hab keine Furcht«, hörte sie den Schwarzen sagen. »Dir wird nichts geschehen. Was ich dir zeigen will, hat noch niemand zuvor gesehen. Ich teile diese Bilder mit dir, weil ich dir vertraue und weil ich große Hoffnungen in dich setze.«

»Aber … du kennst mich doch gar nicht.« Finearfin war nun vollkommen verwirrt.

»Ich kenne dich besser, als du denkst«, erwiderte der Schwarze geheimnisvoll. »Ich weiß um deine Schuldgefühle und darum, dass du auf der Suche nach der Hohepriesterin bist. Ehrlich gesagt habe ich dich oder jemanden wie dich schon sehr viel früher hier in Arvid erwartet, aber der Krieg wollte es anders. Kostbare Zeit ging verloren. Nun aber bist du hier, fast schon zu spät, aber noch nicht ganz. Wenn deine Mühe nicht vergebens gewesen sein soll, musst du schnell handeln, daher frage ich dich: Willst du es sehen? Willst du teilhaben an dem Schicksal, das die Hohepriesterin vor fünfzehn Wintern ereilte? Willst du wissen, wo du sie finden kannst?«

Finearfin zögerte, aber nur kurz. Der Elf sprach in Rätseln, aber sie spürte die Aufrichtigkeit in seinen Worten und entschied sich, das Wagnis einzugehen. »Ja«, sagte sie mit fester Stimme. »Ja, ich will es sehen. Zeig es mir.«

Die Tochter der Elfenpriesterin

Irgendwann in den frühen Morgenstunden setzte der Regen aus. Der Wind wurde schwächer, trug das wütende Tosen der Brandung mit sich fort und ließ Mensch und Tier aufatmen.

Aber nicht jeder auf dem Riff hieß das Ende des Sturms willkommen. Als das erste Morgenlicht Caiwen aus unruhigen Träumen weckte, legte sich die Ruhe sofort wie ein bleiernes Gewicht auf ihr Herz. Sie hatte kaum geschlafen, denn sobald sie die Augen schloss, sah sie Schiffbrüchige vor sich, die sich nass und erschöpft an den Strand schleppten, froh, den tödlichen Fängen des Ozeans entronnen zu sein, und nicht ahnend, dass ihr Leben dennoch verwirkt war. »Vielleicht ist diesmal ja gar kein Schiff gesunken«, versuchte sie, ihre aufgewühlten Gedanken zu beruhigen.

Aus dem Nebenzimmer hörte sie schwere Schritte. Ihr Vater war aufgestanden. Mit angehaltenem Atem lag Caiwen im Bett und lauschte auf die Geräusche. Vor ihrem geistigen Auge sah sie, wie Lenval sich nacheinander Stiefel und Mantel anzog, wie er die Säcke für die Beute aus der Truhe neben der Tür nahm und nach Axt und Spaten griff, ehe er die Tür öffnete, um sich gemeinsam mit den anderen Männern auf die Suche nach Strandgut zu machen.

Caiwen erschauderte, presste die Lippen fest zusammen und unterdrückte den Impuls, aufzuspringen und hinauszulaufen, um die Unschuldigen zu warnen, die vielleicht gerade in diesem Augenblick unten am Strand auf Hilfe hofften.

Zusammengekrümmt, die Hände um die Knie geschlungen, lag sie da und focht einen zermürbenden Kampf gegen sich selbst und ihre ureigene innere Überzeugung. Es war nicht das erste Mal und es würde nicht das letzte Mal sein. Solange sie nicht aufbegehrte gegen das Leben, das zu führen sie gezwungen war, solange sie die Schiffbrüchigen nicht warnte, so lange würde sie weiter leiden und sich mit jedem Sturm ein wenig mehr für die Untätigkeit hassen, die sie mitschuldig machte am grausamen Schicksal dieser Menschen.

Vom ersten Tag an, da sie erfahren hatte, was es bedeutete, wenn die Männer auf die Suche gingen, hatte sie tiefes Mitleid für die Gestrandeten empfunden. Damals war sie noch ein kleines Mädchen gewesen. Ihre Gabe, die Gefühle anderer zu spüren, war gerade erst erwacht. Oft hatte sie nach einem Sturm gezittert und geweint, als würde auch sie Todesängste ausstehen, unfähig, sich vor dem Grauen zu schützen, das wie ein Dämon über sie herfiel, wenn die Männer am Strand Mar-Undrum opferten. Verrina hatte damals geglaubt, sie würde sich um ihren Vater sorgen, und sie tröstend in die Arme genommen, bis sie sich wieder beruhigt hatte. Den wahren Grund hatte Verrina nie erfahren.

Als sie älter wurde, hatte Caiwen begriffen, dass außer Heylon niemand auf dem Riff fühlte und dachte wie sie. Um nicht noch mehr zur Außenseiterin zu werden, hatte sie niemanden in ihr Herz blicken lassen und stumm gelitten. Im Verlauf der Winter hatte sie gelernt, ihren Geist wenigstens teilweise vor den zerstörerischern Kräften zu schützen, die in solchen Momenten auf sie einstürmten.

Aber Caiwen wusste auch, dass sie dem ungeheuren Druck nicht mehr lange würde standhalten können. Schon jetzt war das

Gefühl der Schuld für sie kaum noch zu ertragen. Es war nur eine Frage der Zeit, bis sie ihrer inneren Stimme folgen und versuchen würde, den Menschen am Strand zu helfen – auch wenn sie sich damit des schlimmsten Vergehens schuldig machte, dessen ein Riffbewohner angeklagt werden konnte. Selbst die Angst vor der Strafe, der lebenslangen Verbannung auf eine der kargen Nachbarinseln, dessen war sie gewiss, würde sie irgendwann nicht mehr davon abhalten, das zu tun, was sie für richtig hielt.

Diese und andere Gedanken gingen Caiwen durch den Kopf, während sie in ihrem Bett lag und darauf wartete, dass die Suche vorüber war. Ihre Hoffnung, dass die Männer den Strand leer vorfinden würden, erfüllte sich nicht. Obwohl sie sich innerlich gewappnet hatte, spürte sie, dass diesmal sechs Schiffbrüchige ihr Leben hatten lassen müssen, damit das kleine Volk vom Riff auch weiterhin unbehelligt blieb.

Ich hätte sie retten können. Caiwen spürte, wie ihr bei dem Gedanken die Tränen kamen. Aus Trauer und Scham, aber auch Wut über ihre Feigheit. Damit Verrina es nicht hörte, vergrub sie ihr Gesicht in dem weichen Kissen aus Felstölpeldaunen und ließ den Tränen freien Lauf.

Als sie sich so weit gefasst hatte, dass sie es wagte aufzustehen, hatte sich die Sonne schon über den Horizont geschoben. Das goldene Licht war warm und heiter, konnte Caiwens düstere Gedanken aber nicht vertreiben. An diesem Morgen hasste sie sich mehr als jemals zuvor. So sehr, dass sie den Anblick ihres Spiegelbilds in der Waschschüssel nicht ertragen konnte.

»Verschwinde!«, schrie sie und schlug mit der Hand nach dem von wirrem blondem Haar umrahmten Gesicht, das ihr aus dem Wasser entgegenblickte.

»Caiwen!« Verrina trat aus ihrer Schlafkammer und rieb sich müde über die Augen. »Was ist denn los? Hast du schlecht geschlafen?«

»Der Sturm hat mich wach gehalten.« Caiwen wischte die Tränen fort, beendete die morgendliche Reinigung und schlüpfte in ihre Sachen. Sie wollte die Hütte verlassen haben, ehe ihr Vater zurückkehrte, um sich auf keinen Fall die naive Freude ihrer Mutter über die »Schätze«, die Mar-Undrum ihnen diesmal hatte zukommen lassen, anhören zu müssen.

»Ich gehe zu Armide«, sagte sie knapp und warf sich den wärmenden Mantel über. »Sie wartet sicher schon.«

»Hast du etwas gegessen?«, fragte Verrina besorgt.

»Ich werde schon nicht verhungern.« Caiwen griff nach der Türklinke. Sie war gereizt und spürte, dass sie sich mit ihrer Mutter streiten würde, wenn sie noch länger in der Hütte blieb. Mit den Worten »Ich bin heute Abend zurück« zog sie die Tür hinter sich ins Schloss und wählte einen Weg, der sie in einem weiten Bogen um die anderen Hütten herumführte, damit sie den heimkehrenden Männern nicht begegnete.

Diesmal war es Heylon, der sie auf halbem Weg abfing.

Caiwen hätte auch ohne ihre feinen Sinne gespürt, wie aufgeregt er war. Seine Wangen waren gerötet, sein Haar zerzaust und sein Atem ging keuchend, als sei er gelaufen, um sie noch rechtzeitig zu erreichen. »Caiwen! Den Göttern sei Dank. Ich dachte schon, ich erwische dich nicht mehr.«

»Ist etwas passiert?« Caiwen dachte an Heylons Eltern und fragte sich, ob sie vielleicht krank geworden waren oder sich im Sturm verletzt hatten.

»Nein … das heißt … doch … irgendwie schon.« Heylon rang hilflos die Hände und nahm einen tiefen Atemzug, als müsse er erst Kraft schöpfen für das, was er sagen wollte. Dann fuhr er fort: »Am Südstrand liegt ein Mann. Er lebt, aber er ist verwundet und braucht Hilfe … Ich … ich weiß nicht, was … was ich tun soll …. Ach, am besten, du kommst mit und siehst ihn dir selbst an.«

»Ein Mann?« Caiwen riss erstaunt die Augen auf. »Am Südstrand? Wer ist es? Einer von uns?«

»Nein.« Heylon schüttelte den Kopf. »Ein Fremder.«

»Aber die Schiffe fahren doch nicht …?« Caiwen stockte. »Das ist unmöglich. Am Südstrand ist noch nie etwas angespült worden.«

»Diesmal schon.« Heylon fasste Caiwen am Arm und versuchte, sie mit sich zu ziehen. »Komm mit. Wenn die Männer ihn finden, ist es zu spät.«

Das wirkte.

Ein Sturm von Fragen tobte hinter Caiwens Stirn, während sie Heylon zum Südstrand folgte. Wer war der Mann? Was wollte er hier und wie war er an Land gekommen? Stammte er vielleicht von dem Schiff, das sie am Vortag gesehen hatte?

Niemals zuvor war Caiwen so aufgeregt gewesen. Lenval und die anderen durften nichts von dem Fremden erfahren. Diesen einen würde sie vor dem Schicksal der anderen Schiffbrüchigen bewahren.

»Da unten ist er.« Heylon war oben auf der Klippe stehen geblieben und deutete zum Strand hinunter, wo ein großes dunkles Bündel kaum zwei Schritte vom Wasser entfernt auf dem Sand lag. Eine Raubmöwe lief geschäftig um den Körper herum, vertrieb eine zweite, die neugierig hinzugeflogen kam, und zupfte hin und wieder an dem Stoff, als versuche sie, dem Schiffbrüchigen eine Regung zu entlocken.

»Warst du schon bei ihm?«, wollte Caiwen wissen.

»Ich bin runter zum Strand gegangen, weil ich nicht erkennen konnte, was da lag«, gab Heylon Auskunft. »Als ich gesehen habe, dass es ein Mensch ist, bin ich sofort umgedreht. Er hat sich bewegt. Sein Bein blutet.«

»Dann wollen wir ihn uns mal ansehen.« Caiwen setzte sich in Bewegung, doch Heylon fasste sie am Arm und hielt sie zurück. »Warte! Wir … wir können doch nicht einfach zu ihm gehen. Vielleicht ist er gefährlich oder bewaffnet? Wer kann schon sagen, was ihn hierher geführt hat?«

»Wenn du ihn so fürchtest, hol doch Lenval und Emeric.« Caiwen sah ihn herausfordernd an. »Die haben Erfahrung mit Schiffbrüchigen und werden die Sache sicher schnell erledigen.«

»Nein… nein, warte. So meine ich das nicht.« Heylon rang nach Worten. »Ich… ich dachte nur…« Er ließ Caiwen los, hob resignierend die Arme und seufzte: »Ach, ich weiß auch nicht, was wir tun sollen.«

»Dann begleitest du mich?« Caiwen schenkte Heylon ein gewinnendes Lächeln.

»Ja. Ja, natürlich.« Heylon nickte matt. »Aber sei vorsichtig.«

Caiwen antwortete nicht. Mit klopfendem Herzen eilte sie den schmalen Pfad zum Strand hinunter, während sie schon darüber nachdachte, wo sie den Schiffbrüchigen verstecken konnte.

Finearfin sah eine Frau. Sie lag halb im Wasser. Ihre Haut war bleich, die Augen waren geschlossen. Langes hellblondes Haar fiel ihr in nassen, von Sand und Seetang verklebten Strähnen ins Gesicht, während ihr Körper sanft von den Wellen umspült wurde.

»Das ist sie!« Finearfin keuchte auf. »Das ist Elethiriel, die Hohepriesterin.« Ruckartig fuhr sie herum. Die Finger des Schwarzen glitten von ihrer Stirn und die Verbindung zwischen ihnen brach ab. »Was ist mit ihr?«, fragte sie, um Atem ringend. »Wo ist sie? Was ist geschehen?«

»Sie stirbt!«

»Aber das… das darf sie nicht!«, rief Finearfin leidenschaftlich aus. »Sie muss leben. Sie ist die Einzige, die den Eisdämonen Einhalt gebieten kann. Wenn sie stirbt, ist das Zweistromland verloren.« Sie verstummte und schaute den Schwarzen an. »Sag mir, wo ich sie finden kann«, forderte sie mit wildem Blick. »Ich muss zu ihr. Ganz gleich welchen Preis ich dafür zahlen muss. Ich werde nicht zulassen, dass sie…«

»Du kannst nichts mehr für sie tun.«

Finearfin runzelte verwirrt die Stirn. »Aber die Bilder …?«

»… sind bereits fünfzehn Winter alt.« Die Stimme des Schwarzen war ausdruckslos, als berühre ihn das Schicksal der Hohepriesterin nicht, dennoch glaubte Finearfin, eine Spur von Trauer herauszuhören, als er hinzufügte: »Sie ist tot, Schwester.«

»Aber das ist unmöglich!« Finearfin schüttelte energisch den Kopf. »Wäre sie tot, wäre ihre Macht erloschen und das Zweistromland schon vor vielen Wintern dem Ansturm des Eises erlegen. Aber noch sind wir nicht ganz bezwungen. Sie lebt, eine andere Erklärung gibt es nicht.«

»Nicht sie, aber etwas von ihr.« Der Schwarze hob erneut die Hand, um Finearfin die Finger auf die Stirn zu legen. »Sieh selbst!«

Finearfin schloss die Augen und versuchte, sich zu sammeln. Es dauerte einige Herzschläge, bis sie sich so weit beruhigt hatte, dass sie die Bilder erkennen konnte. Doch kaum dass sie das erste Bild erblickte, nahm es sie so sehr gefangen, dass sie an nichts anderes mehr denken konnte:

Da war ein Kind, ein Mädchen, das, im Halbdunkel unter Tauen und Holztrümmern verborgen, im Sand lag. Fest in ein dunkles Öltuch gewickelt, lag es etwas oberhalb der Hohepriesterin, ganz so, als hätte sie versucht, es noch weiter den Strand hinaufzuschieben, ehe die Wellen sie unter den Überresten der Takelage begruben. Die schlanken bleichen Finger der Elfe umklammerten noch immer einen Zipfel des Öltuchs. Das Kind war wach. Es weinte. Ein Sonnenstrahl fiel auf das pausbackige Gesicht …

Finearfin erschauderte – und verstand. Es war das Kind, das die Hohepriesterin nur wenige Sonnenaufgänge vor ihrer Entführung zur Welt gebracht hatte.

Und als ob das Mädchen Finearfins Nähe spürte, hörte es in diesem Augenblick zu weinen auf und streckte ihr die kleine Hand entgegen.

Das Bild erlosch und Finearfin kehrte in die Wirklichkeit des düsteren Lagerschuppens zurück. Der Schwarze ließ ihr Zeit, das

Gesehene zu überdenken, dann fragte er: »Verstehst du nun, warum Schnee und Eis das Zweistromland noch nicht erobern konnten?«

»Aber sie ist noch ein Kind!« Finearfin schüttelte den Kopf. »Sie hat keine Ausbildung erfahren und die Weihen nicht empfangen. Sie wächst ohne …«

»… und doch wohnt ihr eine Macht inne, die der ihrer Mutter in nichts nachsteht.« Wieder ließ der Schwarze Finearfin nicht ausreden. »Als die Hohepriesterin erkannte, dass sie dem Tod geweiht war, ihre Tochter aber überleben würde, übertrug sie all ihr Wissen und ihre Magie auf das Kind.« Er seufzte. »Es war eine mutige und selbstlose Tat, die in der Geschichte der Elfen ihresgleichen sucht. Die Hohepriesterin gab ihr gesamtes Wissen mit einem Schlag an ihre Tochter weiter, damit sie es bewahre, bis die Zeit gekommen sei, ihr Erbe anzutreten und ihr Volk zu schützen.« Er verstummte und für eine Weile blieben die Geräusche des geschäftigen Hafenviertels die einzigen Laute in dem Lagerschuppen.

»Warum?« Finearfins Frage löste den Bann, den Stille und Beklemmung gewoben hatten. »Warum erzählst du mir das jetzt? Warum bist du nicht schon vor fünfzehn Wintern in das Zweistromland gekommen und hast dem König erzählt, was geschehen ist? Ist dir klar, dass du damit den Krieg und alles, was daraus folgte, hättest verhindern können? Bist du dir bewusst, was du mit deinem Schweigen angerichtet hast? Kannst du dir nicht vorstellen, wie sehr wir …?« Finearfin brach ab, weil sie spürte, dass die Wut ihre Worte vergiftete. Was geschehen war, konnte nicht geändert werden. Vorwürfe brachten niemanden weiter. Sie mussten nach vorn sehen.

»Ich verstehe deinen Zorn.« Die Worte des Schwarzen klangen sanft, fast traurig. »Aber selbst wenn ich es gewollt hätte, ich hätte nicht anders handeln können.«

»Warum?«, herrschte Finearfin ihn an. »Du hast es mir erzählt. Wo liegt der Unterschied?«

»Du bist gekommen, um etwas über das Schicksal der Hohepriesterin zu erfahren«, erwiderte der Schwarze scharf. »Ich habe mein Wissen mit dir geteilt und werde dir sagen, wo du ihre Tochter finden kannst. Nicht mehr und nicht weniger.«

»Oh, dann bin ich wohl etwas ganz Besonderes, dass mir diese Ehre zuteil wird.«

»Nein. Das bist du nicht.« Der Elf seufzte betrübt und schüttelte den Kopf, als behage ihm die Wendung, die das Gespräch genommen hatte, nicht. »Aber du kommst zur rechten Zeit. Die Tochter der Hohepriesterin ist in großer Gefahr. Die Handlanger der Feuerelfen wurden auf sie aufmerksam und suchen nach ihr. Wenn du ihr helfen willst, muss du dich beeilen.«

»Wie ist das möglich?« Finearfin riss ungläubig die Augen auf. »Hast du …?«

»Ich habe gar nichts!«, herrschte der Schwarze sie an. »Ich habe all die Winter geschwiegen, um das Mädchen zu schützen. Es weiß weder etwas von seiner Mutter noch von seinem Erbe und es weiß auch nichts von seinen Feinden. Es in Sicherheit aufwachsen zu lassen, bis die Zeit gekommen ist, war alles, was ich für das Mädchen tun konnte. Doch jetzt ist die Zeit des Wartens vorbei. Die Verbannten strecken ihre Hände bereits nach dem Mädchen aus, um es für ihre eigenen Zwecke zu missbrauchen. Sollte ihnen gelingen, sie zu ihrer Verbündeten zu machen, ist das Zweistromland dem Untergang geweiht.«

»Sie ist die Tochter der Hohepriesterin, Patrona des Zweistromlandes«, sagte Finearfin mit fester Stimme. »Sie wird sich nicht auf die Seite von Nimeye und den Abtrünnigen schlagen.«

»Bist du dir da so sicher? Überlege. Das Mädchen wächst völlig unbedarft auf einer einsamen Insel auf. Sie weiß nichts vom Krieg und von den Umständen, die dazu führten, dass Nimeye verstoßen wurde. Erzähle ihr ein Märchen und sie wird es glauben. Niemand hat ihre natürlichen Fähigkeiten gefördert, sie wird noch nicht so weit sein, einen Lügner zu erkennen, wenn er nur überzeugend genug ist.«

»Und wenn sie ihnen nicht glaubt?«

»Dann werden sie das Mädchen töten.« Die Stimme des Schwarzen gab seine Gefühle nicht preis. »Am Ende läuft es auf dasselbe hinaus. Die Vernichtung des Zweistromlandes.«

Finearfin schwieg. Was der Schwarze ihr erzählt hatte, erschien ihr so ungeheuerlich, dass sie nur schwer einen klaren Gedanken fassen konnte. Sie war überzeugt gewesen, dass die Hohepriesterin noch am Leben war, und hatte deshalb nach ihr gesucht. Dass die Suche sie zu deren Tochter führen würde und dass auch die Verbannten nach ihr suchten, hätte sie sich nie träumen lassen. »Dann … dann hat das Schiff, auf dem die Hohepriesterin fuhr, die Feuerinsel nie erreicht?«, fragte sie, um Zeit zu gewinnen.

»Es zerschellte in einem Sturm an den Riffinseln«, erklärte der Schwarze. »Ich habe die Namen der Toten damals selbst verkündet. Niemand überlebte das Unglück. Niemand, bis auf das Kind.« Er wandte ihr sein schattenverhülltes Gesicht zu: »Ich habe das Mädchen so lange beschützt, wie es möglich war. Nun aber ist die Zeit gekommen zu handeln. Leider ist es mir nicht gestattet, Tamoyen zu verlassen, daher ist es an dir, sie vor Nimeye zu schützen und sicher ins Zweistromland zu bringen.«

Finearfin zögerte kurz, dann sagte sie: »Also gut. Ich vertraue dir. Was muss ich tun?«

»Noch heute wird ein Schiff im Hafen einlaufen«, erklärte der Schwarze so prompt, als hätte er nur darauf gewartet, dass Finearfin die Frage stellte. »Es ist die *Annaha*. Sie wurde im Sturm schwer beschädigt und ist praktisch manövrierunfähig. Sie wird nur so lange im Hafen verweilen, bis der Schaden behoben ist, denn sie hat eine wichtige Aufgabe zu erfüllen.« Er machte eine bedeutungsvolle Pause. »Vor zwei Nächten ging ein tamoyischer Kopfgeldjäger an Bord, der im Auftrag der Schiffseignerin auf den Riffinseln nach einem Mädchen mit hellen Haaren suchen sollte.« Er warf Finearfin einen Seitenblick zu. »Du kennst ihn. Vor ein paar Sonnenaufgängen bist du ihm im *Hölzernen Fass* begegnet.«

»Durin?« Finearfin zog überrascht die Augenbrauen in die Höhe. »Woher weißt du …?«

»Nun Raubmöwen und Seefahrer sind ein geschwätziges Volk und ich sehe …«

»… viel.« Finearfin seufzte.

»Wir verstehen uns.« Der Schwarze lächelte und fuhr dann fort: »Vor dem Sturm hat Durin das Schiff verlassen und ist allein zum Riff gerudert. Sobald die *Annaha* wieder seetüchtig ist, wird sie auslaufen und ihn abholen. Wenn du die Tochter der Hohepriesterin retten willst, musst du an Bord des Schiffes gelangen und versuchen, sie für dich zu gewinnen. Die Schiffseignerin ist eine Halbelfe und eine mächtige Frau. Ist das Mädchen erst einmal in Arvid und in ihren Fängen, ist es zu spät.«

»Verstehe.« Finearfin nickte. Sie war niemals zuvor auf einem Schiff gewesen und hatte keine Ahnung, wo sie sich dort so lange verstecken konnte. Aber solche Unwägbarkeiten hatten sie noch nie davon abgehalten, ein Wagnis einzugehen. Trotzdem plagten sie noch Zweifel: »Ich bin allein«, gab sie zu bedenken. »Auf das Schiff zu kommen und dort irgendwo im Verborgenen auszuharren, dürfte kein Problem sein. Schwierig wird es, wenn sie das Mädchen tatsächlich finden. Um ihr Vertrauen zu gewinnen, müsste ich unbemerkt zu ihr gelangen und allein mit ihr reden, ehe das Schiff den Hafen erreicht.« Sie schüttelte den Kopf. »Ich weiß nicht, ob mir das gelingt.«

»In einer frostigen Nacht ohne Wind zieht es die Mannschaft unter Deck«, sagte der Schwarze geheimnisvoll. »Dann kann sich auch ein blinder Passagier frei an Bord bewegen.«

Finearfin wusste nicht, wie ihr das weiterhelfen sollte, aber sie war zu sehr mit ihren eigenen Gedanken beschäftigt, um nachzufragen. »Also gut, mal angenommen, es ist wirklich so, wie du sagst. Die Nacht ist kalt und windstill und die Mannschaft macht es sich unter Deck gemütlich. Es gelingt mir, mit dem Mädchen zu sprechen und es davon zu überzeugen, dass es den Männern, die es gerettet haben, nicht trauen kann«, überlegte sie laut. »Was dann? Selbst wenn sie bereit wäre, mit mir zu kommen, bin ich kein Seefahrer und besitze zudem nicht einmal ein Boot, mit dem wir fliehen könnten. Wir wären gezwungen, an Bord des Schiffes zu bleiben, bis wir in Arvid ankommen, wo die Männer das Mädchen vermutlich wie einen Schatz hüten und sofort zu dieser Halbelfe bringen würden.« Sie stockte und schaute den Schwarzen an. »Willst du wissen, was ich denke? Das ist in meinen Augen ein ziemlich aussichtloses Unterfangen.«

»Da gebe ich dir recht.« Der Schwarze nickte zustimmend. »Aber wie wäre es denn, wenn es eine Möglichkeit gäbe, das Schiff zu verlassen?«

»Mitten auf dem Ozean?« Finearfin schüttelte den Kopf. »Unwahrscheinlich.«

»Hab Vertrauen.« Der Schwarze lächelte. »Ich weiß, du kannst es schaffen. Wenn es dir gelingt, mit ihr zu sprechen, ehe sie Arvid erreicht, ist schon viel gewonnen. Wenn sie um ihre Vergangenheit weiß, wird sie nachdenklich werden und ihre Entscheidungen nicht leichtfertig treffen. Und wer weiß, vielleicht tut sich ja doch ein Weg für dich auf. Denke immer daran, manchmal genügt ein kleines Licht, um uns in der Dunkelheit zu leiten.«

Finearfin antwortete nicht. In Gedanken wog sie das Für und Wider des Plans ab. Selbst wenn es ihr nicht gelang, mit dem Mädchen zu sprechen, würde sie ihm doch sehr nahe sein und durfte darauf hoffen, neue und wichtige Erkenntnisse zu erlangen. Wie es dann nach der Ankunft in Arvid weitergehen würde, würde sie entscheiden, wenn es so weit war.

Sie stand auf, straffte sich, machte einen Schritt auf das Tor zu und sagte: »Na schön. Ich versuche es.«

Der Schwarze machte keine Anstalten, ihr zu folgen. »Meine Gedanken und Wünsche werden dich begleiten.«

»Und ein paar Raubmöwen vermutlich auch.« Finearfin konnte sich die spitze Bemerkung nicht verkneifen.

»Sie sind meine Freunde.« Der Schwarze hob in einer entschuldigenden Geste die Arme und lächelte. »Ich werde es ihnen ganz sicher nicht verbieten, ein Auge auf die *Annaha* zu haben und mir vom Fortgang der Reise zu berichten. Dazu liegen mir dein Wohl und das des Mädchens zu sehr am Herzen.«

»Nichts anderes habe ich erwartet.« Finearfin schenkte ihm ein kleines Lächeln. Dann verabschiedete sie sich mit einem kurzen Nicken und verließ die Lagerhalle, um nach der *Annaha* zu suchen.

Das vergessene Volk

»... sie wohnen oben auf der Klippe in Hütten. Das Dorf ist geschickt angelegt. Man kann es vom Meer aus nicht sehen ... Oh, er kommt zurück!« Saphrax, nun wieder als Raubmöwe unterwegs, unterbrach seinen Bericht, stieß ein Kreischen aus und flog davon.

Durin hob den Kopf etwas an und öffnete die Augen. Sonnenschein flutete vom wolkenlosen Himmel und umriss scharf die beiden Gestalten, die sich ihm vor dem Hintergrund der steil aufragenden Klippen näherten. Er blinzelte.

Den in Lumpen gekleideten Jungen, der zunächst allein an den Strand gekommen war und sich ihm bis auf wenige Schritte genähert hatte, erkannte er sofort wieder. Offenbar hatte er Hilfe geholt, denn er kam in Begleitung eines Mädchens, das wie er ärmliche und zerschlissene Kleider trug. Ihr Haar war auffällig hell.

Fast hätte Durin laut aufgelacht. Saphrax hatte ein bewohntes Dorf auf der Insel entdeckt, dort aber niemanden mit blondem Haar ausmachen können. Gerade hatte Durin sich in Gedanken damit abgefunden, die Insel trotz des verletzten Beins mühsam zu Fuß erkunden zu müssen, da tauchte ausgerechnet sie, nach der er suchte, an diesem einsamen Strandabschnitt auf. Durin runzelte die Stirn. Für seinen Geschmack war das fast ein zu großer Zufall, und wie immer, wenn sich unvorhergesehene Ereignisse allzu perfekt zusammenfügten, witterte er auch diesmal eine Falle.

... vielleicht sind es die Geister, die meinen Auftrag kennen und mir einen Streich spielen wollen? Auch wenn er nie an den Spuk auf dem Riff geglaubt und Saphrax bei seinem Erkundungsflug nichts Ungewöhnliches bemerkt hatte, umfasste seine Hand das Heft des Kurzschwerts ein wenig fester.

Es war wärmer geworden. Der Wind hatte weiter nachgelassen, und obwohl seine Kleidung noch immer nicht trocken war, zitterte er nicht mehr. Er schloss die Augen gerade so weit, dass er die beiden weiter im Blick hatte, und atmete tief und gleichmäßig. Wie schon bei dem ersten Zusammentreffen mit dem Jungen würde er sich auch diesmal wieder bewusstlos stellen.

Dem ersten Eindruck nach waren die beiden unbewaffnet und schienen mehr Angst vor ihm zu haben als er vor ihnen. Zögernd kamen sie auf ihn zu. Dabei schien sie die Mutigere zu sein, denn der Junge blieb immer zwei Schritte hinter ihr. »Er hat ja gar keine Haare.« Sichtlich verunsichert blieb das Mädchen in ein paar Schritten Entfernung stehen. Ein leichter Windzug fuhr durch ihre Haare und enthüllte ein ungewöhnlich spitz zulaufendes Ohr. Der Anblick ließ Durin innerlich triumphieren. Er hatte richtig vermutet. Das Mädchen war die Elfe, nach der er suchen sollte.

»Und diese Zeichen auf der Haut. Unheimlich. Findest du nicht?«, hörte er den Jungen fragen.

»Sahen die anderen auch so aus?«, wollte das Mädchen wissen.

»Nein!« Der Junge schüttelte den Kopf. Eine Weile standen die beiden schweigend da, offenbar unschlüssig, was sie tun sollten. Dann fragte das Mädchen: »Du sagtest, sein Bein ist verletzt?«

»Ja. Da ist Blut im Sand, kannst du es sehen?«

»Ja, aber ich habe weder einen Verband noch heilende Salbe bei mir.« Das Mädchen spitzte nachdenklich die Lippen. »Egal«, sagte sie schließlich. »Zuerst müssen wir ihn von hier fortschaffen. Die anderen dürfen ihn nicht finden.«

»Und wie willst du das anstellen?«, fragte der Junge. »Er ist besinnungslos. Sein Gewand ist nass und er ist viel zu schwer. Ohne seine Mithilfe werden wir nicht weit kommen.«

»Dann wecken wir ihn eben auf.« Das Mädchen bückte sich und streckte die Hand aus.

Durin beschloss, ihr zuvorzukommen. Stöhnend drehte er sich auf den Rücken und stieß ein heiseres Husten aus.

»Er wacht auf!« Das Mädchen wich erschrocken zurück.

»Was machen wir jetzt?«, raunte der Junge ihr zu. Ehe sie antworten konnte, öffnete Durin unter übertrieben qualvollem Stöhnen die Augen. »Ah … oh … verdammt! Wo bin ich?« Verwirrt schaute er sich um, bis sein Blick die beiden Riffbewohner traf. »Bei den Toren der Anderwelt, wer seid ihr?«

Die beiden zögerten sichtlich. Dann trat die Elfe vor. »Ich bin …«

»Nein, Caiwen!«, fiel der Junge ihr erschrocken ins Wort. »Verrat es ihm nicht!« Sie drehte sich kurz zu ihm um, seufzte und richtete das Wort dann wieder an Durin. »Ich bin Caiwen«, sagte sie lachend und fügte hinzu: »Heylon möchte seinen Namen lieber für sich behalten.« Durin sah, wie Heylon eine Grimasse schnitt, den Kopf schüttelte und die Arme vor der Brust verschränkte. Caiwen achtete nicht auf ihn. »Und wer bist du?«, fragte sie geradeheraus.

»Durin.« Durins Kehle war wie ausgedörrt. »Wasser«, krächzte er, und diesmal musste er sich nicht einmal besonders anstrengen, um wie ein Verdurstender zu klingen.

Heylon warf Caiwen wortlos einen Wasserschlauch zu, den diese öffnete und an Durin weiterreichte. »Danke.« Die wenigen Bewegungen, die nötig waren, um sich zum Sitzen aufzurichten, erforderten von ihm nicht nur unendlich viel Kraft, sie weckten auch den Schmerz in seinem verletzten Bein und brachten ihm ein heftiges Schwindelgefühl ein. Ein paar Herzschläge lang saß er einfach nur da, die Augen geschlossen und die

Zähne fest zusammengepresst, und wartete darauf, dass der Anfall nachließ.

»Du hast Schmerzen«, stellte Caiwen fest.

»Es geht schon wieder«, stöhnte er.

»Dein Bein?« Caiwen wartete nicht auf eine Antwort. Ehe Heylon sie davon abhalten konnte, kniete sie neben Durin im Sand und legte die Wunde mit geübten Bewegungen frei. Durin hörte, wie Heylon scharf die Luft einsog, und ahnte, dass der Anblick alles andere als erfreulich war.

»Das sieht nicht gut aus.« Tiefe Sorge schwang in Caiwens Stimme mit. »Du hast viel Blut verloren.«

»Ich habe schon Schlimmeres überlebt.« Durin ächzte, leerte den Wasserschlauch mit wenigen Schlucken bis zur Hälfte und wischte sich den Mund mit dem Handrücken ab.

»Ich muss das Bein abbinden, um die Blutung zu stoppen, bis wir die Klippen erreicht haben. Später werde ich mich dann richtig um die Wunde kümmern«, hörte er Caiwen sagen und sah, wie sie den Gürtel ihres Mantels löste. »Das kann jetzt noch mal wehtun. Heylon, hol mir bitte das Stück Holz dahinten.« Ehe Durin protestieren konnte, hatte sie das zerfetzte Hosenbein ganz aufgerissen und den Gürtel um seinen Oberschenkel geschlungen. Mit dem Holzstück, das Heylon ihr reichte, zog sie die Schlinge so weit zu, dass Durins Bein zu pochen begann. Er öffnete den Mund, doch Caiwen schien ganz in ihrem Element zu sein. »Jetzt nicht«, herrschte sie ihn freundlich, aber bestimmt an. »Zum Reden wird später noch Zeit sein. Kannst du aufstehen?«

»Ich versuche es.«

»Gut. Heylon, du musst ihn auf der anderen Seite stützen! Gemeinsam sollten wir es bis zu den Klippen schaffen.«

Die beiden taten ihr Bestes, trotzdem schien es endlos lange zu dauern, bis Durin sich endlich am Fuß der Klippe setzen und ausruhen durfte. Vor seinen Augen tanzten blitzende Punkte und sein Bein pochte wie wild, aber es blutete nicht und das allein zählte. Er war immer noch durstig und froh, den Wasserschlauch nicht ganz geleert zu haben, denn es war der einzige, den Heylon und Caiwen bei sich hatten. Gierig trank er auch die letzten Schlucke und gab Heylon den Schlauch zurück.

»Und was machen wir jetzt?«, wandte Heylon sich an Caiwen. Er wirkte ängstlich und unsicher und schien mit der Situation überfordert zu sein. »Wir lassen ihn hier und gehen zurück ins Dorf«, sagte Caiwen sofort. »Du besorgst ein paar brennende Steine, damit wir ein Feuer machen können, frisches Wasser und etwas zu essen. Ich hole Decken, Verbandszeug und Heilsalbe, um die Wunde zu versorgen. Dann sehen wir weiter.«

»Also, ich weiß nicht, Caiwen. Meinst du wirklich, dass wir …?«

»Ja!«, fiel Caiwen ihm ins Wort. »Ja, genau das meine ich. Auf der anderen Seite der Insel mussten heute sechs Unschuldige ihr Leben lassen. Willst du etwa, dass ihm das Gleiche widerfährt?«

Durin horchte auf. Wovon sprachen die beiden? Er wagte nicht, danach zu fragen, verfolgte das Gespräch aber sehr aufmerksam.

»Nein. Nein, natürlich will ich das nicht«, räumte Heylon ein. »Aber überleg doch mal. Wie lange können wir ihn hier vor Lenval und den anderen verstecken? Wie lange können wir ihn versorgen, ohne dass es jemandem auffällt? Ein paar Sonnenaufgänge, mit etwas Glück vielleicht auch einen Schwarzmond, länger nicht. Früher oder später wird es herauskommen, dass wir einen Schiffbrüchigen gerettet haben, und dann …«

»Ich bleibe nicht lange hier.« Durin räusperte sich, um den Worten Nachdruck zu verleihen.

»Wie?« Die beiden starrten ihn verblüfft an. Dann fragte Caiwen: »Diese Insel hat noch nie jemand verlassen. Wie kannst du dir da so sicher sein?«

»Weil bald ein Schiff kommt und mich abholt.«

»Ein Schiff?« Heylon sah ihn an, als hätte er den Verstand verloren. »Aber das ist unmöglich. Die Insel wird von allen Schiffen gemieden.«

»Ich weiß.« Durin lehnte den Kopf gegen die Klippe und schloss die Augen. »Aber dieses wird kommen.«

»Da hörst du es«, wandte sich Caiwen wieder an Heylon. »Also, was ist nun? Bist du dabei?«

»Und wenn er lügt?« Heylon maß Durin mit einem finsteren Blick. »Wir kennen ihn nicht und wissen nicht, was er vorhat. Ihm zu helfen, mag dir als eine gute Tat erscheinen, aber was ist, wenn du dich irrst und er großes Unheil über uns bringt?«

»Er ist allein und verletzt«, sagte Caiwen leichthin. »Mit dem Bein kann er die Klippe nicht erklimmen.«

»Und was ist mit dem Schiff?«, fragte Heylon aufgebracht. »Du hast gehört, was er gesagt hat. Sie werden kommen und ihn holen.«

»Sie werden die Insel nicht betreten«, wandte Durin matt ein. »Sie fürchten sich.«

»Dann wäre ja alles geklärt.« Caiwen schien wild entschlossen, ihren Plan in die Tat umzusetzen. »Und jetzt hilf mir.« Sie warf Heylon einen flehenden Blick zu. »Bitte. Er hat viel Blut verloren. Die Wunde muss genäht werden, sonst stirbt er. Dann suchen wir nach einem Ort, an dem wir ihn verstecken können, bis er abgeholt wird.« Heylon zögerte, aber nur kurz. »Also schön. Ich werde sehen, was ich tun kann.«

»Du bist ein wahrer Freund. Ich wusste, dass ich mich auf dich verlassen kann.« Caiwen schenkte Heylon ein Lächeln, kniete sich in den Sand und machte sich wieder an Durins Bein zu schaffen. »Ich löse den Gürtel jetzt ein wenig, damit dein Bein wieder durchblutet wird«, erklärte sie, während sie die Schlaufe vorsichtig lockerte. »Aber bewege dich nicht, sonst geht er ganz auf und du verblutest, ehe ich zurück bin.«

Durin stöhnte leise auf, als das Blut mit den Schmerzen wie

von Abertausend Nadelstichen in sein Bein zurückfloss. »Keine Sorge. Ich gehe nirgendwohin.«

Caiwen schien zufrieden, denn sie erhob sich und fasste Heylon am Arm. »Komm!«, forderte sie ihn auf und war schon auf dem Weg zu dem steilen Pfad, der die Klippe hinaufführte. »Wir müssen uns beeilen.«

Durin schaute den beiden nach und grinste. Das Schicksal meinte es wahrhaftig gut mit ihm. So leicht hatte er noch nie einen Beutel Gold verdient. Das verletzte Bein tat dem keinen Abbruch. Er hatte das Leben, das er führte, selbst gewählt, und Verletzungen gehörten dazu.

»He, die haben dir ja geholfen!« Saphrax kam angeflogen und gesellte sich zu ihm.

»Sollten sie nicht?« Durin wandte sich dem Wechselwesen zu.

»Nun, ja. An einem anderen Strandabschnitt haben die Riffbewohner heute Morgen sechs Menschen getötet und ins Meer geworfen. Nicht jeder hier scheint Fremde zu mögen.«

Auf der anderen Seite der Insel mussten heute sechs Unschuldige ihr Leben lassen – plötzlich verstand Durin. »Wie nett, dass ich das jetzt auch erfahre«, wandte er sich an Saphrax. »Wie lange weißt du schon davon?«

»Ich habe es zufällig gesehen, als ich mich das erste Mal davongemacht habe, weil der Kerl zu dir kam.«

»Und du hättest mich nicht zufällig warnen können, nachdem er wieder weg war?«, fragte Durin lauernd. »Immerhin hast du mir danach noch eine ganze Weile Gesellschaft geleistet und ziemlich viel geredet.«

»Nein, das konnte ich nicht.«

»Du konntest es nicht?« Durins Stimme gewann an Schärfe. »Warum nicht?«

Saphrax legte den Kopf schief und blinzelte. »Ich wollte nicht, dass du dir Sorgen machst.«

»Oh, vielen Dank! Ich hätte tot sein können.« Durin nahm eine Handvoll Sand und warf ihn nach der Raubmöwe, die erschrocken aufflog.

»He, was soll das?« Saphrax landete in sicherer Entfernung und begann, sein Gefieder zu putzen. »Ich weiß gar nicht, warum du dich so aufregst. Du lebst doch noch.«

Caiwen rannte, so schnell sie konnte. Keuchend erreichte sie den Rand der Klippe und schlug den Weg zu ihrem Elternhaus ein, ohne auf Heylon zu warten. Aus der Ferne sah sie ein paar Riffbewohner, die dem Thingplatz zustrebten. Der Anblick ließ sie aufatmen. Offenbar hatten die Männer die Beute schon vom Strand ins Dorf geschafft und mit der Verteilung begonnen.

Ein feines Lächeln huschte über Caiwens Gesicht. Das Schicksal meinte es gut mit ihr. Während des Things waren alle Hütten verlassen. Auch Verrina und Heylons Mutter würden sich das Ereignis nicht entgehen lassen. Niemand würde sie aufhalten und niemand würde ihr unangenehme Fragen stellen, wenn sie mit ein paar Decken und der Tasche, in der sie das Handwerkszeug einer Heilerin aufbewahrte, die Hütte verließ. Solange der Thing abgehalten wurde, würde sie auch niemand vermissen. Armide, die diesen Versammlungen immer fernblieb, würde annehmen, dass sie dort weilte. Verrina und Lenval würden glauben, dass sie das Ende des Things, wie so oft in den letzten Schwarzmonden, bei Armide abwartete.

Völlig außer Atem kam sie bei der Hütte ihrer Eltern an. Wenige Handgriffe genügten, um alles zusammenzusuchen und daraus ein festes Bündel zu schnüren. Dann konnte sie sich unbehelligt wieder auf den Rückweg machen.

Lange vor Heylon erreichte sie den Strand und fand den Fremden an derselben Stelle vor, wo sie ihn verlassen hatte. Er war bei

Bewusstsein. Als sie sich näherte, verscheuchte er mit der Hand gerade eine neugierige Raubmöwe, die sich ihm, vermutlich angelockt vom Geruch des frischen Blutes, genähert hatte.

»Das ging aber schnell.« Er begrüßte sie mit einem aufrichtigen Lächeln.

»Es ist nicht weit bis zu meinem Heim«, erklärte Caiwen, um Atem ringend. Sie löste das Bündel, breitete die Decken über Durin und sagte entschuldigend: »Mehr als diese beiden konnte ich nicht mitbringen. Sie gehören mir. Stoffe sind kostbar hier auf dem Riff. Meine Eltern würden sofort bemerken, wenn eine ihrer Decken fehlt.«

»Ich danke dir.« Wieder spürte Caiwen, dass der Fremde es ehrlich meinte. Er schien zu ahnen, dass er ohne ihre Hilfe keine Überlebenschance hatte.

»Ich werde mich jetzt um dein Bein kümmern.« Caiwen kniete sich hin, legte die Wunde frei und begann, sie mit frischem Wasser und einem sauberen Tuch zu säubern. Sie spürte, wie er bei jeder Berührung zusammenzuckte. Aber er ließ sie gewähren und ertrug es, ohne zu klagen. Caiwen bewunderte ihn im Stillen dafür. Sie hatte schon oft Verletzte behandelt und wusste, wie weh das Ausreinigen einer so großen Fleischwunde tat.

Als sie allen Sand und Schmutz aus der Wunde entfernt hatte, gönnte sie Durin eine kurze Verschnaufpause, damit er für das, was kommen würde, Kräfte sammeln konnte. »Geht es noch?«, fragte sie besorgt, als sie sah, dass seine Wangen feucht von Tränen waren.

»Ja!« Ihm gelang ein Lächeln, aber Caiwen konnte er nicht täuschen. Sie spürte, dass er am Ende seiner Kräfte war. Schon jetzt raubten ihm die Schmerzen fast die Besinnung und gleich würde es noch schlimmer werden. Sie wünschte sich, es gäbe einen anderen Weg, wusste jedoch auch, dass eine Ohnmacht für ihn wie eine Gnade kommen würde. »Ich muss die Wunde jetzt nähen«, sagte sie knapp.

»Ich weiß.« Er tat einen tiefen Atemzug, lehnte sich zurück und nickte tapfer. »Fang an.«

Caiwen nahm einen kleinen Krug zur Hand und zog den Stopfen heraus. Es war eine Tinktur aus Algen, die einen stechenden Geruch verströmte, aber wie keine andere dazu geeignet war, Wunden vor Entzündungen zu schützen. In die Rezeptur hatte Armide sie noch nicht eingeweiht. »Das wird jetzt ein bisschen brennen«, sagte sie, wohl wissend, dass sie damit maßlos untertrieb. »Es tut mir leid!«, sagte sie – und goss.

Durins gellender Schrei zerriss die Stille über dem Strand. Sein Körper versteifte sich, während er sich aufbäumte – dann verlor er das Bewusstsein.

Caiwen sorgte dafür, dass er sicher an die Klippenwand gelehnt saß, ehe sie eine Nadel, die Armide aus den Knochen eines Seelöwen gefertigt hatte, aus ihrer Tasche nahm, eine dünne Seelöwensehne durch die Öse zog und mit dem Nähen begann.

Zwölf Stiche waren nötig, um die Wunde zu schließen. Sie hatte gerade den letzten getan, als Heylon zurückkehrte.

»Es … es tut mir leid«, sagte er, nach Luft schnappend. »Aber meine Mutter war noch im Haus. Ich musste warten, bis sie sich zum Thing aufmachte.«

»Ist schon gut.« Caiwen durchtrennte die Sehne mit einem scharfen Messer und begutachtete ihr Werk. »Hierbei hättest du mir sowieso nicht helfen können.« Sie richtete sich auf, streckte sich und fragte: »War sein Schrei oben auf der Klippe zu hören?«

»Er hat geschrien?« Heylon runzelte die Stirn und schüttelte den Kopf. »Wir haben ablandigen Wind. Ich habe nichts gehört.«

»Da haben wir ja noch mal Glück gehabt.« Caiwen lächelte. »Er bekommt jetzt einen Verband. Und dann …« Sie schaute Heylon von der Seite an. »Wo wollen wir ihn verstecken?«

Heylon schien sich darüber schon Gedanken gemacht zu haben, denn er antwortete, ohne zu zögern: »Etwa fünfhundert Schritt in östlicher Richtung gibt es eine kleine Höhle in der

Klippe. Sie ist nicht besonders tief, dürfte aber genügen, damit man ihn nicht sofort entdeckt.«

»Gut, dann nehmen wir die.« Caiwen holte saubere Tuchstreifen und einen Tiegel mit heilender Algenpaste aus ihrer Tasche und begann, Durin einen festen Verband anzulegen. Als sie damit fertig war, löste sie ihren Gürtel von Durins Bein, schaute Heylon an und fragte: »Hilfst du mir, ihn zur Höhle zu schaffen?«

Die Sonne näherte sich bereits dem Zenit, als Caiwen und Heylon endlich alle verdächtigen Spuren beseitigt hatten, die den anderen einen Hinweis auf den Schiffbrüchigen hätten geben können. Caiwen ließ den Blick prüfend über den Strand schweifen, dann folgte sie Heylon, der bereits auf dem Weg zur Höhle war.

Drinnen verbreitete das rauchlose Steinfeuer eine heimelige Wärme. Durins nasser Mantel hing ausgebreitet vor dem Eingang, wo Sonne und Wind ihn rasch trocknen würden. Durin selbst hatte das Bewusstsein noch nicht zurückerlangt. In Caiwens Decken gehüllt, lag er nahe dem Feuer auf dem trockenen Sandboden. Sein Kopf ruhte auf zwei zusammengerollten Säcken, in denen Heylon für gewöhnlich die brennenden Steine sammelte.

»Du willst ihn wirklich retten, nicht wahr?« Heylon blieb auf der anderen Seite des Feuers stehen und bedachte Durin mit einem schwer zu deutenden Blick.

»Es sind schon viel zu viele gestorben«, erwiderte Caiwen. »Er wird die Insel bald verlassen. Niemand wird bemerken, dass er hier war.«

»Er wird uns an die Tamoyer verraten«, prophezeite Heylon düster.

»Nicht wenn er uns damit in Gefahr bringt«, behauptete Caiwen. »Wir haben ihm das Leben gerettet. Er steht in unserer Schuld.«

»Na hoffentlich sieht er das genauso. Vergiss nicht, dass auf die Ergreifung unsrer Vorväter eine hohe Belohnung ausgesetzt war.

Er wäre nicht der Erste, der sein Ehrgefühl für ein gutes Kopfgeld über Bord wirft. Wenn du in meinen Büchern lesen könntest, wüsstet du, dass die Welt voll von Lügen und Verrat ist.«

»Du sagst es, die Belohnung *war* ausgesetzt.« Caiwens Augen blickten wild. »Auch darum will ich ihn retten. Ich will von ihm wissen, ob die Tamoyer immer noch nach uns suchen. Ich will wissen, ob wir dieses verfluchte Riff wirklich nicht verlassen können, ohne um unser Leben fürchten zu müssen. Vor allem aber will ich wissen, ob wir töten müssen.«

»Aber das wissen wir doch.« Heylon schüttelte verwirrt den Kopf. »Mein Vater sagt …«

»Emeric lügt!«, rief Caiwen leidenschaftlich aus. »Genau wie Lenval und all die anderen Männer. Sie belügen uns, weil sie das Riff nicht verlassen wollen.«

»Wie kannst du so etwas behaupten?«

»Weil ich es weiß! Während des Sturms habe ich …« Mit wenigen Worten erzählte Caiwen Heylon von dem Gespräch mit ihren Eltern. »Ich habe gespürt, dass Lenval mich und Verrina belügt«, sagte sie abschließend. »Verstehst du jetzt, was ich meine? Die Männer wollen nicht, dass sich etwas verändert. Ich bin überzeugt, sie würden selbst dann auf dem Riff bleiben, wenn die Tamoyer uns willkommen hießen.« Leiser fuhr sie fort. »Du weißt, dass ich mich in solchen Dingen noch nie geirrt habe. Du bist der Einzige, der weiß, dass ich die Wahrheit hinter den Worten spüren kann. Und die Täuschung. Du musst mir glauben.«

»Tut mir leid, aber das … das kann ich nicht.« Heylons Blick irrte umher, während er nach den richtigen Worten suchte. »Ich kann doch nicht alles, woran ich mein Leben lang geglaubt habe, einfach über Bord werfen, nur weil ein Gefühl dir sagt, dass es auf Lügen aufgebaut ist. Ich … ich … ach was!« Er drehte sich abrupt um und verließ die Höhle.

»Warte!« Caiwen eilte ihm nach und fasste ihn am Arm. »Wo willst du hin?«

»Weg. Irgendwohin.« Heylon seufzte. »Das kommt alles so plötzlich. Ich muss darüber nachdenken.«

»Du verrätst ihn doch nicht – oder?«, fragte sie verunsichert.

Heylon schaute sie an, sagte aber nichts. Sie spürte, wie er mit sich rang. Wie er Pflicht gegen Freundschaft abwog und versuchte, eine Entscheidung zu treffen. Dann holte er tief Luft und sagte: »Nein. Nein ich verrate ihn nicht – noch nicht.« Er seufzte erneut und hob die Arme in einer hilflosen Geste. »Versteh mich nicht falsch, Caiwen. Aber das … das ist jetzt alles ein bisschen viel für mich. Der Ärger mit meinem Vater und die drohende Verbannung auf die Nachbarinsel sind für mich schon kaum zu ertragen. Und jetzt der da«, er deutete auf die Höhle. »Natürlich hätte ich ihn den Männern heute Morgen ausliefern können. Aber so bin ich nicht, das weißt du. Das ändert aber nichts daran, dass wir ein schlimmes Verbrechen begehen, indem wir ihm helfen. Ich weiß nicht, was geschehen wird, wenn wir ihn ziehen lassen, aber die Vorstellung macht mir Angst.« Er verstummte, um Atem zu schöpfen, schaute Caiwen traurig an und sagte: »Ich wünschte, ich könnte deine Zuversicht teilen, Caiwen. Aber ich fühle nun mal nicht das, was du fühlen kannst, und wenn ich eine Entscheidung fälle, dann nicht nur deshalb, weil du sie mir aufdrängst. Ich muss darüber nachdenken. Allein.«

»Das verstehe ich.« Caiwen schenkte Heylon ein warmes Lächeln. In diesem Augenblick war er ihr sehr nah. Obwohl er zweifelte, war er ihr eine große Hilfe, und sie spürte, dass auch er Unterstützung brauchte. »Sehr gut sogar. Auch mich bewegen zurzeit Dinge, deren wahre Bedeutung sich mir noch nicht erschlossen hat. Irgendwie scheint alles auf einmal zu passieren. So viele Fragen und so wenige Antworten …« Sie zögerte, weil sie nicht sicher war, wie viel sie von sich preisgeben wollte. »Auch ich habe Angst, Heylon«, gestand sie schließlich ein. »Große Angst. Vor den Folgen meines Handelns, davor, dass es mir den Boden unter den Füßen wegreißen könnte, wenn ich die Zusammenhänge der Ereignisse erkenne. Andererseits habe ich schon früh gelernt, auf das zu vertrauen, was ich fühle. Das führt dazu, dass ich manchmal Dinge tue, für die es keine vernünftige Erklärung zu geben scheint. Diesem Mann zu helfen, ist so eine Sache. Ich weiß, dass ich ihm helfen muss, auch wenn es für dich so aussehen mag, als wäre es der Anfang vom Ende für die Riffbewohner. Das Schlimme ist, ich kann dir nicht versprechen, dass es nicht so kommen wird. Ich kann dir nur immer wieder versichern, was mein Gefühl mir sagt.«

Heylon seufzte, strich Caiwen mit dem Handrücken über die Wange und lächelte. »Wir beide haben es wirklich nicht leicht«, sagte er sanft, und für die Dauer eines Wimpernschlags glaubte sie, in seinen Augen etwas zu erkennen, das ihr eine leichte Röte ins Gesicht trieb. »Ich werde jetzt die brennenden Steine sammeln und sie ins Dorf schaffen«, fuhr Heylon fort. »Sicher warten sie schon auf mich. Sobald ich Zeit habe, komme ich zurück. Dann sehen wir weiter.«

»Wenn …« Caiwen sah verlegen zu Boden. Heylons unerwartete Geste hatte sie auf eine Weise berührt, die ihr neu war. Ihr Herz raste und ihre Kehle war wie zugeschnürt, aber das wollte sie sich auf keinen Fall anmerken lassen. So straffte sie sich und bemühte sich, ihrer Stimme einen festen Klang zu geben, als sie den Blick hob und sagte: »Wenn sie dich oben fragen, wo ich bin, sag einfach, ich helfe dir beim Steinesammeln.«

»Das mache ich.« Damit wandte er sich um und stapfte wortlos davon. Caiwen sah ihm nach und kämpfte gegen die Trauer an, die ihr die Kehle zuschnürte. Mehr denn je wurde ihr bewusst, wie vergänglich und unendlich kostbar ihre Freundschaft war, und obwohl es keinen Grund zur Beunruhigung gab, fürchtete sich etwas in ihr plötzlich davor, ihn zu verlieren. Etwas hatte sich in Bewegung gesetzt, und sie ahnte, dass sie es nicht mehr würde aufhalten können. Das Grab ihrer Schwester, die Valkyre, Lenvals Lügen und nun der Schiffbrüchige … Es war, als halte sie viele bunte Fäden in den Händen, die, richtig miteinander verwoben, ein Bild der Vergangenheit und Zukunft ergaben. Aber wie sie sie auch miteinander verknüpfte, es wollte sich einfach kein Muster einstellen. Caiwen seufzte. Auf unbestimmte Weise hatte sie das Gefühl, am Rand eines Abgrunds zu stehen. Sie musste nur die Arme ausbreiten und sich fallen lassen, um endlich den Rausch der Freiheit zu erleben, nach dem sie sich so sehr sehnte.

»Unsinn!« Kurz entschlossen verdrängte Caiwen all die verwirrenden Gedanken, drehte sich um und kehrte in die Höhle zurück, um nach Durin zu sehen.

Er war wach. Als sie eintrat, schaute er sie über das Feuer hinweg an. Caiwen hielt mitten in der Bewegung inne und blickte ihn unsicher an. Wie viel hatte er von dem mitbekommen, was Heylon und sie gesprochen hatten? Die Antwort gab er ihr schon im nächsten Moment. »Ihr müsst euch keine Sorgen machen. Niemand in Tamoyen ahnt, dass dieses Riff bewohnt ist.« Er lächelte, und Caiwen spürte, dass nichts Falsches darin lag. »Die Seeleute fürchten das Riff. Sie glauben, dass hier Geister umgehen. Ich werde euch nicht verraten.«

»Warum bist du dann gekommen?« Die Worte klangen unfreundlicher als beabsichtigt.

Durin schien zu überlegen. Er musste wissen, dass sein Leben vor den richtigen Worten abhängen konnte, aber Caiwen spürte auch, dass das nicht der einzige Grund für sein Zögern war. Einige Herzschläge lang, die sich zu einer Ewigkeit auszudehnen schienen, blieb das Rauschen der fernen Brandung das einzige Geräusch in der Höhle, dann nahm Durin einen tiefen Atemzug und sagte: »Ich habe dich gesucht!«

»Mich?« Caiwen schnappte nach Luft. Die Welt um sie herum schien plötzlich zu schwanken und sie musste sich mit den Händen an der Höhlenwand abstützen. »Warum?«

»Das ist eine lange Geschichte.« Durin richtete sich mit einem gequälten Laut auf, lud sie mit einer Handbewegung ein, neben ihm Platz zu nehmen, und fragte: »Willst du sie hören?«

Es gab nichts, was Caiwen in diesem Moment mehr wollte. Aber noch war ihr Misstrauen dem Fremden gegenüber zu groß, als dass sie bereit war, es ihm zu einfach zu machen. So blieb sie stehen, damit er gezwungen war, zu ihr aufzusehen, und sagte betont kühl: »Mach es kurz. Hier leben mehr als ein halbes Hundert Menschen. Warum suchst du ausgerechnet nach mir?«

»Die Antwort erfordert Zeit«, entgegnete Durin.

»Versuch es trotzdem«, forderte Caiwen.

Durin schaute sie an. Es war deutlich zu sehen, dass er der Aufforderung nur ungern folgte, er schien aber auch zu begreifen, dass sie hartnäckig bleiben würde. »Weil du nicht zu ihnen gehörst«, sagte er schließlich. »Du stammst nicht vom Riff und nicht aus Tamoyen.«

Caiwen starrte Durin an, unfähig, auch nur einen klaren Gedanken zu fassen, während sich in ihr ein heftiger Widerstand regte. Sie hatte ihr ganzes Leben auf dem Riff verbracht. Ihre Mutter und ihr Vater lebten hier. Wie konnte er da behaupten, dass es nicht ihre Heimat war? Und doch wusste sie tief in sich, dass er recht hatte. »Du lügst!«, rief sie so heftig aus, als könnte sie mit diesem Satz aus der Wahrheit eine Lüge machen. Tränen der Verzweiflung stiegen ihr in die Augen. Durins Worte zerstörten alles, woran sie bisher geglaubt hatte. Ihre Zukunft, ihre Vergangenheit, ihr ganzes Sein waren von einem Moment zum nächsten in tausend Scherben zersprungen, und zurück blieb nur eine Frage: *Wer bin ich?*

Ohne dass sie es wollte, schlich sich das Bild ihrer Eltern in ihre Gedanken, wie sie an dem Grab hinter der Hütte standen und um ein Kind trauerten, das Caiwen bisher für ihre Schwester gehalten hatte.

Du bist die einzige Tochter von Lenval und Verrina. Caiwen… die einzige Tochter… Du bist anders… Du stammst nicht vom Riff.

Worte wirbelten hinter ihrer Stirn umher, ungeordnet und wild, aufgepeitscht von einem Sturm, der Caiwen bis auf den Grund ihrer Seele erschütterte. Ein Teil von ihr wünschte sich weit weg, irgendwohin, wo es diese schreckliche Wahrheit nicht gab und sie ihr Leben so wie bisher weiterleben konnte. Der andere, stärkere Teil aber sehnte sich nach Antworten. Er war es, der sie davon abhielt, einfach hinauszustürzen und Hals über Kopf die Flucht zu ergreifen. Er war es, der sie wie betäubt in den Sand jenseits des Feuers sinken ließ und sie zwang auszusprechen, was ihr Leben auf den Kopf stellen und aus den Angeln heben würde: »Ja«, sagte sie matt. »Ja, ich will die Geschichte hören. Erzähl sie mir. Erzähl mir alles.«

Abschied

Von Sorgen, Zweifeln und Ängsten geplagt, machte sich Heylon im Licht der Nachmittagssonne wieder auf den Weg zum Strand, um nach Caiwen und dem Schiffbrüchigen zu sehen.

Die Riffbewohner waren immer noch auf dem Thingplatz, wo die angespülte Schiffsladung gerecht aufgeteilt wurde. Niemand hatte bemerkt, dass er die brennenden Steine viel später als gewöhnlich beim Feuermeister abgeliefert hatte.

Dass sich der Thing so lange hinzog, konnte nur bedeuten, dass der Sturm der vergangenen Nacht ihnen reiche Beute beschert hatte. Die seltenen Things gehörten für die Leute vom Riff zu den wenigen wirklich glücklichen Momenten ihres Daseins. Und so ließen sie es sich nicht nehmen, Mar-Undrum bei einer abendlichen Feier zu danken und ihm zu Ehren eines der Rumfässer zu öffnen, die er ihnen in seiner Güte hin und wieder zukommen ließ.

Heylon erinnerte sich noch gut daran, wie sehr auch er diese Feste immer genossen hatte. Ausgelassen hatte er mit den anderen Kindern im Feuerschein gespielt und sich den Bauch mit all den köstlichen Dingen vollgeschlagen, die das Meer ihnen zugetragen hatte. Damals hatte er nicht verstehen können, warum Caiwen diese Freude nicht teilte und den Festen meistens fernblieb.

Aber damals hatte er auch noch nicht gewusst, dass Blut an den Schätzen klebte.

Wie von selbst kehrten die Erinnerungen an den Morgen zurück, als sein Vater ihn gezwungen hatte, die Männer zum Strand zu begleiten. Furchtbare Erinnerungen, die er seit vielen Schwarzmonden zu verdrängen versuchte. Da war eine junge Frau, kaum älter als Caiwen, die ihm in ihren nassen Kleidern freudestrahlend entgegeneilte und von Emeric brutal niedergeschlagen wurde; ein Junge, der sich mit letzter Kraft an den Strand zog, nur um von Borel so lange unter Wasser gedrückt zu werden, bis seine verzweifelte Gegenwehr erstarb, und drei erschöpfte Männer, die mit bloßen Fäusten und Schiffsplanken um ihr Leben kämpften, aber von Sicard und den anderen mit Äxten niedergestreckt wurden.

Heylon schluckte. Niemals würde er vergessen, was an jenem Morgen am Strand geschehen war. Niemals würde er die Schreie der Sterbenden vergessen, die ihn selbst jetzt noch bis in seine Träume verfolgten. Und niemals wieder würde er das Ende eines so grausamen Gemetzels mit einem Fest feiern. An diesem Morgen am Strand hatte er verstanden, warum Caiwen die Things so sehr hasste.

Emeric hatte ihn mitgenommen, weil er aus ihm endlich einen Mann machen wollte. Doch er hatte genau das Gegenteil erreicht. Heylon hatte seinen Vater nie geliebt, aber immer großen Respekt vor ihm gehabt. Seit er aber mit eigenen Augen gesehen hatte, was am Strand vor sich ging, und hautnah Zeuge der Kaltblütigkeit geworden war, mit der Emeric die junge Frau getötet hatte, gab es in ihm nur noch zwei Gefühle für seinen Vater: Verachtung und Hass.

Heylon wusste, dass sein Vater Ähnliches für ihn empfand. Obwohl seitdem einige Schwarzmonde vergangen waren, hatte Emeric es nicht verwunden, dass Heylon sich angesichts der Grausamkeiten noch am Strand hatte übergeben müssen und sich als unfähig erwiesen hatte, die Männer bei der Suche zu unterstützen. Danach war ihr Verhältnis auf einen neuen Tiefpunkt gesunken.

Dennoch war Heylon gestärkt aus der Erfahrung hervorgegangen. Anders als zuvor nahm er sich die Geringschätzung seines Vaters nicht mehr so zu Herzen und versuchte auch nicht mehr, Emerics Ansprüchen gerecht zu werden. Hatte er die Schuld für seine vermeintliche Schwäche zuvor immer bei sich gesucht, war er nun fest davon überzeugt, dass nicht er, sondern alle anderen falsch handelten. Er würde seine Überzeugung, dass Töten ein Unrecht war, nicht verraten. Auch wenn sein Vater ihn dafür in eine Verbannung schickte, die sein Ende bedeuten konnte.

Aber nun hatte sich wieder etwas geändert. Mit Durin war eine neue Figur im uralten Spiel des Tötens und Getötetwerdens aufgetaucht. Ein Unbekannter, über dessen Rolle er sich noch nicht im Klaren war. Seit er die Höhle verlassen hatte, zerbrach Heylon sich den Kopf darüber, welche Folgen es haben mochte, wenn Durin das Riff unbeschadet verließ und nach Tamoyen zurückkehrte. Keine davon hatte ihm gefallen.

Sosehr er die Männer für ihre Taten verachtete, war ihm doch allmählich bewusst geworden, dass sie nicht einfach nur aus einer grausamen Laune heraus handelten. Sie taten es, um sich und ihre Familien zu schützen – um zu überleben.

Welche Wahl hatten sie denn? Das Riff war klein, der Boden karg und unfruchtbar. Wenn sie die Überlebenden eines jeden Schiffsunglücks bei sich aufnähmen, wäre in kürzester Zeit nicht mehr genug Nahrung für alle da. Wenn sie ihnen erlaubten, die Insel zu verlassen, würden sie die Nachkommen der Piraten an die Tamoyer verraten, die dann kommen und vermutlich alle töten würden.

Heylon fühlte sich wie ein Verräter.

Wenn wir Durin gehen lassen und er in Tamoyen von uns erzählt, war alles vergebens, dachte er und spürte, wie sein Herz heftig zu pochen begann. Für einen Augenblick wünschte er sich tatsächlich Emerics Kaltblütigkeit, damit er dem Leben des Schiffbrüchigen ein Ende setzten konnte, ehe dieser zu einer Gefahr für die Riffbewohner wurde.

Andererseits hatte Caiwen behauptet, dass die Männer lügen würden. *Was ist, wenn sie recht hat und die Tamoyer uns längst vergessen haben?* Heylons seufzte und ballte in hilfloser Wut die Fäuste. Wenn er doch nur wüsste, was er tun sollte.

Vielleicht hat Caiwen ja etwas herausgefunden, was uns weiterhilft, dachte er bei sich. Noch war nichts verloren, und wenn er sich angehört hatte, was sie von Durin erfahren hatte, war es immer noch früh genug, mit ihr über das weitere Vorgehen zu sprechen.

Der Gedanke gefiel Heylon. Er vertraute Caiwen mehr als jedem anderen auf dem Riff. Gemeinsam würden sie sicher eine Lösung finden.

Er erreichte die Klippe und den schmalen, ausgetretenen Pfad, der sich zum Südstrand hinunterschlängelte, aber er machte sich nicht sofort an den Abstieg, sondern nahm sich die Zeit, über den Ozean bis zum Horizont zu schauen. Es war ein friedlicher und schöner Anblick, der so gar nicht zu seiner Stimmung passen wollte, und auch ein tröstlicher. Wie immer, wenn er traurig oder verzweifelt war, übertrug sich die kraftvolle Ruhe des Ozeans unter dem blauen Himmel auf ihn und ließ ihn zuversichtlich vorausschauen. Er straffte sich, atmete tief durch und setzte seinen Weg fort – da hörte er ganz in der Nähe ein seltsames Geräusch.

Heylon hielt mitten in der Bewegung inne. Da weinte jemand. Mit angehaltenem Atem lauschte er in die Stille des späten Nachmittags. Das Geräusch wiederholte sich nicht. Ein Felstölpel kam angeflogen und glitt an der Klippe entlang, als würde er nach etwas suchen, während die seichten Wellen des Ozeans mit einem kaum wahrnehmbaren Rauschen auf den Strand trafen. Mehr hörte er nicht. Er wartete noch einen Augenblick, dann zog er die Schultern hoch, seufzte und wollte gerade weitergehen, als er das Schluchzen erneut hörte. Diesmal war es lauter, und diesmal erkannte er auch, aus welcher Richtung es kam. Vorsichtig bahnte er sich einen Weg durch das dornige Gestrüpp entlang der Klippe und blieb wie angewurzelt stehen: »Caiwen? Was ist denn?«

Caiwen saß in einer mit weißem Sand gefüllten Mulde. Sie hatte die Beine untergeschlagen und barg das Gesicht in den Händen. Ihre Schultern bebten.

»Caiwen, was ist los?« Mit wenigen Schritten war Heylon bei ihr, kniete sich neben sie in den Sand und legte ihr tröstend die Hand auf die Schulter. »Was ist denn?«, fragte er wieder.

Sie reagierte nicht sofort, und als sie schließlich das Gesicht hob, sah er, dass es tränenverschmiert war. »Heylon«, sagte sie mit zitternder Stimme, und es klang fast wie ein Hilferuf. »Bitte … bitte sag mir, was weißt du über Elfen?«

»Über Elfen?« Heylon legte die Stirn nachdenklich in Falten. »Hm, nicht allzu viel. Sie werden manchmal in den Büchern erwähnt. Warum fragst du?«

»Weil Durin von ihnen gesprochen hat.« Caiwen wischte die Tränen fort. »Erzähl mir alles – auch wenn es nicht viel ist.«

»Soweit ich weiß, sind die Elfen ein Volk, das nördlich von Tamoyen lebt«, begann Heylon zögernd. »Ich habe gelesen, dass sie in einem Land wohnen, das sie das Zweistromland nennen. Angeblich werden sie sehr alt. In einigen Büchern steht sogar, sie seien unsterblich.« Er erlaubte sich ein schnelles Grinsen und räumte ein: »Natürlich nur, solange sie nicht von einem Schwert durchbohrt werden.«

»Und?« Caiwens dunkle Augen fixierten ihn.

»Was und?«

»Was weißt du noch?«

»Ich hab dir doch gesagt, dass es nicht viel ist.«

»Überleg noch mal.« Caiwen beugte sich vor. »Es ist wichtig. Sehr wichtig.«

»Tut mir leid«, sagte er aufrichtig. »In meinen Büchern werden die Elfen kaum erwähnt, und wenn, dann hat man eher das Gefühl, sie seien Geister, die man besser nicht beim Namen nennt.«

»Bitte!« Etwas in der Art, wie Caiwen ihn anschaute, sagte ihm, dass ihr die Antwort wirklich wichtig war. »Denk nach.«

»Mach ich doch.« Heylon fühlte sich überrumpelt. Er war noch so sehr mit seinen eigenen Gedanken beschäftigt, dass ihm so schnell nichts einfallen wollte. Für einen Augenblick war er versucht, sich einfach etwas auszudenken, damit Caiwen zufrieden war. Aber dann fiel ihm ein, dass sie die Lüge sofort durchschauen würde.

»Steht denn nirgends, wie sie aussehen?«, wollte Caiwen wissen.

»Groß sollen sie sein, schlank und sehr mutig«, sagte Heylon, der sich plötzlich wieder an etwas erinnerte, was er vor ein paar Wintern gelesen hatte. »In einer der Geschichten rettet ein Elf ein Mädchen vor einem Wolf. Es ist Nacht, und sie erkennt nicht viel, nur dass der Elf sehr helle Haare und ungewöhnlich spitze Ohren hat, so wie ...« Heylon brach mitten im Satz ab und starrte Caiwen mit großen Augen an. »... so wie du.« Plötzlich war ihm, als würde er Caiwen zum ersten Mal sehen. Die blasse Hautfarbe, die ungewöhnlich hellen Haare, ihre hochgewachsene, schlanke Erscheinung und die spitz zulaufenden Ohren ... »Jetzt verstehe ich«, stieß er hervor. »Du glaubst, dass diese Frau aus der Taverne, von der dein Vater immer spricht, also die Geliebte deines Urgroßvaters, du glaubst, dass sie eine Elfe war.«

»Nein.« Caiwen sagte das so hart und bestimmt, dass Heylon unwillkürlich zusammenzuckte.

»Aber was ... was dann?« Heylon war nun völlig verwirrt. »Was hat dieser Durin dir erzählt? Und warum hast du geweint?«

»Weil mein Leben, mein ganzes Leben, eine einzige Lüge ist.«

Caiwen schlug die Hände vors Gesicht und schluchzte erneut auf. »Ich bin nicht hier geboren. Ich stamme aus dem Zweistromland.«

»Unsinn. Wer sagt das? Dieser Durin?« Heylon schüttelte energisch den Kopf. »Du weißt so gut wie ich, dass das unmöglich ist. Alle, die hier auf dem Riff leben, sind auch hier geboren. Die Männer töten alle, die …«

»Nicht alle!«, fiel Caiwen ihm ins Wort. »Mich haben sie nicht getötet …« Ohne auch nur einmal eine Pause zu machen, erzählte sie Heylon, was sie von Durin erfahren hatte.

Heylon lauschte gebannt. Obwohl es ihn drängte, ihr Fragen zu stellen, unterbrach er sie nicht ein einziges Mal. Er spürte, dass sie unglücklich war, aber auch dass sie bereits begann, sich mit der überraschenden Wendung in ihrem Leben abzufinden. Offenbar hatte sie schon sehr lange hier oben gesessen und nachgedacht.

»… ich bin eine Elfe, Heylon«, schloss Caiwen schließlich ihren Bericht. »Lenval und Verrina haben mich als ihre leibliche Tochter ausgegeben, die zuvor gestorben sein muss. Niemand hat die Verwechslung bemerkt. Deshalb bin ich so anders als alle hier.«

»Aber das verstehe ich nicht«, wandte Heylon ein. »Ich meine, wenn ein Kind stirbt, dann bleibt das doch nicht unbemerkt. Wie ist so etwas möglich?«

»Diese Frage können nur Lenval und Verrina beantworten.« Caiwen seufzte und fuhr fort: »Aber ich weiß nicht, ob ich die Kraft habe, sie danach zu fragen.«

»Warum nicht?«

Caiwen antwortete nicht sofort. Ein paar Herzschläge lang schaute sie Heylon nur an, dann huschte ein Schatten über ihr Gesicht, und sie sagte traurig: »Weil Lenval mir dann vielleicht erzählen wird, dass er meine Mutter getötet hat.«

Heylon schwieg betroffen. Er wünschte sich nichts sehnlicher, als Caiwen zu trösten. Aber er fand die Worte nicht, die seine

Gefühle hätten ausdrücken können. So rückte er nur näher an Caiwen heran und legte ihr sanft den Arm um die Schultern. Es war das erste Mal, dass er sie auf diese Weise berührte. Er war darauf gefasst, dass sie sich ihm entzog, und hätte es ihr nicht übel genommen, aber Caiwen ließ ihn gewähren und lehnte den Kopf an seine Schulter.

Lange saßen sie so beieinander und hingen ihren eigenen Gedanken nach, während die Sonne sich rot färbte und die Felstölpel nach und nach in ihre Nisthöhlen zurückkehrten.

Als die Sonne den Horizont im Westen berührte, hielt Heylon das Schweigen nicht länger aus. Seine Stimme klang rau, als er endlich die Frage stellte, die ihn schon die ganze Zeit bewegte: »Was wirst du jetzt tun?«

»Ich gehe fort!« Das kam so unerwartet, dass Heylon erschrocken nach Luft schnappte. »Was?« Fassungslos starrte er Caiwen an. »Aber das …«

»Durin ist meinetwegen hier«, unterbrach ihn Caiwen so ruhig, als hätte sie sich jedes Wort genau überlegt. »Meine Familie hat ihn geschickt. Er sagt, sie suchen schon seit vielen Wintern nach mir.« Sie schaute ihn an, und in ihren Augen las er, dass sie ihre Entscheidung längst getroffen hatte. »Wenn sie kommen, ihn zu holen, werde ich mit ihm gehen.«

»Aber das Riff und die Menschen hier?«, setzte Heylon hilflos zu einer Frage an. »Was wird aus uns? Was wird aus Verrina und Lenval und …?«

… *was wird aus mir?,* wollte er noch hinzufügen, schluckte die Worte aber im letzten Augenblick hinunter.

»Ihr seid nicht in Gefahr.« Caiwens Gesichtsausdruck änderte sich nicht. »Als Elfe wird man mich nicht mit den Piraten von damals in Verbindung bringen. Ich werde allen erzählen, dass ich die letzten Winter allein auf dem Riff gelebt habe. Weder von mir noch von Durin werden die Tamoyer etwas über euch erfahren.« Plötzlich wurde ihre Stimme sanft. Sie wand sich aus Heylons Arm und ergriff seine Hände. »Überleg doch mal«, sagte sie mit hoffnungsvollem Blick. »Wenn ich Durin begleite, kann ich endlich herausfinden, ob die Tamoyer uns noch immer nach dem Leben trachten. Ich könnte ein Schiff zum Riff schicken, das euch von hier fortholt, und …«

»Traust du diesem Durin?«, fragte Heylon, ohne auf Caiwens Worte einzugehen. »Sei nicht dumm, Caiwen. Was weißt du von ihm? Und was weißt du von deiner angeblichen Familie? Wie kannst du …?«

»Ich weiß, dass er mir die Wahrheit sagt«, fiel Caiwen ihm barsch ins Wort. »Eine Wahrheit, nach der ich fünfzehn Winter vergeblich gesucht habe. Er ist gekommen, um mir mein Leben zurückzugeben, und ich werde mit ihm gehen und es annehmen. Es ist mein gutes Recht und niemand wird mich davon abhalten.« Sie verschränkte die Arme vor der Brust, schob trotzig das Kinn vor und blickte ihn herausfordernd an.

Heylon spürte, dass Caiwen sich nicht umstimmen lassen würde, und irgendwie konnte er sie sogar verstehen. Es musste schlimm für sie sein zu erfahren, dass sie nicht die war, für die sie sich immer gehalten hatte. Noch schlimmer musste es sein zu erkennen, dass Lenval und Verrina sie die ganze Zeit belogen hatten. Am schwersten aber würde es für Caiwen zu ertragen sein, wenn sich herausstellte, dass Lenval tatsächlich ihre Mutter getötet hatte. Heylon wagte nicht, sich vorzustellen, was dann geschehen würde. Für Caiwen gab es nur einen Weg: Sie musste das Riff verlassen.

»Dann komme ich mit dir.« Die Worte kamen ihm mühsam, fast unbeholfen über die Lippen. Sein Herz hämmerte wie wild. Er meinte es ernst, aber er war noch nie besonders mutig gewesen und hatte keine Übung darin, sich entschlossen zu geben. Er hielt inne und atmete tief durch, um sich zu beruhigen, ehe er hinzufügte: »Ich lasse dich nicht allein. Ich würde es mir nie verzeihen, wenn dir etwas zustößt.«

»Das ist lieb von dir.« Caiwens Lächeln war voller Wärme. »Ich danke dir, aber es geht nicht.«

»Es … es geht nicht?« Heylon zuckte zusammen, als hätte sie ihn geschlagen. Er fühlte, wie er blass wurde, und musste all seinen verbliebenen Mut zusammennehmen, um zu fragen: »Warum nicht?«

»Weil es zu gefährlich ist.« Caiwen griff erneut nach seinen Händen. »Du bist ein Nachkomme der Piraten. Die Tamoyer könnten dich erkennen.« Sie seufzte, und er spürte, dass auch ihr die Trennung nicht leichtfiel. »Glaub mir, es ist besser so«, sagte sie auf eine Weise, die vermuten ließ, dass die Worte von Durin stammten. »Ich muss allein nach Tamoyen gehen«, hörte er sie sagen. »Nur so kann ich in Erfahrung bringen, ob ihr das Riff gefahrlos verlassen könnt.« Sie seufzte und strich ihm mit dem Handrücken sanft über die Wange. »Ich hab dich wirklich sehr gern, Heylon. Ich würde es mir nie verzeihen, wenn *dir* etwas zustößt.«

Heylon schwieg. Er wusste, Caiwen war überzeugt, das Richtige zu tun, und würde sich durch nichts und niemanden von ihrem Entschluss abbringen lassen.

»Es ist schon spät«, sagte er abschließend und erhob sich so abrupt, dass Caiwen ihn überrascht anblickte. »Lass uns morgen noch einmal in Ruhe darüber sprechen.« Ohne ihre Antwort abzuwarten, drehte er sich um und stapfte davon, damit sie seine Tränen nicht sah.

Der Dämon

Der Sonnenuntergang brannte gleich einem lodernden Feuer über dem Ozean der Stürme, der sich friedlich wie ein schlafendes Raubtier von der Kaimauer bis zum Horizont erstreckte. Die Schatten im Hafen vertieften sich, wurden länger und schienen auf unheimliche Weise lebendig zu werden. Schwarzem Gewürm gleich, krochen sie aus den Rinnen und Senken, eroberten Straßen und Gassen und erklommen schließlich auch die Häuser, die ihnen wie an jedem Abend als Letzte noch trotzten.

Mit den Schatten kehrte die Stille zurück, die sich jeden Abend wie eine düstere Vorahnung auf die Schrecken der Nacht über Arvid und das Hafenviertel breitete. Wer konnte, war nach Hause gegangen, solange das schwindende Sonnenlicht die Geschöpfe der Anderwelt noch in ihren Verstecken hielt. Wer kein Heim sein Eigen nannte, hatte sich in eine der Schenken und Tavernen geflüchtet, deren Türen in der Dunkelheit fest verriegelt waren. Die Seefahrer verbrachten die Nacht an Bord der Schiffe, wo sie in ihren Kojen atemlos dem Scharren und Tapsen der Mahre und Dämonen lauschten, die auf der Suche nach Nahrung am Kai entlangstrichen.

Nur wenige hielten sich jetzt noch im Freien auf.

Finearfin hatte sich den ganzen Nachmittag unauffällig in der

Nähe der *Annaha* herumgetrieben, die gegen Mittag in den Hafen eingelaufen war. Es war nicht schwer gewesen, den stolzen Viermaster am Kai ausfindig zu machen, und sie hatte die Zeit genutzt, in scheinbar harmlosen Gesprächen mit Händlern und Seeleuten möglichst viel über die *Annaha* herauszufinden. Inzwischen wusste sie, dass der Sturmschaden am Ruder rasch behoben werden konnte. Schon am nächsten Morgen würde das Schiff den Hafen wieder verlassen. Über das Ziel der Reise hatte Finearfin hingegen kaum etwas in Erfahrung bringen können. Die Händler schienen es nicht zu kennen und die Seefahrer gaben sich unwirsch und wortkarg. Vermutlich hätte sie nie etwas erfahren, wenn sie nicht durch Zufall einen Matrosen belauscht hätte, der sich mit den Worten »Ich bleibe nicht lange fort. In drei Nächten bin ich wieder zurück« von seiner Liebsten verabschiedete.

Diese Auskunft genügte Finearfin. Sie bestätigte, was der Schwarze behauptet hatte. Die *Annaha* würde am nächsten Morgen vermutlich zu den nahe gelegenen Riffinseln fahren, um dort den Mann an Bord zu nehmen, der nach der Elfe suchte. Für einen Augenblick hatte Finearfin mit dem Gedanken gespielt, hier im Hafen auf die Rückkehr der *Annaha* zu warten, sich dann aber dagegen entschieden.

Zwei Tage auf dem Schiff waren im Grunde keine lange Zeit. Wenn das Mädchen aber tatsächlich so unbedarft war, wie der Schwarze behauptet hatte, konnte in dieser Zeit sehr viel geschehen. Der Einfluss falscher Freunde würde nur sehr schwer zu unterbinden sein, wenn das Mädchen erst einmal Vertrauen gefasst hatte.

Bei Einbruch der Dämmerung hatte Finearfin damit begonnen zu erkunden, wie sie am besten auf die *Annaha* gelangen und sich dort verstecken konnte. Angesichts der vielen Menschen, die an Bord ihre Arbeit verrichteten, war sie schnell zu dem Schluss gekommen, dass sie das Schiff nur im Schutz der Dunkelheit betreten konnte, wenn die Handwerker nach Hause gegangen waren und die Mannschaft sich unter Deck zurückgezogen hatte. Wenn sie schnell genug war, mochte es ihr gelingen, das Schiff zu erreichen, ehe die ersten Anderweltkreaturen durch Arvids Straßen streiften. Wenn nicht, würde sie sich den Weg dorthin erkämpfen müssen.

Als die Menschen sich aus dem Hafen zurückzogen, hatte sie in einer schmalen Gasse abgewartet. Wohl schon zum zehnten Mal spähte sie um die Hausecke – und diesmal fand sie den Kai verlassen vor. Die Feuerträger hatten die Pechfackeln entzündet, das Abendrot war erloschen und auch auf den Schiffen war kein Mensch mehr zu sehen. Aber noch zögerte sie.

Um ganz sicherzugehen, dass sich niemand mehr in der Nähe aufhielt, schloss sie die Augen und konzentrierte sich auf jene Sinne, die allein den Angehörigen ihres Volkes gegeben waren. Sinne, die es ihr ermöglichten, auch die Menschen aufzuspüren, die sich vor ihr verbargen. Doch sie konnte nirgends Anzeichen von Leben erkennen. Sie war allein.

Das Gefühl war ihr nicht unbekannt, dennoch war es jedes Mal aufs Neue eigentümlich und irgendwie erschreckend, die Einsamkeit so hautnah zu erleben. Es war, als wäre alles Leben außerhalb der Häuser erloschen. Keine Ratte raschelte in den Abfallhaufen, keine Katzen stritten sich fauchend um die nächtlichen Reviere. Sogar der Wind hielt den Atem an. Jenseits der dicken Mauern der Tavernen und Schenken herrschte eine tiefe und alles durchdringende Stille …

… die jäh von einem schrillen und hasserfüllten Heulen zerrissen wurde, das ganz in der Nähe über den Häusern aufstieg.

Dämonen!

Finearfin erstarrte. Ihr Gesicht mit den hohen Wangenknochen wirkte angespannt und hart. Auf die Begegnung mit Nachtmahren hatte sie sich bei diesem Unterfangen innerlich vorbereitet. Dämonen aber hatte sie im Hafen bisher noch nicht entdecken können und insgeheim gehofft, dass ihr ein Zusammentreffen mit den wohl gefährlichsten Geschöpfen der Anderwelt erspart blieb – ein Irrtum, wie sich nun herausstellte.

Finearfin nahm einen tiefen Atemzug und ließ die Luft langsam aus den Lungen entweichen, während sie die Entfernung zu ihrem Ziel abschätzte. Kaum fünfzig Schritte trennten sie von der *Annaha*. Fünfzig Schritte über einen offenen Platz, der ihr keinen Schutz vor Entdeckung bot. Hinzu kam, dass die Besatzung des Viermasters die Planke an Deck gezogen hatte, über die Arbeiter und Seeleute das Schiff erreichten. Es würde ihr nichts anderes übrig bleiben, als eines der dicken Taue zu benutzen, um an Bord zu gelangen.

Finearfin seufzte. Hätte sie die Wahl gehabt, hätte sie den Schutz einer Gaststätte diesem Abenteuer vorgezogen. Aber sie hatte keine. Schon spürte sie die Nähe des Dämons mit jeder Faser ihres Körpers. Er hatte ihre Anwesenheit bemerkt und suchte nach ihr.

Ich muss hier weg. Schnell! Alle ihre Instinkte drängten sie zur Flucht, aber sie wusste, dass sie nur einen Versuch haben würde. Wenn der Dämon am Kai war und sie ihr Versteck jetzt verließ, würde sie ihm direkt in die Arme laufen. Es gab nur eine Möglichkeit: Sie musste warten, bis der Dämon seinen Weg gewählt hatte.

Finearfin hielt den Atem an und lauschte. Die Stille war nun so vollkommen, dass ihr selbst das Geräusch ihres eigenen Herzschlags verräterisch laut in den Ohren klang.

Flieh, kreischte die Stimme der Vernunft in ihr. *Flieh endlich!* Aber noch gab sie ihren Instinkten nicht nach. Noch war es zu früh, um …

Ein schwaches, verhaltenes Rascheln, das an totes Laub erinnerte und aus den finsteren Tiefen der Gasse an ihre Ohren drang, machte ihr die Entscheidung leicht. Der Dämon wusste jetzt, wo sie war, und wollte sich von hinten anschleichen. Der

Weg zum Schiff war frei. Finearfin zögerte nicht länger. Mit weit ausgreifenden Schritten stürmte sie aus der Gasse und hetzte auf das Schiff zu, während in der Düsternis hinter ihr ein wütender Schrei ertönte …

Das allgegenwärtige Schwarz der Schatten färbte sich rot, als der Dämon seine Tarnung aufgab und die Verfolgung aufnahm. Wie ein Feuerball fegte er aus der Gasse auf den Kai hinaus. Ein großes, kräftiges Geschöpf von geduckter, menschenähnlicher Statur, dessen rote Flammenhaut sich eng über den muskulösen Körper spannte. An überlangen Armen und Beinen saßen dürre Hände und Füße, deren Finger und Zehen in messerscharfen Klauen endeten. Der unbehaarte Kopf glich einem Totenschädel mit dolchartig gekrümmten Zähnen und Augen, die wie glühende Kohlenstücke in den Höhlen saßen. Mitten auf dem Kai blieb er stehen. Geifernd und schnaubend und die Lefzen weit zurückgezogen. Mit den knöchernen Nasenlöcher in alle Richtungen witternd, richtete er sich auf und schaute sich um, aber seine Beute schien wie vom Erdboden verschluckt.

Verwirrt ließ sich der Dämon auf alle viere hinab und trat ein paar Schritte vor, an den Rand der Kaimauer. Dort blieb er erneut stehen und ließ den Blick prüfend über das dunkle Wasser schweifen. Glutheißer Schaum tropfte aus seinem Maul und versank zischend im Hafenbecken, während weißer Dampf aus seinen Nasenlöchern zum Himmel aufstieg. Aber auch hier konnte er nicht finden, wonach er suchte.

Für einen schrecklichen Augenblick verharrte er an der Kaimauer. Dann stieß er ein grässliches Heulen aus, drehte sich um und begann, sich mit eigentümlich staksenden Bewegungen davonzumachen.

Prustend durchbrach Finearfin die Wasseroberfläche an der Kaimauer nahe der *Annaha*. Ihr Herz raste. Nur selten war sie dem

Tod so knapp entronnen wie an diesem Abend. Wäre der Dämon nur einen Moment länger geblieben, hätte sie dem Drang nach Luft nachgeben und auftauchen müssen. Gegen den Dämon hätte sie keine Chance gehabt. Zwar wäre er ihr nicht ins Wasser gefolgt, aber das wäre auch nicht nötig gewesen. Die Dämonen der Anderwelt besaßen eine gewaltige mentale Kraft und waren mühelos dazu in der Lage, selbst Elfen ihrem Willen zu unterwerfen. Es genügte, ihnen nur ein Mal in die Augen zu blicken.

Finearfin erschauerte, als sie daran dachte, wie die Opfer dem Befehl der Dämonen gehorchten, um sich dann wie Lämmer auf der Schlachtbank von den messerscharfen Klauen in Stücke reißen zu lassen. Zweimal schon war sie Zeuge eines solchen Gemetzels geworden. Die Bilder würde sie nie vergessen.

Diesmal hatte sie Glück gehabt. Das markerschütternde Kreischen der Bestie hatte das Platschen übertönt, mit dem sie aufgekommen war, und unter Wasser hatte der Dämon sie nicht riechen können. Ansonsten wäre sie vermutlich nicht mehr am Leben.

Fröstelnd blickte sie sich nach einem Weg an Land um. Das eisige Wasser machte ihre Kleidung schwer und lähmte ihre Muskeln. Wenn sie sich nicht beeilte, würde sie sich auch ohne Mithilfe des Dämons bald in den Gestaden der Ahnen wiederfinden. Fünf Mannslängen entfernt entdeckte sie Stufen, die in die Kaimauer eingelassen waren. Rostige Griffe zu beiden Seiten sorgten für den nötigen Halt. Die wenigen Schwimmzüge bis dorthin gingen fast über ihre Kräfte. Als sie die Griffe umfassen wollte, gehorchten ihr die klammen Finger nicht. Finearfin fluchte und hauchte verzweifelt gegen ihre Hände, die sich nur widerstrebend zum Zupacken überreden ließen.

Am Ende war es allein ihr unbändiger Überlebenswille, der Finearfin vor einem nassen Tod bewahrte. Frierend und vollkommen erschöpft, rettete sie sich auf die Kaimauer, wohl wissend, dass sie für jeden Mahr oder Dämon eine leichte Beute darstellte.

Doch wieder hatte sie Glück. Weit und breit war keine Anderweltkreatur zu sehen. Finearfin atmete auf und gönnte sich einen Augenblick der Ruhe, um wieder zu Kräften zu kommen. Als ihr Herzschlag sich beruhigt hatte, erhob sie sich und ging mit schweren Schritten auf die dicken Taue zu, die die *Annaha* an der Kaimauer hielten.

Bevor der Dämon sie ins Wasser getrieben hatte, wären die armdicken Taue kein Hindernis gewesen. Leichtfüßig balancierend hätte sie das Deck der *Annaha* über die schwankende Brücke erreicht. Nach dem Bad im eisigen Ozean aber stellten die Taue ein nahezu unüberwindliches Hindernis da.

Finearfin seufzte und wischte mit der Hand die Wassertropfen fort, die ihr aus den Haaren über das Gesicht liefen. Sie wusste, dass sie keine Wahl hatte. Sie musste auf das Schiff gelangen, sonst war alles vergebens. Zitternd, die Arme wie eine Seiltänzerin zu beiden Seiten ausgestreckt, tat sie den ersten Schritt. Das Tau schwankte bedrohlich und der Gedanke an das Wasser, kaum drei Mannslängen unter ihren Füßen, ließ sie sofort wieder aufgeben.

»Verdammt!« Finearfin ballte die Fäuste und starrte das Tau finster an. Nach allem, was sie durchgemacht hatte, trennten sie nun lächerliche sechs Schritt von der *Annaha*. Eine Strecke, über die jeder Elf lachen würde – wenn er nicht gerade klitschnass und völlig entkräftet war.

Es war nicht Finearfins Art, vor einer Gefahr zurückzuschrecken. Diesmal jedoch waren die Furcht zu fallen und der Gedanke an das kalte Wasser Grund genug, den ersten Schritt immer weiter hinauszuzögern. Zweimal noch setzte sie den Fuß auf das Tau und zweimal zog sie ihn wieder zurück.

Am Ende war es das ohrenbetäubende Kreischen des Dämons, das ganz in der Nähe über den Häusern aufstieg, das sie handeln ließ. Sie kniete sich hin, packte das Tau mit den Händen, kroch vorwärts, schlang auch die Beine darum und begann, langsam auf das Schiff zuzurobben. Handspanne um Handspanne sah sie die

Reling der *Annaha* näher kommen, während ein roter Schein über den niedrigen Häusern von der Rückkehr des Untiers kündete, dessen finstere Anderweltaura ihr die Kehle zuschnürte.

»Schneller, schneller«, spornte sie sich selbst in Gedanken an und verlangte ihren kältestarren Gliedern das Letzte ab.

Die Hälfte der Strecke lag hinter ihr, als der Dämon sie entdeckte. Sein triumphierendes Brüllen hallte in ihren Ohren wieder, während er wie eine albtraumhafte Ausgeburt sinnloser Zerstörungswut die Kaistraße entlang auf sie zufegte.

Finearfin wusste, dass die feurigen Geschöpfe der Anderwelt das Wasser fürchteten, sie wusste aber auch, dass die Gier nach Beute oft stärker war. Eine volle Mannslänge trennte sie noch von der *Annaha*. Zu viel, um sich in Sicherheit zu wiegen. Schon spürte sie die Hitze, die von dem Flammenwesen ausging, und sah den rötlichen Schein seines Körpers sich ausweiten, als es sich auf der Kaimauer zu voller Größe aufrichtete und das Tau, an das sie sich klammerte, mit beiden Händen packte. »Nein!« Finearfin blieb fast das Herz stehen. Instinktiv klammerte sie sich an dem Seil fest. Keinen Augenblick zu früh. Im gleichen Moment, da sie den Plan des Dämons durchschaute, begann dieser auch schon, an dem Tau zu zerren und es wild hin und her zu bewegen, als wollte er einen reifen Apfel vom Baum schütteln.

Nicht hinsehen! Ich darf ihn nicht ansehen! Finearfin keuchte. Sie hatte alle Mühe, sich festzuhalten. An ein Fortkommen war nicht zu denken. Hilflos war sie dem Wüten der Bestie ausgeliefert, die Gefallen an dem Spielchen zu finden schien. Finearfins Muskeln waren zum Zerreißen gespannt. Sie spürte, wie ihre Kräfte mehr und mehr schwanden, und ahnte, dass es nur eine Frage der Zeit war, bis ihre Gliedmaßen ihr den Dienst versagten. Schon jetzt hatte sie den harten Stößen und Schlägen kaum noch etwas entgegenzusetzen …

Ein gellender Schrei löste sich aus Finearfins Kehle, als ein besonders heftiger Schlag sie zur Seite kippen ließ und ihren Beinen den Halt raubte. Wie eine Puppe hing sie nun an dem Tau, die Arme verzweifelt um das dicke Seil geschlungen, während die Füße dem Wasser bedrohlich nahe kamen. Der Dämon wähnte sich als Sieger. Sein irres Lachen erfüllte die Luft, während er weiter wie ein Besessener an dem Seil zerrte und zog.

Die dünne Rauchfahne, die sich unter seinen glutheißen Klauen hervorstahl und binnen weniger Augenblicke zu einer Rauchwolke wurde, bemerkte Finearfin gerade noch rechtzeitig, um sich auf das vorzubereiten, was kommen würde. Mit einer enormen Kraftanstrengung gelang es ihr, die Beine wieder um das Tau zu schlingen, ehe dessen Ende in Flammen aufging und dem Dämon aus den Händen rutschte.

Der zornige Aufschrei der Bestie übertönte das Krachen, mit dem Finearfins Körper gegen die Breitseite der *Annaha* schlug. Die Wucht des Aufpralls raubte ihr den Atem, während ein beißender Schmerz in der linken Schulter ihr klarmachte, dass sie jeglichen Zweihandkampf in der nächsten Zeit vergessen konnte. Das alles erschien ihr in diesem Moment aber nebensächlich. Dass sie dem Dämon entkommen war und den Halt nicht verloren hatte, war alles, was zählte. Obwohl sie sich kurz zuvor noch darüber geärgert hatte, war sie nun froh, dass die Schiffe im Hafen von Arvid immer einen großen Abstand zur Kaimauer hielten, um die Wesen der Anderwelt fernzuhalten. Die drei Mannslängen Wasser waren ein natürliches Bollwerk gegen die Dämonen, und wenn sie auch die sprunggewaltigen Nachtmahre nicht immer von einem Besuch auf dem Oberdeck abhielten, so verhinderte die breite Kluft doch, dass die hölzernen Schiffsrümpfe des Nachts in Flammen aufgingen.

Während der Dämon am Kai tobte und glühenden Geifer versprühte, zog sich Finearfin mit letzter Kraft über die Reling und ließ sich auf die Planken sinken. Der Schmerz in ihrer Schulter war jetzt fast unerträglich, sie atmete schwer und vor ihren Augen tanzten silberne Sterne, aber sie lebte und hatte ihr Ziel erreicht.

Der Mannschaft in den Kojen war ihr Kampf mit dem Dämon gewiss nicht entgangen, aber an Deck war keine Menschenseele zu sehen. Finearfin grinste zufrieden. Diese Seeleute waren wirklich ein feiges und abergläubisches Völkchen. Sie hatte sich nicht getäuscht. Jetzt musste sie nur noch ein geeignetes Versteck finden. Dann konnte die Reise beginnen.

ZWEITES BUCH

Síve i súle sinte helca súresse,
San sinta estel.

Flucht

Vor dem Eingang der kleinen Höhle, in der Durin nun schon die zweite Nacht verbracht hatte, hellte sich der Nachthimmel langsam von Tiefblau zu Grau auf. Das Funkeln von Mond und Sternen verblasste, während ein schmaler blassrosa Streifen im Osten von der nahen Morgendämmerung kündete.

Durin fror. In der Feuerstelle glomm nur noch ein spärlicher Rest der brennenden Steine, die er um die Mitte der Nacht dort aufgeschichtet hatte – zu wenig, um die Höhle zu wärmen.

Umständlich richtete er sich auf, nahm eine Handvoll zerstoßener Steine und streute sie über die Glut, so wie Caiwen es ihm gezeigt hatte. Es dauerte nicht lange, bis die ersten Flammen hungrig an den kleinen Steinen emporzüngelten. Als sich an ihrer Unterseite ein rötlicher Schimmer zeigte, legte er ein paar der faustgroßen und erstaunlich leichten Brocken nach und hielt die klammen Finger der Glut entgegen. Obwohl er das Feuer nun schon so lange hütete, faszinierten ihn die brennenden Steine noch immer. Bevor er die Reise mit der *Annaha* angetreten hatte, hätte er jeden einen Lügner genannt, der behauptete, dass Steine brennen konnten. Inzwischen wusste er es besser. Die schwarzen Gesteinsklumpen brannten zehnmal länger als ein Holzscheit und gaben dabei ein Vielfaches an Wärme ab. Das Beste aber war, dass sie nahezu keinen Rauch erzeugten. Ein Vorteil, den Durin in der kleinen Höhle sehr zu schätzen wusste. Caiwen hatte ihm erzählt, dass die Steine aus dem Ozean stammten. Da sie nur ein geringes Gewicht besaßen, trieben sie an der Wasseroberfläche und wurden von den Wellen an den Strand geworfen. Die Riffbewohner mussten sie dann nur noch einsammeln und trocknen.

Ein zufriedenes Lächeln umspielte Durins Lippen, als er an das Elfenmädchen dachte. Von Sonnenaufgang bis Sonnenuntergang hatte Caiwen ihm Gesellschaft geleistet, seine Wunde versorgt und ihm auch etwas zu essen gebracht. Sie hatte ihm viel über das Leben auf dem Riff erzählt und auch nicht verschwiegen, warum die Flüchtlinge auf dem Riff lebten. Es hatte ganz den Anschein, als sei es ihm tatsächlich gelungen, ihr Vertrauen zu gewinnen, auch wenn es zu Anfang nicht so ausgesehen hatte.

Nachdem er ihr gleich am ersten Nachmittag erzählt hatte, was er über sie wusste, und ihr mit schonungsloser Offenheit gestanden hatte, dass er nur deshalb zum Riff gekommen war, um nach ihr zu suchen, war sie ohne ein Wort fortgegangen. Er hatte große Sorge gehabt, dass sie ihn verraten würde, war das Risiko aber ganz bewusst eingegangen, denn die Zeit zerrann ihm unter den Fingern.

Jeden Augenblick konnte die *Annaha* am Horizont auftauchen. Er war verletzt und konnte nur unter Schmerzen laufen. Caiwen gegen ihren Willen, vielleicht sogar mit Gewalt vom Riff zu verschleppen, war unter diesen Umständen so gut wie unmöglich. Seine einzige Hoffnung bestand darin, sie davon zu überzeugen, dass es das Beste für sie sei, wenn sie mit ihm ging.

Dass sie am nächsten Morgen mit einer Fülle von Fragen zu ihm zurückgekehrt war, wertete er als Erfolg. Zwar hatte sie ihm noch nicht gesagt, wie sie sich entschieden hatte, aber sie schien sich gedanklich bereits mit einer Reise nach Tamoyen auseinanderzusetzen.

Zweifellos würde ihr der Schritt leichter fallen, wenn ihr

Freund Heylon sie begleitete. Zweimal schon hatte sie Durin direkt gefragt, ob er nicht mitkommen könne. Der Gedanke gefiel ihm gar nicht. Er wusste nicht, welche Pläne Maeve mit dem Mädchen hatte, war sich aber ziemlich sicher, dass Heylon nicht darin vorkam. So hatte er die Angst vor den Tamoyern, die unter den Riffbewohnern weit verbreitet zu sein schien, geschickt dafür genutzt, Caiwen davon zu überzeugen, dass es sicherer war, wenn Heylon zunächst auf dem Riff zurückblieb.

Die Gespräche mit Caiwen waren sehr aufschlussreich, aber sie waren auch gefährlich. Durin wusste, wie empfindsam Elfen waren. Obwohl Caiwen nicht bei ihrem Volk aufgewachsen war, musste er damit rechnen, dass auch sie die Fähigkeit besaß, eine Lüge sofort zu durchschauen. So hangelte er sich bei seinen Antworten immer geschickt an der Wahrheit entlang, ohne ihr dabei Dinge zu verraten, die sie davon abhalten könnten, ihn zu begleiten.

Durin ächzte und verlagerte sein Gewicht, um sein schmerzendes Bein zu entlasten. Es gehörte nicht zu seinen Aufgaben, Caiwen die Welt zu erklären. Das konnten Maeve oder Melrem später übernehmen. Sein Auftrag war erfüllt, wenn Caiwen wohlbehalten an Bord der *Annaha* war und er seinen Lohn erhalten hatte. Was danach geschah, hatte ihn nicht zu kümmern.

»Ein Schiff!! Da kommt ein Schiff!« Saphrax tauchte vor dem Höhleneingang auf, schoss pfeilschnell in die Höhle und versuchte unbeholfen zu landen. Der Winkel war jedoch schlecht gewählt und seine Geschwindigkeit so hoch, dass er sich zweimal überschlug, ehe er eine knappe Armlänge vor dem Feuer mit ausgebreiteten Flügeln liegen blieb. Einen Augenblick lang bewegte er sich nicht. Dann stieß er ein heiseres Krächzen aus, rappelte sich auf und schüttelte ärgerlich den Sand aus seinem Gefieder.

»Mit so einer Landung wirst du bei den Möwendamen kaum Eindruck schinden.« Durin grinste. »An der Eleganz musst du wohl noch ein wenig arbeiten.«

»Sehr witzig.« Mit dem Schnabel zupfte Saphrax eine lose Feder aus seinem Gefieder. »Die Möwendamen werden mich so schnell nicht wiedersehen. Sobald wir wieder in Tamoyen sind, werde ich mir eine Gestalt mit vier Beinen aussuchen. Das ist sicher.«

»Du hast ein Schiff entdeckt?«, wechselte Durin das Thema.

»Ja.«

»Ist es die *Annaha*?«

»Woher soll ich das wissen?« Saphrax plusterte sich auf und schüttelte sich.

»Ja, bist du denn nicht hingeflogen, um nachzusehen?«

»Natürlich nicht!« Saphrax kam um das Feuer herum auf ihn zu. »Ich bin doch nicht verrückt. Es ist noch viel zu weit weg.«

»Aber du kannst fliegen!«, brauste Durin auf. »Du kommst hier herein, als sei die *Annaha* schon vor Anker gegangen, und dann bist du dir nicht einmal sicher, ob du sie überhaupt gesehen hast.«

»Tss, tss … du bist so was von undankbar.« Saphrax hob den Kopf ein wenig an, drehte sich um und stolzierte beleidigt auf den Höhleneingang zu.

»Saphrax!« Es klang wie ein Befehl, aber das Wechselwesen kümmerte sich nicht darum. Ohne sich noch einmal umzublicken, verließ es die Höhle.

»Saphrax! Komm sofort zurück!« Durin ärgerte sich, dass er nicht ein wenig freundlicher reagiert hatte. Wenn Saphrax wollte, konnte er ganz schön dickköpfig sein. Er war nun mal kein Hund, der sich herumkommandieren ließ, und ließ keine Gelegenheit aus, Durin dies auch zu zeigen.

Es war nicht das erste Mal, dass sie aneinandergerieten, und würde sicher auch nicht das letzte Mal sein. Dafür waren sie einfach viel zu unterschiedlich. Allerdings wusste Durin inzwischen auch, dass Saphrax nicht nachtragend war und nie lange schmollte. Irgendwann würde er zurückkommen und sich benehmen, als sei nichts geschehen. Und vermutlich würde er ihm dann auch mehr über das Schiff erzählen …

Ein plötzliches Scharren von Schritten auf losen Steinen ließ Durin zusammenzucken. Instinktiv wanderte seine Hand zum Schwertgriff, während er lauschend zu erkennen versuchte, ob es einer oder mehrere waren, die sich der Höhle näherten. Für die Dauer eines Wimpernschlags fürchtete er, verraten worden zu sein. Dann tauchte Heylons Kopf im Höhleneingang auf und er entspannte sich. »Ach, du bist es.« Durin entging Heylons ernste Miene nicht, dennoch gelang ihm ein Lächeln. Der Erfolg seiner Mission hing schließlich auch vom Wohlwollen des Jungen ab.

»Du willst sie mitnehmen?«, fragte Heylon ohne ein Wort der Begrüßung. Misstrauen schwang in den Worten mit und lauerte in seinen Augen. Er machte sich nicht die Mühe, es zu verbergen.

»Es ist das Beste für sie«, erklärte Durin gefasst. »Nicht mehr lange, und jeder hier wird erkennen, was sie wirklich ist.«

»Wie das?« Für einen Augenblick flackerte Unsicherheit in Heylons Blick auf. Vermutlich hatte er mit allem gerechnet, aber nicht mit dieser Antwort.

»Kannst du dir das nicht denken?«

»Dann würde ich wohl kaum fragen.«

»Sie ist eine Elfe – sagt dir das nichts?«

»Lenval hat eine gute Erklärung für ihre hellen Haare und spitzen Ohren ge…«

»Ich meinte nicht ihr Aussehen«, schnitt Durin Heylon brutal das Wort ab. »Caiwen wird alt werden, sehr alt. Viel älter, als du es dir vorzustellen vermagst. In den ersten Wintern gibt es kaum einen Unterschied zwischen Menschen und Elfen. Die Kinder beider Völker entwickeln sich gleich schnell und werden etwa zur gleichen Zeit erwachsen. Aber dann …« Er schaute Heylon vielsagend an. »Du wirst ein alter Mann sein, während sie immer noch so jung aussehen und voller Lebenskraft sein wird wie heute. Was werden die Leute vom Riff wohl sagen, wenn der Schwindel auffliegt? Was werden sie mit Caiwen und ihren Zieheltern anstellen, wenn sie erkennen, dass sie viele Winter lang belogen wurden? Wenn sie herausfinden, dass Lenval gegen die heiligste aller Regeln auf dem Riff verstoßen hat? Werden sie sie verbannen? Oder töten?« Er machte eine Pause, um seine Worte wirken zu lassen, und fügte dann hinzu: »Caiwen weiß das. Sie hat verstanden, dass sie schon bald eine Gefahr für jene darstellen wird, die sie liebt.«

»Das … das wusste ich nicht.« Betroffen kam Heylon näher an das Feuer heran. »Was bin ich doch für ein Narr. Ich habe gelesen, dass Elfen sehr alt werden können. Aber irgendwie habe ich es bisher nicht mit Caiwen in Zusammenhang gebracht.«

»Wir alle übersehen mal etwas«, lenkte Durin ein. »Besonders wenn wir selbst Probleme am Hals haben.«

»Hat Caiwen dir davon erzählt?«, fragte Heylon, aber es klang nicht so, als wäre es ihm unangenehm. »Ich meine, von der Sache mit meinem Vater und dass sie mich verbannen wollen?«

»Ja, das hat sie.« Durin nickte. Hoffnung flackerte in Heylons Blick auf, und er sagte: »Dann hat sie dir sicher auch gesagt, dass ich sie begleiten will. Dass ich es hier nicht länger aushalte und …«

»Du kannst sie nicht begleiten«, herrschte Durin ihn an, mäßigte sich dann aber und fuhr etwas sanfter fort: »Caiwen hat mich gebeten, dich mitzunehmen. Aber sie hat eingesehen, dass es nicht geht. Hat sie dir das nicht gesagt?«

Heylon antwortete nicht sofort. Abwesend starrte er zu Boden, als hätte er Durins Worte gar nicht gehört. »Doch«, sagte er schließlich kleinlaut und seufzte. »Doch, das hat sie.«

»Gut.« Durin atmete auf. Es war nicht leicht gewesen, Caiwen zu überzeugen, und er hatte keine Lust, dasselbe Gespräch noch einmal zu führen. »Solange wir nicht wissen, ob die Tamoyer sich noch an den Schwur des alten Königs gebunden fühlen, ist es für dich viel zu gefährlich, sie zu begleiten. Sobald Caiwen sicher ist, dass man euch nicht mehr verfolgt, wird sie alles daran setzen, ein Schiff zum Riff zu schicken, das euch nach Tamoyen bringt.«

»Aber ...«

»Kein Aber. Du weißt, was auf dem Spiel steht. Vertraust du Caiwen etwa nicht?«

»Ihr schon, aber ...«

... *dir nicht.* Heylon sprach die Worte nicht aus, aber Durin las sie in seinem Gesicht. In diesem Augenblick wusste er, dass es allein seine Gefühle für Caiwen waren, die Heylon dazu drängten, die Insel zu verlassen. »Die Sorge um Caiwen ehrt dich«, sagte er und fügte hinzu: »Ich verspreche dir, ihr wird kein Leid geschehen. Jene, die mich auf die Suche nach Caiwen schickte, ist eine begüterte Schiffseignerin, die nicht zögern wird, euch von hier wegzuholen, wenn ...«

Draußen waren eilige Schritte zu hören. Ein Schatten fiel in den Höhleneingang und Caiwen stürmte herein: »Durin, da kommt ein ...« Sie stutzte. »Heylon? Was tust du hier?«

»Nachsehen, wie es Durin geht.«

»Das ist nicht wahr.« Caiwen schüttelte den Kopf. »Du versuchst doch nicht etwa, ihn zu überreden, dich mitzunehmen?«, fragte sie, und Durin hörte den Anflug von Verzweiflung in ihrer Stimme, als sie, ohne eine Antwort abzuwarten, fortfuhr: »Was soll das? Ich habe dir doch erklärt, warum du mich nicht begleiten kannst. Jedenfalls jetzt noch nicht. Ich wünschte auch, es wäre anders. Warum machst du uns den Abschied so schwer, Heylon?«

»Weil ich ihm nicht traue!«, stieß Heylon hervor. »Du kennst ihn doch gar nicht. Woher weißt du, dass ...?«

»Ich weiß es, Heylon! Ich weiß es einfach«, unterbrach Caiwen ihn so nachdrücklich, als spräche sie mit einem störrischen Kind. »Ich würde spüren, wenn er mich belügt. Außerdem hat er recht, wenn er sagt, dass meine Abstammung hier schon bald zu einer

Gefahr werden kann.« Sie seufzte erschöpft. »Es ist besser, wenn ich gehe, Heylon – für alle hier. Und es ist sicherer für dich, wenn du bleibst.«

»Aber ich will mitkommen«, rief Heylon aus. »Ich habe nichts zu verlieren. Der Kerker in Tamoyen kann nicht schlimmer sein als die Verbannung, die mich hier erwartet.«

»Auf Piraterie steht der Tod, nicht der Kerker«, warf Durin ein.

»Da hörst du es.« Caiwen trat auf Heylon zu und ergriff seine Hände. »Ich komme wieder, ehe Emeric seine Drohung wahr macht – das verspreche ich.«

»Aber was ist, wenn …? Ach, vergiss es!« Heylon schaute sie mit wildem Blick an. Dann löste er seine Hände aus Caiwens Griff, drehte sich um und stürmte aus der Höhle.

»Heylon!« Caiwen wollte ihm nach, aber Durin hielt sie zurück. »Lass ihn gehen! Es ist besser so.«

»Aber so … so wollte ich nicht gehen.« Tränen standen in Caiwens Augen, als sie sich zu Durin umdrehte. »Es ist schon schlimm genug, dass ich Verrina und Lenval ohne ein Wort des Abschieds verlasse. Mit Heylon im Streit auseinanderzugehen, ist … ist …« Sie schluchzte laut.

»Es ist leichter für ihn, dich gehen zu lassen, wenn er wütend auf dich ist«, versuchte Durin sie zu trösten. »Er leidet. Genau wie du. Die Wut hilft ihm, den Schmerz zu verdrängen.«

»Und wenn er immer noch wütend ist, wenn ich zurückkomme?« Caiwens Blick wanderte vom Höhleneingang zu Durin und wieder zurück. Hilflos rang sie die Hände.

»Das wird nicht geschehen. Heylon ist nicht dumm. Sobald er in Ruhe über alles nachgedacht hat, wird er erkennen, dass du richtig gehandelt hast.«

»Aber er ist mein Freund.«

»Gerade deshalb darfst du ihn nicht in Gefahr bringen.« Durin hatte Mühe, seine Ungeduld zu verbergen. Diplomatie zählte nicht zu seinen Stärken. Wäre er nicht verletzt gewesen, hätte er Caiwen mit einem wohlgezielten Schlag niedergestreckt und sie einfach auf die *Annaha* geschafft. »Erkennst du nicht, welche einmalige Gelegenheit sich dir bietet?«, fragte er. »Und nicht nur dir, auch allen anderen auf dem Riff. Du bist die Einzige, die nichts von den Tamoyern befürchten muss. Die Einzige, die herausfinden kann, ob eine Rückkehr in die Heimat möglich ist. Du musst diese Gelegenheit zum Wohle der Menschen hier nutzen. Du allein kannst sie von ihrem bitteren Los befreien.«

»Ich weiß.« Caiwen nickte. »Und ich werde es auch tun. Es würde mir nur sehr viel leichter fallen, wenn Heylon das auch so sehen würde.«

»Das wird er.« Durin nickte bedächtig und wechselte das Thema. »Du warst eben so aufgeregt. Hast du vielleicht ein Schiff gesehen?«

»Wie? Oh … ähm, ja. Ja, das habe ich.« Offenbar fiel es Caiwen schwer, ihre Gedanken in eine andere Richtung zu lenken. Sie nickte, dachte kurz nach und sagte dann: »Ein großes Schiff mit vier Masten. Ich sah es von der Klippe aus. Es scheint ganz so, als ob es auf das Riff zuhält.«

»Das kann nur die *Annaha* sein!« Durin lächelte Caiwen aufmunternd zu. »Sie kommen, uns zu holen. Dann beginnt für dich ein neues Leben.«

Heylon rannte, als würde er von einer Horde Dämonen verfolgt. Feiner Sand stob unter seinen Füßen auf, als er tränenblind am Fuß der Klippe auf den einzigen Weg zuhielt, der vom Südstrand zum Dorf hinaufführte.

Ich lasse sie nicht gehen! Nicht allein! In seinem Kopf gab es nur den einen Gedanken. In seinem Herzen tobte eine heiße Wut. Wut auf Caiwen, die über Nacht alles vergessen zu haben schien, was sie verband, und ihn verlassen wollte. Wut auf Durin, der wie eine gewaltige Woge in sein Leben gekommen war und alles mit sich riss, was ihm lieb und teuer war. Aber auch Wut auf sich selbst, weil er Caiwen und Durin zusammengebracht hatte, statt den Männern von dem Schiffbrüchigen zu erzählen, wie es seine Pflicht gewesen wäre.

Zum ersten Mal in seinem Leben hasste er sich dafür, das Töten zu verabscheuen, und zum ersten Mal sah er den Tod als einzigen Ausweg an. Wenn Durin tot war, würde Caiwen auf dem Riff bleiben – bei ihm. Wenn Durin tot war, dessen war Heylon sich sicher, würde endlich wieder Ruhe einkehren in seinem Leben und alles wieder so werden, wie es vor ein paar Sonnenaufgängen gewesen war. Es war ganz einfach. Er musste nur zu seinem Vater gehen und ihm erzählen, dass sich am Südstrand ein Schiffbrüchiger versteckte.

Keuchend begann Heylon mit dem Aufstieg. Seine Beine schmerzten, jeder Schritt fiel ihm schwerer als der vorangegangene, aber er achtete nicht darauf und kämpfte sich weiter den steilen Pfad hinauf. Wenn er Caiwen nicht verlieren wollte, musste er sich beeilen. Emeric würde unverzüglich handeln. Er würde seine Axt nehmen und mit den anderen Männern losziehen, um dafür zu sorgen, dass nichts mehr auf dem Riff an Durin erinnerte.

Ein zufriedenes Lächeln huschte über Heylons Gesicht, als er sich die Folgen seines Handelns ausmalte. Caiwen würde bleiben, und es würde sein, als hätte es Durin niemals gegeben.

Caiwen!

Der Gedanke durchzuckte Heylon wie ein Blitz, kaum dass er die Klippe erklommen hatte. »Verdammt!« Er blieb stehen, ballte die Fäuste und stampfte mit dem Fuß auf. In seiner Wut hatte er völlig vergessen, dass Emeric Caiwen bei dem Fremden vorfinden würde, wenn er schon jetzt zu ihm ging. Das durfte nicht geschehen.

Unschlüssig, was er tun sollte, blieb Heylon oben auf der Klippe stehen und schaute zum fernen Dorf hinüber. Die Entschlossenheit, die er eben noch gespürt hatte, war schlagartig verflogen. Er war immer noch wütend, aber anders als zuvor erkannte er nun, dass er überlegt handeln musste. Caiwen durfte auf keinen Fall in den Verdacht geraten, dem Fremden geholfen zu haben – vor allem aber durfte sie niemals erfahren, dass er es gewesen war, der Durin den Männern ausgeliefert hatte.

Heylon fröstelte. Wenn Caiwen herausfand, dass er sein Versprechen gebrochen und Durin verraten hatte, wäre nicht nur ihre Freundschaft für immer zerstört.

Es muss so aussehen, als ob jemand anders Durin entdeckt hat, überlegte er. *Ich muss warten, bis Caiwen vom Strand zurückkehrt. Und ich muss mir einen überzeugenden Vorwand ausdenken, unter dem ich ein paar Jungen aus dem Dorf in die Nähe der Höhle schicken kann. Alles andere ergibt sich dann von selbst.*

Es war ein einfacher Plan, aber ein guter. Heylon grinste, drehte sich um und hielt nach einem Platz Ausschau, von dem aus er den Strand nahe der Höhle gut einsehen konnte. Dabei fiel sein Blick auch auf den Ozean …

»Mar-Undrum steh mir bei!« Heylon erstarrte mitten in der Bewegung. Den imposanten Viermaster, der sich dem Riff unter vollen Segeln näherte, hatte er vom Strand aus nicht sehen können. Von der Klippe aus wirkte er hingegen schon sehr nahe …

Eine eisige Hand griff nach Heylons Herz, als er erkannte, was das bedeutete. Sein Plan, Caiwen aufzuhalten, war gescheitert, noch ehe er überhaupt begonnen hatte, ihn in die Tat umzusetzen. Wenn dies das Schiff war, auf das Durin wartete, blieben ihm nur noch zwei Möglichkeiten: Entweder er verriet Durin und damit auch Caiwen oder er schwieg und ließ die beiden gehen.

Heylon schluckte trocken und biss sich auf die Unterlippe. Die Situation überforderte ihn. Er war es nicht gewohnt, Entscheidungen zu treffen, schon gar nicht solche, die weitreichende Folgen haben würden. »Was soll ich tun? Was soll ich nur tun?«, murmelte er leise vor sich hin, während er mit den Augen die Entfernung zum Schiff maß und einzuschätzen versuchte, wann es ankommen würde.

Vorausgesetzt, dass es wirklich das Schiff ist, auf das Durin wartet. Der Gedanke ließ Heylon neuen Mut schöpfen. Er beschloss, das Schiff von einem Versteck auf der Klippe aus zu beobachten. Vielleicht hatte er Glück und es fuhr einfach am Riff vorbei.

Als die Sonne dem Zenit entgegenstrebte, war klar, dass das Glück Heylon nicht gewogen war. Das Schiff hatte seinen Kurs beibehalten und war vor dem Riff vor Anker gegangen. Der Viermaster war so nah, dass er die Menschen an Bord deutlich erkennen konnte. Fasziniert und besorgt zugleich verfolgte er, wie die Segel gerefft und zwei der Beiboote zu Wasser gelassen wurden.

Heylon atmete schwer. Sein Herz raste. Mehrfach nahm er sich vor, ins Dorf zu laufen und seinem Vater alles zu erzählen, aber er schaffte es nicht einmal, sich aufzurichten und den ersten Schritt zu tun.

Aus den Augenwinkeln sah er Durin und Caiwen aus der Höhle kommen und zum Wasser gehen. Der Schiffbrüchige stützte sich humpelnd auf einen Stab, den Caiwen ihm gegeben haben musste. Caiwen selbst wirkte unsicher. Immer wieder drehte sie sich um und schaute zum Rand der Klippe hinauf, als würde sie nach etwas suchen. Sie war zu weit entfernt, als dass Heylon ihr Gesicht hätte sehen können, aber an der Art, wie sie sich bewegte, erkannte er, dass auch sie mit ihren Gefühlen rang. Mehrmals blieb sie stehen und sprach mit Durin, der ihr dann väterlich den Arm um die Schultern legte und sie sanft, aber bestimmt in Richtung Wasser schob.

Die vertraute Geste versetzte Heylon einen Stich. Bohrende Eifersucht und die Angst, Caiwen zu verlieren, vereinten sich mit dem Wunsch, sie zu beschützen, und wuchsen schnell zu einem tosenden Sturm heran, der es ihm unmöglich machte, auch nur einen klaren Gedanken zu fassen. Wie gelähmt beobachtete er, wie die Boote den Strand erreichten und einer der Männer an Land ging, um Durin zu begrüßen. Die anderen Männer blieben in den Booten und rührten sich nicht. Misstrauisch suchten sie den Strand mit den Augen nach einer möglichen Bedrohung ab, blitzende Säbel, kurze Schwerter und Messer fest in den Händen haltend.

Caiwen stand etwas abseits. Vermutlich hatte sie sich die Begrüßung etwas anders vorgestellt, denn sie wirkte ängstlich und verwirrt. Immer wieder schaute sie von den Booten zu dem Schiff hinüber, als plagten sie im letzten Moment Zweifel.

Halte sie auf!, raunte seine innere Stimme ihm zu. *Noch ist es nicht zu spät. Diesem Durin ist nicht zu trauen. Er wird sie für sich gewinnen und sie für seine eigenen Zwecke benutzen. Er wird ihre Unerfahrenheit ausnutzen und sie vielleicht sogar …*

»Nein!« Heylon erlaubte sich nicht, den Gedanken zu Ende zu führen. Seine Eifersucht wurde zu einem wilden Tier, das in seinen Eingeweiden wütete – und plötzlich wusste er, was er tun musste …

»Caiwen!« Der auflebende Wind riss ihm das Wort von den Lippen, als er aufsprang, die Arme in die Höhe hob und sich den Menschen am Strand zeigte. »Caiwen, nein!«

»Die Geister!« Ein bärtiger Matrose mit Stirnband und schulterlangen Haaren entdeckte ihn als Erster. In den Booten brach hektische Betriebsamkeit aus. Die Männer griffen nach den Riemen und versuchten, die Insel zu verlassen.

»Wartet!« Durins Befehl verhallte ungehört. Heylon sah, wie er auf Caiwen zuhumpelte, sie unsanft am Arm packte und auf sie einredete. Aber Caiwen hört ihm nicht zu. Mit einer geschickten Drehung entwand sie sich seinem Griff und machte ein paar Schritte auf die Klippe zu.

»Heylon!« Dünn, zerbrechlich und unglaublich vertraut wehte ihre Stimme zu ihm herauf. In ihren Augen glaubte er Furcht zu erkennen. »Heylon!« Nun kam der andere Mann Durin zu Hilfe.

Die beiden nahmen Caiwen in die Mitte und zerrten sie zu den Booten, die sich schon ein Stück weit vom Strand entfernt hatten. Caiwen schrie und wehrte sich. Aber aller Widerstand blieb vergebens. Sie hatte den Kräften der beiden Männer nichts entgegenzusetzen.

Heylon sah es – und rannte los.

Mit weit ausgreifenden Schritten erreichte er den Pfad und lief zum Strand hinunter. Er war steil. Viel zu steil zum Laufen, aber er achtete nicht darauf. Der Gedanke an Caiwen ließ ihn alle Vorsicht vergessen. Er rannte und stolperte, purzelte ein Stück den Hang hinunter und rappelte sich sofort wieder auf, um weiterzulaufen.

»Heylon.« Caiwens Ruf erreichte ihn wie ein Pfeil, der sich direkt in sein Herz bohrte. Er wollte ihr antworten, verlor aber erneut den Halt und prallte hart auf dem Boden auf. Der Schlag raubte ihm den Atem und nahm ihm die Sicht. Kostbare Augenblicke blieb er benommen am Strand liegen. Als sich sein Blick klärte, sah er Durin in eines der Boote steigen. Caiwen saß, von zwei Seeleuten festgehalten, in der Mitte desselben Bootes und schaute ihn an. Ihre Augen waren schreckgeweitet, der Mund zu einem lautlosen Schrei geöffnet.

»Caiwen, nein!« Die Erkenntnis, dass es gleich zu spät sein würde, ließ Heylon Schmerz und Erschöpfung vergessen. Mit letzter Kraft kam er auf die Beine und lief taumelnd auf das Boot zu, das die gischtende Brandung inzwischen passiert hatte.

»Heylon!« Eine Traurigkeit, die ihm fast das Herz zerriss, lag in Caiwens Blick, als er das Wasser erreichte. Er zögerte nur kurz, dann lief er weiter.

»Bleib zurück, Junge!« Durin, der im Heck des Bootes saß, wandte sich zu ihm um und rief über das Rauschen der Wellen hinweg: »Sei vernünftig. Du kannst nicht mitkommen.«

»Caiwen! Geh nicht!« Heylon achtete nicht auf das eisige Wasser, das seine Beine umspülte, und kämpfte sich weiter.

»Sei kein Narr, Junge!«, rief Durin ihm zu. »Die Strömung ist gefährlich.«

»Tu, was er sagt!« Caiwen sprang auf. »Bitte, Heylon. Mach es nicht noch schlimmer!«

»Ich lasse dich nicht allein!« Das Wasser reichte Heylon nun bis über die Hüfte und zwang ihn, langsamer zu gehen, während sich das Boot immer weiter entfernte. Aber er gab nicht auf. »Ich folge dir. Und wenn ich dir bis Tamoyen hinterherschwimmen muss!« Unter Heylons Füßen fiel der Boden steil ab. Er trat ins Leere, tauchte unter, kam prustend wieder an die Oberfläche und begann sofort zu schwimmen. Wie alle auf dem Riff war er ein ausgezeichneter Schwimmer. Aber die Kälte des Wassers, die Erschöpfung und seine dicken Kleider forderten schon bald ihren Tribut. Immer öfter zog es ihn unter Wasser, und immer mehr musste er sich anstrengen, um an der Oberfläche zu bleiben. Verschwommen sah er das Boot weiter entschwinden.

Caiwen stand jetzt am Heck. Sie gestikulierte wild und rief ihm etwas zu, aber er konnte es nicht verstehen.

Ich muss das Boot einholen. Der Gedanke hämmerte hinter seiner Stirn. Er tauchte unter und schluckte Wasser, arbeitete sich noch einmal an die Oberfläche, hustete und spuckte und wollte erneut Luft holen, aber da war das Wasser schon wieder über ihm.

Luft! Ich brauche Luft! Zum ersten Mal in seinem Leben spürte Heylon Panik in sich aufsteigen. Der Versuch, die Boote einzuholen, wurde mit einem Schlag zu einem Kampf ums nackte Überleben. Er kämpfte verbissen, aber seine Muskeln gehorchten ihm nicht mehr. Hilflos, die Augen weit aufgerissen, sah er, wie die Luft seinen Lungen entwich und in schimmernden Blasen dem Sonnenlicht zustrebte, das sich mit grausamer Schönheit an der Wasseroberfläche brach, während er selbst unaufhaltsam in die bodenlose Schwärze glitt, in der es weder Licht noch Leben gab …

Der Mhorag

Heylon!« Starr vor Entsetzen, beobachtete Caiwen vom Boot aus den Todeskampf ihres Freundes. Als wäre sie selbst kurz vor dem Ertrinken, spürte sie, wie Heylon um jeden Atemzug rang und versuchte, wieder an die Oberfläche zu kommen. Sie teilte seine Erleichterung, wenn frische Luft seine Lungen füllte, und spürte die Hoffnung, die Boote doch noch erreichen zu können, in ihm aufkeimen. Aber sie spürte auch, dass seine Kräfte schwanden.

Sie hätte die Gefühle aussperren können, aber sie tat es nicht. Sie wollte bei ihm sein, so nah wie möglich – wenn es sein musste, auch bis zum bitteren Ende.

Jedes Mal wenn er in den Fluten versank, ballte sie die Fäuste und betete zu Mar-Undrum, dass er ihn verschonen möge. Und immer wenn er wieder auftauchte, rief sie ihm zu, dass er umkehren solle. Aber Heylon hörte nicht auf sie. Selbst als das Boot sich immer weiter entfernte, schwamm er weiter.

Und wenn ich dir bis Tamoyen hinterherschwimmen muss.

Caiwens Herz krampfte sich zusammen. Sie hatte gehofft, er würde es sich anders überlegen, wenn er die Aussichtslosigkeit seines Tuns erkannte. Aber sie wurde eines Besseren belehrt. Heylon war entschlossen, ihr zu folgen – auch wenn es in dem eiskalten Wasser seinen Tod bedeutete.

Was er tat, war dumm, vollkommen verrückt und doch berührte gerade das sie tief. Ausgerechnet Heylon, der immer zögerte und zauderte, Heylon, der stets so lange über die Dinge nachdachte, dass er kaum zu einer spontanen Handlung fähig war. Wie oft schon war er ein Wagnis nur deshalb nicht eingegangen, weil er sich vor den möglichen Folgen fürchtete. Und jetzt stürzte er sich einfach ins Meer, um sie zu beschützen.

Caiwen schluckte schwer, als sie sah, wie Heylon erneut unter Wasser gezogen wurde. »Durin! Er ertrinkt!« Mit wildem Blick schaute sie sich zu Durin um, der mit ausdrucksloser Miene hinter ihr stand. »Tu doch etwas! Wir müssen ihn retten!«

»Wir müssen gar nichts.« Die Kälte in seinen Worten versetzte Caiwen einen Stich. »Aber …«

»Kein Aber. Er wusste, dass er nicht mitkommen kann. Daran hat sich nichts geändert.«

»Aber er ist erschöpft«, begehrte Caiwen auf. »Wenn wir ihm nicht helfen, wird er sterben.«

»Wir haben ihn gewarnt. Er hätte sein närrisches Vorhaben jederzeit aufgeben und zum Strand zurückkehren können«, erwiderte Durin. »Es ist nicht meine Schuld, wenn er sich für den Tod entscheidet.«

»Du … du willst ihn sterben lassen?« Caiwen schnappte nach Luft. Obwohl Durin ihr die Antwort schuldig blieb, spürte sie, dass er es ernst meinte. Weder er noch die Männer an den Rudern würden für Heylon auch nur einen Finger krümmen.

In diesem Augenblick durchbrach Heylon noch einmal die Wasseroberfläche. Caiwen erschrak, als sie erkannte, wie weit sich die Boote schon von ihm entfernt hatten.

Wenn er noch einmal untergeht, ist er verloren. Caiwen wusste, dass ihr nicht mehr viel Zeit blieb. Wenn die Männer in den Booten sich weigerten, musste sie Heylon helfen. Kurz entschlossen riss sie sich die warme Jacke herunter und setzte einen Fuß auf die Bootswand.

»Bist du von Sinnen?« Durin packte sie an der Schulter und riss sie herum. Zum ersten Mal sah sie ihn richtig zornig. »Du kannst ihm nicht helfen! Niemand kann das! Wenn du zu ihm schwimmst, werdet ihr beide ertrinken!«

»Niemand kann das – wie?«, fauchte Caiwen außer sich vor Wut. »Du meinst wohl: Niemand will das! Ihr könntet ihn doch retten. Du und diese Feiglinge hier, die ihn für einen Geist oder sonst was halten. Ihr müsst nur zurückrudern und ihn an Bord nehmen. Aber statt zu helfen, seht ihr lieber zu, wie er jämmerlich ertrinkt.« Sie wand sich unter Durins Griff und versuchte, sich zu befreien. Aber er hielt sie unerbittlich fest. Caiwen fluchte und funkelte ihn hasserfüllt an. »Wenn ich gewusst hätte, was für ein herzloser Mensch du bist, wäre ich dir niemals gefolgt. Du bist nicht besser als Lenval und die anderen Männer. Und jetzt lass mich los. Heylon ist mein Freund. Ich muss zu ihm!«

»Bitte. Wie du meinst.« Etwas an dem zuckersüßen Lächeln, das Durins Lippen umspielte, als er sie freigab, ließ Caiwen alarmiert zusammenzucken. Ruckartig fuhr sie herum und sah – nichts. Unter dem strahlend blauen Himmel erstreckte sich der Ozean ruhig und glatt bis zum fernen Strand. Heylon war verschwunden. Es gab nichts, das sie jetzt noch für ihn tun konnte.

»Heylon! Neiiin!« Caiwen schluchzte auf und fiel auf die Knie. In ihrer Verzweiflung schloss sie die Augen und tastete mit ihren feinen Sinnen nach Heylon. Sie spürte, dass er noch lebte und bei Bewusstsein war, aber sie spürte auch, dass er aufgegeben hatte.

Halte durch!, rief sie ihm in Gedanken zu und wusste doch, dass er sie nicht hören konnte.

Ein letztes Mal noch war sie ihm ganz nahe, sah wie er das Sonnenlicht unerreichbar fern über sich schimmern und teilte mit ihm die Erkenntnis, dass er es zum letzten Mal erblickte. Wie Heylon sank sie immer tiefer, während die Luftblasen, kostbar wie edelste Perlen, an ihm vorbei nach oben stiegen. Dann war da nur noch Schwärze …

»Du hast dir nichts vorzuwerfen.« Durin stand immer noch hinter ihr. »Es war sein eigener freier Wille.«

Das war zu viel. Mit einem Schrei sprang Caiwen auf, fuhr herum und drosch wie von Sinnen mit den Fäusten auf Durin ein. »Du Mörder! Du Mörder«, rief sie immer wieder. »Ich … ich hasse dich!«

Durin stand ganz ruhig und schien die Schläge nicht einmal zu spüren. Irgendwann verließen Caiwen die Kräfte. Sie ließ die Hände sinken, fiel schluchzend zu Boden und schlug die Hände vors Gesicht. Heylon war tot und sie war schuld daran. Ihr Leben war zerstört. Es gab keinen Trost, nur Tränen und einen grenzenlosen Schmerz.

»Seht doch! Da!« Der panikerfüllte Ruf eines Seemanns ließ Caiwen aufblicken. Die Männer hatten aufgehört zu rudern. Sie reckten die Köpfe und starrten auf eine Stelle im Wasser, die in Bewegung geraten war. Zunächst waren es nur Luftblasen, die sich wie eine schäumende Spur rasend schnell auf den Punkt zubewegten, wo Caiwen Heylon zum letzten Mal gesehen hatte. Dann begann das Wasser, zu brodeln und Wellen zu schlagen, als würde sich etwas ungeheuer Großes unter der Wasseroberfläche bewegen. Binnen weniger Augenblicke war das Meer in einem Umkreis von fünfzehn Mannslängen so aufgewühlt, als tobte auf seinem Grund ein Sturm.

»Mar-Undrum sei uns gnädig.« Das Gesicht eines alten Matrosen, der in unmittelbarer Nähe saß, war so weiß wie sein Bart.

»Was ist das?« Durin gelang es, seine unerschütterliche Haltung zu wahren, aber Caiwen konnte er nichts vormachen. Auch er war beunruhigt.

»Ein Mhorag.« Die Stimme des Weißbärtigen bebte. »Ein Plankenreißer! Dieses Ungeheuer hat schon mehr Schiffe auf dem Gewissen als das verdammte Riff. Wir sind verloren.«

Niemand antwortete ihm. Niemand rührte sich. Die Gesichter der Männer wirkten wie in Stein gemeißelt. Es schien, als genüge allein die Nähe des Mhorags, um ihnen den Lebensmut zu rauben.

»Wenn das Ding so gefährlich ist, warum rudert ihr dann nicht?«, rief Durin aus. »Wollt ihr tatenlos zusehen, wie der Mhorag die Boote zerfetzt? Bis zur *Annaha* ist es nicht mehr weit. Also rudert endlich! Worauf wartet ihr?«

»Auf der *Annaha* sind wir nicht sicher«, sagte der Bärtige tonlos. »Der Mhorag hat uns entdeckt. Er wird nicht ruhen, bis er auch die *Annaha* zerstört hat.«

»Dann rudert an Land! Verdammt noch mal!« Durin war außer sich. »Dahin wird uns ein Seeungeheuer ja wohl kaum folgen.«

»Damit uns dort die Geister töten?«

»Das werden sie nicht! Auf dem Riff gibt es …«

»Es ist weg!« Ein Matrose sprang auf und deutete auf das Wasser, wo sich die Wellen langsam legten. »Mar-Undrum sei gepriesen, der Mhorag hat uns verschont.«

Seine Worte weckten die anderen aus ihrer Starre. Der Anblick des ruhigen Wassers schien ihnen neue Hoffnung zu geben, auch wenn die meisten immer noch furchtsam auf das Meer hinausschauten.

Durin nutzte die Gelegenheit, um die Männer anzutreiben. »Seht ihr, es ist nichts passiert! Also los, Männer. Zurück an die Riemen. Je schneller wir die *Annaha* erreichen, desto …«

Das letzte Wort wurde von einem erschrockenen Aufschrei der Männer übertönt, als sich unmittelbar neben dem Boot ein gewaltiger grauer, echsenförmiger Kopf aus dem Wasser schob. Er ging in einen dicken schlangenförmigen Hals über, der sich scheinbar endlos aus dem Wasser reckte und vier Mannslängen über dem Boot verharrte.

Caiwen hielt den Atem an. Niemals zuvor hatte sie ein so furchteinflößendes Wesen gesehen. Aber schlimmer noch als das Seeungeheuer war für sie der Anblick der reglosen, nassen Gestalt, die es in seinem Maul hatte. »Heylon!« Das Wort war nicht mehr als ein Flüstern.

Neben sich hörte sie den weißbärtigen Matrosen ein hektisches Gebet murmeln, während die anderen im Boot blass und verängstigt auf das Untier starrten, das sich wie ein monströser Gott des Todes über sie beugte. Die Männer hatten ihre Waffen gezogen, aber niemand machte davon Gebrauch. Die Angst, dass eine einzige falsche Bewegung den Mhorag zum Angriff verleiten könnte, war zu groß.

Die Zeit schien still zu stehen. Das einzige Geräusch war das Platschen des Wassers, das aus Heylons Kleidung ins Boot tropfte.

Schließlich neigte der Mhorag langsam seinen Kopf über das Boot. Die Seeleute ächzten und rückten dicht zusammen. Mit blankem Entsetzen beobachteten sie, wie sich das Seeungeheuer weit hinunterbeugte und Heylons leblosen Körper im Boot ablegte.

Für wenige Herzschläge lastete eine vollkommene Stille über den Booten. Dann zerriss das grässliche Kreischen des Mhorags die Luft. Der Kopf schoss ruckartig in die Höhe, als sich das Seeungeheuer herumwarf und in der Tiefe verschwand, ohne eines der Boote anzugreifen.

»Heylon!« Caiwen wartete nicht, bis die Seeleute ihre Fassung wiedergefunden hatten. Voller Sorge kniete sie neben Heylon nieder und strich ihm die dunklen Locken aus dem Gesicht. Er war blass. Furchtbar blass. Seine Augen waren geschlossen. Er atmete nicht. »Heylon!« Caiwen öffnete seinen Mund, hielt ihm mit zwei Fingern die Nase zu und hauchte ihm ihren Atem ein. Einmal, zweimal, dreimal … Sie schluchzte, aber sie gab nicht auf. Viermal, fünfmal, sechsmal. Dann hob sie den Kopf, schaute die Männer an und flehte mit tränenerstickter Stimme. »Helft mir! Wir müssen ihn auf die Seite drehen!«

»Er ist tot, Caiwen!« Durin trat näher und schüttelte den Kopf.

»So lange hält es kein Mensch unter Wasser aus. Schon gar nicht, wenn es so kalt ist. Da kommt jede Hilfe zu spät.«

»Bitte!« Caiwen tat, als höre sie Durin nicht. Ihr Blick streifte den des weißbärtigen Matrosen und blieb daran hängen. »Bitte«, hauchte sie noch einmal.

Der Matrose zögerte. Dann kam er ihr zu Hilfe. Gemeinsam drehten sie den schweren Körper auf die Seite.

Wasser rann aus Heylons geöffnetem Mund. Einen bangen Herzschlag lang geschah nichts. Dann begann er, zu husten und zu würgen, und erbrach Wasser auf die Planken.

»Heylon!« Caiwen strahlte vor Glück. Er hatte das Bewusstsein noch nicht zurückerlangt, aber sie spürte, wie mit dem ausströmenden Wasser immer mehr Lebenskraft in ihn zurückkehrte.

»Mar-Undrums Wille ist unergründlich.« Der weißbärtige Matrose lächelte. »Dein Freund ist wahrlich ein Gesegneter. Mar-Undrum selbst hat ihm das Leben geschenkt. Er schickte ihm seine stärkste Kreatur zu Hilfe, damit wir uns seiner annehmen.«

»Das werden wir nicht!« Durins Stimme schnitt wie ein Peitschenhieb durch die Luft.

»Es ist Mar-Undrums Wille, dass er lebt«, beharrte der Matrose. »Uns wurde aufgetragen, für ihn zu sorgen. Tun wir das nicht, wird uns Mar-Undrums Fluch auf jeder Reise verfolgen. Der Junge kommt mit!«, sagte er unter dem zustimmenden Gemurmel der anderen. »Mar-Undrum hat entschieden. Was Ihr für richtig haltet, ist nicht von Belang.«

»Mar-Undrum!« Durin spie verächtlich auf den Boden und wandte sich ab. Es war nicht zu übersehen, wie wütend er war, aber das kümmerte Caiwen nicht. Sie hatte nur Augen für Heylon, der aufgehört hatte zu husten und in einen erschöpften Schlaf gefallen war.

»Ein Mhorag!«

»Bei den Göttern!«

»Mar-Undrum sei uns gnädig.«

»Das ist das Ende!«

Finearfin hörte die Schreie der Matrosen und spürte ihre Hilflosigkeit und Angst so deutlich, als wären die Gefühle ihre eigenen. Sie wünschte, sie könnte sehen, was an Deck vor sich ging, aber die Matrosen waren sehr nah, und die Vorsicht hielt sie davon ab, die schwere, ölgetränkte Plane anzuheben, die sie vor den Blicken der Männer schützte. Wohl zum hundertsten Mal verlagerte sie ihr Gewicht, um ihre schmerzenden Glieder zu entlasten, und zum ebensovielten Mal stellte sie fest, dass es an ihrem Körper keine Stelle mehr gab, die nicht wehtat.

Seit sie dem Dämon entkommen war, war die Sonne zweimal auf- und einmal untergegangen. Das war auch für eine Elfe eine lange Zeit, vor allem wenn sie sie unter einer Plane im Rumpf eines der Beiboote der *Annaha* verbringen musste. Dabei hatte alles ganz gut begonnen. Ihre nasse Kleidung hatte Finearfin in der eisigen Luft sehr zu schaffen gemacht. Deshalb war sie froh und erleichtert gewesen, in dem Boot nicht nur eine Notration an haltbaren Nahrungsmitteln vorzufinden, sondern auch eine Handvoll Decken. Die Decken hatten sie gewärmt, während die Nüsse und das gesalzene Fleisch ihr die Kraft gegeben hatten, die Erschöpfung aus ihrem Körper zu verdrängen. Geschlafen hatte sie nur wenig.

Als der Ausguck »Riffinsel voraus!« gemeldet hatte, war es kurz brenzlig geworden. Sie hatte fest damit gerechnet, dass man ihr Boot zu Wasser lassen würde, und erst aufgeatmet, als sich die Männer für zwei andere Boote entschieden hatten.

Inzwischen waren die Boote und ein Teil der Besatzung schon eine ganze Weile fort. Aus den Gesprächen der Zurückgebliebenen, die von der Reling aus beobachteten, wie es den Männern in den Booten erging, hatte Finearfin erfahren, dass sich die

Mannschaft vor allem vor den Geistern fürchtete, die auf dem Riff umgehen sollten. Sie hatte die überraschten Ausrufe gehört, als die Männer ein blondes Mädchen am Strand entdeckten, und vernommen, dass die Boote offenbar von einem der Geister verfolgt worden waren …

… und jetzt ein Mhorag!

Finearfin hatte einen alten Seemann in einer Taverne im Hafen von den gefürchteten Seeungeheuern sprechen gehört. Es war eine gruselige Geschichte gewesen, von zerschmetterten Planken und Dutzenden Männern, die das Untier angeblich verspeist hatte. Vor ein paar Nächten hatte sie noch darüber geschmunzelt. Für sie gehörten solche Berichte eindeutig in das Reich der Mythen und Legenden. Sie war überzeugt gewesen, dass nicht ein Fünkchen Wahrheit darinsteckte – aber jetzt war sie sich plötzlich nicht mehr so sicher.

Finearfin biss sich auf die Unterlippe. Wenn sie doch nur etwas sehen könnte. Vorsichtig hob sie die Plane ein winziges Stück an und spähte aus dem Dunkel in das grelle Sonnenlicht. Es dauerte einige Herzschläge, bis sich ihre Augen an die plötzliche Helligkeit gewöhnt hatten, aber selbst danach war der Anblick eine Enttäuschung. Alles, was sie sehen konnte, waren die Rücken von etwa zwanzig Matrosen, die an der Reling standen.

»Da! Er kommt. Bei den Toren der Anderwelt, was hat er da im Maul?«

»Das ist einer von uns! Jetzt ist es aus.«

»Sie sind verloren.«

»Wir sind verloren!«

»Betet für sie!«

»Betet lieber für uns.«

Dem hastig geführten Wortwechsel war nur schwer zu entnehmen, was auf dem Wasser vor sich ging. Offenbar hatte sich der Mhorag den Booten genähert, die zur Insel gerudert waren.

»Bei den Göttern.« Einer der Matrosen drehte sich um. Finearfin ließ hastig die Plane los und saß wieder im Dunkeln. Sie bangte um das Leben des Mädchens und wünschte, sie könne ihm helfen. Aber sie durfte ihr selbst gewähltes Gefängnis nicht verlassen. Alles, was sie tun konnte, war hoffen und warten.

»Seht doch, er tut ihnen nichts.«

»Unglaublich!!«

Finearfin horchte auf. Statt Furcht lag jetzt ungläubiges Staunen in den Stimmen der Seeleute. Hoffnung keimte auf. Eine Hoffnung, die sich auch auf Finearfin übertrug. Obwohl sie nichts sehen konnte, spürte sie, dass sich die dramatische Lage grundlegend geändert hatte.

Wenig später wurden die Matrosen aus den Booten mit lautem Jubel an Deck begrüßt.

Obwohl es ein großes Wagnis war, beschloss Finearfin, einen Blick nach draußen zu wagen. Sie musste das Mädchen sehen. Sie musste wissen, ob der Schwarze ihr die Wahrheit gesagt hatte. An Deck herrschte ein solches Durcheinander, dass niemand auf das Boot achtete, dessen Plane sich wie von Geisterhand bewegte. Eine Zeit lang sah Finearfin nur die Matrosen, die sich überschwänglich begrüßten und kameradschaftlich auf die Schultern klopften, dann sah sie Durin, den Kopfgeldjäger, den sie im *Hölzernen Fass* getroffen hatte, und ein Mädchen mit hellblonden Haaren an Bord kommen. Er wollte dem Mädchen helfen, aber es schlug seine Hand fort, maß ihn mit einem vernichtenden Blick und kletterte behände über die Reling.

Das ist sie! Die Erkenntnis durchzuckte Finearfin wie ein Blitz. Das Mädchen war seiner Mutter wie aus dem Gesicht geschnitten. Ein Irrtum war ausgeschlossen. Sie war die Tochter der Hohepriesterin. Finearfin spürte, wie ihr Herz heftig zu pochen begann. Die Strapazen der Reise waren nicht vergebens gewesen.

An Bord wurde das Mädchen von dem Kapitän und einem anderen Mann begrüßt, der die Züge eines Elfen trug, aber keiner war. Finearfin sah ihn zum ersten Mal und runzelte die Stirn. Ihr blieb jedoch keine Zeit, sich darüber Gedanken zu machen, denn in diesem Augenblick wurde ein Verletzter über eine Winde an Bord gehoben, dem die volle Aufmerksamkeit des Mädchens galt. Ohne die Begrüßung der beiden Männer zu erwidern oder deren Fragen zu beantworten, kniete sie neben dem Bewusstlosen nieder und strich ihm sanft über die Wange.

Finearfin sah den Ausdruck in ihren Augen und fing ein Gefühl tiefer Zuneigung auf, das das Mädchen mit dem Verletzten verband. Sie waren Freunde, das erkannte sie auf den ersten Blick.

»Was geschieht mit ihm?«, richtete das Mädchen eine Frage an den Kapitän.

»Wir bringen ihn unter Deck. Macht Euch keine Sorgen um ihn. Ein Heiler wird sich um ihn kümmern.«

»Ich bleibe bei ihm.«

»Für Euch haben wir eine eigene Kajüte vorbereitet«, sagte der Kapitän bestimmt. »Der Heiler ist ein erfahrener Mann. Er wird ihn bestens versorgen.«

»Ich bin auch eine Heilerin«, beharrte das Mädchen.

Der Kapitän lächelte. »Eurem Freund wird nichts geschehen«, sagte er noch einmal und nickte dann dem Mann neben ihm zu. »Melrem wird Euch jetzt Eure Unterkunft zeigen und Euch alle Fragen beantworten. Danach werden wir zusammen mit Durin speisen.« Er machte eine kurze Pause, schaute zu den Inseln hinüber und fügte hinzu: »Wir alle sind begierig zu erfahren, wie es Euch all die Winter auf dem Riff ergangen ist.« Er winkte zwei Matrosen heran und deutete auf den Bewusstlosen. »Bringt ihn unter Deck! Er muss sofort trockene Kleider bekommen. Wenn er erwacht, gebt ihm etwas Heißes zu essen.«

Die Matrosen nickten und hoben die Planke an, auf der der Junge lag. Das Mädchen wollte ihnen folgen, aber Melrem hielt es zurück. »Du kannst später zu ihm. Jetzt kümmern wir uns erst einmal um dich.« Er legte ihr in einer väterlichen Geste den Arm um die Schultern und schenkte ihr ein Lächeln. »Ich bin überglücklich, dass wir dich endlich gefunden haben, Caiwen«, sagte er: »Wir haben so lange nach dir gesucht.«

Voller Sorge schaute Caiwen Heylon nach, machte aber keine Anstalten mehr, ihm zu folgen. Die Freude, ihn nicht verloren zu haben, war groß, wurde aber von der Fülle von Eindrücken überschattet, die hier an Bord der *Annaha* alle auf einmal auf sie einstürmten.

Das Schiff mit den vier Masten und den schneeweißen Segeln war viel größer, als es vom Riff aus den Anschein gehabt hatte. Es hatte etwas Majestätisches, das Caiwen beeindruckte, ihr aber auch Angst einflößte. Niemals hätte sie gedacht, dass so viele Menschen an Bord sein würden. Die Besatzung begegnete ihr freundlich und zuvorkommend, aber die vielen fremden Gesichter, die sie anstarrten, als wäre sie ein gefangenes Seeungeheuer, verunsicherten sie.

Sie war froh, als Melrem sie unter Deck führte und ihr ihre Kajüte zeigte. In der kleinen Schlafkammer war es ruhig und irgendwie heimelig. Bett, Tisch und Kleidertruhe sahen zwar ganz anders aus als in ihrem Haus auf dem Riff, aber es waren Möbelstücke, die sie kannte.

»Gefällt es dir?«, erkundigte sich Melrem und fügte hinzu: »Ich weiß, die Kajüte ist klein und nicht gerade fürstlich eingerichtet, aber es ist die beste, die wir haben.«

»Ich finde sie sehr gemütlich.« Caiwen ging zum Bett und strich mit der Hand über den kostbaren weißen Bezug der Daunendecke, während sie das Bett in Gedanken mit ihrem eigenen, harten Lager auf dem Riff verglich, dessen Decken alt und zerschlissen gewesen waren. Dieses Bett hier erschien ihr im Vergleich geradezu königlich. Wie es wohl sein mochte, darin zu schlafen?

»In der Truhe sind Kleider für dich«, hörte sie Melrem in ihre

Gedanken hinein sagen. Sie drehte sich um und sah, dass er den Deckel der Holztruhe geöffnet hatte, die übervoll war mit Kleidungsstücken. »Großmutter meinte, sie müssten dir passen. Such dir aus, was dir gefällt.«

Zögernd trat Caiwen vor und nahm ein langes hellblaues Kleid heraus. Es war aus einem glänzenden, fließenden Stoff gearbeitet und viel zu schön, um es an Bord eines Schiffes zu tragen.

»Gefällt es dir?«, fragte Melrem.

»Es ist wunderschön.« Caiwen konnte den Blick nicht von dem Kleid abwenden. Wie die anderen Mädchen auf dem Riff hatte auch sie immer davon geträumt, so etwas zu besitzen. Und nun stand eine Truhe mit mehr als einem Dutzend solcher Gewänder vor ihr. Sie konnte ihr Glück kaum fassen und wusste doch, dass sie das Kleid niemals anziehen würde. »Wem gehören die Kleider?«, fragte sie.

Ein Schatten huschte über Melrems Gesicht. »Sie gehörten meiner Mutter. Meine Großmutter konnte sich nicht davon trennen.«

»Was ist mit deiner Mutter?«, fragte Caiwen, der Melrems plötzliche Traurigkeit nicht entgangen war.

»Sie ist tot.«

»Oh, das … das tut mir leid.«

»Es ist schon lange her. Sie war mit dir auf dem Schiff, das am Riff zerschellte.«

Caiwen horchte auf. »Was weißt du über das Schiff?«

»Nicht viel«, räumte Melrem ein. »Nur dass meine Mutter und deine Mutter zusammen an Bord waren. Du warst damals noch sehr klein. Ein Säugling. Niemand wusste, dass du das Unglück überlebt hast. Alle anderen ertranken im Sturm.«

»Waren unsere Mütter befreundet?«, wollte Caiwen wissen.

»Sie sind sich auf dieser Reise sicher nähergekommen«, erwiderte Melrem. »Beide waren auf dem Weg zur Feuerinsel, wo eine Gruppe von Elfen lebt. Meine Mutter wusste, dass die Reise gefährlich war, und wollte deine Mutter nicht allein fahren lassen.« Er seufzte. »Am Ende hat auch sie das Schicksal nicht aufhalten können.«

»Wir haben beide an diesem Tag unsere Mutter verloren.« Zum ersten Mal, seit sie von ihrer Herkunft erfahren hatte, regte sich in Caiwen eine tiefe Trauer um ihre leibliche Mutter.

»Ja, aber du hast überlebt.« Melrem straffte sich und lächelte. »Und das ist ein Grund zur Freude.« Er deutete auf die Truhe und fragte: »Und? Ist etwas für dich dabei?«

»Ich weiß nicht.« Caiwen zögerte. »So etwas Feines habe ich noch nie getragen. Meine Kleider stammen alle aus Kisten, die nach den Stürmen am Strand angespült wurden.«

»So sehen sie auch aus.« Melrem maß Caiwens geflickte Sachen mit einem geringschätzigen Blick. »Diese Lumpen kannst du nicht länger tragen. Sie gehören einer Vergangenheit an, die du schnell vergessen solltest.« Er zog eine helle Bluse aus der Truhe, lächelte und reichte sie Caiwen mit den Worten: »Das ist die Zukunft.«

Caiwen nahm die Bluse entgegen, hielt sie vor sich und fragte ganz unvermittelt: »Hast du meine Mutter gekannt?«

Die Frage überraschte Melrem. Er räusperte sich verlegen und sagte: »Nicht sehr gut. Ich bin ihr nur ein paarmal begegnet. Meine Mutter und meine Großmutter kannten sie besser.«

»Erzähl mir von ihr!«

»Sie war sehr schön. Du siehst ihr ähnlich.« Melrem verstummte, überlegte etwas und sagte dann: »Und sie war klug. Menschen und Elfen begegneten ihr mit großem Respekt.«

»Was weißt du noch?«

»Ich weiß, dass du dich jetzt waschen und umziehen solltest«, wechselte Melrem abrupt das Thema. »Der Kapitän erwartet uns zum Essen.«

»Ich würde aber gern mehr über meine Mutter erfahren.«

»Später. Jetzt ist dazu keine Zeit.« Melrem winkte ab.

»Der Kapitän hat gesagt, du würdest mir alle Fragen beantworten.«

»Der Kapitän hat auch gesagt, dass er mit dir speisen möchte.« Melrem ließ sich nicht erweichen. »Und was der Kapitän wünscht, hat auf diesem Schiff Vorrang. Also such dir etwas aus und mach dich bereit. Ich hole dich dann später zum Essen ab.« Er drehte sich um und ging zur Tür.

»Warte!«

»Was ist?«

»Gibt es denn keine Hose?« Caiwen griff mit beiden Händen in die Truhe, hob einen Berg von Kleidern hoch und ließ sie wieder fallen.

»Die Frauen in Tamoyen tragen keine Hosen.«

»Und ich trage keine Röcke.« Caiwen war verärgert, weil Melrem nicht mehr über ihre Mutter sprechen wollte, und machte sich nicht die Mühe, es zu verbergen. »Dann muss ich wohl meine alte Hose anbehalten.«

»Auf keinen Fall.« Melrem schüttelte energisch den Kopf. »Ein Rock ist die angemessene Bekleidung für eine Frau aus Tamoyen. Es wäre schön, wenn du dich rechtzeitig daran gewöhnst.«

»Und wenn ich nicht will?« Caiwen schob trotzig die Unterlippe vor. »Du hast die Wahl: Entweder ich bekomme eine Hose oder ich gehe in dieser hier zum Kapitän.«

»Du bist ganz schön dickköpfig.« Melrem seufzte.

»Wie meine Mutter?«

»Wie alle Elfen.«

»Dann bekomme ich eine Hose?«

»Wenn ich in der Kleiderkammer der Matrosen eine passende finde.« Melrem gab sich geschlagen.

»Danke.« Caiwen schenkte Melrem ein Lächeln. Sie war immer noch ärgerlich, aber der kleine Triumph entschädigte sie ein wenig für das unterbrochene Gespräch. Während Melrem die Kajüte verließ, suchte sie in der Truhe nach einer Weste, die sie über der Bluse tragen konnte. Dabei kam sie nicht umhin, die wunderschönen Kleider zu bewundern, die Melrems Mutter gehört hatten. Die unbekannte Großmutter musste wirklich sehr wohlhabend sein. Durin hatte nicht zu viel versprochen.

Bald darauf stand sie frisch gewaschen und mit sorgfältig gekämmten Haaren vor dem Spiegel und bewunderte die junge Elfe mit dem glänzenden Haar, die ihr entgegenblickte. Es war das erste Mal, dass sie sich auf diese Weise betrachten konnte. Verrina hatte zwar auch einen Spiegel besessen, aber der war viel kleiner gewesen, alt und blind und von so vielen Rissen durchzogen, dass man sich darin kaum erkennen konnte. Dieser hier war so klar wie das Meer bei Windstille und machte Caiwen ihre Verwandlung mehr als deutlich.

Wie sie so dastand und mit den Augen den zarten Rundungen ihres Körpers folgte, die unter der dünnen Bluse erst richtig zur Geltung kamen, fühlte sie sich zum ersten Mal in ihrem Leben wirklich als Frau.

Sie probierte sogar ein paar Röcke an, stellte aber schnell fest, dass sie viel zu unbequem waren, um sich darin frei bewegen zu können. »Und wenn ich hundert Winter in Tamoyen lebe«, sagte sie zu sich selbst, während sie die Röcke zusammenknüllte und in die Truhe warf, »einen Rock ziehe ich ganz gewiss nicht an.«

Saphrax

Vereinzelte Sonnenstrahlen brachen durch die Wolken, die am Nachmittag aufgezogen waren, spiegelten sich auf der ruhigen Oberfläche des Ozeans und ließen das Wasser wie flüssiges Gold schimmern.

Durin blinzelte. Er stand allein am Heck der *Annaha*, den Blick in die Ferne gerichtet, und hing seinen Gedanken nach. Weit im Westen erhoben sich die Klippen der Riffinseln über dem Wasser, ein kurzer dunkler Streifen am Horizont, wie eine natürliche Grenze zwischen dem Meer und dem Himmel.

Durin schaute nach oben. Über ihm knarrten die Wanten, wenn der schwache Westwind kurz auflebte und in die Segel fuhr. Die *Annaha* machte nur wenig Fahrt, ganz so als wollte eine höhere Macht verhindern, dass Caiwen fortgebracht wurde.

Caiwen. Durin ballte die Fäuste und spie ins Wasser.

Nachdem sie an Bord gekommen waren, hatte Melrem das Elfenmädchen sofort unter seine Fittiche genommen. Maeves Enkel hatte es nicht direkt gesagt, aber Durin spürte, dass er nicht mehr gebraucht wurde. Er hatte Caiwen an Bord geholt, so wie Maeve es ihm aufgetragen hatte, und würde in Arvid seinen Lohn dafür erhalten. Was mit Caiwen geschah, ging ihn nichts mehr an.

Durin verzog das Gesicht, als ein stechender Schmerz durch

sein verletztes Bein schoss. Der Schiffsheiler hatte sich von Caiwens Arbeit beeindruckt gezeigt. »Du kannst von Glück sagen, dass sie dir geholfen hat. Ohne ihre fachkundige Hilfe wärst du verblutet.«

Durin fluchte leise und wartete darauf, dass der Schmerz nachließ. Allen Hindernissen zum Trotz war er erfolgreich gewesen. Er hätte zufrieden sein können, aber er war es nicht. In wenigen Sonnenaufgängen würde die Wunde verheilt sein. Dann würde ihn nur noch die Narbe an das Abenteuer auf dem Riff erinnern – und daran, dass er in Caiwens Schuld stand. »Das ist nicht gut«, murmelte er vor sich hin und schüttelte den Kopf. »Nicht gut.«

»Erbrichst du jetzt auch schon bei Windstille?« Saphrax kam angeflogen und landete flügelschlagend neben ihm auf der Reling. »Tss, tss… ich hätte nicht gedacht, dass es so schlimm um dich steht.«

»Tut es auch nicht.« Durin blickte die Raubmöwe von der Seite an. »Wo warst du?«, fragte er barsch.

»He, ist das der Ton, in dem man seinen Freund begrüßt?« Saphrax schüttelte unwillig das Gefieder. »Ein wenig höflicher könntest du schon sein, möchte ich meinen.«

»Könnte ich, will ich aber nicht«, knurrte Durin unwirsch. »Wärst du ein echter Freund, hättest du dich nicht feige verkrochen, sondern wärst mir zu Hilfe geeilt, als dieses Seeungeheuer aufgetaucht ist.«

»Es bestand zu keiner Zeit Grund zur Sorge«, schnatterte Saphrax und begann seelenruhig, sein Gefieder zu putzen.

»Kein Grund zur Sorge?«, brauste Durin auf. »Wir hätten alle tot sein können. Wie kannst du so etwas behaupten? Du warst doch gar nicht dabei.«

»Doch!«

»Wie?«

»Ich war dabei.«

»Ach ja? Und wo warst du, wenn ich fragen darf? Als Rochen sicher auf dem Meeresgrund? Als Ratte im Rumpf der *Annaha* oder als …?«

»Ich war der Mhorag.«

»Du … du warst was?« Fassungslos starrte Durin Saphrax an.

»Der Mhorag. Das Seeungeheuer.«

»Sag mal, bist du jetzt völlig verrückt geworden?« Durin schnappte nach Luft. »Was sollte das?«

»Anders hätte ich ihn nicht retten können.«

»Wen?«

»Na, den Jungen.«

»Den Jungen?« Durin fehlten die Worte. »Heißt das, du … du hast das nur getan, um diesen Heylon zu retten?«

»Nicht nur. Auch um die Matrosen ein wenig einzuschüchtern, damit sie ihn nicht gleich wieder über Bord werfen.« Saphrax blinzelte Durin zu. »Hat doch gut geklappt – oder?«

»Ich … ich …« Durin verstummte und vergewisserte sich rasch, dass niemand in der Nähe war. »Verdammt noch mal, nichts ist gut!«, zischte er wütend. »Dieser Kerl hat hier nichts zu suchen. Mein Auftrag lautete, das Mädchen zu holen – allein.« Er machte eine Pause, um Atem zu schöpfen, und fuhr dann fort: »Maeve wird ziemlich verärgert sein, wenn Caiwen mit ihm dort auftaucht. Sie wird mich dafür verantwortlich machen, dass er mitgekommen ist. Mich! Sag mal, verstehst du nicht, dass er uns nur Ärger machen wird? Er hätte auf dem Riff bleiben sollen oder meinetwegen auch ertrinken. Alles – nur nicht mit nach Arvid kommen.«

»Also ich fand ihn sehr nett.« Durins Wut schien Saphrax nicht zu beeindrucken.

»Nett?« Durin schlug sich mit der flachen Hand vor die Stirn. »Ist das alles? Du hast ihn gerettet, weil du ihn nett findest?«

»Ja.«

»Bei den Toren der Anderwelt!« Durin schüttelte den Kopf. »Ist dir klar, dass du damit gegen meinen ausdrücklichen Wunsch gehandelt hast?«

»Ich bin dein Freund, nicht dein Sklave!« Saphrax senkte den Kopf, spreizte die Flügel leicht ab und öffnete drohend den Schnabel. »Du kannst mir nichts befehlen. Vergiss das nicht.«

»Trotzdem kannst du nicht so eigenmächtig handeln«, empörte sich Durin. »Nicht wenn es um meine Aufträge geht. Wie soll ich dir jemals wieder vertrauen, wenn du solche Sachen machst, Saphrax?«

»Ist doch nicht schlimm, jemandem das Leben zu retten«, konterte Saphrax selbstbewusst und fuhr dann etwas sanfter fort: »Schon gar nicht, wenn er so nett ist.«

»Ach vergiss es!« Durin gab auf. Mit Saphrax konnte man einfach nicht vernünftig reden.

»Hast du gespürt, wie ängstlich sie waren?«, fragte Saphrax nach einer Weile.

»Wer?«

»Na, die Matrosen im Boot. Die hatten richtig Angst vor mir.«

»Nicht nur die Matrosen«, knurrte Durin.

»Oh, das … das tut mir leid.« Saphrax neigte den Kopf leicht zur Seite. »Ich wollte dich nicht erschrecken.«

»Wie rührend.« Durin war noch viel zu wütend, um jetzt einzulenken.

»Das war ein wunderbares Gefühl«, schwärmte Saphrax weiter. »Eigentlich wollte ich den Jungen nur ins Boot legen und verschwinden, aber dann … dann musste ich das einfach noch kurz auskosten. Schade, dass es so schnell vorbei war.«

»Nun, immerhin hast du erreicht, was du wolltest. Dem netten Jungen geht es schon viel besser.«

»Das freut mich.« Saphrax plusterte sich auf. »Ich glaube, ich werde öfter mal die Gestalt eines Ungeheuers annehmen.«

»Tu, was du nicht lassen kannst.« Durin richtete sich auf und wandte sich zum Gehen. »Aber sag mir vorher Bescheid, damit ich dir nicht irgendwann mal aus Versehen die Kehle durchschneide.«

Ohne sich noch einmal umzublicken, humpelte Durin über das Deck zur Treppe, die zur Kapitänskajüte hinunterführte. Der Kapitän hatte ihn gebeten, mit Caiwen und Melrem zu speisen. Der Gedanke an das kostbare Geschirr und die steifen Tischmanieren dämpfte seine Freude über die Einladung etwas, aber nach dem kargen Essen auf der Insel kam ihm ein opulentes Mahl gerade recht, und außerdem war er neugierig zu erfahren, was dort besprochen wurde.

»Du solltest sie allein herbringen!« Melrem trat aus dem Schatten der Aufbauten und fasste ihn am Arm. »Von dem Jungen war nie die Rede.«

»Ich habe ihn nicht eingeladen.« Mit einem energischen Ruck befreite sich Durin aus Melrems Griff. »Er ist ihr schwimmend gefolgt und wäre fast ertrunken. Ich hab nichts unternommen, um ihn zu retten. Dann tauchte dieses Seeungeheuer auf und warf ihn ins Boot. Die Männer sind überzeugt, dass es ein Zeichen Mar-Undrums ist.«

»Mar-Undrum!« Melrem schnaubte. »Du willst mir doch nicht etwa erzählen, dass du das abergläubische Geschwafel der Matrosen ernst nimmst?«

»Das nicht. Aber die Schärfe ihrer Waffen.« Durin senkte die Stimme und fuhr flüsternd fort: »Du hättest ihre Gesichter sehen sollen, als dieses Vieh den Jungen brachte. Für sie ist es ein Wunder. Hast du gehört, was sie sich über ihn erzählen? Sie sagen, er ist ein Geist, der auf wundersame Weise durch den Tod zum Leben erweckt wurde.« Er atmete tief durch und fuhr fort: »Was hätte ich denn tun sollen, Melrem? Den Jungen wieder über Bord werfen und den Zorn der Mannschaft auf mich ziehen, die Mar-Undrums Rache mehr als alles andere fürchtet? Ich war allein gegen zehn! Mar-Undrums Willen stellt man nicht infrage, wenn man mit einem Schiff unterwegs ist, das solltest du eigentlich wissen.«

»Dann schaff mir diesen Balg in Arvid vom Hals«, knurrte Melrem, ohne auf Durins Rechtfertigungen einzugehen. »Der Junge ist Ballast, der unseren Plänen im Weg steht.« Er verstummte und beugte sich so weit vor, dass Durin seinen Atem an der Wange spüren konnte, als er flüsternd hinzufügte: »Ich sage dir was. Es ist mir völlig gleichgültig, was die Männer denken und wie er zu Caiwen steht. Er muss verschwinden – und zwar schnell. Sonst wird nichts aus dem Beutel Gold.«

»Meine Aufgabe war es, das Mädchen zu holen«, brauste Durin auf. »Das habe ich getan. Du kannst nicht von mir verlangen, dass ich …«

»Du hast einen Fehler gemacht und wirst das wieder in Ordnung bringen«, sagte Melrem gefährlich ruhig. »Schick ihn zurück ins Geisterreich. Dann bekommst du deinen Lohn.« Ohne Durins Antwort abzuwarten, wirbelte er herum und hastete die Treppe zur Kapitänskajüte hinunter.

Durin starrte ihm finster nach. Dass Melrem von ihm erwartete, Heylon aus dem Weg zu schaffen, empfand er als persönliche Beleidigung. Er war ein ehrenhafter Kopfgeldjäger, der nicht zögerte, zu töten, wenn er bedroht wurde, aber er war kein Mörder. Bisher hatte Maeves Enkel sich ihm gegenüber stets betont freundlich verhalten. Durin hatte nicht wirklich daran geglaubt, dass es ihm damit ernst war, trotzdem kränkte und beunruhigte ihn die überraschende Wandlung in Melrems Wesen. Langsam folgte er Melrem die Treppe hinab und betrat die Kajüte des Kapitäns als Letzter der geladenen Gäste. Außer Caiwen, Melrem und dem Kapitän war, was Durin nicht wirklich überraschte, auch der Erste Offizier der *Annaha* anwesend.

Durin begrüßte ihn und den Kapitän mit einem kurzen Kopfnicken, übersah Melrem auffällig unauffällig und wandte sich dann mit einem »Gut siehst du aus« an Caiwen, die sich abwandte, ohne seine freundlichen Worte zu erwidern. Ihr verfilztes Haar war jetzt ordentlich gekämmt und wurde von einer perlenbesetzten Haarspange zurückgehalten. Das Gesicht war sauber und es gab keine Spuren von Erde mehr unter ihren Fingernägeln. Die Kleidung, die sie gewählt hatte, hätte allerdings auch gut zu einem Jungen gepasst. Caiwen trug eine geschnürte Bluse und darüber eine Weste aus hellem Leder. Dazu eine dunkelblaue Matrosenhose.

»Nun, da wir alle beisammen sind, möchte ich zunächst unseren Ehrengast begrüßen, dessen lange und bittere Einsamkeit auf dem Riff wir, die Götter seien gepriesen, heute beenden konnten.« Der Kapitän war aufgestanden, hob seinen silbernen Weinpokal und prostete Caiwen zu. »Ihr müsst wissen, dass wir die gefahrvolle Reise allein um Euretwillen auf uns genommen haben«, fuhr er fort. »Umso mehr freut es mich, dass wir erfolgreich waren und Euch wohlbehalten zurück in die Heimat bringen können. Ich hoffe, das bescheidene Mahl«, er deutete auf die überreich mit Früchten, Braten und sonstigen Leckereien gedeckte Tafel, »wird Euch einen kleinen Vorgeschmack auf das geben, was Ihr in Tamoyen zu erwarten habt.«

»Meine Großmutter ist überaus wohlhabend«, fügte Melrem hinzu. Der Kapitän warf ihm einen missbilligenden Blick zu und fuhr dann fort: »Es wäre mir eine Freude, wenn Ihr uns während des Essens etwas von Euch und dem Leben auf dem Riff berichten würdet. Vor allem aber hoffe ich, dass Ihr uns darüber Aufschluss geben könnt, warum Euch die Geister verschont haben.«

»Ah ja, die Geister …« Caiwens Zögern entging Durin nicht. Offenbar wusste sie nicht recht, was sie antworten sollte.

»Der Kapitän meint die Geister der ertrunkenen Seeleute, die auf dem Riff hausen und jeden töten, der das Eiland betritt«, kam er ihr zu Hilfe. Er wandte sich dem Kapitän zu und sagte mit unheilvoller Stimme: »Ich habe die Geister mit eigenen Augen gesehen. Oh ja, das habe ich. Finstere Gesellen in Lumpen und mit

Blutgier im Blick. Sie kamen zu mir und wollten mich töten, nachdem der Sturm mein Boot zerschmettert und mich an den Strand geworfen hat.« Er ließ die Faust so heftig auf den Tisch krachen, dass die Gläser klirrten, und fuhr fort: »Bei den Göttern, noch nie habe ich so um mein Leben gefürchtet, aber dann kam sie und hat mich gerettet.« Durin entging nicht, dass Melrem ihn skeptisch von der Seite musterte. Es war offensichtlich, dass er ihm kein Wort glaubte. Der Kapitän hingegen war sichtlich beeindruckt. »Ist das wahr?«, fragte er Caiwen. »Ihr habt Durin das Leben gerettet?«

»Ja … ja, das stimmt. Ich … ich habe schon so lange auf dem Riff gelebt und wollte fort. Aber die … die Geister töten alle, die an den Strand kommen.« Je länger Caiwen sprach, desto fester wurde ihre Stimme. Dankbar griff sie die Worte Durins auf und wob daraus eine Geschichte, die zu der Geisterlegende passte. »Als ich hörte, dass ein Schiff kommen würde, um Durin zu holen, habe ich die Gelegenheit genutzt. Ich habe den Geistern erzählt, dass es für mich an der Zeit sei, mir einen Gefährten zu suchen, und ihnen erklärt, dass ich Durin erwählt hätte. Nur deshalb ließen sie ihn in Frieden.«

»Aber warum das alles?« Der Erste Offizier schien weniger gutgläubig als sein Kapitän. »Warum ließen sie Euch so lange am Leben und warum gewährten sie Euch diesen Wunsch? Mit Verlaub, aber die Geschichte scheint mir doch sehr an den Haaren herbeigezogen. Nichts als Seemannsgarn.« Er verstummte und maß Caiwen mit einem durchdringenden Blick.

»Nun, sie haben mir nichts getan, weil … weil …«

»… weil sie den Winter vom Riff ferngehalten hat«, sagte Melrem so gelassen, als erkläre sich das eigentlich von selbst. Caiwen fuhr herum und starrte ihn mit offenem Mund an. Auch die anderen am Tisch schienen nicht zu wissen, wovon Melrem sprach. Dieser ließ sich durch die erstaunten Gesichter jedoch nicht beirren und fuhr fort: »Wisst ihr denn nicht, dass Caiwen die seltene

Gabe der Elfen besitzt, den Schnee zu bannen? Durch sie fiel auf dem Riff niemals Schnee.« Er grinste. »Ich schätze mal, das war den Geistern ganz angenehm.«

»Ja … nun, das könnte in der Tat des Rätsels Lösung sein. Auch wenn es für meinen Geschmack eine recht merkwürdige Erklärung ist.« Der Kapitän wirkte erleichtert. Er schien froh zu sein, einen aufkommenden Streit verhindern zu können. »Aber nun greift zu, ehe das Essen kalt wird. Der Abend ist noch lang, und wir haben noch viel Zeit, über alles zu sprechen.«

Echte Freunde, falsche Freunde

Dann schaff mir diesen Balg in Arvid vom Hals. Der Junge ist Ballast, der unseren Plänen im Weg steht.«

Finearfin horchte auf. Nach der Rettung des Mädchens hatte sie sich in ihrem Versteck etwas entspannen können. Sie konnte erst nach Einbruch der Dunkelheit versuchen, zu Caiwen zu gelangen. Bis dahin war es noch lange hin, aber der hitzige Wortwechsel hatte sie vorzeitig aus dem leichten Schlummer geweckt, in den sie nach den Strapazen der langen Reise gesunken war.

Draußen vor dem Boot wurde nun geflüstert. Dann hörte sie eine Stimme, die unverkennbar dem Kopfgeldjäger gehörte, sagen: »Meine Aufgabe war es, das Mädchen zu holen. Das habe ich getan. Du kannst nicht von mir verlangen, dass ich …«

»Du hast einen Fehler gemacht und wirst das wieder in Ordnung bringen.« Jetzt erkannte sie Melrems Stimme. Sie klang barsch. »Schick ihn zurück ins Geisterreich. Dann bekommst du deinen Lohn.«

Nun wurde Finearfin einiges klar. Der Kopfgeldjäger hatte den Auftrag gehabt, das Mädchen an Bord zu bringen. Allein. Dass der Junge mitgekommen war, schien diesem Melrem ganz und gar nicht zu passen, auch wenn er Caiwen gegenüber so tat, als sei er ihr wohlgesinnt.

Ein dünnes Lächeln umspielte Finearfins Lippen. Was sie gerade gehört hatte, war Gold wert. Wenn Caiwen erfuhr, was die Männer im Schilde führten, würde sie sich sicher nicht mehr mit ihnen verbünden. Dann würde es ein Leichtes sein, sie mit ins Zweistromland zu nehmen. Finearfin war zufrieden. Jetzt musste sie nur noch die Dunkelheit abwarten und unbemerkt zur Kajüte des Mädchens kommen.

Die Nacht breitete ihr samtenes Tuch über den Ozean und drängte das Licht nach Westen, als Caiwen sich vom Kapitän verabschiedete und sich, gefolgt von Melrem, auf den Weg zu ihrer Kajüte machte. Es war ein köstliches Mahl gewesen, mit erlesenen Speisen, von denen sie nie zuvor auch nur etwas gehört hatte. Caiwen hatte so viel gegessen, dass sie glaubte, platzen zu müssen. Die Blicke der Männer, die ihr dabei halb belustigt, halb entsetzt zugesehen hatten, waren ihr nicht entgangen.

Während der Kapitän und der Erste Offizier sich offensichtlich an ihren schlechten Tischmanieren gestört hatten, schien es Melrem und Durin nicht zu kümmern. Durin selbst hatte sich sogar einen Spaß daraus gemacht, den Kapitän und seinen Untergegebenen mit ungehobelten Ausdrücken und grobschlächtigem Verhalten zu provozieren. Caiwen war die diebische Freude nicht entgangen, mit der er sich den fettigen Mund am Ärmel abgewischt oder nach einem Schluck Wein laut gerülpst hatte.

Melrem hatte jede ihrer Bewegungen und Äußerungen mit großem Interesse verfolgt, ganz gleich wie unpassend sie waren. Caiwen hatte sich des Gefühls nicht erwehren können, dass er sie auf dieselbe Weise studierte, wie sie es einmal bei einem schlüpfenden Felstölpeljungen getan hatte. Er war es auch gewesen, der ihr die meisten Fragen gestellt hatte.

Caiwen seufzte. Sie war froh, dass das Essen vorüber war. Immer wieder war das Gespräch auf die Geister gekommen, und viel zu oft hatte sie eine Lüge erfinden müssen, um ihr Volk nicht zu verraten. Es war, als würde sie am Abgrund einer steilen Klippe entlangbalancieren, immer darauf bedacht, keinen falschen Schritt zu tun.

Um keinen Fehler zu machen, hatte sie sich schüchtern gegeben und die Fragen der Männer nur knapp beantwortet. Am Ende war es dann ausgerechnet Durin gewesen, der das Gespräch mit den Worten »Seht ihr nicht, dass sie erschöpft ist?« beendet hatte. Zuvor hatte er ihr immer wieder mit nicht minder erfundenen Erklärungen ausgeholfen, wenn sie nicht weiterwusste.

Sein Bericht von der Insel griff das auf, was die Mannschaft sich ohnehin schon von Heylon erzählte, und machte aus ihm endgültig einen Geist, den mit Caiwen eine so enge Freundschaft verband, dass er sie auf die Insel zurückholen wollte. Ein Geist, dem durch Mar-Undrums Gnade ein neues Leben geschenkt worden war, damit er Caiwen auf der Reise nach Tamoyen begleiten konnte. »Das ist der Stoff, aus dem Legenden entstehen«, hatte Durin prophezeit und ihr einen vielsagenden Blick zugeworfen.

Obwohl Caiwen ihn noch immer dafür hasste, dass er Heylon ertrinken lassen wollte, konnte sie nicht umhin, ihm für die Unterstützung dankbar zu sein. Sie vertraute weder ihm noch einem der anderen Männer, aber sie rechnete es ihm hoch an, dass er sein Versprechen hielt und niemanden von den Menschen auf dem Riff erzählte …

Der Gedanke erinnerte sie daran, wie wichtig es war, dass Durin, Heylon und sie sich in ihren Aussagen nicht widersprachen. Heylon musste wissen, was sie an diesem Abend gesprochen hatten, sonst konnte es schnell Probleme geben. »Ich möchte noch einmal zu Heylon.« Sie blieb abrupt stehen und schaute Melrem an. »Zeigst du mir den Weg?«

»Es ist schon spät. Ich weiß nicht, ob es gut ist …«

»Als ich ihn das letzte Mal besucht habe, hat er noch geschlafen.« Caiwen ließ sich nicht beirren. »Ich muss wissen, wie es ihm geht.«

Melrem schien von dem Gedanken sind sonderlich begeistert zu sein, aber er widersprach nicht länger und führte sie in den Rumpf des Schiffes, wo dem Schiffsheiler eine kleine Kammer für die Pflege der Verwundeten zur Verfügung stand. Sie befand sich in der Nähe der Mannschaftsunterkünfte und war mit allem ausgestattet, was ein Heiler an Bord eines Schiffes benötigte. Wie schon am Nachmittag fiel Caiwen als Erstes die schlechte Luft auf, die hier unten herrschte – die Ausdünstungen von zu vielen schwitzenden Leibern auf zu engem, schlecht belüftetem Raum, dazu der Rauch von Tabak und die Gerüche aus der Kombüse. Schon als sie die Treppe hinunterstieg, wünschte sie sich wieder an Deck. Wie sollte ein Kranker in diesem Gestank gesunden? Heylon musste hier raus, je schneller, desto besser.

Melrem klopfte an und der Heiler öffnete. Er war ein kleiner, gedrungener Mann mit einem stümperhaft gestutzten weißen Bart und schütterem Haar. Tief liegende Augen zeugten von zu vielen durchwachten Nächten, in denen er zu viel geraucht hatte, wie die graue Farbe seiner Haut verriet. Ein rasselnder Husten ersetzte die Begrüßung, während er Melrem und Caiwen mit einer fahrigen Handbewegung zum Eintreten aufforderte.

Drinnen war die Luft fast noch schlechter als vor der Tür. Tabakrauch hing wie ein dichter blauer Nebel in der Luft. Caiwen war entsetzt. Sie konnte nicht fassen, dass dies die Kammer eines Heilers sein sollte.

»Caiwen!« Heylon war wach und richtete sich auf, als er sie erkannte.

»Heylon!« Mit wenigen Schritten war sie bei ihm und schlang ihm die Arme um den Hals. »Du dummer, dummer Narr!«, schalt sie voller Zuneigung. »Was machst du nur für Sachen? Ich hatte solche Angst, dass du …« Das Wort »ertrinkst« schluckte sie im letzten Moment hinunter, weil Melrem und der Schiffsheiler es hätten hören können. »Sag, wie geht es dir?«, fragte sie stattdessen.

»Ich fühle mich so lebendig wie schon lange nicht mehr. Aber ich sehne mich nach frischer Luft«, erwiderte Heylon lachend und gab damit unbewusst genau die richtige Antwort.

»Das verstehe ich. Hier unten ist die Luft wirklich schlecht.« Caiwen rümpfte die Nase und fuhr, an Melrem gewandt, fort: »Ich möchte, dass Heylon mit mir nach oben kommt.«

»Ausgeschlossen!« Der Heiler schüttelte energisch den Kopf. »Solange ich nicht sicher weiß, dass er genesen ist, bleibt er hier.«

»Aber …«

»Kein Aber. Der Kapitän hat es so angeordnet. Ich werde mich hüten, mich seinen Weisungen zu widersetzen.«

Caiwen warf Melrem einen Hilfe suchenden Blick zu.

»Das Wort des Kapitäns ist Gesetz. Dagegen bin ich machtlos.« Melrem zog bedauernd die Schultern in die Höhe. »Außerdem halte auch ich es für besser, wenn der Heiler in dieser Nacht noch ein Auge auf deinen Freund wirft.« Er verstummte und lächelte Caiwen aufmunternd zu. »Es dauert nicht mehr lange, bis wir den Hafen von Arvid erreichen.«

»Lass es gut sein, Caiwen«, suchte Heylon zu vermitteln. »Ich werde hier gut versorgt. Außerdem bin ich noch nicht wieder bei Kräften und froh, wenn ich nicht aufstehen muss.«

»Sicher?« Caiwen schaute Heylon zweifelnd an.

»Ganz sicher.« Heylon lächelte matt und legte sich wieder hin.

»Ich würde gern ein paar Worte allein mit ihm wechseln.« Caiwen schaute zuerst Melrem und dann den Heiler bittend an. »Wenn das möglich ist.«

»Natürlich.« Melrem gab dem Heiler ein Zeichen, ihm vor die Tür zu folgen. Dieser zögerte zunächst, nickte dann aber und fügte mit strenger Miene hinzu: »Aber nur kurz.«

Caiwen wartete, bis beide hinaus waren und Melrem die Tür

geschlossen hatte, dann berichtete sie Heylon in knappen Sätzen, was die Mannschaft über ihn dachte, und fragte abschließend: »Was hast du dem Heiler alles erzählt?«

»Nichts.« Heylon schüttelte den Kopf. »Ich habe viel geschlafen und ihm nur kurz gesagt, wie es mir geht.«

»Das ist gut.« Caiwen atmete auf. »Es ist besser, wenn du den anderen nicht zu viel von dir preisgibst. Am einfachsten ist es, wenn du behauptest, dich nur noch bruchstückhaft an das erinnern zu können, was auf der Insel geschehen ist.«

»Verstehe.« Heylon nickte ernst. »Mach dir keine Sorgen. Von mir erfährt niemand etwas.«

Es klopfte. Dann wurde die Tür geöffnet und der Heiler schaute herein. »Es ist besser, wenn Ihr jetzt geht«, sagte er zu Caiwen. »Euer Freund muss ruhen.« Caiwen nickte. Sie hatte erreicht, was sie wollte. Auf die eine Nacht kam es nicht an. Morgen würde sie mit Heylon das Schiff verlassen und dann konnte kein Kapitän der Welt ihnen Befehle erteilen. »Also gut.«

»Das ist sehr vernünftig.« Etwas an der Art, wie Melrem das sagte, gefiel Caiwen nicht. Sie wünschte Heylon eine gute Nacht, dankte dem Heiler für seine Mühe und ließ sich von Melrem zu ihrer Kajüte führen, um die Zeit bis zum Morgengrauen durch Schlaf zu verkürzen.

»Großmutter wird überglücklich sein, dich zu sehen«, raunte Melrem ihr zum Abschied zu. »Sie hatte die Hoffung schon fast aufgegeben.«

»Das sollte man nie tun«, erwiderte Caiwen. »Hoffnung gibt es immer.« Ohne ein weiteres Wort trat sie in ihre Kajüte, schloss die Tür leise hinter sich und ließ sich mit einem tiefen Seufzer auf das weiche Bett fallen. Die Arme hinter dem Kopf verschränkt, lauschte sie dem Geräusch der Wellen, die sanft gegen den Rumpf des Schiffes schlugen, während sie im Geiste noch einmal an sich vorüberziehen ließ, was seit dem Morgen geschehen war.

Ihre Gedanken wanderten zurück zum Riff, und sie fragte sich, ob Verrina und Lenval wohl nach ihr suchten. Anders als Emeric, dem es vermutlich gleichgültig war, was mit Heylon geschah, würden sich ihre Eltern sicher große Sorgen um sie machen. Besonders Verrina würde sehr traurig sein …

Caiwen spürte, wie ihre Kehle eng wurde, als sie begriff, was sie den beiden angetan hatte. Auch wenn sie nicht ihre leiblichen Eltern waren, so waren es doch die einzigen, die sie jemals gekannt hatte, und sie liebte sie immer noch. *Es ist nicht recht, dass ich ihnen keine Nachricht hinterlassen habe,* dachte sie schuldbewusst und versuchte, sich mit dem Gedanken zu trösten, dass vielleicht jemand das Schiff und die Boote gesehen hatte …

Síve i cala fire earo morne núriessen, San fire estel. Síve i súle sinte helca súresse, San sinta estel.

Caiwen stutzte. Da sang doch jemand. Verwoben in das Rauschen der Wellen, schien das Lied, das ihr fremd und vertraut zugleich war, leise durch die Kajüte zu schweben. Sie lauschte und erkannte, dass es dieselben fremdartigen Worte waren, die sie schon in ihren Träumen gehört hatte. Und mehr noch. Neue Worte waren hinzugekommen, in ihrer Melodie ähnlich wie die alten und doch zweifellos von anderer Bedeutung. Sie zogen Caiwen wie magisch in ihren Bann und weckten in ihr Erinnerungen an Dinge, die vor langer Zeit geschehen waren. Tief in ihr regte sich etwas, das auf die Worte anzusprechen schien, aber nicht hervorkommen und sich ihr zu erkennen geben wollte.

Die melancholische Frauenstimme sang weiter. Voller Sehnsucht und unerfüllter Hoffnung und so traurig, dass Caiwen die Tränen nicht länger zurückhalten konnte. Gleichzeitig wünschte sie sich, das Lied möge niemals aufhören.

Am Ende weinte sie sich in den Schlaf.

»Schscht!«

Caiwen spürte eine Hand auf ihrem Mund. Sie riss die Augen auf und wollte hochfahren, aber der Druck der Hand hielt sie zurück.

»Ruhig, Schwester.«

Caiwen zog die Luft scharf durch die Nase ein. Sie hatte geglaubt, Melrem oder Durin vor sich zu haben, die Stimme aber gehörte eindeutig einer Frau.

»Ich komme in Frieden. Wenn du mir versprichst, nicht zu schreien, nehme ich die Hand fort«, hörte sie die Unbekannte sagen. »Du musst keine Angst haben.«

»Hmmm.« Caiwen deutete ein Nicken an.

Die Hand verschwand. »Verzeih«, sagte die Fremde mit weicher wohlklingender Stimme. »Aber es ging nicht anders.«

»Wer bist du?« Der erste Schrecken war verflogen, und Caiwen stellte erstaunt fest, dass sie keine Angst hatte.

»Ich bin Finearfin.« Ein Funken glomm auf und entzündete die Öllampe, die neben der Koje auf einem Tisch stand. Die kleine Flamme warf ein unstetes Licht auf das scharf geschnittene Gesicht einer jungen Frau mit hohen Wangenknochen und langen, auffallend hellblonden Haaren, unter denen zwei spitze Ohren hervorschauten. »Wir sind vom selben Blut.«

»Du bist eine Elfe?« Caiwen sagte das so laut, dass Finearfin mahnend einen Finger auf die Lippen legte. Für einige endlos scheinende Herzschläge war es totenstill in der Kajüte, dann entspannte sie sich und sagte: »Niemand weiß, dass ich an Bord bin, und das muss auch so bleiben.«

»Du gehörst nicht zur Mannschaft?«

»Nein.«

»Was tust du dann hier?«

»Ich habe dich gesucht.«

»Mich?« *Warum suchen plötzlich alle nach mir?* »Genau das haben Durin, Melrem und der Kapitän auch schon zu mir gesagt.«

»Nun, das ist nicht verwunderlich, schließlich bist du etwas Besonderes.«

»Ich bin eine Elfe wie du«, meinte Caiwen. »Wir sind anders als die Menschen, aber nach allem, was ich gehört habe, gibt es noch sehr viele unseres Volkes. Ich wüsste nicht, was daran so besonders sein sollte.«

»Du hast recht. Unser Volk ist groß, wenn auch nicht annähernd so groß wie das der Menschen.« Finearfin lächelte, setzte sich zu Caiwen auf die Bettkante und ergriff ihre Hand. »Aber du bist nicht einfach nur eine Elfe«, sagte sie sanft. »Du bist Aniye-Nenetihil, Tochter der Hohepriesterin Elethiriel und Patrona des Zweistromlandes.«

»Aniye-Nenetihil.« Caiwen sprach den Namen so langsam aus, als sei er eine neue Speise, von der sie erst kosten musste. Der Name war ihr fremd und doch berührte er etwas in ihr. Als sei er ein Schlüssel, öffnete sein Klang eine verborgene Tür in ihrem Geist, hinter der eine Flut von Bildern verborgen lag, die sich noch im selben Augenblick über Caiwen ergoss.

Da war ein Wald. Feuer brannten und die Luft war erfüllt von Musik. Ein Gefühl von Geborgenheit und Wärme war mit der Erinnerung verbunden, das eine tiefe Sehnsucht in Caiwen erweckte.

Aber sie währte nur kurz, denn schon die nächste Szene trieb ihren Pulsschlag in die Höhe. Angst und Panik begleiteten die Bilder einer wilden Flucht durch den Wald, auf der viele getötet wurden.

Dann war sie plötzlich in stürmische Dunkelheit gehüllt und litt Todesängste. Aus der Schwärze formte sich eine schlanke, bleiche Hand, die sich ihr zitternd näherte. Zwei Finger berührten kühl und sanft ihre Stirn, während durch ihren Geist Worte in einer Sprache hallten, die sie noch nie gehört hatte und dennoch mühelos verstehen konnte:

Hüte dich vor allen, die deinen Namen nicht kennen, meine geliebte kleine Aniye-Nenetihil. Hüte dich vor falschen Freunden und jenen, die der dunklen Seite zugetan sind. Vor allem aber hüte dich vor Nimeye, die unser Volk knechten will, und vor Maeve, die ihr eine treue Dienerin ist.

Für einen winzigen Moment erhaschte sie einen Blick auf das Gesicht einer schönen Elfe mit nassen, strähnigen Haaren, die ihr voller Liebe, aber entsetzlich kraftlos zulächelte, ehe sich ihre Augen für immer schlossen.

Die Finger glitten von ihrer Stirn und das Bild erlosch.

Caiwen keuchte auf und schlug die Hände vors Gesicht. Instinktiv wusste sie, dass die sterbende Elfe ihre Mutter gewesen war, die ihr noch eine letzte Warnung mit auf den Weg gegeben hatte.

»Was ist los?« Finearfins Stimme klang besorgt.

»Nichts.« Caiwen schüttelte den Kopf. »Es ist nichts.« Sie spürte, dass die Elfe die Lüge durchschaute, seufzte und schwieg.

»Aniye-Nenetihil.« Eine warme Welle des Glücks durchströmte Caiwen, als sie den Namen ein zweites Mal aussprach. Mit dem Wissen um ihren wahren elfischen Namen waren auch die Erinnerungen an ihre tote Mutter zurückgekehrt und hatten ihr Antworten auf die Fragen gegeben, die sie sich in den vergangenen Wintern immer wieder gestellt hatte. Das Rätsel um ihre Vergangenheit war gelöst, aber noch klafften große Lücken zwischen den Bruchstücken. Lücken, die sie mühsam würde füllen müssen, ehe sie ein vollständiges Bild ihrer Vergangenheit erhielt.

Caiwen straffte sich und fragte: »Woher kennst du meinen Namen?«

»Von Elethiriel, deiner Mutter.« Ein Schatten huschte über Finearfins Gesicht und für wenige Herzschläge wirkte sie traurig. Aber sie fing sich schnell wieder und sagte: »Wir standen uns sehr nahe.«

»Standen?« Caiwen gab sich unwissend und fragte, obwohl sie die Antwort bereits kannte: »Wo ist meine Mutter jetzt?«

»Sie ist tot.« Der Schmerz, der in den wenigen Worten lag, war echt. »Sie starb, als das Schiff, auf dem sie als Gefangene mitfuhr, in einem Sturm unterging.«

Deine Mutter war auf dem Weg zur Feuerinsel, wo eine Gruppe von Elfen lebt, wie von selbst kamen Caiwen Melrems Worte in den Sinn. »War sie auf dem Weg zur Feuerinsel?«, fragte sie.

»Ja.« Finearfin schaute Caiwen prüfend an. »Woher weißt du das?«

»Melrem hat es mir erzählt. Seine Mutter war mit an Bord. Sie ist in dem Sturm ums Leben gekommen. Ich glaube, sie und meine Mutter waren befreundet.«

»Befreundet?« Finearfin stieß ein kurzes freudloses Lachen aus. »Hat er dir das gesagt?« Sie schüttelte den Kopf. »Glaube mir, Aniye-Nenetihil ...«

»Caiwen, bitte. Das ... das ist alles noch so neu für mich.«

Finearfin lächelte verständnisvoll. »Also gut. Glaub mir, Caiwen, an Bord des Schiffes gab es niemanden, der dir oder deiner Mutter freundschaftlich gesinnt war. Elethiriel hatte diese Reise nicht freiwillig angetreten. Die Tamoyer hatten sie gefangen genommen, um sie zu Nimeye zu bringen. Ich kann nicht sagen, ob Melrems Mutter dabei war, aber eines ist gewiss: Sie war nicht die Freundin deiner Mutter.«

Vor allem aber hüte dich vor Nimeye ...

»Nimeye?« Caiwen runzelte die Stirn. »Wer ist diese Nimeye?«

»Nimeye war vor langer Zeit eine Hohepriesterin der Elfen, so wie deine Mutter«, erklärte Finearfin. »Anders als Elethiriel aber erlag Nimeye der Versuchung der dunklen Mächte. Sie schickte sich an, unseren König zu stürzen, um das Zweistromland allein zu beherrschen. Dir den Kampf um den Thron zu schildern und das, was danach folgte, würde jetzt zu weit gehen. Nur so viel will ich dir verraten: Der König gewann den Kampf. Er verbannte Nimeye und ihre Getreuen auf die Feuerinsel und belegte sie mit einem Fluch, auf dass sie die Inseln nicht wieder verlassen können, ohne zu sterben. Allein der König oder seine Hohepriesterin können den Bann aufheben.«

»Dann sollte meine Mutter …«

»… gezwungen werden, Nimeye zu befreien.« Finearfin nickte und schaute Caiwen ernst an: »Der Versuch, Elethiriel zur Feuerinsel zu bringen, scheiterte. Du bist ihre Tochter – du trägst ihr Erbe in dir. Ist dir nun klar, warum alle nach dir suchen?«

»Ja … nein … ich … ich weiß es nicht.« Caiwen seufzte. »Das ist alles so viel auf einmal.«

»Du hast fünfzehn Winter in der Abgeschiedenheit des Riffs verbracht. Ich würde dir gern alles erzählen, aber was geschehen ist, lässt sich nicht in wenigen Sätzen zusammenfassen.« Die Elfe verstummte und lauschte.

»Was ist los?«

»Ich dachte, ich hätte etwas gehört.« Finearfin seufzte und sah Caiwen eindringlich an. »Du kennst mich nicht, und ich kann verstehen, wenn du mir misstraust«, sagte sie offen. »Aber ich versichere dir, dass ich nur dein Bestes will. Das Schicksal unserer Heimat und unseres Volkes liegt in deinen Händen. Ich kann nicht zulassen, dass Melrem und Durin versuchen, dich mit falschen Geschichten über deine Vergangenheit für ihre Zwecke einzuspannen. Darum bin ich hier.«

»Bisher waren alle an Bord sehr freundlich zu mir«, entgegnete Caiwen leichthin.

»Das glaube ich gern.« Finearfin lachte bitter. »Du bist so jung und unerfahren, Caiwen. Das wollen sie sich zunutze machen. Sie geben sich als deine Freunde aus, weil sie hoffen, dass du dich ihnen anschließt. Daher ist es wichtig, dass du um das Schicksal deiner Mutter weißt, denn jene, die dir heute ein Lächeln schenken, sind schuld an ihrem Tod.«

Caiwen schwieg. Sie war verwirrt und wünschte sich, mehr Zeit zu haben, um über alles nachzudenken. Doch genau die hatte sie nicht. Wenn das Schiff am nächsten Tag in Arvid eintraf, konnte es für ein Umdenken vielleicht schon zu spät sein.

»Vertraust du diesem Melrem?«, fragte Finearfin in ihre Gedanken hinein.

»Er ist gut zu mir«, erwiderte Caiwen in einem Ton, als müsse sie sich verteidigen.

»Er ist schlau«, korrigierte Finearfin. »In ihm fließt Elfenblut. Er weiß, dass du eine Lüge erkennen würdest, auch wenn du noch nicht zu deiner vollen Stärke gefunden hast. Doch er weiß auch, dass man nicht lügen muss, um andere hinters Licht zu führen.«

»Aber er hat mir alle Fragen beantwortet.«

»Hast du ihn gefragt, was deine Mutter auf der Feuerinsel wollte?«

»Nein.«

»Hast du ihn gefragt, ob sie die Reise freiwillig angetreten hat?«

»Nein, aber ...«

»Kennt er deinen Namen?«

Hüte dich vor allen, die deinen Namen nicht kennen ...

»Das weiß ich nicht«, gab Caiwen kleinlaut zu. Je länger sie mit Finearfin sprach, desto unbehaglicher wurde ihr zumute, und die Botschaft ihrer Mutter schürte ihre Furcht noch. Sie weigerte sich zu glauben, dass die Männer sie nur deshalb aus ihrem Gefängnis gerettet hatten, damit sie vollendete, was damals misslungen war. Sie musste wissen, wer Freund war und wer Feind, aber dazu brauchte sie Beweise.

»Dann frag ihn«, hörte sie Finearfin sagen. »Frag ihn und beharre auf einer klaren Antwort. Lass dich nicht mit wirrem Gerede abspeisen. Verlange ein klares Ja oder Nein. Dann wirst du erkennen, dass ich die Wahrheit spreche.«

»Das werde ich tun.« Caiwen nahm sich fest vor, Finearfins Ratschlag zu beherzigen.

»Und was ist mit Durin?«, fragte Finearfin.

»Ich … ich weiß es nicht.« Caiwen seufzte. Diese Frage hatte sie sich am Abend selbst wohl schon ein Dutzend Mal gestellt, ohne eine Antwort darauf zu finden. »Er … er hält sein Versprechen, die …« Sie biss sich hastig auf die Unterlippe. Dann sagte sie: »Aber er wollte Heylon nicht helfen. Er hätte ihn jämmerlich ertrinken lassen, obwohl ich ihn angefleht habe, ihn zu retten. Das werde ich ihm nie verzeihen.«

»Du tust gut daran, ihm nicht zu vertrauen«, sagte Finearfin ernst. »Er will deinen Freund töten.«

Caiwen erbleichte. »Was … was hat er vor?«

»Noch hat er gar nichts vor«, sagte Finearfin. »Hier auf dem Schiff ist dein Freund sicher. Aber ich hörte, wie Melrem Durin den Auftrag gab, Heylon in Arvid aus dem Weg zu schaffen.« Sie umfasste Caiwens Arm fester und sagte eindringlich: »Ich bin nicht nur deshalb gekommen, um dir von deiner Mutter zu erzählen, Caiwen. Ich bin auch gekommen, um dich zu warnen. Dein Freund und du, ihr seid in großer Gefahr.« Sie seufzte und fuhr etwas sanfter fort: »Glaub mir, ich würde nichts lieber tun, als dir alles zu erklären. Aber dazu fehlt uns die Zeit. Wenn du deinem Freund helfen willst, müssen wir ihn irgendwo verstecken, damit er sich in Arvid unbemerkt von Bord schleichen kann. Ihn in den Händen von Melrem oder Durin zu lassen, wäre sein Todesurteil. Sie wollen dich. Allein. Und er ist ihnen dabei im Weg.«

»Aber was können wir tun?« Selten hatte Caiwen sich so hilflos gefühlt. »Wir sind auf ihrem Schiff und können nicht fort.«

»Ich sagte ja schon, dass wir ihn verstecken müssen«, wiederholte Finearfin. »Der Zeitpunkt ist günstig. Draußen ist es bitterkalt. Die meisten Matrosen halten sich unter Deck auf und schlafen. Die See ist ruhig und die Aufbauten bieten uns eine gute Deckung. Ich habe nur den Steuermann und einen Wachtposten am Oberdeck gesehen. Wenn wir es geschickt anstellen, können wir uns dort unbemerkt bewegen und Heylon …«

»Sein Verschwinden wird nicht unentdeckt bleiben.« Caiwen schüttelte resignierend den Kopf. »Dann werden sie das ganze Schiff nach ihm absuchen.«

»Das lass nur meine Sorge sein.« Finearfin grinste, wurde dann aber wieder ernst und fragte: »Also was ist? Zeigst du mir den Weg?«

Der Verräter

Lautlos wie die Geister, vor denen sich die Mannschaft so sehr fürchtete, schlichen Caiwen und Finearfin im Halbdunkel durch den Schiffsrumpf.

Caiwen war erst zweimal bei Heylon gewesen und tat sich schwer, den Weg zu finden. Einmal wählten sie eine falsche Tür und wären um ein Haar mitten in die schlafenden Matrosen auf dem Mannschaftsdeck geraten, wenn das vielstimmige Schnarchen sie nicht rechtzeitig gewarnt hätte.

Obwohl sie keine Lüge in den Worten Finearfins hatte entdecken können, plagten Caiwen Zweifel. Anders als auf dem Riff schien jeder hier über ihre Gabe Bescheid zu wissen, und offenbar verstanden einige an Bord, sie sehr geschickt zu umgehen. Was sie in der kurzen Zeit auf dem Schiff über ihr Volk und ihre eigene Vergangenheit erfahren hatte, war viel zu wenig, um sich ein eigenes Urteil bilden zu können. Und das war gefährlich. Sie war auf dem Weg in ein Land, über dessen Bewohner und Geschichte sie kaum etwas wusste, und das machte sie schutzlos und angreifbar.

Hüte dich vor falschen Freunden.

Bei dem Gedanken an ihre Mutter spürte Caiwen eine wilde Entschlossenheit in sich aufsteigen. Sie wusste: Wenn sie jemals in der Lage sein wollte, selbst Entscheidungen zu treffen, würde sie die Lücken mit Wissen füllen müssen. Bis dahin war sie gezwungen, allein auf ihr Gefühl zu vertrauen, und das sagte ihr, dass sie sich zu Finearfin hingezogen fühlte. Die Elfe schien aufrichtig um ihr und Heylons Wohlergehen besorgt zu sein. Sie hatte ihre Mutter gekannt und sie bei ihrem wahren Namen genannt. Glaubte Caiwen ihr, waren Durin und Melrem die Bösen in diesem seltsamen Spiel um die Macht im Zweistromland. Einem Spiel, dessen Regeln und Hintergründe sie noch nicht durchschaut hatte, das aber offensichtlich lange vor ihrer Geburt begonnen und mit dem Tod ihrer Mutter ein vorläufiges Ende gefunden hatte.

»Hier ist es!« Fast hätte Caiwen die Tür zur Kajüte des Heilers übersehen, weil sie so in Gedanken vertieft war.

»Sicher?«

»Ganz sicher.«

Finearfin legte ein Ohr an die Tür und lauschte. »Ich höre nur Schnarchen.«

»Heylon schnarcht nicht.«

»Na dann.« Finearfin straffte sich und nahm ihre kurze Katana zur Hand. »Du wartest hier und passt auf, dass niemand kommt.«

»Und wenn jemand kommt?«, fragte Caiwen flüsternd.

»Dann lässt du dir etwas einfallen.« Finearfin zwinkerte ihr zu. Caiwen wollte sie noch etwas fragen, aber die Elfe hatte die Tür schon geöffnet und schlüpfte durch den Spalt. Caiwen wagte nicht zu atmen. Mit klopfendem Herzen lauschte sie an der Kajütentür. Zuerst geschah nichts. Dann hörte sie eine verschlafene Männerstimme, die sogleich verstummte und von einem dumpfen Poltern abgelöst wurde. Danach war es wieder still.

Caiwen wartete noch ein paar Herzschläge lang, dann hielt sie die Ungewissheit nicht länger aus und griff nach der Türklinke. Sie wollte die Tür gerade öffnen, als diese aufschwang und Finearfin den Kopf durch den Spalt steckte. »Komm rein«, raunte sie

Caiwen zu, »und erklär diesem Dummkopf, dass er mitkommen muss.« Sie seufzte. »Mir glaubt er nicht.«

»Heylon, bitte. Stell keine Fragen. Komm mit.« Ohne lange Vorrede trat Caiwen an Heylons Lager. Dieser hatte sich aufgesetzt und starrte entgeistert auf die reglose Gestalt des Schiffsheilers, der neben seiner Koje am Boden lang. »Glaub mir, du bist in großer Gefahr.«

»Das sehe ich. Sie hat ihn getötet!«

»Unsinn, sie ist ...«

»Er ist nicht tot«, unterbrach Finearfin Caiwen. »Er schläft nur und wird früher wieder munter sein, als uns lieb ist. Jetzt tu endlich, was deine Freundin sagt, und komm mit, ehe uns jemand entdeckt und Alarm schlägt.«

»Da hörst du es.« Caiwen zog Heylon die Decke weg und bemerkte überrascht, dass er die Kleidung eines Matrosen trug.

»Die Sachen sind wenigstens trocken«, sagte Heylon, dem Caiwens Blick nicht entgangen war.

»Könnt ihr die Kleiderfrage später regeln?«, fragte Finearfin von der Tür her. »Wir müssen hier raus, und zwar schnell.«

»Und wohin?« Heylon zögerte immer noch.

»Du wirst dich in einem der Beiboote verstecken«, erklärte Finearfin knapp. »Da bist du erst einmal sicher. Dann sehen wir weiter.«

»Und warum sollte ich das tun?«

»Sie wollen dich töten, Heylon!«, sagte Caiwen. »Ich kann dir jetzt nicht alles erklären, aber bitte, tu, was sie sagt.«

»Erst retten sie mir das Leben und dann wollen sie mich töten? Sag mal, wisst ihr überhaupt, was ihr da redet?«

»Meinungen ändern sich.« Finearfin schloss die Tür und kam auf Heylon zu. »Vor allem wenn sich der Gerettete im Nachhinein als Hindernis erweist.«

Caiwen schaute Heylon flehend an. »Sie sagt die Wahrheit.«

»Hier, nimm den!« Finearfin nahm einen pelzgefütterten Mantel, der wohl dem Heiler gehörte, von einem Haken an der Wand und warf ihn Heylon zu. »Draußen ist es kalt.« Dann öffnete sie die Tür ein zweites Mal, spähte in den Gang hinaus und flüsterte: »Die Luft ist rein.«

Caiwen war erleichtert, als sie sah, dass Heylon sich erhob. Mit wenigen Handgriffen streifte er den Mantel über und schlüpfte in die ledernen Stiefel, die für ihn bereitstanden. Schon die ersten Schritte auf den Planken ließen Finearfin herumfahren. »Zieh sofort die Stiefel wieder aus und nimm sie in die Hand«, zischte sie Heylon zu. »Oder willst du das ganze Schiff aufwecken?«

Heylon machte ein betroffenes Gesicht und stieg hastig wieder aus den Stiefeln. Barfuß bewegte er sich fast so leise wie die beiden Elfen durch das schlafende Schiff. Alles verlief so reibungslos, dass es Caiwen fast schon unheimlich vorkam. Niemand bemerkte sie und niemand versperrte ihnen den Weg. Nur einmal erhaschte sie einen Blick auf eine große graue Ratte, die im Schein einer Öllampe kauerte und schnell davonhuschte, als die drei sich näherten.

Caiwen prallte hart gegen Finearfin, die abrupt stehen geblieben war und der Ratte besorgt nachschaute. »Was ist?«, flüsterte Caiwen, die Finearfins Unruhe spüren konnte.

»Wir hätten sie töten müssen.«

»Aber das war nur eine Ratte.«

»Nicht jedes Tier ist das, was es zu sein vorgibt«, antwortete Finearfin vielsagend, seufzte und fügte hinzu: »Kommt mit und beeilt euch. Ich fürchte, der Heiler ist nicht mehr unser einziges Problem.«

Etwas landete schwer auf Durins Bauch und ließ ihn unsanft aus dem ersten tiefen und erholsamen Schlaf hochfahren, den er seit seinem Aufbruch aus Arvid genoss.

»Aufwachen!« Winzige Krallen fuhren über seine Wangen und etwas Feuchtes stupste gegen sein Kinn. »Aufwachen!«

»Was …?« Benommen richtete Durin sich auf. Es dauerte einige Herzschläge, bis er wieder wusste, wo er sich befand. Noch länger dauerte es, bis er erkannte, wer da auf ihm saß und ihn so stürmisch bedrängte. »Saphrax! Sag mal, bist du jetzt völlig verrückt geworden?« Wütend packte er die fette graue Ratte im Nacken und hielt sie so, dass das spitze Rattengesicht auf seiner Augenhöhe war. »Warum weckst du mich mitten in der Nacht?«

»Weil er weg ist!«

»Wer?«, bellte Durin. Wann würde Saphrax endlich lernen, in ganzen Sätzen zu sprechen?

»Der nette Junge vom Riff.«

»Er ist weg?« Durin verstand immer noch nichts. »Verdammt noch mal, Saphrax, drück dich deutlicher aus. Wir sind auf einem Schiff mitten auf dem Ozean der Stürme, falls du das vergessen hast. Da kann man nicht mal eben weggehen.«

»Die beiden Frauen haben ihn geholt«, setzte Saphrax sein wirres Gerede fort.

»Zwei Frauen?« Allmählich war der Kopfgeldjäger sicher, dass Saphrax schlecht geträumt hatte. »Mein lieber Freund, auf diesem Schiff gibt es nur eine Frau, und zwar Caiwen.«

»Ja, genau die!« Saphrax fiepte und begann zu strampeln. »Lass mich los, du tust mir weh!«

Durin ließ Gnade walten und setzte die Ratte auf die Bettdecke. »Und wer soll die andere Frau gewesen sein?«, fragte er ärgerlich.

»Die Elfe aus dem Gasthaus.« Saphrax setzte sich auf die Hinterpfoten und putzte sein struppiges Fell.

»Die Elfe aus dem Gasthaus?« Durin packte das Wechselwesen und schüttelte es. »Das ist unmöglich! Sie kann nicht …«

»Glaub, was du willst!« Allmählich wurde auch Saphrax wütend. »Unmöglich oder nicht. Sie ist hier. Ich habe sie gesehen.«

»Wo?«

»Lass mich erst runter!« Durin ließ Saphrax auf die Decke plumpsen. »Danke!«

»Also, wo hast du sie gesehen?«

»Das habe ich doch schon gesagt. Sie haben den Jungen aus der Kajüte des Heilers geholt.«

»Verflucht!« Ohne auf Saphrax zu achten, der hastig vom Bett flüchtete, schlug Durin die Decke zurück, stand auf und kleidete sich an. Mit dem blanken Kurzschwert in der Hand humpelte er zur Tür und riss sie auf, hielt mitten in der Bewegung aber noch einmal inne und schaute sich um. »Wo sind sie hin?«

»An Deck.«

An Deck. Durin schwante Böses. Wie hatte diese Elfe unbemerkt an Bord kommen können? Was wollte sie von Caiwen? Und warum holten die beiden Heylon aus der Kajüte des Heilers? Durin kannte die Antworten nicht, aber er wusste, dass sie ihm nicht gefallen würden. Sein verletztes Bein schmerzte von der plötzlichen Anstrengung, als er die Treppe zum Deck hinaufhastete, aber er achtete nicht darauf. Nach allem, was er durchgemacht hatte, würde er sich den Beutel Gold nicht entgehen lassen. Ein zweites Mal würde die Elfe ihn nicht überlisten.

»Finearfin!« Caiwen stockte der Atem, als sie das blitzende Kurzschwert in Durins Händen sah, der völlig unerwartet aus der Luke auftauchte, die zum Unterdeck führte. Sie stand mit dem Rücken zur Reling und hielt Wache, während Finearfin und Heylon sich an der Plane des Beiboots zu schaffen machten, in dem Heylon sich verstecken sollte.

Bisher war alles reibungslos verlaufen. Der Wachtposten und der Steuermann standen am Ruder und waren in ein Gespräch vertieft. Die Aufbauten verhinderten, dass sie die drei am Beiboot sehen konnten. Wenn sie nur ein wenig mehr Zeit gehabt hätten, wäre ihr Vorhaben geglückt, ohne dass jemand etwas bemerkt hätte. Jetzt war es zu spät.

Finearfin reagierte sofort. Während sie herumwirbelte, fand ihr Schwert wie von selbst den Weg in ihre Hand. Das Blatt der kurzen Katana blitzte im Mondlicht, als sie sich geschmeidig wie eine Katze auf Durin zubewegte und ihm den Weg vertrat.

»So sieht man sich wieder!« Drei Schritte von Finearfin entfernt blieb Durin stehen. Seine Bewegungen wirkten gelassen und in seiner Stimme schwang ein heiterer Plauderton mit, aber in seinen Augen erkannte Caiwen die Anspannung des Jägers. »Die Welt ist klein.«

»Wie es aussieht, zu klein für uns beide«, erwiderte Finearfin abweisend.

»Du meinst wohl, für dich.« Durins Lächeln wurde eine Spur breiter. »Ich weiß nicht, was du mit dem Boot vorhast, aber ich werde nicht zulassen, dass du Caiwen von hier fortbringst.«

»Fürchtest du um deinen Lohn, Kopfgeldjäger?«, fragte Finearfin spitz und fuhr dann in einer höheren Tonlage fort: »Ach, ja. Den bekommst du ja erst, wenn du Caiwens Freund aus dem Weg geschafft hast. Es ist wirklich zu dumm, dass er mitgekommen ist – nicht wahr?«

Caiwen sah, dass Durin ihr einen raschen Blick zuwarf. Er wirkte überrascht und verärgert. »Was aus Heylon wird, ist mir gleich«, hörte sie ihn sagen und wusste sofort, dass es eine Lüge war.

»Aber mir nicht.« Finearfin ließ sich nicht beirren. »Und Caiwen auch nicht. Ich habe ihr erzählt, was Melrem dir aufgetragen hat – und stell dir vor, sie war davon gar nicht begeistert.«

Durin ging nicht darauf ein. »Für jemanden, der in der Falle sitzt, riskierst du ziemlich viel«, sagte er kühl. »Ein Wort von mir genügt und es wimmelt hier von Matrosen. Dagegen wäre selbst eine Elfe wie du machtlos.«

»Das käme auf einen Versuch an.« Finearfin zeigte sich von der

Drohung wenig beeindruckt. »Du hast mich schon einmal unterschätzt.«

»Das habe ich nicht vergessen.« Durin seufzte und schüttelte in gespieltem Bedauern den Kopf. »Ich sehe, so kommen wir nicht weiter. Also, was willst du? Gold?«

»Was Caiwen meinem Volk geben kann, lässt sich nicht mit Gold aufwiegen. Sie gehört zu uns.«

»Falsch.« Durin schüttelte schnell den Kopf. »Sie gehört zu ihrer Familie.«

»Ihre Familie ist tot.«

»Das sieht Melrem aber anders.«

»Melrem lügt.«

Durin nahm einen tiefen Atemzug. »Dann werden wir uns nicht einig?«

»Nein.«

»Na dann.« In einer fließenden Bewegung riss Durin sein Schwert in die Höhe, machte einen schnellen Ausfallschritt und ließ es auf die Elfe niederfahren.

Caiwen sog erschrocken die Luft durch die Zähne, aber Finearfin war vorbereitet und parierte den Hieb mit ihrer kurzen Klinge. Stahl traf klirrend auf Stahl und blitzte in der Nacht, während die beiden einen schnellen Schlagabtausch austrugen. Es war das erste Mal, dass Caiwen einen Schwertkampf aus der Nähe beobachtete, und obwohl sie Finearfin noch nicht so lange kannte wie Durin, spürte sie doch, dass sie mehr um das Leben der Elfe als um den Kopfgeldjäger bangte.

Die Kontrahenten waren kampferfahren, daran gab es keinen Zweifel. Was Durin ihr an Masse und Kraft überlegen war, machte Finearfin durch katzengleiche Gewandtheit und blitzschnelle Reaktionen wieder wett. Zweimal gelang es Durin, sie in die Enge zu treiben, und zweimal rettete sie sich geschickt aus der vermeintlichen Falle, um ihn ihrerseits in Bedrängnis zu bringen.

Hin und her wogte der Kampf, bei dem es keinem gelang, einen Vorteil zu erringen. Durin nutzte eine kurze Kampfpause für einen erneuten Appell an Finearfin: »Sei vernünftig«, stieß er keuchend hervor. »Du … du kannst mich verletzen, vielleicht sogar töten, aber du … du kannst es niemals … niemals mit allen hier aufnehmen. Am Ende wird du unterliegen und einsehen, dass … dass dein kleiner Entführungsversuch jämmerlich gescheitert ist.« Er verstummte, um Atem zu schöpfen. Dann sagte er: »Ich … ich mache dir einen Vorschlag. Du kannst den Jungen mitnehmen und dieses Schiff mit ihm in einem der Beiboote verlassen.«

»Und Caiwen?«

»Die bleibt hier.«

»Dachte ich es mir doch.« Nun war es Finearfin, auf deren Lippen sich ein dünnes Lächeln zeigte. »Das hättest du wohl gern, wie? Aber ich muss dich enttäuschen, daraus wird nichts. Ich lasse nicht zu, dass ihm ein Leid geschieht, und ich lasse auch nicht zu, dass Melrem Caiwen für seine dunklen Machenschaften missbraucht. Wenn ich gehe, gehen sie mit mir – beide.«

»Irrtum, sie bleiben hier!« Ohne Vorwarnung stürmte Durin wieder auf sie.

»Glaubst du wirklich, dass Caiwen zu Melrem gehört?«, hörte Caiwen die Elfe über das Klirren der Schwerter hinweg fragen.

»So wurde es mir erzählt.« Durins Gesicht war schmerzverzerrt. Caiwen sah frisches Blut, das seine Hose rot färbte. Ein sicheres Zeichen dafür, dass die genähte Wunde wieder aufgerissen war.

»Dann hat man dich belogen.« Finearfin parierte einen heftigen Schlag, verzog das Gesicht und fasste sich an die Schulter. Auch sie schien Schmerzen zu haben.

»Und wenn schon, das geht mich nichts an.« Durin riss sein Schwert erneut in die Höhe.

»Oh nein, natürlich nicht.« Finearfin parierte den Hieb und stieß ein spöttisches Lachen aus. »Kopfgeldjägern geht es ja immer nur ums Gold. Ihr würdet vor keiner Schandtat zurückschrecken, wenn sie nur gut bezahlt wird.« Eine blitzschnelle Drehung brachte sie außer Durins Reichweite.

»Das ist nicht wahr!« Durin setzte ihr nach. »Auch Kopfgeldjäger haben ihre Ehre. Wir sind keine Mörder.«

»So?« Finearfin blockte Durins Schwert mit ihrer Katana und sagte so laut, dass Heylon es hören musste: »Warum hast du dann eingewilligt, den Jungen zu töten, sobald wir in Arvid sind?«

»Ich habe nie gesagt, dass ich ihn …«

»Aufhören!« Die Stimme des Kapitäns dröhnte über das Deck, ehe Durin den Satz beenden konnte. »Lasst sofort die Waffen fallen.«

Finearfin und Durin hielten im Kampf inne, machten aber ansonsten keine Anstalten, dem Befehl zu folgen. Caiwen stand neben Heylon mit dem Rücken zur Reling. Als sie die Stimme des Kapitäns hörte, blickte sie sich um und sah, dass er zusammen mit Melrem, dem Wachtposten und dem Ersten Offizier an Deck gekommen war. Vermutlich war der Posten durch den Lärm auf den Kampf aufmerksam geworden und hatte sofort den Kapitän alarmiert. Auch ein paar neugierige Matrosen hatten sich an Deck eingefunden.

»Die Waffen weg, habe ich gesagt!«

Durin ließ sein Schwert sinken, aber Finearfin dachte gar nicht daran, es ihm gleichzutun. Sie wirbelte herum, schnappte sich einen Schiffsjungen, der den Kampf beobachtet hatte, hielt ihm ihre Katana an die Kehle und zerrte ihn mit sich, während sie sich schützend vor Caiwen und Heylon stellte. »Wenn ihr näher kommt, töte ich ihn!«, keuchte sie.

Der Kapitän und Melrem wechselten einen raschen Blick, dann trat Melrem vor und sagte: »Der Junge hat dir nichts getan, lass ihn los.«

»Heylon hat dir auch nichts getan, und trotzdem hast du Durin beauftragt, ihn zu töten«, konterte Finearfin.

Caiwen entging nicht, dass Melrem erschrak. Für einen Augenblick wankte die Selbstsicherheit, die er wie einen Mantel zur Schau trug. Der Moment währte nur kurz, aber er genügte, um ihr endgültig zu zeigen, dass Finearfin die Wahrheit sagte.

»Stimmt das?« Der Kapitän musterte Melrem mit strengem Blick. »Davon ist mir nichts bekannt.«

»Frag Durin!«, rief Finearfin, ehe Melrem antworten konnte. »Er kann es bestätigen.«

»Der Junge ist nicht von Bedeutung«, warf Melrem ein. »Hier geht es einzig und allein um das Mädchen.« Seine Stimme wurde schneidend, als er sich an Finearfin wandte. »Ich weiß nicht, welche Lügen du Caiwen aufgetischt hast, dass sie dir an Deck gefolgt ist, aber ich schwöre, ich werde nicht zulassen, dass du ihr ein Leid antust.«

»Du weißt so gut wie ich, dass man Caiwen nicht belügen kann«, erwiderte Finearfin ruhig. »Ich habe ihr die Wahrheit gesagt. Nicht mehr und nicht weniger.«

»Die Wahrheit?« Melrem schnaubte verächtlich. »Welche Wahrheit?« Dann wandte er sich direkt an Caiwen. »Glaub ihr kein Wort. Ich hoffte, dich vor den Mächten schützen zu können, die sich deine Gabe zunutze machen wollen, um ihre eigenen Ziele durchzusetzen. Ich wusste, sie suchen nach dir, aber ich hätte nicht gedacht, dass sie versuchen würden, dich hier auf dem Schiff in ihre Gewalt zu bringen.« Er warf Finearfin einen feindseligen Blick zu. »Du weißt, dass du keine Chance hast, Elfe! Wo willst du hin, allein, mitten auf dem Ozean? Um das Leben des unschuldigen Jungen willen werde ich davon absehen, die Männer auf dich zu hetzen, aber ich denke, das ist auch nicht nötig. Du weißt, dass du verloren hast. Dieser lächerliche kleine Trick kann dich nicht retten. Bis Arvid ist es noch weit. Deine Kräfte werden schwinden.« Er grinste. »Früher oder später wirst du ihn freigeben müssen. Dann ist dein Schicksal besiegelt.«

»Dein Schicksal ist besiegelt …«

Caiwen zuckte unmerklich zusammen. Melrems spöttischer Tonfall ließ vor ihrem geistigen Auge das Bild des Mannes aus ihren Träumen entstehen …

Das Gesicht im Dunkel einer weiten Kapuze verborgen, stand er neben ihr und schaute auf sie herab wie auf ein gefangenes Wild.

»So endet es also«, hörte sie ihn sagen und sah, wie er langsam, fast andächtig, die Hände hob, um die Kapuze zurückzuschieben …

»Du gehörst zu uns, Caiwen!« Dumpf und undeutlich drangen Melrems Worte an ihre Ohren und verscheuchten die Erinnerung. »Die Elfe kann es so lange und so laut leugnen, wie sie mag, die Tatsache bleibt bestehen. Wir sind vom selben Blut, du und ich.« Er hielt inne und schaute sie an. »Du traust mir nicht, nicht wahr? Ich spüre es und es stimmt mich traurig, denn es ist eine Folge der Lügen, die sie dir erzählt hat.«

»Ich habe nicht gelogen!«, rief Finearfin aufgebracht. »Wer Nimeye huldigt, ist ein Feind des Zweistromlandes.«

Caiwen schwieg und versuchte, ihre Gedanken zu ordnen. Sie war verwirrt. Die vielen Menschen mit ihren unterschiedlichen Empfindungen machten es ihr unmöglich, einen klaren Gedanken zu fassen.

»Wir werden sehen, wer lügt und wer die Wahrheit spricht!«, hörte sie Finearfin rufen. »Frag ihn nach seiner Mutter, Caiwen. Frag ihn, ob sie eine Freundin Elethiriels war.«

An Deck war es totenstill. Alle starrten Caiwen an, die immer noch zögerte. Langsam ließ sie den Blick über die Gesichter der Umstehenden schweifen. Dann schaute sie Melrem in die Augen und fragte: »Wie lautet mein Name?«

»Dein Name?« Melrem stutzte. Für den Bruchteil eines Augenblicks wirkte er verunsichert. Dann sagte er: »Was soll die Frage? Du heißt Caiwen.«

Hüte dich vor allen, die deinen Namen nicht kennen …

Caiwen schluckte trocken und blinzelte, als ihre Befürchtungen blitzartig zur Gewissheit wurden. Wie eine dunkle Woge türmte sie sich in ihrem Geist auf, entschlossen, auch die letzten Zweifel fortzuspülen. Ein heftiges Schwindelgefühl erfasste sie. Sie musste sich an der Reling festhalten, als die Bilder des Albtraums, der sie so viele Winter lang gequält hatte, in rascher Folge an ihr vorbeizogen.

Der Wald …

das Blut …

die Verfolger …

die vielen Toten …

die Frau mit den hellen Haaren …

der Mann mit dem Schattengesicht.

»Dein Schicksal ist besiegelt …«, hörte sie ihn sagen und sah, wie er langsam, fast andächtig, die Hände hob, um die Kapuze zurückzuschieben.

Diesmal brach die Erinnerung nicht ab. In diesem entscheidenden Moment erblickte Caiwen das Antlitz, das sich all die vielen Winter vor ihr verborgen gehalten hatte, und was sie sah, raubte ihr den Atem.

»Du!«, presste sie hervor, während ihr hasserfüllter Blick auf Melrem gerichtet war. »Du hast meine Mutter entführt. Du bist schuld an ihrem Tod!«

Magie

Ergreift sie!« Als hätte er bereits damit gerechnet, dass Caiwen ihn durchschaute, gab Melrem den Matrosen den Befehl zum Angriff. Alle Freundlichkeit war aus seinem Gesicht gewichen. Er sah nun genau so aus wie damals, als er Caiwens Mutter verschleppt und die Elfen, die ihr zu Hilfe geeilt waren, getötet hatte. Er schien zu wissen, dass er verloren hatte, und gab sich keine Mühe mehr, die Fassade der Brüderlichkeit aufrechtzuerhalten. Seine Worte wurden von dem Kreischen einiger Möwen fast übertönt, das aus der Dunkelheit jenseits der Reling an Caiwens Ohren drang.

»Was sollen wir tun?« Heylon warf Caiwen einen raschen, panikerfüllten Blick zu. Die ganze Zeit hatte er geschwiegen. Nun fürchtete er um sein Leben.

»Ich … ich weiß es nicht.« Caiwen spürte, wie aufgewühlt Heylon war, wusste aber auch, dass sie ihm nicht helfen konnte. Sie hatte schon zu viele Fehler gemacht. Arglos wie ein Kind war sie jenen gefolgt, die ihre Mutter getötet hatten. Blind hatte sie sich in die Hände derer begeben, die ihr Volk vernichten wollten. Einfältig hatte sie jene für Freunde gehalten, die vorgaben, nur ihr Bestes zu wollen. Jetzt war es für eine Umkehr zu spät. So weit draußen auf dem Ozean war die *Annaha* eine Falle, aus der es kein Entrinnen gab.

Das Kreischen der Möwen wurde lauter. Trotz der Dunkelheit umkreisten sie das Schiff, und es klang, als würden sie ihr etwas zurufen. Aus den Augenwinkeln sah Caiwen, wie die Matrosen ihre Messer zogen und langsam auf sie zukamen. Nahezu die ganze Mannschaft hatte sich inzwischen an Deck versammelt. Allein die blitzende Katana an der Kehle des Schiffsjungen, der das Geschehen mit Todesfurcht in den Augen verfolgte, hielt sie noch davon ab, sich sofort auf Caiwen und Heylon zu stürzen.

»Worauf wartet ihr noch, ihr Feiglinge?«, schrie Melrem. »Sie sind unbewaffnet.«

»Aber der Junge …«

»Der Junge kümmert mich nicht.«

»Aber Herr, wir können doch nicht …«

»Ah, verdammt, muss man denn alles selbst machen?« Melrem riss dem Matrosen, der ihm am nächsten stand, die Waffe aus der Hand und bewegte sich auf die drei an der Reling zu. »Das wagst du nicht!«, sagte er triumphierend zu Finearfin. »Ich kenne das Gesetz des Zweistromlandes. Ihr tötet keine Unschuldigen.«

»Wie wahr!« Völlig überraschend gab Finearfin den Schiffsjungen frei und versetzte ihm einen Stoß, der ihn gegen Melrem taumeln ließ. »Folgt mir!«, rief sie Caiwen und Heylon zu, während sie sich auf die Reling schwang. »Schnell! Wir müssen springen!«

»Springen?« Entsetzt starrte Heylon erst Finearfin und dann Caiwen an, die wie er zögerte. Was hatte die Elfe vor? Um sie herum war nichts als Wasser. Eisiges Wasser, in dem niemand lange überleben konnte. Wenn sie nicht ertranken, würden sie erfrieren.

Das Rufen der Möwen nahm einen schrillen Klang an. Sie waren jetzt ganz nah, umkreisten die Masten und flogen immer wieder dicht über die Köpfe der Mannschaft hinweg.

Springt!, schienen sie zu krächzen. *Springt endlich!*

»Ihr faules Lumpenpack!«, hörte Caiwen Melrem brüllen. »Worauf wartet ihr noch? Der Junge ist frei, also schnappt sie euch!« Er schleuderte den Schiffsjungen zur Seite und stürmte auf Caiwen zu. Auch in die Matrosen kam Bewegung. Nur wenige Schritte trennten sie jetzt noch von den dreien, aber sie erreichten sie nicht. Bruchteile eines Wimpernschlags, nachdem sie sich zum Angriff entschlossen, stürzten sich Hunderte Möwen wie auf ein geheimes Zeichen hin auf die Männer. Allein Melrem wurde von acht Möwen gleichzeitig angegriffen, die sich an seiner Kleidung und in seinen Haaren festkrallten, nach seinem Gesicht hackten oder im Sturzflug auf ihn niederstießen. Das Kreischen des gewaltigen Schwarms war ohrenbetäubend. Dazwischen hörte man immer wieder Schmerzensschreie und Matrosen, die lauthals fluchten.

»Finearfin, sieh doch, sie helfen uns!« Niemals zuvor hatte Caiwen erlebt, dass die ständig streitenden Vögel sich zusammenschlossen und gemeinsam auf einen Feind losstürmten. Was ging hier vor?

»Ja, sie helfen uns!«, rief Finearfin über den Lärm hinweg. »Schnell jetzt, wir müssen springen. Lange werden sie die Männer nicht aufhalten können.«

»Aber da ist nichts.« Caiwen deutete über den Ozean. »Kein Boot, keine Insel, nichts. Wir werden alle sterben.«

»Das werde ich auch so.« Heylon riss sich den schweren Mantel von den Schultern und fasste Caiwen am Arm. Seine Stimme bebte vor Furcht, aber es schwang auch eine Entschlossenheit darin mit, die Caiwen überraschte. »Ich habe keine Wahl«, sagte er grimmig. »Ich weiß nicht, was die Elfe vorhat, aber ich weiß, dass es mein sicherer Tod ist, wenn ich an Bord bleibe. Ich vertraue ihr.«

Caiwen ergriff seine Hand, schaute ihm fest in die Augen: »Du bist mein bester Freund. Ich lasse dich nicht im Stich. Wo du hingehst, dahin werde auch ich gehen.« Noch während sie das sagte, packte sie die Taue der Takelage, kletterte gemeinsam mit Heylon auf die Reling und stellte sich neben Finearfin. Für einen winzigen Moment starrte sie auf das Wasser, das dunkel und bedrohlich unter ihr lag. Dann schaute sie Finearfin von der Seite an und fragte: »Gibt es Hoffnung?«

»Manchmal genügt ein winziges Licht, um uns in der Dunkelheit den Weg zu weisen«, erwiderte die Elfe vielsagend und deutete auf eine Nebelbank, die unweit des Schiffes über dem Wasser lag. »Siehst du es?«

»Nein!« Caiwen schüttelte den Kopf.

»Aber ich!« Finearfin schenkte ihr ein Lächeln. »Vertrau mir, Schwester!«

Caiwen schluckte trocken und nickte dann. »Ja«, sagte sie tonlos. »Ja, ich vertraue dir.«

»Caiwen!« Melrems Ruf ließ sie herumfahren. Er hatte alle Mühe, sich der unentwegten Attacken der Möwen zu erwehren, aber er gab nicht auf. »Lass den Unsinn und komm da runter. Wenn du springst, ist es dein Tod.«

»Lieber sterbe ich, als das zu verraten, woran meine Mutter glaubte.« Caiwen spürte eine wilde Entschlossenheit in sich aufsteigen. Sie hatte kaum Beweise für die Aufrichtigkeit der Elfe, aber sie wusste jetzt, dass Melrem sie belogen hatte. »Keine Sorge, es wird alles gut«, hörte sie Finearfin sagen. Es klang, als würde sie alle Zuversicht, die sie aufbringen konnte, in diese Worte legen. Caiwen schaute Heylon an und lächelte, als ihre Blicke sich trafen. Dann umfasste sie seine Hand, so fest sie konnte – und sprang.

Der Aufprall war hart. So hart, dass Caiwen Heylons Hand nicht festhalten konnte. Einen Herzschlag lang spürte sie noch seine Finger, dann war er fort. Sehen konnte sie nichts. Das Wasser des Ozeans schlug über ihr zusammen und sie wurde in die finstere Tiefe gezogen.

Mühelos durchdrang das Wasser Bluse und Hose und zerrte mit eisigen Fingern an ihren Kräften. Sie presste die Lippen fest zusammen und ruderte mit den Armen, um wieder an die Oberfläche zu kommen, die irgendwo über ihr sein musste, aber die Wassermassen drückten sie nach unten.

Der Sprung war ein Fehler. Caiwen spürte, wie sich ihr Herz bei dem Gedanken zusammenkrampfte. Ihre Instinkte drängten sie, den Mund zu öffnen und einen Atemzug zu nehmen, aber sie gab ihnen nicht nach und verdoppelte ihre Anstrengungen, nach oben zu kommen. Es war ein Wettlauf gegen die Zeit. Die Kälte lähmte ihre Muskeln und machte jede Bewegung zur Qual. Doch gerade als sie glaubte, sie würde es nicht schaffen, durchbrach sie das Wasser.

Luft! Ein euphorisches Glücksgefühl ließ Caiwen neue Hoffnung schöpfen. Kälte und Erschöpfung waren vergessen, und für einige Augenblicke gab es nichts Wichtigeres, als zu atmen. Die Erleichterung verflog, als sie erkannte, wie schwer es war, sich über Wasser zu halten. Ihre Glieder und Gelenke fühlten sich steif an und gehorchten ihr kaum noch. Nicht mehr lange, und sie würde wie ein Stein in die Tiefe sinken.

»Heylon?« Caiwens Stimme war nicht mehr als ein Flüstern. Niemand antwortete. Sie bewegte schwerfällig die Arme und drehte sich einmal um sich selbst. Der Nebel war jetzt ganz nah. Das Einzige, was sie durch den Dunst erkennen konnte, war die Bordwand der *Annaha*, die nur wenige Mannslängen von ihr aus dem Wasser ragte. Von Heylon fehlte jede Spur.

»Da ist sie!« Hoch über ihr an der Reling tauchte das tanzende Licht einer Öllampe auf. »Sie lebt!«

»Ein Fass! Holt ein Fass und knotet ein Seil daran. Wir müssen sie retten.« Das war Melrems Stimme. Etwas klatschte neben ihr ins Wasser. Ohne zu überlegen, griff sie danach. Sie war müde, so entsetzlich müde, und wollte nur eines – überleben. Mit letzter Kraft klammerte sie sich an den Rettungsanker, den man ihr zugeworfen hatte. Er bewegte sich. Caiwen fühlte, wie sie durch das Wasser glitt, und atmete auf. Sie musste sich nur noch festhalten und warten… festhalten und warten… Caiwen lächelte. Dann verlor sie das Bewusstsein.

Als sie erwachte, war der Tag bereits angebrochen. Es war kalt, aber Sonnenschein ergoss sich von einem wolkenlosen blauen Himmel und wärmte ihr Gesicht.

Ich lebe… Caiwen seufzte. Dem Schlaf noch nicht ganz entronnen, schloss sie noch einmal die Augen, um das Gefühl der Sicherheit zu genießen, das sie…

Heylon!

Schlagartig kehrte die Erinnerung an die Ereignisse der vergangenen Nacht zurück. »Heylon!« Sie schluchzte auf. Heylon war tot. Und sie war schuld daran. Er hatte sein Vertrauen mit dem Leben bezahlt.

»Ich bin hier.«

Caiwen stutzte. »Heylon?« Ihre Stimme bebte, als sie den Namen noch einmal so leise und vorsichtig aussprach, als sei er ein zerbrechliches Gut, das bei jedem lauten Ton zerspringen könne.

»Ich bin bei dir.« Eine Hand berührte sanft ihre Wange. »Du musst keine Angst haben. Wir sind in Sicherheit.«

»In Sicherheit?« Caiwen schlug die Augen auf und schaute in Heylons vertrautes, von zerzausten Locken umrahmtes Gesicht. Er lächelte. »Was… was bedeutet das? Sind wir denn nicht auf der *Annaha*?«

»Nein.« Heylon schüttelte den Kopf.

»Aber…« Caiwen setzte sich auf und schaute sich um. Sie waren auf einem kleinen Boot. Ein Fischerboot ohne Aufbauten, wie sie es dann und wann vom Riff aus gesehen hatte. Einige Möwen hockten auf dem einzigen Mast, der das Segel hielt, ein Dutzend umkreiste das Boot.

Möwen. In der Flut aus wirren Bildern, die die vergangene Nacht in ihrem Geist zurückgelassen hatte, glaubte Caiwen sich an Möwen zu erinnern. Möwen, die sich in Melrems Haare krallten und sich auf die angreifenden Matrosen stürzten. Möwen, die ihnen Zeit zur Flucht verschafft hatten. »Was ist das für ein Boot?«, wollte sie wissen. »Wo kommt es her?«

»Es ist das Boot eines guten Freundes.« Finearfins Gesicht tauchte wie aus dem Nichts neben Heylon auf. Auch sie lächelte. »Schön, dich bei Bewusstsein zu sehen, Caiwen. Wir waren sehr in Sorge um dich. Hast du Hunger?«

Caiwen nickte, obwohl sie Finearfin gar nicht richtig zuhörte. Zu viele Fragen schwirrten in ihrem Kopf herum. »Aber das Fass. Ich habe doch nach dem Fass gegriffen, das die Matrosen mir zugeworfen hatten.«

»Meinst du vielleicht dieses Fass hier?« Finearfin bückte sich und hob ein kleines Brett vom Boden auf, an dessen Ende eine lange Leine befestigt war. »Ehe die da oben auf der *Annaha* mit dem Fass so weit waren, hatten wir dich längst an Bord«, sagte sie mit einem Anflug von Schadenfreude in der Stimme.

»Und wo ist die *Annaha* jetzt?« Plötzlich hatte Caiwen Angst. »Sie haben das Boot doch sicher gesehen und die Verfolgung aufgenommen.«

»Nein, das haben sie nicht.« Finearfin zwinkerte Caiwen verschwörerisch zu. »Erinnerst du dich an den Nebel? Das Boot hatte sich darin verborgen. Als wir ins Wasser sprangen, glitt es in der Nebelbank heran und auch wieder darin fort. Sie können es nicht gesehen haben. Ich bin sicher, sie denken, wir sind ertrunken.«

»Das Boot hatte sich im Nebel verborgen? Aber wie konntest du dann wissen, dass es da ist?«, fragte Caiwen verwirrt.

»Manchmal genügt ein winziges Licht, um uns in der Dunkelheit den Weg zu weisen.« Finearfin deutete zur Mastspitze empor, wo eine Laterne immer noch schwach leuchtete.

»Dann verfolgen sie uns nicht?«, vergewisserte sich Caiwen noch einmal.

»Warum sollten sie? In ihren Augen sind wir tot, und sie werden es nicht gerade eilig haben, nach Arvid zurückzukehren, um Melrems Großmutter ihr Versagen zu beichten. Außerdem«, Finearfin deutete nach Westen, wo der Horizont hinter einem dichten Dunst verborgen lag, »haben wir ihnen den Nebel zurückgelassen, um Zeit zu gewinnen.«

»Das ist Magie.« Caiwen konnte nicht glauben, was sie da hörte. Die Mächte der Natur konnten nicht gezähmt werden. Das war eine der ersten Regeln, die die Kinder auf dem Riff lernten. Man konnte sie nicht beeinflussen und schon gar nicht nach Belieben mit ihnen verfahren.

Finearfin lachte. »Es ist nichts gegen das, was du zu vollbringen vermagst, wenn dein Erbe erst gänzlich erwacht ist«, sagte sie und wurde wieder ernst. »Du weißt noch so wenig, Caiwen. Du musst noch viel lernen. Aber alles zu seiner Zeit. Das Einzige, was jetzt zählt, ist, dass du mir vertraut hast. Den Sprung über die Reling hätte nicht jeder gewagt.«

»Ich habe lange gezögert«, räumte Caiwen ein. »Heylon war es, der mir am Ende die Entscheidung abgenommen hat.«

»Manchmal ist es gut, auf seine Freunde zu hören.« Finearfin schenkte Heylon ein Lächeln. Dann wechselte sie das Thema. »Aber jetzt lasst uns erst einmal etwas essen. Wir haben viel zu besprechen.«

An Bord gab es einen kleinen Vorrat an Wasser und Nahrungsmitteln. Genug, um den Hunger dreier Besatzungsmitglieder für ein paar Tage zu stillen. Caiwen erkannte auf den ersten Blick, dass ihr unbekannter Retter alles sehr gut vorbereitet hatte, denn neben Essen und Trinken befanden sich auch Waffen und einige praktische Kleidungsstücke an Bord. Caiwen war froh, die nasse Bluse gegen ein dicht gewebtes Hemd und eine Lederweste tauschen zu können. Ihr Retter schien wirklich an alles gedacht zu haben – nur an eines nicht. »Sagt mal, wer steuert dieses Boot eigentlich?«, fragte sie besorgt.

»Niemand.« Heylon sagte das so selbstverständlich, als ob es Hunderte Boote gäbe, die führerlos auf dem Ozean trieben.

»Niemand?« Caiwen erbleichte. »Aber…?«

»Mach dir darüber keine Gedanken«, unterbrach Finearfin sie. »So wie das Schiff uns gefunden hat, wird es uns auch ans Ziel bringen.« Sie brach ein Stück von dem Brot ab, das bei den Vorräten gelegen hatte, machte es sich bequem und schaute Caiwen an. »In der Kajüte hast du mir viele Fragen gestellt. Jetzt ist die Zeit für Antworten gekommen.«

Das Vermächtnis

»Da ist so vieles, was ich nicht verstehe.« Caiwen warf Heylon, der ein paar Möwen mit Brotkrumen fütterte, einen hilflosen Blick zu. »Ich möchte so gern alles über meine Herkunft und über meine Mutter erfahren. Ein paar Dinge hast du mir schon erzählt, aber sie ergeben noch keinen Sinn. Ich möchte wissen, warum mich alle für etwas Besonderes halten und was es mit den Elfen auf der Feuerinsel auf sich hat. Ich möchte verstehen, warum Melrem meine Mutter entführt hat und warum sie sterben musste.« Sie seufzte. »Es ist verrückt. Bis vor ein paar Sonnenaufgängen wusste ich nicht einmal, wer ich bin, und nun sitze ich hier in diesem Boot und bin auf dem Weg nach Tamoyen, um dort…« Sie stockte. »Ja, was eigentlich? Ich habe meine Heimat verlassen, weil ich herausfinden wollte, ob…« Sie verstummte, als sie sich daran erinnerte, dass Finearfin noch nichts über die Riffbewohner wusste. »Ach, ich weiß auch nicht. Es ist so viel geschehen. Ich bin ganz durcheinander.«

»Das ist nur allzu verständlich.« Finearfin lächelte. »Deshalb ist es auch so wichtig, dass wir endlich Zeit zum Reden haben. All das, was dich bewegt, wirst du besser verstehen, wenn du die Geschichte unseres – deines – Volkes kennst. Von Anfang an.« Sie nahm einen Schluck Wasser und begann zu erzählen: »Vor langer Zeit waren die Elfen ein geeintes Volk. Wir lebten im Einklang mit der Natur und ohne Zwist mit den Menschen Tamoyens in den dichten grünen Wäldern des Zweistromlandes, die wir so lieben.

Die Eiswüste, die an die nördlichen Waldgebiete unserer Heimat grenzt, war auch damals schon eine Bedrohung für uns, aber die Macht unserer Hohepriesterin beschützte uns und den Wald vor Eis und Schnee. So herrschte im Wald auch während des Winters ein mildes Klima, das uns drei Ernten und ein sorgenfreies Leben bescherte.

Auch die Menschen in Tamoyen hatten einen Nutzen vom Wirken der Patrona, denn ihre Kraft reichte weit über die Grenzen unserer Heimat hinaus. Ohne Schnee und klirrende Kälte erblühte Tamoyen zu einem reichen Land, in dem die Menschen keine Not leiden mussten.

In diesen Zeiten des Wohlstands geriet eine uralte Heimsuchung fast in Vergessenheit.« Finearfin machte eine bedeutungsvolle Pause. »Ich habe dir ja schon von den Kreaturen erzählt, die nachts in Tamoyen und im Zweistromland ihr Unwesen treiben. Diese Ungeheuer waren in dunkler Vorzeit, also lange bevor es Menschen in Tamoyen gab, bereits eine große Gefahr für unsere Vorfahren, denn in den Menschenlanden gibt es einen Ort, an dem die Grenzen zweier Welten aufeinandertreffen. Immer wieder öffnete sich an dieser Stelle ein Tor und verschaffte den Wesen der Anderwelt Zugang zu unserer Welt. Viele tapfere Elfenkrieger verloren ihr Leben bei dem Versuch, der tödlichen Flut Einhalt zu gebieten. Mit jedem Winter, der verstrich, wurde es schlimmer. Zahllose Elfenmagier setzten alles daran, das Tor für immer zu verschließen, zahllose scheiterten. Bis es endlich einem gelang, die heilenden Kräfte des Sonnenlichts in einer Wächterstatue zu binden. Die Figur zeigt eine Elfenkriegerin mit dem Körper einer Schlange und sie allein vermochte die Wunde im Weltengefüge zu heilen.

An jenem Ort, wo sich das Tor zur Anderwelt befand, schufen

die Elfen einen Schrein für die Statue, den Celossos-Altar, wie die Menschen ihn später nannten. Über viele Generationen hinweg schützte er unsere beiden Völker vor den Ausgeburten der Dunkelheit.«

»Aber jetzt sind sie wieder da.« Caiwen runzelte die Stirn. »Was ist mit dem Altar geschehen?«

»Er steht noch immer dort, aber die magische Statue wurde gestohlen.« Ein Schatten huschte über Finearfins Gesicht. »Wie ich schon sagte, die Gefahr geriet in Vergessenheit. Die Tamoyer hielten den Schrein für ein Relikt elfischen Aberglaubens und woben ihre eigenen Legenden darum. Aus den grausamen Geschöpfen wurden Fantasiegestalten, aus der Wahrheit Märchen, die Mütter ihren Kindern am abendlichen Herdfeuer erzählten, um sie des Nachts im Haus zu halten. Niemand erinnerte sich mehr daran, dass in all den Geschichten ein wahrer Kern steckte, und niemand konnte sich vorstellen, dass all das eines Tages wieder schreckliche Wirklichkeit werden könnte.« Sie seufzte und fügte hinzu: »Aber ich will nichts vorwegnehmen. Denn auch das, was vorher geschah, musst du wissen. Deshalb will ich dir nun von Nimeye erzählen, jener selbstsüchtigen und machthungrigen Hohepriesterin, der es nicht genügte, ihr Volk zu schützen und ihre Heimat zu bewahren.« Sie verstummte, hob den Kopf und ließ den Blick in die Ferne schweifen.

»Nimeye«, fuhr sie schließlich mit gedämpfter Stimme fort, »war einst die Patrona des Zweistromlandes und eine mächtige Hohepriesterin. Manche sagen, sie sei die mächtigste überhaupt gewesen. Vor vielen Hundert Wintern, in der Blütezeit unseres Volkes, war sie es, die die Geschicke unseres Landes an der Seite des Elfenkönigs lenkte und es mit ihren besonderen Gaben vor den Eisdämonen schützte.«

»Eisdämonen?« Caiwen runzelte die Stirn. »Was sind das für Wesen?«

»Eisdämonen sind keine Wesen aus Fleisch und Blut«, erklärte

Finearfin in einem Ton, der Caiwen spüren ließ, dass ihr die Unterbrechung nicht recht war. Umso mehr freute sie sich, dass sich die Elfenkriegerin dennoch Zeit für eine Erklärung nahm. »Das macht es auch so schwer, sie zu bekämpfen. Ihre Heimat ist die endlose Eiswüste des Nordens, wo nichts wächst und gedeiht, weil sich die Sonne im Winter viele Monde hinter dem Horizont verbirgt. Sie hassen alles Leben und kennen nur ein Ziel, ihre Herrschaft weiter nach Süden auszudehnen. Vor allem im Winter fallen sie über das Zweistromland her. Bis vor wenigen Wintern war ihnen kein Erfolg beschieden. Aber seit das Zweistromland ohne Patrona auskommen muss, gewinnen sie immer mehr an Macht. Was ihre eisigen Finger berühren, gefriert augenblicklich und stirbt.«

»Oh.« Caiwen spürte den Schmerz in Finearfins Worten, als wäre es ihr eigener. »Das … das tut mir leid.«

»Dich trifft keine Schuld.« Finearfin gelang ein Lächeln. »Nimeye ist es, der wir diesen schleichenden Tod zu verdanken haben.« Sie nahm einen tiefen Atemzug und fuhr fort: »Das Unheil nahm seinen Anfang vor etwa zweihundert Wintern, als Nimeye sich der dunklen Magie verschrieb. Schon immer hatte sie davon geträumt, allein über die Elfen zu herrschen. Nun endlich glaubte sie den Schlüssel dazu in Händen zu halten.

Über viele Schwarzmonde gelang es ihr, alle zu täuschen, während sie ihre Macht weiter stärkte und die Vorbereitungen zum Sturz des Königs heimlich weiter vorantrieb. Unbemerkt scharte sie Verbündete um sich, meist junge Elfen von hoher Geburt, die selbst nach mehr Einfluss strebten. Diese wiederum sorgten dafür, dass sich Nimeyes Anhängerschaft durch falsche Versprechungen weiter vermehrte. Am Ende zählte ihr Gefolge mehrere Hundert Elfen, die entschlossen waren, den König notfalls auch mit Gewalt zu entthronen.« Finearfin verstummte und schaute Caiwen vielsagend an: »Nur dem Edelmut einer aufrechten Novizin ist es zu verdanken, dass es nicht so weit kam. Diese Novizin war damals noch sehr jung und stand Nimeye sehr nahe. Sie wusste von Anfang an, was die Elfenpriesterin plante, hielt aber zunächst fest zu ihr. Was sie am Ende dazu bewogen hat, ihre Meisterin zu verraten, weiß niemand. Wir wissen nur, dass sie den König in der Nacht vor dem alles entscheidenden Angriff persönlich aufgesucht und gewarnt hat.«

»War es da nicht schon zu spät?«, warf Heylon ein, der dem Bericht bis zu diesem Augenblick gebannt gelauscht hatte.

»Es war spät, aber nicht zu spät. Der König besitzt eine erfahrene Leibgarde, die noch in der Nacht zusammengerufen wurde. So kam es, dass die Falle, die Nimeye für den König erdacht hatte, für sie und ihre Getreuen selbst zum Verhängnis wurde. Es gab ein kurzes Gefecht mit Opfern auf beiden Seiten. Am Ende aber triumphierte der König.« Finearfin nahm einen Schluck Wasser und fuhr fort: »Auf Verrat steht der Tod, aber unser König ließ Gnade walten. Er regiert gerecht und weise und hätte es nicht übers Herz gebracht, die verblendeten Söhne und Töchter all derer zu töten, die ihm so lange treu gedient hatten. Es wurde beschlossen, Nimeye und ihr Gefolge auf die karge Feuerinsel weit draußen im Ozean der Stürme zu verbannen und sie mit einem mächtigen Bann zu belegen, der sie tötet, sobald sie die Insel verlassen. Damit sollte sichergestellt werden, dass weder Nimeye noch einer ihrer Verbündeten jemals wieder einen Fuß auf das Festland setzt. Nur der König selbst oder seine Hohepriesterin können den Bann aufheben.«

»Aber die Eisdämonen …?«, hakte Caiwen nach, die aufmerksam zugehört hatte. »War das Zweistromland ihnen nicht schutzlos ausgeliefert, als Nimeye verbannt wurde?«

»Nicht ganz.« Finearfin schüttelte den Kopf. »So wie die Magie in den Wäldern ohne deine Mutter überdauert hat, wirkte sie auch damals noch weiter, denn Nimeye war ja noch am Leben. Außerdem wurde die mutige Novizin, die den König gewarnt hatte, nur wenige Sonnenaufgänge nach Nimeyes Verbannung zur neuen Hohepriesterin und Patrona des Zweistromlandes geweiht.« Finearfin verstummte, schaute Caiwen an und fragte: »Weißt du, was das bedeutet?«

Caiwen zögerte. »Meine Mutter. Willst du damit sagen, dass diese Novizin meine Mutter war?«

»So ist es.« Finearfin lächelte. »Deine Mutter war es, die Nimeyes dunkle Pläne vereitelte und das Zweistromland vor der Finsternis bewahrte. Alle liebten und verehrten sie dafür, aber ich weiß, dass sie für ihren Mut einen hohen Preis bezahlte, der auch hundert Winter später noch einen schmerzlichen Schatten auf ihre Seele warf.«

»Aber sie tat das Richtige«, wandte Heylon ein. »Sie hätte stolz und glücklich sein müssen.«

»Ja, das hätte sie«, pflichtete Finearfin ihm bei. »Aber sie war es nicht. Denn obwohl sie durch ihre Tat das Vertrauen des Königs und großes Ansehen gewann, verlor sie doch im gleichen Zug alles, was ihr bis dahin lieb und teuer gewesen war. Sie hat den Verrat an Nimeye und den anderen Elfen bis zum Schluss nie verwunden. Ich weiß, dass sie das Leid der Verbannten spürte und sich bittere Vorwürfe machte.«

»Was geschah nach Nimeyes Verbannung?«, wollte Heylon wissen. »Kehrte wieder Frieden ein?«

»Zunächst schon.« Finearfin seufzte und für einen Augenblick wirkte sie traurig. »Fast zweihundert Winter lang. Dann aber geschah, was nie hätte geschehen dürfen. Die Schlangenkriegerin, die uns mehr als tausend Winter beschützt hatte, wurde gestohlen. Wir wissen bis heute nicht, wer die Täter waren, aber wir wissen inzwischen, dass sie in Nimeyes Auftrag handelten, denn die Statue befindet sich noch immer auf der Feuerinsel.«

»Warum hat sie das getan?«, fragte Caiwen.

»Nun, die Lebensbedingungen auf der Feuerinsel waren schlecht und sie wurden in den Jahrhunderten der Verbannung immer schlechter. Am Ende konnten selbst Nimeyes dunkle Zauberkünste kaum noch etwas gegen die Wut der Erde ausrichten, die dort ihr heißes Blut und giftige Dämpfe aus ihrem Inneren an die Oberfläche presst. Viele Elfen wurden krank, manche starben. Sie flehten den König um Gnade an, der aber blieb hart. In ihrer Not entschlossen sie sich, den König der Elfen zu erpressen.

Ich vermute, dass sie Verbündete hatten, die die Wächterstatue in ihrem Auftrag stahlen. Nimeye hoffte wohl, mit dem König verhandeln zu können, wenn die Wesen der Anderwelt Tamoyen und das Zweistromland nach vielen Wintern wieder bedrängten.«

»Eine Verzweiflungstat also.« Caiwen nickte und fragte: »Und? Hatte sie Erfolg?«

»Ja und nein.« Finearfin seufzte. »Der Elfenkönig ließ sich nicht erpressen, aber der König Tamoyens war angesichts der Dämonen und Nachtmahre, die im Land ihr Unwesen trieben, so verzweifelt, dass er sich auf einen Handel einließ. Es ist bis heute nicht bewiesen, aber es geht das Gerücht, dass er Nimeye versprach, die Hohepriesterin der Elfen zu entführen und sie im Austausch für die Statue zur Feuerinsel zu bringen. So kam es vor fünfzehn Wintern zu jenem folgenschweren Überfall, bei dem deine Mutter verschleppt wurde und der sie letztendlich das Leben kostete. Sie hat die Feuerinsel nie erreicht.« Sie verstummte und blickte Caiwen an, als würde sie um Verzeihung bitten, als sie hinzufügte: »Die Götter des Waldes sind meine Zeugen, dass ich mich damals am liebsten sofort auf die Suche nach ihr gemacht hätte. Aber das Schicksal wollte es anders. Der Krieg hat mich aufgehalten.«

»Krieg?«, riefen Caiwen und Heylon wie aus einem Mund. »Welcher Krieg?«

»Der Krieg zwischen den Tamoyern und den Elfen«, erklärte Finearfin. »Ein sinnloser und blutiger Krieg, der nach Elethiriels Entführung aufflammte. Die Kämpfe forderten auf beiden Seiten viele Opfer und brachten keinen Sieger hervor.«

»Warum ist niemand zur Feuerinsel gefahren und hat versucht, die Statue von dort zurückzuholen?«, wandte Heylon ein. »Wenn die Elfen dort in der Minderzahl und geschwächt sind, wäre das doch das Einfachste gewesen.«

»Da irrst du dich.« Finearfin schüttelte den Kopf. »Die Mächte der Erde mögen für die Elfen dort verheerende Wirkung haben, aber Nimeye hat auch gelernt, sie sich zunutze zu machen. Das Meer rings um die Insel steht ständig in Flammen. Kein Schiff, das nicht willkommen ist, könnte sich nähern, ohne zu verbrennen.«

»Woher weißt du das alles?« Endlich wagte Caiwen, die Frage zu stellen, die sie schon die ganze Zeit bewegte.

»Ich habe dir schon gesagt, dass Elethiriel und ich uns sehr nahe standen. Wir waren Freundinnen«, erwiderte Finearfin, und ihre Stimme wurde sanft. »Als sie nach der Verbannung Nimeyes auf das Amt der Hohepriesterin vorbereitet wurde, teilte man mich als ihre persönliche Leibwache ein. Wir kamen uns schnell näher und erkannten, dass zwischen uns eine tiefe Seelenverwandtschaft bestand. Mir konnte sie anvertrauen, was sie niemandem zu erzählen wagte.« Finearfin seufzte. »Sie war einsam, Caiwen. Und sie litt sehr darunter, ihre Mutter verraten zu haben. Ich konnte ihr in ihrem Kummer nicht helfen, aber ich …«

»… ihre Mutter?« Caiwen keuchte auf, als ihr das ganze Ausmaß dessen, was Finearfin ihr da erzählte, bewusst wurde. »Heißt das, Nimeye ist die Mutter meiner Mutter?«

»Ja«, Finearfin nickte. »Nimeye ist Elethiriels Mutter – deine Großmutter.«

Caiwen starrte Finearfin an. Unfähig, auch nur ein Wort zu sagen, versuchte sie zu ermessen, was diese unerwartete Wendung für sie bedeutete.

Ich bin vom Blute einer Verräterin! Der Gedanke erschütterte sie zutiefst, ließ ihr Herz schneller schlagen und drängte das Blut in heißen Strömen durch ihren Körper. Die Welt schien sich um sie zu drehen. Wie durch einen Schleier hörte sie Finearfin sagen:

»Du musst wissen, dass das Amt der Hohepriesterin im Zweistromland seit Generationen von der Mutter an die Tochter weitergegeben wird. Deine Mutter erbte es von Nimeye. Sie selbst gab ihr gesamtes Wissen unmittelbar vor ihrem Tod an dich weiter, auf dass du dein Erbe antreten kannst, wenn du dafür bereit bist.«

... wenn dafür bereit bist. Caiwen kämpfte gegen die Bestürzung an, die sie lähmte. Sie hatte nach ihrer Herkunft gesucht und dabei Dinge erfahren, die sie sich nie erträumt hätte. *Warum ich?* Unaufhörlich kreisten die Worte hinter ihrer Stirn, während die Fassungslosigkeit und die Angst vor dem, was noch kommen mochte, allmählich zu einem neuen Gefühl verschmolzen: Wut.

Wut auf ihre Mutter, die sie verlassen hatte, als sie sie am meisten brauchte. Wut auf Nimeye, die nicht davor zurückgeschreckt hatte, das Leben ihrer einzigen Tochter aufs Spiel zu setzen, und Wut auf das Schicksal, das ihr ungefragt eine so schwere Verantwortung aufbürdete.

Das Gefühl gärte in ihr und schwoll so rasch an, dass Caiwen glaubte, es nicht länger aushalten zu können. *Finearfin hätte es verhindern können,* schoss es ihr durch den Kopf, weil sie das Bedürfnis hatte, einen Schuldigen für das, was ihr gerade widerfuhr, zu finden. *Sie hat meine Mutter im Stich gelassen, sonst säße sie jetzt nicht hier.* »Du hattest den Auftrag, meine Mutter zu beschützen. War es nicht so?«

»Ich war ihre persönliche Leibwache und als solche für ihre Sicherheit verantwortlich«, räumte Finearfin ein, ohne etwas zu beschönigen oder Ausflüchte zu suchen.

Caiwen reckte das Kinn vor und schaute Finearfin herausfordernd an. »Wenn dem wirklich so war, dann frage ich mich, wo warst du damals? Wo warst du, als meine Mutter dich mehr als jemals zuvor gebraucht hätte? Wo warst du, als man jene tötete, die versuchten, sie zu beschützen? Wo?«

»Es steht dir zu, mich das zu fragen«, erwiderte Finearfin ruhig. »So wie es dir zusteht, darauf eine ehrliche Antwort zu bekommen. Ich…« Sie wollte noch etwas hinzufügen, aber Caiwen war viel zu aufgewühlt, um zu schweigen. »Spar dir die Ausreden«, herrschte sie die Elfe an. »Ich weiß es. Ich habe es gesehen. Im Traum. Wieder und wieder. Ich sah den Überfall im Wald. Ich sah die Elfen sterben. Die Angreifer haben alle getötet, nur mich und meine Mutter nicht.« Sie atmete heftig. »Aber dich, dich habe ich nicht gesehen. Nur frage ich dich, warum nicht? Warum bist du hier, wenn doch alle anderen tot sind? Hast du dich feige verkrochen, als sie starben? Hast du es mit angesehen, ohne ihnen zu helfen? Oder warst du am Ende gar nicht dort, weil du etwas Besseres zu tun hattest, als meine Mutter zu beschützen?«

»Das sind schwere Vorwürfe, die du da erhebst, Caiwen.« Finearfin schaute sie tadelnd an. »Ich verstehe deinen Zorn und erkenne, dass die Wahrheit für dich nur schwer zu ertragen ist. Das bedeutet aber noch lange nicht, dass du vorschnell ein Urteil fällen darfst, bevor du die ganze Geschichte kennst.«

Caiwen errötete. Sie schämte sich, weil sie instinktiv spürte, dass Finearfin recht hatte. Die Elfe schien zu ahnen, was in ihr vorging, denn sie sprach weiter, ohne auf einen möglichen Einwand zu warten. »Als der Überfall geschah, war ich nicht beim Lagerplatz. Aber ich habe mich nicht verkrochen. Ich war auf der Jagd. So wie an jedem Tag eine von uns zur Jagd aufbrach, war ich an jenem schicksalhaften Morgen einem Hirsch auf der Spur, um für Nahrung zu sorgen. Du musst wissen, dass der Überfall an einem heiligen Ort stattfand. An einem Ort, den die Hohepriesterin der Elfen nur dann aufsucht, wenn für sie die Zeit der Niederkunft gekommen ist. Im Schutze geweihter Eichen verbringt sie mit ihrem Neugeborenen den ersten Mond. Es ist der Ort, an dem die Tochter die erste Weihe empfängt. Der Ort, an dem sie ihr Leben für immer an die Wälder bindet und deren Kräfte in sich aufnimmt. Die Hohepriesterin reist nur mit wenigen Getreuen dorthin, denn das, was dort geschieht, ist nicht für jedermanns Augen bestimmt. Aber auch die wenigen müssen essen, und da im Umkreis der geweihten Eichen nicht gejagt werden darf, sind wir gezwungen, einen weiten Weg zurückzulegen, um Wild zu erlegen.« Sie schaute Caiwen offen an. »Nun weißt du, wo ich war, als das Schreckliche geschah, und warum ich als Einzige der Getreuen den hinterhältigen Überfall überlebt habe. Ich würde es dir nicht einmal übel nehmen, wenn du mich dafür verdammst, denn genau das tue ich seit fünfzehn Wintern. Als ich zurückkehrte, fand ich das Lager verlassen vor. Wenig später stieß ich auf die gemeuchelten Körper meiner Freunde. Von deiner Mutter und dir fehlte jede Spur.«

Sie verstummte kurz und fuhr dann fort: »Ich habe sofort die Verfolgung aufgenommen, aber die Fährte war geschickt falsch gelegt und führte ins Nichts. Die Entführer hatten die Tat sorgfältig geplant und wussten vermutlich von Melrem gut über uns Elfen Bescheid. Ich konnte euch nicht finden.«

»Und dann kam der Krieg«, sagte Caiwen wie zu sich selbst.

»Richtig.« Finearfin nickte. »Die fünfzehn Winter, die seitdem vergangen sind, waren keine leichte Zeit. Der Elfenkönig und der Herrscher Tamoyens beschuldigten sich gegenseitig, sich schaden zu wollen. Worte fielen, die niemals hätten gesagt werden dürfen, Dinge wurden getan, die nie hätten geschehen dürfen. Unser König war in großer Sorge und verlangte, dass die Hohepriesterin sofort freigelassen würde. Der König Tamoyens aber wollte darauf nicht eingehen.«

»Warum wollte Nimeye die Hohepriesterin denn unbedingt bei sich haben?«, fragte Heylon.

»Ist das nicht klar?«, warf Caiwen ein. »Um sie zu zwingen, den Bann aufzuheben, damit sie und ihre Anhänger die Feuerinsel verlassen konnten.«

»Richtig.« Finearfin nickte. »Der König Tamoyens verlangte von unserem König, den Fluch von den Feuerelfen zu nehmen.

Dann, so sagte er, würde man deine Mutter freilassen. Aber unser König hatte geschworen, Nimeye niemals zurückkehren zu lassen. Dessen ungeachtet war er entschlossen, deine Mutter zu befreien – auch mit Gewalt. So kam es zum Krieg zwischen den beiden Völkern.«

»Wie sinnlos.« Heylon schüttelte den Kopf. »Die hätten lieber verhandeln sollen. Gemeinsam hätten sie vielleicht einen Weg gefunden, die Schlangenkriegerin zurückzubekommen, ohne die Hohepriesterin dafür zu opfern.«

»Das ist ein weiser Gedanke«, sagte Finearfin anerkennend. »Aber Stolz und Eigensinn stehen dem Verstand leider nur allzu oft im Weg, und so dauerte es dreizehn lange Winter, bis beide Seiten einsahen, dass sie den Falschen bekämpften. Elfen und Tamoyer schlossen Frieden und begannen damit, gemeinsam nach einer Lösung zu suchen, die beiden Völkern gerecht wird.«

»Und was wollen sie jetzt tun?«, fragte Heylon.

»Nach allem, was ich gehört habe, stellen sie Truppen zusammen und bauen Schiffe aus Eisen, um zur Feuerinsel zu fahren«, erklärte Finearfin. »Aber das wäre Wahnsinn, denn Nimeye hat gedroht, die Statue zu zerstören, wenn sie angegriffen werden sollte.«

»Dann wäre alles verloren.« Caiwen nickte.

»Verstehst du nun, warum du so wichtig bist?«, fragte Finearfin. »Abgesehen von dem Elfenkönig, bist du die Einzige, die den Bann, der auf den Feuerelfen liegt, aufheben kann. Dann würde auch die Statue nach Tamoyen zurückkehren und das Tor zur Anderwelt verschließen …«

»… und alles wäre gut.« Caiwen nickte.

»Nichts wäre gut!«, brauste Finearfin auf. »Hast du mir nicht zugehört? Wenn du den Bann aufhebst, wird Nimeye erneut versuchen, die Herrschaft über das Zweistromland zu erlangen. Es würde Krieg geben oder noch Schlimmeres würde geschehen …

Außerdem brauchen wir dich dringend in der Heimat. Ohne deine Hilfe kann sich das Zweistromland der Angriffe der Eisdämonen nicht mehr lange erwehren. Schon jetzt werden die Winter immer härter. Wir brauchen dich, um die Magie der Wälder zu erhalten und zu stärken. Viel zu viele Bäume sind schon gestorben, seit deine Mutter verschleppt wurde. Blühendes Land ging verloren. Gewiss gäbe es das Zweistromland schon längst nicht mehr, wenn du nicht wärst. Nur weil du lebst, bewahren uns die Wälder noch vor der ewigen Kälte. Auch wenn mit jedem Winter ein weiterer Teil des Zweistromlands dem Ansturm erliegt.«

»Heißt das, die Magie wird schwächer?«, warf Heylon ein.

»Ja, das heißt es.« Finearfin nickte. »Elethiriel hat Caiwen vieles mit auf den Weg gegeben, aber wenn sie die zweite Weihe nicht empfängt, wird ihre Gabe verkümmern wie eine Pflanze ohne Sonnenlicht. Dann werden wir endgültig untergehen.«

»Hast du deshalb nach mir gesucht?«, fragte Caiwen. Was Finearfin erzählte, berührte sie tief, und obwohl sie das Zweistromland nie mit eigenen Augen gesehen hatte, verspürte sie den drängenden Wunsch, das Land zu retten.

»Nicht nach dir«, gab Finearfin offen zu. »Bis vor Kurzem habe ich nach deiner Mutter gesucht. Ich war sicher, dass sie noch am Leben sein muss, da die Magie noch nicht ganz erloschen ist. Als deine Mutter entführt wurde, warst du noch sehr klein. Du hattest gerade ein paar Sonnenaufgänge gesehen. Für gewöhnlich dauerte es ein halbes Hundert Winter, bis eine Novizin das Wissen erlangt hat, das dir innewohnt. Wie hätte ich ahnen können, dass Elethiriels Magie in dir fortbesteht.« Sie verstummte und schaute Caiwen an. »Nun weißt du, was geschehen ist. Von nun an liegt es an dir, was die Geschichte später berichten wird.«

»Es ist ein schweres Erbe.« Caiwen seufzte.

»Ich weiß.« Finearfin nickte verständnisvoll. »Aber du bist nicht allein. Ich werde dir zur Seite stehen und dich, wenn es sein muss, mit meinem Leben beschützen. So wie das ganze Volk der Elfen …«

»… und ich.« Heylon legte den Arm um Caiwens Schultern und lächelte ihr aufmunternd zu.

Bäume und Schnee

Während die Sonne den Zenit erklomm und das Boot, wie von einer unsichtbaren Strömung geführt, seinem Ziel entgegenglitt, erfuhr Caiwen noch vieles über ihr Volk und ihre Vergangenheit, vor allem aber über ihre Mutter. In vielem erkannte sie sich wieder, manches war ihr neu und anderes wiederum machte sie nachdenklich, aber alles trug dazu bei, dass sich die vielen losen Fäden, die sie schon so lange bei sich trug, allmählich zu einem Muster verwoben. Mit jeder neuen Erkenntnis fand Caiwen ein Stück weit zu sich selbst, und ihr wurde schmerzlich bewusst, welche Fährnisse das Schicksal ihr in ihrem kurzen Leben bereits zugemutet hatte.

Sie lauschte Finearfins Worten aufmerksam, fragte nach und versuchte, das Gehörte mit ihren eigenen Erlebnissen und Erinnerungen zu verknüpfen, aber irgendwann war ihr Kopf so voll, dass sie Finearfin nicht mehr folgen konnte. Sie wurde immer stiller und bemerkte schließlich nicht einmal, als Finearfin sie etwas fragte.

»Ich denke, für heute ist es genug«, hörte sie die Elfe sagen. »Fünfzehn Winter sind eine lange Zeit. Wenn du dein Erbe und deine Bestimmung wirklich verstehen willst, darfst du nichts überstürzen.«

»Danke.« Caiwen lächelte tapfer. »Du hast recht, das ist alles sehr viel für mich. Ich … ich muss erst in Ruhe über alles nachdenken. Entschuldigt mich.« Sie erhob sich und ging zum Bug des kleinen Schiffes, um allein zu sein. Aus den Augenwinkeln sah sie, dass Heylon ihr folgen wollte, aber Finearfin hielt ihn zurück. Caiwen dankte ihr im Stillen für ihr Verständnis. Sie fühlte sich überfordert und schrecklich kraftlos, mitgerissen von einem Strom von Ereignissen, auf die sie selbst keinen Einfluss hatte und die doch ein fester Bestandteil ihres Lebens waren.

Es war verrückt. Sie war aufgebrochen, um für das Volk vom Riff eine Möglichkeit zu finden, in seine alte Heimat zurückzukehren, aber nun war alles ganz anders, und sie bezweifelte, dass es ihr gelingen würde, an ihrem Plan festzuhalten. Das Gefühl, nicht mehr Herr über ihr Handeln zu sein, war für sie nur schwer zu ertragen. Sie wünschte sich zurück auf das Riff. Wünschte, sie könnte alles ungeschehen machen und ihr Leben wieder in die beschaulichen kleinen Bahnen lenken, die es früher bestimmt hatten, und wusste zugleich, dass dieser Wunsch sich niemals erfüllen würde.

Die Zeit verrann.

Endlos erstreckte sich der Ozean unter dem blauen Himmel, an dem nur eine hauchzarte Schleierwolke den Sonnenschein etwas trübte. Wenn Caiwen zurückschaute, sah sie Finearfin und Heylon ins Gespräch vertieft. Auch Heylon hatte viele Fragen. Die Antworten darauf schienen ihm nicht immer zu gefallen. Sein sonnengebräuntes Gesicht wirkte angespannt. Seine Hände bearbeiteten nervös eines der Taue, die an Deck herumlagen.

Caiwen hörte auf, ihn anzusehen, und wandte sich ab. In ihre eigenen Gedanken versunken, bemerkte sie die dünne, dunkle Linie vor dem Horizont zunächst nicht, die allmählich näher rückte. Sie sah nicht die verstreuten Eilande, die in der Ferne auftauchten, und hatte auch keinen Blick für die Seevögel, die wie kleine weiße Blitze durch die Luft schossen und auf der Jagd nach Fischen nicht selten in unmittelbarer Nähe platschend ins Wasser tauchten.

Als sie die Küste schließlich doch bemerkte, fuhr ihr ein heißer Schrecken durch die Glieder. *Wo fahren wir hin? Was erwartet mich? Und wie, bei allen Göttern, soll ich vollbringen, was die Elfen sich von mir erhoffen?*

Caiwen schaute über die vertraute Weite des Ozeans und seufzte. Bisher hatte sie bei Entscheidungen immer ihren Instinkten vertraut – vorrangig, um den Menschen auf dem Riff zu helfen. Nun musste sie erkennen, dass diese Instinkte offenbar ein anderes Ziel verfolgten, an das sie durch die Kraft ihres Erbes gebunden war und dem sie nicht entfliehen konnte.

Ihr Blick wanderte nach Osten zurück, wo sich die Küstenlinie nun klar und deutlich vor dem Horizont abzeichnete. *Das Land ist so groß! Riesengroß!* Plötzlich fühlte Caiwen sich klein und verletzlich. Die Welt jenseits des Ozeans war so anders. Mit Regeln, die sie nicht kannte, und Menschen, die ihr gewiss nicht immer freundlich gesinnt waren. Eine Welt, die in der Nacht von blutrünstigen Anderweltwesen durchstreift wurde, die ihr schon jetzt Angst machten. Finearfin hatte sie nicht näher beschrieben. Sie schien zu wissen, dass sie sehr viel von Caiwen verlangte.

»Beängstigend, nicht wahr?«

Caiwen fuhr herum und sah, dass Heylon sich zu ihr gesellt hatte. Er schaute sie nicht an. Während er sprach, war sein Blick allein auf die Küstenlinie gerichtet. »Ich habe noch nie einen Baum gesehen«, sagte er wie zu sich selbst.

Caiwen antwortete nicht. Schweigend stand sie neben Heylon und beobachtete, wie der breite Streifen heranwuchs und allmählich an Konturen gewann. Aus dem einheitlichen Dunkel formten sich nach und nach die Silhouetten von Bäumen. Dicke Stämme, die ihre kahlen und knorrigen Äste wie vielarmige Skelette dem Himmel entgegenreckten.

»Ich dachte immer, sie wären grün.« Eine Spur von Enttäuschung schwang in Heylons Stimme mit.

»Das sind sie auch.« Finearfin trat neben Caiwen und legte die Hände auf die Reling. »Im Sommer. Noch ist es dafür zu kalt. Frost und Schnee würden die Blätter zerstören.«

»Melrem hat gesagt, ich hätte die Gabe, den Schnee zu bannen, deshalb seien die Winter auf dem Riff immer mild gewesen.« Sie schaute Finearfin fragend an: »Ist das wahr?«

»Es ist Teil deines Erbes.« Finearfin nickte und für einen Augenblick wirkte sie glücklich. »Wenn du ins Zweistromland zurückkehrst, werden die Bäume dort immer grün sein. Der Winter hat dann keine Macht mehr über sie.«

... wenn du ins Zweistromland zurückkehrst. Die Worte jagten Caiwen einen Schauder über den Rücken. Wie konnte sie an einen Ort zurückkehren, an den sie keine Erinnerung hatte außer ein paar albtraumhaften Bildern?

»Was ist?« Finearfin sah sie von der Seite an. »Freust du dich nicht, nach Hause zu kommen?«

»Ich weiß nicht, was ich fühle.« Caiwen suchte nach den richtigen Worten. »Auf dem Riff haben wir einen Spruch«, sagte sie dann. »Er lautet: Unsere Heimat ist dort, wo das Schicksal unseren Lebensanker ausgeworfen hat. Das Zweistromland ist die Heimat meiner Mutter. Meine Heimat ist das Riff, der Ort, an dem ich aufgewachsen bin.«

Finearfin antwortete nicht sofort, dann nickte sie und sagte: »Da ist etwas Wahres dran. Aber auch wir Elfen haben eine Lebensweisheit. Nicht wo du die Bäume kennst, wo die Bäume dich kennen, ist deine Heimat.« Sie lächelte. »Verwurzelt sein heißt, seinen Platz freiwillig zu wählen, wie ein kluger Mann einmal bemerkt hat. Am Ende wird dein Herz dir sagen, wo deine Wurzeln sind und deine Heimat liegt. Entscheide selbst. Niemand wird dich zwingen.«

»Aber wenn ich nicht im Zweistromland bleibe, wird mein Volk leiden. Ich bin nicht frei zu wählen.«

»Du bist die Patrona des Zweistromlandes«, erwiderte Finearfin ernst. »Deine Gabe und dein Erbe binden dich. Durch sie ist dein Schicksal enger als jedes andere mit dem unseres Volkes verwoben.«

»Dann bin ich eine Gefangene.«

»Du bist das, was du daraus machst.« Finearfin berührte sie sanft am Arm. »Du kannst deiner Bestimmung nicht entfliehen, aber du kannst lernen, mit ihr zu leben.« Sie zwinkerte Caiwen zu: »Es gibt immer einen Weg.«

»Es ist ja nicht so, dass ich meinem Volk nicht helfen will«, sagte Caiwen mit einem Anflug von Verzweiflung in der Stimme. »Aber ich fürchte, dass das, was da auf mich zukommt, zu groß für mich ist. Ich … ich weiß so wenig und …«

»Ich verstehe deine Sorgen. Aber sie sind unbegründet. Niemand erwartet Wunder von dir, aber deine Nähe wird uns die Hoffnung zurückbringen.«

»Was sagst du dazu?«, wandte sich Caiwen an Heylon, der sich bisher zurückgehalten hatte.

»Ich denke, es ist immer gut zu wissen, wo man herkommt«, erwiderte er nach einem Moment des Schweigens. »Du kannst nichts ablehnen, was du noch nicht kennst. Daher solltest du dir die Heimat deiner Mutter auf jeden Fall ansehen. Dann kannst du dich immer noch entscheiden.«

»Du hast recht.« Caiwen nickte und wandte sich wieder an Finearfin. »Aber ich kann nichts versprechen.«

»Das ist auch nicht nötig.« Finearfin lächelte. »Ich bin sicher, dein Herz wird dir den rechten Weg weisen.«

»Seht mal dort!« Heylon deutete nach Westen, wo sich vor dem Hintergrund des blauen Himmels ein gewaltiger Vogel näherte.

»Was ist das?« Caiwens Stimme bebte. Sie hatte noch nie einen so großen Vogel gesehen.

»Ein Sturmadler.« Finearfin wirkte angespannt, während sie beobachtete, wie der Adler näher kam. »Mit einer Spannweite von sieben Schritt ist er der größte Raubvogel in Tamoyen. Seltsam, dass er hier auftaucht. Sein Revier sind die Berge im Süden. Er meidet den Ozean.«

»Vielleicht hat er sich verflogen«, vermutete Heylon.

»Oder er ist nicht das, was er zu sein vorgibt.« Mit wenigen Schritten war Finearfin bei den Waffen und nahm den kunstvoll geschnitzten Langbogen zur Hand, der dort für sie bereitlag. Mit geübten Bewegungen legte sie einen Pfeil auf die Sehne, spannte und schoss. Nur durch einen halsbrecherischen Sturzflug konnte das Tier sein Leben retten. Der Pfeil streifte seine Schwanzfedern und ließ ein paar davon ins Wasser gleiten, während der Adler einen schrillen Schrei ausstieß, beidrehte und mit mächtigen Flügelschlägen nach Westen davonflog.

»Was soll das?« Caiwen war entsetzt. »Bist du von Sinnen, auf so ein wunderbares Tier zu schießen?«

»Das war kein Tier.« Finearfin hatte einen zweiten Pfeil auf die Sehne gelegt, verzichtete jedoch auf einen Schuss, weil der Adler schon zu weit entfernt war. »Das war ein Wechselwesen.«

»Ein Wechselwesen?« Caiwen runzelte die Stirn. »Aber du sagtest doch, es sei ein Sturmadler.«

»Das dachte ich zuerst auch. Aber dann habe ich es gespürt.«

»Was gespürt?« Heylon runzelte die Stirn.

»Die Aura der Anderwelt, die jedem Geschöpf der dunklen Sphäre anhaftet wie ein übler Geruch. Es braucht ein wenig Übung, um sie zu erkennen, aber bei den Göttern, ich habe schon so viele dieser Kreaturen getötet, dass sie mich nicht mehr täuschen können.«

»Ich habe nichts Ungewöhnliches bemerkt«, sagte Caiwen.

»Kein Wunder. Du bist ja auch erst zum zweiten Mal einem solchen Wesen begegnet.«

»Zum zweiten Mal? Wann war das erste Mal?«

»Auf dem Schiff, als wir Heylon befreit haben. Erinnerst du dich an die Ratte auf dem Weg?«

»Das war auch ein Wechselwesen?«

»Ja, aber nicht irgendeines.« Finearfin presste die Lippen fest zusammen und schaute dem Adler nach, der nur noch als dunkler Punkt in der Ferne auszumachen war. »Wechselwesen können jede beliebige Tiergestalt annehmen. Binnen eines Wimpernschlags verwandeln sie sich von einer Maus in ein Pferd. Das macht sie sehr gefährlich. Einige Anderweltdämonen halten sie als Sklaven, um ihre Opfer leichter überwältigen zu können. Aber dieses hier ist etwas Besonderes.«

»Wie meinst du das?«

»Es war auf dem Schiff und nun scheint es auf der Suche nach uns zu sein. Warum sollte es sonst die Gestalt des Tieres annehmen, das die schärfsten Augen in ganz Tamoyen hat?« Finearfin ballte die Fäuste.

»Und was bedeutet das?«

»Ich weiß es nicht. Aber ich fürchte, nichts Gutes. Anderweltwesen verbünden sich in der Regel nicht mit Menschen, aber diesem Melrem traue ich alles zu. Ich weiß nicht, mit welchem Zauber es ihm gelungen sein könnte, sich ein Wechselwesen gefügig zu machen, aber eines weiß ich gewiss: Wenn dem so ist, wissen sie jetzt, dass wir entkommen sind. Von nun an müssen wir doppelt wachsam sein.«

»Entkommen?« Melrem sprang auf. »Das ist unmöglich.«

»Und doch ist es so.« Durin blieb gelassen. Er hatte von Anfang an nicht daran geglaubt, dass die beiden Elfen und der Junge blindlings in den Tod gesprungen waren. Wäre es ihm möglich gewesen, hätte er Saphrax sofort auf die Suche nach den dreien geschickt, aber die Dunkelheit und dichter Nebel hatten lange verhindert, dass das Wechselwesen aufbrechen konnte. Als sich der Nebel am späten Vormittag endlich gelichtet hatte, war Saphrax losgeflogen. Obwohl er die Welt nun mit den Augen eines

Sturmadlers sah, hatte er lange suchen und am Ende feststellen müssen, dass die Flüchtigen bereits einen großen Vorsprung hatten. »Ich weiß aus zuverlässiger Quelle, dass sie sich auf einem kleinen Schiff nahe der Küste befinden«, erklärte Durin dem überraschten Melrem, der den ganzen Vormittag damit verbrachte hatte zu überlegen, wie er seiner Großmutter Caiwens Tod möglichst schonend beibringen konnte.

»Und wo sind sie jetzt?« Melrems Wangen glühten vor Aufregung. Wie alle auf dem Schiff war er überzeugt gewesen, Caiwen und die anderen beiden hätten im eisigen Wasser des Ozeans ihr Ende gefunden. Die Männer in den Beibooten, die man unverzüglich zu Wasser gelassen hatte, um nach den Geflohenen zu suchen, hatten keine Spur von ihnen finden können, und so hatte der Kapitän sich kurz nach Sonnenaufgang entschlossen, die drei für tot zu erklären und weiterzusegeln.

»Schwer zu sagen.« Durin fuhr sich nachdenklich mit der Hand über das Kinn. »Grob geschätzt etwa einen Tagesritt nördlich von Arvid. Es sieht ganz so aus, als wollten sie dort an Land gehen.«

»An Land? Aber dort gibt es weit und breit keinen Hafen.«

»Ich nehme mal an, das kommt ihnen gerade recht.« Durin seufzte. »Ich bin der Elfe, die sich hier auf dem Schiff versteckt hat, schon einmal begegnet. Sie ist sehr gerissen und weiß, sich zu behaupten. Ich bin sicher, sie wird versuchen, Caiwen ins Zweistromland zu bringen.«

»Wie kommst du darauf?«

»Nun, sie sagte so etwas wie: Caiwen gehört zu uns.«

»Verstehe.« Melrem nickte bedächtig. Für einen Augenblick wirkte er nachdenklich, dann schlug er mit der Faust so heftig auf den Tisch, dass die kleine Öllampe einen Satz machte. »Verdammt noch mal, wie konnte das geschehen? Das geht doch nicht mit rechten Dingen zu. Woher haben sie das Schiff? Warum haben wir es nicht gesehen? Es muss sehr nah gewesen sein, wir hätten es sehen müssen.« Er raufte sich die Haare und fügte schnaubend hinzu: »Sie müssen Hilfe gehabt haben. So ein Schiff taucht nicht einfach aus dem Nichts auf. Irgendjemand hat es ihnen geschickt. Jemand hat uns die Elfe auf den Hals gehetzt und dafür gesorgt, dass die drei uns entwischen konnten. Aber wer? Wer hat die Macht und die Mittel, so etwas zu tun?«

»Mein Späher berichtet, dass das Schiff keinen Namen trug«, ergänzte Durin seinen Bericht. »Und wie es aussieht, ist außer den drei Flüchtigen niemand an Bord.«

»Niemand?«, hakte Melrem nach. »Kein Kapitän und kein Steuermann? Nicht mal ein erbärmlicher Fischer, der sich ein paar Silberstücke verdienen will? Das kann ich nicht glauben. Die beiden Riffbewohner verfügen nicht über die Erfahrung, ein Schiff zu steuern, und auch die Elfe dürfte kaum Kenntnis über das Navigieren auf dem freien Ozean haben. Ohne einen erfahrenen Seemann an Bord hätten die Strömungen sie weit auf den Ozean hinausgetrieben. Sie hätten die Küste nie erreicht.«

»Es ist, wie ich sagte: Außer den drei Flüchtigen ist niemand an Bord. Und sie *sind* schon fast an Land.«

»Dann ist Magie im Spiel.« Melrem schnaube vor Wut. »Das beweist, dass sie Hilfe haben – von wem auch immer. Aber das wird ihnen nichts nützen. Ich werde das Mädchen nicht entkommen lassen. Ich werde sie zurückholen. Und so wahr ich hier stehe, ich werde herausfinden, wer es gewagt hat, meine Pläne zu durchkreuzen.«

»Vollmundige Worte.« Durin verkniff sich ein Schmunzeln. Es erfüllte ihn mit Genugtuung, Melrem so außer sich zu sehen. Nicht zuletzt deshalb, weil ihm die gelungene Flucht die unangenehme Aufgabe ersparte, Heylon aus dem Weg zu räumen. »Und wie, wenn ich fragen darf, willst du das erreichen? Vergiss nicht, dass wir immer noch in einer Flaute festsitzen, während die drei noch vor Sonnenuntergang an Land gehen werden.«

»Nicht ich. *Du* wirst das für mich erledigen.« Melrem senkte die Stimme und fuhr fort: »Mit deinem geheimnisvollen Späher –

wer immer das auch sein mag – erscheinst du mir wie geschaffen dafür, das Mädchen zu suchen und zurückzubringen.«

»Und was macht dich so sicher, dass ich es tun werde?«, fragte Durin lauernd. »Kunden, die nicht zahlen, gelten in meinem Geschäft als Betrüger, mit denen man sich kein zweites Mal einlässt. Ich habe das Mädchen gefunden und an Bord gebracht. Dafür schuldest du mir einen Beutel Gold, falls du das vergessen hast.«

»Du solltest zuerst den Jungen …«

»Der Junge war nie Teil der Abmachung«, fiel Durin ihm scharf ins Wort. »Es ging allein um das Mädchen. Solange die Schuld für meine Dienste nicht getilgt ist, werde ich mit dir über keinen neuen Auftrag verhandeln.«

Melrem öffnete eine Schublade unter der Tischplatte, zog einen Beutel hervor und warf ihn Durin zu. »Damit wäre das wohl geklärt«, sagte er kühl. »Zwei weitere Beutel Gold erhältst du, wenn es dir gelingt, das Mädchen unversehrt zurückzubringen – ohne den Jungen, versteht sich.«

Durin öffnete den Beutel, nahm eines der Goldstücke in die Hand und biss mit den Zähnen darauf, um zu prüfen, ob es echt war. »Nicht schlecht!«, kommentierte er anerkennend. »Da kommen wir doch glatt ins Geschäft. Für zwei Beutel davon würde ich dir sogar die Wächterstatue von der Feuerinsel holen.«

»Sag das lieber nicht so laut«, mahnte Melrem. »Wer weiß, was sich noch ergibt.«

Als die Sonne den westlichen Horizont berührte, glitt das kleine Schiff in eine seichte Bucht, die geschützt hinter einer sichelförmigen Landzunge verborgen lag. Knisternd schob es sich, von einer leichten Brise getrieben, durch die dünne Eisschicht, die das ruhige Wasser bedeckte, bis der Bug mit einem sanften Ruck auf einer Sandbank aufsetzte.

Caiwen, Finearfin und Heylon hatten sich in die warmen Jacken gehüllt, die in einer Truhe für sie bereitlagen. Je näher sie dem Festland gekommen waren, desto kälter war es geworden.

Während Finearfin und Heylon die Vorräte, Decken und Waffen zusammenpackten, stand Caiwen an der Reling, ließ den frostigen Atem in kleinen Wolken vor sich aufsteigen und schaute landeinwärts. Sie beobachtete die Küstenlinie nun schon eine ganze Weile und konnte sich an den bizarren Formen der Bäume und Sträucher gar nicht sattsehen, deren Äste von einer dicken Schneeschicht bedeckt wurden und im Sonnenlicht funkelten.

Bäume und Schnee.

Beides kannte sie nur aus den Überlieferungen der Alten, die an den abendlichen Herdfeuern auf dem Riff weitergegeben wurden. Und auch wenn die Bäume in den Geschichten meist grün und voller Blätter waren, übten auch die kahlen Äste einen wundersamen Reiz auf sie aus, der sie die Schönheit eines sommerlichen Baums erahnen ließ.

»Es ist Zeit.« Finearfin berührte sie sanft an Arm. »Wir müssen von Bord gehen.«

Caiwen nickte und schulterte wortlos das Bündel, das die Elfe ihr reichte. An eine Umkehr dachte sie nicht mehr. Nun, da sie einen ersten Blick auf die Heimat ihrer Mutter geworfen hatte, war sie begierig, mehr zu erfahren. Was immer sie an Land erwarten mochte, es war ein Abenteuer, für das sie sich bereit fühlte.

Finearfin ging als Erste von Bord. Obwohl sie das schwere Bündel mit den Vorräten bei sich trug, zeigte das kaum fingerdicke Eis keine Risse, als sie darüber hinwegglitt. Heylon wollte ihr folgen, aber Finearfin schüttelte den Kopf. »Wartet an Bord, bis alles bereit ist. Ich möchte kein Risiko eingehen.«

Caiwen fragte sich, was sie damit meinte. Sie hatte noch nie im Leben eine so große Fläche gefrorenen Wassers gesehen. Dort, wo das Schiff lag, war es glasklar, sodass sie auf den Grund sehen konnte. Weiter hinten, kurz vor dem Ufer, war es von Schnee bedeckt. Fasziniert blickte Caiwen auf die spiegelglatte Fläche.

Wenn es auf dem Riff nachts sehr kalt gewesen war, hatte sich auf Pfützen oder in Wasserkrügen eine dünne Eisschicht gebildet. Der Ozean rings um das Riff fror niemals zu.

Sie hätte es nie für möglich gehalten, dass Eis so dick werden konnte. Und wenn es Finearfin und ihr Gepäck trug, würde es gewiss auch sie und Heylon tragen. Warum also beharrte die Elfe darauf, dass sie an Bord blieben?

Sie fragte Finearfin danach, aber erst nachdem diese ihre Last an Land geschafft und eine Planke über das Eis gelegt hatte, erhielt sie eine Antwort. »Ihr müsst über das Brett gehen«, wies Finearfin sie und Heylon an. »Das Eis würde euch hier draußen noch nicht tragen.«

»Aber dich hat es doch auch getragen«, erwiderte Caiwen, während Heylon bereits den Fuß auf das Brett setzte und sich auf den Weg zum Strand machte.

»Das ist etwas anderes. Ich bin eine Elfe.«

»Ich auch.«

»Ja. Dennoch ist es sicherer, wenn auch du über die Planke gehst.«

»Das verstehe ich nicht.«

»Wenn du an Land bist, wirst du es verstehen.« Finearfin lächelte. »Vertrau mir. Und jetzt komm.«

Caiwen schwang sich über die Reling und betrat vorsichtig die Planke. Anders als bei Heylon, unter dessen Gewicht das Eis bedrohlich geknirscht hatte, blieb bei ihr alles still. »Siehst du«, sagte sie zu Finearfin. »Ich könnte auch über das Eis gehen wie du.«

»Das würde ich an deiner Stelle lieber nicht versuchen«, mahnte Finearfin. »Ich habe keine Lust, dich noch einmal aus dem Wasser zu fischen, und wir haben auch keine trockenen Kleider mehr.«

»Aber …«

»Kein Aber!« Finearfins strenger Tonfall erinnerte Caiwen an Armide. Die Heilerin hatte immer dann so gesprochen, wenn eine unmittelbare Gefahr drohte und keine Zeit für lange Erklärungen blieb. »Beeil dich, und sieh zu, dass du an Land kommst. Wenn du die Planke verlassen hast, lauf, so schnell du kannst.«

»Aber das Eis ist da vorn doch dicker als ...«

»Lauf hinüber, habe ich gesagt.«

»Ist ja schon gut.« Caiwen schob trotzig die Unterlippe vor. Sie hielt Finearfins Sorge für übertrieben und unbegründet. Vom oberen Ende der Planke bis zum Land waren es nur ein paar Schritte, und das Eis dort hatte sogar Heylon getragen, der viel schwerer war als sie. Was sollte schon groß passieren?

Als sie vom Holz auf das Eis trat, lief sie nicht. Betont langsam setzte sie den Fuß auf die glatte Fläche, die unter einer Handbreit Schnee verborgen lag.

»Finearfin!« Verblüfft starrte sie auf den Schnee, der sich rings um ihre Füße wie von Zauberhand aufzulösen schien.

»Du sollst laufen!« Mit wenigen Schritten war Finearfin bei ihr, packte sie am Arm und zerrte sie mit sich. Während sie lediglich ein paar Fußabdrücke im Schnee hinterließ, erzeugten Caiwens Schritte eine Spur von Pfützen, die sich grau auf dem hellen Schnee abzeichneten. »Verdammt noch mal, ich habe das nicht gesagt, um dich zu ärgern.« Am Ufer angekommen, ließ Finearfin Caiwen los und funkelte sie zornig an. »Nur einen Augenblick länger, und du wärst eingebrochen.«

»Das ... das verstehe ich nicht.« Schuldbewusst und verwirrt zugleich schaute Caiwen auf ihre Fußstapfen, in denen der geschmolzene Schnee bereits wieder zu gefrieren begann.

»Nicht?« Finearfin deutete mit einem Kopfnicken auf den Boden. »Auch jetzt nicht?«

Caiwen trat erschrocken einen Schritt zurück. »Mar-Undrums Zorn, was ist das?« Fassungslos starrte sie auf den feuchten schneefreien Fleck, auf dem sie gerade noch gestanden hatte. Als sie den Blick zu ihren Füßen wandern ließ, konnte sie förmlich zusehen, wie der Schnee sich auch hier auflöste und sich immer weiter von ihr zurückzog, als wohne ihr eine Wärme inne, gegen die er sich trotz der frostigen Luft nicht zu behaupten vermochte. »Was … was ist das?«, stammelte sie noch einmal.

»Das ist deine Gabe. Die Gabe, den Schnee zu bannen.« Finearfin lächelte. »Du trägst sie seit deiner Geburt in dir. Sie gehört zu dir wie deine Stimme und dein helles Haar. Aber sie ist nur eine von vielen, die dir gegeben sind.« Sie bückte sich und pflückte eine kleine gelbe Blume, die zusammen mit dem ersten, zarten Grün den Kopf aus dem schneefreien Boden gestreckt hatte. »Sieh nur, du trägst den Frühling in dir, Caiwen.«

»Nein.« Caiwen hob abwehrend die Hände. »Das ist Magie«, sagte sie mit bebender Stimme. »Das ist wider die Natur. So etwas darf es nicht geben. Es bringt das natürliche Gleichgewicht durcheinander. Ich … ich will das nicht.«

»Es ist falsch, so wie es ist«, stimmte Finearfin ihr zu. »Und doch ist es richtig. Alles, was du tun musst, ist zu lernen, über die Gabe zu gebieten. Noch tobt sie ungezügelt und frei in dir, aber wenn du sie dir zu Diensten machst, wirst du damit viel Gutes bewirken können.« Sie trat auf Caiwen zu und reichte ihr die Blume. »Nach der Tradition der Elfen wäre es die Aufgabe deiner Mutter gewesen, dich von Geburt an im Umgang mit deinen Kräften zu unterweisen. Das Schicksal wollte es anders, aber es ist nicht zu spät. Viele der Priesterinnen im Zweistromland haben schon deiner Mutter gedient. Sie werden dich vieles lehren können. Anderes wirst du selbst herausfinden. Hab keine Furcht. Es wird alles gut.«

»Gut?« Caiwen schnaubte ungehalten. »Gut für wen? Für euch vielleicht, weil ihr dann wieder den ganzen Wald bewohnen könnt. Aber was ist mit mir? Was ist mit meinen Wünschen und Sehnsüchten? Was ist gut für mich? Danach fragt niemand.« Sie stampfte mit dem Fuß auf. »Du, Melrem, Durin und die anderen … Ihr denkt doch alle nur an euch! Was aus mir wird, ist euch völlig gleichgültig.«

»Du tust ihr unrecht.« Heylon trat neben sie und legte ihr den

Arm fest um die Schultern. »Ich weiß nicht, welche Ziele Melrem verfolgt, aber ich bin sicher, dass Finearfin dich nicht ausnutzen will. Ist es nicht verständlich, dass sie ihrem Volk in der Not helfen will? Und es ehrt sie, dass sie bereit ist, dafür so große Gefahren in Kauf zu nehmen. Überleg mal, so weit ist sie damit gar nicht von dir entfernt.« Er machte eine Pause, schaute Caiwen voller Zuneigung an und sagte dann: »Ich kann verstehen, dass dich das alles überfordert, aber ich weiß auch, du bist stark genug, es zu schaffen. Die Gabe ist ein Teil von dir und wird es immer sein. Du kannst sie nicht einfach ablegen wie ein ungeliebtes Kleidungsstück, aber du kannst lernen, sie zu beherrschen. Umso dankbarer solltest du sein, dass es einen Ort gibt, an dem du Hilfe erwarten kannst. Du bist verwirrt und fürchtest dich vor all dem Neuen, aber du bist nicht allein.«

Lange sagte Caiwen nichts, während seine Worte noch in ihr nachklangen. »Dann gehst du nicht fort?«, fragte sie schließlich zaghaft. »Du gehst nicht nach Arvid?«

»Ich bleibe bei dir«, sagte Heylon bestimmt. »Dein Weg ist auch mein Weg. Ich begleite dich, wohin das Schicksal dich auch immer führen mag.« Er warf Finearfin einen raschen Blick zu und fügte hinzu: »Wenn es mir gestattet ist.«

Das Herz der Wälder

Sie blieben am Strand und folgten damit Finearfins Rat, die Reise erst bei Sonnenaufgang fortzusetzen. Die Elfe wählte einen durch hohe Felsen vor dem Wind geschützten Platz nahe dem Waldrand, wo sie ein Feuer entfachten und ihr Lager aufschlugen.

Das kleine Schiff, das sie in die Bucht getragen hatte, war fort. Nur wenige Augenblicke nachdem sie an Land gegangen waren, hatte der Wind gedreht und aufgefrischt und es wieder auf die offene See hinausgetrieben. Allein die Möwen, die sie schon während ihrer Reise begleitet hatten, waren an Bord geblieben, als das Segel sich spannte und das Boot die Bucht verließ.

Als die Sonne hinter dem Horizont versank, überflutete das Silberlicht von Mond und Sternen den verlassenen Strand und ließ den Schnee wie Abermillionen winziger Edelsteine funkeln.

Caiwen, Heylon und Finearfin saßen, in ihre Decke gehüllt, am Feuer und verzehrten eine kalte Mahlzeit aus Dörrfleisch, Brot und hartem Ziegenkäse, die sie mit heißem Wein hinunterspülten, um den Frost aus ihren Gliedern zu vertreiben. Während Caiwen und Heylon dem Wald den Rücken zukehrten und auf den nächtlichen Ozean hinausblickten, ließ Finearfin die Schatten unter den Bäumen nicht aus den Augen. Caiwen spürte die Anspannung der Kriegerin und fragte sich, mit welchen Gefahren sie an diesem einsamen Ort wohl rechnen mochte. Sie selbst wagte nicht, sich umzusehen. Je mehr der Wald mit der Dunkelheit verschmolz, desto unbehaglicher fühlte sie sich. Die schneebedeckten Bäume und Sträucher, die sie im Sonnenlicht so fasziniert hatten, wirkten in der Nacht bedrohlich, und so klammerte sie sich an den einzigen Anblick in dieser fremden Welt, der ihr vertraut war – das Meer.

Auch nachdem sie ihre Mahlzeit beendet hatte, starrte sie weiter schweigend auf das endlose Wasser hinaus, wo irgendwo hinter dem Horizont ihre Heimat lag. Insgeheim war sie Finearfin dankbar, dass sie die Nacht in der Nähe des Ozeans verbringen durfte. Das Geräusch der Wellen, die sich irgendwo weit draußen in stetem Plätschern an der Eisbarriere brachen, erinnerte sie an zu Hause, und die sanfte salzige Brise vermittelte ihr ein trügerisches Gefühl von Geborgenheit. Wolken zogen auf und löschten mit dem Licht der Sterne auch die Konturen der Küstenlinie und den Horizont aus. Was blieb, war ein Gewirr von fremdartigen Lauten, die Caiwen kaum unterscheiden konnte. Immer wieder drangen ihr Rufe und Schreie unheimlich an die Ohren. Sie ängstigten sie mehr, als sie sich eingestehen wollte. Sie versuchte, tapfer zu sein, aber es gelang ihr nicht, ihre Furcht völlig zu unterdrücken.

»Ihr solltet schlafen.« Finearfin erhob sich und legte noch etwas trockenes Holz auf die Glut. »Ich halte Wache. Es war ein harter Tag und morgen wird es nicht leichter.«

»Ich bin nicht müde.« Heylon sprach aus, was Caiwen dachte, und fügte hinzu: »Ich kann die erste Wache übernehmen.«

»Dein Angebot ehrt dich.« Finearfin lächelte und nahm ihren Bogen zur Hand. »Aber du weißt noch zu wenig über dieses Land, um die Gefahren zu erkennen. Leg dich hin und ruh dich aus. Wir haben noch einen langen Fußmarsch vor uns.« Damit erhob sie sich und erklomm einen der Felsen, von dem aus sie in alle Richtungen eine gute Sicht hatte.

»Na schön, dann eben nicht.« Heylon zog die Schultern in die Höhe, seufzte und breitete seine Decke nahe dem Feuer aus. »Du solltest dich auch hinlegen«, wandte er sich an Caiwen, die noch immer gedankenverloren in die Nacht hinausstarrte.

»Glaubst du, dass es richtig war, das Riff zu verlassen?« Caiwen drehte sich um und schaute ihn an.

»Was sollte falsch daran sein, zu tun, was man für richtig hält?«, erwiderte Heylon. »Durins Absichten mögen wenig ehrenhaft gewesen sein, aber in einem hatte er recht. Deine Abstammung wäre auf dem Riff nicht mehr lange unbemerkt geblieben. Das Schicksal hat den Zeitpunkt bestimmt, da du gehen musstest. Auch wenn du es anders empfunden hast. Ich denke, du hattest nie wirklich eine Wahl.«

»Ich wollte herausfinden, ob wir gefahrlos nach Tamoyen zurückkehren können«, sagte Caiwen scheinbar zusammenhangslos. »Ich wollte unseren Leuten helfen, das entbehrungsreiche Leben endlich zu beenden.« Sie seufzte und ihre Kehle wurde eng. »Und nun? Nun ist alles ganz anders. Wie es aussieht, ruht auf meinen Schultern weit mehr als nur die selbst gewählte Aufgabe, einer kleinen Gruppe von Menschen zu helfen. Ein ganzes Volk erwartet, dass ich ihm beistehe, und wer weiß, was sonst noch alles auf mich zukommt. Ich fürchte, ich werde mein Ziel niemals erreichen.«

»Wer sagt denn, dass das eine das andere ausschließt?« Heylon rückte näher und legte ihr den Arm um die Schultern. »So vieles hat sich verändert, seit wir aufgebrochen sind. So vieles ist neu. Wichtig ist, dass du dich und deine Gabe erst einmal kennenlernst und sie als einen Teil von dir annimmst.« Er schenkte ihr ein Lächeln. »Nicht zurück, nach vorn solltest du deinen Blick im Vertrauen richten. Dann wird alles gut.«

Caiwen schloss die Augen und lehnte den Kopf an seine Schulter. Heylons Nähe tat ihr gut und seine Worte trösteten sie. »Ich wünschte, ich hätte deine Zuversicht«, sagte sie leise. »Aber ich bin froh, dass du bei mir bist.«

Finearfin wachte über sie, während sie sich nebeneinander zum Schlafen niederlegten, zum Schutz gegen die Kälte dicht aneinandergeschmiegt wie zwei Felstölpeljunge im Nest. Die Dunkelheit und die fremden Geräusche waren Caiwen immer noch unheimlich, aber sie fühlte sich nicht mehr so ängstlich wie zuvor. Heylon hatte recht, vieles hatte sich verändert, seit sie das Riff verlassen hatten. Nur eines nicht – ihre Freundschaft. Was immer sie auf dem Weg ins Zweistromland erwarten mochte, Heylon würde bei ihr sein, so wie er es in den vergangenen Wintern immer gewesen war. Es war ein gutes Gefühl, seinen Atem im Nacken und seinen Arm um die Taille zu spüren, und zum ersten Mal, seit sie an Land gegangen waren, empfand sie so etwas wie Hoffnung. Eine Weile dachte sie noch darüber nach, was der Morgen bringen würde, dann forderte die Erschöpfung ihren Tribut und sie schlief ein.

Am Morgen hatten die Wolken sich verzogen, ohne dass es noch einmal geschneit hätte. Die aufgehende Sonne brachte mit ihrem Licht auch ein wenig Wärme zurück und vertrieb die Schatten. Die stummen, schneebedeckten Baumriesen wirkten nicht mehr bedrohlich, und Caiwen fragte sich, wie es sein würde, unter dem Dach aus Ästen und Zweigen zu wandern. Der Strand war ruhig und leer. Ein funkelndes weißes Band, das sich nach Süden und Norden bis zum Horizont erstreckte. Nichts rührte sich auf dem Schnee. Nur weit oben am hellblauen Morgenhimmel kreiste ein großer Vogel …

»Ist das wieder der Sturmadler?« Heylon hatte den Vogel auch gesehen und deutete nach oben.

»Ich fürchte, ja.« Finearfin maß den Vogel mit einem prüfenden Blick. »Ob es derselbe ist, der uns gestern verfolgt hat, kann ich nicht sagen. Dafür ist er zu weit weg. Allerdings sind Sturmadler an diesem Küstenabschnitt selten …« Sie biss ein letztes Mal in ihr Stück Brot, raffte ihre Sachen zusammen und löschte das

Feuer mit Schnee, während sie sagte: »Wir sollten hier nicht länger verweilen. Unter den Bäumen wird er uns nicht so leicht sehen können.«

Caiwen und Heylon widersprachen nicht. Wortlos schulterten sie ihr Gepäck und folgten Finearfin landeinwärts. Zurück blieb eine erkaltende Feuerstelle und ein ausgedehnter Flecken brauner Erde, auf dem eine Handvoll Vorfrühlingsblumen die zarten gelben Köpfe der Sonne entgegenreckten.

Finearfin schien es eilig zu haben. Forschen Schrittes tauchte sie in das Dunkel des Waldes ein und würdigte das bezaubernde Spiel aus Licht und Schatten, das die aufgehende Sonne auf den schneebedeckten Waldboden malte, keines Blickes. Nur einmal blieb sie stehen und schaute voller Sorge zurück auf die Spur, die Caiwens Füße auf dem Waldboden hinterließen: ein gleichmäßiges Muster aus kleinen dunklen Flecken, in denen der Schnee geschmolzen war. »Mir wäre wohler, wenn es bald wieder schneien würde«, sagte sie voller Unbehagen und fügte hinzu: »Aber darauf werden wir wohl vergebens hoffen.«

»Meinst du, sie werden uns verfolgen?«, fragte Caiwen, die sich schon in Sicherheit wähnte.

»Sie wären dumm, es nicht zu versuchen.« Finearfin schüttelte missbilligend den Kopf. »Die Spur ist ein Geschenk. Sie brauchen nicht einmal einen Fährtenleser.«

»Kann ich denn gar nichts dagegen tun?« Caiwen schämte sich dafür, dass sie alle in Gefahr brachte.

»Du könntest es, wenn du darin ausgebildet wärst. So aber müssen wir damit leben. Alles, was wir tun könnten, ist zu versuchen, die Spuren zu verwischen. Allerdings wird das viel Zeit kosten und wenig bringen.«

»Oder wir suchen uns Stellen wie die da.« Heylon deutete auf eine Lichtung, auf der die Sonne den Schnee bereits großflächig geschmolzen hatte.

»Am sichersten wäre es, wenn dieser verdammte Schnee gar

nicht da wäre.« Finearfin fluchte leise und ließ ihren Atem als weiße Wolke in die frostige Luft aufsteigen. »Aber ich denke, er bleibt uns noch eine Weile erhalten.«

Finearfins Befürchtungen zum Trotz verlief der erste Teil ihrer Reise ohne Zwischenfälle. Ihr Weg führte sie immer tiefer ins Herz des verschneiten Waldes, der für Caiwen überall so erschreckend gleich aussah, dass sie sich fragte, woher Finearfin wusste, in welche Richtung sie sich wenden mussten. Hin und wieder stießen sie auf ausgetretene Pfade oder breitere Wege, denen sie ein Stück folgten, aber nie trafen sie auf einen Menschen. Von den gefürchteten Wesen der Anderwelt fanden sie keine Anzeichen, wenngleich die Spuren im Schnee auf unzählige verschiedene Kreaturen schließen ließen, die den Wald durchstreiften.

Für Caiwen und Heylon war der Marsch eine Reise durch eine unbekannte und fremdartige Welt, die sie über weite Strecken begeisterte und staunen ließ, sie aber auch bedrückte und ihnen Angst machte. Ihr ganzes Leben lang waren sie es gewohnt gewesen, den Himmel über ihren Köpfen zu sehen und den Blick bis zum Horizont schweifen lassen zu können. Das dichte Gewirr aus Ästen und Zweigen über ihnen und die zahllosen Baumstämme mit dem urwüchsigen Unterholz machten aus ihrer Umgebung einen Käfig, dessen Enge für sie nur schwer zu ertragen war. Allein das Sonnenlicht, das vielerorts bis auf den Waldboden fiel, spendete ihnen ein wenig Trost.

Finearfin hingegen blühte auf. Caiwen spürte, dass sie sich hier zu Hause fühlte, und wünschte insgeheim, sie könnte auch ein wenig von der Vorfreude empfinden, die Finearfin erfüllte. Doch sosehr sie auch in sich hineinhorchte und nach vererbten Erinnerungen forschte, sie fand nichts als eine große Leere und eine tief verwurzelte Sehnsucht nach dem Meer.

»Dort ist es.« Im Licht der untergehenden Sonne deutete Durin auf den Eingang zu einer kleinen Bucht, deren seichtes Wasser fast zur Hälfte zugefroren war. »Irgendwo dort müssen sie an Land gegangen sein.«

»Bist du sicher?« Melrem warf einen skeptischen Blick auf die verschneite Küstenlinie und stützte die Hände auf die Reling. »Warum sollten sie ausgerechnet dort anlanden?«

»Die Bucht ist unbewohnt und liegt abseits der Handelsrouten. Vom offenen Wasser aus ist sie wegen der Landzungen nur schwer auszumachen und kaum einzusehen.« Durin grinste schief. »Ein idealer Ort, um unbemerkt an Land zu gelangen.«

»Was du nicht alles weißt.« Melrem machte sich nicht die Mühe, den Spott in seiner Stimme zu unterdrücken. »Für jemanden, der zum ersten Mal zur See fährt, kennst du dich erstaunlich gut aus.« Er wandte sich um und suchte Durins Blick. »Willst du mir nicht endlich verraten, wer dir all diese Informationen zuflüstert?«

»Nein, will ich nicht«, erwiderte Durin kühl. Seit Melrem herausbekommen hatte, dass er sich die Dienste eines Spähers mit ungewöhnlichen Fähigkeiten zunutze machte, ließ er keine Gelegenheit aus, um mehr darüber zu erfahren. Durin hatte von einem befreundeten Matrosen gehört, dass Melrem die Mannschaft zu erhöhter Wachsamkeit aufgefordert hatte, um hinter sein Geheimnis zu kommen. Ein Umstand, der die Zusammenarbeit mit Saphrax nicht gerade leichter machte. Nur weil das Wechselwesen wieder die Gestalt einer Fliege gewählt und sich auf seine Schulter gesetzt hatte, war es ihm möglich gewesen, Durin die Lage der Bucht mitzuteilen.

Seitdem hatte Durin Saphrax nicht mehr gesehen. Er machte sich große Sorgen, hoffte jedoch, dass er zu ihm zurückkehren würde, wenn er an Land und wieder allein war. »... aber du kannst gern mitkommen und dich selbst davon überzeugen, dass die Angaben stimmen. Wie ich schon sagte, hat der Frost die Spuren

Caiwens auf dem Eis festgehalten. Der Platz, an dem die drei die Nacht verbracht haben, ist praktisch schneefrei. Von dort führt eine nicht zu übersehende Spur aus geschmolzenem Schnee in den Wald hinein. Wenn kein Schnee fällt, werde ich Caiwen bald eingeholt haben.«

»Sie sind zu dritt. Du bist allein«, gab Melrem zu bedenken. »Willst du wirklich keinen der Männer mitnehmen?«

»Ich habe mich schon gegen eine größere Übermacht behauptet.«

»Da warst du auch nicht verletzt, nehme ich an.«

»Die Wunde am Bein verheilt gut«, entgegnete Durin und fügte vielsagend hinzu: »Außerdem bin ich nicht allein, wie du weißt.« Melrem warf ihm einen vernichtenden Blick zu, ging aber nicht weiter darauf ein. »Ich erwarte dich und das Mädchen umgehend in Arvid«, sagte er schroff. »Wenn es dir bis zum nächsten Schwarzmond nicht gelingt, sie zu fassen, werde ich selbst tätig werden und andere Maßnahmen ergreifen.«

»Andere Maßnahmen?« Durin zog in gespieltem Erstaunen eine Augenbraue in die Höhe. »Klingt gefährlich. Wollt ihr die Elfen etwa noch einmal mit einer Söldnertruppe überfallen und sie gewaltsam entführen?« Er schaute Melrem prüfend von der Seite an. »Würdet ihr es wirklich in Kauf nehmen, noch einen Krieg vom Zaun zu brechen? Ist sie das wirklich wert?«

»Dieses Mädchen ist mehr wert, als du dir vorstellen kannst«, erwiderte Melrem. »Sie ist ein Geschenk der Götter. Wir müssen sie haben.«

Durin schüttelte den Kopf. »Wenn ich dich so reden höre, beschleicht mich das Gefühl, dass es dir und deiner Großmutter nie darum gegangen ist, nach deiner Mutter zu suchen. Es ging euch die ganze Zeit nur um das Mädchen – nicht wahr?«

»Du wirst nicht dafür bezahlt, Fragen zu stellen.« Ein harter Zug umspielte Melrems Mundwinkel. Er wollte noch etwas hinzufügen, aber die Ankunft eines Matrosen hielt ihn davon ab.

»Das Beiboot ist bereit«, gab der Mann kurz Auskunft und sagte, an Durin gewandt: »Ihr könnt aufbrechen, sobald Ihr bereit seid.«

»Na dann los!« Durin schulterte das Bündel mit seiner Habe, das bereits fertig geschnürt neben ihm lag, und ging an Melrem vorbei, ohne ihn eines Blickes zu würdigen. Dieser war jedoch noch nicht fertig. Er packte Durin am Arm und hielt ihn fest, während er ihm drohend zuzischte: »Vergiss nicht, dass wir einen Handel geschlossen haben.«

»Daran musst du mich nicht erinnern.« Durin entwand sich ihm mit einem Ruck. »Aber du solltest nicht vergessen, die zwei Beutel Gold bereitzulegen. Denn diesmal werde ich dir das Mädchen erst übergeben, wenn ich meinen Lohn erhalten habe.« Damit wandte er sich ab und folgte dem Matrosen zum Beiboot.

»Gescheitert?« Mit einer kraftvollen Bewegung, die ihr greises Aussehen Lügen strafte, setzte Maeve sich in ihrem Bett auf. Fassungslos starrte sie ihren Gast an. »Bei den Göttern des Waldes, das ist unmöglich.«

»Und doch ist es die Wahrheit.« Der hochgewachsene Elf, den man in Arvid ob seiner schwarzen Gewänder nur als den Schwarzen kannte, blieb gelassen. Da sich die Rückkehr der *Annaha* mehr und mehr verzögerte und niemand wusste, wo sie sich befand, hatte Maeve ihn zu sich gerufen, um von ihm etwas über das Schicksal des Schiffes und der Besatzung zu erfahren. »Es tut mir leid, dass ich Euch keine bessere Kunde bringen kann«, fuhr der Schwarze ohne echtes Bedauern fort. »Aber es ist, wie ich sagte: Euer Enkelsohn konnte nicht beenden, was ihr ihm aufgetragen habt.«

»Sagt mir alles, was Ihr wisst.« Maeves dürre Hände umklammerten die Bettdecke so fest, dass die Knochen weiß hervortraten. »Ist das Schiff draußen am Riff zerschellt? Ist es …?«

»Schiff und Mannschaft sind wohlauf«, fiel der Schwarze ihr ins Wort: »Ihr spracht vorhin von einem mutigen Mann, der an Bord der *Annaha* zum Riff unterwegs war, um dort nach Eurer Tochter zu suchen. Wie die Mannschaft und Euer Enkel ist auch er noch am Leben. Soweit ich weiß, fand er auf dem Riff, wonach er suchte, denn er kehrte mit einer Frau zur *Annaha* zurück, die die Haarfarbe meines Volkes hat.«

»Und?«

»Nun, wie es scheint, konnte Euer Enkel sie nicht davon überzeugen, dass es das Beste für sie sei, mit ihm nach Arvid zurückzukehren. Meine Kundschafter entdeckten die Elfe nur eine Nacht später an Bord eines kleinen Schiffes, das einen nördlichen Kurs eingeschlagen hatte.« Er verneigte sich. »Bitte verzeiht, wenn ich Euch nicht viel mehr sagen kann. Möwen sind ein geschwätziges Volk und reden allerlei wirres Zeug. Es ist nicht leicht, ihnen zu folgen und aus ihren Berichten die richtigen Schlüsse zu ziehen. Wenn ihr mehr wissen wollt, solltet ihr auf die Rückkehr der *Annaha* und auf Euren Enkel warten.«

»Warten, warten …« Maeve packte eines der Kissen, die ihr den Rücken stützten, und schleuderte es zu Boden. »Seit fünfzehn Wintern warte ich auf die Nachricht, dass meine Tochter noch lebt. Seit fünfzehn Wintern hoffe ich darauf, sie wieder bei mir zu wissen. Melrem ist ihr einziger Sohn. Ich kann nicht glauben, dass sie das Schiff – und ihn – verlassen hat.«

»Fünfzehn Winter sind auch für uns Elfen eine lange Zeit. Vielleicht haben die unzähligen Fährnisse und Entbehrungen auf dem Riff der Geister ihr den Verstand geraubt?«, wagte der Schwarze zu vermuten und fuhr mit leicht gesenkter Stimme fort: »Vieles ist möglich, doch ist es müßig, darüber zu rätseln. Gewiss wird Euer Enkel Licht ins Dunkel bringen.«

»Nach Norden, sagtet Ihr?« Maeve verfolgte ihre eigenen Gedanken. »Da gibt es weit und breit keinen Hafen … allerdings verkürzt die Reise den Weg ins Zweistromland erheblich.«

»Wie kommt Ihr darauf, dass sie ins Zweistromland reisen will?« Eine Spur von Verunsicherung schwang in der Stimme des Schwarzen mit.

»Nun, in ihren Adern fließt elfisches Blut«, erklärte Maeve knapp. »Mag sein, dass sie verwirrt ist und sich dennoch an die Heimat ihrer Vorfahren erinnert.«

»Mag sein.« Der Schwarze nickte, gab aber durch nichts zu erkennen, was er wirklich dachte.

»Wo sind sie an Land gegangen?«, wollte Maeve wissen.

»Tut mir leid, aber auch dazu kann ich nichts sagen.« Der Schwarze hob in einer bedauernden Geste die Arme. »Ich habe nur von einer Bucht gehört, die noch zur Hälfte mit Eis bedeckt ist.«

»Wäre ja auch zu einfach gewesen.« Der grimmige Ausdruck auf Maeves Gesicht vertiefte sich. »Solche Buchten gibt es nördlich von Arvid zuhauf.« Sie seufzte. »Also schön, wenn mein Enkel nicht fähig ist, meinen Auftrag auszuführen, und Ihr, der angeblich so Allwissende, mir nicht helfen könnt, werde ich die Sache eben selbst in die Hand nehmen.« Sie klatschte in die Hände und rief nach ihrer Zofe. Sogleich wurde die Tür geöffnet und eine junge Frau mit dunklen, kunstvoll aufgesteckten Haaren schaute herein. »Herrin?«

»Bring Borax zu mir.«

»Sofort, Herrin.« Die Zofe verneigte sich und huschte davon.

Angespannte Stille erfüllte den Raum, während Maeve und der Schwarze warteten. Dann endlich wurde die Tür geöffnet und die Zofe kehrte zurück. In den Händen hielt sie einen Käfig, in dem ein außergewöhnlich großer Rabe mit blauschwarzem Gefieder hockte.

»Ein Rußrabe.« Der Schwarze zog erstaunt eine Augenbraue in die Höhe.

Maeve nahm den Käfig in Empfang, stellte ihn neben sich auf das Bett und begann, den Raben durch die Stäbe hindurch mit dem Finger zu streicheln. »Mein Vater machte ihn mir vor mehr als zwanzig Wintern zum Geschenk.« Ein dünnes Lächeln umspielte ihre Lippen, als sie hinzufügte: »Er ist mir bedingungslos ergeben und hat mir schon so manchen wertvollen Dienst erwiesen. Als Späher, als Bote und auch als Beschützer. Ich bin sicher, er wird meine Tochter finden.«

Zwischen stummen Riesen

Dämmerung senkte sich über den Wald und vertiefte die Schatten. In der frostigen Luft tauchten die Sterne zunächst vereinzelt, dann zu Hunderten hinter den kahlen Ästen der Bäume auf, bis der Himmel über und über mit ihnen bedeckt war. Die Geräusche des Tages waren verstummt, die Jäger der Nacht noch nicht erwacht. Das feuchte Holz auf dem Feuer knisterte und knackte in der Stille.

Die drei auf dem Weg ins Zweistromland hatten ihr Mahl beendet. Während Caiwen und Heylon sich wie schon in der Nacht zuvor in ihre Decken rollten und nahe dem Feuer schlafen legten, nahm Finearfin ihren Bogen zur Hand, ging um das Feuer herum und lehnte sich mit dem Rücken gegen einen nahen Baum, um die erste Wache zu übernehmen. Sie rechnete nicht wirklich damit, so weit abseits jeder menschlichen Siedlung auf ein Anderweltwesen zu stoßen, aber man konnte nie wissen …

Außerdem war Melrem nicht dumm. Gewiss hatte er schon Männer an Land geschickt, die ihnen folgten. Und auch wenn diese vermutlich ebenso wie sie in der Dunkelheit eine Rast einlegten, konnte sie sich dessen nicht sicher sein. So hielt sie die Augen offen, spähte in die Schwärze des Waldes und versuchte, nicht auf die leise Stimme des Schlafes zu hören, die ihr zuflüsterte, dass sie die Augen ruhig für einen Moment schließen könne.

Die Mitte der Nacht war noch nicht angebrochen, als sie aus den Augenwinkeln einen vorbeihuschenden Schatten jenseits des Feuers bemerkte. Augenblicklich war sie hellwach. Ein Schauder lief ihr über den Rücken, und das Gefühl, dass sich ein Geschöpf der Anderwelt ganz in der Nähe befand, wurde übermächtig. »Na also, da bist du ja.« Das blasse Gesicht der Elfe nahm einen grimmigen Ausdruck an, als sie die Worte kaum hörbar zu sich selbst sprach. Sie hatte insgeheim schon damit gerechnet, dass das Wechselwesen irgendwann wieder auftauchen würde. Beim ersten Mal, als ihr die Ratte auf dem Schiff begegnete, war sie unvorbereitet gewesen. Beim zweiten Mal, als es sie als Adler verfolgte, war es zu weit entfernt gewesen – diesmal würde es ihr nicht entwischen.

Finearfin wusste nicht, welche Gestalt das Wechselwesen diesmal gewählt hatte, aber das kümmerte sie nicht. Sie war bereit und entschlossen, dem Versteckspiel ein schnelles Ende zu bereiten.

In einer wie beiläufigen Bewegung wanderte ihre Hand zur Packtasche mit dem Proviant und holte neben einem Stück Dörrfleisch auch einen kleinen Beutel mit fein gemahlenem Salz und ein sorgfältig zusammengelegtes, mit Steinen beschwertes Wurfnetz hervor. Während sie das Dörrfleisch verzehrte, öffnete sie den Beutel vorsichtig mit spitzen Fingern und legte das Netz so neben sich auf den Boden, dass sie es mühelos erreichen konnte.

Irgendwann würde das Wechselwesen schon zu ihr kommen.

Caiwen und Heylon schliefen tief und fest. Wie schon in der ersten Nacht hatte der Junge die Arme um Caiwen gelegt, um sie zu wärmen. Der Anblick versetzte Finearfin einen Stich. Sie wusste sehr wohl, wie viel Caiwen Heylon bedeutete, und spürte, dass auch sie große Zuneigung für ihn empfand. Aber sie wusste aus Erfahrung, dass diese Gefühle nur wenig Zukunft hatten.

Ein Anflug von Wehmut strich durch ihre Gedanken, als sie sich zurückerinnerte an eine Zeit, in der es keinen Krieg und keine Anderweltwesen gegeben hatte. Eine friedliche Zeit, in der auch sie jung und so verliebt gewesen war, dass sie glaubte, nichts könne ihrer Liebe zu einem tamoyischen Hauptmann etwas anhaben. Für ein paar Winter hatte sie an seiner Seite erfahren, was es bedeutete, glücklich zu sein. Für ein paar viel zu kurze Winter hatte sie die Augen vor der Wahrheit verschließen können. Dann waren die Spuren, die die knapp bemessene Lebensspanne der Menschen in das Gesicht ihres Liebsten grub, unverkennbar gewesen. Er war gealtert, während sie sich kaum verändert hatte. Er hatte sehr darunter gelitten, und obwohl sie ihm immer wieder ihre Liebe beteuert hatte, war er eines Tages fortgeritten und nicht wiedergekommen. Seit diesem Tag hatte Finearfin nie wieder einem Mann ihr Herz geschenkt. Sie gab sich ruppig und versteckte sich hinter einer Wut, die doch nichts anderes war als Trauer, um den einen, der sie verlassen hatte.

Finearfin seufzte. Caiwen war stark, aber würde sie stark genug sein, all dies auszuhalten? Würde Heylon es ertragen, wenn sein Haar ergraute, sein Blick sich trübte und seine Glieder schwach wurden, während Caiwen wie die blühende Jugend neben ihm saß?

Finearfin vermochte keine Antwort darauf zu finden. Aber noch war es nicht so weit, noch gab es andere, wichtigere Dinge zu tun. Anders als in ihrer Jugend waren die Zeiten düster und gefährlich, und niemand konnte vorhersehen, welche Fährnisse das Schicksal für die beiden bereithielt.

Weder Caiwen noch Heylon ahnten, dass sie verfolgt wurden, und das sollte auch so bleiben. Finearfin lehnte ihren schlanken Körper gegen die raue Baumrinde, tat, als wäre sie von einer plötzlichen Müdigkeit übermannt, und sann darüber nach, was zu tun war, wenn es ihr gelang, das Wechselwesen zu fangen.

Als Erstes würde sie die Reiseroute ändern. Außerdem würde sie, wann immer möglich, die Spuren beseitigen, die Caiwen hinterließ. Ohne das Wechselwesen waren ihre Verfolger allein auf ihre Sinne angewiesen und die ließen sich leicht täuschen. Wenn sie sich dadurch auch nicht abschütteln ließen, würden sie wohl oder übel eine ganze Nacht hindurch wandern und eine falsche Fährte legen müssen, in der Hoffung, dass der so gewonnene Vorsprung genügte, um das Zweistromland zu erreichen, ehe die Verfolger sie einholen konnten.

Am einfachsten wäre es, wenn wir ein Pferd hätten. Finearfin seufzte. Wenn Caiwen ritt und den Schnee nicht berührte, würde sich ihre Spur irgendwo im Wald verlieren. Es konnte auch nicht schaden, Heylon mit aufsitzen zu lassen. Seine Fußstapfen waren im Schnee zwar nicht so gut zu sehen wie die von Caiwen, aber immer noch sehr viel deutlicher als Finearfins, die selbst in frisch gefallenem Schnee so gut wie gar nicht zu erkennen waren.

Mit einem Pferd würden wir auch sehr viel schneller vorankommen, dachte Finearfin und ärgerte sich. Das rettende Schiff war im rechten Augenblick zur Stelle gewesen. Die Bucht, in der sie an Land gegangen waren, war gut gewählt, Proviant, Decken, Kleidung und Waffen waren ausreichend vorhanden. Der Schwarze schien an alles gedacht zu haben, nur ein Pferd hatte er nicht für sie bereitgestellt.

Ein leises Knacken in unmittelbarer Nähe ließ Finearfin aufhorchen. Ihre feinen Sinne vibrierten – das Wechselwesen war nun ganz nah. Und dann sah sie es. Ein schwarz-weiß gestreiftes Baumhörnchen, das langsam und mit gespitzten Ohren einen Baumstamm herunterkletterte, dicht an der Stelle, wo Caiwen und Heylon schliefen.

Finearfin schätzte die Entfernung ab und machte sich bereit. Unmerklich bewegte sich ihre Hand auf das Wurfnetz zu und umfasste einen der Steine mit geübtem Griff, während sie das Baumhörnchen nicht aus den Augen ließ. Solange es am Baum hockte, hatte sie keine Chance, es einzufangen. Sie musste warten, bis es am Boden war, aber selbst dann war ihr der Erfolg nicht sicher. Wechselwesen waren schwer zu fangen. Wenn es ihr nicht gelang, den ersten Schreckmoment für sich zu nutzen, würde das Baumhörnchen sich blitzschnell in ein winziges Tier verwandeln und durch die Maschen schlüpfen, ehe sie das Netz erreichte.

Finearfin spürte den Blick der Anderweltkreatur auf sich und verhielt sich ruhig. Das Salz in der einen und das Netz in der anderen Hand, wartete sie auf den richtigen Zeitpunkt, um zuzuschlagen, wohl wissend, dass sie nur einen Versuch haben würde.

Die Zeit schien stillzustehen, während das Baumhörnchen am Baum kauerte, als wisse es nicht recht, ob es sein Vorhaben fortsetzen oder weglaufen sollte. Der wachsame Blick des kleinen Nagers huschte ratlos umher und wanderte immer wieder zu Finearfin, die sich nach wie vor schlafend stellte. Dann ging alles sehr schnell. Im gleichen Augenblick, da das Baumhörnchen auf den Boden sprang, schleuderte Finearfin das Netz, sprang auf und war mit wenigen Sätzen bei dem Tier. Eine Prise Salz auf der flachen Hand, hockte sich Finearfin vor das Baumhörnchen und pustete ihm die feinen Körner kraftvoll mitten ins Gesicht. Das Tierchen riss die Augen auf, gab ein panisches Quieken von sich und versuchte zu fliehen, erreichte aber nur, dass es sich noch mehr in den Maschen des Netzes verstrickte.

»Na, wen haben wir denn da?« Finearfin zog die Schnur des Netzes mit einem Ruck zu einem Beutel zusammen, hob das gefangene Wechselwesen in die Höhe und grinste. »Einen Späher vielleicht?«

Das Baumhörnchen tschilpte ängstlich.

»Gib dir keine Mühe. Du musst dich nicht verstellen. Ich weiß, dass du mich verstehen kannst.« Ihre Stimme nahm einen drohenden Unterton an. »Oder willst du mir etwa weismachen, dass du ein richtiges Baumhörnchen bist?« Das Tier tschilpte wieder und begann, wie wild zu strampeln.

»Bei den Menschen magst du mit deiner Tarnung Erfolg haben. Elfen täuschst du damit nicht«, sagte Finearfin, ohne den Blick von ihm zu wenden. »Wir spüren, wenn etwas wider die Natur ist, ganz gleich ob es uns in Gestalt einer Ratte, eines Adlers oder eines Baumhörnchens begegnet.«

Das Baumhörnchen hatte seine Befreiungsversuche aufgegeben. Die Ohren angelegt, saß es ganz still, gab aber durch nichts zu erkennen, ob es Finearfins Worte verstand.

»Welch ein Pech für dich, dass ich immer einen Beutel mit fein gemahlenem Salz bei mir habe. Und welch ein Pech, dass du gerade etwas davon eingeatmet hast«, fuhr Finearfin fort, während sie mit der freien Hand ihr Messer vom Gürtel löste. »Solange die Wirkung des Pulvers anhält, kannst du dich nicht verwandeln. Und ich werde gewiss nicht warten, bis es so weit ist.« Sie legte das Netz mit dem strampelnden Wechselwesen auf den Boden, hielt es mit einer Hand fest und hob die blitzende Klinge zum Todesstoß. Sie wusste, dass es das einzig Richtige war, dennoch zögerte sie. Wie alle Elfen fühlte sie sich eng mit der Natur und allen Lebewesen verbunden. Niemals würde sie ein wehrloses Baumhörnchen töten, und obwohl sie wusste, dass die Gestalt nur eine Täuschung war, kostete es sie eine ungeheure Überwindung, das Messer in den kleinen pelzigen Leib zu stoßen.

Das Tier schien die drohende Gefahr zu spüren. Es wand sich in Todesfurcht und stieß dabei fortwährend panische Schreie aus.

Finearfin ärgerte sich über ihre Schwäche. Das Baumhörnchen war nicht das erste Wechselwesen, das sie tötete, und würde auch sicher nicht das letzte sein. Aber es war das erste, das sich ihr nicht im Kampf stellte und ihr völlig wehrlos ausgeliefert war. Es zu töten, war wahrlich keine Heldentat, aber es musste getan werden. »Also gut, bringen wir es hinter uns.« Sie atmete noch einmal tief durch und …

»Du willst ein wehrloses Baumhörnchen töten?« Heylon packte ihre Hand von hinten, hielt sie fest und schaute sie voller Verachtung an. »Das hätte ich nicht von dir gedacht.«

»Das ist kein Baumhörnchen!« Mit einer geschickten Drehung entwand Finearfin sich dem Griff. »Das ist das Wechselwesen, das Melrem auf uns angesetzt hat.«

Das Baumhörnchen erkannte seine Chance. Es schnatterte aufgeregt und schaute Heylon mit großen Augen flehend an. Dieser bückte sich und streichelte es mit einem Finger durch die Maschen des Netzes hindurch. »Wer sagt das?«, fragte er.

»Niemand. Ich weiß es!« Finearfin ärgerte sich. »Ich spüre die Anderweltaura dieser Kreatur so deutlich, wie ich den Geruch des Feuers wahrnehme. Was du siehst, ist eine Täuschung. Du darfst deinen Augen nicht trauen.«

»Und warum ist es dann immer noch hier?«, fragte Heylon. »Wenn es seine Gestalt wirklich verändern kann, könnte es als Schlange jetzt doch mühelos durch die Maschen schlüpfen.«

»Weil ich es gebannt habe!« Finearfin fluchte leise und hielt Heylon den Beutel Salz vor die Nase. »Damit! Das feine Salz verhindert für eine Weile, dass es die Form wechseln kann. Und jetzt geh da weg, damit ich es zu Ende bringen kann.« Sie versuchte, Heylon fortzuziehen.

»Nein!« Heylon hockte sich schützend vor das Netz. »Ich lasse nicht zu, dass du ein harmloses Tier einfach so abschlachtest.«

»Bei den Göttern des Waldes, wie oft muss ich es dir noch sagen? Das ist kein harmloses Tier.« Finearfin war außer sich. »Wenn ich es nicht töte, wird es Melrems Schergen hierher führen und dann …«

Das Baumhörnchen fiepte leise, streckte eine Pfote durch die Maschen und strich Hilfe suchend über Heylons Arm.

»Sieh nur, es mag mich«, stellte er entzückt fest.

»Natürlich.« Finearfin schnaubte verächtlich »Es versteht ja auch jedes Wort, das wir sprechen, und hofft, so dem Tod zu entgehen.« Sie griff nach dem Netz, um es an sich zu nehmen, aber Heylon war schneller. »Ich lasse nicht zu, dass du es tötest«, rief er aus und hielt das Netz so, dass Finearfin es nicht erreichen konnte.

»Und ich lasse nicht zu, dass diese Kreatur alles zunichtemacht, wofür ich gekämpft habe«, erwiderte Finearfin. »Das Leben meines Volkes liegt allein in Caiwens Händen. Kehrt sie nicht ins Zweistromland zurück, um ihr Erbe anzutreten, sind wir verloren. Das Tier wird uns verraten. Es muss sterben.«

»Beweise mir, dass du recht hast!«

»Das kann ich nicht.« Finearfin zerrte an dem Netz.

»Dann kann ich dir auch nicht glauben.« Heylon umklammerte das Netz noch fester.

»Was macht ihr da?« Der Lärm hatte Caiwen geweckt. Schlaftrunken stand sie am Feuer und starrte die beiden Streithähne verwundert an.

»Finearfin will dieses Baumhörnchen töten!«

»Weil es kein Baumhörnchen ist, sondern ein Späher, den Melrem uns auf den Hals gehetzt hat.«

»Dafür hast du keine Beweise!« Heylon funkelte Finearfin wütend an.

»Ich weiß, was ich fühle!« Finearfin war mit ihrer Geduld am Ende. Ruckartig zerrte sie an dem Netz, aber Heylon war vorbereitet.

»Und ich weiß, was ich sehe.«

»Das weißt du nicht.«

»Oh doch.«

Caiwen kam näher und musterte das Baumhörnchen sorgfältig. »Wenn ihr mich fragt, ist das ein ganz gewöhnliches Baumhörnchen.«

»Sag ich doch.« Heylon warf Finearfin einen triumphierenden Blick zu.

»Wärst du ausgebildet, würdest du erkennen, dass du dich irrst.« Finearfin schaute Caiwen ernst an. »Wechselwesen sind Meister der Tarnung. Das ist auch der Grund, warum die Dämonen der Anderwelt sie sich zu Diensten machen. Die Wechselwesen locken die Menschen in eine Falle, damit der Dämon seinen Blutdurst an ihnen stillen kann. Hunderte sind ihnen schon zum Opfer gefallen, ganze Familien wurden ausgelöscht, nur weil die Menschen blind sind und die Gefahr, die von einem so niedlichen Tier ausgeht, nicht erkennen. Wechselwesen sind ebenso grausam und skrupellos wie ihre Herren. Sie verdienen den Tod. Es gibt keinen Grund, sie zu verschonen.«

»Dann dient dieses Baumhörnchen einem Dämon?«, fragte Caiwen.

»Das kann ich nicht sagen«, räumte Finearfin ein. »Auf jeden Fall arbeitet es für jene, die uns verfolgen.« Sie ließ den Blick von Caiwen zu Heylon wandern. »Für die, die dich zur Feuerinsel verschleppen und Heylon töten wollen.«

»Und wenn du dich irrst?«, fragte Heylon herausfordernd.

»Verdammt noch mal, kannst oder willst du mich nicht verstehen?«, brauste Finearfin auf. »Der einzige Beweis wäre, wenn es sich hier vor unseren Augen verwandeln würde, aber das kann es nicht, weil ich ihm mit dem Salz die Fähigkeit dazu genommen habe. Die Wirkung wird etwa bis zum Morgengrauen anhalten und dann …«

»Dann warten wir, bis die Sonne aufgeht«, schlug Caiwen vor. »Wenn es sich verwandelt, sehen wir, dass du recht hattest.«

»Wenn es sich verwandelt, ist es weg!« Finearfin keuchte vor Anstrengung. Sie hatte nicht damit gerechnet, dass Heylon und Caiwen so uneinsichtig und dickköpfig sein würden, und ärgerte sich, weil sie das Baumhörnchen nicht sofort getötet hatte. »Sobald die Wirkung nachlässt, wird es sich in eine Fliege oder ein anderes Insekt verwandeln. Es wird uns entwischen und Melrem zu uns führen – bei den Göttern, versteht ihr das denn nicht?«

»Doch«, lenkte Caiwen ein. »Aber ich kenne Heylon und weiß, wie hoch er jedes einzelne Leben schätzt. Ich kann euch beide verstehen.« Sie überlegte kurz und sagte dann: »Wie wäre es, wenn wir abwarten? Solange das Baumhörnchen bei uns ist, kann es uns nicht verraten. Und wenn es sich bis zum Abend nicht verwandeln kann, können wir die Zeit nutzen, um uns einen Vorsprung zu verschaffen. Wenn es dann die Gestalt wechselt …«

»… wird es zu spät sein.« Finearfin schüttelte den Kopf.

»Also, ich bin dafür!« Heylon schenkte Caiwen ein Lächeln. »Ich werde solange auf das Baumhörnchen achtgeben.«

»Damit du es heimlich freilassen kannst?«, rief Finearfin aus. »Wenn ihr diese miese Kreatur unbedingt am Leben lassen wollt, dann nur, wenn ich ein Auge auf sie habe. Das Wechselwesen bleibt bei mir.«

»Damit du es klammheimlich tötest?« Heylons Wangen färbten sich rot vor Zorn. »Das kommt nicht infrage.«

»Ich nehme es!« Caiwen griff nach dem Netz. »Ich habe weder vor, es freizulassen, noch werde ich ihm ein Leid antun, solange nicht sicher ist, dass es uns getäuscht hat.« Sie schaute erst Finearfin und dann Heylon an. »Na, was ist?«

»Also gut.« Finearfin seufzte und gab das Netz frei. »Dieser Streit hält uns nur unnötig auf. Aber lass es nicht aus den Augen, hörst du? Sobald du auch nur eine winzige Veränderung bemerkst, sag mir Bescheid.«

»Das verspreche ich.« Caiwen nickte ernst und wandte sich an Heylon. »Und was ist mit dir?«

»Ich vertraue dir.« Heylon nickte und löste die Hand von dem Netz. »Pass gut auf es auf.«

»Das werde ich.« Caiwen nahm das Netz an sich, hielt es in Augenhöhe und sagte: »Ich bin gespannt, wer von euch beiden recht behält.«

»Dann schlage ich vor, dass du ab jetzt die Wache übernimmst«, sagte Finearfin. »Ich habe in der vergangenen Nacht kaum geschlafen und müsste mich dringend etwas ausruhen.«

»Einverstanden.« Caiwen war hellwach. »Was muss ich tun?«

»Von hier hast du den besten Überblick.« Finearfin zeigte Caiwen die Stelle, an der sie bis vor Kurzem Wache gehalten hatte. »Ich glaube zwar nicht, dass wir heute Nacht Besuch von weiteren Anderweltwesen bekommen werden, aber man kann nie wissen. Bleib wachsam.«

»Und was ist mit Melrems Leuten?«, wollte Caiwen wissen.

»Um die musst du dir keine Sorgen machen«, erklärte Finearfin mit einem Lächeln. »Bis auf das Wechselwesen habe ich noch keine Anzeichen dafür gefunden, dass sie uns verfolgen. Und selbst wenn. Wir haben einen beachtlichen Vorsprung und auch die stärksten Männer müssen irgendwann einmal schlafen.«

»Klingt beruhigend.« Caiwen nickte.

»Das soll es auch.« Finearfin legte Caiwen in einer freundschaftlichen Geste die Hand auf die Schulter. »Trotzdem musst du aufmerksam sein. Die Nacht ist lang.«

»Das bereitet mir keine Schwierigkeiten«, sagte Caiwen leichthin. »Auf dem Riff bin ich so manche Nacht ohne Schlaf ausgekommen.«

»Klingt beruhigend.« Finearfin schmunzelte, als sie Caiwens Worte wiederholte. Dann wandte sie sich um, ging zum Feuer und legte sich zum Schlafen nieder. Caiwen wickelte sich ihre Decke fest um die Schultern und machte sich bereit für die erste Nachtwache ihres Lebens.

Die Schlaufe des Netzes, in dem das gefangene Baumhörnchen kauerte, hatte sie sich so um das Handgelenk geschlungen, dass sie auch die kleinste Regung des Tieres spüren konnte. Ein rascher Blick verriet ihr jedoch, dass sich das Baumhörnchen offenbar mit der misslichen Lage abgefunden und schlafen gelegt hatte. Es sah wirklich ganz so aus, als würde es eine ruhige Nacht werden.

Caiwen gähnte und lehnte sich mit dem Rücken an den Baum. Sie zog die Knie eng an den Körper und die frostige Nachtluft durch die Nase ein und horchte auf die gleichmäßigen Atemzüge der anderen, während sie aufmerksam ins Dunkel jenseits des Feuers starrte. Ihre Gedanken wanderten ziellos umher. Sie dachte daran, wie es Verrina und Lenval und Armide wohl ergehen mochte und was auf dem Schiff nach ihrer Flucht vorgefallen war. Allmählich spürte sie, wie die Müdigkeit nach ihr griff. Zunächst gelang es ihr, sie zu vertreiben, aber die Erschöpfung und die Anstrengungen des langen Marsches ließen sich nicht so leicht abschütteln. Immer wenn sie glaubte, den Schlaf bezwungen zu haben, kehrte er mit neuer Kraft zurück, und mehr als einmal erwischte sie sich dabei, dass sie eingenickt war.

Als sie zum dritten Mal aus einem kurzen Schlummer aufschreckte, überlegte sie, Finearfin zu wecken, um sie zu bitten, die Wache zu übernehmen, tat es dann aber doch nicht. Es war nur gerecht, wenn sie sich bei der Nachtwache abwechselten. Außerdem sollte Finearfin sie nicht für schwach und feige halten. Caiwen straffte sich und unterdrückte ein Gähnen. Sie hatte versprochen, bis zum Morgengrauen zu wachen, und genau das würde sie auch tun.

Den Rücken an den Baum gelehnt, starrte sie ins Feuer, das fast heruntergebrannt war. Bald würde sie neues Holz nachlegen müssen. Jenseits des rötlichen Scheins, den die Glut verströmte, umhüllten Schatten den Lagerplatz. Dunkelheit hing wie Nebel in der Luft. Dazwischen erhoben sich die Stämme der Bäume wie eine Armee stummer Riesen.

Warum ist es so still?

Caiwen fröstelte. Sie schaute sich um und versuchte, nicht auf die Angst zu achten, die ihr angesichts der fremden Umgebung den Nacken hochkroch, aber je mehr sie sich dagegen wehrte, desto schlimmer wurde es. Etwas stimmte nicht. Da war etwas, was sie nicht sehen und nicht hören konnte. Ein Gefühl der Bedrohung, das sie auf eine ähnliche Weise spürte, wie sie auf dem Riff das Nahen eines Sturms gespürt hatte.

»Heylon?« Caiwens Stimme bebte, als sie den Namen ihres Freundes leise in die Dunkelheit wob. Ihr Herz raste. Ihr Atem ging stoßweise. «Heylon?«, versuchte sie es noch einmal etwas lauter. Aber Heylon rührte sich nicht. »He…!« Etwas packte sie von hinten, riss sie zurück und presste ihr ein feuchtes Tuch auf Mund und Nase.

Caiwen wehrte sich, aber der Angreifer hielt sie unerbittlich fest. Es gab kein Entkommen. Sie wollte schreien, aber das Tuch verhinderte, dass auch nur der kleinste Laut über ihre Lippen kam. Der scharfe Geruch wurde stärker und ließ den Wald vor ihren Augen verschwimmen.

Beriskraut!

Ein eisiger Schrecken durchzuckte Caiwen, als sie den Geruch erkannte. Beriskraut war eine kostbare Tinktur, die die Schiffsheiler mit sich führten und die auch Armide gern verwendete, wenn sie einem Verwundeten Schmerz zufügen musste.

Ich werde betäubt! Sie hielt den Atem an, aber es war zu spät. Die Flüssigkeit auf dem Tuch entfaltete bereits ihre Wirkung. Ihre Gedanken hüllten sich in zähen Nebel, wurden träge und taub. Sie fühlte sich unendlich müde und kämpfte verbissen darum, das Bewusstsein nicht zu verlieren …

Ein Zerren am Handgelenk erinnerte sie an das gefangene Baumhörnchen, aber ihr fehlte die Kraft, das Netz festzuhalten. Wie aus weiter Ferne hörte sie ein Tschilpen, und jemand sagte: »Wurde ja auch Zeit. Ich dachte schon, du kommst nicht mehr.« Dann wurde es dunkel.

Hoch über den Wipfeln der Bäume malte der Sonnenaufgang einen ersten, schwachen rosa Schimmer an den Himmel, während am Fuß der mächtigen Stämme noch Schatten über den Wald herrschten.

Heylon erwachte, weil er fror. Dem Schlaf noch nicht ganz entronnen, versuchte er, sich daran zu erinnern, wo er sich befand. Die Kälte, der Wald … Heylon stöhnte. Sein Kopf schmerzte. Was war das für eine seltsame Landschaft? Wo war das Meer? Wie um alles in der Welt kam er hierher? Er barg das Gesicht in den Händen und seufzte. Wenn er sich doch nur erinnern könnte. Reglos lag er auf seinem Lager, starrte zum Himmel hinauf und versuchte, seine Gedanken zu sammeln.

Caiwen. Heylon zuckte zusammen, als er in dem Gewirr von Erinnerungen und Bildern endlich einen Faden fand, den er verfolgen konnte. Er war mit Caiwen unterwegs. Sie hatte das Riff verlassen und er war ihr gefolgt. Da war ein Schiff gewesen, mit vielen Männern, eine Elfe und ein kleines Boot, das sie in eine Bucht getragen hatte. Die Elfe hatte sie in den Wald geführt und ein Baumhörnchen gefangen, das sie töten wollte. Caiwen hatte das Tier beschützt und die Nachtwache übernommen.

»Verdammt!« Heylon setzte sich so abrupt auf, als erwache er aus einem bösen Traum. Gehetzt schaute er sich um, sah nichts, zwang sich zur Ruhe und schaute sich dann noch einmal um. Finearfin lag nicht weit von ihm neben der erkalteten Feuerstelle und rührte sich nicht. Von Caiwen fehlte jede Spur.

»Caiwen!«

Niemand antwortete.

»Caiwen!«, rief er noch einmal, diesmal lauter.

»... wen ... wen ... wen!« Seine Stimme hallte zwischen den Bäumen nach, als wollten sie ihn verhöhnen. Eine Antwort erhielt er nicht.

»Bei den Göttern!« Heylon schnappte nach Luft, schlug die Decke zurück und sprang auf. Er war jetzt hellwach und ahnte, dass etwas Furchtbares geschehen sein musste. Mit wenigen Schritten war er bei Finearfin, fasste sie bei der Schulter und rüttelte sie. »Wach auf!«, rief er mit bebender Stimme. »Verdammt noch mal, wach endlich auf. Caiwen ist verschwunden.«

Es dauerte lange, bis Finearfin die Augen öffnete, und noch länger, bis sie verstand, wovon Heylon sprach. Auch sie hatte starke Kopfschmerzen und war so müde, dass sie kaum die Augen offen halten konnte. Was immer in der Nacht mit ihnen geschehen war, die Elfe hatte unter den Nachwirkungen sehr viel stärker zu leiden als er. Sie war kaum ansprechbar. Erst nachdem er das Feuer neu entfacht und ihr einen heißen Kräutertee zubereitet hatte, arbeitete ihr Verstand wieder so weit, dass sie herauszufinden versuchte, was geschehen war.

»Wir sind betäubt worden«, stellte sie nüchtern fest, während sie zu dem Baum gingen, an dem Caiwen Wache gehalten hatte.

»Das ist unmöglich.« Heylon schüttelte energisch den Kopf. »Caiwen hätte bemerkt, wenn sich jemand dem Feuer genähert hätte.«

»Vielleicht. Aber vielleicht war sie auch das erste Opfer«, gab Finearfin zu bedenken. »Oder sie war abgelenkt. Vielleicht hat sie auch geschlafen und …«

»Was willst du damit sagen?«, brauste Heylon auf. »Caiwen würde nie …«

»Ich will damit gar nichts sagen.« Finearfin machte eine beschwichtigende Geste. »Ich versuche zu verstehen und das solltest du auch. Streiten bringt uns nicht weiter.«

»Verzeih.« Heylon blickte beschämt zu Boden. »Aber ich mache mir große Sorgen. Diese Ungewissheit macht mich ganz krank.«

Finearfin nickte verständnisvoll. »Ich sorge mich auch.« Sie bückte sich und fuhr mit der Hand prüfend über den Boden. »Hier hat sie gesessen. Aber sie ist schon lange fort. Der Schnee ist geschmolzen und wieder gefroren.«

»Hat sie Spuren hinterlassen?« Heylon spähte in den Wald hinein.

»Nein.« Finearfin seufzte. »Wer immer sie verschleppt hat, wusste um ihre Gabe. Vermutlich hat man sie ein Stück getragen.«

»Melrem?«

»Gut möglich.«

»Aber wenn Leute hier waren, muss es doch Hinweise geben.«

Heylon fühlte sich hilflos. »Abdrücke von Stiefeln, Wagenrädern … irgendetwas.«

»Die Erde ist steinhart gefroren.« Den Blick fest auf den Boden geheftet, streifte Finearfin durch den Wald.

»Dann gibt es nichts?« Ein Schatten huschte über Heylons Gesicht.

»Nicht so voreilig.« Finearfin bückte sich und ließ die Hand prüfend über den Boden gleiten. »Auf dem Eis dieser Pfütze sind Fußabdrücke zu erkennen. Sie stammen von einem großen und kräftigen Mann, der eine schwere Last getragen hat. Sieh nur, er humpelt. Das eine Bein belastet er nicht so sehr wie das andere.«

»Durin?«

»Vielleicht.« Finearfin ballte die Fäuste. »Aber wie ist das möglich? Wir hatten einen gewaltigen Vorsprung und er kann mit seinem verletzten Bein nicht so schnell laufen.« In ihrem Gesicht arbeitete es. »Um uns einzuholen, müsste er ein Pferd haben. Aber es waren keine Pferde an Bord. Das weiß ich genau.«

»Dann war er es wohl nicht.«

»Das Wechselwesen!« Finearfin schlug sich mit der flachen Hand vor die Stirn. »Warum bin ich nicht gleich daraufgekommen? Es gehört zu ihm.« In ihren Augen brannte ein leidenschaftliches Feuer, als sie Heylon anschaute. »Es arbeitet nicht für Melrem, aber für Durin, und somit auch für Melrem. Verstehst du?«

»Nicht wirklich.« Heylon hatte etwas Mühe, Finearfin zu folgen.

»Das Wechselwesen hat Durin zu uns gebracht«, fuhr Finearfin fort. »Es muss sich für ihn in ein Pferd verwandelt haben, sonst hätte er uns niemals so schnell einholen können. Dann hat es als Baumhörnchen unser Lager ausgekundschaftet. Vermutlich ist er stutzig geworden, als es nicht zu ihm zurückkehrte, und hat sich selbst auf den Weg hierher gemacht. Als er Caiwen entdeckte, hat er nicht lange gefackelt und uns betäubt, um sie zu entführen.«

Sie legte Heylon die Hand auf die Schulter und sagte: »Wenn das alles stimmt, dann hat das Baumhörnchen sofort wieder die Gestalt eines Pferdes angenommen, nachdem die Wirkung des Salzes nachließ. Wir müssen also nach Hufspuren suchen.«

Sie deutete auf den Boden und beschrieb einen Halbkreis. »Du suchst in dieser Richtung und ich da drüben. Ich bin sicher, wir wissen schon bald, wohin sie geritten sind.« Ohne eine weitere Erklärung drehte sie sich um, um mit der Suche zu beginnen, aber Heylon fasste sie am Arm und hielt sie zurück. »Finearfin?«

»Was gibt es noch?«

»Wie … wie sehen Hufspuren aus?«

Nachtmahre!

Sind das Hufspuren?« Heylon hockte sich neben Finearfin und betrachtete die halbrunden Abdrücke im Schnee.

»Ja.« Finearfin zeichnete die Spur langsam mit dem Finger nach. Ein Sonnenstrahl streifte ihr Haar und ließ es wie flüssiges Gold schimmern. »Sie stammen von einem kräftigen Pferd, das eine große Last zu tragen hatte.«

»Durin und Caiwen.« Heylon nickte. »Wie alt sind die Spuren?«

»Das ist auf dem Schnee schwer zu schätzen.« Finearfin schüttelte betrübt den Kopf. »Aber ich würde denken, dass sie einen halben Tag Vorsprung haben.«

»Und? Wohin führen sie?«, fragte Heylon ungeduldig, als Finearfin nicht von sich aus weitersprach.

»Nach Süden«, sagte Finearfin knapp. »Nach Arvid.«

»Worauf warten wir dann noch?« Heylon sprang auf. »Wir müssen ihnen nach.« Während er zum Lager lief, um seine Sachen zu packen, vergewisserte er sich, dass Finearfin sich erhob und ihm folgte. In den Augen der Elfenkriegerin glomm dieselbe Entschlossenheit, die auch er spürte, doch ihre Bewegungen wirkten so ruhig und gelassen, als sei nichts geschehen. »Wir finden sie«, hörte er sie so leise sagen, als spräche sie zu sich selbst. »Ich habe nicht fünfzehn Winter nach ihr gesucht, um am Ende zu scheitern. Und wenn es mich das Leben kostet, Nimeye bekommt sie nicht.«

Die Sonne hatte den östlichen Horizont noch nicht einmal zur Hälfte erklommen, als sie aufbrachen. Den Blick hielten sie fest auf den Boden gerichtet, um die halbrunden Vertiefungen nicht aus den Augen zu verlieren, die viel zu selten auf dem harten Boden zu sehen waren und ihnen die Richtung wiesen. Weder Finearfin noch Heylon sprach es laut aus, aber beide wussten, dass es ein Wettlauf gegen die Zeit war. Durin besaß ein Pferd, sie mussten sich ihren Weg durch den Wald zu Fuß bahnen. Wenn sie überhaupt eine Chance haben wollten, Caiwen zu finden, mussten sie schnell sein.

Der Wald und seine Bewohner gaben sich friedlich. Manchmal hörten sie das Heulen eines Wolfes oder den Todesschrei eines bedauernswerten Geschöpfes, das in den Fängen eines Raubtiers sein Leben aushauchte, aber sie blieben unbehelligt. Auch das Wetter meinte es gut mit ihnen. Als die Nacht hereinbrach, wählte Finearfin einen sicheren Lagerplatz auf einem Hügel, von dem aus sie eine gute Sicht in alle Richtungen hatten. Und noch bevor der Morgen graute, nahmen sie die Verfolgung wieder auf. So verging der zweite Teil der Suche auf die gleiche Weise wie der erste. Sie kamen gut voran. Die Spur des Pferdes war auf der dünnen, überfrorenen Schneeschicht nur schwer zu erkennen, und Durin machte es ihnen zusätzlich schwer, indem er in einer Zickzacklinie über die schneefreien Flächen ritt, trotzdem gelang es ihnen immer, sie wiederzufinden.

Inzwischen war Finearfin überzeugt, dass Durin allein war. Für Heylon war das eine gute Nachricht, aber die Elfe machte ihm schnell klar, dass sich ihre Lage dadurch nicht wesentlich verbesserte. Während sie wanderten, erzählte sie Heylon vieles über Durin und die Zunft der Kopfgeldjäger, das er noch nicht wusste, aber auch vieles, das er lieber nicht gewusst hätte. Nebenbei erfuhr er einiges über die Elfen und das Leben in Tamoyen. Ob die Tamoyer noch immer einen Hass auf die Nachkommen der Piraten hegten, konnte Finearfin ihm zu seinem großen Bedauern jedoch nicht sagen. Als es Nacht wurde, hatte er immer noch viele Fragen, aber das lange Marschieren hatte an seinen Kräften gezehrt, und nachdem sie ihr Lager aufgeschlagen hatten, schlief er fast augenblicklich ein.

Mitten in der Nacht schreckte Durin aus dem Schlaf hoch. Sein Herz raste. Obwohl es stockdunkel war, setzte er sich auf und versuchte zu erkennen, was ihn geweckt hatte. Der Wald und die Lichtung wirkten ruhig und friedlich, aber es war gerade dieses trügerische Gefühl von Sicherheit, das ihn misstrauisch machte. Verstohlen tastete er nach seinem Kurzschwert. Die vollkommene Stille, das atemlose Innehalten der Natur, das einem Angriff der gefürchteten Anderweltwesen vorauseilte, waren ihm wohlvertraut, und er machte sich bereit.

»Nachtmahre!« Saphrax, der die zweite Wache in Gestalt eines großen, zottigen Hundes übernommen hatte, tauchte wie aus dem Nichts neben ihm auf. Die Ohren aufgestellt, hielt er den Blick auf etwas am nahen Waldrand gerichtet, das Durin nicht sehen konnte.

»Warum hast du mich nicht geweckt?«, zischte Durin ihm mit einem raschen Seitenblick auf Caiwen zu, die, an einen Baumstamm gebunden, neben ihm lag und schlief.

»Hab ich doch.« Saphrax ließ den Waldrand nicht aus den Augen. »Du hast geschlafen wie ein Stein. Dreimal musste ich …«

»Das kann jeder sagen«, knurrte Durin unwirsch und wechselte das Thema, indem er fragte: »Wie viele sind es?«

»Ich habe zwei gesehen, aber es sind mindestens doppelt so viele.« Saphrax entblößte die langen Eckzähne und räumte ein: »Es könnten aber auch noch mehr sein.«

»Du bist mir wie immer eine große Hilfe.« Durin grinste schief.

»Keine Ursache.« Saphrax gab ein drohendes Knurren von sich, als im Wald das leise Knacken von trockenen Ästen zu hören war, und hob witternd die Nase. »Es geht los.«

»Pass auf das Mädchen auf.« Durin sprang auf. Mit grimmiger Miene, das Schwert in der einen und seinen Dolch in der anderen Hand, starrte er in die Schatten, bereit, sein Leben so teuer wie möglich zu verkaufen.

»Du solltest sie losbinden«, meinte Saphrax. »So ist sie eine leichte Beute.«

»Damit sie davonläuft?« Durin schüttelte den Kopf. »Kommt nicht infrage. Entweder wir stehen das hier durch oder wir sterben gemeinsam.«

Ein leises Scharren in unmittelbarer Nähe ließ Durin herumwirbeln. Er stieß einen Schrei aus und riss noch in derselben Bewegung das Schwert in die Höhe. Aber der erwartete Angriff blieb aus.

»Durin!« Der Tonfall, in dem Saphrax seinen Namen sagte, verhieß nichts Gutes. Durin drehte sich um, folgte dem Blick des Wechselwesens und entdeckte eine Phalanx aus Schatten, die sich wie eine geschlossene Mauer langsam auf sie zuschob. Gebogene Reißzähne und Klauen blitzten in der Schwärze auf, und mehr als ein halbes Dutzend gelber Augenpaare ließ vermuten, dass Saphrax die Anzahl der Gegner um einiges zu günstig eingeschätzt hatte.

»Zwei, wie?« Durin funkelte das Wechselwesen wütend an. Seine Finger umfassten die Waffen jetzt so fest, dass die Knöchel weiß hervortraten. Er hatte schon oft allein gegen Nachtmahre gekämpft, aber noch niemals gegen so viele. Eine leise Stimme flüsterte ihm zu, dass dies sein letzter Kampf sein würde, aber er spürte keine Angst, nur das vertraute Ziehen in der Magengegend, mit dem sein Körper gegen die ungeheure Anspannung protestierte.

Ein Schrei gellte durch die Finsternis, als etwas Riesenhaftes aus den Schatten stürmte. Durin reagierte, ohne nachzudenken. In einer reflexartigen Bewegung riss er den Arm in die Höhe und schleuderte der Kreatur seinen Dolch entgegen. Der Schrei brach ab, als der Nachtmahr zusammenbrach und, nur fünf Schritte von Durin entfernt, reglos liegen blieb.

»Bravo! Wenn du die restlichen Dolche auch so perfekt einsetzt, sind wir gerettet«, rief Saphrax ihm zu.

»Die restlichen? Das war mein einziger.«

»Eben!«

Durin wollte noch etwas sagen, aber der Tod des Nachtmahrs hatte den Bann gebrochen, der die anderen noch zurückhielt. Über der Lichtung erhob sich vielstimmig das gefürchtete Heulen und Kreischen der Anderweltwesen. Wie ein Lied des Todes hallte es zwischen den Bäumen wider.

Durin hörte Caiwen hinter sich aufschreien, aber ihm blieb keine Zeit, sich um sie zu kümmern, denn im gleichen Augenblick begann der Angriff. Ein Nachtmahr stieß hart gegen Durins Schulter und warf ihn zu Boden. Der Aufprall raubte ihm für einen Moment den Atem und die Sicht. Gerade noch rechtzeitig sah er aus den Augenwinkeln eine Reihe messerscharfer Zähne, die sich seiner Kehle näherten. Instinktiv riss er den Arm hoch, packte den Unterkiefer des Nachtmahrs mit der einen Hand und versuchte, ihn von sich fernzuhalten, während er sich gleichzeitig aufbäumte und dem Anderweltwesen das Kurzschwert mit aller Kraft in die ungeschützte Flanke rammte. Das Untier heulte auf und warf sich zur Seite. Die Kiefer schnappten ins Leere. Warmes Blut, das nicht sein eigenes war, rann über Durins Körper und färbte seine Kleidung violett. Mit einem Fluch kam er wieder auf die Beine, um Saphrax zu Hilfe zu eilen, der sich in Gestalt einer großen schwarzen Nachtkatze schützend vor Caiwen gestellt hatte und sich mit gezielten Bissen und Hieben einer Gruppe von Nachtmahren erwehren musste.

Mit dem Schwert in der Hand stürzte Durin hinterrücks auf die schwarzen Bestien zu und durchtrennte zweien das Genick, noch ehe sie sich der Gefahr überhaupt bewusst wurden.

Der Moment der Überraschung währte jedoch nicht lange. Die Nachtmahre wirbelten herum und fielen mit einer solchen Wut über ihn her, dass ihm kaum Zeit blieb, sich zu verteidigen.

Durin kämpfte verbissen, während seine Arme immer schwerer wurden und seine Bewegungen an Kraft verloren. Schrammen und Bisswunden verunstalteten seinen Körper, die Kleider hingen ihm in Fetzen am Leib, aber er fühlte keinen Schmerz. Als er kurz zu Saphrax hinüberschaute, sah er dessen schwarzes Fell blutig schimmern, ein sicheres Zeichen dafür, dass auch die Kräfte des Wechselwesens nicht unerschöpflich waren.

Es ist vorbei. Der Gedanke blitzte seltsam nüchtern hinter Durins Stirn auf, während seine Hände und Füße sich in tausendfach geübten Bewegungen wie von selbst bewegten. Er spürte keine Angst und kein Bedauern: Er war ein Krieger und hatte länger gelebt als so mancher andere, der ihm im Lauf der Winter begegnet war. Krieger starben. Früher oder später erwischte es jeden. Er hatte es gewusst, auch wenn er es sich versagt hatte, darüber nachzudenken.

Neben sich hörte er Saphrax triumphierend brüllen, nachdem er einem Nachtmahr mit einem einzigen Biss das Genick gebrochen hatte. *Ein Angreifer weniger,* dachte Durin grimmig. Aber noch immer waren die Mahre erschreckend zahlreich. Am Ende würden sie den Sieg davontragen.

Es war aussichtslos …

Etwas zischte knapp über Durins Kopf hinweg und bohrte sich tief in die Brust eines Nachtmahrs, der zum Sprung angesetzt hatte. Das Biest heulte auf, drehte sich einmal um sich selbst, zuckte unkontrolliert und erschlaffte. Dem ersten Pfeil folgten weitere, bis ein wahrer Pfeilhagel die Angreifer zurückdrängte.

Es grenzte an ein Wunder, dass Durin nicht getroffen wurde, während sich die Nachtmahre geifernd und knurrend dem neuen Feind zuwandten, der aus den Schatten der Bäume aufgetaucht war – eine Gruppe Reiter in blau-roten Umhängen, die mit Schwertern und Äxten unbarmherzig auf die Anderweltwesen eindrangen. Nur wenige Herzschläge nachdem der erste Pfeil sein Opfer gefunden hatte, stand Durin blutend, erschöpft und allein inmitten einer knappen Handvoll toter Nachtmahre und starrte auf das blutige Gemetzel am Waldrand. Die Luft war erfüllt vom Knurren, Kreischen und Fauchen der Nachtmahre, Pferde wieherten schrill und immer wieder gellten die Schmerzens- und Todesschreie der Krieger durch die Nacht.

»Was… was war das?« Caiwen flüsterte fast. Die Knie dicht an den Körper gezogen, kauerte sie mit dem Rücken an dem Baumstamm, an den Durin sie gebunden hatte.

»Nachtmahre!« Durins Stimme klang rau. »Anderweltgeschöpfe, die in Tamoyen des Nachts auf die Jagd gehen.« Er stöhnte gequält auf, weil seine Wunden allmählich zu schmerzen begannen. »Bei den Göttern, ich dachte, wir sind erledigt.«

»Wer sind die Männer?«, wollte Caiwen wissen. Noch immer sprach sie so leise, dass ihre Stimme über dem Kampflärm kaum zu hören war.

»Keine Ahnung.« Durin zog die Schultern hoch und stöhnte gequält. »Sie haben uns das Leben gerettet. Das ist das Einzige, was zählt.«

»Werden sie die Mahre töten?«, fragte Caiwen mit bangem Blick.

»Von den Bestien sind nicht mehr viele übrig. Ich bin sicher, das schaffen sie. Die letzten werden vermutlich die Flucht ergreifen. Ohne ihr Rudel sind sie feige wie räudige Hunde.« Durin ächzte und ließ sich neben Caiwen zu Boden sinken. »Sie können froh sein, dass Saphrax und ich ihnen schon ein ganzes Stück Arbeit abgenommen haben.« Er stutzte, schaute sich suchend um und fragte: »Verflucht, wo ist Saphrax überhaupt?«

»Er ist fortgelaufen, als die Reiter kamen.« Caiwen fiel das Sprechen immer noch schwer. Sie zitterte am ganzen Körper. Ihr

Herz raste und ihr Atem ging stoßweise. Bis zu dem Augenblick, da sie den grauenhaften Geschöpfen hautnah gegenüberstanden, hatte sie geglaubt, nichts könne schlimmer sein als das Leid und die Todesfurcht der Schiffbrüchigen auf dem Riff zu spüren. Nun wusste sie es besser.

»Dieser elende Feigling.« Durin gab einen verächtlichen Laut von sich. »Haut einfach ab und lässt mich im Stich.«

»Er hat mich beschützt.« Caiwen wunderte sich über die Heftigkeit ihrer Worte. Warum ergriff sie Partei für ein Wesen, dem sie ihre Entführung zu verdanken hatte? Welcher Dämon ritt sie, dass sie diesen Verräter in Schutz nahm? Bisher war sie überzeugt gewesen, Saphrax mindestens ebenso zu verachten wie Durin, dem sie auf dem Riff ihr Vertrauen geschenkt hatte. Er hatte ihr vorgetäuscht, ihr Freund zu sein, und sie darin bestärkt, ihre Heimat zu verlassen. Dabei hatte er die ganze Zeit nur das Gold im Sinn gehabt, das Melrems Großmutter ihm versprochen hatte.

Nachdem er sie betäubt und verschleppt hatte, machte er keinen Hehl mehr daraus, um was es ihm wirklich ging. Ihr Schicksal kümmerte ihn nicht. Sie war für ihn nicht mehr als eine Ware, die er abzuliefern hatte und nur deshalb pfleglich behandelte, damit sie ihm einen möglichst hohen Preis einbrachte.

Die Wahrheit zu erfahren, hatte mehr geschmerzt als die Fesseln an ihren Handgelenken, aber immerhin war Durin nun ehrlich zu ihr. Ebenso wie Saphrax, der sich nicht länger an die Gestalt des Baumhörnchens gebunden fühlte. Nachdem sie aus der Ohnmacht erwacht war, hatte sie einsehen müssen, dass Finearfin recht gehabt hatte. Mit eigenen Augen hatte sie gesehen, wie Saphrax sein Äußeres mehrfach änderte. Morgens war er als Vogel in die Lüfte gestiegen, um den kürzesten Weg nach Arvid ausfindig zu machen. Danach hatte er sie und Durin in Gestalt eines stämmigen Pferdes durch den Wald getragen, um am Ende des Tages als Hund den zweiten Teil der Nachtwache zu übernehmen.

Die Wandlungsfähigkeit des Wesens war unglaublich. Aber

mehr noch als das hatte Caiwen der Umstand verblüfft, dass Saphrax sprechen konnte.

Dass sie sich so schnell daran gewöhnt hatte, war nicht zuletzt Saphrax selbst zu verdanken. Immer wenn Durin es nicht bemerkte, hatte das Wechselwesen das Gespräch mit ihr gesucht. Es war sehr neugierig und aufgeschlossen und wollte alles über das Leben auf dem Riff wissen. Caiwen hatte zunächst gezögert, über ihr Volk zu sprechen. Aber dann hatte sie erfahren, dass Saphrax als Möwe auf dem Riff gewesen war und die Wahrheit kannte, und ihm bereitwillig Auskunft gegeben. Im Gegenzug hatte auch sie Fragen gestellt und Antworten erhalten. Dabei hatte Saphrax ihr so manches verraten, das sie ohne ihn sicher nicht erfahren hätte. Sie wusste nun, dass er es gewesen war, der sich in ein Seeungeheuer verwandelt hatte, um Heylon zu retten. Und er hatte zugegeben, dass er Heylon mochte.

Caiwen hatte eine Chance zur Flucht gewittert und versucht herauszufinden, auf welcher Seite Saphrax stand, aber sie wurde einfach nicht schlau aus ihm. So wie er ihr gegenüber ganz offen über seine Sympathie für Heylon plauderte, ließ er zugleich keinen Zweifel daran, dass er sich Durin mit Leib und Seele verpflichtet fühlte. Caiwen spürte in ihm das tief verwurzelte Bedürfnis, einem Herrn zu dienen, eine Eigenschaft, die vermutlich alle Wechselwesen kennzeichnete. Einerseits verachtete Caiwen ihn, andererseits faszinierte er sie auch. Saphrax war impulsiv und schien zu handeln, ohne auch nur einen Gedanken an die Folgen zu verschwenden, aber er war nicht feige.

»Wie auch immer, er wird schon wieder auftauchen.« Durin klang nicht wirklich überzeugt.

Caiwen wusste nicht, was sie darauf antworten sollte, und schwieg. Dabei fiel ihr auf, wie still es geworden war. Der Kampflärm war verklungen. Nur vereinzelt waren noch das Stöhnen der Verwundeten und das nervöse Schnauben der Pferde zu hören. Sie blickte auf, konnte aber nicht erkennen, was am Waldrand vor sich ging. Das erste Grau des Morgens hatte dichten Nebel über der Lichtung aufsteigen lassen, der alles verhüllte, was weiter als zehn Schritte entfernt war. »Was geschieht jetzt?«, fragte sie, froh, dass Durin noch in der Nähe war.

Froh? Caiwen schalt sich eine Närrin, aber das Gefühl hielt sich hartnäckig. Es war verrückt. Sie hatte allen Grund, den Kopfgeldjäger zu hassen, und doch war sie in diesem Augenblick erleichtert, dass er bei ihr war. In diesem Land, das sich ihr so fremd und feindselig präsentierte, das ihr mehr und mehr Angst machte und ihre Zuversicht schwinden ließ, war er das einzig Vertraute.

Kein Freund, aber immerhin ein Begleiter, der sie, wenn auch nicht ganz uneigennützig, so lange beschützen würde, bis sie ihm das erhoffte Gold eingebracht hatte.

Sie führte den Gedanken nicht weiter, als sie im Dunst eine große Silhouette auftauchen sah. Im ersten Moment fürchtete sie, es könne ein Nachtmahr sein, erkannte dann aber, dass es ein Mann war, der sein Pferd am Zügel führte. Er trug eine schwarze Lederrüstung mit Arm- und Beinschienen und einen Umhang in Rot und Blau. Unter dem schimmernden Helm, dessen Visier sein Gesicht verdeckte, floss dunkles, glattes Haar bis zum Kinn herab, das nahe den Wangenknochen von breiten grauen Strähnen durchzogen war. Caiwen fröstelte. Sie hatte ihn nie zuvor gesehen, spürte aber, dass er kein Freund war.

Er hat uns gerettet, meldete sich eine leise Stimme in ihr zu Wort, und sie schämte sich für ihr Misstrauen. Verunsichert blickte sie zum Waldrand hinüber und erkannte weitere Schatten, die dem ersten ähnelten, aber im Nebel verharrten und nicht näher kamen.

»Ich danke dir.« Durin erhob sich und trat humpelnd auf den Mann zu, als begrüße er einen alten Freund. »Wir stehen tief in deiner Schuld. Ohne das Eingreifen deiner Männer wären wir jetzt tot.«

Nicht die kleinste Regung deutete darauf hin, dass der Krieger

Durin gehört hatte. Er stand einfach nur da und starrte Caiwen an. Sie konnte seine Augen nicht sehen, aber sie wusste, dass es so war. Ihr Nacken kribbelte, ein sicheres Zeichen für nahendes Unheil.

Vergiss nicht, er hat uns geholfen, wisperte die Stimme in ihr erneut, aber diesmal hörte Caiwen nicht hin. Der Mann war ihr unheimlich.

Etwas flatterte heran. Ein großer blauschwarzer Vogel, der flügelschlagend auf der Schulter des Kriegers landete. »Ist sie das?« Seine Worte galten offensichtlich dem Tier.

Er hat ein Wechselwesen, dachte sie, erkannte aber, dass sie sich irrte, als der Vogel als Antwort nur undeutlich krächzte. Dem Krieger schien das zu genügen. Er hob die Hand und deutete auf Caiwen: »Das ist sie. Nehmt sie mit!«

Die Schatten in Hintergrund begannen, sich zu bewegen. Aber Durin war schneller. Schützend baute er sich vor Caiwen auf. »Kommt nicht infrage!«

»Das hast du nicht zu entscheiden«, entgegnete der Krieger kühl. »Wir haben unsere Anweisungen.«

»Die habe ich auch.« Durin unterstrich seine Entschlossenheit, indem er das Heft seines Schwertes mit der Hand umfasste.

»Das mag sein, aber wir sind in der Überzahl.« Obwohl Caiwen das Gesicht des Kriegers nicht sehen konnte, spürte sie, dass er grinste.

»Worauf wartet ihr dann noch?« Wie von selbst fand das Kurzschwert den Weg in Durins Hand. »Ich bin bereit.«

»Hast du für heute noch nicht genug gekämpft?«, fragte der Krieger lauernd. »Wir sind dir zehn zu eins überlegen. Wie lange willst du gegen uns bestehen?« Er schüttelte den Kopf. »Wir arbeiten für die gleiche Seite. Also sei nicht töricht. Überlass sie uns.«

»Hast du die zwei Beutel Gold für mich dabei?«, erkundigte sich Durin.

»Davon weiß ich nichts.«

»Dachte ich es mir doch.« Durin spie verärgert auf den Boden. »Wenn Maeve glaubt, mich noch einmal übers Ohr hauen zu können, hat sie sich getäuscht. Sie bekommt Caiwen nur, wenn sie zahlt.«

»Wir schenken dir dein Leben«, erwiderte der Krieger gönnerhaft. »Das sollte dir mehr wert sein als alles Gold der Welt.«

»Wie großzügig.« Durin schnitt eine Grimasse. »Und ich biete dir an, deine Männer zu verschonen. Ihr mögt in der Überzahl sein, aber, so wahr ich hier stehe, ich werde nicht untergehen, ohne einige von euch mitzunehmen. Willst du wirklich riskieren, noch mehr deiner Männer zu verlieren?«

»Ich riskiere nie etwas.« Der Ton des Kriegers ließ Caiwen aufhorchen. Aus den Augenwinkeln gewahrte sie eine Bewegung im Nebel, aber es war zu spät, um Durin zu warnen. Mit schreckgeweiteten Augen sah sie einen Krieger, der sich mit einem Streitkolben in der Hand von hinten anschlich. Noch ehe Durin die Gefahr bemerkte, war der Krieger heran und ließ die Waffe mit Macht auf seinen Hinterkopf sausen. Das Schwert glitt Durin aus der Hand, als er in die Knie ging und wie ein gefällter Baum auf den Boden schlug.

Der Krieger versetzte ihm einen Fußtritt, rollte ihn auf den Rücken und wollte erneut zuschlagen, aber der Mann mit dem Visier hielt ihn zurück. »Genug. Er hat seine Lektion bekommen.« Mit einer knappen Handbewegung deutete er auf Caiwen und befahl: »Bindet sie los und schafft sie zu den Pferden. Wir reiten zurück.«

Obwohl die Reiter es eilig hatten, die Lichtung zu verlassen, dauerte es noch bis weit nach Sonnenaufgang, ehe sie aufbrachen. Einige Pferde waren während des Kampfes durchgegangen und mussten im Wald mühsam zusammengetrieben werden, ehe die Männer ihre getöteten Kameraden in Mäntel hüllen und sie auf die Rücken der Pferde legen konnten.

Caiwen kauerte, gefesselt und von einem Krieger bewacht, in der Nähe der Pferde. Während sie fieberhaft nach einer Möglichkeit zur Flucht suchte, wanderte ihr Blick immer wieder zu Durin hinüber, der regungslos am Boden lag. Ihre feinen Sinne sagten ihr, dass er am Leben war, ob er das angesichts seiner schweren Kopfverletzung auch bleiben würde, wagte sie jedoch zu bezweifeln. Insgeheim rechnete sie jeden Augenblick damit, dass Saphrax in Gestalt eines Raubtiers aus dem Gebüsch stürmen würde, um Durin zu helfen, aber die Zeit der Dämmerung verstrich, ohne dass er sich blicken ließ.

Es war eine neue, beängstigende Erfahrung, die Caiwen an diesem Morgen machte. Zum ersten Mal, seit sie das Riff verlassen hatte, war sie ganz allein und musste sich ohne Aussicht auf Hilfe ihrem Schicksal stellen. Maeve hatte die Krieger ausgeschickt, um nach ihr zu suchen, so viel hatte sie den Worten des Anführers entnehmen können.

Maeve …

Der Klang des Namens jagte Caiwen einen Schauder über den Rücken.

Hüte dich vor Maeve und Nimeye …

Diese Maeve musste eine sehr mächtige Frau sein, wenn sie einen so großen Reitertrupp befehligen konnte und ein eigenes Schiff besaß. Was immer sie von ihr wollte, das wurde Caiwen nun klar, musste von größter Wichtigkeit sein. So wichtig, dass sie dafür sogar den Tod ihrer Männer in Kauf nahm.

Eine Frau, die über Leichen ging, um ihr Ziel zu erreichen. Caiwen spürte, wie sich ihr Herz zusammenkrampfte, und sie fragte sich, was die Zukunft wohl noch für sie bereithalten mochte.

Dann waren die Krieger abmarschbereit. Man löste ihre Fußfesseln und zerrte sie auf den Rücken eines Pferdes, das einer der Männer am Zügel hinter sich herführte. Bis zum Abend ritten sie ohne Pause auf gewundenen, kaum auszumachenden Pfaden durch den Wald, zwängten sich in Nebel und schattiger Düsternis zwischen wuchtigen Bäumen und dornigem Gestrüpp hindurch, überwanden vereiste Bachläufe und zugefrorene Waldseen, während der blauschwarze Vogel unermüdlich voranflog und ihnen den Weg wies.

DRITTES BUCH

Mal síve Anar orta arinesse,
San orta estel.

Vier Gefährten

Finearfin und Heylon schlugen ihr Nachtlager unter den ausladenden Zweigen einer alten Tanne auf, wo der Boden mit einer dicken Schicht aus Nadeln bedeckt war, die sie ein wenig vor der Kälte schützte.

Während Finearfin die erste Wache übernahm, wickelte Heylon sich in seine Decke, rollte sein Bündel zusammen und bettete seinen Kopf darauf, um zu schlafen. Das behelfsmäßige Lager erwies sich als wenig bequem, aber das störte ihn nicht. Nachdem sie von Sonnenaufgang bis weit nach Sonnenuntergang ohne Pause gelaufen waren, quälte ihn eine bleierne Müdigkeit, die über alles hinausging, was er bisher an Erschöpfung gekannt hatte.

Finearfin schien zu spüren, wie schlecht es um seine Kräfte bestellt war. Mehrfach hatte sie ihm angeboten, eine Rast einzulegen, was er jedoch als unnötig abgetan hatte. Sie hatte es nicht laut ausgesprochen, aber er wusste, dass jedes Innehalten Durins Vorsprung weiter vergrößerte und ihre Chancen, Caiwen zu befreien, dahinschmelzen ließ. So hatte er die Zähne zusammengebissen und die Schmerzen verdrängt, mit denen seine gemarterten Muskeln bei jedem Schritt gegen die Anstrengung rebellierten. Was immer auch geschehen mochte, Finearfin sollte ihm nicht vorwerfen, dass es seine Schuld war, wenn sie trotz aller Mühen scheiterten.

Scheitern. Das Wort versetzte ihm einen Stich. Daran, dass am Ende alles vergebens gewesen sein könnte, wollte er nicht einmal denken. Gähnend schloss er die Augen, schob die Zweifel beiseite und war augenblicklich eingeschlafen.

Als Finearfin ihn zur Mitte der zweiten Nachthälfte weckte, schien es ihm, als wären erst wenige Augenblicke vergangen. Steif vor Kälte und dem Schlaf noch nicht ganz entronnen, erhob er sich, schüttelte die trockenen Tannennadeln von der Decke und machte sich taumelnd auf den Weg, seinen Teil der Wache zu übernehmen. Als er sich an den Baum lehnte und seinen Posten bezog, war er immer noch todmüde und wünschte sich nichts sehnlicher, als weiterschlafen zu dürfen, aber er wusste, dass auch die Elfe dringend Schlaf benötigte, und kämpfte tapfer darum, die Augen offen zu halten …

»Du musst mir helfen!«

Abrupt setzte Heylon sich auf. Noch während er blinzelnd zu erkennen versuchte, wer da mit ihm sprach, wurde ihm klar, dass er geschlafen hatte. Geschlafen! *Was bin ich doch für ein Nichtsnutz,* schoss es ihm durch den Kopf, und er fühlte, wie sich seine Wangen vor Scham röteten.

»He!« Jemand oder etwas zupfte ungeduldig an seinem Hosenbein. Vor ihm auf dem Boden hockte ein Tier, kaum größer als eine Faust, pelzig und mit einem buschigen Schwanz. Heylon glaubte zu träumen und fuhr sich mehrmals mit den Händen über das Gesicht, aber als er wieder hinschaute, saß das Wesen immer noch da. »Bitte!« Es blickte ihn aus großen, runden Augen an, die das Mondlicht einfingen und aufblitzten, als es sich bewegte.

»Bitte, was?«

»Du musst mitkommen und meinem Herrn helfen«, flehte das kleine Geschöpf. »Bitte.«

»Was ist mit ihm?«

»Er ist verwundet und liegt dahinten im Wald. Ich habe versucht, ihn zu wecken, aber er will einfach nicht aufwachen.«

»Dann ist er sicher tot.«

»Nein, oh nein. So etwas darfst du nicht einmal denken.« Das Tierchen machte einen erschrockenen Satz nach hinten und schüttelte heftig den Kopf. »Er ist nicht tot. Ganz gewiss nicht. Er atmet noch. Aber er ist sehr schwer verletzt. Wenn er keine Hilfe bekommt, wird er den Morgen nicht überstehen. Komm schnell. Ich führe dich zu ihm.« Das pelzige Wesen tat einen Satz in Richtung der Bäume. Mondlicht fiel auf sein Fell und gab den Blick frei auf helle und dunkle Streifen, die nahezu parallel über den schlanken Körper liefen und in einem buschigen Schwanz endeten.

»Du?« Fassungslos starrte Heylon das Baumhörnchen an, das Finearfin vor nicht allzu langer Zeit gefangen hatte.

»Ja, ich.« Das Baumhörnchen richtete sich auf und stemmte die Vorderpfoten in einer sehr menschlich wirkenden Geste in die Taille. »Wie viele sprechende Baumhörnchen, denkst du, laufen hier sonst noch herum? Also starr mich nicht so an. Mein Herr braucht Hilfe, und du bist der Einzige weit und breit, der ihm helfen kann.«

»Durin!« Langsam dämmerte Heylon, von wem das Baumhörnchen sprach. »Durin ist dein Herr, nicht wahr? Du bist wirklich ein Wechselwesen. Finearfin hat die ganze Zeit recht gehabt, aber ich Trottel wollte ihr nicht glauben.«

»Ja, ja, ja.« Das Baumhörnchen gab einen ungeduldig schnatternden Laut von sich. »Fühlst du dich jetzt besser? Können wir jetzt endlich …?«

»Nicht so hastig!« Mit einer fließenden Bewegung schoss Heylon vor und schnappte sich das Wechselwesen. Es quiekte erschrocken auf, strampelte wild und rammte ihm die scharfen Nagezähne in die Hand, aber Heylon gab es nicht frei. »Ich tu dir nichts«, sagte er mit schmerzverzerrtem Gesicht. »Ich will nur mit dir reden. Aber ich warne dich. Wenn du dich jetzt verwandelst und fliehst, werde ich keinen Finger rühren, um Durin zu helfen.«

Das wirkte. Das Wechselwesen hörte auf, sich zu wehren, und schaute Heylon an. »Also gut. Fang an.«

»Durin hat Caiwen entführt und du hast ihm dabei geholfen. Stimmt das?«

Das Baumhörnchen nickte.

»Was ist geschehen? Warum ist Durin verletzt? Er scheint mir kein Mann zu sein, der sich leicht übertölpeln lässt.«

»Wir wurden von Nachtmahren angegriffen.«

»Nachtmahre?« Heylon sog erschrocken die Luft ein. »Was ist mit Caiwen?«

»Die Krieger haben sie mitgenommen.«

»Krieger? Was für Krieger?« Heylon runzelte die Stirn.

»Woher soll ich das wissen? Ich bin abgehauen, als sie die Nachtmahre angriffen.«

»Wie mutig von dir.« Heylon gab einen geringschätzigen Laut von sich.

»Zwischen Mut und Dummheit passt oft nicht mal ein Haar. Dort zu bleiben, wäre dumm gewesen.« Das Wechselwesen verschränkte trotzig die Arme vor der Brust. »Sie hätten mich getötet.«

»Warum haben die Krieger Durin nicht geholfen, wenn er verletzt ist?«, fragte Heylon.

»Warum sollten sie? Sie haben ihn doch niedergeschlagen.«

»Die Krieger? Ich dachte, die Nachtmahre hätten …«

»Du solltest besser nicht so viel denken. Er hat ihnen Caiwen nicht ausgeliefert, da haben sie ihn niedergeschlagen und sie mitgenommen.«

»Mitgenommen?« Heylon spürte, wie er immer zorniger wurde. »Und diesem Verräter soll ich helfen? Soll er doch elendig verrecken. Das geschieht ihm ganz recht, nach allem, was er Caiwen angetan hat.«

»Du tust ihm Unrecht. Mein Herr ist kein schlechter Mensch.«

»Ach nein?« Heylon gelang es kaum noch, seine Wut zu beherrschen. »Er lügt, betrügt, entführt und mordet. Ein wirklich guter Mensch – wie?«

»Er hat einen Kodex, dem er sich verpflichtet fühlt«, erwiderte das Baumhörnchen selbstbewusst.

»Das entschuldigt noch lange nicht, was er getan hat.« Heylon schnappte nach Luft. »Wenn Caiwen ein Leid geschieht, wenn ihr auch nur ein Haar gekrümmt wird, dann werde ich ihn eigenhändig dafür töten!«

»Wen willst du töten?« Wie aus dem Nichts tauchte Finearfin neben Heylon auf. Das Baumhörnchen gab ein erschrockenes Fiepen von sich, verwandelte sich blitzartig in einen kleinen Vogel und flog davon.

»Verdammt!« Heylon hieb mit der geballten Faust auf den Boden.

»Mit einer Prise Salz wäre das nicht geschehen.« In der Stimme der Elfe lag kein Vorwurf, aber Heylon empfand die Worte dennoch als solchen. Er öffnete den Mund und wollte sich rechtfertigen, aber Finearfin sprach bereits weiter: »Was ist geschehen?«

Was Heylon gerade erlebt hatte, war schnell erzählt. Es klang verwirrend, aber die Elfe schien schnell zu begreifen, worum es ging.

»Dann ist Caiwen jetzt also mit den Kriegern auf dem Weg nach Arvid und Durin liegt verletzt irgendwo im Wald«, fasste sie zusammen. »Das sieht nicht gut für uns aus, gar nicht gut.«

»Wir könnten versuchen, eine Abkürzung zu finden«, schlug Heylon vor.

»Die gibt es nicht.« Schatten umwölkten Finearfins Stirn. »Die Krieger besitzen Pferde und kennen den Weg. Sie bewegen sich viel schneller, als Durin es vermocht hätte. Zu Fuß werden wir sie niemals einholen.«

»Dann müssen wir uns Pferde besorgen.«

»Kannst du reiten?«

»Nein.«

»Na also.« Finearfin seufzte und starrte in das Dunkel zwischen den Bäumen. Heylon schwieg. Er wusste keinen Rat und hatte das Gefühl, dass alles, was er sagen könnte, falsch sein würde.

»Pferde?«, ertönte plötzlich eine Stimme in den Zweigen über ihnen. »Ich glaube, da könnte ich euch behilflich sein.« Heylon blickte nach oben und sah das Baumhörnchen in sicherer Entfernung auf einem Ast sitzen. »Wie …?«, hob er an, aber Finearfin fiel ihm barsch ins Wort: »Kommt nicht infrage. Der Tag ist fern, an dem Elfen einen Handel mit Kreaturen der Anderwelt schließen.«

»Gut, wie ihr meint.« Das Baumhörnchen machte es sich auf dem Ast bequem und sagte lässig: »Wenn euch das Schicksal des Mädchens gleichgültig ist.«

»Ist es nicht!«, brauste Heylon auf, und Finearfin fügte hinzu: »Aber wir retten sie auch ohne deine Hilfe.«

»So, so. Ach übrigens, die Krieger haben nicht nur schnelle Pferde …«, bemerkte das Baumhörnchen vielsagend. Heylon wollte etwas entgegnen, aber Finearfin gebot ihm mit einer energischen Geste zu schweigen. »Es wird hell«, sagte sie. »Pack deine Sachen, wir brechen auf.«

»… sie haben einen Rußraben, der sie führt«, redete das Baumhörnchen weiter, als spräche es zu sich selbst.

»Einen Rußraben?« Finearfin wirbelte herum und starrte das Baumhörnchen an. »Woher weißt du das?«

»Ich habe ihn gesehen.«

»Verdammt.«

Noch nie hatte Heylon Finearfin so betroffen gesehen. »Was ist ein Rußrabe?«, fragte er vorsichtig.

»Ein Botenvogel von der Feuerinsel.« Finearfin seufzte. »Wenn die Krieger einen Rußraben dabeihaben, kann das nur heißen, dass sie für Nimeye arbeiten.«

»Und was bedeutet das?«, wollte Heylon wissen.

»Das bedeutet, dass sie Caiwen zur Feuerinsel bringen werden.«

»Das lasse ich nicht zu!« Heylon sprang auf. »Worauf warten wir noch? Wir müssen ihnen nach.«

»Wir können es versuchen, aber ich fürchte, wir werden zu spät kommen. Caiwen wird längst auf hoher See sein, wenn wir Arvid erreichen.« Finearfin schüttelte niedergeschlagen den Kopf.

»Nicht wenn ihr reiten könnt!«, tönte es von oben aus den Zweigen.

»Schweig!« Finearfin bückte sich, hob einen Ast auf und wollte ihn nach dem Baumhörnchen werfen, aber diesmal war es Heylon, der sie zurückhielt. »Deinen Elfenstolz in Ehren«, sagte er mit ungewohnt scharfer Stimme. »Aber so kommen wir nicht weiter. Was ist dir wichtiger? Das Zweistromland vor den Eisdämonen zu schützen oder deinen Hochmut zu pflegen?«

Finearfin schaute ihn an und schwieg. In ihrem Gesicht arbeitete es. Einen bangen Augenblick fürchtete Heylon, er sei zu weit gegangen. Dann sagte sie: »Also schön, Anderweltler. Du hast gewonnen. Wir nehmen die Pferde. Sag uns, was du dafür verlangst.«

»Saphrax!« Wie der Blitz kam das Baumhörnchen den Stamm herunter. »Ich heiße Saphrax. Ich habe ein entlaufenes Pferd der Krieger eingefangen und hierhergebracht, weil ich hoffte, Heylon würde mitkommen und nach Durin sehen. Da er nicht reiten kann und ihr nun zu zweit seid, schlage ich euch Folgendes vor: Die Elfe nimmt das Pferd und Heylon reitet auf mir. Ich sorge schon dafür, dass er nicht runterfällt. Dafür kümmert ihr euch um Durin. Was sagt ihr dazu?«

»Klingt gut.« Heylon nickte. »Ich bin dabei.«

Finearfin schien nicht sehr glücklich über den Handel zu sein. »Also schön, hol das Pferd«, sagte sie resignierend. »Es wird bald hell und wir haben schon genug Zeit verloren.«

Durin erwachte mit den schlimmsten Kopfschmerzen seines Lebens. Er fühlte sich kraftlos und zerschlagen und versuchte gar nicht erst, die Augen zu öffnen, weil in seinem Magen eine grausame Übelkeit wütete.

Von selbst wäre er vermutlich noch lange nicht zu sich gekommen, aber da waren Hände, die ihn unsanft aus der Umarmung des Schlafes rüttelten, und eine ungeduldige Stimme ganz in der Nähe, die ihn mit den Worten »Komm schon, wach endlich auf!« in die Wirklichkeit zurückholte.

Durin stöhnte und fasste sich mit den Händen an den Kopf, der einen dicken Verband trug, machte aber keine Anstalten, sich aufzusetzen.

»Na endlich! Ich dachte schon, du willst hier ewig liegen bleiben.« Etwas Pelziges landete mit einem Satz auf seinem Bauch. Der Aufprall entlockte ihm ein Ächzen, worauf eine feuchte Zunge sein Gesicht abzuschlecken begann.

»Saphrax?«

»Wer denn sonst?« Das Schlecken wurde heftiger. »Jetzt mach endlich die Augen auf, Durin! Der Morgen ist schon fast vorbei.«

»Hör auf!« Blind tastete Durin nach dem Wechselwesen, packte es dort, wo er den Nacken vermutete, und schleuderte es unsanft zur Seite.

»He!« Saphrax protestierte, aber das kümmerte Durin nicht. Er fühlte sich hundeelend und wünschte sich nichts sehnlicher, als weiterschlafen zu dürfen. Widerstrebend bewegte er sich unter den Decken, die jemand über ihn gebreitet hatte, und versuchte, sich auf die Seite zu drehen, als ihn ein stechender Schmerz an sein verletztes Bein und die Ereignisse der vergangenen Nacht erinnerte.

»Verdammt!« Fluchend gab er auf und blieb auf dem Rücken liegen.

»Du bist wirklich der undankbarste Tamoyer, dem ich jemals begegnet bin«, hörte er Saphrax beleidigt murmeln. »Da laufe ich die halbe Nacht durch den Wald, um Hilfe zu holen, und du hast nicht mal ein freundliches Wort für mich übrig.«

»Sei nicht so streng mit ihm«, meldete sich eine wohlklingende weibliche Stimme zu Wort, die Durin irgendwie bekannt vorkam. »Siehst du denn nicht, dass er Schmerzen hat?«

»Das ist noch lange kein Grund, mich einfach durch die Gegend zu werfen.«

»Aber es wäre ein Grund gewesen, Rücksicht auf ihn zu nehmen.«

Wer sprach da? Durin blinzelte. Fahles Sonnenlicht sickerte durch die hohen Wolken über der Lichtung. Es musste fast Mittag sein. Die plötzliche Helligkeit verstärkte die Kopfschmerzen und zwang ihn, die Augen wieder zu schließen, aber diesmal kämpfte er gegen den Schmerz an und versuchte es gleich noch einmal. Mit halb geschlossenen Lidern suchte er nach der Frau, die mit Saphrax geredet hatte, und erkannte eine schlanke, hochgewachsene Elfe, die ihm nur allzu vertraut war. »Du?« Seine Stimme war schneidend. »Was hast du hier zu suchen?«

»Was du mir genommen hast.« Finearfin trat näher und kniete sich neben ihm auf den Waldboden. »Aber es ist wirklich nicht nötig, dass du dich so überschwänglich bei mir bedankst, weil ich dein erbärmliches Leben gerettet habe. Normalerweise hätte ich für einen Verräter wie dich keinen Finger gerührt. Dass ich es dennoch tat, hast du allein deinem kleinen Freund hier zu verdanken.« Sie deutete auf Saphrax und schaute ihn spöttisch an. »Nach allem, was du getan hast, hättest du dein Leben hier ruhig aushauchen können. Ich hätte dir gewiss nicht nachgetrauert.«

»Ach, ja? Und warum hast du mir dann geholfen?« Durin atmete schwer und verwünschte im Stillen die Schwäche, die seinen Worten die Überzeugungskraft nahm.

»Weil es mir nützlich erschien.«

»Nützlich?« Nun setzte Durin sich doch auf. »Wie meinst du das?«

»Nun, wenn ich deinem wandelbaren Gefährten glauben darf, haben wir dasselbe Ziel. Du willst deinen Lohn und ich will Caiwen zurück.« Finearfin schmunzelte und fuhr fort. »Ich schlage dir einen Handel vor: Ich helfe dir, gesund zu werden, und du führst mich dorthin, wo ich sie finden kann.«

»Selbst einer Elfe sollte es ohne fremde Hilfe möglich sein, den Weg nach Arvid zu finden«, knurrte Durin unwirsch. Er traute Finearfin nicht über den Weg und ärgerte sich, dass ausgerechnet sie es war, die ihn hier im Wald gefunden hatte.

»Ich spreche nicht von Arvid«, erwiderte Finearfin kühl. »Ich spreche von denen, die dir den Auftrag gaben, Caiwen zu holen – von denen, die auch die Krieger schickten.« Sie machte eine bedeutungsvolle Pause und fügte hinzu: »Du siehst, wir haben dasselbe Ziel.«

»Was weißt du schon über meine Ziele?« Ohne ein Wort des Dankes ergriff Durin den Wasserschlauch, den die Elfe ihm reichte, und leerte ihn fast bis zur Neige. Das Wasser war köstlich, linderte die Kopfschmerzen und vertrieb fast augenblicklich die Übelkeit aus seinen Eingeweiden. Seine schlechte Laune hingegen konnte es nicht bessern.

»Saphrax hat mir erzählt, dass du sehr hartnäckig sein kannst, wenn es darum geht, ausstehenden Lohn einzufordern«, erklärte Finearfin, nachdem er getrunken hatte.

»Und wenn schon, das habe ich bisher immer allein geregelt.«

»Du hast mich falsch verstanden. Ich habe nicht gesagt, dass ich dir helfen werde – du wirst mir helfen.« Finearfin ließ sich nicht aus der Ruhe bringen. Ihre Selbstsicherheit brachte Durin nicht nur auf, sie verunsicherte ihn auch, aber das wollte er sich auf keinen Fall anmerken lassen. So reckte er trotzig das Kinn und fragte: »Ach, und warum?«

»Weil du am Leben bleiben willst?« Obwohl es eine Frage war und keine Drohung, horchte Durin auf. »Soll das heißen, dass du mich tötest, wenn ich dir nicht helfe?« Sein Lachen war eine

Spur zu schrill, um überlegen zu klingen. Er war geschwächt und spürte, dass die Elfe ihm gegenüber im Vorteil war.

»Das muss ich gar nicht.« Ein Lächeln, das die Mundwinkel nicht erreichte, huschte über Finearfins Gesicht. »Du trägst den Tod bereits in dir. Verweigerst du mir deine Hilfe, werden wir allein nach Arvid gehen und dich hier deinem Schicksal überlassen.«

»Du lügst!« Nun wurde es Durin zu dumm. Er fühlte sich schon viel besser. Wie konnte die Elfe da behaupten, dass er dem Tod näher sei als dem Leben? Sein Blick irrte umher und streifte Saphrax, der in Gestalt eines Baumhörnchens neben Finearfin hockte und das Gespräch der beiden aufmerksam verfolgte. »Sag, dass sie lügt!«, fuhr er das Wechselwesen an.

»Dann müsste ich lügen.« Saphrax legte den Kopf schief und blinzelte.

»Was ist das hier? Eine Verschwörung?« Durin war außer sich. Sein Herz hämmerte wie wild und er fühlte sich schwindelig, aber davon ließ er sich nicht einschüchtern. »Machst du jetzt etwa auch schon gemeinsame Sache mit meinen Feinden?«, herrschte er Saphrax mit hochrotem Gesicht an. »Ist es wirklich schon so weit gekommen, dass du unsere Freundschaft verrätst?«

»Aber sie hat recht.« Saphrax duckte sich unter der Wucht der Worte und suchte Schutz hinter Finearfins Rücken. »Deine Verletzungen an Kopf und Bein sind von einem gefährlichen Wundbrand befallen, der sich bereits in deinem Körper ausgebreitet hat«, sagte er aus der Deckung heraus. »Du spürst es nicht, weil Finearfin dir ein elfisches Heilmittel gegeben hat, aber es ist da.«

»Das … das glaube ich nicht.« Durin verwünschte sich im Stillen dafür, dass seine Stimme bebte.

»Es steht dir frei zu glauben, was immer du willst.« Finearfin wirkte nach wie vor so gleichmütig, als ginge es um nichts. »Die Wirkung des Heilmittels hält nicht lange an. Wenn du es nicht bald wieder zu dir nimmst, wird das Fieber schnell zurückkommen, du wirst schwächer werden und rasch sterben.« Sie machte eine Pause und fügte mahnend hinzu: »Sich so aufzuregen, ist in deinem Zustand übrigens auch nicht ratsam.«

»Du … du … verdammte …« Durin schnappte nach Luft und suchte nach den richtigen Worten. Innerlich vor Wut schäumend, schaute er zuerst Saphrax und dann Finearfin an.

Das war also der Vorteil, der sie so sicher auftreten ließ. Sie hatte ihn in der Hand. Er hatte keine Wahl. Wenn er am Leben bleiben wollte, musste er den Pakt eingehen. Einen Augenblick noch ließ er sich Zeit, seine Niederlage vor sich selbst einzugestehen, dann straffte er die Schultern, als hätte er den Entschluss aus freien Stücken gefasst, und sagte mit fester Stimme: »Also gut, ich führe dich nach Arvid und zu denen, die Caiwen verschleppt haben. Wann brechen wir auf?«

»Sobald Saphrax noch eines der versprengten Pferde für uns eingefangen hat«, erklärte Finearfin, rückte ein Stück zur Seite und gab den Blick frei auf eine Gestalt, die nicht weit entfernt mit dem Rücken an einem Baum eingeschlafen war. »Heylon kann etwas Schlaf gebrauchen und du solltest besser auch noch ein wenig ruhen.«

Elethiriel

Caiwen und die Krieger ritten nahezu ohne Pause durch den Wald, der fast unmerklich in eine hügelige Landschaft überging. Dicht bewaldete Schluchten wechselten mit kahlen Hügelkuppen, von denen man über die Baumkronen hinweg einen weiten Blick über das Land hatte, durch das sich ein Fluss wie ein achtlos fallen gelassenes silbernes Band zog.

Obwohl sie bedrückt und müde war und das ungewohnte Sitzen auf dem Pferd ihr Schmerzen bereitete, konnte Caiwen nicht umhin, die fremdartige und wilde Landschaft zu bewundern. Nach der langen Zeit auf dem Riff erschien ihr die Vielfalt der Natur wie ein Wunder, an dem sie sich nicht sattsehen konnte. Nicht zum ersten Mal bedauerte sie, dass sie die Wälder im Winter durchquerte, und sie versuchte vergeblich, sich vorzustellen, wie es hier im Sommer aussehen mochte, wenn die Bäume ihr grünes Blätterkleid trugen.

Als sich die Dämmerung über den Wald senkte, überquerten sie den Fluss in einer steinigen Furt. Caiwen sehnte sich nach einer Rast. Sie war erschöpft und hungrig und hatte das Gefühl, auf rohem Fleisch zu sitzen. Aber die Krieger ritten weiter.

Der Abend schritt voran, und die Düsternis zwischen den Bäumen vertiefte sich, während die Geräusche des Tages verstummten und einer tiefen, erhabenen Stille wichen, wie man sie wohl nur im Schatten uralter Bäume erleben konnte. Caiwen wagte nicht, zu atmen. Auf eine Weise, die ihr neu und doch seltsam vertraut war, spürte sie, dass die Stille mehr war als nur die Abwesenheit von Geräuschen. Manchmal glaubte sie, darin so etwas wie ein stummes Wehklagen der Bäume zu hören, die unter der lang anhaltenden Kälte litten und den Frühling herbeisehnten. Einmal hatte sie sogar das Gefühl, im Geiste eine Berührung zu spüren. Ein stummes Flehen aus weiter Ferne, das sie erreichte, ohne dass sie wusste, was es zu bedeuten hatte. Es verklang und wiederholte sich nicht. Was blieb, war die Ahnung von etwas Geheimnisvollem, das tief in ihr schlummerte, und das bittere Gefühl, versagt zu haben.

Der Rußrabe führte sie weiter, bis der Weg in der Düsternis für die Pferde zu gefährlich wurde und sie gezwungen waren, eine Rast einzulegen. Es war der Augenblick, den Caiwen gleichsam herbeigesehnt und gefürchtet hatte. Sie konnte sich vor Müdigkeit kaum noch im Sattel halten und war froh, endlich absteigen zu dürfen. Aber sie fürchtete sich vor der Nähe der Männer in der Nacht und war wild entschlossen, wach zu bleiben, bis alle eingeschlafen waren.

Jemand reichte ihr eine Portion Dörrfleisch und trockenes Brot, die sie gierig kaute und mit Wasser hinunterspülte. So gut es ging, wickelte sie sich die beiden Decken, die man ihr gegeben hatte, um die Schultern, lehnte sich mit dem Rücken gegen einen Baumstamm und hielt den Blick auf das Feuer gerichtet, das die Männer entfacht hatten. Mit der Zeit wurden ihre Lider schwer. Einmal ertappte sie sich dabei, kurz eingenickt zu sein, obwohl immer noch drei Krieger am Feuer saßen, die einen Krug mit heißem Wein rumgehen ließen. Sie lachten laut, machten derbe Scherze und blickten immer wieder verstohlen zu Caiwen herüber, die sich dabei mehr als unbehaglich fühlte.

Ein kurzer Seitenblick bestätigte ihr, was sie schon befürchtet hatte; der Anführer hatte sich nahe dem Feuer zur Ruhe gelegt und schien zu schlafen. *Betrunkene Männer sind unberechenbar,* dachte sie erschaudernd. *Außer den beiden Wachtposten würde niemand bemerken, wenn sie zudringlich werden sollten.* Sie nahm sich vor, wach zu bleiben, aber der Schlaf griff nach ihr, ohne dass sie sich dagegen wehren konnte. Sanft hüllte er sie ein und wisperte ihr zu, dass sie in seinen Armen vergessen könne. Es war so leicht, der Wirklichkeit zu entfliehen, sie musste nur die Augen schließen und sich davontragen lassen …

Sie erwachte, weil etwas ihre Wange berührte. Erschrocken riss sie die Augen auf und öffnete den Mund zu einem Schrei, erkannte aber im gleichen Augenblick, dass keiner der Krieger in ihrer Nähe war.

Sie war allein.

Mit klopfendem Herzen vergewisserte sie sich, dass die Männer vollzählig am Feuer schliefen. Die grobschlächtigen Krieger fest eingerollt in ihre Decken zu sehen, hätte sie beruhigen müssen, aber der Schrecken haftete ihrem Denken an, als wäre er ein lebendiges Ding, und ließ sich nicht so leicht abschütteln. Um sich abzulenken, ließ sie den Blick über die Lichtung schweifen. Es war eine frostklare Nacht. Am Himmel strahlten die Sterne und irgendwo hinter den Bäumen war schwach der silberne Schein des Mondes zu sehen. Nirgends konnte sie etwas Ungewöhnliches entdecken, und doch spürte sie, dass sich etwas verändert hatte.

War es die Stille, die tiefer wirkte als in den Nächten zuvor? Die Dunkelheit, die zwischen den Bäumen noch finsterer anmutete? Oder waren es die Sterne, die eine Spur heller zu leuchten schienen? Einen Augenblick lang beschlich Caiwen die Sorge, dass sich erneut ein Rudel Nachtmahre in der Nähe befinden könnte, aber noch während sie den Gedanken erwog, erkannte sie, dass sie nicht das Gefühl von Gefahr hatte. Es war etwas anderes, unbekannt, geheimnisvoll und – auf wundersame Weise voller Wärme.

Caiwen hielt den Atem an. Sie spürte die Nähe einer fremden Wesenheit so deutlich, dass sie glaubte, sie mit den Händen greifen zu können. Ihr Blick irrte suchend umher und blieb an den Wachen hängen, die – Caiwen traute ihren Augen nicht – ebenfalls eingeschlafen waren. Was ging hier vor?

»Aniye-Nenetihil.« Eine wohlklingende Stimme ließ sie zusammenzucken. Sie wandte sich um und sah die durchscheinende Gestalt einer Frau aus der Dunkelheit hervortreten. Sie war schlank und hochgewachsen. Die hellblonden Haare waren zu kunstvollen Zöpfen geflochten und umrahmten ein Gesicht, das ihr seltsam bekannt vorkam. Nebel umwallte sie wie eine magische Aura, als sie langsam auf Caiwen zuschwebte und ihr lächelnd die Hände entgegenstreckte. »Aniye-Nenetihil, Kind.« Ihre Stimme, kaum mehr als ein sanftes Raunen in der Stille, bebte, als sie fragte: »Erkennst du mich?«

Caiwen war sprachlos. Sie wusste sofort, wer dort vor ihr stand, und konnte es doch nicht glauben. »M… Mutter?« Tränen füllten ihre Augen, als sie das Wort aussprach. Ihre Stimme klang rau, trotzdem und weil es sich so unglaublich gut anfühlte, wiederholte sie es gleich noch einmal: »Mutter?«

»Meine Tochter.« Niemals zuvor hatte etwas Caiwen so sehr berührt wie diese beiden Worte. Eine Welle von Liebe durchflutete sie, und der Gedanke, wie es hätte sein können, wenn das Schicksal es nicht anders bestimmt hätte, ließ ihr die Kehle eng werden. »Mutter.« Sie schluchzte auf und barg das Gesicht in den Händen.

»Nicht weinen.« Wieder streifte ein Luftzug sanft ihre Wange, und endlich wusste sie, was sie geweckt hatte. »Nur wenigen ist vergönnt, was dir zuteil wird, meine Tochter. Es ist ein Grund zur Freude, nicht zur Traurigkeit.«

»Aber ich … ich.« Caiwen fehlten die Worte. Plötzlich schämte sie sich für ihre Schwäche. Mit einer entschlossenen Handbewegung wischte sie die Tränen fort, atmete tief durch und sagte: »Ich weine, weil ich so glücklich bin, dich zu sehen.«

»Das bin ich auch.« Elethiriel lächelte. Sie war jetzt ganz nah.

»Bist du gekommen, um mir zu helfen?« Caiwen hob die Hände, damit ihre Mutter die Fesseln sehen konnte.

»Es tut mir weh, dich so zu sehen, aber das darf ich nicht. Was geschieht, muss geschehen. Ich kann den Lauf der Dinge nicht verändern. Ich will dir helfen, das ist wahr, aber es sind nicht die Fesseln, die zu lösen ich gekommen bin.«

»Wie kannst du mir dann helfen?« Es gelang Caiwen nicht, ihre Enttäuschung zu verbergen. Wie selbstverständlich war sie davon ausgegangen, dass ihre Mutter sie befreien würde. Aber der Unmut schmolz dahin, als sie ins Gesicht ihrer Mutter blickte. Die Gefühle, die sie darin las – Zärtlichkeit, Schmerz, Sehnsucht –, überwältigten sie und ließen keinen Raum für Zorn. Trotzdem fügte sie hinzu: »Weißt du denn nicht, dass die Krieger mich zu Maeve bringen, vor der du mich einst gewarnt hast?« Die Krieger! Ganz unvermittelt musste Caiwen an die schlafenden Männer denken. Wenn sie erwachten und ihre Mutter sahen?

»Mach dir keine Sorgen, sie werden schlafen, solange ich bei dir bin«, hörte sie ihre Mutter sagen, als hätte diese ihre Gedanken gelesen. »Heute Nacht wird uns niemand stören.«

»Dann ... dann bist du kein Traum?«, fragte Caiwen verunsichert.

»Ich bin so wirklich wie die Sterne am Himmel.« Ihre Mutter lächelte, aber es war ein trauriges Lächeln. »Du weißt nicht, wie sehr ich mich nach dir gesehnt habe. Wie sehr ich in Sorge um dich war. Hätte ich es vermocht, ich wäre schon früher zu dir gekommen.«

»Heißt das, du warst hier? All die Winter, die ich auf dem Riff gelebt habe?«

»Ja und nein.« Elethiriel seufzte und verlor ein wenig an Konturen. »Mein Körper ist längst vergangen, aber mein Geist ist an diesen Ort gebunden, bis meine Nachfolgerin ihren rechtmäßigen Platz eingenommen hat. Erst dann bin ich frei und kann die Gestade der Ahnen betreten. So war es, und so wird es immer sein, solange es das Zweistromland und seine Patrona gibt.«

»Und wenn dir niemand nachfolgt?«

»Dann werde ich auf ewig in diesem Wald umherwandeln, einsam und klagend, weil ich nicht bewahren konnte, was mir anvertraut wurde.«

»Aber dann musst du mich doch befreien!«, rief Caiwen aus. »Verstehst du nicht? Maeve wird mich zur Feuerinsel bringen. Zu Nimeye. Niemand weiß, was dort mit mir geschehen wird, aber es könnte gut sein, dass ich das Zweistromland nie wiedersehen werde.«

»Was die Zukunft bringt, ist ungewiss, das ist wohl wahr.« Ihre Mutter blickte sie zärtlich an. »Aber wir, die wir diese Welt bereits verlassen haben, dürfen nicht Einfluss nehmen auf das, was geschieht. Wir alle aber haben noch eine Bestimmung zu erfüllen. Die meine ist es, über dich zu wachen, bis du bereit bist, dein Erbe anzutreten. Nicht weniger, aber auch nicht mehr.« Sie schwieg und fügte nach einer kurzen Pause hinzu: »Niemand kann seinem Schicksal entgehen, auch du nicht. Wenn es vorgesehen ist, dass du Nimeye begegnest, dann wird es so sein. Ich könnte dich Hunderte Male befreien und sie würden dich Hunderte Mal wieder gefangen nehmen – verstehst du das? Wir würden nichts gewinnen, sondern das Kostbarste verlieren, das wir besitzen – Zeit. Du weißt es vielleicht noch nicht, aber damals nach dem Sturm habe ich all mein Wissen und meine Macht auf dich übertragen, um beides für dich und unser Volk zu bewahren. Die wenigen mir verbliebenen Kräfte schwinden immer schneller. Es klingt verrückt, aber ich muss dich zu Maeve und Nimeye gehen lassen. Wenn das Schicksal es so will, ist es der schnellste Weg, damit du künftig meinen Platz einnehmen kannst.«

»Wohl kaum, wenn ich tot bin.« Caiwen schüttelte den Kopf.

»Was immer geschehen soll, es wird geschehen.« Elethiriel nickte bedächtig. »Die großen Dinge werden weder von Elfen noch von Menschen entschieden.«

»Dann ist es sinnlos, sich dagegen aufzulehnen?«, fragte Caiwen zaghaft. »Weil schon alles vorherbestimmt ist?«

»Das ist so nicht ganz richtig.« Ihre Mutter schüttelte den Kopf. »Einiges muss und wird geschehen, aber vieles ist offen, was wir mit Taten füllen müssen, und manches liegt sogar ganz in unserer Hand. Das Schicksal ist den Mutigen und Tüchtigen wohlgesinnt, das darfst du nie vergessen. Du darfst nie den Mut verlieren. Nur wer immer sein Bestes gibt, wird später zufrieden auf sein Leben und sein Handeln zurückblicken. Du musst an dich glauben, dann wird dir Erfolg beschieden sein.«

»Das ist ganz schön verwirrend.« Caiwen seufzte.

»Ja, das ist es. Deshalb und weil ich dich so schmerzlich vermisst habe, bin ich gekommen.«

»Um mir Mut zuzusprechen?« Caiwen lachte, aber es lag keine Freude darin.

»Nein, um dir zu helfen.« Ihre Mutter lächelte. »Ich darf dich nicht befreien, aber nichts hindert mich daran, dir mit auf den Weg zu geben, was ich weiß.« Nahezu übergangslos wurde ihre Stimme eindringlich: »Ich brauche dich, meine Tochter. Das Zweistromland braucht dich. Nicht um die Eisdämonen aufzuhalten, sondern um Nimeyes schändliche Pläne zu vereiteln. Noch immer strebt sie nach der Herrschaft im Zweistromland, und sie ist mächtig, viel mächtiger, als der König der Elfen ahnt. Die Schiffe, die in Tamoyen gebaut werden, werden ihr nichts anhaben können. Die dunklen Mächte, mit denen sie im Bunde steht, werden sie vernichten, noch ehe sie die Feuerinsel erreichen, und das Blut von Menschen und Elfen wird den Ozean rot färben.

Aber Nimeye ist nicht unverwundbar. Wie alle Mächtigen besitzt auch sie eine Schwachstelle, an der sie gepackt und vernichtet werden kann …«

»Warum hast du das dem König nicht gesagt?«, fiel Caiwen ihrer Mutter ins Wort.

»Als ich es gekonnt hätte, fehlte mir der Mut«, gestand Elethiriel. »Als ich den Mut fand, war es zu spät. Du bist die Einzige, der ich mich mitteilen kann, denn du bist Fleisch von meinem Fleisch. Außerdem hätte der König keinen Nutzen von meinem Wissen.«

»Warum nicht?«

»Weil nur jemand, der ihres Blutes ist, Nimeye das Handwerk legen kann. Sie besitzt einen Kristallkelch, in dem ihr Blut sich mit dem des Dämonenfürsten gemischt hat. Niemand kann auch nur in die Nähe dieses Kelchs kommen, ohne unsägliche Qualen zu erleiden. Ihn zu berühren, würde unweigerlich den Tod bedeuten. Der Kristallkelch verbindet die Welten miteinander. Durch ihn konnte sich Nimeye das dunkle Wissen aneignen, das sie heute besitzt, und die Kräfte empfangen, die nötig sind, um die Magie auch in unserer Welt zu wirken.«

»Dämonenfürst?« Caiwen horchte auf. »Sprichst du von der Anderwelt, aus der auch die Nachtmahre kommen?«

»Nein.« Ihre Mutter schüttelte den Kopf. »Es gibt mehr Welten, als du es dir vorstellen kannst, mein Kind«, erklärte sie. »Gute und schlechte, Welten voller Licht und Welten voller Dunkelheit. In manchen wirst du Güte und Hilfsbereitschaft finden, in anderen Knechtschaft und Not. Einige sind durch Tore mit unserer verbunden, so wie die Anderwelt. Den Zutritt zu anderen Welten aber können sich nur die Wissenden verschaffen. Der Kristallkelch ist der Schlüssel zu einer dieser Sphären. Nimeyes Pakt mit den finsteren Mächten wurde mit Blut besiegelt und kann nur mit Blut von ihrem Blut wieder zerschlagen werden. Deinem Blut.«

»Aber wie?«

»Indem du einen Tropfen Blut in den Kelch gibst und folgende Worte sprichst: *Und so löse ich den Pakt, den Nimeye einst geschlossen hat, und entbinde jene, die ihr verpflichtet sind, von allen Schuldigkeiten.*«

»Ich?« Caiwen riss erschrocken die Augen auf. »Aber ich bin …«

»Du bist von Nimeyes Blut«, fiel Elethiriel ihr scharf ins Wort. »Nachdem ich gescheitert bin, bist du die Einzige, die es vollbringen kann.«

»Ich dachte, ich bin, abgesehen vom Elfenkönig, die Einzige, die den Fluch aufheben kann, der auf Nimeye lastet?«, sagte Caiwen verwirrt.

Ihre Mutter schmunzelte. »Ist es nicht verwunderlich, wie dicht Wohl und Wehe manchmal beieinanderliegen? Nimeye weiß um die Gefahr, die du für sie darstellst, aber sie weiß auch, dass sie und ihre Verbündeten aus der fremden Welt die Feuerinsel ohne deine Hilfe niemals verlassen können. Sie hat keine Wahl. Sie muss sich das Verderben in ihr Heim holen, wenn sie frei sein will.« Wieder lächelte sie und diesmal war es verschwörerisch. »Ihre große Hoffnung wird darauf beruhen, dass du unwissend bist.«

»Sie ist deine Mutter! Warum verrätst du sie?«

»Sie war meine Mutter.« Verbitterung und Zorn streiften Caiwen, als Elethiriel antwortete. »Aber das ist lange her. Heute ist sie eine verblendete, machthungrige Priesterin, die ihr heiliges Wort gebrochen und Schande über ihr Volk gebracht hat.«

Sie verstummte und für einen Augenblick herrschte Schweigen. »Ich weiß noch so wenig«, sagte Caiwen schließlich. »Vor ein paar Sonnenaufgängen wusste ich nicht einmal, wer ich bin.« Sie hob den Blick, schaute ihre Mutter an und fuhr fort: »Ich habe das Riff verlassen, weil ich den Menschen helfen wollte, die dort leben. Seitdem ist so viel geschehen. Ich habe das Gefühl, von den Ereignissen überrollt zu werden. Ich bewege mich wie eine Figur in einem Spiel, ohne zu wissen, was richtig und was falsch ist. Jeder will, dass ich etwas tue. Jeder sagt mir, dies ist wichtig und jenes ist richtig, aber ich habe keine Zeit abzuwägen, wer recht hat.« Sie machte eine hilflose Geste. »Die Worte, die du mir damals am Strand mit auf den Weg gabst, waren das Einzige, an das ich mich klammern konnte, als ich unsicher war. Sie waren für mich wie ein Licht in der Dunkelheit, das mich geleitet hat, auch wenn ich nicht wusste, wohin. Jetzt sehe ich den Weg klarer vor mir, aber ich weiß nicht, ob ich ihn gehen kann.« Sie holte tief Luft, als müsse sie erst Kraft schöpfen, für das, was sie sagen wollte: »Ich habe Angst, Mutter. Furchtbare Angst. So viele setzen ihre Hoffungen in mich, aber ich bin nicht reif für diese gewaltige Aufgabe. Ich bin keine Hohepriesterin. Ich bin nur ein Mädchen, das in der Verbannung aufgewachsen ist, und ich fürchte mich.«

»Nicht immer ist das Offensichtliche auch das Wahre«, sagte ihre Mutter geheimnisvoll. »Das Mädchen, von dem du sprichst, ist das, was du siehst, wenn du in den Spiegel blickst. Aber das ist nicht alles. Wenn du erkennst, was unter der Oberfläche schlummert, wirst du wissen, wer du bist.«

»Und wer bin ich?« Caiwen schaute ihre Mutter erwartungsvoll an.

»Du bist ein Teil von mir, aber nicht nur, denn du bist auch die Tochter deines Vaters. So wie du mein Erbe in dir trägst, trägst du auch das seine in dir. Beides zusammen macht dich zu etwas Einzigartigem.«

»Das sind schöne Worte, aber sie sagen mir nichts. Wer ist mein Vater?«

»Das darf ich dir nicht verraten.« Ihre Mutter schüttelte den Kopf. »Ich habe es geschworen.«

»Na wunderbar.« Caiwen wollte in diesem kostbaren Augenblick nicht mit ihrer Mutter streiten, aber sie spürte hilflose Wut in sich aufsteigen. »Das heißt, ich bleibe unwissend und fürchte mich weiter.«

»Furcht ist nicht immer der schlechteste Begleiter«, sagte Elethiriel sanft. »Sie zwingt uns zur Vorsicht und bewahrt uns davor, übereilt zu handeln. Nimm sie an als einen Teil deiner selbst, nur so kannst du lernen, sie zu überwinden.«

Caiwen dachte einen Augenblick über die Worte nach. Dann fragte sie: »Werde ich zurückkehren?«

»Das kann selbst ich dir nicht sagen.« In den Worten ihrer Mutter schwang eine Trauer mit, die Caiwen fast körperlich spürte. »Ich wünschte, ich könnte es, aber auch wir, die zwischen den Welten leben, können nicht in die Zukunft sehen. Was sein wird, liegt allein in deinen Händen.«

»Und in denen des Schicksals.« Caiwen seufzte. Dann blickte sie wieder ihre Mutter an, deren Konturen allmählich undeutlich wurden. »Glaubst du, wir sehen uns wieder?«

»Ganz sicher.« Elethiriel lächelte. »Irgendwann. Doch jetzt muss ich gehen, der Morgen naht.« Sie strich Caiwen mit feucht-kühler Nebelhand noch einmal sanft über die Wange. »Hab Vertrauen, Aniye-Nenetihil!«, rief sie, während sie langsam auf den Wald zuschwebte. »Ich wünsche dir das Glück, das mir nicht vergönnt war. Verzage nicht, und denke immer daran, was ich dir gesagt habe. Dann wird alles gut.«

»Mutter!« Caiwen schluchzte auf. »Mutter bleib hier! Bitte!« Verzweifelt zerrte sie an ihren Fesseln, um ihrer Mutter zu folgen, aber ihre Gestalt hatte sich bereits zwischen den Bäumen aufgelöst. Nur ihre Stimme hallte noch nach, die ein leises »Hab Vertrauen« in den aufsteigenden Morgennebel wob.

Die tote Stadt

Am dritten Tag nach dem Kampf auf der Lichtung ließen Caiwen und die Krieger den Wald hinter sich und gelangten auf eine Anhöhe, von der aus sie in der Ferne den Ozean und eine gewaltige Hafenstadt sehen konnten.

Es war spät am Nachmittag und bitterkalt. Wolken, aus denen kein Schnee fiel, hingen bleiern und bedrohlich über dem Land, während Nebel die Ebene zu ihren Füßen in dunstiges Grau hüllte. Die wogenden Schwaden ließen die knorrigen Bäume im Tal wie Geister erscheinen, aber Caiwen beachtete sie kaum. Sie hatte nur Augen für die Stadt, deren Häuser so dicht gedrängt standen, dass die Straßen dazwischen nicht zu erkennen waren.

Arvid!

Der Anblick raubte ihr den Atem. Niemals hätte sie es für möglich gehalten, dass es einen Ort gab, an dem so viele Menschen auf so engem Raum beieinanderlebten. Die Vorstellung machte ihr Angst und ließ sie wünschen, sie müsste die Stadt nicht betreten.

Entgegen ihren Befürchtungen hatten die Männer sie anständig behandelt. Wie zuvor Durin schienen auch sie in ihr nicht mehr als eine Ware zu sehen, die sie unbeschadet abzuliefern hatten. Sie mussten großen Respekt haben vor der Frau, die sie ausgeschickt hatte. Oder große Furcht.

Hüte dich vor Maeve und Nimeye …

Die mahnenden Worte ihrer Mutter schlichen sich wie von selbst in Caiwens Geist und lenkten ihre Gedanken wieder auf die Stadt und die Frage, was sie dort erwarten mochte. Was würde geschehen, wenn sie Maeve gegenüberstand? Was, wenn man sie zu Nimeye brachte?

Caiwen fröstelte, als sie an ihre Großmutter dachte. Wie Finearfin hatte auch ihre Mutter keinen Zweifel daran gelassen, dass Nimeye eine abgrundtief böse Frau war, die ihr Gefängnis niemals wieder verlassen durfte. Deshalb musste sie, Caiwen, verhindern, dass Nimeye sie benutzte, um wieder über das Zweistromland herzufallen. Und dann war da noch der Kristallkelch …

Caiwen schluckte hart, als sie daran dachte, welch ungeheure Aufgabe ihre Mutter ihr übertragen hatte. Wie selbstverständlich schien diese davon auszugehen, dass sie dort weitermachte, wo sie selbst einst gescheitert war. Aber konnte sie das überhaupt?

War sie bereit, die Herausforderung anzunehmen und Nimeye die Stirn zu bieten?

Caiwen kämpfte um eine Antwort. Sie schwebte am Rande ihrer Gedanken, zum Greifen nahe und gleichzeitig unerreichbar. Sie wusste, dass sich etwas in ihr verändert hatte, seit sie den Wald betreten hatten. Da war etwas in ihr, das sich regte und an die Oberfläche drängte. Etwas, das lange in ihrem Bewusstsein verborgen gewesen war, das sich fremd und unnatürlich anfühlte und doch ebenso zu ihr gehörte wie die Gabe, die Wahrheit zu erspüren oder den Schnee zu bannen. Noch zeigte es sich nicht. Noch hatte es keinen Namen. Aber sie konnte seine Gegenwart bereits ahnen. Es war das Flüstern in der Nacht, als sie glaubte, die Stimmen der Bäume zu hören, das wütende Rauschen des Flusses und das leise Wehklagen, mit dem der Wind durch die kahlen Äste strich. Es war das alles und noch viel mehr. Ein Gefühl, das erkannt werden wollte, sich ihr aber immer gerade dann entzog, wenn sie es zu verstehen versuchte.

Weil ich nicht bereit bin.

Caiwen seufzte. Je länger sie grübelte, desto mutloser wurde sie. *Ich werde scheitern,* wisperte es in ihr. *Ich bin nicht das, was die anderen in mir sehen. Ich bin zu schwach. Ich werde versagen.*

»Weiter!« Der harte Ruck, mit dem sich ihr Pferd wieder in Bewegung setzte, riss Caiwen aus ihren Gedanken. Die scharfe Gangart, die die Männer anschlugen, ließ den Schmerz vom langen Sitzen auf dem Pferderücken augenblicklich wieder aufflammen, holte sie unsanft in die Wirklichkeit zurück und verbannte alle ungelösten Fragen und nagenden Ängste aus ihrem Kopf.

Am Himmel im Osten zog die Nacht herauf. Je weiter die Dämmerung voranschritt, desto unruhiger wurden die Krieger. Immer wieder schauten sie sich um und wechselten nur noch selten ein paar leise Worte miteinander. Schließlich zügelten sie ihre Pferde und umwickelten die Hufe mit dicken Tüchern, die sie aus den Packtaschen nahmen.

Kein Hufschlag war zu hören, als der kleine Trupp kurz darauf in die Außenbezirke der Hafenstadt einritt. Die Dämmerung wich langsam der Nacht, die Schatten zwischen den Gebäuden vertieften sich. Trotzdem war es immer noch hell genug, dass Caiwen sich einen ersten Eindruck vom Leben in Arvid verschaffen konnte.

Was sie sah, erschreckte sie. Die Hütten am Rande der Stadt waren genauso ärmlich anzusehen und nicht minder notdürftig zusammengezimmert wie die Häuser auf dem Riff, die immer wieder mit dem ausgebessert wurden, was der Ozean an den Strand spülte. Aber anders als in ihrer Heimat waren die meisten Behausungen verfallen und unbewohnt. Bei den wenigen, aus deren Rauchfängen noch Qualm aufstieg, waren die Fenster mit dicken Brettern vernagelt und die Türen fest verriegelt. Es war ein bedrückendes Bild.

Caiwen war entsetzt. Sie hatte damit gerechnet, in eine laute und lebhafte Welt einzutauchen. Was sie vorfand, war alles andere als das. Die Straßen waren menschenleer und überall herrschte Totenstille. Dazu kam das Gefühl einer drohenden Gefahr, das sich über alles gelegt hatte und auch die Krieger erfasst zu haben schien. Caiwen spürte, wie sich die feinen Härchen auf ihren Armen aufrichteten, aber es war nicht die Kälte der Nacht, die sie frösteln ließ. Es war das Unsichtbare, Unfassbare – das Grauen, das hier in jedem Schatten zu lauern schien. Es war, als genüge allein ein zu laut gesprochenes Wort, um schreckliches Unheil herbeizurufen.

Die Krieger schienen es zu wissen und zu fürchten. Sie trieben ihre Pferde an und warfen immer wieder wachsame Blicke in alle Richtungen.

Caiwen erinnerte sich daran, was Finearfin ihr über die Wesen der Anderwelt erzählt hatte, und obwohl sie den Angriff der Nachtmahre im Wald miterlebt hatte, verstand sie erst jetzt, was die ständige Bedrohung und Todesfurcht für die Menschen in Tamoyen bedeutete.

Hier gab es keine Feste am nächtlichen Lagerfeuer, keine Verliebten, die an einem verborgenen Ort die Sterne am Himmel zählten, und keine Kinder, die im Mondschein spielten. In der Nacht gab es für die gemarterten Seelen der Menschen von Arvid nur eine Hoffnung: den Sonnenaufgang.

Weiter ritten sie, dem Herzen der Stadt entgegen. Die Häuser wurden größer und schöner. In der Luft hing der Geruch von Feuerholz. An den bebilderten Schildern über den Türen war unschwer zu erkennen, dass es Geschäfte und Schenken gab, dennoch hatte Caiwen auch hier den Eindruck, durch eine Geisterstadt zu reiten.

Arvid war eine tote Stadt. Ein starres Monstrum aus Stein und Holz mit einer Seele aus Angst, die sich wie ein Ring aus Eisen um Caiwens Brustkorb legte und ihr die Luft zum Atmen nahm.

Voller Wehmut dachte sie an ihre Heimat. Auf dem Riff war die schlimmste Bedrohung von den Stürmen ausgegangen, die die Inseln immer wieder heimsuchten, aber die Riffbewohner hatten gelernt, mit ihnen zu leben, denn sie wussten, dass danach friedliche Tage folgen würden.

Caiwen seufzte. Die Menschen in Arvid lebten stattdessen mit der Heimsuchung durch die Anderweltwesen. Hinter fest verschlossenen Türen und Fenstern harrten sie zitternd und verängstigt der Rückkehr des Lichts, aber anders als auf dem Riff gab es für sie nach überstandener Gefahr kein Aufatmen, sondern nur die Furcht vor der nächsten Nacht. »Verdammt, warum reiten wir nicht schneller?« Der Krieger, der Caiwens Pferd am Zügel führte, war noch sehr jung. Schweißperlen glänzten auf seiner Stirn. Seine Stimme bebte und sein Blick huschte immer wieder hektisch an den Häuserfronten entlang.

»Bist du von Sinnen?«, zischte ein anderer ihm zu. »Der Lärm des Hufschlags würde uns alle Dämonen der Stadt auf den Hals hetzen.«

»Können wir nicht irgendwo …« Die Worte des jungen Kriegers gingen in einem schrillen, hasserfüllten Heulen unter, das nicht weit entfernt über den Häusern aufstieg.

»Ein Dämon!« Der Anführer, den Caiwen noch nie ohne seinen Helm gesehen hatte, zügelte sein Pferd, riss das Schwert aus der Scheide und ritt zum Ende der Gruppe, wo ein paar Krieger die Pferde mit ihren getöteten Kameraden mit sich führten. »Reitet weiter!«, rief er den anderen zu, während er die Zügel des letzten Pferdes löste. »Schnell! Ich versuche, ihn aufzuhalten.«

Die Männer wirkten wie befreit. Als hätten sie nur auf den Befehl gewartet, ließen sie ihre Pferde antraben und ihren Anführer hinter sich zurück. Caiwen hatte Mühe, sich auf dem Rücken des Pferdes zu halten, wagte aber dennoch einen kurzen Blick über die Schulter. Aus den Augenwinkeln sah sie einen roten Schein hinter einem der Häuser aufflammen. Im ersten Moment glaubte sie, ein Feuer sei ausgebrochen, aber dann erkannte sie, dass sich der Schein bewegte – direkt auf die Stelle zu, an der der Anführer mit den beiden Pferden wartete. Wieder erklang das schrille Kreischen aus der flammenden Helligkeit heraus.

Caiwen erschauerte. Obwohl sie den Mann nicht mochte, konnte sie nicht umhin, ihn für seinen Mut zu bewundern. Ihr Pferd wurde jetzt immer schneller und zwang Caiwen, geradeaus zu schauen. Doch ehe die Krieger in sicherer Entfernung um eine Straßenecke bogen, zügelten sie ihre Pferde und schauten zurück.

Im Halbdunkel konnte Caiwen erkennen, dass der Anführer abgesessen war, den Toten vom Pferd gezerrt, das Tier von der Decke befreit und die Zügel an den Leichnam gebunden hatte. Als der Feuerschein aus einer Gasse auf die Straße fiel, schwang er sich behände wieder auf sein Pferd und schloss in schnellem Galopp zu den anderen auf.

Ein Opfer! Caiwen hatte sich schon die ganze Zeit gefragt, warum die Krieger ihre Kameraden nicht im Wald bestattet hatten. Nun wusste sie es. Der Grund war nicht der hart gefrorene Boden, sie benutzten die Toten, um die Anderweltgeschöpfe abzulenken und sich einen Vorsprung zu verschaffen.

Caiwen hörte das zurückgelassene Pferd wiehern und sah, wie es sich aufbäumte, als es das Nahen des Dämons spürte. Mit wirbelnden Vorderhufen versuchte es zu fliehen und zerrte den toten Krieger dabei mit sich, aber vergeblich. Sein Schicksal war besiegelt.

»Weiter, verdammt! Worauf wartet ihr?« Der Anführer erreichte seinen Trupp in ebendem Augenblick, da der Dämon aus dem Schatten der Häuser trat; eine in Feuer gekleidete, gekrümmte Kreatur, die, obwohl sie aufrecht ging, kaum etwas Menschliches an sich hatte. Ein schauriges Kreischen, das von Blutdurst und Mordlust kündete, erfüllte die Luft, als der Dämon das Pferd und den Mann entdeckte und sich auf sie stürzte, ohne die Gruppe am Ende der Straße zu beachten.

»Weg hier!« Die Krieger bogen in die Gasse ein und trieben ihre Pferde gnadenlos an. Von nun an war es ihnen gleichgültig, wie laut die Hufe auf das Pflaster trommelten. Sie wussten, dass die Anderweltwesen erwacht waren, und wollten nur noch eines: ihr Ziel so schnell wie möglich erreichen.

Auf der Anhöhe nahe Arvid, von der aus Caiwen die Stadt am Nachmittag zum ersten Mal erblickt hatte, zerriss ein grauenhaftes Kreischen die Luft. Qualvoll drang es an die Ohren der vier Gefährten, die hier in dem verlassenen Haus eines Waldbauern Schutz vor den Gefahren der Dunkelheit gesucht hatten, und verhallte erst nach einer Ewigkeit, wie es schien, in der Stille des Waldes.

»Gütige Götter!« Heylons Gesicht hatte alle Farbe verloren. »Was war das?« Er warf Finearfin einen unsicheren Blick zu, aber es war Durin, der antwortete. »Das war ein Dämon, du Held.« Er grinste spöttisch und fügte hinzu: »Ein ziemlich unfreundliches Geschöpf aus der Anderwelt, dem du in deinem blinden Eifer fast in die Arme gelaufen wärst.«

»Lass ihn in Ruhe!« Finearfin, die Durins Wunden versorgte, schaute den Kopfgeldjäger tadelnd an. »Er kann das doch nicht wissen.«

»Nein, das kann er nicht«, erwiderte Durin gereizt. »Aber es wäre schön, wenn er unsere Erfahrung endlich respektieren und aufhören würde, uns mit seiner verdammten Ungeduld die Nerven zu rauben.«

»Er ist in großer Sorge um Caiwen.«

»Oh ja, natürlich. Wie selbstlos. So selbstlos, dass er dabei sogar die Sorge um sein eigenes Leben vergisst.« Durin lachte hart. »Sag ich doch, Heylon ist ein Held, wie er im Buche steht – edelmütig und dumm.«

»Nenn mich nicht dauernd so.« Allmählich wurde Heylon wütend. Die Angst um Caiwen machte ihn fast verrückt und ließ ihn den Spott nur schwer ertragen. Tatsächlich fühlte er sich alles andere als heldenhaft. Er konnte weder reiten noch ein Schwert führen. Er war unfähig, Spuren zu lesen, und hätte sich unterwegs mehr als einmal rettungslos im Wald verirrt, wenn Saphrax ihm nicht geholfen hätte, zu den anderen zurückzufinden. Für Durin und Finearfin war er nur ein Klotz am Bein. Aber während die Elfe seine Unbeholfenheit kommentarlos zur Kenntnis nahm, ließ Durin keine Gelegenheit aus, ihm zu zeigen, dass er ihn für einen Versager hielt.

Es war noch nicht ganz dunkel gewesen, als sie die Anhöhe erreicht hatten, von der aus sie auf Arvid hinuntersehen konnten. Die gewaltige Ausdehnung der Stadt hatte in Heylon die Sorge geschürt, Caiwens Spur im Gewirr der Straßen und Häuser endgültig aus den Augen zu verlieren. Bis zu diesem Zeitpunkt waren sie gut vorangekommen und hatten die Entführer schon ein gutes Stück einholen können. Eine Rast zu machen, stand für ihn außer Frage. Er wäre weitergeritten. Wenn es sein musste, auch die ganze Nacht hindurch.

Finearfins Vorschlag, die Nacht in dem verlassenen Haus zu verbringen, hatte ihn erschüttert und ihn an der Ernsthaftigkeit zweifeln lassen, mit der die Elfe die Suche betrieb. Er hatte versucht, sie zum Weiterreiten zu überreden, aber die anderen beiden hatten sich schlichtweg geweigert.

Ihre Ermahnungen, dass es zu gefährlich sei, hatte er mit kämpferischen, fast trotzigen Worten kommentiert und immer wieder betont, dass Caiwen schließlich auch irgendwo dort unten im Dunkeln unterwegs war.

Am Ende hatte er sich Durin und Finearfin zähneknirschend gefügt. Mit den Pferden und Saphrax, der die Gestalt einer Katze gewählt hatte, hatten sie sich in einem fensterlosen Raum des Hauses verschanzt, eine kalte Mahlzeit verzehrt und ihr Nachtlager errichtet.

Heylon hatte sich schmollend in eine Ecke des Raums zurückgezogen und nachdrücklich verkündet, dass er die Entscheidung seiner Begleiter für feige hielt. Ein Irrtum, wie sich nun herausstellte.

Jetzt, da er das Kreischen der Dämonen mit eigenen Ohren hörte, sah er ein, dass Finearfin und Durin richtig gehandelt hatten, und schämte sich im Nachhinein für sein ungestümes Auftreten.

»Es … es tut mir leid«, murmelte er, nachdem er eine Weile geschwiegen hatte. »Ich … ich wusste nicht, dass …«

»Fang lieber nicht an, all die Dinge aufzuzählen, die du nicht weißt«, warf Durin ein. »Sonst bist du bei Sonnenaufgang noch nicht fertig.«

Finearfin warf ihm einen scharfen Blick zu, ging aber nicht darauf ein. »Ist schon gut«, sagte sie, an Heylon gewandt. »Deine Sorge ehrt dich, aber du musst auch lernen, das Nützliche von dem Unsinnigen zu unterscheiden.«

»Aber ich wusste doch nicht …«

Finearfin hob die Hand. »Es ist nicht deine Schuld, dass du die Schrecken, die in den Schatten der Nacht lauern, nicht kennst. Aber gerade deshalb wäre es klug, uns zu vertrauen. Durin und ich säßen heute nicht hier, wenn wir gedankenlos handeln würden. In Tamoyen überlebt nur, wer wachsam und umsichtig ist.«

»Und Caiwen?«, fragte Heylon mit dünner Stimme. »Sie ist jetzt irgendwo dort unten. Werden die Krieger sie schützen können?«

»Der beste Schutz vor den Anderweltwesen sind fest verriegelte Fenster und Türen«, brummte Durin schon halb im Schlaf. »Wenn sie ihr Ziel noch nicht erreicht haben, werden sie vermutlich in einer Taverne Unterschlupf suchen.« Er gähnte und legte sich zum Schlafen nieder.

»Dann sind wir hier sicher?« Heylon warf einen bangen Blick auf die morsche Tür und die Löcher im Dach.

»Sicher ist man nie«, erwiderte Finearfin. »Aber ich bin zuversichtlich. Das Haus ist schon lange verlassen. Ich glaube nicht, dass die Dämonen hier ausgerechnet heute nach Beute Ausschau halten.« Sie lächelte. »Leg dich hin, und versuche, etwas zu schlafen«, sagte sie sanft. »Ich übernehme die erste Wache.«

So schnell wie die Dämonen, denen sie zu entkommen suchten, preschten Caiwen und die Krieger durch die verlassenen Straßen Arvids. Die Nacht hatte die Hafenstadt fest im Griff, und tief hängende Wolken verhinderten, dass ihnen auch nur ein Streifen Mondlicht den Weg erhellte. Caiwen musste all ihr Geschick aufwenden, um sich auf dem schwankenden Pferderücken zu halten. Sie schaute weder nach rechts noch nach links, klammerte sich mit den gefesselten Händen an die dichte Mähne und presste ihre Schenkel fest an den Körper des Pferdes. Jeden Augenblick rechnete sie damit, dass eines der Tiere strauchelte und die anderen mit sich riss, aber wie durch ein Wunder geschah nichts dergleichen. Der Anführer schien den Weg so gut zu kennen, dass er kein Licht benötigte, um ihn zu finden.

Zweimal wurden sie aus dem Hinterhalt von Nachtmahren angegriffen, die in dunklen Seitenstraßen auf ihre Opfer lauerten, aber beide Male gelang es den Kriegern, die gefürchteten Raubtiere mit ihren Schwertern abzuwehren.

Einem Dämon, der ihnen den Weg versperrte, entgingen sie nur knapp, indem sie blitzartig die Richtung änderten und in eine Gasse einbogen, während der letzte Krieger ein weiteres Pferd mit einem getöteten Kameraden losband, um den Blutdurst des Dämons zu stillen und ihn davon abzuhalten, sie zu verfolgen.

Weiter ging die Jagd durch enge Häuserschluchten, die für Caiwen nicht weniger beängstigend waren als die Bedrohung durch die Geschöpfe der Nacht. Arvid hatte sich als ein Ort des Grauens entpuppt, wie Caiwen ihn sich in ihren schlimmsten Albträumen nicht hätte ausmalen können. Hatte sie sich im Wald noch davor gefürchtet, Maeve gegenüberzutreten, erschien es ihr nun als das weitaus geringere Übel. Mehrmals erwischte sie sich dabei, wie sie hoffte, ihr Ziel bald zu erreichen.

Aber der Schrecken war noch nicht zu Ende.

Sie spürte die Gefahr, nur einen Wimpernschlag bevor sie aus den Augenwinkeln die Bewegung gewahrte. Etwas löste sich von einem nahen Dachvorsprung, schoss aus der Dunkelheit heran und riss den vor ihr reitenden Krieger mitten im Galopp aus dem Sattel. Caiwen hörte das dumpfe Krachen, mit dem er auf dem Pflaster aufschlug, und einen erstickten Schrei, dann war ihr Pferd an der grausigen Szene vorbei. Das Pferd des Kriegers galoppierte weiter. Die panische Furcht des Tieres durchströmte Caiwen wie eine heiße Woge und drohte den schützenden Schild zu zerstören, den sie um ihren Geist errichtet hatte. Caiwen keuchte auf. Kalter Schweiß rann ihr über die Stirn. Für die Dauer eines Herzschlags wurde ihr schwarz vor Augen. Ihre Beine zitterten von der Anstrengung des scharfen Ritts. Ihre Finger, die sich in die Mähnenhaare krallten, spürte sie längst nicht mehr. Nur mit einer enormen Willensanstrengung gelang es ihr, den Halt nicht zu verlieren.

Bitte, flehte sie in Gedanken, *bitte lass es zu Ende sein.*

Und als wären ihre Worte erhört worden, ritten sie in diesem Augenblick in einen Hof ein. Das eisenbeschlagene, zweiflügelige Tor schloss sich wie von Geisterhand hinter ihnen, aber noch gestatteten die Reiter es den Pferden nicht, langsamer zu laufen. Erst als sie in einen von Fackeln erhellten Stall einritten, brachten sie die erschöpften Tiere zum Stehen. Mit lautem Krachen schloss ein Stallbursche das Tor hinter ihnen und die Männer machten ihrer Anspannung mit einem vielstimmigen Aufatmen Luft.

Der Anführer glitt aus dem Sattel und kam auf Caiwen zu.

»Steig ab!«, sagte er so ruhig, als sei der Ritt für ihn nichts weiter als ein Spaziergang gewesen. »Wir sind da. Maeve erwartet dich.«

Maeve.

Caiwen erstarrte. Sie hatte gewusst, was ihr bevorstand, und das Ende der Reise zuletzt nur noch herbeigesehnt. Doch jetzt kehrte die Furcht mit voller Wucht zurück. Zögernd löste sie die verkrampften Finger. Sie waren rot und voller Striemen. Dort, wo die Mähnenhaare tief ins Fleisch geschnitten hatten, sickerte Blut aus dünnen Linien.

Ich darf keine Schwäche zeigen. Die Worte schlichen sich wie von selbst in ihre Gedanken. Eine Hohepriesterin musste über jeden Schmerz erhaben sein. So holte sie noch einmal tief Luft und sagte mit fester Stimme: »Ich weiß.«

Der Weg vom Stall zu der Frau, die ihr Schicksal in Händen hielt, erschien Caiwen als der längste, den sie jemals gegangen war. Jeder Schritt war eine Qual. Die Seile, die sie fesselten, scheuerten, der lange Ritt hatte ihre Muskeln verkrampft und die Aussicht auf das Kommende ließ sie zittern. Noch nie hatte sie sich so preisgegeben und ausgeliefert gefühlt. Nach allem, was sie von anderen erfahren hatte, verfolgte Maeve ihre Ziele gnadenlos. Sie hatte ihr weiteres Vorgehen vermutlich bis ins Kleinste durchgeplant und die nötigen Schritte eingeleitet. Auf Rücksicht konnte Caiwen nicht hoffen. Ganz gleich von welchem Blickwinkel aus sie ihre Zukunft betrachtete, sie sah immer düster aus.

Durin war tot. Allein im Wald, konnte er die erlittenen Verletzungen unmöglich überlebt haben. Und selbst wenn … er hatte für Maeve gearbeitet und würde sich höchstens über den entgangenen Lohn ärgern. Finearfin und Heylon waren die Einzigen, die ihr noch helfen konnten, aber die beiden irrten irgendwo im Wald umher, suchten nach ihr und wussten nicht, wohin man sie verschleppt hatte.

Möglich, dass Finearfin eine Ahnung hat, dachte Caiwen bei sich. *Vielleicht hat sie sogar Spuren der Pferde gefunden.* Aber selbst wenn, zu Fuß würden die beiden Arvid niemals rechtzeitig erreichen. Caiwen seufzte. Alles schien sich gegen sie verschworen zu haben. Ihre Mutter hatte keinen Zweifel daran gelassen, welche Hoffnungen sie in sie setzte. Aber jedes Mal wenn sie daran dachte, was zu tun war, wurde die Gewissheit zu scheitern ein Stück größer. Doch noch war sie nicht bereit aufzugeben. Ihr Stolz, auf ihre Herkunft, ihre Mutter und ihr Volk, den sie in diesem Augenblick so stark empfand wie nie zuvor, lehnte sich dagegen auf und stärkte ihr den Rücken.

Sie war allein, aber nicht wehrlos. Sie besaß etwas, von dem niemand etwas wusste und das sie wie einen Schatz hüten musste: Wissen.

Das Wissen, das ihre Mutter ihr mit auf den Weg gegeben hatte und das vielleicht mehr wert war als jede Waffe. Das Wissen um die Stelle, an der Nimeye verwundbar war und vernichtend geschlagen werden konnte. Caiwen begriff, dass sie es tief in sich verbergen musste. So tief, dass selbst die geschicktesten Fragen es nicht ans Licht bringen würden. Sie musste vorsichtig sein. Von nun an würde sie es mit ihresgleichen zu tun haben – mit Elfen, die wie sie eine Lüge sofort durchschauen würden.

Wenn die Wahrheit herauskam, war sie verloren. Weder Maeve noch Nimeye würden sie dann noch in ihrer Nähe dulden. Dann würde sie nur noch eines zu erwarten haben: den Tod.

Im Angesicht des Feindes

Sicheren Schrittes führte der Krieger Caiwen durch das schlafende Haus. Es war groß. Sehr groß. Und obgleich in den langen Gängen mit den vielen Türen nur wenige kleine Öllampen Licht spendeten, war zu erkennen, dass es kostbar und prunkvoll eingerichtet war. Weiche Teppiche breiteten sich aus, wo immer sie den Fuß hinsetzte. Kostbare Gemälde in goldenen Rahmen schmückten die Wände und die Leuchter an den Decken zierten unzählige geschliffene Kristalle.

Maeves offensichtlicher Reichtum beeindruckte Caiwen. Die Sauberkeit und Ordnung im Haus machten ihr aber auch ihre eigene ärmliche Erscheinung bewusst. Ihre Kleidung war verschmutzt und zerrissen, ihre Haare waren verfilzt und sie stank furchtbar nach Pferd und Schweiß. Sie schämte sich und sehnte sich nach einem Bad, aber der Krieger schien klare Befehle zu haben und scherte sich nicht um ihr Äußeres.

Nach einer Zeit, die Caiwen unerträglich lang und doch viel zu kurz erschien, blieb er vor einer wuchtigen Eichentür stehen und klopfte an. Eine Weile geschah nichts, dann wurde die Tür von innen geöffnet. Der Krieger packte Caiwen am Arm und zerrte sie hinein.

Der Raum wurde nur spärlich von zwei fünfarmigen Kerzenleuchtern erhellt, die am Kopfende des größten Bettes standen, das Caiwen jemals gesehen hatte. Es befand sich gegenüber der Tür an der Wand und wurde an den Ecken von kostbaren Stoffstreifen eingerahmt, die wie Vorhänge von einem wuchtigen Holzgestell bis auf den Boden herabfielen. Auf dem Riff hätte eine ganze Familie darin Platz gefunden, in diesem Bett jedoch saß nur eine einzige Gestalt, die zwischen den vielen bestickten Kissen und Decken fast ein wenig verloren wirkte.

Das schlechte Licht ließ Caiwen ihr Aussehen nur erahnen, aber der Hauch des Alters und die Ahnung des Todes, die den Raum bis in den hintersten Winkel erfüllten, ließen keinen Zweifel daran, dass der Frau im Bett eine außergewöhnlich lange Lebensspanne vergönnt gewesen war.

»Tritt näher, mein Kind, tritt näher.« Ein Schauder lief Caiwen den Rücken hinunter, als die brüchige Stimme der Greisin durch den Raum hallte. Dass Maeve so alt war, hätte sie nicht für möglich gehalten.

Als Caiwen nicht sofort reagierte, hob die Alte die knochige Hand zu einer befehlenden Geste, worauf der Krieger Caiwen einen Stoß versetzte, der sie ein paar Schritt vorwärtstaumeln ließ.

»Na also.« Maeve lächelte und entblößte eine Reihe lückenhafter, gelber Zähne. Der Blick ihrer Augen war so klar und durchdringend, wie Caiwen es nur von Armide kannte. Sie hatte das Gefühl, als könne Maeve bis auf den Grund ihrer Seele blicken, und was sie dort fand, schien ihr zu gefallen. »Ja, ja, du bist es«, sagte sie wie zu sich selbst. »Du bist die, nach der ich gesucht habe.«

»Ich bin nicht deine Tochter.«

»Schweig!« Maeve hob gebietend die Hand. »Meine Tochter ist tot. Glaubst du, ich weiß das nicht? Sie starb in demselben Sturm, der auch deine Mutter das Leben kostete. Es ist bitter, aber ihr Tod war nicht vergebens, denn er gab mir einen guten Vorwand, Durin auf die Suche nach dir zu schicken.«

»Dann wusstest du die ganze Zeit, dass ich das Unglück überlebt habe?«, fragte Caiwen.

»Ich wusste, dass ein Kind mit hellen Haaren auf dem Riff lebt.« Maeve nickte bedächtig. »Borax, mein Rußrabe, hat dich die ganze Zeit beobachtet.«

»Warum hast du mich dann nicht viel früher entführt?«

»Weil ich sichergehen wollte, dass du bereit bist zu vollenden, was deine Mutter nicht vollenden konnte«, erklärte Maeve. »Ich wusste nicht, ob du ihre Kräfte angenommen hast. Kräfte, die erst erwachen, wenn du dem Kindesalter entwachsen bist. Ohne diese Kräfte bist du nur eine Elfe wie Hunderte andere auch. So aber bist du etwas ganz Besonderes.«

»Ich kann an mir nichts Besonderes finden«, behauptete Caiwen.

»Du lügst nicht besonders gut.« Maeve schmunzelte. »Ich spüre, dass auch du bereits geahnt hast, dass du anders bist. Aber ich gebe zu, auch ich war mir zunächst nicht sicher. Wäre ich es gewesen, hätte ich dich sofort zu der Feuerinsel bringen lassen, so wie Nimeye es befohlen hat. Aber ich wollte Gewissheit haben, und ich wusste, die würde ich nur erhalten, wenn ich dir von Angesicht zu Angesicht gegenüberstehe.«

»Und?«, fragte Caiwen unbeeindruckt.

»Du besitzt alle Gaben deiner Mutter, das spüre ich so deutlich, wie das Alter an meinen Knochen nagt. Du bist die, auf die wir so lange gewartet und gehofft haben. Nimeye wird sich glücklich schätzen, dich zu sehen.« Plötzlich schien sie sich wieder an den Krieger zu erinnern, der immer noch neben ihrem Bett stand und auf Befehle wartete. »Du kannst gehen.«

Der Mann verneigte sich wortlos und verließ den Raum, während Maeve ihre Aufmerksamkeit wieder auf Caiwen richtete. »Bringt einen Stuhl«, rief sie in den Raum hinein.

Eine junge Zofe löste sich aus der Dunkelheit, schob einen grün gepolsterten Stuhl an das Bett und verschwand wieder.

»Nimm Platz, mein Kind.« Maeve deutete auf den Stuhl.

Caiwen zögerte, dann trat sie vor und setzte sich. So nahe am Bett, konnte sie die Alte noch besser sehen. Der schlohweiße, schüttere Flaum auf dem nahezu kahlen Schädel, die fleckige Haut, die große, gebogene Nase und die tiefen Falten bekräftigten ihren ersten Eindruck nicht nur, sie zeugten auch davon, dass Maeve jemand sein musste, der sich dem Tod schon eine geraume Weile entzog.

Obwohl ihre Ohren im Alter größer geworden waren, war die spitze Form noch gut zu erkennen, ein untrügliches Zeichen dafür, dass auch in Maeves Adern elfisches Blut floss. Caiwen fragte sich, wie viele Winter die Greisin schon gesehen hatte. Maeve war so dürr, dass allein die Haut ihre Knochen zusammenzuhalten schien. Und doch, das spürte Caiwen sehr wohl, wohnte in dem verfallenen Körper ein äußerst reger Geist.

»Fürchtest du dich?« Die Frage kam so überraschend, dass Caiwen nicht wusste, was sie antworten sollte. »Ein wenig«, gestand sie schließlich.

»Das ist gut.« Maeve nickte bedächtig. »Du kannst dir sicher vorstellen, dass ich über deinen Fluchtversuch nicht gerade erfreut war.«

»Ich bin frei. Ich kann gehen, wohin ich will.« Caiwen schob trotzig die Unterlippe vor.

»Frei?« Maeve gab ein Geräusch von sich, das an das Rascheln von trockenem Pergament erinnerte. »Frei?«, fragte sie noch einmal belustigt. »Du bist gefesselt und wurdest von meinen Männern hierher verschleppt. Nennst du das etwa frei?« Wieder gab sie das schaurige Lachen von sich.

»Die Seile mögen meine Hände binden, meinen Geist fesseln sie nicht.« Caiwen ließ sich nicht beirren.

»Mutige Worte für ein so junges Ding.« Maeve schmunzelte, wurde dann aber schlagartig wieder ernst. »Willst du denn gar nicht wissen, warum ich dich zu mir bringen ließ?«

»Das weiß ich bereits.« Caiwen straffte sich. »Ich soll den Bann lösen, der Nimeye und ihre Getreuen daran hindert, die Feuerinsel zu verlassen, so wie es meine Mutter einst hätte tun sollen.«

»Hat Melrem dir das gesagt?«

»Nein, Finearfin.«

»Finearfin? Ist das die Elfe, die sich an Bord meines Schiffes geschmuggelt und dir zur Flucht verholfen hat?«

»Ja, das ist sie.« Obwohl Caiwen wusste, dass es klüger war zu schweigen, konnte sie die Worte nicht zurückhalten, die ihr auf der Zunge lagen. »Sie hat mir alles erzählt: über die Elfen, über meine Mutter, über den Krieg und die Anderweltwesen. Vor allem aber hat sie mir von meiner Großmutter berichtet und davon, wie es zu der Verbannung kam.«

»So, hat sie das?« Maeve legte den Kopf schräg. »Dann nehme ich mal an, dass es nicht besonders schmeichelhaft für Nimeye war – oder?«

»Ich habe nicht viel Gutes über sie gehört.«

»Und? Hast du es geglaubt?«

»Warum nicht?«

»Eine recht einseitige Sichtweise, findest du nicht?«

»Mir genügt sie.«

»Nun denn.« Maeve seufzte betrübt. »Ich hatte gehofft, dich für unsere Sache gewinnen zu …«

»Das wird niemals geschehen«, fiel Caiwen der Greisin ins Wort. »Niemals! Du hast bei der Entführung meiner Mutter deine Hände im Spiel gehabt und bist für ihren Tod mit verantwortlich. Melrem wollte Heylon töten, und Nimeye hat versucht, den Elfenkönig zu stürzen. Ich mag vieles noch nicht wissen und manche Zusammenhänge nicht kennen, aber eines weiß ich genau, ich werde niemals der dunklen Seite dienen.«

»Der dunklen Seite?« Maeve lächelte. »Was ist die dunkle Seite, Caiwen? Und was ist die helle? Welche Seite hat unrecht und welche ist im Recht? Immer die, auf der du stehst? Oder die, auf der Finearfin steht? Kannst du dir nicht vorstellen, dass wir, Nimeye, Melrem und ich, von unserer Sache ebenso überzeugt sind wie Finearfin von der ihren? Dass wir gute Gründe haben für das, was wir tun, und dass nicht immer gerecht ist, was uns angetan wird?«

»Nein, das kann ich nicht.« Caiwen blieb standhaft. Sie hatte ihren Entschluss gefasst. Was immer Maeve auch anführte, es würde sie nicht zum Umdenken bewegen. »Und ich will es auch gar nicht. Ich weiß nur eines, dass ich niemals verraten werde, woran meine Mutter geglaubt hat und wofür sie schließlich gestorben ist.«

»Nun, dann tut es mir sehr leid für dich.« Maeves harscher Tonfall strafte ihre Worte Lügen. »Es wäre wirklich schön gewesen, wenn ich dich hätte überzeugen können, so aber lässt du mir keine Wahl …« Sie seufzte. »Wie gern hätte ich dich als die lang ersehnte Befreierin zur Feuerinsel geschickt. Wie sehr habe ich gehofft, dass zwischen dir und deiner Großmutter wieder das entsteht, was deine Mutter zerstört hat.«

»Was meine Mutter getan hat, tat sie aus tiefer innerer Überzeugung. Sie wollte das Volk der Elfen vor der Finsternis bewahren – auch wenn sie sich dafür gegen ihre eigene Mutter wenden musste und es ihr fast das Herz brach.«

»Eine Märtyrerin, ich bin tief bewegt.« Maeve hob in einer theatralischen Geste die Hände. »Das ist wahrlich der Stoff, aus dem Legenden entstehen. Legenden, die dazu geeignet sind, Unwissende hinters Licht zu führen. Aber gut, es hat so sein sollen. Was ich zu verhindern suchte, ist geschehen. Die Schergen des Elfenkönigs sind mir zuvorgekommen und haben deinen Geist mit ihren Worten vergiftet. Nichts, was ich sage, wird dich jetzt noch umstimmen. Es ist ein Jammer, dass es so gekommen ist, aber letztendlich ist es auch gleichgültig, ob du Nimeye liebst oder verachtest. Es läuft immer auf dasselbe hinaus – du wirst den Bann lösen.«

»Wie kannst du dir da so sicher sein?« Caiwen versuchte, sich ihre neu erwachte Furcht nicht anmerken zu lassen. Sie spürte, dass etwas in der Luft lag. Etwas Schreckliches, das Maeve sich ganz bewusst bis zum Schluss aufgespart hatte.

»Weil ich weiß, wie sehr du deinen Freund liebst?« Maeves Tonfall war lauernd wie ihr Blick.

»Heylon!«, rief Caiwen erschrocken aus. »Was… was ist mit ihm?«

»Du glaubst doch nicht, dass ich die Krieger nur ausschickte, um nach dir zu suchen?« Ein zufriedenes Lächeln, das die faltigen Mundwinkel nicht erreichte, zeigte sich auf Maeves Gesicht. »Ich habe schon zu viel erlebt und erlitten, als dass ich nur ein Eisen im Feuer habe – du verstehst, was ich meine?«

»Dann… dann hast du…? Dann ist Heylon auch dein Gefangener?«, stammelte Caiwen. Ihre Stimme bebte.

»Oh, du sorgst dich um ihn. Wie rührend.« Das Lächeln auf Maeves Gesicht vertiefte sich. »Aber keine Angst, ihm wird nichts geschehen – wenn du tust, was wir von dir verlangen.«

»Du lügst!« Caiwen sprang so hastig auf, dass der Stuhl nach hinten kippte. »Ich glaube dir kein Wort. Heylon ist immer noch bei Finearfin, und ich bin sicher, dass er nicht ruhen wird, bis er mich gefunden hat.«

»Du enttäuschst mich, Caiwen.« Maeve schnalzte leise mit der Zunge und schüttelte missbilligend den Kopf. »Als Elfe solltest du auch ohne Ausbildung in der Lage sein, Lüge von Wahrheit zu unterscheiden. Horche in dich hinein, und du wirst erkennen, dass du mich zu Unrecht beschuldigst.«

Erbost starrte Caiwen die Alte an. Die Hände zu Fäusten geballt, schlug ihr das Herz bis zum Hals. Niemals hätte sie damit gerechnet, dass Heylon etwas zustoßen könnte. Sie hatte geglaubt, dass er in Sicherheit sei – doch nun…?

Als Maeve ihr die grausame Botschaft verkündete, hatte sie nicht den geringsten Hinweis auf eine Lüge finden können. In den langen Wintern auf dem Riff hatte sie gelernt, auf dieses Gefühl zu hören. Noch nie hatte es sich geirrt – leider auch diesmal nicht.

»Sag es!«, forderte sie Maeve heraus. »Sag es mir mit deinen eigenen Worten. Sag mir, dass Heylon dein Gefangener ist.«

»Dein Freund ist in den Händen meiner Krieger«, erklärte Maeve so ruhig, dass es Caiwen einen Schauder über den Rücken jagte. »Es geht ihm gut, aber wenn du nicht tust, was ich von dir verlange, wird er nicht mehr lange am Leben bleiben.«

Caiwen zitterte am ganzen Körper. »Was ist mit Finearfin?«, presste sie mühsam hervor.

»Tot!«

Das Wort traf Caiwen mit der Wucht eines Schwerthiebs. Für einen Augenblick wurde ihr schwindelig. »Tot?«, flüsterte sie.

»Sie wollte uns den Jungen nicht überlassen.« Maeve sagte das mit einer solchen Kälte, dass Caiwen sich nicht mehr beherrschen konnte. Die gefesselten Hände zu Klauen gekrümmt, wollte sie sich mit einem Aufschrei auf Maeve stürzen, wurde aber sogleich von zwei kräftigen Kriegern festgehalten, die wie aus dem Nichts neben ihr auftauchten.

Sie wehrte und wand sich unter dem Griff und schnappte mit den Zähnen nach den Händen der Männer, aber sie hatte keine Chance. »Du hast keine Wahl«, hörte sie Maeve über das wilde Rauschen des Blutes in ihren Ohren hinweg sagen. »Nur wenn du Nimeye befreist, wird dein Freund am Leben bleiben. Überleg es dir gut in den kommenden zwei Nächten.« Ihre Stimme nahm einen befehlenden Ton an, als sie den Wachen zurief: »Und jetzt fort mit ihr! Schafft sie auf das Schiff.«

Als sich die Tür hinter Caiwen schloss, wurde es still im Schlafgemach. Die flackernden Flammen der Kerzen beruhigten sich. Die Zofe nahm lautlos den Stuhl fort. Während Maeve sich mit einem Seufzer zurücksinken ließ, löste sich die Gestalt eines Mannes aus den Schatten jenseits des großen Bettes und trat an die Liegestatt. »Du hast sie angelogen«, stellte er beeindruckt fest. »Wie ist das möglich?«

»Sie ist noch sehr unerfahren«, kam die erschöpfte Antwort aus den Tiefen der Kissen. »Es war leicht, sie zu täuschen.«

»Aber mir ist eine solche Täuschung nicht gelungen.«

»Natürlich nicht.« Maeve lachte leise.

»Warum nicht?«

»Weil du viel zu sehr ein Mensch bist, mein lieber Melrem – viel zu sehr ein Mensch.« Maeve richtete sich ein wenig auf und schaute ihren Enkel von der Seite an. »Aber das hat auch Vorteile, die nicht nur der König Tamoyens zu schätzen weiß.«

»Weil ich dir regelmäßig Informationen über die Politik am Hofe zukommen lassen kann?«

»Weil du nur als Vasall des Königs das Zweistromland unbehelligt betreten konntest.« Maeve lächelte. »Der Bann des Elfenkönigs gilt, wie du weißt, nur für die Elfen der Feuerinsel und deren Verbündete. Dass ein verzweifelter und bedrängter König aus Tamoyen versuchen könnte, die Hohepriesterin zu entführen, hat der König der Elfen damals nicht bedacht.«

»Du willst mir doch nicht erzählen, dass du mich nur deshalb als Knabe zur militärischen Ausbildung an den Hof geschickt hast, damit ich später die Entführung leiten kann?«, fragte Melrem mit einer Mischung aus Bewunderung und Erstaunen.

»Sagen wir lieber, dass ich alles dafür getan habe, dass du den Posten des obersten Kommandanten erhältst.« Für einen Moment schweifte Maeves Blick in die Ferne. »Du bist noch jung und ungeduldig. Wenn man so viele Winter gesehen hat wie ich, lernt man, für seine Ziele langfristig zu planen.«

Drei Sonnenaufgänge von der Küste Tamoyens entfernt, lag der Ort, der sich dem Auge des Betrachters durch einen Nebel aus giftigen Rauchschwaden entzog und aus dessen höchstem Berg die Erde ihr Blut in feurigen Strömen in die Wogen des Ozeans der Stürme presste, wo es dampfend zu bizarren Felsformationen erstarrte.

Hier, in der größten Höhle der Insel, hatte sich ein gutes Hundert derer versammelt, die diese lebensfeindliche Welt bewohnten, um den Worten ihrer Hohepriesterin zu lauschen. Hochgewachsen und von schlankem Wuchs waren sie, gekleidet in zerschlissene Gewänder, deren Farben sich nur unwesentlich von dem allgegenwärtigen Grauschwarz unterschieden. Die hohen Wangenkochen und spitzen Ohren ließen keinen Zweifel daran, welchem Volk sie angehörten, doch anders als ihre Brüder und Schwestern im Zweistromland waren es nicht Grazie und Edelmut, die ihre Erscheinung prägten.

Jene, die hier zusammengekommen waren, verbanden andere Gefühle. Hass und Verbitterung hatten in den langen Wintern der Verbannung tiefe Spuren in ihren Gesichtern hinterlassen. Ihre Haut war fahl und fleckig, das einst golden glänzende Haar stumpf und von der Farbe heller Asche. Am ungewöhnlichsten aber waren ihre Augen, deren Pupillen so groß waren, dass die Iris nicht mehr zu sehen war. Augen, die es ihnen in ihrer lichtarmen Welt ermöglichten, auch ohne den Feuerschein einer Fackel sehen zu können.

Ein dumpfer Ton erklang, als einer der Bediensteten einen ledernen Schlägel gegen ein kupfernes Becken schlug. Sofort wurde es still, und die Blicke aller richteten sich auf die Empore, die ein Lavastrom vor tausenden Wintern aus dem porösen Gestein gewaschen hatte. Sie lag eine halbe Mannshöhe über dem Höhlenboden und wurde spärlich von vier Pechfackeln erhellt. In der Wand an der Rückseite klaffte ein natürlicher Durchbruch, der die große Höhle mit anderen Höhlen verband, die zu betreten allein der Hohepriesterin Nimeye und ihren Vertrauten gestattet war.

Die gespannte Erwartung der Anwesenden schien mit jedem Atemzug größer zu werden. Viel Zeit war vergangen, seit Nimeye das letzte Mal zu ihnen gesprochen hatte. Was immer es zu berichten gab, musste wahrlich etwas Besonderes sein.

Ihre Geduld wurde auf eine harte Probe gestellt. Doch gerade als es erneut unruhig wurde in der Höhle, kündete ein Lichtschein hinter dem Durchbruch davon, dass die Hohepriesterin nahte.

Ein Raunen lief durch die Menge, als Nimeye die Empore betrat. Sie war die Einzige, die sich seit ihrer Ankunft auf der Feuerinsel nicht verändert hatte. Ihre Haltung kündete von ungebrochenem Stolz, ihre Bewegungen waren majestätisch und ihr Blick so durchdringend, dass niemand ihn lange zu ertragen vermochte. Als einzige der Verbannten zeigte Nimeye keine Spuren des Mangels und der Entbehrungen, so wie auch das Rot ihres Gewandes noch so leuchtete wie am Tag ihrer Ankunft.

»Meine Brüder und Schwestern«, hob sie mit klarer und durchdringender Stimme an. »Es ist so weit. Die Zeit der Verbannung neigt sich dem Ende entgegen. Wenn das Schicksal es will, werden wir diese Insel schon bald verlassen und an der Seite unserer getreuen Verbündeten den Siegeszug ins Zweistromland antreten.«

Erregtes Gemurmel erfüllte den Raum. Nimeye machte eine wohlbemessene Pause, um ihren Worten mehr Wirkung zu verleihen, und sagte dann: »Heute Morgen kehrte ein Rußrabe mit der Botschaft zurück, dass sich die neue Hohepriesterin des Zweistromlandes auf dem Weg hierher befindet.« Jubel brandete auf, aber Nimeye war noch nicht fertig und hob gebieterisch die Hände. »Diesmal werden wir nicht scheitern«, prophezeite sie. »Diesmal werden wir uns den Sieg nicht nehmen lassen. Zu lange haben wir auf diesen Augenblick gewartet, gelitten, gehofft und gebetet. Nun liegt er zum Greifen nahe vor uns.« Sie verstummte, ließ den Blick über die Menge schweifen und fuhr dann mit erhobener Stimme fort: »Brüder und Schwestern, macht euch bereit, die Heimreise anzutreten. Ihr wisst, was zu tun ist. Wir mögen nicht viele sein und schwach erscheinen, aber die da draußen werden sich wundern.

Unsere Verbündeten sind mächtiger, als Tamoyer und Elfen sich es in ihren schrecklichsten Albträumen ausmalen können. In einer einzigen gewaltigen Angriffswelle werden wir jene vernichten, die uns das hier angetan haben. Auf unserem Siegeszug werden wir nichts als verbrannten Boden hinterlassen, und aus der Asche unseres Triumphes werden wir ein neues, mächtiges Reich erschaffen, das nicht auf die Grenzen der alten Länder beschränkt bleiben wird. Gemeinsam werden wir dieser Insel den Rücken kehren und nicht eher ruhen, bis uns der Elfenkönig tot oder in Ketten zu Füßen liegt.«

»Tod dem Elfenkönig und seinen Getreuen!« Die Worte schälten sich wie eine Beschwörung aus der jubelnden Masse. »Tod dem Elfenkönig…!« Zunächst war es nur eine Stimme, aber schnell fielen immer mehr Elfen ein, bis ein dröhnender Chorgesang die Wände der Höhle erzittern ließ. »Tod dem Elfenkönig!«

Nimeye stand auf der Empore und lächelte. Blanker Hass brandete ihr entgegen und sie ließ sich von dem berauschenden Gefühl tragen. Lange hatte es gedauert – fast schon zu lange. Nun war die Zeit des Wartens vorbei. Sie war bereit, seit vielen Wintern schon. Einzig der Bann des Elfenkönigs stand ihr noch im Weg bei ihrem alles zerstörenden Rachefeldzug. Ein Feldzug, bei dem es keine Gnade und nur einen Sieger geben würde: sie selbst.

Nicht mehr lange, und das Zweistromland würde ihr gehören.

»Im Haus ist sie nicht mehr.« Saphrax war von dem schnellen Flug so außer Atem, dass Heylon Mühe hatte, ihn zu verstehen.

Kurz vor Sonnenaufgang hatten sie die Pferde in einem Waldstück nahe Arvid freigelassen und waren unter Durins Führung mühelos zu dem Haus der Frau gelangt, die hinter Caiwens Entführung steckte. Maeves Haus. Das herrschaftliche Anwesen der verwitweten Reederin lag nahe dem Hafen und war von einer hohen, mit Speerspitzen bewehrten Steinmauer umgeben. Das schmiedeeiserne Tor zum Hof wurde von zwei Posten bewacht.

Durin hatte versucht, unter einem Vorwand in das Haus zu kommen, aber Maeve schien mit seinem Besuch gerechnet und den Wachen eindeutige Anweisungen gegeben zu haben. Freundlich, aber bestimmt hatten sie Durin zu verstehen gegeben, dass Maeve ihn nicht empfangen würde, und dann – deutlich weniger freundlich – auch nicht vor dem Gebrauch ihrer Waffen zurückgeschreckt, als Durin sich weigerte zu verschwinden.

Das Handgemenge vor dem Tor hatte weitere Wachen alarmiert und Durin hatte einsehen müssen, dass sein Unterfangen keine Aussicht auf Erfolg hatte. Am Ende war es wieder Saphrax gewesen, der die Situation rettete, indem er anbot, das Haus in Gestalt einer Stubenfliege zu erkunden.

Das Warten in einer kleinen Gasse in der Nähe hatte sich schier endlos hingezogen. Während Finearfin äußerlich ruhig und gelassen an einer Wand gelehnt hatte und Durin, leise vor sich hin schimpfend, einen Plan zu ersinnen schien, wie er doch noch zu seinem Lohn kam, hatte Heylon der Verdacht beschlichen, der Einzige zu sein, dem noch an Caiwens Schicksal gelegen war. Das Gefühl, ihr so nahe zu sein, aber nicht helfen zu können, hatte ihn fast wahnsinnig gemacht. Rastlos war er in der Gasse auf und ab gelaufen, hatte mit den Stiefeln kleine Steine an die Hauswände getreten und ungeduldig darauf gewartet, dass Saphrax zurückkehrte.

Als er die Nachricht hörte, die das Wechselwesen brachte,

glaubte er, der Boden unter seinen Füßen würde schlagartig alle Festigkeit verlieren.

Das kann nicht sein. Das darf nicht sein, schoss es ihm durch den Kopf, und der Gedanke, dass Durin sie auf eine falsche Fährte geführt haben könnte, ließ eine unbändige Wut in ihm aufsteigen. »Du Lügner! Du verdammter Lügner!« Ohne Vorwarnung packte er Durin, der ihn um Haupteslänge überragte, am Kragen und stieß ihn gegen die Hauswand. »Wo ist sie?«, brüllte er außer sich. »Wo ist sie?«

»Fass mich nicht an.« Eine geschickte Bewegung Durins genügte, um Heylon zu Fall zu bringen. Die Hände in die Hüfte gestemmt, baute er sich vor ihm auf und fügte gefährlich ruhig hinzu: »Und nenn mich nie wieder einen Lügner.«

»Aber sie ist nicht da!« Heylons Stimme bebte, als er sich aufrichtete und sich mit dem Handrücken das Blut vom Mund wischte.

»Na und? Was heißt das schon?«, fuhr Durin ihn an. »Wenn sie nicht hier ist, ist sie eben woanders. Wir finden sie schon.«

»Aber du hast gesagt, du weißt, wo sie ist. Du hast versprochen, uns …«

»Vielleicht lasst ihr mich erst einmal ausreden, bevor ihr euch die Köpfe einschlagt.« Wie aus dem Nichts erschien Saphrax als ein großer, grauer Hund zwischen den beiden Streithähnen. »Und vielleicht hörst du«, er schaute Heylon an und fletschte die Zähne, »das nächste Mal genauer hin, bevor du einen anderen der Lüge bezichtigst.«

»Aber …«

»Kein Aber.« Saphrax knurrte warnend. »Ich habe gesagt, Caiwen ist nicht mehr im Haus. Das heißt aber nicht, dass sie nie dort war.«

Heylon schaute beschämt zu Boden und sagte nichts.

»Saphrax hat recht«, mischte Finearfin sich ein. »Ein Streit hilft uns nicht weiter.« Sie trat neben Saphrax, strich ihm über den zottigen Kopf und sagte: »Lass uns hören, was du erfahren hast.«

»Nicht sehr viel.« Saphrax schüttelte sich. »Ich habe nur das Ende eines Gesprächs zwischen Melrem und seiner Großmutter belauschen können. Die beiden stritten sich. Die Alte machte Melrem bittere Vorwürfe und nannte ihn einen unfähigen Versager. Ohne Borax und die Krieger wäre alles verloren gewesen, hörte ich sie sagen. Sie glaubt, dass die Nachtmahre Caiwen und Durin in Stücke gerissen hätten, wenn ihre Männer nicht im letzten Augenblick hinzugekommen wären, und gab Melrem die Schuld daran, weil er Caiwen nicht an Bord der *Annaha* halten konnte.«

»Der Angriff der Nachmahre war wirklich nicht ohne«, räumte Durin ein, wechselte dann aber das Thema, indem er fragte: »Hast du herausbekommen können, wo Caiwen jetzt ist?«

»Nicht direkt. Das Einzige, was uns vielleicht weiterhelfen könnte, ist etwas, was Melrem gesagt hat. Er meinte: ›Wie auch immer, das alles gehört der Vergangenheit an. Caiwen ist auf dem Weg. Wir können nur hoffen, dass diesmal nicht wieder ein Sturm aufzieht, der unsere Pläne zunichtemacht.‹ Könnt ihr irgendwas damit anfangen?«

»Bei den Göttern!«, stieß Finearfin hervor.

»Verdammt!« Durin schaute Saphrax an. »Haben sie noch etwas gesagt? Von einem Schiff, von Nimeye oder der Feuerinsel?«

»Hm.« Saphrax legte den Kopf schief und schien zu überlegen. »Nein … oder doch. Die Alte erwähnte noch irgendwas von einem Borax, der unterwegs zu Nimeye sei.«

»Die *Annaha*!«, riefen Finearfin und Durin wie aus einem Munde. »Wir müssen …«

»… zum Hafen!« Durin bückte sich, reichte Heylon die Hand und half ihm, wieder auf die Beine zu kommen. »Komm, Junge«, sagte er ohne jeden Groll in der Stimme. »Wenn du noch etwas für deine Freundin tun willst, müssen wir uns beeilen.«

Wenig später erreichten sie die Kaimauer, an der mehr als ein Dutzend große und kleine Segler vertäut lagen. Heylons Herz raste, und er hatte das Gefühl, als stäche ihm ein Messer in die Seite. Erschöpft blieb er stehen und versuchte, wieder zu Atem zu kommen, während Finearfin und Durin den Blick über die Masten und Segel schweifen ließen.

»Hier bin ich das letzte Mal an Bord der *Annaha* gegangen.« Durin verzog schmerzhaft das Gesicht, sog die Luft scharf durch die Zähne und richtete das Wort direkt an Finearfin, der man die Anstrengung des Laufens überhaupt nicht anmerkte. »Kannst du sie sehen?«

»Nein.« Finearfin schüttelte den Kopf. »Vielleicht liegt sie diesmal am anderen Ende des Hafens.«

»Soweit ich weiß, hat die *Annaha* hier ihren festen Liegeplatz.«

»Wir sollten trotzdem nachsehen.«

»Also ich bewege mich kein Stück mehr.« Durin deutete auf sein verletztes Bein. »Ich möchte nicht riskieren, dass die Wunde wieder aufreißt.«

»Ihr könnt hier warten.« Saphrax hatte Schutz zwischen einigen Holzkisten gesucht und kam nun als Raubmöwe angeflattert. »Ich sehe schnell nach.«

»Dein Haustier gefällt mir immer besser.« Obwohl Finearfin lächelte, war ihr die Anspannung deutlich anzusehen.

Die Zeit tröpfelte dahin, während sie beieinanderstanden und auf Saphrax' Rückkehr warteten. Durin hatte sich auf eine Kiste gesetzt und unterzog seine Verletzungen einer kurzen Kontrolle, während Finearfin den Blick nicht von den Schiffen nahm und ihren eigenen Gedanken nachzuhängen schien.

Die Zeit verstrich, aber Saphrax kam nicht wieder. Es begann zu schneien. Während sich auf den Kisten und Fässern eine dünne weiße Schicht bildete, ging der Alltag im Hafen seinen gewohnten Gang. Schiffe wurden be- und entladen, Segel gehisst oder gerefft und Kommandos gebrüllt. Zu jedem anderen Zeitpunkt hätte Heylon sich von dem Anblick der vielen Menschen und Schiffe nicht losreißen können, aber die Sorge um Caiwen war übermächtig und machte es ihm unmöglich, sich auf das bunte Treiben einzulassen. Schließlich hielt er es nicht mehr aus. »Was tun wir, wenn sie schon fort ist?«, stellte er die Frage, die ihn schon die ganze Zeit bedrückte.

Die Elfe schaute ihn an, und in ihrem Gesicht fand er dieselbe Ratlosigkeit, die auch ihn plagte. »Ich weiß es nicht«, sagte sie seufzend. »Ich weiß es nicht.«

Die Jagd beginnt

Caiwen verbrachte den Rest der Nacht, in eine Decke eingerollt, in der kleinen Kajüte, die Melrem ihr schon nach ihrer Flucht von den Riffinseln zugewiesen hatte.

Man hatte ihr die Fesseln abgenommen. Frei war sie nicht. Die Tür war von außen verschlossen. Davor stand eine Wache. Von der Freundlichkeit und bevorzugten Behandlung, die man ihr auf dem ersten Stück ihrer Reise hatte angedeihen lassen, war nichts geblieben. Mit einem Sack über dem Kopf hatte man sie im Schutz der Dunkelheit an Bord gebracht und sie weggesperrt, damit niemand etwas von ihrer Anwesenheit mitbekam. Diesmal wollte Maeve sichergehen, dass sie ihr Ziel erreichte. Diesmal sollte sich vollenden, was fünfzehn Winter zuvor im Sturm gescheitert war.

Die Zeit verstrich unter den sanften Bewegungen des Schiffes, das in rascher Fahrt durch die Wellen pflügte. Die Dunkelheit vor dem kleinen, runden Fenster wich einem schmutzigen Grau und schließlich der Dämmerung, aber obwohl Caiwen nach den Anstrengungen des langen Ritts völlig erschöpft war, fand sie keinen Schlaf.

Unaufhörlich kreisten ihre Gedanken um das, was geschehen war, seit sie das Riff verlassen hatte, um ihre Mutter, die sie sich mehr den je in ihrer Nähe wünschte, und um Heylon, der nun Nimeyes Gefangener war und dessen Leben allein davon abhing, wie sie sich am Ende entschied. Wehmütig schüttelte sie den Kopf. Nachdem ihre Mutter ihr im Wald erschienen war, hatte sie geglaubt, ihre Entscheidung sei unwiderruflich. Wenn es ihr durch das Schicksal bestimmt war, das Erbe der Hohepriesterin anzutreten, um Nimeye zu vernichten und das Zweistromland zu retten, dann würde sie es versuchen. Aber jetzt?

Der Gedanke, dass sie damit Heylons Tod in Kauf nehmen würde, war mehr, als sie ertragen konnte, und sie schob ihn hastig beiseite. Mehr denn je bereute sie ihren Entschluss, ihrer Heimat den Rücken gekehrt zu haben, und wünschte, sie könne alles ungeschehen machen. An diesem Morgen erschien es ihr wie eine Belanglosigkeit, dass man ihre elfische Abstammung auf dem Riff bald herausbekommen und Lenval des Verrats angeklagt hätte.

Sie hatte geglaubt, das Leben auf dem Riff sei grausam. Nun wusste sie es besser. Was die Menschen auf dem Riff taten, war aus der Not geboren. Es diente stets nur den Kampf ums eigene Überleben. Die Welt jenseits des Ozeans war nicht besser, sondern noch viel schlechter als ihre kleine, sturmumtoste Insel. Brutal, hinterhältig und heimtückisch war diese Welt, in der nur der gewann, der ohne Skrupel war und seine Ziele mitleidlos verfolgte.

Und danach habe ich mich gesehnt … Caiwen lachte bitter, als sie daran dachte, was sie sich von ihrem Besuch in Tamoyen erhofft hatte.

Vorbei …

Das Wort schwebte heran und setzte sich in ihrem Geist fest. Finearfin und Durin waren tot, Heylon war gefangen und sie selbst auf dem Weg, ihr eigenes Volk dem Untergang preiszugeben. Es war so ungerecht. So aussichtslos … Caiwen schluchzte auf und vergrub ihr Gesicht in der Decke. Sie hatte mutig sein wollen, aber sie war es nicht. Sie hatte zuversichtlich sein wollen, aber sie konnte es nicht. Sie hatte ihr Volk retten wollen, aber sie wusste, dass es nicht dazu kommen würde. Zu tief waren ihre Gefühle für Heylon, als dass sie sich gegen ihn hätte entscheiden können, zu sehr fürchtete sie sich davor, schuld an seinem Tod zu sein.

Aber ich kann doch mein Volk nicht verraten. Tränen liefen über Caiwens Wangen, als sie sich der Schwere der Entscheidung bewusst wurde, die vor ihr lag. Eine Entscheidung, die sie niemals würde treffen können und der sie sich dennoch so unausweichlich stellen musste, wie die *Annaha* auf die Vulkaninsel zuglitt.

Ich wünschte, ich wäre tot!

Der Gedanke blitzte hinter ihrer Stirn auf, und für einen Augenblick glaubte sie, die Lösung in Händen zu halten. Ohne sie konnte der Bann nicht gelöst werden. Maeve hätte keinen Grund mehr, Heylon festzuhalten … Alles wäre gut.

Und die Eisdämonen?, wisperte es in ihr. *Ohne dich ist das Zweistromland verloren.*

»Aber mit mir auch!« Wütend trat Caiwen mit den Füßen gegen den Stuhl, der neben ihrer Koje stand und polternd zu Boden fiel. Sie schlug die Hände vor das Gesicht und weinte hemmungslos. Es gab keinen Ausweg und kein Zurück. Was sie auch tun würde, sie musste verlieren.

Fingerdick lag der Schnee auf den Holzkisten und Fässern, die im Hafen vor Arvid zum Verladen bereitlagen, und es wurde immer mehr. Trotz seines Kummers konnte Heylon nicht umhin, die filigranen Muster der weißen Flocken zu bewundern, die lautlos vom Himmel schwebten, sich sanft auf seinen Umhang legten, um sich dort nach kurzer Rast in einen gewöhnlichen Wassertropfen zu verwandeln.

»Man könnte meinen, du siehst zum ersten Mal Schneeflocken«, brummte Durin und hauchte gegen seine klammen Finger.

»Das stimmt.« Heylon berührte eine besonders dicke Flocke mit dem Finger und beobachtete, wie sie schmolz. »Auf dem Riff hat es nie geschneit.«

»Du Glücklicher.« Durin wischte sich mit der Hand den Schnee vom kahlen Haupt. »Dieser verdammte Schnee friert mir noch das Hirn ein. Hoffentlich hat der Winter bald ein Ende.«

»Die schneelosen Winter auf dem Riff hattet ihr Caiwen zu verdanken«, mischte sich Finearfin ein. »Aber das weißt du ja schon. Ich bin sicher, wenn du jetzt zum Riff zurückkehrtest, würdest du die Inseln in ein weißes Kleid gehüllt vorfinden.«

»Aber dann …« Heylon starrte Finearfin an, als ihm klar wurde, was die Worte bedeuteten.

»… kann Caiwen nicht mehr in Arvid sein. Genau das ist mir auch gerade durch den Kopf gegangen.«

»Heißt das, wir kommen zu spät?« Heylon erbleichte.

»Ich fürchte, ja.« Finearfin hob den Kopf und deutete auf eine Raubmöwe, die mit schnellem Flügelschlag auf sie zugeschossen kam. »Da kommt Saphrax. Er wird uns sicher mehr sagen können.«

»Die *Annaha* ist in der Nacht ausgelaufen«, verkündete Saphrax noch im Anflug auf eine der Kisten. Die Beine vorgestreckt und wild mit den Flügeln schlagend, versuchte er, auf dem verschneiten Holz zu landen, fiel jedoch auf den Bauch, rutschte, vom eigenen Schwung getragen, gegen eine andere Kiste und blieb benommen liegen.

»Ist Caiwen an Bord?« Heylon berührte ihn mit der Hand und rüttelte ihn sanft. »Sag schon, was hast du herausgefunden?«

»J… ja.«

»Und wo sind sie hingefahren?« Heylons Ungeduld war nicht zu überhören. »Ihr Götter, muss man dir denn wirklich jedes Wort einzeln aus der Nase ziehen?«

»Das… das Ziel k… konnte mir niemand sa… sagen«, stammelte Saphrax.

»Sie fahren zur Feuerinsel, das ist doch klar.« Durin erhob sich und klopfte sich den Schnee von den Schultern.

»Jetzt schon?« Finearfin schien skeptisch. »Sie ist doch erst in der Nacht hier angekommen. So schnell sind Schiff und Mannschaft nicht bereit zum Auslaufen.«

»Und wenn sie schon auf Caiwen gewartet haben?«, fragte Durin. »Maeve hat es eilig. Es würde mich nicht wundern, wenn sie schon alles vorbereitet gehabt hätte. Nur Caiwen fehlte ihr noch.«

»Verdammt!« Außer sich vor Wut und Enttäuschung, hieb Heylon mit der Faust gegen eine der Kisten. Die Erschütterung löste eine kleine Schneelawine aus, die Saphrax unter sich begrub.

»Bist du von Sinnen?« Noch während Saphrax aufsprang, verwandelte er sich in eine dicke graue Hafenratte und schüttelte angewidert den Pelz. »Du willst wohl, dass ich erfriere?«

Heylon achtete nicht auf das Wechselwesen. Sein Blick wanderte von Durin zu Finearfin und zurück. »Und jetzt?«

»Was siehst du mich so an?«, fragte Durin unwirsch. »Sehe ich etwa aus wie ein Kapitän, der hier irgendwo ein Schiff liegen hat?« Er schüttelte den Kopf und spie in den Schnee. »Nichts für ungut, aber wenn sie fort ist, endet hier die Suche für mich.« Er wandte sich um und hob wie zum Abschied die Hand. »Macht's gut. Ich gehe.«

»Moment!« Mit einem Satz war Heylon hinter ihm und packte ihn an der Schulter. »Du kannst doch jetzt nicht einfach abhauen.«

»Warum nicht?« Durin fegte seine Hand fort wie ein lästiges Insekt. »Caiwen ist weg, und wir haben kein Schiff, um ihr zu folgen. Wir können nichts mehr für sie tun. Sieh es ein oder lass es bleiben, aber sag mir nicht, was ich zu tun habe.«

»Vergiss nicht, dass du ohne Medizin nicht mehr lange zu leben hast«, warf Finearfin warnend ein. »Wenn du jetzt gehst, wird das Wundfieber neu entflammen und dich töten.«

»Meinst du diese Medizin hier?« Ein schelmisches Grinsen huschte über Durins Gesicht, als er einen kleinen Lederbeutel aus seiner Tasche holte und ihn gerade so weit öffnete, dass Finearfin hineinsehen konnte.

»Wo hast du das her?« Die Elfe schnappte nach Luft.

»Das?« Durins Grinsen wurde eine Spur breiter. »Das habe ich mir schon in der ersten Nacht bei dir ausgeliehen. Ich lasse mich nun mal nicht gern erpressen – verstehst du?«

»Aber warum hast du uns dann bis hierher begleitet?« Finearfin runzelte die Stirn. »Du hättest längst gehen können.«

»Vielleicht, weil ich doch nicht so ein schlechter Mensch bin, wie ihr glaubt?«, erwiderte Durin schnippisch. »Oder weil ich mir einen Nutzen davon versprochen habe, dass Caiwen zurückkommt. Vergiss nicht, dass sie für mich zwei Beutel Gold wert ist.«

»Das ist widerlich!« Heylon wandte sich demonstrativ ab.

»Na, na, na. Etwas mehr Dankbarkeit wäre aber angemessen.« Durin gab sich gekränkt. »Immerhin habe ich euch den richtigen Weg gewiesen. Ohne meine Hilfe würdet ihr noch immer wie blinde Hühner in Arvid umherirren und nach Caiwen suchen.«

»Hallo!« Saphrax versuchte, sich in dem lautstark geführten Wortwechsel Gehör zu verschaffen, aber niemand beachtete ihn.

»Dankbarkeit?« Heylon fuhr herum, als wolle er sich jeden Augenblick auf Durin stürzen. »Wofür? Dafür, dass du mich ertrinken lassen und später umbringen wolltest? Dass du Caiwen belogen und entführt hast? Dafür, dass es allein deine Schuld ist, dass sie jetzt irgendwo dort draußen ist und wir hier festsitzen? Dafür soll ich dir auch noch dankbar sein?«

»Ähm, hallo?« Saphrax räusperte sich und kletterte auf die höchste Kiste, um besser gesehen zu werden. »Heylon hat recht«, fuhr Finearfin den Kopfgeldjäger an, ohne das Wechselwesen anzusehen. »Du hast so manches verdient. Aber Dankbarkeit gehört ganz sicher nicht dazu.«

»Ach nein?« Durin machte einen Schritt auf die Elfe zu. »Dann kann ich ja gehen.«

»Nur zu, wir brauchen dich nicht.« Heylon reckte trotzig das Kinn vor. »Wenn du zu feige bist, ich bin es nicht. Ich werde ein Schiff finden und die Verfolgung aufnehmen …«

»Hallo, ich muss euch …« Saphrax' Worte gingen in Durins schallendem Gelächter unter. »Du?«, rief er aus. »Du willst ihr folgen? Allein?« Er schnappte nach Luft, machte eine auffordernde Handbewegung und fügte hinzu: »Nur zu, Junge, renn geradewegs in dein Unheil und bring dich um. Törichte Hitzköpfe soll man nicht aufhalten.«

»Richtig. Und deshalb gehe ich jetzt auch und suche mir ein Schiff.« Heylon drehte sich um und wollte gehen, als ihm ein Schneeball mitten ins Gesicht klatschte. Durin erwischte ein weiterer nahezu zeitgleich am kahlen Hinterkopf, während ein dritter Schneeball haarscharf über Finearfin hinwegflog, die sich blitzschnell duckte.

»Hört mir jetzt endlich mal jemand zu?« Saphrax nutzte den Moment der Verblüffung für einen weiteren Versuch, sein Anliegen vorzutragen. Einen vierten Schneeball wurfbereit in den kleinen Rattenhänden haltend, schaute er sich überrascht um, weil die drei ihn tatsächlich beachteten.

»Also?«

»Was ist?«

»Na los. Raus mit der Sprache. Ich zähle bis drei. Eins …«

»Ich habe ein Schiff!« Jetzt, da er endlich sprechen konnte, fehlten Saphrax die Worte. »Es … es kann sofort auslaufen.«

»Du hast was?« Durin war mit drei Schritten bei ihm und schaute ihn aus zusammengekniffenen Augen an. »Sag das noch mal.«

»Ich habe ein Schiff.« Saphrax' Stimme war nicht mehr als ein Flüstern, aber sie wankte nicht. »Wirklich.«

»Wo?« Auch Finearfin war näher gekommen. »Wo liegt es?«

»Am anderen Ende des Hafens.« Saphrax deutete in die angegebene Richtung. »Da war ein Mann in schwarzen Gewändern. Er sagte, er würde euch erwarten, und trug mir auf, euch zu ihm zu bringen, damit er …«

»Zu dem Schiff?«, fiel Finearfin dem Wechselwesen ins Wort.

»Ähm, nein.« Saphrax schüttelte den Kopf »Er sagte, du wüsstest schon, wo du ihn finden kannst.«

Die düstere Miene der Elfe hellte sich auf. »Bei den Göttern, warum hast du das nicht gleich gesagt?«

»Wollte ich doch.« Saphrax gab ein ärgerliches Fiepen von sich. »Aber ihr habt mir ja nicht zugehört.«

Finearfin ignorierte ihn. Von plötzlichem Tatendrang erfüllt, wandte sie sich Heylon und Durin zu, als hätte es den Streit nie gegeben, und sagte: »Das ist der Schwarze. Er wird uns helfen. Folgt mir, ich weiß, wo er ist.«

In dem Lagerschuppen war es so finster und kalt, wie Finearfin es in Erinnerung hatte. Überall lagen Netze, Kisten und allerlei andere Gerätschaften. Das Fischerboot fehlte.

»Bist du sicher, dass wir hier richtig sind?« Durin hatte sein Kurzschwert gezogen und spähte misstrauisch in das Dunkel hinter der Tür. »Riecht mir verdammt nach einer Falle.«

»Ganz sicher.« Finearfin blieb gelassen. »Hier wohnt ein Freund.«

»Ein Freund, der sich in den Schatten verbirgt?« Durin grinste schief, blieb aber wachsam. »Seltsame Freunde hast du.«

»Dann haben wir wenigstens *etwas* gemeinsam.« Finearfin warf ihm einen ironischen Blick zu, trat durch das Tor in die Halle und sagte: »Wir sind da!«

Nichts geschah.

»Schüchtern scheint er auch zu sein«, bemerkte Durin spitz.

»Nicht schüchtern, aber vorsichtig.« Eine Gestalt glitt aus der Düsternis hervor und gesellte sich zu Finearfin. »Sind das deine

Gefährten, Schwester? Ein Halbwüchsiger und ein verletzter Kopfgeldjäger?«

»Heylon und Durin.« Finearfin nickte. »Nicht gerade viele.«

»Aber mehr, als ich zu hoffen wagte. Kommt näher.« Der Schwarze hob den Arm und unterstrich seine Worte mit einer auffordernden Geste. »Caiwen ist in großer Gefahr. Wir dürfen keine Zeit verlieren.«

Heylon kam der Aufforderung sofort nach, aber Durin zögerte.

»Was ist?«, fragte der Schwarze.

»Ich habe nie gesagt, dass ich Caiwen helfen will. Ich habe lediglich eingewilligt, die Elfe und den Jungen an den Ort zu bringen, an den Caiwen verschleppt wurde – und das auch nicht aus freien Stücken.«

»Ist das so?« Der Schwarze wandte sich Finearfin zu.

»Ja, das ist leider allzu wahr.« Sie seufzte. »Durin hat nur das Gold im Sinn, das Maeve ihm schuldet. Caiwens Schicksal und was daraus erwachsen mag, ist ihm gleichgültig.«

»Und warum bist du dann mitgekommen?«, fragte der Schwarze Durin ohne jeden Vorwurf.

»Neugier?« Durin zog die Schultern in die Höhe. »Vielleicht wollte ich ja den legendären schwarzen Unheilsboten einmal mit eigenen Augen sehen.«

»So hast du nichts, für das es sich zu kämpfen lohnt?«

»In Tamoyen braucht man Gold zum Überleben«, erklärte der Kopfgeldjäger kühl. »Edelmut und Hilfsbereitschaft machen nicht satt.«

»Das ist selbst für einen Sterblichen sehr kurz gedacht.«

»Der Krieg hat mich gelehrt, dass es sich für einen Sterblichen nicht lohnt, weiter als bis zum nächsten Morgen zu denken.« Ein Schatten huschte über Durins Gesicht, als er hinzufügte: »Und selbst das war für viele schon zu weit.«

»Der Krieg ist vorbei«, gab der Schwarze zu bedenken.

»Für einen wie mich gibt es immer irgendwo eine Schlacht zu schlagen – und einen Beutel Goldmünzen zu verdienen.«

»Dennoch solltest du die Zukunft nicht aus den Augen verlieren«, mahnte der Schwarze und fügte hinzu: »Du hast Maeve geholfen und sie hat dich verraten. Es sollte dir eine Genugtuung sein, ihre Pläne zu durchkreuzen.«

»Ich bin nicht nachtragend. Wenn ich meinen Lohn bekomme, ist die Sache vergessen.«

»So einfach ist das nicht.« Der Schwarze schüttelte den Kopf. Seine Stimme nahm an Schärfe zu: »Du hast Caiwen zweimal entführt und sie den Feinden meines Volkes in die Hände gespielt. Du hast viel Unheil angerichtet. Es wird Zeit, dass du das wiedergutmachst. Wenn Nimeyes Pläne aufgehen, werden Tamoyen und das Zweistromland in Finsternis versinken. Tausende werden sterben. Wer am Leben bleibt, den erwartet immerwährende Knechtschaft. Einmal entfesselt werden Nimeyes dämonische Verbündete keine Gnade kennen. Weder den Elfen gegenüber noch den Menschen. Am Ende werden sie nicht einmal Nimeye verschonen.«

»Du scheinst dich ja gut auszukennen«, spottete Durin. »Seltsam, dass ich noch nie etwas davon gehört habe.«

»Du glaubst mir nicht?«

»Nimm es mir nicht übel, aber – nein.« Durin schüttelte den Kopf. »Schauermärchen über Finsternis, Verdammnis und Sklaverei gibt es viele. Sie machen mir keine Angst. Ich habe den Krieg überlebt und gelernt, mich gegen die Kreaturen der Anderwelt zu behaupten. Viel schlimmer kann es wohl kaum kommen.«

»Nicht?« Der Schwarze ging zu einem Kistenstapel und gab Durin ein Zeichen. »Folge mir!«

»Warum sollte ich das tun?« Das Misstrauen in Durins Stimme war nicht zu überhören.

»Um deinen Irrtum zu erkennen.«

»Was hast du vor?«

»Das wirst du gleich erfahren.« Der Schwarze blieb vor einem schmalen Gang zwischen zwei Kistenstapeln stehen, schaute Durin aus den Schatten der Kapuze eindringlich an und fragte: »Furchtsam?«

»Vorsichtig.« Durin straffte sich und macht einen Schritt auf den Schwarzen zu. »Du hast allen Grund, mich zu hassen. Ich traue dir nicht.«

»Ich empfinde für dich keinen Hass«, erklärte der Schwarze ernst. »Was du getan hast, ist verwerflich, aber es geschah nicht aus Bosheit. Dem Untergang Tamoyens und des Zweistromlandes Tür und Tor zu öffnen, war für dich nichts weiter als ein gut bezahlter Auftrag, über dessen Tragweite man dich im Unklaren ließ. Dich trifft keine Schuld.«

»Und was willst du von mir?«

»Ich will dir etwas zeigen. Vertrau mir. Dir wird kein Leid geschehen.«

Durin zögerte. Dann ließ er sein Schwert sinken und knurrte: »Also gut.«

Finearfin schaute den beiden nach, wie sie zwischen den Kisten verschwanden. Der Großmut, mit dem der Schwarze Durin behandelte, erstaunte sie. Für sie hatte der Kopfgeldjäger immer zu ihren Feinden gezählt.

Da sie wusste, dass seine Dienste käuflich waren, hatte sie sich nie die Frage gestellt, ob Durin noch andere Beweggründe für seine Taten haben könnte. Er spielte jenen zu, die ihr Land vernichten wollten, das war ihr Beweis genug, dass auch er neben dem Gold nur Übles im Sinn hatte. Wäre sie im Wald nicht auf ihn angewiesen gewesen, um Caiwen schnell zu finden, sie hätte ihn dort, ohne mit der Wimper zu zucken, seinem Schicksal überlassen.

»Wer nicht für uns ist, ist gegen uns«, diesen Spruch hatte sie in den langen Wintern des Krieges so oft gehört, dass er ihr längst in Fleisch und Blut übergegangen war. In ihrer Welt hatte es immer nur zwei Farben gegeben: Schwarz und Weiß. Auf den Gedanken, dass es auch etwas dazwischen geben konnte, war sie bisher nicht gekommen.

Durin hingegen schien ein Mensch zu sein, der sich keiner Seite zugehörig fühlte. Dass er Caiwen entführt hatte, war zweifellos ein Unrecht, ließ aber nicht auf seine Gesinnung schließen, denn er hatte sich niemals an einen Herrn gebunden. Letztendlich ging es ihm immer nur um sich selbst.

Der Schwarze schien großen Wert darauf zu legen, dass Durin sie begleitete, und obwohl er die Gründe für sich behielt, musste auch Finearfin zugeben, dass sie ein weiteres Schwert gut gebrauchen konnten.

»Was hat er vor?« Heylon blickte sie fragend an.

Finearfin zuckte mit den Schultern. »Ich weiß es nicht.«

»Vielleicht bietet er Durin Gold an, damit er für uns arbeitet«, vermutete Heylon.

»Wohl kaum.« Finearfin schüttelte den Kopf. »Jemand, der seinen Lohn als Überbringer von Todesbotschaften verdient, wird gerade genug haben, um nicht Hunger leiden zu müssen.«

Heylon machte ein nachdenkliches Gesicht, sagte aber nichts. Schweigend warteten sie auf die Rückkehr der beiden.

Durin war der Erste, der kurze Zeit später wieder zwischen den Kisten hervortrat. Sein Gesicht war so bleich, dass Finearfin erschrak, seine Schritte unsicher und schwerfällig. Schwer atmend ging er zu einer Holzkiste, setzte sich und vergrub das Gesicht in den Händen.

»Was ist mit ihm?«, flüsterte Heylon der Elfe zu.

»Schwer zu sagen.« Zu ihrer Überraschung tat Durin ihr leid. Der unerschrockene Kopfgeldjäger, den scheinbar nichts aus der Ruhe bringen konnte, schien bis ins Mark erschüttert. Finearfin vermochte sich nicht vorzustellen, was hinter der Wand aus Kisten geschehen war, aber sie spürte, dass es furchtbar gewesen sein musste.

Einem plötzlichen Impuls folgend, wollte sie zu Durin gehen, aber noch ehe sie den ersten Schritt machen konnte, kehrte auch der Schwarze zurück und packte sie am Arm. »Lass ihm Zeit«, sagte er. »Er wird darüber hinwegkommen.«

»Aber wir haben keine Zeit«, entgegnete Finearfin. »Während wir hier stehen, entfernt sich Caiwen immer mehr.«

»Wir werden jetzt zum Hafen gehen«, erwiderte der Schwarze ruhig. »Ich habe alles vorbereitet. Wir können sofort auslaufen.«

»Und Durin?«, wollte Heylon wissen.

»Kommt mit uns.«

»Was hast du mit ihm gemacht?«, fragte Finearfin.

»Was ich auch schon mit dir tat«, erwiderte der Schwarze. »Aber es war nicht die Vergangenheit, die er sah. *Er* sah die Zukunft.«

Dichte Schneeflocken breiteten einen weichen weißen Teppich über Arvid, als sich die fünf auf den Weg zum Hafen machten. Der Schnee dämpfte ihre Schritte, und obwohl die Straßen voller Menschen waren, die geschäftig mal hierhin und mal dorthin eilten, schien überall eine wohltuende Ruhe eingekehrt zu sein.

Sie gingen schweigend, jeder in seine eigenen Gedanken vertieft. Eine Elfe, ein Halbwüchsiger, ein Kopfgeldjäger, ein abtrünniger Elf und ein Wechselwesen, die das Schicksal zusammengeführt hatte, um jene eine aus den Händen der Finsternis zu befreien, auf deren Schultern die Hoffnung zweier Völker ruhte.

»Verdammt!« Finearfin blieb so plötzlich stehen, dass Heylon gegen sie prallte.

»Was ist?«

»Wir hätten dem Elfenkönig eine Botschaft schicken müssen. Er weiß nicht, dass die Tochter der Hohepriesterin lebt und von Nimeye entführt wurde und somit auch nicht um die Gefahr, die sich auf dem Ozean zusammenbraut.« Finearfin ballte die Fäuste.

»Bei den Göttern des Waldes! Alles ging so schnell. Warum habe ich nicht früher daran gedacht?«

»Sorge dich nicht. Der König weiß es.« Der Schwarze legte ihr beschwichtigend die Hand auf die Schulter. »Als ich erfuhr, dass Caiwen auf dem Weg zum Zweistromland erneut entführt wurde, habe ich ihm eine Botschaft zukommen lassen.«

»Und?« Finearfin schaute den Elfen fragend an. »Was hat er geantwortet?«

»Nichts.« Der Schwarze schüttelte den Kopf. »Vielleicht schenkt er meinen Worten keinen Glauben, immerhin hat er mich verstoßen.«

»Na wunderbar«, knurrte Durin. »Und was ist mit dem König von Tamoyen? Können wir von ihm Unterstützung erwarten?«

»Mir wurde nicht gestattet, ihm eine Nachricht zu überbringen«, gestand der Schwarze. »Elfen, so hieß es, hätten ihre Gesuche allein an den Elfenkönig zu richten.«

»Dann sind wir also allein.« Durin schnitt eine Grimasse.

»Nicht allein«, korrigierte der Schwarze. »Zu viert.«

»Zu fünft!«, mischte sich Saphrax ein.

»Ja, zu fünft.« Der Schwarze gab einen Laut von sich, der einem Lachen sehr ähnlich war, blieb stehen und deutete zur Kaimauer, wo der betagte Fischkutter aus der Lagerhalle vertäut lag. »Und wir haben ein Schiff.«

»Ein Schiff?« Durin prustete los. »Das ist kein Schiff, das ist ein Seelenverkäufer. So wie der Kahn aussieht, bricht er im ersten Sturm auseinander.«

»Er ist seetüchtig.« Der Schwarze ließ sich nicht beirren. »Und es wird keinen Sturm geben.«

»Na, du musst es ja wissen.« Durin warf dem Elfen einen vielsagenden Blick zu, atmete tief durch und sagte: »Worauf warten wir dann noch? Alle Mann an Bord. Die Jagd beginnt.«

Blick in die Zukunft

Ein brüllender Wind aus den Tiefen des Vulkans peitschte den glutheißen Atem der Erde zu langen, gleißenden Fahnen, die gierig nach der rußgeschwärzten Höhlendecke leckten. Unablässig schleuderte er Lava in die Höhe, die als Funkenregen niederging und in dünnen leuchtenden Strömen wieder auf den Geysir zufloss, um den Tanz von Neuem zu beginnen.

Es war ein lebensfeindlicher Ort, den nie ein Mensch betreten hatte, und doch zeugte eine gläserne Vitrine in einer Nische davon, dass dieser Raum genutzt wurde. Sie stand auf einem natürlichen Podest aus geschmolzenem Gestein. Obwohl sie von einer dünnen Ascheschicht bedeckt war, war gut zu erkennen, dass sich in ihrem Innern ein kristallener Kelch befand, der mit einer roten Flüssigkeit gefüllt zu sein schien …

Feuriger Brodem schlug Nimeye entgegen, als sie die Höhle betrat, in der sich das Tor zur Welt ihrer Verbündeten befand. Ihre Haare knisterten in der glühenden Luft, aber sie spürte die Hitze nicht und schritt erhobenen Hauptes auf den Geysir zu.

Nur wenige Schritte davor blieb sie stehen. Hier war es so heiß, dass jeder Sterbliche verbrannt wäre, aber Nimeye zeigte sich gefeit gegen die Urgewalt aus dem Innern der Erde.

»Mächte des Feuers!«, rief sie, die Arme in die Höhe gereckt.

Ihre Stimme erhob sich, wie magisch verstärkt, über das Dröhnen der Flammensäule. Für einen Moment tobte das Feuer wie zuvor. Dann wandelte sich seine Farbe von Weiß-Orange in ein dunkles Rot, während es in sich zusammensank und an Kraft verlor.

Es war das Zeichen, auf das Nimeye gewartet hatte. »Die Tochter der Hohepriesterin ist auf dem Weg hierher«, sagte sie mit fester Stimme. »Bald wird sie die Insel erreichen und den Bann aufheben. Dann bin ich frei, und wir können endlich vollenden, worauf wir schon seit vielen Wintern warten.«

»So sei es.« Wie ein dumpfer Glockenschlag erklang die körperlose Stimme. »Ich verlasse mich auf dich.«

»Sind die Drachen bereit?«, erkundigte sich Nimeye. »Du kennst den Handel. Ich löse den Bann und öffne das Tor und du führst mich und meine Leute auf den Schwingen deiner Flammendrachen zum Sieg.«

»So wurde es mit Blut beschlossen und so wird es geschehen«, gab die Stimme zur Antwort.

Nimeye trat vor, kreuzte die Hände vor der Brust und deutete eine Verbeugung an: »So wird es geschehen«, wiederholte sie feierlich und murmelte mehr zu sich selbst: »Nicht mehr lange, und die Drachen werden Blut und Feuer über jene bringen, die mich demütigten. Gemeinsam werden wir das Alte verbrennen und aus der Asche ein Reich erschaffen, in dem allein meine Gesetze gelten werden.«

Hinter ihr schossen die Flammen wieder in die Höhe. Sie spürte die Gier der Lohen und deren unbändiges Verlangen, alles zu verschlingen. Aber noch war es nicht so weit. Noch stand der uralte Bann des Elfenkönigs zwischen ihr und der Erfüllung ihrer Träume.

Der Elfenkönig!

Nimeye verzog angewidert das Gesicht und gab einen verächtlichen Laut von sich. Der Elfenkönig war schwach. Schwach und dumm. Er hatte sie vergessen, weil er sie auf der Feuerinsel sicher verwahrt glaubte. Nicht ein Mal hatte er auf die Botschaften geantwortet, die die Rußraben ihm brachten. Weder die Hilferufe noch das Flehen der verzweifelten Elfen, deren Lage auf dem lebensfeindlichen Eiland immer aussichtloser wurde, hatte sein Herz erweichen und ihn zur Gnade bewegen können.

Die Zeit der Not und des Elends hatte erst ein Ende gefunden, als es ihr mit der gestohlenen Statue der Schlangenkriegerin gelungen war, jene Mächte anzurufen, die ihr schon Hunderte Winter zuvor zu verbotener Macht verholfen hatten. Mittels Magie hatte sie gelernt, das feurige Blut der Erde für sich zu nutzen und die kleine Gemeinschaft der Verbannten vor dem Tode zu bewahren. Und nicht nur das. Ihre Verbündeten aus der fremden Sphäre hatten sie gelehrt, ihre Kräfte weiter auszubauen und zur Vollkommenheit reifen zu lassen.

Zum Zeitpunkt der Verbannung war sie eine Gefahr für den Elfenkönig und das Zweistromland gewesen, nun würde sie ihnen den Untergang bringen. Sobald sie in ihre Heimat zurückkehrte, würde ein einziger Fingerzeig von ihr genügen, um ganze Gehöfte in Flammen aufgehen zu lassen. Ein Blick würde ausreichen, um einem Untertan den Verstand zu rauben, und ein Gedanke würde einen Sturm heraufbeschwören, der stärker war als alle Stürme, die je gegen die Küste Tamoyens gebrandet waren. Jene, die die Urgewalt der ersten Angriffswelle überlebten, würde sie lehren, ihr in tiefer Demut zu huldigen und widerspruchslos zu gehorchen. Wer sich widersetzte, den erwartete ein qualvoller Tod.

Zufrieden verließ sie die Höhle, um die nötigen Vorbereitungen für den Aufbruch zu treffen. Sie war noch nicht weit gekommen, als sie einen Pagen auf sich zueilen sah.

»Herrin?« Er senkte den Blick und verneigte sich ehrerbietig.

»Was gibt es? Sprich!« Über das ferne Rauschen der Flammen hinweg war die Hohepriesterin nur schwer zu verstehen.

»Herrin, ich bringe beunruhigende Kunde«, sagte der junge

Elf mit bebender Stimme. »Die Rußraben haben ein Schiff entdeckt, das der *Annaha* folgt und ungewöhnlich schnell zu ihr aufschließt.«

»Ein Schiff?« Nimeye horchte auf. »Was für ein Schiff? Ein Kriegsschiff der Tamoyer oder eines der schnellen Elfenschiffe?«

»Weder noch. Es ist ein Fischerboot.«

»Ein Fischerboot?« Nimeye lachte auf. »Und das nennst du beängstigend?«

»Es ist nicht die Größe des Schiffes, die dem Befehlshaber der Wache Sorge bereitet, Herrin«, erwiderte der Page. »Und auch nicht die Anzahl der Reisenden, die sich an Bord befinden.«

»Nicht? Was ist es dann?« Eine unausgesprochene Drohung schwang in Nimeyes Stimme mit.

»Der, den Ihr den Schwarzen nennt, reist mit.«

»Das ist unmöglich!«, brauste Nimeye auf. »Er stirbt, wenn er Tamoyen verlässt, und er weiß es.«

»Und doch ist es die Wahrheit.«

»Das kann nicht sein.« Nimeye wirbelte herum, eilte mit raschen Schritten an dem Pagen vorbei und rief: »Schafft mir den Raben her, der die Botschaft überbrachte. Ich glaube das erst, wenn ich es mit eigenen Augen gesehen habe.«

»Ist er tot?« Betrübt trat der Rabenmeister wenig später vor den Tisch, auf dem einer seiner Rußraben reglos und mit ausgebreiteten Flügeln lag.

»Nein.« Nimeye machte eine ungeduldige Handbewegung. »Nimm ihn mit, und sieh zu, was du für ihn tun kannst. Ich habe gesehen, was ich sehen wollte.«

»Dann ist es also wahr?« Lorcann, der Befehlshaber der Truppe, blickte Nimeye fragend an.

»Ja.« Nimeye nickte grimmig, wartete jedoch, bis der Rabenmeister den Raum verlassen hatte, ehe sie weitersprach. »Der Schwarze ist an Bord. Er treibt das Boot mit magischen Winden an, damit es doppelt so schnell fährt wie die *Annaha*. Wenn wir nichts unternehmen, werden sie die *Annaha* morgen bei Sonnenaufgang eingeholt haben.«

»Aber was können wir tun?«, fragte Lorcann. »Wir haben keine Schiffe und können nicht von der Insel weg.«

»Das überlass nur mir«, erwiderte Nimeye mit kaltem Lächeln. »Ich werde meinen alten Freund gebührend empfangen.«

Die Reise der fünf, die in Arvid in See gestochen waren, um Caiwen zu retten, verlief ruhig und so friedlich, dass Durin nach einer Weile davon überzeugt war, dahinter könne nur das Nahen eines großen Unheils stecken. »Das ist die Ruhe vor dem Sturm«, prophezeite er düster, während er seine Waffen putzte und schärfte, um, wie er betonte, für alle Fälle gewappnet zu sein.

Wie schon an Bord der Barke schien der Schwarze auch hier wieder an alles gedacht zu haben. Waffen, Decken, Vorräte und allerlei andere Dinge, deren Sinn und Zweck sich Finearfin nicht immer erschloss, füllten den Lagerraum des kleinen Schiffes, das zu Heylons großer Freude auch eine Kajüte mit vier Kojen besaß, sodass sie diesmal nicht an Deck schlafen mussten.

Und wie zuvor die Barke schien auch das Fischerboot ohne Steuermann auszukommen. Der Wind blies stetig und so kräftig aus Osten, dass sie schnelle Fahrt machten und hoffen konnten, die *Annaha* noch vor der Feuerinsel einzuholen.

Was dann geschehen würde, darüber waren sie sich uneins. Es gab viele Erfolg versprechende Strategien, wie man Caiwen befreien könnte, die aber alle irgendwann an einen Punkt gelangten, an dem unüberwindlich erscheinende Hindernisse auftauchten.

»Wenn wir eine Flotte schneller Elfenschiffe zur Unterstützung hätten, könnten wir die *Annaha* vor der Feuerinsel abfangen und Caiwens Freilassung erzwingen.« Finearfin riss sich ein Stück Brot ab und starrte gedankenverloren in die Flammen, die in dem eisernen Feuerkorb am Oberdeck emporzüngelten. Es war der zweite Abend ihrer Reise. Sie kamen gut voran, aber die Stimmung war schlecht. Von der *Annaha* fehlte jede Spur, obwohl Saphrax als Raubmöwe unermüdlich nach ihr Ausschau gehalten hatte. Bei Anbruch der Dämmerung sollte er erneut aufsteigen. Irgendwann, da war sich Finearfin sicher, würde die *Annaha* am Horizont auftauchen.

»Die haben wir aber nicht«, stellte Durin überflüssigerweise fest.

»Saphrax könnte sich wieder in einen Mhorag verwandeln und die *Annaha* zerstören«, schlug Heylon vor, der seine klammen Finger über dem Feuer wärmte. »Wir müssen Caiwen dann nur aus dem Wasser fischen.«

»Zu gefährlich.« Finearfin schüttelte den Kopf. »Man wird sie unter Deck gefangen halten. Vielleicht ist sie gefesselt. Sie würde ertrinken, ehe einer von uns sie findet.«

»Und wenn du dich nachts an Bord schleichst und sie befreist, so wie du es schon einmal getan hast?«, fragte Heylon.

»Das wird nicht leicht werden.« Finearfin seufzte. »Ich bin überzeugt, dass sie Wachen vor der Kajüte postiert haben.«

Ratlosigkeit machte sich breit und ließ die Gefährten verstummen. Je länger das Schweigen währte, desto deutlicher wurde, dass sie außer der Entschlossenheit, Caiwen zu retten, nicht viel mit an Bord gebracht hatten – nicht mal einen Plan.

»Darf ich etwas sagen?«, fragte Saphrax schließlich in die Stille hinein.

»Nanu, so höflich?« Durin zog erstaunt eine Augenbraue in die Höhe. »Sonst plapperst du doch auch einfach drauflos.«

»Nur zu.« Der Schwarze ging nicht auf Durins Worte ein. Er hob die Hand und machte eine einladende Geste. »Wir können jeden guten Gedanken gebrauchen.«

»Ich könnte als Raubmöwe an Bord fliegen und mich dann in eine Ratte verwandeln, um nach Caiwen zu suchen«, schlug Saphrax vor. »Dann nage ich mich durch die Wand ihrer Kajüte und durchtrenne ihre Fesseln.«

»Und die Wache?«, fragte Durin.

»Die töte ich als Schlange mit einem schnellen Biss und bringe Caiwen dann den Schlüssel für die Tür. Gemeinsam schleichen wir uns an Deck und springen über Bord. Im Wasser kann ich sie dann als Delfin oder Seelöwe hierherbringen.«

»Saphrax!« Durin starrte das Wechselwesen an. »Das ist wunderbar.«

»Ein guter Plan.« Der Schwarze nickte. »Aber sei auf der Hut. Wenn auch nur ein Elf an Bord ist, der Erfahrung mit Wechselwesen hat, wird er deine Nähe spüren und Alarm schlagen.«

»Wenn es dieselbe Mannschaft ist wie bei der Reise zum Riff, könnte es klappen«, warf Durin ein. »Da war nicht ein Elf unter den Seefahrern.«

»Dann ist es beschlossen?« Saphrax richtete die zottigen Ohren auf, hechelte und schaute Finearfin erwartungsvoll an.

»Es ist der beste Plan, den wir haben.« Die Elfe nickte. »Genau so machen wir es.«

Als es dunkel wurde und die Nacht ihren samtenen Mantel über den Ozean breitete, verabschiedeten sich Heylon und Durin von den Elfen und zogen sich unter Deck zurück, um zu schlafen: Keiner von beiden hätte es je zugegeben, aber Finearfin spürte, dass sie die kurze Zeit des Friedens und der Tatenlosigkeit bitter nötig hatten.

Heylon war erschöpft. Er war die Strapazen nicht gewohnt, die ihm seit ihrer Flucht von der *Annaha* aufgebürdet wurden, und krank vor Sorge um Caiwen. Eine weitere Nacht ungestörten Schlafes würde ihm guttun und seine Lebensgeister wecken.

Durin war zäh, aber die Verletzungen, die er sich auf dem Weg zum Riff und beim Kampf mit den Nachtmahren zugezogen hatte, verheilten nur langsam und schwächten ihn. Und auch wenn die Heilkräuter der Elfen Wirkung zeigten, war auch für Durin Ruhe vonnöten, damit sein Körper neue Kraft schöpfen konnte.

»Sie sind beide sehr tapfer – jeder auf seine Weise«, hörte sie den Schwarzen sagen, der neben sie an die Reling getreten war.

»Heylon ist wild entschlossen, Caiwen zu befreien«, erwiderte Finearfin. »Aber Durin …?« Sie ließ die Frage unvollendet und lauschte für einen Moment dem Gesang der Wellen, die in gleichmäßigem Takt gegen den hölzernen Rumpf schlugen. Dann fragte sie: »Was hast du ihm gezeigt?«

»Die Zukunft, wie sie sein wird, wenn es Nimeye gelingt, den Bann zu brechen.« Der Schwarze wandte sich ihr zu. Wie immer war sein Gesicht in den Schatten unter der Kapuze nicht zu erkennen. Dennoch spürte sie, dass es sie anschaute. »Willst du es sehen?«

Finearfin zögerte nicht. »Ja«, sagte sie mit fester Stimme und schloss die Augen zum Zeichen, dass sie bereit war. »Zeig es mir.« Der Schwarze nickte wortlos, hob die Hand und legte sie auf ihre Stirn. Wie beim ersten Mal, als er das Ritual des *Dritten Auges* an ihr vollzogen hatte, spürte Finearfin ein leichtes Schwindelgefühl und die Berührung eines fremden Bewusstseins. Instinktiv zuckte sie zusammen, aber sie wehrte sich nicht und ließ sich durch die Dunkelheit führen, die sich wie ein Tunnel vor ihr auftat. Lange Zeit konnte sie nichts erkennen, dann sah sie einen hellen Punkt am Ende des Ganges, auf den sie zuerst langsam und dann immer schneller zustrebte.

Es war ein Licht wie von Feuer. Rot und gleißend stieg es hinter einer gewaltigen Mauer auf, die sich schwarz und bedrohlich vor dem Feuerschein abzeichnete. Qualmwolken umwaberten die zerstörte Mauerkrone.

Finearfin erzitterte, entzog sich dem Bild aber nicht. Sie wollte sehen, was hinter der Mauer lag. Vorsichtig trat sie näher.

Es roch nach Hitze, nach verbranntem Holz und glühenden Steinen und anderen Ausdünstungen, deren grauenvolle Bedeutung der Krieg unauslöschlich in Finearfins Erinnerungen gebrannt hatte. Der Geruch des Todes …

Noch ehe Finearfin einen Blick über die Mauer warf, wusste sie, dass sie auf der anderen Seite keine lebende Seele mehr vorfinden würde. Finearfin zögerte. Seit vielen Wintern begleitete der Tod sie als ein Teil ihres Lebens. Bisher hatte sie ihn nicht gefürchtet, diesmal jedoch war sie nicht sicher, ob sie wirklich in sein Antlitz schauen wollte. Als sie sich streckte, um über die Mauer zu sehen, erstarrte sie vor Schreck.

Sie stand auf einem Hügel in einem Haus, das bis auf die Grundmauern niedergebrannt war. Am Fuß des Hügels lag eine Stadt oder vielmehr das, was davon übrig geblieben war.

Arvid!

Große Quader aus geschmolzenem Gestein, die einst Häuser gewesen waren, erstreckten sich bis zum Horizont, wo ein brennendes Meer den Himmel in blutiges Rot tauchte. Nichts rührte sich über dem Trümmerfeld aus glühender Schlacke und grauer Asche, die der Wind vor sich hertrieb. Weit in der Ferne waren Ruinen zu sehen, aber Finearfin hatte keine Hoffnung, dass es dort noch Leben gab. Die Vernichtung war vollkommen. Arvid existierte nicht mehr …

»Genug!« Finearfin keuchte auf und brach die Verbindung ab. »Das … das ist unmöglich«, presste sie hervor.

»Es ist die Wahrheit.« Der Schwarze sprach ganz ruhig. »Du ahnst nicht, mit welchen Mächten Nimeye sich verbündet hat.«

»Aber niemand kann in die Zukunft blicken«, behauptete Finearfin, die nicht glauben wollte, was sie gesehen hatte. »Menschen und Elfen haben es versucht. Immer wieder. Sie haben die Götter angerufen und Zauber gewirkt, vergeblich. Wie kannst du wissen, was geschehen wird?«

»Weil ich es weiß.«

»Das *Dritte Auge* hilft nur, in die Vergangenheit zu schauen. Wie hast du das gemacht? Verfügst du über eine besondere Magie?«, fragte Finearfin und gab sich dann selbst die Antwort. »Ja. Eine Magie, die stärker ist als die Gabe unserer Hohepriesterin, vielleicht sogar stärker als die Magie, die Nimeye beherrscht.«

Der Schwarze nickte bedächtig. »Diese Magie gehört zu mir seit meiner Geburt. Ich habe sie mir nicht gewünscht und sie nicht gewollt. Als ich sie entdeckte, war ich stolz darauf, aber dann …« Er stockte und sein Gesicht verdüsterte sich. »Es tut nichts zur Sache, was damals geschah. Wichtig ist nur, dass ich meine Macht zu hassen lernte und mich dafür schämte und verfluchte. Ich wende sie nur noch selten an, aber manchmal lässt es sich nicht vermeiden. So wie jetzt.

Allerdings sehe ich nur Möglichkeiten dessen, was kommt. Ebenso wie das zerstörte Arvid könnte ich dir Bilder einer Stadt zeigen, die ohne Angst vor den Anderweltwesen zu einer gewaltigen Handelsmetropole heranwächst. Was am Ende Wirklichkeit sein wird, liegt an uns und daran, wie mutig wir dem Schicksal entgegentreten.«

Finearfin sah den Elfen lange an, dann fragte sie: »Wer bist du, Schwarzer? Wer bist du wirklich?«

Der Elf antwortete nicht sofort. Den Blick auf das mondbeschienene Meer gerichtet, schien er seine Antwort sorgfältig abzuwägen, ehe er zu sprechen anhob: »Ich bin zur Hälfte ein Elf. Meine Mutter stammte von dem stolzen Volk aus dem Zweistromland, und es ist ein Glücksfall, dass ich ihr so ähnlich sehe. Niemand erkennt das Erbe meines Vaters in mir und das ist gut so. Er ist es, von dem die Magie in mich floss. Heute kann ich über sie gebieten, zumindest über einen Teil davon. Aber selbst dieser Teil verleiht mir Kräfte, die zu beherrschen mich viele Winter meines Lebens gekostet hat.«

Es folgte ein langes Schweigen, das Finearfin nicht zu brechen wagte, obwohl ihr die nächste Frage bereits auf der Zunge lag: *Wer ist dein Vater?* Aber sie wartete, bis der Schwarze von selbst fortfuhr: »In den ersten Wintern gelang es meiner Mutter, geheim zu halten, was niemand wissen sollte. Aber dann erwachte das Erbe in mir. In meinem jugendlichen Leichtsinn tat ich Dinge, die ich besser nicht hätte tun sollen. Mein Treiben blieb nicht unbemerkt, und so wurden wir verhaftet, meine Mutter und ich. Sie versuchte, mich zu schützen, aber sie war schwach und hielt dem Verhör durch Nimeye, die damals noch das Amt der Hohepriesterin innehatte, nicht lange stand.«

Er schwieg, und in seinem Blick las Finearfin, dass es ihm schwerfiel weiterzusprechen. »Ich war kein Sohn der Liebe. Mein Vater lauerte meiner Mutter eines Nachts im Wald auf. Er hatte die Gestalt eines Elfen angenommen und verführte sie. Sein wahres Gesicht zeigte er ihr erst im Morgengrauen, aber da war es zu spät.« Er holte tief Luft und fügte hinzu: »Dass sie mich trotzdem lieben lernte, zeugt von einer Stärke, die ich an ihr immer bewundert habe.«

»Was geschah dann?«, fragte sie.

»Als der König von meiner Abstammung erfuhr, verstieß er mich. Ich glaube, er hätte es gern gesehen, wenn ich in Arvid ein Schiff bestiegen hätte und niemals zurückgekehrt wäre. Und bei den Göttern, vielleicht wäre es tatsächlich das Beste gewesen.«

»Warum hast du es nicht getan?«

»Weil Nimeye es verhinderte.«

»Nimeye?« Finearfin runzelte die Stirn. »Warum?«

»Kannst du dir das nicht denken?« Der Schwarze schaute sie durchdringend an. »Was sie getan hat, war von langer Hand geplant. Um den König zu stürzen, überließ sie nichts dem Zufall. Schon damals scharrte sie im Geheimen Getreue um sich, die ihr nützlich erschienen. Nach meiner Verurteilung kam sie zu mir und versuchte, mich auf ihre Seite zu ziehen. Sie glaubte wohl, meinen Hass auf den König für sich nutzen zu können. Aber sie irrte sich, denn mehr noch als den König hasste ich zu dieser Zeit mich selbst und die Magie, die ich in mir trug. Nie wieder wollte ich sie zum Schaden anderer einsetzen, nie wieder jemanden töten ...« Er verstummte erschrocken, als habe er zu viel verraten, aber Finearfin tat, als hätte sie es nicht gehört.

»Das war eine kluge Entscheidung«, lobte sie.

Der Schwarze schüttelte traurig den Kopf. »Nein, nein, das war es nicht. Ich habe unterschätzt, wie sehr Nimeye mich wollte und wie grausam sie war. Sie ließ meine Mutter unter einem Vorwand gefangen nehmen und in den Kerker werfen, um mich zu erpressen. Und sie verfluchte mich. Ich kann weder das Zweistromland betreten noch Tamoyen verlassen. Beides hätte unweigerlich meinen Tod zur Folge. Sie hoffte damals wohl, dass ich es mir im Lauf der Winter anders überlegen würde, wenn der Wunsch, meiner Mutter zu helfen, übermächtig werden würde. Sie versprach mir, den Fluch aufzuheben und meine Mutter sofort freizulassen, sobald ich in ihre Dienste trete. Viele Winter wartete sie, aber ich blieb hart – dann wurde sie selbst verbannt und ich saß in Tamoyen fest.«

Finearfin war zutiefst erschüttert. Was der Schwarze ihr da erzählte, übertraf alles, was sie erwartet hatte. »Was ... was wurde aus deiner Mutter?«, fragte sie vorsichtig.

»Die Männer des Königs fanden ihren vertrockneten Leichnam in den Verliesen.« Finearfin spürte, wie viel Überwindung es den Schwarzen kostete, ihr dies zu erzählen. Aber er war noch nicht fertig. »Nimeye hat sie einfach verdursten lassen«, stieß er voller Hass hervor. »Sie ließ sie einfach verdursten. Sie hatte niemals vor, sie freizulassen.«

»Das ... das tut mir leid.« Finearfin rang nach Worten. Endlich verstand sie, warum der Schwarze ihnen so bedingungslos half, aber obgleich sie schon so viel erfahren hatte, waren immer noch Fragen offen.

»Ich wurde als jüngste von drei Schwestern geboren«, sagte sie, weil sie das Gefühl hatte, dem Schwarzen auch etwas von sich preisgeben zu müssen. »Mein Vater war Händler, daher wohnten wir nahe der Grenze zu Tamoyen. Nur zwei Nächte nachdem die Statue aus dem Celossos-Altar gestohlen wurde, kamen die Dämonen in unser Haus. Sie töteten meine Eltern und meine Schwestern und brannten das Haus bis auf die Grundmauern nieder. Als ich von meiner Reise zurückkehrte, fand ich nur noch kalte Asche. Dies war der Tag, an dem ich mir schwor, eine Kriegerin zu werden, um ihren Tod zu rächen.«

»So sind wir beide Opfer unserer Vergangenheit.« Der Schwarze hielt den Blick auf das Meer gerichtet. »Aber du hast es besser, du wirst die Früchte deines Mutes ernten können.«

»Und du?« Noch während Finearfin die Frage stellte, wusste sie, dass sie die Antwort nicht hören wollte.

»Ich werde sterben«, erklärte der Schwarze in einem Ton, der gleichzeitig sanft und bestimmt war. »Ich habe Tamoyen verlassen. Mein Schicksal ist besiegelt.«

»Aber …«

»Kein Aber.« Der Elf schüttelte den Kopf. »Ich habe es ganz bewusst getan. Es ist endgültig und unumkehrbar. Ich spüre bereits, dass es beginnt. Aber keine Sorge, ich werde nicht warten, bis Nimeyes Fluch mich dahinrafft. Mein Schicksal erfüllt sich lange vorher – auf der Feuerinsel.« Er wandte sich ihr zu, streckte die Hand aus und strich ihre eine Haarsträhne aus dem Gesicht. Dann glitt seine Hand ihren Arm hinunter und blieb dort liegen. »Versprichst du mir etwas?«

Finearfin zögerte. »Wenn ich es halten kann.«

»Wenn das alles hier vorbei ist, verbrennt meinen Körper auf der höchsten Klippe Tamoyens und übergebt die Asche dem Wind.«

Finearfin wollte etwas sagen, aber der Schwarze hob bittend die Hand.

»Und versprich mir noch etwas. Versprich mir, dass du Caiwen erzählst, was du heute von mir gehört hast. Es wird ihr helfen, zu sich selbst zu finden.«

»Das will ich gern tun.« Finearfin nickte und runzelte die Stirn. »Aber warum erzählst du es ihr nicht selbst?«

»Das kann ich nicht.« Der Schwarze zögerte. »Sie ist meine Tochter.«

Mar-Undrums Zorn

Im Osten erhob sich die Sonne über den Horizont, warf einen kurzen Blick über den Ozean, um sich dann wieder hinter hohen Wolken zu verbergen. Es schneite nicht, aber der Wind war eisig und rötete die Wangen der vier, die an Deck des kleinen Fischerbootes beisammenstanden und nach Westen blickten.

Bei Anbruch der Dämmerung hatte Finearfin die Segel der *Annaha* am Horizont entdeckt und die anderen geweckt. Der Viermaster war jedoch zu weit entfernt gewesen, um Saphrax' Plan sogleich in die Tat umzusetzen, und so hatten sie sich entschlossen, noch etwas abzuwarten.

Dann war, viel früher als vermutet, in der Ferne die rauchverhüllte Silhouette der Feuerinsel aufgetaucht und hatte jeden weiteren Aufschub unmöglich gemacht. Ungeachtet des langen Rückwegs, hatte sich Saphrax in Gestalt einer Raubmöwe auf den Weg zur *Annaha* gemacht. Es galt, Caiwen zu befreien, bevor das Schiff den Gürtel aus brennendem Wasser passierte, der die Feuerinsel wie ein natürliches Bollwerk umschloss und jedes Schiff in Flammen aufgehen ließ, das sich dem Eiland ohne Nimeyes Einwilligung näherte.

»Viel Glück!« Durin stützte die Hände auf die Reling. Wie Finearfin, Heylon und der Schwarze schaute er dem Wechselwesen mit gemischten Gefühlen hinterher, bis es vor dem Grau des Himmels nicht mehr zu sehen war.

»Saphrax ist sehr mutig«, sagte Finearfin anerkennend. »Ich kann nur hoffen, dass ihm das Glück gewogen ist.«

»Er weiß, was er tut«, erwiderte Durin. »Ich bin sicher, dass wir Caiwen heute Nachmittag an Bord haben.«

»Ich fürchte, so viel Zeit haben wir nicht.« Heylon deutete nach Osten, wo sich pechschwarze Wolken unheilvoll über dem Ozean zusammenballten. »Ein Sturm zieht auf.«

»Ein Sturm?« Durin erbleichte, als er daran dachte, wie es ihm an Bord der *Annaha* ergangen war – und das Fischerboot war im Vergleich zu dem stolzen Viermaster nicht viel mehr als eine Nussschale. »Dann sollten wir so schnell wie möglich von hier verschwinden.«

»Und Caiwen?« Heylon schaute ihn an, als sei er ein Verräter.

»Saphrax wird schon einen Weg finden, sie zu beschützen.«

»Im Sturm?« Heylon stieß ein hartes Lachen aus. »Du hast wirklich keine Ahnung von der See. Einem Unwetter wie diesem vermag kein Mensch ohne den Schutz eines Schiffes zu trotzen. Caiwen würde ertrinken, lange bevor sie …«

»Uns dürfte es keine Schwierigkeiten machen«, fiel Finearfin ihm ins Wort. »Wenn ich mich nicht irre, kennt einer von uns Mittel und Wege, ihn fernzuhalten.«

»Bei einem gewöhnlichen Sturm wäre das wohl richtig.« Der Schwarze hielt den Blick fest auf die dunkle Wand gerichtet, die schnell näher kam. »Aber das hier ist etwas anderes.«

»Etwas anderes?« Durin schnitte eine Grimasse. »Was denn?«

Der Schwarze zögerte, als sei er sich der Antwort noch nicht sicher, dann sagte er: »Er ist Nimeyes Werk.«

In der frühen Dämmerung erwachte Caiwen aus unruhigem Schlummer. Sie hatte schlecht geträumt, aber sie konnte sich nicht mehr daran erinnern. Nur ihr Herz, das wild in der Brust pochte, und ihr keuchender Atem zeugten noch von der entsetzlichen Furcht, die sie ausgestanden hatte.

»Es ist vorbei«, sagte sie, um sich selbst zu beruhigen, und lachte auf, als sei das ein gelungener Scherz. Nichts war vorbei. Der Schrecken lag noch vor ihr.

Durstig tastete sie nach der Wasserflasche und nahm einen großen Schluck. Ein Blick aus dem Fenster zeigte ihr, dass die Sonne sich gerade anschickte, ihre Reise über den Himmel zu beginnen.

Mein letzter Morgen auf der Annaha. *Mein letzter Morgen in Sicherheit.* Caiwen seufzte.

Der geschwätzige Wachtposten hatte ihr am Abend verraten, dass sie ihr Ziel kurz nach Sonnenaufgang erreichen würden. Der Mann hatte getrunken. Sie hatten lange durch einen Spalt in der Tür hindurch miteinander gesprochen, aber Caiwens Hoffnung, von ihm mehr über die Feuerinsel zu erfahren, hatte sich nicht erfüllt. Irgendwann hatte er ihr nicht mehr geantwortet und sein lautes Schnarchen hatte sie lange Zeit durch ihre Träume begleitet.

Caiwen streckte sich und schloss noch einmal die Augen. Noch kamen sie sie nicht holen, noch war Zeit, einen Plan zu schmieden, aber sosehr sie auch grübelte, ihr wollte nichts einfallen, und irgendwann schlief sie wieder ein.

Diesmal träumte sie von finsteren Höhlen, gleißenden Feuerströmen und schwarzen Schwingen, die durch die Glut peitschten und sie verfolgten, während sie blindlings vor etwas floh, das keinen Namen und kein Gesicht hatte. Sie lief und lief, schlug Haken und bog immer wieder in andere Gänge, aber das Etwas saß ihr beharrlich im Nacken und ließ sich nicht abschütteln. Dabei gab es immer wieder seltsam knackende Geräusche von sich, die selbst dann noch in ihren Ohren nachhallten, als sie mit einem erstickten Schrei aus dem Schlaf hochfuhr.

Knack-knack, knack-knack …

Im ersten Augenblick zweifelte Caiwen daran, dass sie wirklich wach war, und überlegte, ob sie vielleicht gerade eine besonders arglistige Fortsetzung ihres Albtraums erlebte. Es dauerte einige Atemzüge, ehe sie begriff, dass das Knacken nicht aus ihrem Geist, sondern aus ihrer Kajüte kam, besser gesagt, irgendwo vom unteren Ende der Tür. Sie runzelte die Stirn und setzte sich auf. Inzwischen war es draußen so hell geworden, dass sie alles im Raum gut erkennen konnte.

Knack-knack, knack-knack …

Unermüdlich ertönte das Geräusch, dann splitterte das Holz und eine hellgraue Ratte steckte ihre spitze Schnauze durch das Loch.

Auf dem Riff hatte es keine Ratten gegeben. Die wenigen, die mit dem Treibgut angespült worden waren, waren schnell Opfer der Raubmöwen geworden, die auf eine so fette Beute nur gewartet hatten. Caiwen mochte Ratten nicht sonderlich, aber sie empfand auch keine Abscheu vor den hässlichen Tieren. Fasziniert beobachtete sie den Nager bei seiner Arbeit und fragte sich, warum die Wache wohl zuließ, dass er die Tür zerstörte.

Plötzlich wurde es laut an Deck. Schrille Rufe und das Trampeln Dutzender Stiefel hallten durch den Schiffsrumpf. Caiwen konnte die Furcht und Anspannung der Mannschaft selbst über die Entfernung hinweg spüren. Die Matrosen schienen sich direkt über ihr an der Reling zu versammeln, und sie fragte sich, was es dort wohl zu sehen gab.

Umständlich richtete sie sich auf, schwang die Beine aus der Koje und ging zu dem kleinen Fenster ihrer Kajüte. Zunächst sah sie nicht viel mehr als wogendes graues Wasser, das die Farbe des Himmels widerspiegelte. Erst als sie den Blick zum Horizont richtete, erkannte sie, was die Männer an Deck so in Aufregung versetzte.

Mar-Undrums Zorn!

Der furchtbarste Sturm, den es auf dem Ozean gab. Kein anderes Unwetter war auf dem Riff so gefürchtet wie der gewaltige eisengraue Arm aus wirbelndem Wasser, der vom Meer bis in die Wolken hinaufreichte und alles mit sich riss, was seinem Wüten im Weg stand. Auf dem Riff erzählten die Alten abends oft von dem legendären Sturm, der, lange bevor Caiwens Eltern geboren wurden, das halbe Dorf fortgerissen und viele Bewohner getötet hatte. Caiwen selbst hatte Mar-Undrums Zorn erst einmal mit eigenen Augen gesehen, und obwohl er damals in sicherer Entfernung am Riff vorbeigezogen war, erinnerte sie sich noch gut daran, welche Ängste sie ausgestanden hatte.

Dieser hier war mit dem von damals nicht zu vergleichen. Die Wolken am Himmel waren so dunkel wie die Nacht, und die Wassersäule war so gigantisch, dass Caiwen ihre Größe nicht zu ermessen vermochte. Das Schrecklichste aber war, dass er direkt auf ein winziges Fischerboot zuhielt, das seinem Wüten verzweifelt zu entkommen versuchte.

Der Gedanke, dass dort Menschen an Bord waren, die um ihr Leben kämpften, schnürte Caiwen die Kehle zu und ließ sie für einen Moment ihr eigenes Schicksal vergessen. Im Geiste war sie bei den armen Fischern und betete zu Mar-Undrum, dass er das Leben der Männer verschonen möge.

Es war geradezu unheimlich. Während die *Annaha* Fahrt aufnahm und sich unter einem günstigen Wind westwärts von den tosenden Wassermassen entfernte, ballten sich im Osten immer mehr Wolken zusammen, die die mächtige Wassersäule weiter anschwellen ließen. Nicht mehr lange, und sie würde das Fischerboot verschlingen.

Caiwen ballte die Hände so fest zu Fäusten, dass ihre Fingernägel schmerzhaft in das Fleisch schnitten. Ihr Herz raste und ihre Lippen bebten. »Bitte!«, flehte sie leise. »Bitte mach, dass den armen Fischern nichts geschieht.«

»Caiwen!«

Sie zuckte zusammen. Hatte da jemand ihren Namen geflüstert? Sie drehte sich um, aber die Tür war verschlossen. Wer …?

»Caiwen!«

Knack-knack, knack-knack …

Die Ratte hatte das Loch inzwischen so weit vergrößert, dass sie fast hindurchschlüpfen konnte. Konnte es sein, dass sie …

»Ja, was haben wir denn da?« Auf dem Gang wurden Stimmen laut. »Einen schlafenden Posten und eine fette Ratte.«

Caiwen sah das Entsetzen in den Augen der Ratte und erhaschte für den Bruchteil eines Wimpernschlags das Gefühl einer vertrauten Wesenheit. Es war jedoch viel zu rasch wieder verflogen, um es greifen zu können, denn genau in diesem Augenblick wurde die Ratte von hinten gepackt und aus dem Loch gezerrt. Caiwen hörte sie erschrocken quieken. Dann gab es einen dumpfen Schlag. Das Quieken erstarb und der Mann draußen sagte: »Schaff das Vieh fort. Ich kümmere mich um den … – verdammt!«

»Wa… was ist?«, stammelte ein anderer.

»Bist du blind?«, fuhr der Erste den anderen an. »Der Wachtposten. Er ist tot!«

»D… da… das mü… mü… müssen wir dem Ka… Kapitän melden.«

»Ich mache das. Bis du es geschafft hast, auch nur einen Satz zu sagen, sind wir schon bei der Feuerinsel. Du wirfst die Ratte über Bord und kommst sofort hierher zurück. Die Tür darf nicht unbewacht bleiben.«

»A… aber d… der Sturm?«, stotterte der zweite Mann.

»Jetzt mach dir nicht in die Hosen. Du hast doch gehört, was der Kapitän gesagt hat. Der Sturm ist keine Gefahr für uns. Also hau endlich ab, und tu, was ich dir gesagt habe.«

Die Männer entfernten sich und Caiwen war allein.

Der Sturm ist keine Gefahr für uns, hatte der Matrose gesagt, aber das konnte sie nicht wirklich beruhigen. Ihre Sorge galt dem

Fischerboot. Wieder flehte sie Mar-Undrum an, die Männer zu verschonen.

Als sie wieder aus dem Fenster schaute, begriff sie, dass ihre Gebete nicht erhört worden waren. Vor ihren Augen verschwand der Bug des Bootes in den wirbelnden Wassermassen.

Oh nein! Caiwen schrie innerlich auf. Sie waren verloren – Wenn sie ihnen doch nur helfen könnte …

Mal síve Anar orta arinesse, San orta estel. – Hoffnung …

Tief in ihrem Innern regte sich etwas. Als hätte sie etwas wiedergefunden, was sie lange verloren geglaubt hatte. Eine Macht, stark genug, dem tosenden Wasser Einhalt zu gebieten und die Männer an Bord zu retten. Caiwen schloss die Augen, und wie durch ein Wunder sah sie auch jetzt die Wasserwand vor sich, die das kleine Boot zu zermalmen drohte. Sie wurde eins mit den Elementen und spürte, dass sie ihnen befehlen konnte. Sie war Aniye-Nenetihil, Patrona des Zweistromlandes, Tochter der Hohepriesterin und Gebieterin über die Gewalten der Natur. Die Macht war Bestandteil ihres Selbst, es war an ihr, sie zu nutzen und zum Wohle aller einzusetzen. Sie spürte, dass sie es konnte. Spürte, dass die Kräfte sich in ihr regten wie gefangene Tiere, die nur darauf warteten, endlich freigelassen zu werden.

Wenn sie nur den Schlüssel fand, es zu tun.

Caiwens Gedanken rasten. Sie keuchte vor Anstrengung. Tränen traten ihr in die Augen, als sie verzweifelt nach etwas suchte, das die Schutzwälle durchbrach, die ihre Gabe umschlossen. So wie die Magie selbst musste doch auch das Wissen in ihr verborgen sein, wie sie sie nutzen konnte. Aber wo …?

»Da seht ihr's! Sie ist immer noch da!«

Die Tür zu ihrer Kajüte flog krachend auf, als der Kapitän mit dem Ersten Offizier und einem Matrosen hereinkam. Caiwen zuckte erschrocken zusammen. Die Magie, die sie eben noch bis in die Fingerspitzen erfüllt hatte, zerstob wie Nebel im Wind und ließ neben dem Gefühl totaler Erschöpfung auch eine unglaubliche Leere zurück. Ihr wurde schwindelig, und es gelang ihr gerade noch, sich auf die Kante ihrer Koje zu setzen, ehe ihr schwarz vor Augen wurde.

»Sie ist ganz blass. Ich glaube, sie ist seekrank.« Der Erste Offizier musterte Caiwen mit besorgtem Blick, aber der Kapitän ging nicht darauf ein. »Hat sie heute schon eine Morgenmahlzeit bekommen?« Der Kapitän warf dem Matrosen einen finsteren Blick zu.

»Ähm … ja … nein.« Man brauchte keine besonders feinen Sinne, um zu erkennen, wie sich der Matrose innerlich wand. »Verzeiht, aber der … der Wasserwirbel …«

»… ist nicht so wichtig wie das Wohlergehen dieses Mädchens!«, herrschte der Kapitän den Matrosen an. »In wenigen Augenblicken werden wir die Straße des Feuers passieren. Sieh zu, dass sie etwas zu essen bekommt, damit wir sie Nimeye nicht halb verhungert übergeben müssen.« Damit drehte er sich um und verließ die Kajüte.

»Und der getötete Wachtposten?«, erkundigte sich der Erste Offizier beim Hinausgehen. Die Antwort konnte Caiwen nicht verstehen, denn gleich darauf fiel die Tür krachend ins Schloss. Als sie wieder aus dem Fenster sah, war das Boot fort.

Mit atemberaubender Geschwindigkeit raste die Wasserwand auf das Fischerboot zu. Durch die trüben Scheiben des kleinen hölzernen Verschlags, in dem sich das Steuerrad befand, beobachtete Finearfin den Schwarzen, der am Bug des Schiffes stand und beschwörend die Arme hob.

Als sich abzeichnete, dass es ihnen nicht gelingen würde, die Wassersäule zu umfahren, hatte er alle unter Deck geschickt, um sich den entfesselten Naturgewalten allein zu stellen.

Er hatte nicht gesagt, was er vorhatte, und niemand hatte ihn danach gefragt. Den beiden, die nun im Rumpf des Schiffes um ihr Leben bangten, genügte allein die Hoffnung auf ein Wunder …

Finearfin wusste, dass sie zu Heylon und Durin hinuntergehen und die Luke hinter sich schließen musste, zögerte den Augenblick aber noch ein paar Atemzüge hinaus. Sie hatte in ihrem Leben schon viele Schrecken gesehen und so manches Abenteuer durchgestanden, aber dieser Sturm übertraf alles. Finearfin hatte keine Worte für das, was sie empfand. Sie wusste nur, dass sie noch niemals eine solche Todesangst ausgestanden hatte.

Mit einer Mischung aus Furcht und Bewunderung beobachtete sie, wie zwischen den Händen des Schwarzen ein Licht entflammte, das rasch größer wurde und schließlich zu einer riesigen leuchtenden Kugel anschwoll, die das ganze Schiff umschloss.

Magie!

Zuckende Blitze, die von den Händen des Elfen in alle Richtungen zum äußeren Rand der Kugel züngelten, hielten den Zauber aufrecht und verhinderten, dass Wind und Wellen das Boot erreichten.

»Finearfin, schnell!« Durins Kopf erschien in der Öffnung. Sein Gesicht war von Furcht und Sorge gezeichnet. »Wir müssen die Luke von innen verriegeln.«

»Vielleicht nicht. Sieh nur.« Finearfin deutete zum Bug, wo der Schwarze unerschütterlich die Stellung hielt.

»Unglaublich.« Durin trat neben sie. »Er ist so wenig ein Elf wie Saphrax eine Raubmöwe – hab ich re…?«

»Bei den Göttern! Festhalten!« Finearfins Ruf schnitt ihm das Wort ab. Beide stürzten vor und klammerten sich am Steuerrad fest. Keinen Wimpernschlag zu früh, denn im gleichen Moment donnerten die Wassermassen mit einem furchtbaren Krachen gegen das Fischerboot. Der Schwarze wankte, die Blitze wurden schwächer, aber die Kugel hielt. Das Wasser war nun überall. Neben, unter und über ihnen. Es gab keinen Ozean mehr und keinen Himmel, nur finsteres Wasser und einen Sturm, der die Magie mit wütender Urgewalt zu durchbrechen versuchte.

»Halte durch!« Über das Tosen und Heulen des Sturms hinweg hörte Finearfin Durins Stimme. Sie spürte seine Furcht und das bange Hoffen, dass alles glimpflich ausgehen möge. Aber noch war nichts überstanden. Dies war kein Sturm, der kam und vorüberzog. Dieses Unwetter, dieser Willkommensgruß von Nimeye, hatte es auf sie abgesehen wie ein blutrünstiger Nachtmahr auf seine Beute.

Die Wassersäule hatte das Schiff in sich aufgenommen und tobte nun wie ein zorniges Kind, weil sie es nicht zerstören konnte. Wie ein Ball wurde die Kugel mit dem Schiff hin und her geschleudert, wurden Regen und Hagelstürme gegen die magische Barriere geworfen und brandeten turmhohe Wellen darüber – vergeblich.

Im Innern der Kugel war das Wasser ruhig. Sturm und Regen erreichten das Fischerboot nicht. Was auch immer geschah, zu keiner Zeit drohte das Schiff zu kentern. Sie waren in Sicherheit, solange die magische Hülle hielt.

»Es … es hält!« Ein vorsichtiges Lächeln zeigte sich auf Durins Gesicht. »Wir schaffen es.«

Finearfin dachte dasselbe, wagte aber nicht, es laut auszusprechen. Zu groß war die Sorge um das Wohl des Schwarzen, der ihr gestanden hatte, dass seine Kräfte schwanden, und zu stark das Gefühl, dass dies noch nicht alles war.

»Was ist los?« Zögernd traute sich auch Heylon wieder an Deck.

»Der Schwarze ist ein Magier«, erklärte Durin ehrfürchtig. »Unglaublich, wie er den Sturm von unserem Schiff fernhält.«

»Wirklich?« Heylon schloss die Luke hinter sich und trat neben Durin. »Das ist ja wunderbar. Ich dachte schon, wir müssen alle …« Weiter kam er nicht. Ein gleißender roter Blitz schlug wie ein tödliches Fallbeil mitten in die Kugel ein und ließ das Boot erzittern. Die Wucht des Einschlags schleuderte den Schwarzen zu Boden. Die Verbindung zwischen ihm und der Kugel wurde unterbrochen. Das Licht erlosch.

»Unter Deck, schnell!« Durins Warnung kam zu spät. Noch während er sich bückte und nach der Luke griff, stürzten die Wassermassen von allen Seiten auf das Schiff ein, zerschmetterten Masten und Aufbauten und rissen alles mit sich, was nicht festgezurrt war. Finearfin sah den Bug zersplittern und den Schwarzen in der schäumenden Gischt verschwinden. Dann wurde sie selbst Teil des tosenden Wassers. Sie verlor den Boden unter den Füßen und spürte, wie das Wasser mit ihr spielte wie mit einer Puppe. Die ungeheure Strömung zerrte an ihrem Gewand. Eisiges Wasser durchnässte sie und nahm ihr den Atem. Hoch hinauf wurde sie getragen, immer höher und höher, inmitten von Hunderten Trümmern, die einmal das Fischerboot gewesen sein mussten.

Einmal sah sie unter sich das Meer, entsetzlich weit entfernt, aufgewühlt, grau und tödlich. Sie spürte den Sog der Tiefe, während sich über ihr die Wolken weiter zusammenballten und einen Wind gebaren, der heulte und brüllte und mit seinem Wüten die Wassersäule am Leben hielt.

Finearfin schloss die Augen und sandte ein kurzes Gebet an die Götter ihres Volkes. Sie wurde gestoßen und geschlagen, wie ein Blatt herumgewirbelt und hatte schon nach wenigen Momenten die Orientierung verloren. Etwas traf sie hart am Kopf und ließ bunte Farben vor ihren Augen tanzen. Alles war nichts und nichts war alles. Es war, als würde ihre Seele mal in ihrem Körper und mal außerhalb davon sein.

Sie glaubte zu fallen und sah sich im Geiste in einen bodenlosen schwarzen Abgrund stürzen. Jenseits von Schmerz und Angst versuchte sie, einen Zipfel dessen zu greifen, was zur Wirklichkeit gehörte, aber alles, was sie spürte, war das grauenhafte Gefühl des freien Falls und die Gewissheit zu sterben, wenn es endete.

Verloren. Das Wort strich durch ihre Gedanken. *Du hast verloren.*

Hohn und Verachtung schwangen darin mit, und dann formte sich aus dem Farbenspiel das Gesicht einer Elfe, die ihren Todeskampf mit spöttischem Lächeln beobachtete. *Stirb!*

Das Lachen der Elfe dröhnte in Finearfins Kopf, lauter und immer lauter. So laut, bis es das Heulen des Windes und alle anderen Wahrnehmungen verdrängte …

»Herrin!« Wie aus weiter Ferne schwebte das Wort durch die Tiefen der Meditation in Nimeyes Bewusstsein. Den Arm ausgestreckt, stand die Hohepriesterin vor einem natürlichen Wasserbecken in einer der unzähligen Höhlen, die zu ihren Gemächern gehörten, und hielt den Blick fest auf eine dünne, wirbelnde Wassersäule gerichtet, die ihre Hand mit der Wasseroberfläche verband.

»Verloren!«, murmelte sie. »Du hast verloren! Dachtest du wirklich, deine lächerlichen Kunststückchen könnten euch retten? Du dummer Narr weißt nicht, wozu ich fähig bin. Die Zeiten, da ich dich für mich gewinnen wollte, sind längst vorbei. Ich brauche dich nicht mehr, alter Mann. Du bist schwach. Deine Zeit ist abgelaufen. Du hast Tamoyen verlassen, um dich mir entgegenzustellen, und damit den Tod gewählt.« Ihr Lächeln wurde breiter, und ihre Hand zuckte, als sie voller Hass hervorstieß: »Warum also warten, bis Alter und Siechtum dich zerfressen? Ich habe nicht vergessen, was Gnade ist, und Gnade will ich walten lassen – und nun: Stirb!« Ein gleißender Blitz fuhr aus ihren Fingern in die Wassersäule und ließ den Wirbel in blutigem Rot erstrahlen, während Nimeyes schadenfrohes Gelächter durch die Höhle hallte.

»Herrin, bitte! Es ist dringend!« Da war sie wieder, die Stimme, die sie in ihrer Konzentration störte. Diesmal lauter und nachdrücklicher. Nimeye zuckte zusammen und verlor für den Bruchteil eines Augenblicks die Kontrolle über ihren Zauber. Der Strom der Magie erlosch und die Wassersäule brach in sich zusammen.

»Wer …?« Mit einer ungehaltenen Bewegung wirbelte sie herum, die Hände, aus deren Fingerspitzen immer noch Blitze züngelten, drohend erhoben.

Ein Elf stand im Höhleneingang, die Augen angstvoll geweitet. Gemessen an der Lebensspanne eines Elfen, war er noch jung, aber Nimeye war so erfüllt von Hass und Zorn, dass sie ihn nur verzerrt wahrnahm. »Du wagst es, mich zu stören?«, herrschte sie ihn an, streckte die Hände vor und hüllte ihn in einen Kokon aus knisterndem Licht. Der Elf schrie auf und krümmte sich vor Schmerz. »Bitte«, flehte er mit dünner Stimme, »bitte verzeiht mir. Ich wollte doch nur … ah …« Stöhnend sank er zu Boden.

Nimeye trat näher. Ihr ebenmäßiges Gesicht glich einer Maske des Grauens. »Ich werde dir zeigen, was den erwartet, der meine Weisungen missachtet«, zischte sie.

»Gnade … bitte, nein … ich … ich sollte Euch …«

»Schweig! Du hast die Magie gestört. Dein Leben ist verwirkt!« Ihre Hände schlossen vor und tauchten den Körper des Elfen in gleißendes Feuer.

Seine Todesschreie gellten durch die Höhle, während er sich in unsäglichen Qualen am Boden wand. Dann war es still.

Nimeye keuchte vor Anstrengung. Das Feuer in ihren Händen erlosch. Sie wirkte erschöpft, aber der Eindruck verflog schnell. Kraftvoll und strahlend schön wie immer drehte sie sich um und trat erneut vor das Wasserbecken, um ihr Werk zu betrachten. Indem sie ihre Hand dicht über die Wasseroberfläche gleiten ließ, erschuf sie ein Bild der Stelle, an der zuvor der Sturm gewütet hatte. Der Himmel war blau, die dunklen Wolken hatten sich in nichts aufgelöst. Nur vereinzelte Trümmer auf dem ruhigen Wasser kündeten noch von dem Fischerboot, das hier vor wenigen Augenblicken zerschmettert worden war.

»Na, also.« Auf dem Gesicht der Hohepriesterin zeigte sich ein zufriedenes Lächeln. »Der alte Narr und seine törichten Begleiter werden uns nicht mehr stören.«

Im Höhleneingang waren Schritte zu hören, die abrupt innehielten. »Was zum …?«

Nimeye drehte sich um und erkannte den Befehlshaber der Wache, der erschüttert vor dem getöteten Elfen stand. »Lorcann, du kommst gerade recht. Lass ihn fortschaffen, der Gestank ist unerträglich«, befahl sie mit einer knappen Handbewegung.

Lorcann fühlte sich sichtlich unwohl. »Er … er sollte Euch ausrichten, dass die *Annaha* auf den Feuergürtel zutreibt und auf Einlass wartet«, versuchte er sich an einer Erklärung. »Er hatte den strikten Befehl, sich nicht abweisen zu lassen, da die Zeit drängt und der Wind das Schiff in die Flammen zu treiben droht.«

»So?« Nimeye zog erstaunt eine Augenbraue in die Höhe. »Davon hat er nichts gesagt.« Ohne den Toten auch nur eines Blickes zu würdigen, verließ sie die Höhle und eilte zum Hafen.

Brennendes Wasser

Man hatte Caiwen wieder gefesselt und an Deck geschafft, weil es im Innern des Schiffes unerträglich heiß wurde. Nun stand sie zwischen dem Kapitän und dem Ersten Offizier auf der Brücke der *Annaha* und schaute gebannt auf die Flammen und den schwarz-gelben Rauch, der nur eine Pfeilschussweite von dem Schiff entfernt über dem Wasser aufstieg.

Hier war es, das brennende Wasser, das die Feuerinsel wie eine Schutzmauer umschloss, die kein Schiff überwinden konnte, ohne in Flammen aufzugehen. In Gesprächen mit den Matrosen hatte Caiwen erfahren, dass die *Annaha* trotz dieser Barriere schon oft vor der Feuerinsel vor Anker gegangen war. Es hieß, dass Nimeye in der Lage sei, dem Feuer zu gebieten und einen Korridor zu schaffen, den das Schiff gefahrlos passieren konnte. Von so einer Straße war allerdings noch nichts zu sehen.

Schon früh hatte die Mannschaft die Segel gerefft. Der durchdringende Ton eines Signalhorns hatte den Elfen auf der anderen Seite ihre Ankunft verkündet und der dumpfe Laut eines Muschelhorns hatte ihnen geantwortet. Seitdem glitt die *Annaha* in gemächlicher Fahrt auf das brennende Wasser zu.

Dennoch schien nicht alles so zu laufen, wie der Kapitän es sich erhoffte. Je weiter sie sich dem lodernden Ring näherten, desto nervöser wurde er. Caiwen spürte seine Anspannung und sah, wie sich seine Hände um die Reling krampften, während er den Blick so starr auf das Inferno vor ihm gerichtet hielt, als genüge allein die Kraft seiner Gedanken, um das ersehnte Tor zu öffnen.

»Hätte die Straße des Feuers nicht längst auftauchen müssen?« Der Erste Offizier sprach aus, was alle an Bord bewegte. Obwohl von der Wintersonne gebräunt, war sein Gesicht blass und von tiefer Sorge gezeichnet.

»Sie wird sich jeden Augenblick zeigen.« Der Kapitän gab sich zuversichtlich, aber es klang nicht wirklich überzeugt. Wie Caiwen musste auch er das erregte Gemurmel der Mannschaft hören, die sich an Deck drängte und immer unruhiger wurde.

Die *Annaha* war dem brennenden Wasser schon sehr nahe, aber noch immer erschien keine Lücke in der Feuerwand.

»Kapitän!« Auf der Stirn des Ersten Offiziers standen Schweißperlen, die nicht von der Hitze stammten. »Wir sollten das Ruder …«

»Wir sollten gar nichts«, schnitt der Kapitän ihm barsch das Wort ab. »Sie wissen, dass wir kommen, und werden uns einlassen.«

»Aber …« Der Erste Offizier keuchte.

»Kein Aber! Wir halten den Kurs!«

Das Feuer war jetzt so nahe, dass Caiwen das Fauchen der Flammen hören konnte.

»Ihr Götter steht uns bei. Wir werden alle verbrennen!« Der Aufschrei eines Matrosen ließ Panik unter der Mannschaft ausbrechen. Alle riefen durcheinander und forderten einen sofortigen Kurswechsel. Einige versuchten, auf die Brücke zu gelangen, aber die Wachtposten zückten ihre Schwerter und versperrten ihnen den Weg.

Caiwen spürte, wie die Stimmung umschlug. Das bange Entsetzen der Mannschaft, die bis eben noch auf eine Wendung zum

Guten gehofft hatte, entlud sich in zornigem Geschrei und wilder Raserei. Ein Messer kam aus der Menge geflogen und bohrte sich unmittelbar neben dem Kapitän in die Reling, doch gerade als die Lage außer Kontrolle zu geraten drohte, ertönte vom Ausguck der erlösende Ruf: »Straße voraus! Sie öffnet sich!«

Sofort waren Wut und Furcht vergessen. Alle reckten die Hälse und liefen an die Reling, um das Wunder mit eigenen Augen zu sehen.

Auch Caiwen spähte voraus. Und wirklich: Unmittelbar vor ihnen schien der Rauch dünner zu werden. Kleine Wellen kräuselten das Wasser und schoben die Flammen nach rechts und links, bis ein breiter Korridor entstand. Es war eine beeindruckende Demonstration der Macht, die ihre Großmutter besaß, und ein weiterer Grund dafür, dass Caiwen sich fürchtete.

Wie soll ich gegen eine Magierin bestehen, die so mächtig ist, dass ihr sogar das Feuer gehorcht? Was habe ich ihr entgegenzusetzen, jetzt, da ich weiß, dass ich mit einer Weigerung Heylons Leben aufs Spiel setze?

Caiwen biss sich auf die Unterlippe, während sie beobachtete, wie sich hinter der Wand aus Rauch die Umrisse einer Insel abzeichneten, die aus drei Bergen zu bestehen schien. Alle drei waren schwarz und kahl. Aus den Flanken stieg gelblicher Qualm auf, an anderen Stellen trat in dünnen glühenden Strömen Gesteinsmasse aus, die langsam talwärts floss und dabei allmählich erkaltete. Der höchste Berg in der Mitte besaß einen gewaltigen Krater, aus dem Unmengen weißen Dampfes in den Himmel stiegen.

Die *Annaha* passierte die Straße des Feuers ohne Schaden und hielt auf eine natürliche Mole zu, die wie ein gewaltiger schwarzer Arm vom Fuß des größten Berges in den Ozean hineinreichte. Im ersten Moment glaubte Caiwen, die Mole sei verlassen, dann erkannte sie ihren Irrtum. Ganz vorn am Kopf der Pier stand einsam eine verhüllte Gestalt.

»Ich wusste, dass sie unsere kostbare Fracht nicht verbrennen lässt, nachdem sie fünfzehn Winter darauf gewartet hat.« Der Kapitän hatte seine Haltung wiedergefunden und tat, als hätte er zu keiner Zeit an Nimeyes Zuverlässigkeit gezweifelt. Mit selbstzufriedenem Lächeln gab er dem Steuermann den Befehl, beizudrehen und die Pier in einem Bogen anzulaufen.

Schweigend verfolgte Caiwen, wie die Mole näher kam. Bei genauerem Hinsehen war gut zu erkennen, dass die Pier einst ein Lavastrom gewesen sein musste, der im Meer erkaltet und von den Elfen bearbeitet worden war. Eine senkrecht behauene Fläche an der Spitze der Mole erlaubte es der *Annaha,* mit der Breitseite anzulegen und das Schiff an den dicken Felsnasen zu vertäuen, die zu diesem Zweck aus dem Vulkangestein herausgeschlagen worden waren.

Die ganze Zeit über stand Nimeye auf der Pier und rührte sich nicht. Caiwen spürte, dass sie sie anschaute, erwiderte den Blick aber nicht. Sie wusste nicht, was geschehen würde, wenn sie der fremden Frau in die Augen sah, und zögerte den Moment so lange wie möglich heraus.

Dann war es so weit. Die Matrosen legten die Planke vom Schiff zur Pier und der Kapitän packte sie am Arm. »Wir sind da«, sagte er knapp. »Komm mit.«

Caiwen folgte ihm wie ein Lamm zur Schlachtbank. Was hätte sie auch tun sollen? Ringsum gab es nichts als Wasser und Feuer. An Flucht war nicht zu denken. Für sie gab es nur einen Weg und diesen hatte das Schicksal fünfzehn Winter zuvor für sie bestimmt …

Als sie den Fuß auf das Vulkangestein setzte und Nimeye gegenübertrat, stellte sich eine erwartungsvolle Stille ein, die nur durch das leise Plätschern der Wellen gebrochen wurde. Unter dem von gelben Wolken verhangenen Himmel standen sich das Mädchen vom Riff und die verbannte Hohepriesterin wie Schatten aus verschiedenen Welten gegenüber.

»Da bist du ja endlich.« Nimeye machte einen Schritt auf Caiwen zu, strich ihr sanft über das Haar und lächelte. »Nach all den Wintern …« Sie stockte, als würde sie erst jetzt bemerken, dass Caiwen gefesselt war. »Was soll das?«, herrschte sie den Kapitän an. »Sie ist die Tochter meiner Tochter und ihr behandelt sie wie eine Gefangene? Bindet sie los. Sofort.«

»Verzeiht, aber sie weigerte sich mitzukommen.« Der Kapitän gab einem der Männer ein Zeichen, die Stricke zu lösen.

Was immer Caiwen von Nimeye erwartet hatte, das gewiss nicht. Sie spürte, wie das Blut prickelnd in ihre Hände zurückfloss, und knetete die Finger, um den Schmerz zu lindern.

»Na also.« Nimeye zeigte wieder ihr strahlendes Lächeln. »Es geht doch. Wie fühlst du dich, mein Kind? Sie waren doch gut zu dir – oder?«

Caiwen antwortete nicht. Die Art, wie ihre Großmutter sie begrüßte, verwirrte sie und wollte so gar nicht zu dem Bild der herrschsüchtigen und skrupellosen Frau passen, das sie sich von Nimeye gemacht hatte.

»Warum so schüchtern, Liebes?« Caiwen fühlte eine kühle Hand unter ihrem Kinn, die sie zwang, den Kopf zu heben und ihre Großmutter anzusehen. »Du musst keine Angst haben, Kleines. Wir sind vom selben Blut.« Nimeye hielt ihren Blick mit den irislosen Augen gefangen. Ihr Gesicht glich dem ihrer Mutter bis aufs Haar, wäre da nicht ein harter Zug um die Mundwinkel gewesen und eine Kälte, die Caiwen trotz des Lächelns fast körperlich spüren konnte.

»Oh, du bist durcheinander. Kein Wunder nach allem, was du durchgemacht hast.« Nimeye warf dem Kapitän einen finsteren Blick zu. »Ich muss mich für die Männer entschuldigen. Sie taten nur, was ihnen richtig erschien. Aber jetzt bist du hier. Jetzt wird alles gut.«

Wieder antwortete Caiwen nicht.

»Was ist los? Hast du die Stimme verloren, Liebes? Oder bist du stumm?«

»Sie kann sprechen. Das versichere ich Euch«, erklärte der Kapitän im Tonfall eines Händlers, der fürchtet, schlechte Ware abgeliefert zu haben.

»Da bin ich aber froh.« Nimeye lachte glockenhell. »Dann ist es wohl die Scheu, die sie davon abhält, mich gebührend zu begrüßen. Aber das wird sich schnell ändern.« Sie strich Caiwen über das Haar und sagte liebevoll. »Du wirst sehen, wir beide werden schnell Freundinnen werden.«

Finearfin erwachte frierend und mit dem Geschmack von Blut im Mund. Ein kühler Wind strich ihr übers Gesicht. Sie blinzelte, aber das gleißende Licht der Mittagssonne blendete sie so sehr, dass sie nicht wagte, die Augen zu öffnen. Ihr Kopf dröhnte, ihr Magen rebellierte und jeder Muskel in ihrem Körper schmerzte – aber sie lebte.

Finearfin konnte ihr Glück kaum fassen. Sie versuchte, sich ins Gedächtnis zu rufen, was nach dem Bersten der magischen Lichtkugel geschehen war, erhaschte aber nur ein paar bruchstückhafte Erinnerungen: der zerschmetterte Bug des Fischerbootes, der Schwarze, der in den gischtenden Fluten versank, Trümmer, die auf dem Wasser schwammen ... Der Rest war wie ausgelöscht.

Finearfin schluckte trocken und fuhr sich mit der Zunge über die rissigen Lippen. Sie war durstig, entsetzlich durstig. Die Zunge klebte ihr am Gaumen und ihr Rachen schien von einer dicken Salzkruste bedeckt. »Wasser!«, murmelte sie flehend, wohl wissend, dass niemand da war, der sie hätte hören können.

Von irgendwoher erklang das Plätschern von Wellen. Sie zwang sich, vorsichtig die Lider zu heben, und erkannte, dass sie auf der hölzernen Luke des Fischerbootes lag. Wie sie die Luke gefunden und es geschafft hatte, sich hinaufzuziehen, wusste Finearfin nicht mehr. Aber es war auch nicht wichtig. Alles, was zählte, war, dass sie Wasser im Überfluss besaß, um ihren quälenden Durst zu löschen. Gierig formte sie mit ihren Händen eine Schale und begann zu trinken, aber so viel sie auch trank, der Durst wollte nicht weichen. Das salzige Wasser schien ihn sogar noch zu verstärken und brachte ihr zudem heftige Magenkrämpfe ein. Fluchend ließ sie sich auf die Holzplatte sinken, schloss die Augen und ließ sich treiben.

Dunkelheit griff nach ihr und hüllte sie ein. Sie spürte, wie ihr Bewusstsein erneut davonglitt, an einen Ort, wo es weder Durst noch Schmerzen gab. An einen Ort des Friedens, der sie lockte und willkommen hieß, aber diesmal kämpfte sie dagegen an.

Du darfst nicht aufgeben, wisperte es in ihr. *Dann ist das Zweistromland verloren.*

Ermattet öffnete sie die Augen und schaute sich um. Was sie sah, war alles andere als ermutigend. Nach Osten, Süden und Norden erstreckte sich eine endlose Wasserfläche, während sich im Westen jene gewaltige Nebelwand über dem Wasser erhob, hinter der sich die schwarzen Krater der Feuerinsel verbargen. Der Sturm hatte Finearfin ein ganzes Stück näher herangetragen, aber das war nicht wirklich ein Trost, denn selbst wenn sie im Wasser ein Trümmerstück entdeckte, das sie als Paddel benutzen konnte, waren ihre Aussichten, die Insel zu erreichen, gleich null. Der Ring aus brennendem Wasser würde die hölzerne Luke binnen weniger Augenblick in Asche verwandeln und sie einem ähnlichen Los zuführen.

»Na wunderbar.« Finearfin lachte bitter. »Ich habe die Wahl zwischen Verdursten oder Verbrennen.« Für einen Augenblick beneidete sie Durin und Heylon und den Schwarzen, die ihren letzten Weg in die Gestade der Ahnen allem Anschein nach schon angetreten hatten. Sie hatte sich immer einen schnellen Tod gewünscht, wenn es einmal so weit sein sollte, aber das Schicksal schien andere Pläne mit ihr zu haben.

Ihre Hand wanderte suchend zum Gürtel und fand ihr Messer dort nass, aber unversehrt in der ledernen Scheide vor. Es bei sich zu wissen, war tröstlich. So konnte sie ihrem Elend selbst ein Ende bereiten, wenn es keine Hoffnung mehr geben sollte.

Wieder griff die Erschöpfung nach ihr, und obwohl sie sich auch diesmal dagegen wehrte, gelang es ihr nicht, die Augen offen zu halten.

Sie erwachte, weil etwas an ihr zupfte. Es war ein fernes und unwirkliches Gefühl, das die Dunkelheit vertrieb und ihre wirren Träume in nichts auflöste. Endlose Herzschläge verstrichen, ehe sie die Kraft fand, die salzverkrusteten Lider zu öffnen, und noch länger dauerte es, bis sich ihr trüber Blick klärte. Sie konnte nicht sagen, wie lange sie geschlafen hatte, aber wichtiger als das war die Gewissheit, dass sie immer noch lebte.

»Na endlich.« Da war es wieder: das Zupfen und Picken wie von einem Schnabel, der sich an ihren Gewändern zu schaffen machte. »Ich dachte schon, du wachst gar nicht mehr auf.«

Finearfin hob blinzelnd den Kopf und blickte in das schmutzig-graue Gesicht einer Raubmöwe, die vor ihr auf der Luke stand und ungeduldig hin und her lief. »Sa... Sa...« Sie wollte etwas sagen, aber ihre Lippen waren so trocken, dass sie aufsprangen und zu bluten begannen.

»Nicht reden, jetzt nicht«, hörte sie die Möwe sagen. »Für überschwängliche Dankesbekundungen ist es noch etwas früh. Ich habe dich gefunden. Ob ich dich von hier fortbringen kann, muss sich erst erweisen.«

»Saphrax!« Niemals hätte Finearfin es sich träumen lassen, dass sie sich einmal so über den Anblick einer Anderweltkreatur freuen würde. »Du ... du bist da.«

»Ja, ich bin da«, schnatterte Saphrax ungeduldig. »Und wenn du dich ein wenig zusammenreißt, sind wir auch bald in Sicherheit.«

Sicherheit. Was für ein Wort. Finearfin hustete und fragte: »Was muss ich tun?«

»Kannst du dich auf alle viere hocken?«

»Ich versuche es.« Finearfin nickte. Ihre Arme und Beine zitterten, das Brett schwankte bedrohlich, und eine Flut von Wasser schwappte darüber, als sie sich mühsam aufrichtete.

»He, Vorsicht!« Saphrax flog erschrocken auf. »Wenn du ins Wasser fällst, ist es aus.«

»Es … es geht schon.« Finearfin keuchte. Die Haare hingen ihr nass und strähnig ins Gesicht und ihre Kleidung war schwer von Wasser. Mit letzter Kraft gelang es ihr, auf alle viere hochzukommen und das Gleichgewicht zu halten. Saphrax landete vor ihr und stellte sich so, dass sein Rücken unter dem Bauch der Elfe war. »Wenn ich sage ›Festhalten‹, packst du so fest zu, wie du kannst – verstanden?«

»Verstanden.« Schweiß perlte auf Finearfins Stirn, ihr Atem ging stoßweise. »Beeil dich, ich kann nicht mehr.«

»Also gut. Dann jetzt: Festhalten!«

Finearfin packte zu, ohne nachzudenken, und wie durch ein Wunder ging der Griff nicht ins Leere. Wo zuvor nur Luft gewesen war, umklammerten ihre Arme plötzlich den Hals des größten Vogels, den sie jemals gesehen hatte. Fast hätte sie vor Schreck aufgeschrien, aber da breitete der Vogel schon seine Schwingen aus, stieß sich mit machtvollen Flügelschlägen von der plötzlich winzig erscheinenden Tür unter seinen Krallen ab und erhob sich in die Lüfte.

Finearfin schloss die Augen und hielt sich an Saphrax fest. Was sie erlebte, grenzte an ein Wunder. Sie war gerettet.

Ein Reich aus Feuer und Finsternis

Der Wind blies Finearfin ins Gesicht und kühlte ihre sonnenverbrannte Haut. Ihr Haar trocknete im Wind und die Wärme von Saphrax' Gefieder sorgte dafür, dass sie trotz ihrer nassen Kleidung kaum fror.

Sie saß rittlings auf Saphrax' breitem Rücken und genoss die sanften Auf- und Abbewegungen der gewaltigen Schwingen, mit denen der große Vogel sie zur Feuerinsel trug. Der Himmel war von einem strahlenden Blau und so wolkenlos, als hätte es nie einen Wirbelsturm gegeben. Unter ihnen glänzten die Wogen des Ozeans wie geschmolzenes Silber im Sonnenlicht. Der Anblick weckte in Finearfin eine tiefe Trauer über den Verlust der Gefährten, aber auch das wunderbare Gefühl, dem Tod noch einmal entronnen zu sein. Sie spürte eine tiefe Dankbarkeit gegenüber dem Wechselwesen, das sie um ein Haar eigenhändig getötet hätte, und nahm sich vor, sich bei Saphrax dafür zu entschuldigen, sobald sie gelandet waren.

Bald überflogen sie das Brennende Wasser, wo das heiße Blut der Erde vom Grund des Ozeans ringförmig an die Wasseroberfläche drängte – dann tauchte die Silhouette der Feuerinsel hinter einer dichten Nebelwand auf. Die Feuerinsel kam immer näher. Finearfin reckte sich, um besser sehen zu können, erhaschte aber nur einen Blick auf die drei Gipfel der unterseeischen Vulkane, aus denen die Insel bestand. Im Zweistromland erzählte man sich, dass die beiden kleineren Vulkane erloschen waren. Der weiße Dampf, der Finearfin die Sicht verwehrte, stieg aus dem riesigen Krater des Berges in der Mitte auf, und einmal, als der auflebende Wind die Schwaden ein wenig zerstreute, konnte sie sogar einen Blick in das glutheiße und rot glühende Kraterinnere werfen.

Saphrax schien zu spüren, dass Finearfin die Insel näher betrachten wollte. Wie selbstverständlich flog er einen weiten Bogen, tauchte in die Dampfwolken ein und umrundete die Vulkane in ruhigem Gleitflug in einer Höhe, die es ihr erlaubte, die Insel zu erkunden, ohne vom Boden aus sofort gesehen zu werden.

Als sie die andere Seite des Eilands erreichten, erlebte Finearfin eine Überraschung. An einem erkalteten Gesteinsarm, der vom Fuß des größten Vulkans weit ins Meer hinausreichte, lag die *Annaha* unversehrt inmitten des Feuerrings. Matrosen schleppten Unmengen von Kisten und Fässern aus dem Bauch des Viermasters auf die Mole, wo Elfen sie auf Karren luden und ins Innere des Vulkans schafften.

Finearfin traute ihre Augen nicht. Sie hatte sich schon gefragt, wie die Entführer Caiwen zu der Insel bringen wollten, und vermochte sich nicht vorzustellen, wie es dem Schiff gelungen war, die tödliche Barriere zu passieren. Aber sie hatten es geschafft. Der Gedanke, was das bedeutete, ließ sie innerlich erstarren.

Caiwen war Nimeye bereits übergeben worden. Und nicht nur das. Irgendjemand schien Nimeye und ihre Getreuen allen Verboten zum Trotz mit Essen und Gütern aller Art zu versorgen – und dieser Jemand konnte nur Maeve sein.

»Diese Verräterin!« Finearfin ballte zornig die Fäuste, aber Maeve und ihre Machenschaften mussten warten. Zuerst galt es, Caiwen zu befreien, und dazu blieb ihr nicht mehr viel Zeit.

»Kannst du mich hier irgendwo absetzen?«, rief sie Saphrax zu. Das pfeifende Rauschen des Windes riss ihr die Worte von den

Lippen, aber das Wechselwesen verstand sie trotzdem. Ohne zu antworten, umrundete Saphrax den Vulkan noch einmal, bis sie von der *Annaha* aus nicht mehr gesehen werden konnten, dann legte er die Flügel an, ging tiefer und hielt auf ein Plateau zu, das sich auf halber Höhe unterhalb des Kraterrands befand.

Die Landung war unsanft. Saphrax schien es eilig zu haben. »Steig ab!«, drängte er, und als Finearfin nicht schnell genug reagierte, fügte er hinzu: »Beeil dich!«

Der Sprung aus einer Höhe von sechs Fuß hätte Finearfin normalerweise nichts ausgemacht, aber sie war geschwächt und landete hart auf dem porösen Gestein.

»Warte hier!« Noch während er das sagte, verwandelte sich Saphrax in einen Falken, stieß einen schrillen Pfiff aus, erhob sich wieder in die Lüfte und schoss wie der Blitz davon.

Finearfin schaute ihm verwundert nach und fragte sich, was er vorhatte. Die Antwort erhielt sie nur wenig später, als Saphrax mit etwas Schwarzem in den Krallen zu ihr zurückkehrte. Ein Rußrabe!

»Der war uns schon die ganze Zeit auf den Fersen!« Saphrax landete mit elegantem Flügelschlag und begann, den toten Raben zu verschlingen. »Dachte wohl, er sei sehr schlau, aber da hat er sich geirrt. Der verrät uns nicht mehr.« Das schwarze Gefieder trug der Wind davon, während Saphrax seinen Hunger mit blutigem Schnabel stillte. Als er gesättigt war, nahm er die Reste in die Krallen, flog ein Stück und ließ sie in eine tiefe Spalte fallen.

Kaum dass er zurück war, nahm er wieder die Gestalt des großen, zottigen Hundes an. »Komm mit«, sagte er zu Finearfin. »Ich bringe dich zu den anderen.«

Die Welt, in die Nimeye Caiwen führte, schien einem Albtraum aus Feuer und Finsternis entsprungen. Sie begann unmittelbar hinter dem Höhleneingang, wo ein steiler Pfad schier endlos an den Wänden eines gigantischen Schlots in die Tiefe führte, ehe er in eine weitere Höhle mündete. Hundert Mannslängen darunter bildete eine zähe Masse aus glühendem Gestein den Grund des Schlotes, deren Schein den Pfad in ein unwirkliches rotes Licht tauchte.

Die Hitze trieb Caiwen Schweißperlen auf die Stirn. Vorsichtig folgte sie der Elfenpriesterin und den Wachen, die sie in die Mitte genommen hatten, und versuchte, nicht hinunterzusehen. Die feurige Tiefe und das unheilvolle Grollen, das immer wieder daraus emporstieg und den Fels erbeben ließ, machten ihr Angst. Ihre Hände tasteten Halt suchend an der Wand entlang. Das Gefühl des porösen Gesteins unter den Fingern vermittelte ihr Sicherheit, auch wenn sie wusste, dass diese trügerisch war.

»Weitergehen!« Eine der Wachen versetzte ihr einen Stoß, und sie bemerkte, dass sie stehen geblieben war. Zögernd setzte sie sich wieder in Bewegung. Ein warmer Luftzug aus der Tiefe trug ihr den Geruch von Schwefel zu. Für den Bruchteil eines Augenblicks glaubte sie, wieder in Armides Hütte zu sein, wo die alte Heilerin aus Sulfur, wie sie den Schwefel nannte, Heilmittel gegen Ekzeme, Husten und Schmerzen hergestellt hatte. Dann holte die Wirklichkeit sie wieder ein.

»Nun, wie gefällt dir mein Reich?« Nimeye hatte auf sie gewartet und deutete mit weit ausholender Geste über den Schlund, die Wachen hielten sich diskret im Hintergrund. Caiwen schwieg, aber Nimeye schien auch keine Antwort zu erwarten. »Ist es nicht wunderbar, auf Fackeln und wärmendes Feuer verzichten zu können, weil die Glut da unten Wärme und Licht im Überfluss für uns bereithält?« Sie machte eine bedeutsame Pause und fuhr fort: »Und ist es nicht ein wahrlich verlockender Gedanke, Hunderte von Nächten im Leib eines Vulkans zu verbringen, der die Höhle deiner Lagerstatt binnen eines Wimpernschlags mit seinem glutheißen Blut füllen kann?« Sie schaute Caiwen von der Seite an und fuhr in gespieltem Erstaunen fort: »Sehe ich da etwa

Abscheu in deinem Gesicht? Gefällt dir mein Reich nicht? Mein wunderbar feuriges Reich, das deine Mutter mir geschenkt hat? Ist es dir hier zu heiß? Zu gefährlich? Nun, dann wirst du dich sicher nicht wundern, dass es für viele meiner Getreuen ein tröstlicher Gedanke ist, ihrem erbärmlichen Dasein jederzeit ein schnelles Ende bereiten zu können, indem sie auf diesem Pfad einen falschen Schritt tun.« Sie schaute Caiwen scharf an und senkte die Stimme, als sie, erfüllt von Trauer, fortfuhr: »Viele von ihnen haben diesen Weg gewählt, seit deine Mutter und der Elfenkönig uns hierher verbannten. Sie hatten den Mut verloren und die Hoffnung auf Barmherzigkeit aufgegeben und sahen nur noch einen Ausweg ...« Sie seufzte. »Kannst du dir vorstellen, wie viel Kummer und Verzweiflung dazu nötig ist? Wie viel Leid sie haben erdulden müssen? Welch grauenhaften Schmerz sie in ihren Herzen getragen haben? Kannst du dir das vorstellen?«

Caiwen starrte in die Tiefe.

»Du sagst nichts?« Nimeye legte die Hand sanft unter ihr Kinn und schüttelte den Kopf: »Was haben sie dir für Lügen erzählt? Welchen Hass haben sie in dein Herz gepflanzt, dass du es vor dem grausamen Schicksal verschließt, das uns an diesen Ort fesselt?« Sie verstummte, aber Caiwen schwieg beharrlich weiter. Sie ahnte, dass sie in dem Augenblick verloren haben würde, da sie den Mund öffnete, denn sie war nicht stark genug, um sich den Worten ihrer Großmutter in einem offenen Schlagabtausch zu widersetzen. Was immer sie auch vorbrachte, Nimeye war gewiss darauf vorbereitet und würde eine Antwort haben, die sie und ihre Getreuen in einem guten Licht erscheinen ließ.

»Ist es dir wirklich gleichgültig, was hier geschieht? Oder tust du nur so?« Nimeye drehte die Hand so, dass Caiwen sie ansehen musste. »Du bist deiner Mutter sehr ähnlich, weißt du das? Aber ich hoffe sehr, dass du im Gegensatz zu ihr wenigstens eine Spur von Mitleid in dir trägst. Ein Gefühl, das deine Mutter nicht kannte. Sie war hartherzig. Oh ja, das war sie, und stark, wenn es darum ging, ihren Willen durchzusetzen. Schon als Kind wusste sie genau, was sie wollte. Und sie fand immer einen Weg, es zu bekommen. Aber das reichte ihr nicht. Sie wollte mehr. Sie wollte alles. Es genügte ihr nicht, die Tochter der Hohepriesterin zu sein und zu warten, bis ich meinen Platz freiwillig für sie räumte. Sie wollte herrschen, sobald sie alt genug dazu war. Und dafür war ihr jedes Mittel recht.

Dafür hat sie den König umgarnt und mich mittels Verrat in die Verbannung geschickt. Sie hatte das Ganze von langer Hand vorbereitet, indem sie in meinem Namen Getreue für den Sturz des Königs zusammensuchte und Botschaften fälschte, die meine angebliche Schuld beweisen sollten. Ich habe ihr vertraut und von alledem nichts geahnt. Als ich die Falle erkannte, war es zu spät. Ich konnte mich nicht einmal wehren, als mein eigen Fleisch und Blut mich schändlich hinterging …« Nimeye stockte, als könne sie das ungeheuerliche Unrecht, das man ihr angetan hatte, selbst jetzt nur schwer begreifen.

»Aber nun bist du hier«, sagte sie in einem Ton, als sei dies die Erfüllung all ihres Sehnens. »Du hast den Weg hierher gefunden, wie ich es mir immer erhofft habe, um die Fehler deiner Mutter wiedergutzumachen und jenen, die in den langen Wintern der Verbannung nicht verzweifelt sind, die Freiheit zu bringen.« Nimeye verstummte und schaute Caiwen an, als warte sie auf eine Antwort. Aber Caiwen schwieg.

Sie hatte sich geschworen, niemals zu verraten, woran ihre Mutter geglaubt hatte und wofür sie gestorben war, aber sie spürte, dass das, was sie bisher für ihre feste Überzeugung gehalten hatte, unter Nimeyes Worten ins Wanken geriet. Die Worte ihrer Großmutter setzten alles in ein anderes Licht. Aus Schwarz und Weiß wurde Grau und zum ersten Mal in ihrem Leben fühlte sich Caiwen außer Stande, Lüge von Wahrheit zu unterscheiden.

»Du … du lügst!«, presste sie in hilflosem Zorn hervor. »Ich will nichts mehr hören!«

»Tut mir leid, aber ich fürchte, das wirst du müssen.« Ihre Großmutter ergriff sie am Arm. »Du wirst die Wahrheit erkennen und das Unrecht, das man uns angetan hat, wiedergutmachen. Und nun folge mir in meine Höhle. Dort werde ich dir zeigen, was damals wirklich geschah …«

»… zu den anderen.« Finearfin hatte keine Ahnung, von wem Saphrax sprach. Alle, die mit ihr an Bord des Fischerboots gewesen waren, waren tot. Sie hatte gesehen, wie das Wasser sie verschlang, und nach dem Sturm keine Spur von ihnen entdecken können.

Wer also waren diese anderen?

Sie fragte Saphrax danach, erhielt aber keine Antwort. Das Wechselwesen führte sie über das Plateau zu einem Hang mit gefährlich losem Geröll, an dessen Flanke sich ein schmaler Pfad den Berg hinabschlängelte. Er war nicht steil und nicht besonders schwer zu begehen, dennoch kostete es Finearfin ungeheure Kraft, Saphrax zu folgen. Durst quälte sie. Immer öfter musste sie eine Pause einlegen und immer mehr Willensstärke aufbringen, um weiterzugehen. Jeder Schritt fiel ihr schwerer als der vorangegangene, und es dauerte nicht lange, da wünschte sie sich nichts sehnlicher, als einfach an Ort und Stelle liegen zu bleiben und zu schlafen.

»He, nicht schlafen.« Saphrax stupste sie ungeduldig mit der kühlen Schnauze an. »Es ist nicht mehr weit. Wir sind gleich da.«

… nicht mehr weit … gleich da … Nur bruchstückhaft erreichten Saphrax' Worte Finearfins Bewusstsein. Es gelang ihr, sich aufzuraffen und noch ein paar Schritte vorwärtszutaumeln, dann knickten die Beine unter ihr ein und ihr wurde schwarz vor Augen.

Sie träumte vom Zweistromland.

Sie lag im Sonnenschein auf einer blühenden Sommerwiese. Vögel sangen und ringsumher rauschten die Silberpappeln leise im Wind. Über ihr wölbte sich ein strahlend blauer Himmel. Die Luft war erfüllt vom Duft Hunderter Blumen, während sich ein munteres Bächlein mit fröhlichem Plätschern seinen Weg durch das satte Wiesengrün bahnte.

Durst!

Das Bild verblasste und wich einem anderen.

Sie kniete am Bach und tauchte die Hände in das klare Felsquellwasser. Eine schillernde blaue Libelle kam angeflogen und setzte sich auf ihren Handrücken, aber Finearfin hatte keine Augen für die Schönheit des Insekts. Sie musste trinken …

Mit beiden Händen schöpfte sie sich Wasser ins Gesicht. Mehr Wasser! Mehr! Sie schöpfte und lachte dabei und schöpfte erneut. Mehr Wasser! Sie konnte nicht genug bekommen. Dann war das Wasser plötzlich fort. Ihre Hände waren leer. Das Flussbett lag ausgetrocknet vor ihr.

Nein! Außer sich vor Wut, ballte Finearfin die Fäuste. Sie wollte in das Flussbett schlagen, aber die Zweige der Trauerweiden, die am Bach standen, wurden jäh zu Händen, die nach ihr griffen und ihre Arme festhielten. »Lasst mich los!« Finearfin gebärdete sich wie wild, schlug um sich, trat, kratzte und biss, aber die Weiden umklammerten sie mit eiserner Kraft …

»Tu doch was. Sie wird uns noch alle verraten.«

Eine Stimme schwebte ihr zu, aber sie war noch zu sehr in dem Traum gefangen, um ihn von der Wirklichkeit unterscheiden zu können.

»Entschuldige!« Etwas traf hart ihre Wange und jagte ihr einen beißenden Schmerz durch den Körper. Das Bild des Baches und der Weiden verschwand. Statt in den blauen Sommerhimmel blickte sie nun in einheitliches Nebelgrau. Statt Blütenduft stieg ihr der Gestank von Schwefel in die Nase, und das Rauschen der Silberpappeln wurde von dem Donnern der Brandung abgelöst, die sich irgendwo in der Ferne an Felsen brach.

»Mar-Undrum sei Dank. Sie kommt zu sich.«

»Wasser! Schnell. Sie ist halb verdurstet.«

Finearfin spürte, wie ihr jemand einen Wasserschlauch an die Lippen setzte. »Trink!« Das ließ sich Finearfin nicht zweimal sagen. Wasser! Echtes Wasser. Abgestanden, aber köstlicher als alles, was sie jemals geschmeckt hatte. Sie schluckte, ohne die Augen zu öffnen. Schluckte und schluckte, bis sie husten musste und einen Teil des kostbaren Nasses wieder erbrach. »Genug!« Jemand entriss ihr unsanft den Wasserschlauch. Sie fuhr auf und wollte protestieren, denn ihr Durst war noch lange nicht gestillt, brachte aber nur ein kraftloses Husten zustande und sank wieder zu Boden.

»Jetzt lasst sie doch erst einmal zu sich kommen.« Eine kühle Hand legte sich auf ihre Stirn und wie durch ein Wunder wurden Schmerzen, Hunger und Durst erträglich. Es war, als würde ihr allein durch die Berührung neue Kraft geschenkt, die die fast erloschene Flamme des Lebens in ihr neu entfachte.

Finearfin hielt die Augen geschlossen, seufzte und genoss das wunderbare Gefühl des Erstarkens, wie sie es bisher nur nach vielen Nächten der Ruhe erfahren hatte. Was immer der Unbekannte mit ihr tat, es war das kostbarste Geschenk, das es gab – das Geschenk, leben zu dürfen.

»Lasst uns allein.« Nimeye gab den Wachen ein Zeichen, worauf diese sich umdrehten und die Höhle verließen. Sie schien sicher zu sein, dass Caiwen keine Fluchtgedanken hegte, denn sie wandte ihr den Rücken zu und schenkte aus einer gläsernen Karaffe roten Wein in zwei kunstvoll geschliffene Gläser.

Caiwen schaute ihr zu. Sie spürte, dass es ein günstiger Augenblick zur Flucht war, aber sie rührte sich nicht. Wohin hätte sie auch fliehen sollen? Die *Annaha* war fort, und da sie nicht fliegen konnte, war sie ebenso eine Gefangene der Feuerinsel wie die Verbannten. Es gab keinen Ort, an dem sie sich lange hätte verbergen können. Hunger und Durst würden sie schon bald zwingen, ihr Versteck zu verlassen, und sie wieder in Nimeyes Hände treiben.

Nimeye hatte recht. Die einzige Möglichkeit, der Insel zu entkommen, war der Schritt in die Tiefe. Es war der Weg der Verzweifelten, so endgültig wie tödlich, aber Caiwen wusste, dass sie nicht den Mut dazu hatte – noch nicht.

Um sich abzulenken, blickte sie sich in der Höhle um. Sie war groß und erstaunlich prachtvoll eingerichtet. Die schwarzen Wände schmückten Bilder und gewebte Teppiche mit Motiven, die nur aus dem Zweistromland stammen konnten: grüne Bäume, so wie Caiwen sie sich immer vorgestellt hatte, klare Bäche auf Blumenwiesen und Wasserfälle … Aber es gab auch Abbildungen von Elfen, die mal im Tanz, mal bei Feierlichkeiten oder mit einem weißen Pferd dargestellt waren.

Der schwarze Höhlenboden war blank poliert und mit vielen Teppichen ausgelegt, die fantasievolle Muster trugen. Gepolsterte Stühle und eine große Liegestatt luden zum Verweilen ein, während auf Tischen, Schränken und an den Wänden unzählige kostbare Kleinode im rötlichen Licht der Glutbecken funkelten. Da gab es gläserne Pferde und silberne Pokale und sogar einen Korb mit verschiedenen frischen Früchten, von denen Caiwen nur die Äpfel kannte.

Äpfel! Caiwen hatte längst vergessen, wie sie schmeckten, aber sie erinnerte sich daran, dass sie saftig, süß und köstlich waren. Bei dem Anblick lief ihr das Wasser im Mund zusammen, und sie zwang sich, die Glutbecken näher zu betrachten, um nicht mehr an die Äpfel denken zu müssen.

Die Glutbecken selbst waren nicht natürlichen Ursprungs. Die Elfen mussten sie in mühsamer Arbeit direkt aus dem Fels geschlagen haben. Sie spendeten nur wenig Licht. Doch was Caiwen in ihrem schummrigen Schein erkannte, genügte ihr, um zu wissen, dass Nimeye keine Not litt.

»Und nun lass uns auf deine glückliche Ankunft anstoßen.« Nimeye kam zu ihr und reichte ihr ein Glas. »Darauf, dass nun alles gut wird, und auf eine glückliche Heimkehr!« Sie hob ihr Glas und wartete. Als Caiwen keine Anstalten machte, ihr Glas zu erheben, zuckte sie mit den Schultern, nahm einen winzigen Schluck mit spitzen Lippen und fragte: »Willst du dich nicht setzen?«

Caiwen setzte sich. Was sollte sie auch anderes tun? Sie war ihrer Großmutter ausgeliefert. Niemand wusste, wo sie war. Niemand würde kommen, sie zu retten.

»Du glaubst mir nicht.« Nimeyes Stimme war ernst. Sie stellte das Weinglas ab und schaute Caiwen an. »Du musst nicht antworten, Liebes. Ich sehe es dir an.« Sie seufzte und sagte mehr zu sich selbst: »Warum musste diese senile Maeve dich auch erst aufs Festland schaffen? Sie hätte dich sofort zu mir bringen sollen, aber diese Närrin fürchtete, ihre Männer könnten die Falsche vom Riff holen.« Je länger sie redete, desto höher wurde ihre Tonlage. »Die Falsche – ha – sag mir, wie viele blonde Frauen gab es auf dem Riff? Eine! Hab ich recht? Natürlich habe ich das. Du warst die einzige. Aber Maeve wollte ganz sichergehen und erst einen Blick auf dich werfen, bevor ihr Schiff in See sticht. Die alte Närrin hat alles verdorben.

Nicht nur dass sie fünfzehn Winter benötigt hat, um jemanden zu finden, der Manns genug ist, sich nicht vor diesen albernen Geistergeschichten zu fürchten … Nur weil sie unsicher war, konnte diese Elfe dich entführen und dir das Gift der Lügen ins Herz pflanzen, vor dem ich dich schützen wollte. Lügen, die deine Mutter in der Zeit ihrer Herrschaft über mich und meine Getreuen verbreitet hat, damit niemand die Wahrheit erfährt, die sie mit uns für immer auf dieses verdammte Eiland verbannen wollte.«

»Lügen?« Caiwen wurde hellhörig. Endlich sah sie ein Licht in all der Dunkelheit, die ihren Geist umfasst hielt. »Wie konnte meine Mutter Lügen verbreiten, wenn doch alle Elfen eine Lüge sofort erkennen?«

Kurz schien es Nimeye die Sprache zu verschlagen, doch sie fasste sich schnell wieder. »Nun, es … es waren natürlich keine richtigen Lügen«, versuchte sie sich hastig an einer Erklärung. »Es waren Wahrheiten, die sie geschickt so darstellte, dass andere falsche Schlüsse daraus ziehen mussten. Diese wurden dann von Mund zu Mund weitergegeben und damit zu Wahrheiten, obwohl sie keine waren.«

»Das ist ziemlich verwirrend.«

»Ja, das ist es. Und doch war es so.« Nimeye seufzte mitfühlend und ergriff Caiwens Hand. »Glaub mir, Liebes. Ich hätte dir gern etwas anderes über deine Mutter erzählt. Aber was geschehen ist, lässt sich nicht verleugnen. Du hast ein Recht zu erfahren, wie deine Mutter wirklich war, und es ist meine Pflicht, es dir zu sagen.« Sie rückte näher heran, hob die Hand, legte sanft zwei Finger auf Caiwens Stirn und sagte: »Nun sieh, was geschehen ist, und entscheide selbst, wem du Glauben schenken willst.«

Caiwen versteifte sich. Sie spürte die Berührung und die Nähe einer fremden Wesenheit, die ihr Bewusstsein zu erreichen versuchte, sah aber nur Dunkelheit. »So wird das nichts, Liebes«, hörte sie Nimeye sagen. »Du musst dich beruhigen und dich mir öffnen. Stell dir vor, deine Gedanken wären ein See. Wenn er von Wellen gekräuselt ist, kannst du den Grund nicht sehen. Nur wenn er glatt und still ist, erkennst du, was sich auf dem Grund befindet.« Sie löste die Finger von Caiwens Stirn, legte die Hand flach auf ihren Kopf und sagte befehlend: »Von nun an bist du ganz ruhig.«

Kaum hatte sie das gesagt, fühlte Caiwen eine bleierne Schwere, die ihre Glieder ergriff und ihre Gedanken träge machte. Sie wurde ruhig, und obwohl sie sich noch immer vor dem fürchtete, was Nimeye tat, gelang es ihr nicht mehr, sich dagegen aufzulehnen. Sie spürte, wie das fremde Bewusstsein mit dem ihren verschmolz und eine leichte Kälte in ihre Glieder trug. Dann kamen die Bilder und forderten Caiwen auf, teilzuhaben an Erinnerungen, die nicht die ihren waren.

Sieh nicht hin, wisperte etwas in ihr. *Sie versucht, dich zu täuschen.* Aber die Stimme war zu leise, der Widerstand zu schwach. Wie im Traum sah Caiwen die Bilder der Vergangenheit an sich vorbeiziehen …

Als Finearfin die Augen wieder öffnete, stand die glutrote Sonne hinter dem dunstigen Rauchschleier schon dicht über dem Horizont.

»Bei den Göttern!« Ruckartig fuhr sie auf. Sie fühlte sich so ausgeruht wie schon lange nicht mehr. Saphrax lag in seiner Hundegestalt neben ihr und wärmte sie mit seinem Körper. »Verdammt, warum hast du mich nicht geweckt?«, fuhr sie ihn an. »Ich kann doch jetzt nicht schlafen. Ich muss Caiwen befreien, bevor es zu spät ist.«

»Keine Sorge, es ist noch nicht zu spät.« Die Stimme erklang so unvermittelt, dass Finearfin zusammenzuckte. Sie drehte sich um und glaubte zu träumen. Hinter ihr stand der Schwarze. »Ich freue mich, dich wieder bei Kräften zu sehen, Finearfin«, sagte er und lächelte sie an. Sobald du dich kräftig genug fühlst, gehen wir zu Heylon und Durin. Durin hat einen Plan geschmiedet, den er dir erklären will.«

»Heylon und Durin? Aber ich dachte, sie sind … du bist … ihr seid …«

»… tot?« Der Schwarze lachte leise. »So schnell stirbt es sich nicht«, sagte er mit einem Seitenblick auf Saphrax. »Schon gar nicht, wenn man so einen wandlungsfähigen Freund hat.« Mit wenigen Worten erzählte er Finearfin, wie Saphrax sie nach dem Wirbelsturm aus dem Wasser gefischt und zur Insel gebracht hatte. »Wir hatten großes Glück«, endete er. »Der Wirbelsturm brach mit einem Schlag wie abgeschnitten in sich zusammen. Hätte er auch nur ein wenig länger gewütet, wären wir alle ertrunken.«

»Und Saphrax hat euch gerettet?«, fragte Finearfin. »Allein?«

»Oh ja, das hat er.« Der Schwarze nickte. »Einen nach dem andern. Dich konnte er zunächst nicht finden, entdeckte aber bei der Suche nach dir die Wasserschläuche und eine Kiste mit Proviant. Wir nahmen an, du wärst ertrunken, aber Saphrax wollte nicht aufgeben und suchte weiter. Wir konnten ja nicht ahnen, dass die Strömung dich in eine andere Richtung getragen hatte.«

»Dann stehe ich tief in deiner Schuld.« Finearfin strich Saphrax liebevoll über den Kopf. »Habe ich mich schon bei dir bedankt?«

»Ich kann mich nicht daran erinnern.« Saphrax richtete die Ohren auf und schaute sie schwanzwedelnd an.

»Nun, dann hole ich das hiermit nach.« Finearfin lächelte. »Noch vor ein paar Nächten hätte ich mir eher die Zunge abgebissen, als auch nur ein freundliches Wort zu einem Wechselwesen zu sagen. Nun sehe ich ein, dass ich dir Unrecht getan habe. Du bist ein Held, Saphrax. Ohne dich wären wir alle tot.«

»Das ist nicht wahr.« Saphrax schüttelte den Kopf. »Ich habe versagt. Ich sollte Caiwen befreien, aber es ist mir nicht gelungen.« Er drehte den Kopf so, dass Finearfin seinen Hinterkopf sehen konnte, auf dem eine blutverkrustete Wunde zu sehen war. »Zwei Matrosen der *Annaha* entdeckten mich, als ich versuchte, in Caiwens Koje zu gelangen. Sie schlugen mich bewusstlos und warfen mich über Bord. Hätte die Kälte des Wassers mich nicht geweckt, ich wäre gewiss ertrunken. Danach musste ich mich schnell entscheiden. Entweder ich rette euch oder Caiwen.«

»Du hast richtig entschieden«, lobte der Schwarze.

»Aber Caiwen …?«

»… ist noch nicht in Gefahr. Aber wir müssen uns beeilen.« Der

Schwarze winkte den beiden, ihm zu folgen. »Kommt mit, und hört euch an, was Heylon und Durin vorhaben.« Er streckte seine Hand aus, um der Elfe beim Aufstehen behilflich zu sein. Saphrax sprang auf und lief davon, aber Finearfin zögerte. »Was ist?«

»Deine Hand!« Fassungslos schaute Finearfin auf die dürren Finger unter der faltigen, von unzähligen Altersflecken gezeichneten Haut. »Sie … sie sieht … ganz anders aus als bei unserer ersten Begegnung.«

»Sie ist alt.« Der Schwarze gab einen Laut von sich, der einem spöttischen Lachen nicht unähnlich war. »Nimeyes Fluch wirft bereits ihren Schatten auf mich. Du siehst, ich habe nicht gelogen.«

»Aber …«

»Der Versuch, den Wirbelsturm zu bändigen, und deine rasche Genesung haben mich viel Kraft gekostet. Kraft, die ich weder durch Ausruhen noch durch Magie zurückerhalten werde. Ich sterbe, Schwester. Es gibt kein Zurück.« Er verstummte. Für einen Augenblick wirkte er traurig, aber als er kurz darauf wieder zu sprechen begann, war seine Stimme kraftvoll und zuversichtlich. »Aber keine Sorge, ich gehe nicht, ehe das hier beendet ist. Ich lasse meine Tochter nicht im Stich. Und jetzt komm, wir wollen die anderen nicht warten lassen.«

Beriskraut

Heylon und Durin erwarteten sie in einer kleinen, windgeschützten Höhle, nur wenige Hundert Schritt von der Stelle entfernt, an der Finearfin zusammengebrochen war. Heylon begrüßte die Elfe überschwänglich, und auch Durin äußerte sich erleichtert, dass es ihr wieder besser ging – nicht weil die kurze Reise die einstigen Gegenspieler zu Freunden gemacht hätte, sondern weil, wie er betonte, jedes Schwert zählte, um Caiwen zu befreien.

Während Saphrax und der Schwarze bei Finearfin Wache hielten, hatten Heylon und Durin die Elfen belauscht, die die Ladung der *Annaha* ins Innere des Vulkans schafften.

»Die Elfen sprachen davon, dass Caiwen den Bann morgen bei Sonnenaufgang aufheben wird«, erklärte Heylon. »Das ist der Augenblick, den wir nutzen wollen, um …«

»Was sagst du da? Aufheben? Das glaube ich nicht.« Finearfin schüttelte energisch den Kopf. »Caiwen würde nie …«

»Doch, das würde sie«, fiel der Schwarze ihr ins Wort. »Nimeye ist grausam und durchtrieben. Sie schreckt vor nichts zurück. Vergiss nicht, dass der Bann nicht aus freien Stücken gelöst werden muss.«

»Du … du meinst«, mischte sich Heylon ein, »sie haben Caiwen gefoltert?«

»Damit müssen wir rechnen.« Der Schwarze schonte den Jungen nicht. »Nimeye ist wie ein gefangener Nachmahr. Sie hat nichts zu verlieren. Warum sollte sie darauf Rücksicht nehmen, was Caiwens Wille ist, wenn es Mittel und Wege gibt, ihn zu brechen?«

»Dann müssen wir sofort zu ihr!« Heylon sprang auf. »Wir können sie dieser Bestie doch nicht einfach überlassen.«

»Mäßige dich, junger Freund.« Durin legte ihm beschwichtigend die Hand auf die Schulter. »Wir helfen Caiwen nicht, indem wir uns den Elfen geradewegs ans Messer liefern. Tot können wir nichts mehr für sie tun. Wenn es stimmt, was die Elfen gesagt haben, können wir gewiss sein, dass Caiwen bis zum Morgengrauen am Leben bleiben wird. Wir haben also genug Zeit, unser Vorgehen sorgfältig zu planen.«

»Aber versteht doch. Wir müssen …« Heylon brach ab, blickte aufgebracht von einem zum anderen und ließ resignierend die Schultern hängen. »Ihr seht es wie Durin. Hab ich recht?«

»Eile und Sorge waren noch nie gute Ratgeber.« Der Schwarze nickte bedächtig. »Die Verbannten sind uns zahlenmäßig weit überlegen. Da ist Besonnenheit gefragt.«

Eine Weile schwiegen alle, dann seufzte Heylon ergeben und setzte sich wieder.

»Und?« Finearfin schaute Durin fragend an. »Wie lautet dein Plan?«

Caiwen fand sich in einem Gemach wieder, das prächtiger nicht hätte sein können. Die Wände waren aus hellem Stein, fugenlos und blank poliert. Luftig geschwungene Bögen auf kunstvoll gearbeiteten Säulen öffneten den Raum an einer Seite zu einer Balustrade, hinter der sich über dem Dach der grünen Baumkronen ein tiefblauer Sternenhimmel wölbte. Mondlicht flutete durch die hauchzarten Vorhänge, die sich verspielt im Sommerwind bauschten und die Geräusche und Gerüche des nächtlichen

Waldes in den Raum ließen. Die milde Luft war erfüllt von Frieden und Geborgenheit und selbst die Schatten bargen kein Unheil …

»Ergreift sie!« Mit einem Krachen flog die Tür auf. Zwei Dutzend bewaffnete Elfenkrieger stürmten in das Gemach und umstellten das Bett mit den kostbaren Decken und Kissen, auf dem Caiwen ruhte. Silberne Rüstungen klirrten leise und Speerspitzen funkelten im Mondlicht, als die Krieger eine Gasse bildeten und einer jungen Elfe in schimmernden weißen Gewändern Durchlass gewährten.

Mutter! Caiwen zuckte zusammen und für einen Augenblick geriet das Bild in Bewegung.

»Beruhige dich, Liebes.« Nimeyes Stimme schwebte durch den Nebel, der Caiwens Geist umfangen hielt, und verdrängte eilig die störenden Gefühle. Das Bild beruhigte sich, und Caiwen sah sich wieder der jungen Elfe gegenüber, die später einmal ihre Mutter sein würde.

»Steh auf, Nimeye. Das Spiel ist vorbei!«, befahl diese mit harter Stimme, packte eine der kostbaren Decken mit der Hand und zog sie mit einem Ruck fort. »Ich habe dem Elfenkönig alles erzählt. Alles! Er weiß um deine finsteren Pläne und deinen Pakt mit den Anderweltlern.«

»Aber Liebes, was redest du da?«

Caiwen drehte sich um und sah eine Elfe, die sie sofort als Nimeye erkannte, im Nachtgewand auf dem Bett sitzen. Sie wirkte verschlafen und starrte die junge Elfe fassungslos an. »Nehmt die Waffen weg«, herrschte sie die Krieger ungehalten an. »Behandelt ihr so eure Hohepriesterin?«

»Eine Hohepriesterin nicht, aber eine Verräterin.« Elethiriel trat einen Schritt vor und gab den Wachen ein Zeichen. »Führt sie ab.«

»Lasst mich!« Nimeye setzte sich auf und schlug empört nach den Händen, die nach ihr griffen. Aber gegen die Krieger hatte sie keine Chance. Sie wurde aus dem Bett gezerrt und stand schließlich vor ihrer Tochter. »Ich habe deinen Ehrgeiz stets mit zwiespältigen Gefühlen betrachtet«, bemerkte sie gefährlich ruhig, den Kopf stolz erhoben. »Ich wusste immer, dass du dich danach sehnst, meinen Platz einzunehmen. Einen Verrat an deiner eigenen Mutter aber hätte ich dir nie zugetraut.«

»Und ich hätte dir nicht zugetraut, dass du die Dreistigkeit besitzt, den Sturz des Königs zu planen«, erwiderte Elethiriel kühl.

Nimeye tat, als hätte sie den Vorwurf nicht gehört. Ihre Selbstsicherheit war ungebrochen, als sie sich ihrer Tochter zuneigte und fragte: »Warum? Warum gerade jetzt?«

»Zweihundert Winter sind eine lange Zeit«, erwiderte die junge Elfe von oben herab. »Die Gelegenheit war günstig.«

»Ich wusste immer, dass dir eine schwarze Seele innewohnt«, zischte Nimeye ihrer Tochter zu. »Aber so leicht kommst du mir nicht davon. Diesen schändlichen Verrat wirst du mir büßen. Ich werde mir zurückholen, was du mir genommen hast …«

»… sofern der König dich am Leben lässt.« Elethiriel lächelte siegesgewiss. »Deine Getreuen werden gerade verhaftet. Schon morgen wird man euch den Prozess machen. Und dann …« Sie gab den Kriegern das Zeichen, Nimeye abzuführen. Mit unbewegter Miene schaute sie zu, wie ihre Mutter abgeführt wurde, dann strich sie über die kostbaren Decken auf dem Bett und sagte wie zu sich selbst: »… dann werde ich über das Zweistromland herrschen.«

Das Bild verblasste und Caiwens Bewusstsein kehrte in die Höhle auf der Feuerinsel zurück.

»Nun?« Nimeye schaute sie aufmerksam an.

Deine Mutter ist die wahre Verräterin …

»Du lügst.« Caiwen schüttelte den Kopf, um die Stimme zu vertreiben, die ihr zuflüsterte, dass die Vision ihr die Wahrheit gezeigt hatte.

Nimeye wollte den Elfen nie etwas Böses …

»Und doch war es so.« Nimeye schaute Caiwen tief in die Augen. Sie schien zu spüren, dass der Widerstand ihrer Enkelin bröckelte, und verstärkte den Druck noch etwas: »Ich war ihr im Weg und musste weichen. Dafür war ihr jedes Mittel recht.«

Nimeye ist unschuldig, wisperte es in Caiwens Gedanken. *Unschuldig … unschuldig … Du musst sie befreien, um das Unrecht wiedergutzumachen, das deine Mutter ihr angetan hat. Du kannst ihr ver-*

trauen. Das Zweistromland braucht sie. Sie ist stark und mächtig, sie allein kann die Eisdämonen zurückdrängen. Sie wird die Schlangenkriegerin zurückbringen und die Anderweltwesen aus Tamoyen vertreiben.

»Aber Finearfin hat mir etwas ganz anderes erzählt.« Caiwen schlug die Hände vors Gesicht.

Finearfin hat gelogen … gelogen.

»Nein!« Caiwen keuchte auf. »Lügen, das sind Lügen. Du lügst … du … du …!« Sie wollte aufspringen, um der Stimme zu entkommen, die ihr den Willen nahm. Aber Nimeye hielt sie zurück. »Manchmal ist die Wahrheit nur schwer zu ertragen«, sagte sie verständnisvoll. »Und nicht immer ist sie das, was wir uns wünschen. Glaub mir, es schmerzt mich, das Bild zu zerstören, das du dir von deiner Mutter gemacht hast. Es wäre angenehmer für dich, sie als Heldin zu sehen, und nicht als Verräterin. Aber es musste sein.« Sie reichte Caiwen den Weinkelch und sagte liebevoll: »Hier, trink noch einen Schluck Wein, Liebes. Danach geht es dir besser.«

Caiwen nahm den Kelch und setzte ihn gehorsam an die Lippen. Sie hatte Durst und nahm einen großen Schluck …

Beriskraut! Zu spät erkannte sie den sonderbaren Geruch des Weins. Zu spät die Falle, die Nimeye ihr gestellt hatte.

»Du willst mich …?« Weiter kam sie nicht. Der gläserne Kelch entglitt ihrer Hand und zersprang in tausend Stücke, während das Bild der lächelnden Nimeye vor ihren Augen verschwamm und einem dumpfen Nebel wich, der alle Geräusche verschluckte und ihren Geist einhüllte, als würde sie in den Wolken schweben.

Sie fühlte sich leicht und frei. Alles war richtig, alles war gut. Caiwen lachte. Selten hatte sie sich so glücklich gefühlt.

Nimeye ist unschuldig … Du musst ihr helfen … Sie will nichts Böses … Sie ist deine Freundin … Du bist Fleisch von ihrem Fleisch …

Stimmen begleiteten sie auf ihrem Weg durch die Wolken und diesmal störte sie sich nicht daran. Die Stimmen waren ihre Freunde. Je länger sie ihnen lauschte, desto mehr wuchs in ihr die Überzeugung, dass sie recht hatten. Wie hatte sie nur glauben können, dass Nimeye eine herrschsüchtige Frau war, die das Zweistromland zerstören wollte? Wie hatte sie den Worten einer Geistererscheinung mehr Glauben schenken können als denen ihrer eigenen Großmutter. Finearfin glaubte, die Wahrheit zu kennen, dabei war auch sie nur den Lügen aufgesessen, die ihre Mutter einst verbreitet hatte, um an die Macht zu gelangen. Es wurde Zeit, das Unrecht wiedergutzumachen und das Gleichgewicht wiederherzustellen. Es wurde Zeit, den Bann zu lösen.

Die Nacht kam schnell auf der Feuerinsel. Ohne Dämmerung erlosch das Sonnenlicht und die Flammen des brennenden Wassers tauchten die Rauchwolken in ein unheimliches orangefarbenes Zwielicht.

Die Matrosen der *Annaha* hatten die Fracht entladen und noch vor Einbruch der Nacht die Heimreise angetreten. Nur mit Mühe hatte Durin Heylon zurückhalten können, als Nimeye auf die Mole getreten war, um die Straße durch das Feuer für das Schiff zu öffnen. Für den jungen Riffbewohner war das Warten nur schwer zu ertragen. Der Gedanke, dass man Caiwen ein Leid antun könnte, ließ ihm keine Ruhe. Er musste zu ihr, sie in Sicherheit bringen, sie endlich wieder bei sich haben.

Jetzt!

Sofort!

Aber Durins Plan verdammte ihn zur Untätigkeit. Der Kopfgeldjäger schien seine Ungeduld zu spüren und legte ihm beschwichtigend die Hand auf die Schulter. »Noch nicht!«, flüsterte er Heylon zu. »Sie haben gesagt, dass zur Mitte der Nacht eine Ablösung kommen wird.«

»Warum schicken wir nicht wenigstens Saphrax hinein?«, drängte Heylon. »Er könnte die Gestalt einer Fliege oder eines Käfers annehmen. Das fällt doch gewiss nicht auf. Vielleicht kann er Caiwen nicht befreien, aber er könnte ihr sagen, dass wir hier sind, damit sie getröstet ist und die Hoffnung auf Hilfe nicht verliert.«

»Unmöglich.« Finearfin schüttelte den Kopf. »Die Elfen hier werden ihn vielleicht nicht bemerken, aber Nimeye würde seine Nähe sofort spüren und Gefahr wittern. Ich habe das auch schon erwogen, aber gleich wieder verworfen. Das Risiko ist einfach zu groß. Wir warten.«

Heylon antwortete nicht. Mit finsterem Blick starrte er zur Mole hinunter, wo sich immer noch unzählige Kisten, Fässer und Körbe türmten, die die Matrosen dort abgestellt hatten. Drei Elfen hatten auf der Mole Posten bezogen, um die kostbare Lieferung zu bewachen, die erst am Morgen fortgeschafft werden sollte.

Nimeye schien es eilig zu haben. Kaum dass die *Annaha* die brennende Barriere passiert hatte, verließ sie die Mole und verschwand wieder in den Höhlen.

Heylon schaute Durin an. »Jetzt?«

»Nein.« Durin schüttelte den Kopf. »Nach der Wachablösung.«

Im eintönigen Rauschen der Brandung zog sich die Nacht dahin. Heylon war sicher, dass es die längste seines Lebens werden würde. Durin hielt Wache und ließ die Mole nicht aus den Augen. Finearfin und der Schwarze aßen schweigend von den Vorräten. Saphrax schlief. Heylon aß nichts. Er saß allein im Schutz eines Felsen, dachte an Caiwen und daran, was Nimeye ihr dadrinnen vielleicht gerade antat. Irgendwann nickte er ein und erwachte erst, als ihn jemand an der Schulter rüttelte. Er schreckte auf, schaute in Durins Gesicht – und war sofort hellwach.

»Jetzt?« fragte er.

»Jetzt!« Durin nickte grimmig und gab Finearfin das Zeichen zum Aufbruch. Gefolgt von der Elfe, begannen sie den Abstieg über den Steilhang aus losem Geröll.

Heylon schwitzte. Nicht zum ersten Mal verfluchte er seine

Unbeholfenheit, die ihn neben der katzengleichen Elfe und dem lautlos dahinhuschenden Kopfgeldjäger wie einen schwerfälligen Felstölpel erscheinen ließ. Wann immer ein Stein in Bewegung geriet, wann immer ein lautes Geräusch sie zum Innehalten zwang, immer war er es, der den Moment der Anspannung verursachte. Niemand machte ihm deshalb Vorwürfe, aber die missbilligenden Blicke seiner Begleiter entgingen ihm nicht.

Je tiefer sie hinabstiegen, desto dichter wurde der Rauch. Der Wind hatte gedreht und drückte ihn gegen die Hänge des Vulkans. Er gab ihnen Deckung, aber der beißende Gestank kratzte im Hals und machte ihnen das Atmen schwer. Zeitweise war es so schlimm, dass sie den Arm heben und Mund und Nase mit dem Ärmel ihres Gewands schützen mussten, um einen Hustenanfall zu unterdrücken.

Langsam und vorsichtig tasteten sich die drei den Hang hinab. Es war ein schwieriger und kräftezehrender Abstieg, aber das Schwierigste stand ihnen noch bevor: Sie würden schwimmen müssen. Obwohl es Nacht war und der Rauch zäh und dick, würde es ihnen niemals gelingen, sich auf der Mole unbemerkt an die Posten heranzuschleichen. Zu hell leuchteten die Flammen des brennenden Wassers, und zu lang war der Weg, den sie ohne Deckung zurücklegen mussten. Die einzige Möglichkeit, die Elfen zu überwältigen, war, sich ihnen von der Seeseite zu nähern und sie von hinten anzugreifen.

Durin, Finearfin und Heylon erreichten den Fuß des Hanges, huschten geduckt bis zum Ufer, legten ihre warmen Umhänge ab und zückten die Waffen. Die Kurzschwerter zwischen den Zähnen, stiegen sie ins warme Wasser. Wenigstens einen Vorteil hatte der Feuerring, schoss es Heylon durch den Kopf.

Zum Kopf der Mole war es nicht weit, aber die hohen Wellen machten ihnen das Schwimmen nicht gerade leicht. Bange Augenblicke verstrichen, ehe sie erschöpft und außer Atem ihr Ziel erreichten.

Im Schutz der aufgestapelten Fässer, Kisten und Ballen erklommen sie die Felsen. Durin gab Heylon mit einer Geste zu verstehen, dass er sich um den rechten Wachtposten kümmern sollte. Finearfin würde den linken übernehmen, während Durin selbst den mittleren angreifen würde, der von ihrer Position aus nicht zu sehen war.

Heylon nickte, zum Zeichen, dass er verstanden hatte, und machte sich sofort auf den Weg. Wie Diebe in der Nacht schlichen die drei auf ihre Posten, um auf Durins Signal hin gleichzeitig zuzuschlagen.

Heylon klopfte das Herz bis zum Hals, als er sein Opfer zum ersten Mal von Nahem erblickte. Noch nie hatte er einen anderen Menschen angegriffen oder ihm Schaden zugefügt, aber der Gedanke, dass er es für Caiwen tat, gab ihm die Kraft und Entschlossenheit dazu.

Wir sind im Recht, sprach er sich im Stillen Mut zu. *Wenn sie Caiwen nicht entführt hätten, würde all dies nicht geschehen.*

Er hatte den Gedanken noch nicht zu Ende geführt, als sich der Posten ganz unvermittelt zu ihm umdrehte. Blitzartig duckte Heylon sich und suchte Deckung. Den Rücken fest an eine Kiste gepresst, kauerte er mit angehaltenem Atem im Schatten und betete darum, dass der Elf ihn nicht gesehen hatte.

Endlose Herzschläge verstrichen, aber nichts geschah. Heylon atmete auf und warf einen Blick nach links, wo Durin einen Kistenstapel erklommen hatte und zum Sprung ansetzte. Finearfins kauernde Gestalt war nicht mehr als ein Schatten vor dem leuchtenden Meer, aber es war gut zu erkennen, dass sie die Hand hob und anzeigte, dass sie auch bereit war.

Heylon wusste, dass sie auf ihn warteten. Ein letztes Mal drehte er sich um und ließ den Blick über die Wellen schweifen. Der Ozean. Würde er ihn jemals wiedersehen? Ganz unvermittelt kam ihm der Schwarze in den Sinn. Warum begleitete er sie nicht?

»Ihr drei werdet gehen. Auf mich wartet eine andere Aufgabe«, hatte er gesagt, als Finearfin und Durin überlegt hatten, wie sie die Kleidungsstücke der drei Wachen auf alle vier verteilen könnten. Er war am Hang zurückgeblieben. Aber konnten sie ihm trauen? Was bedeutete das … eine andere Aufgabe? Er war ein Elf. Niemand wusste etwas über ihn. War er vielleicht schon einmal hier gewesen? Was, wenn er ein Verbündeter Nimeyes war? Was, wenn er sie verriet?

Heylon spürte, wie seine Zuversicht angesichts der Zweifel schwand, und schob die bedrückenden Gedanken energisch zur Seite. Das Kurzschwert fest in der Hand, reckte er den Hals und spähte vorsichtig über die Fässer hinweg, um zu sehen, ob der Posten ihm wieder den Rücken zuwandte. Er hatte Glück. Der Elf hatte seine alte Position eingenommen und blickte in Richtung der Höhle.

Heylon nahm einen tiefen Atemzug und wollte die Hand heben, als er ein Kribbeln in der Nase spürte und ein kräftiges Niesen die Stille der Nacht zerriss …

Die richtigen Worte

Als Caiwen aus der Trance erwachte, fühlte sie sich so wohl wie schon lange nicht mehr. Von allen Zweifeln und Ängsten befreit, lag der Weg, den sie gehen musste, jetzt klar und deutlich vor ihr. Sie wusste, was sie zu tun hatte, und war überzeugt, dass es das Richtige war. Nicht nur für Nimeye, auch für sie selbst.

Tief in sich spürte sie eine große Erleichterung darüber, dass alles so einfach war. Nun würde sich alles zum Guten wenden. Sie würde Nimeye und ihre Getreuen von dem schrecklichen Bann befreien und gleichzeitig Heylon das Leben retten, der sich immer noch in Maeves Gewalt befand. Ein wunderbarer Gedanke.

»Oh, du bist wach.« Nimeye trat zu ihr an die Liegestatt und reichte ihr einen Becher mit klarem Wasser, den sie dankbar entgegennahm und mit wenigen Schlucken leerte. Nimeye wartete geduldig, bis sie getrunken hatte, dann fragte sie: »Und? Hast du dich entschieden?«

»Ja.« Caiwen nickte ernst. »Ich werden den Bann lösen.« Sie schaute ihre Großmutter entschlossen an und fragte: »Was muss ich tun?«

»Was … was du tun musst?« Für einen Augenblick schien die Elfenpriesterin verwirrt und, ja, ärgerlich, aber der Eindruck verschwand, ehe Caiwen ihn greifen konnte, und schon einen Wimpernschlag später war Nimeyes Gesicht wieder so schön und freundlich wie zuvor. »Deine Mutter hat den Bann gewoben, mit Worten, die nur sie kannte. Um ihn zurückzunehmen, musst du eben diese Worte sprechen.« Sie kam näher und legte Caiwen die Hand auf die Stirn. »Es ist eine magische Formel, in die außer deiner Mutter nur der Elfenkönig eingeweiht ist. Doch auch in dir schlummert sie, das fühle ich, denn mit ihrer Gabe hat Elethiriel dir auch das Wissen um die Worte übertragen.«

»Aber wo? Wo finde ich sie?« Caiwen spürte, wie ihre Zuversicht schwand.

»Das, meine Liebe, musst du selbst herausfinden.« Nimeyes Lächeln war unergründlich. »Du hast die Weihen noch nicht empfangen, die dir das Tor zu dem geheimen Wissen deiner Mutter öffnen. Es ist ein langer Weg dahin, der für gewöhnlich viele Winter dauert. Ich bin ihn gegangen und deine Mutter auch. Für dich würde er gerade erst beginnen.«

»Viele Winter?« Caiwen erschrak. »Aber … so viel Zeit habe ich nicht.«

»Ja, das ist es.« Nimeye nickte. »Deshalb musst du einen anderen Pfad beschreiten. Es wird nicht leicht für dich werden. Aber wenn du mir vertraust und es wirklich willst, kann ich dir helfen, den Schlüssel zum Tor des Wissens zu finden. Hier und jetzt und nicht erst in ein paar Wintern.« Sie schaute Caiwen ernst an. »Willst du es?«

»Ja. Ja, das will ich.« Caiwen setzte sich auf und fragte noch einmal voller Tatendrang: »Was muss ich tun?«

»Nicht hier.« Nimeye schüttelte den Kopf. »Größere Kräfte sind vonnöten, als ich sie hier aufwenden kann. Kräfte, wie sie nur an einem Ort dieser Insel zu finden sind.« Sie erhob sich und reichte Caiwen die Hand. »Folge mir«, sagte sie mit einem aufmunternden Lächeln. »Ich werde dir diesen Ort zeigen.«

Aus.

Vorbei.

Noch während Heylon nieste, wusste er, dass ihr Plan gescheitert war. Und er allein war schuld daran. Er hatte es vermasselt. Jeden Augenblick würden die Elfen sich umdrehen und sie entdecken.

Umsonst. Es war alles umsonst …

»'tschuldigung, aber dieses eisige Ozeanwasser ist einfach nichts für mich. Viel zu kalt. Da holt man sich ja den Tod.« Von irgendwoher ertönte ein grunzendes Niesen. »Ha, schon wieder – habt ihr das gehört? Das liegt an der Kälte, sag ich euch. Da lob ich mir doch das Wasser hier an der Insel, das ist schön warm. Badet ihr manchmal darin? Solltet ihr, es ist einfach herrlich. Wisst ihr, ich habe früher auch …«

Wer um alles in der Welt redete da? Heylon blinzelte verwirrt und reckte den Hals, um besser sehen zu können.

Auf der Mole saß ein Seelöwe und plapperte so munter vor sich hin, als wäre das nichts Besonderes.

Saphrax! Heylons Herz machte vor Freude einen Sprung. Er hatte alles verloren geglaubt, aber wieder war es das Wechselwesen, das mit seinem unglaublichen Mut das Schlimmste verhinderte.

Die drei Elfen starrten den Seelöwen mit einer Mischung aus Überraschung und Unglauben an und gingen neugierig auf ihn zu.

»… einen Freund in Tamoyen besucht, aber da ist es mir wirklich viel zu kalt. Da liegt Eis auf dem Wasser. Eis! Was sagt man dazu? Das ist doch kein Ort für einen Seelöwen …« Saphrax redete ohne Unterlass.

Ein leiser Pfiff ließ Heylon herumfahren. Durin gab das Zeichen zum Angriff.

Dann ging alles sehr schnell. Heylon und Finearfin stürzten hinter den Kisten vor und schlugen die Posten bewusstlos, während Durin sein Opfer mit einem gewagten Sprung zu Boden riss und mit einem Fausthieb betäubte.

»Na endlich. Ich bin schon ganz heiser.« Saphrax hustete, um seinen Worten Nachdruck zu verleihen, verwandelte sich in eine Raubmöwe und flog davon.

»Ausziehen, schnell!« Durin war bereits dabei, der Wache die Kleider vom Leib zu reißen. Heylon tat es ihm gleich. Der lange Umhang würde sie hervorragend vor neugierigen Blicken schützen, die weite Kapuze Durins haarlosen Schädel bedecken. Das Sprechen sollte Finearfin übernehmen.

Heylon zog den Elfen bis auf das Untergewand aus und erhob sich. Durin kam zu ihm und drückte ihm sein Kleiderbündel in die Hand. »Hier, bring das hinter die Kisten, damit wir uns umkleiden können«, befahl er knapp. Heylon gehorchte, wandte sich nach ein paar Schritten aber noch einmal um und erstarrte.

Fassungslos schaute er Durin an, der der Wache mit einem raschen Schnitt die Kehle durchtrennte. »Aber wir wollten sie doch …« Sein Gesicht hatte alle Farbe verloren.

»… am Leben lassen?« Durin lachte spöttisch. »Damit sie uns verraten, wenn sie aufwachen? Wo lebst du eigentlich, Junge?«, fragte er, packte den Körper unter den Achseln und schleifte ihn Richtung Meer. »Hier gelten die gleichen Gesetze wie auf dem Riff. Entweder wir töten sie oder sie töten uns. So einfach ist das.«

»Er hat recht, Heylon.« Finearfin legte ihm mitfühlend die Hand auf die Schulter. Der Geruch von Blut streifte seine Nase und er entwand sich ihr voller Abscheu. »Ihr habt mich belogen!«, stieß er aufgebracht hervor. »Ihr habt gesagt, wir betäuben sie nur.«

»Das hast du ja auch.« Durin war jetzt am Wasser, wo Saphrax ihn schon in Gestalt des Seelöwen erwartete. »Dich trifft keine Schuld, Kleiner.«

»Aber sie sind tot.« Heylon spürte, wie ihm Tränen in die Augen stiegen. »Das … das wollte ich nicht.« Ein lautes Klatschen ertönte, und er sah, wie Saphrax mit dem Getöteten in den Fluten verschwand.

»Aber du willst Caiwen retten.« Durin erklomm die Mole und schnappte sich den nächsten Elf. »Oder ist dir der Preis dafür jetzt zu hoch?«

»Ja … nein …« Heylon war hin und her gerissen.

»Wir sind im Krieg, Heylon«, mischte Finearfin sich wieder in das Gespräch ein. Sie hatte ihre Hände vom Blut gereinigt und trug bereits die Kleidung der Wachen. »Kriege sind nicht gerecht. Niemals. Und sie fordern Opfer – auch unschuldige. Weder Durin noch ich haben Freude daran zu töten, aber wir haben gelernt, dass es sein muss, wenn man überleben will. Wir stehen hier einer gewaltigen Übermacht gegenüber, der wir uns nur mit List und Kaltblütigkeit erwehren können. Jeder dieser Elfen würde nicht zögern, uns auszulöschen. Daran solltest du immer denken.

Wenn wir sie nicht aufhalten und Caiwen den Bann löst, werden sie wie ein Feuersturm über Tamoyen und das Zweistromland herfallen und mit ihren Verbündeten alles Leben vernichten, das sich ihnen entgegenstellt. Sie werden nicht fragen, ob Mann, Frau oder Kind, schuldig oder unschuldig. Sie werden töten um des Tötens willen. Sie werden ihrer Wut und ihrem Hass auf jene, die sie einst verbannten, freien Lauf lassen und die Gräueltaten dazu nutzen, eine Herrschaft des Schreckens zu errichten.« Sie schaute ihn ernst an. »Glaub mir, ich weiß es, denn ich habe es gesehen. Wenn wir Caiwen nicht befreien, wird all dies und noch Schrecklicheres geschehen, und es wird niemanden geben, der unsere Heimat dann noch retten kann.«

»Aber ich kann nicht töten.«

»Ich weiß, aber ich fürchte, du wirst es müssen.« Finearfin schaute Heylon mitfühlend an und deutete auf den Höhleneingang. »Wenn wir da hineingehen, wissen wir nicht, was uns erwartet. Vielleicht werden wir getrennt. Dann werden Durin und ich dir nicht zur Seite stehen können. Du wirst auf dich allein gestellt sein. Vergiss also nie, was ich dir gesagt habe: Erwarte keine Barmherzigkeit. Sonst bist du verloren.«

»Aber ich …« Heylon rang hilflos die Hände, während er beobachtete, wie Durin auch den letzten Elfen an Saphrax übergab. »Wo bringt er sie hin?«, fragte er mit dünner Stimme.

»In eine Höhle im Fuß des Vulkans. Da stören sie nicht.« Durin kam zurück und setzte sich neben Heylon. »Wir können sie ja wohl kaum hier liegen lassen.« Er seufzte, griff nach einem der Umhänge und warf ihn Heylon zu. »Was ist? Willst du dich nicht umziehen? Oder hat dir das bisschen Blut auch den letzten Mut genommen?«

Heylon fing den Umhang auf und betrachtete ihn voller Widerwillen. Im Geiste sah er noch einmal den Sterbenden vor sich, das Blut und die rote Klinge in Durins Händen. Die grauenhaften Bilder mischten sich mit denen der getöteten Frau auf dem Riff, und er verachtete sich zutiefst dafür, Teil dieses Mordens gewesen zu sein. Niemals würde er vergessen oder verzeihen, was geschehen war und noch geschehen würde, auch sich selbst nicht, aber Finearfins Worte hatten ihre Wirkung nicht verfehlt.

Wenn wir Caiwen nicht befreien, wird all dies und noch Schrecklicheres geschehen …

»Ich lasse Caiwen nicht im Stich«, sagte er mit fester Stimme, straffte sich und begann, sich umzukleiden. »Ich komme mit.«

Nimeye führte Caiwen in eine andere Höhle, in der wieder allein die Glut des geschmolzenen Gesteins etwas Licht spendete. Hier floss die Schlacke in einem Dutzend schmaler Furchen die Wände herab, sammelte sich in einer eigens dafür gefertigten Rinne am Fuß der Höhlenwand und verschwand schließlich durch ein Loch im Boden.

Die Höhle selbst war nahezu kreisrund und enthielt drei hüfthohe, kunstvoll gefertigte Becken aus schwarzem Stein, die wie die Spitzen eines gleichschenkligen Dreiecks in vier Schritt Entfernung zueinander angeordnet waren. In jedem der Becken war eine glänzende Silberschale eingelassen, gefüllt mit kristallklarem Wasser, dessen Oberfläche so still war, dass sie einem Spiegel glich.

In der Mitte des Dreiecks erhob sich ein langer schwarzer Quader wie ein Altar über dem Boden. Die Oberfläche war so blank poliert, dass sie das Licht der Feuerrinnen zurückwarf und rötliche Muster an die Höhlendecke zeichnete.

Caiwen blieb stehen und schaut sich um. Die anfängliche Frische, die sie nach dem Erwachen gespürt hatte, war verflogen. Jetzt war sie durstig und fühlte sich so schwach, als hätten die wenigen Schritte zur Höhle ihre ganze Kraft aufgezehrt.

Es ist so dunkel …

Tief in sich spürte sie eine Abneigung gegen diesen Ort, aber die leise Stimme, die sie für gewöhnlich vor Gefahr warnte, war verstummt, und sie wusste nicht, was der Grund für das Gefühl war.

Nimeye war ihr vorausgeeilt und vor den Altar getreten. Nun drehte sie sich um und forderte Caiwen mit einer Geste auf, ihr zu folgen. »Hab keine Angst. Dir wird kein Leid geschehen. Im Gegenteil. Wenn es uns gelingt, das Wissen deiner Mutter aus den Tiefen deines Bewusstseins zu bergen, wirst du schon in wenigen Augenblicken eine Macht besitzen, die zu erlangen mich zweihundert Winter gekostet hat.« Sie zeigte ihr ein strahlendes Lächeln. »Ist das nicht ein verlockender Gedanke?«

»Ja, das ist es.« Ein leichtes Schwindelgefühl erfasste Caiwen und sie musste sich Halt suchend an der Wand abstützen. Die Schwäche ärgerte sie. Sie machte ihre Bewegungen träge und hüllte ihren Geist in einen zähen Nebel, der sie den Faden verlieren ließ, noch ehe sie einen Gedanken zu Ende geführt hatte. Sie fühlte sich hilflos wie ein Kind und war froh, dass Nimeye sich um sie kümmerte. Die Stärke und Entschlossenheit ihrer Großmutter waren beeindruckend und Caiwen nahm ihre Hilfe gern an.

»Bist du müde, Liebes?« Nimeye kam zu ihr, reichte ihr die Hand und führte sie zum Altar. »Nun, das ist ja auch kein Wunder nach allem, was du durchgemacht hast. Du Arme wirst an Bord der *Annaha* kein Auge zugemacht haben. Du hast dich sicher sehr gefürchtet?«

»Ein … ein wenig schon. « Nur mühsam kamen Caiwen die Worte über die Lippen.

Nimeye gab einen ärgerlichen Laut von sich und schüttelte erbost den Kopf. »Diese ungehobelten Bastarde. Ich hatte Anweisung gegeben, dich in allen Ehren zu mir zu bringen. Hätte ich geahnt, dass sie dich wie eine Gefangene behandeln … Aber lassen wir das. Jetzt bist du hier – bei mir – und nichts kann dir mehr geschehen. Das verspreche ich.«

»Danke.« Caiwen gelang ein schwaches Lächeln. Sie fühlte sich so erschöpft wie noch nie zuvor in ihrem Leben. Obwohl sie gerade geschlafen hatte, wünschte sie sich nichts sehnlicher, als die Augen zu schließen und ein wenig auszuruhen.

»Möchtest du dich hier hinlegen, während ich alles vorbereite?«, erkundigte sich Nimeye.

Caiwen bedachte den Steintisch mit einem abweisenden Blick, der Nimeye nicht entging. »Du hast recht, der Tisch sieht nicht gerade einladend aus«, sagte sie schnell. »Aber der Eindruck täuscht. Schau nur.« Sie legte eine Hand auf die Tischplatte, die unter der Berührung ihre Festigkeit zu verlieren schien. Hand und Finger sanken ein Stück weit ein wie bei einem Bett aus weichen Daunen. »Es ist wunderbar, wenn sich der warme Stein an deinen Körper schmiegt. Versuche es und schlaf ein wenig. Ich werde dich wecken, wenn ich alles vorbereitet habe.«

Caiwen fühlte sich inzwischen so schwach, dass sie sich sogar auf den harten Boden gelegt hätte, wenn sie nur nicht mehr stehen musste. Es war, als ob etwas in der Luft lag, das ihre Müdigkeit mit jedem Atemzug noch verstärkte. Vielleicht war es wirklich nur die anstrengende Reise, vielleicht die allgegenwärtige drückende Hitze, vielleicht aber auch … Wieder fand sie nicht die Kraft, den Gedanken bis zu Ende zu verfolgen.

Widerspruchslos ließ sie sich von Nimeye auf den Tisch helfen und stellte erstaunt fest, dass es wirklich herrlich war, darauf zu liegen. Nie hätte sie für möglich gehalten, dass ein Steintisch so weich und anschmiegsam sein könnte. Mit einem wohligen Seufzer schloss sie die Augen und spürte, wie sie davongetragen wurde, als Nimeye sie noch einmal weckte. »Hast du Durst, Liebes?«, fragte sie, half Caiwen, sich aufzurichten, und drückte ihr sanft, aber bestimmt einen Kelch mit einer rötlichen Flüssigkeit in die Hand.

Caiwen fuhr sich mit der Zunge über die trockenen Lippen. Ihren Durst hatte sie vor Erschöpfung ganz vergessen. Dankbar ergriff sie den Becher und leerte ihn in einem Zug. Die Flüssigkeit schmeckte bitter, und für den Bruchteil eines Augenblicks durchzuckte sie der Gedanke, dass sie besser nicht hätte trinken sollen. Aber auch er entglitt ihr so schnell, wie er aufgetaucht war. Was blieb, war ein Gefühl der Zufriedenheit und Schwere, dem sie sich nur allzu gern überließ. Seufzend sank sie wieder auf das weiche Lager und schloss die Augen.

Kaum hatte sie das getan, übermannte sie das unheimliche Gefühl, aus sich selbst herauszutreten. Sie fühlte sich leicht und schwebend wie ein umherwandelnder Geist, und als sie sich umdrehte, sah sie sich tatsächlich auf dem schwarzen Altar liegen. Überraschenderweise machte der Anblick ihr keine Angst. Warum auch?

Noch nie hatte sie sich so frei gefühlt, noch nie so unbeschwert den Moment genossen. Sie konnte gehen, wohin sie wollte …

»Bleib!«

Ein Ruck durchfuhr Caiwen, als Nimeyes Stimme befehlend

durch die Höhle hallte. Die Elfenpriesterin stand neben ihr und hatte die Hand auf ihre Stirn gelegt.

»Komm zurück!«

Noch während Nimeye die Worte aussprach, wurde Caiwen zurückgerissen in die dunklen und engen Tiefen ihres Körpers, der sie wie ein Gefängnis umgab.

Verliere das Ziel nicht aus den Augen! Du musst suchen!

Nimeyes Stimme klang nun seltsam verzerrt, aber sie verfehlte ihre Wirkung auf Caiwen nicht. Zögernd begann sie mit der Suche nach dem Wissen ihrer Mutter, das irgendwo in ihr ruhen musste. Körperlos tastete sich Caiwen durch ihr Bewusstsein und tauchte immer tiefer darin ein. Wenn es doch nur nicht so dunkel wäre …

Schließlich – war es einen Augenblick später oder eine halbe Ewigkeit, Caiwen wusste es nicht – gelangte sie an einen Durchlass, in dem wie in einem Spiegel helle Farben schimmerten, die ineinander verliefen und sich immer wieder aufs Neue mischten.

Der Spiegel der Erinnerungen, raunte Nimeye ihr zu, die auf wundersame Weise mit ihr verbunden schien und sie auf ihrer Suche begleitete. Ihre Nähe machte Caiwen Mut. Unschlüssig, was sie tun sollte, verharrte Caiwen vor dem Spiegel, aber Nimeye trieb sie voran.

Tauche hindurch, befahl sie. *Nur dann wirst du finden, wonach es dich verlangt.*

Caiwen gehorchte. Entschlossen trat sie mitten in das Farbenmeer und erstarrte, als jäh eine Flut von Bildern in rascher Folge auf sie einstürmte. Bilder aus ihren Erinnerungen, die ihr nur allzu vertraut waren:

Sie stand Nimeye auf der Mole gegenüber … blickte in das Angesicht des Wirbelsturms … sah noch einmal, wie der Nachtmahr einen Krieger vom Pferd riss … glaubte, unter Wasser zu ertrinken … sah den Mhorag mit Heylon im Maul … Durin verletzt auf dem Sand ... das Grab ihrer Schwester ... Lenval auf dem Weg zum Strand ... Verrina beim Weben ...

Da war Armide, lächelnd am Herdfeuer sitzend ... Heylon im Alter von fünf Wintern beim Schnitzen einer Holzfigur ... Verrina, die sie in den Armen hielt und ein Schlaflied sang ... Lenvals Gesicht zwischen den Trümmern der Takelage ... ihre Mutter, die ihr zwei Finger auf die Stirn legte ...

Weiter! Geh weiter!

Nimeyes Stimme zerrte Caiwen aus dem Farbenmeer in die Dunkelheit dahinter.

Du musst weitersuchen! Wir haben nicht mehr viel Zeit.

Es dauerte mehrere Herzschläge, ehe die Worte Caiwen erreichten. Berauscht von den Eindrücken des Erlebten, kämpfte sie sich durch die Erinnerungen in die tieferen Schichten ihres Bewusstseins vor und gelangte an ein düsteres, wolkenähnliches Gebilde, dessen Oberfläche sich wild kräuselte.

Der Sturm der Gefühle, wisperte Nimeye und befahl: *Geh hindurch!*

Als Caiwen in die Wolke trat, wurde sie augenblicklich von wilden Gefühlen in ihrer reinsten Form übermannt. Todesangst nahm ihr den Atem, den ihr die Hoffnung zurückgab. Hass schnürte ihr die Kehle zu, worauf die Zuneigung sie mit einer wohligen Wärme aus seinen Klauen befreite. Neid drohte sie innerlich zu zerreißen, während die Hilfsbereitschaft ihr die Kraft gab, sich dagegen zu wehren. Wut und Zorn brandeten auf sie ein und hätten sie sicher mitgerissen, wenn Liebe und Freundschaft nicht im letzten Augenblick einen schützenden Ring um sie gebildet hätten.

Caiwen kämpfte sich verbissen voran, aber sie verlor sich im Tosen der Gefühle, die immer heftiger auf sie eindrangen, sie zu zerstören versuchten oder sie im letzten Augenblick vor dem Wahnsinn retteten.

Das Licht, du musst das Licht erreichen!

Nimeyes Stimme war nicht mehr als ein Flüstern. Caiwen hörte sie dennoch. Verzweifelt schaute sie sich um, und wirklich: Durch das Wirbeln der grauen Masse hindurch entdeckte sie in der Ferne ein schwaches Licht und bewegte sich langsam darauf zu. Jeder Schritt war eine Qual, aber sie gab nicht auf. Ihre Mühe wurde belohnt. Das Wüten wurde schwächer und blieb schließlich ganz hinter ihr zurück. Sie war nun an einem Ort, an dem es so gleißend hell und still war, dass es sie ängstigte. Vor ihr tat sich ein lichtdurchfluteter Tunnel auf. Sie überlegte, ob sie hineingehen sollte, aber Nimeyes Stimme hielt sie zurück.

Das Bewusstsein des klaren Lichts, hörte sie ihre Großmutter wie aus weiter Ferne sagen. *Bleib stehen! Geh nicht weiter. Am Ende des Tunnels wartet der Tod. Du bist nun am Grund deines Bewusstseins angelangt. Du bist am Ziel. Irgendwo dort muss es sein.*

Caiwen schaute sich blinzelnd um. Nach der langen Finsternis bereitete die Helligkeit ihr Schmerzen, und sie sehnte sich danach, diesen Ort wieder zu verlassen.

Du musst suchen! Schnell!

Unschlüssig bewegte sich Caiwen mal hierhin und mal dorthin, sah aber nichts außer dem allgegenwärtigen Licht. Dabei mied sie die Nähe des Tunnels und bewegte sich wieder langsam auf die Wolke zu, in der ihre Gefühle ein ständiges Ringen gegeneinander führten. Sie suchte nach Wissen, aber sie hatte keine Ahnung, wie es aussehen mochte.

Plötzlich entdeckte sie inmitten des Lichts einen winzigen dunklen Punkt. Fast hätte sie ihn übersehen, nun aber war ihre Neugier geweckt und sie schwebte näher heran. Was mochte das sein? Der Punkt bewegte sich nicht. Er lag einfach nur da. Sie hob ihn auf und erkannte, dass es ein Korn war, das nun winzig klein auf ihrer Handfläche ruhte.

Ein Samenkorn! Hätte sie eine Stimme besessen, hätte Caiwen laut aufgelacht. Sie wollte den Samen gerade fallen lassen, als sie an ihm eine Veränderung bemerkte. Die harte Schale hatte einen Riss bekommen, aus der die Spitze eines winzigen goldenen Blattes hervorschaute, und wie durch ein Wunder hörte sie in ebendiesem Moment die Stimme ihrer Mutter ein Lied singen, dessen Wortlaut ihr vertraut war, dessen Ursprung sie aber nicht gekannt hatte:

Síve i cala fire earo morne núriessen,
San fire estel.
Síve i súle sinte helca súresse,
San sinta estel.
Mal síve Anar orta arinesse,
San orta estel.

Caiwen lauschte den Worten, während sie wie von Geisterhand bewegt auf die düsteren Wolkenmassen zuglitt, die sich unter den Klängen des Liedes in einen still gleitenden Nebel aus Rot und Orange gewandelt hatten. Er empfing sie mit Gefühlen von Harmonie und Liebe und geleitete sie sanft zu dem Spiegel der Erinnerungen.

Als sie vor den Spiegel trat, war aus dem Samenkorn ein winziges Pflänzchen mit zwei goldenen Blättern gesprossen, zwischen denen schon die nächste Knospe ruhte. Und auch der Spiegel hatte sich verändert. Statt der in sich verlaufenden Farben zeigte er nun Caiwens Mutter, die, ein weinendes Kind schützend an sich gepresst, im Rumpf eines sturmgepeitschten Schiffes saß und das Lied für ihre kleine Tochter sang, bis diese eingeschlafen war.

Wie der Atem im kalten Wind verblasst,
so verblasst auch die Hoffnung.
Wie das Licht in den dunklen Tiefen des Meeres schwindet,
so schwindet auch die Hoffnung.
Doch wie die Sonne am Morgen steigt,
so steigt auch die Hoffnung.

Mutter … Caiwen schluchzte auf, als die verborgene Erinnerung sich ihr offenbarte und sie endlich verstand, was die Worte bedeuteten, die sie schon ihr ganzes Leben lang begleiteten. Dann barst die Wand des Schiffes und ein Schwall schäumenden Wassers löschte das Bild aus.

Caiwen zuckte zusammen. Ihr Blick fiel auf die Pflanze, die weiter gewachsen war, und sie begriff: Sie hatte das Wissen gefunden, das ihre Mutter ihr vor fünfzehn Wintern gegeben hatte.

»Wach auf, Caiwen. Es ist alles gut.« Jemand tätschelte ihr sanft die Wange. Die Stimme und die Berührung holten sie in die Wirklichkeit zurück.

Das Erste, was Caiwen spürte, waren rasende Kopfschmerzen. Sie setzte sich auf und bemerkte, dass sie geweint hatte. Einer plötzlichen Eingebung folgend, blickte sie auf ihre Hände, aber sie waren leer. Die Pflanze war verschwunden.

Im Feuerberg

Mit dem ersten Morgengrauen kamen die Arbeiter und begannen, die Waren fortzuschaffen. Heylon konnte hören, wie sie über die bevorstehende Versammlung sprachen.

An diesem Morgen schien es kein anderes Thema zu geben. Obwohl sich einige beunruhigt zeigten über das Grollen, das an diesem Tag lauter und häufiger als sonst aus dem Innern des Berges drang, waren die Elfen von einer fast greifbaren Aufbruchstimmung erfüllt. In ihren Worten schwangen neben der Vorfreude auf die baldige Heimkehr aber auch Wut und Hass auf jene mit, die sie vor langer Zeit in die Verbannung geschickt hatten.

»... werden schon sehen, was sie davon haben ...«

»... der Feuersturm wird sie lehren, was Hochmut anrichten kann ...«

»... sollen ihre gerechte Strafe erhalten ...«

»... werden sich wünschen, sie wären nie geboren worden, wenn sie mit ihren letzten Atemzügen in die Gesichter unserer Verbündeten blicken ...«

Die Wortfetzen, die der Wind Heylon zutrug, bestätigten, was Finearfin ihm in der Nacht erzählt hatte. Dennoch bedrängten ihn Zweifel und Ängste, als er Finearfin und Durin in das gähnende schwarze Loch in der Felswand folgte, hinter dem ein unheilvoller rötlicher Lichtschein und ein strenger Schwefelgeruch von der Nähe flüssigen Gesteins kündeten, und er fragte sich, wie viel von sich selbst er aufzugeben gezwungen sein würde, bis die Sonne ihre Himmelsbahn vollendet hatte. Würde er das Glück haben, dann noch am Leben zu sein? Würde er jemanden töten müssen, und wenn ja, würde er die Kraft dazu haben?

Heylon spürte, wie ihm die Furcht die Kehle zuschnürte, und verbot sich, weiter darüber nachzudenken. Finearfin und Durin vertrauten dem Schwarzen, und es gab keinen Grund für ihn, das nicht auch zu tun – jedenfalls jetzt noch nicht.

Unbehelligt eilten sie über die Mole, durchquerten den Eingang, fanden sich jäh auf einem steinernen Plateau wieder und blieben wie angewurzelt stehen. Nur wenige Schritte vor ihnen fiel der Boden senkrecht ab. So tief unter ihnen, dass es Heylon schwindelte, als er hinabsah, brodelte eine schwarz-rote Glut aus flüssigem Gestein. Heylon hob den Blick. Als er nach rechts und links schaute, erkannte er, dass das Plateau in einen gewaltigen kreisrunden Schlund hinausragte – sie befanden sich mitten im Krater des Vulkans.

Der Fels unter seinen Füßen erzitterte, während aus der Tiefe ein Furcht einflößendes Dröhnen und Rauschen aufstieg. Ein Schwall glutheißer Luft vom Grund des Kraters schlug ihm entgegen und ließ ihn unwillkürlich zurückweichen. »Was ist das?«, flüsterte er mit bebender Stimme.

»Der Feuerberg, der der Insel seinen Namen gab«, erwiderte Finearfin.

»Müssen wir dort hinunter?«

Finearfin nickte und deutete auf einen schmalen Pfad, der sich vom Plateau aus in die Tiefe schlängelte. »Es ist der einzige Weg.«

Heylon schluckte hart. Er spürte den Sog der Tiefe, ein leises, verlockendes Wispern, das ihn zu sich rief, während eine düstere Vorahnung ihm sagte, dass sie in den Tod gingen.

»Geh weiter, du verrätst uns!«, zischte Durin ihm zu und versetzte ihm einen Stoß mit dem Ellenbogen. »Los. Wir müssen uns beeilen.«

Heylon zuckte zusammen. Er wusste, dass Durin recht hatte, konnte seinen Körper aber nur mit einer enormen Willensanstrengung zwingen, sich zu bewegen.

Der Pfad entlang der Kraterwand war steil und gerade so breit, dass zwei Elfen aneinander vorbeigehen konnten, ohne dass einer von ihnen in die Tiefe stürzte. Er besaß weder ein Geländer noch einen Handlauf an der Felswand, an dem man sich hätte festhalten können.

Heylon kämpfte gegen die Übelkeit an, die von der Angst herrührte. Jetzt verstand er, warum das Entladen der *Annaha* so lange gedauert hatte, und er beneidete die Elfen nicht darum, die schweren Kisten und Fässer hier in die Tiefe schleppen zu müssen. Mit weichen Knien, eine Hand Halt suchend an der Wand entlangführend, tastete er sich Schritt um Schritt in die Tiefe. »Sieh nur, wie sicher die Elfen sich hier bewegen«, raunte Durin ihm von hinten zu. »Du fällst auf.«

Aber diesmal konnten Durins mahnende Worte bei Heylon nichts ausrichten. Die Furcht war übermächtig. Die Tiefe schien ihn zu sich herabsaugen zu wollen, und mit jedem Schritt, den er tat, wurde das Gefühl stärker. So quälte er sich weiter und betete darum, dass dieser schreckliche Pfad endlich ein Ende haben möge.

Als es dann kam, war es so plötzlich und unerwartet, dass Heylon fast daran vorbeigelaufen wäre. Es war nicht mehr als ein Loch in der Felswand, hinter dem sich eine gähnende Schwärze auftat. Aber die Geräusche, die aus dem Innern des Tunnels zu ihnen drangen, ließen keine Zweifel daran, dass sie auf dem richtigen Weg waren.

»Stimmen.« Durin blieb stehen und lauschte.

»Viele Stimmen!« Finearfin nickte. »Und gespannte Erwartung.«

»Also hier entlang.« Durin legte Heylon die Hand auf die Schulter, der an der Tunnelwand lehnte und darauf wartete, dass sich sein Herzschlag beruhigte. »Bist du bereit?«

Nein, nein … die Stimme der Vernunft in Heylon schrie danach, sofort die Flucht zu ergreifen.

Elfen mit Kisten in den Händen kamen an ihnen vorbei, beachteten sie aber nicht. Heylon wartete, bis sie außer Hörweite waren, dann straffte er sich und sagte: »Ja, ich bin bereit.«

»Na, dann los.« Eine Entschlossenheit, die auch Heylon gern gespürt hätte, schwang in Durins Stimme mit, als er sich Finearfin zuwandte und hinzufügte: »Lasst uns versuchen, das Schlimmste zu verhindern.«

Es war das Gefühl, dass sich jemand näherte, das Caiwen weckte. Das Herz klopfte ihr bis zum Hals und das Atmen fiel ihr schwer. Noch nie hatte sie etwas Derartiges empfunden. Das Gefühl war ihr unheimlich und beunruhigte sie wie so vieles, das sie erlebt hatte, seit sie mit dem Keim des Wissens aus den Tiefen ihres Bewusstseins zurückgekehrt war.

Es war, als wären ihre Sinne plötzlich um ein Vielfaches schärfer geworden. Sie konnte im Dunkeln sehen wie bei Tag, besaß ein unglaublich empfindsames Gehör und einen Tastsinn, der ihr weit mehr verriet, als nur die Oberflächenbeschaffenheit und Temperatur eines Gegenstandes.

Dazu kamen Sinneswahrnehmungen, die ihr völlig neu waren. Wenn sie ihre Aufmerksamkeit auf eine Person oder ein Tier richtete, konnte sie die Aura des Lebewesens als farbige Hülle erkennen und die Gefühle erspüren, die das Wesen begleiteten. Nimeye hatte es ihr erklärt, als eine Dienerin gekommen war und den verlangten Wein brachte. Als die junge Elfe ein paar Schlucke davon verschüttete, hatte ihre Aura blitzschnell von einem gelassenen Eisblau in ein angstvolles Violett gewechselt.

Nimeyes Aura nahm Caiwen als ein beständiges und freundliches Grün wahr, das Symbol für Zuneigung und Harmonie, das nur kurz in ein zorniges Rot gewechselt hatte, als sie die junge Elfe maßregelte.

Dieses und noch viel mehr zu erkennen und zu beherrschen, hatte Nimeye ihr gezeigt. Das Wichtigste aber war, dass sie gefunden hatten, wonach es Nimeye am meisten verlangte. Caiwen hatte nun keine Mühe mehr, sich die Worte und rituellen Handlungen in Erinnerung zu rufen, mit denen der Bann gelöst werden konnte. Sie war bereit. Die verschiedenen Schritte der Zeremonie lagen klar und deutlich vor ihr. Nichts konnte sie mehr davon abhalten, bei Sonnenaufgang den Weg zu gehen, der das Unrecht, das ihre Großmutter erfahren hatte, wiedergutmachen würde.

Obwohl sie spürte, dass ihr von den Besuchern keine Gefahr drohte, richtete Caiwen sich auf ihrer Liegestatt auf und schaute in die Richtung, aus der sie kommen würden. Es waren die junge Dienerin und zwei andere Elfen, die respektvoll im Eingang der Höhe warteten, bis Caiwen ihnen gestattete einzutreten. Sie hatten ein Tablett mit etwas zu essen und einen Krug bei sich. Eine Aura in zartem Orange zeugte davon, wie aufgeregt sie waren. Sie tuschelten leise miteinander und lächelten beschämt, als sie bemerkten, dass Caiwen sie musterte.

»Wir… wir bringen dir die Morgenmahlzeit und sollen dir beim Ankleiden helfen!«, erklärte die Elfe mit dem Tablett schüchtern und senkte den Blick.

»Die anderen versammeln sich bereits in der großen Halle«, fügte die Elfe mit dem Krug hinzu. »Bald wird die Sonne aufgehen und die Zeremonie beginnen. Die Herrin Nimeye möchte, dass du dann besonders schön aussiehst.«

»Wir sind alle so aufgeregt!«, platzte die dritte heraus. »Endlich können wir nach Hause.«

»Wo es grüne Bäume gibt...«

»... und klare Bäche...«

»... und wo man nachts den Sternenhimmel sehen kann.«

»Ihr habt noch nie die Sterne gesehen?«, fragte Caiwen bestürzt.

»Nicht richtig.« Die drei schüttelten den Kopf. »Der Dunst verbirgt ihr Antlitz und außerdem dürfen wir die Höhlen nur selten verlassen.«

»Schon gar nicht in der Nacht.«

»Dann wart ihr nie im Zweistromland?«

»Nein, wir sind hier geboren«, sagte die Erste.

»Aber wir wissen alles über die alte Heimat«, erklärte die Zweite.

»Und wir sind so froh, dass du uns hinführen wirst.« Die dritte Elfe schenkte Caiwen ein strahlendes Lächeln.

»Na, dann sollten wir die anderen nicht zu lange warten lassen.« Caiwen setzte sich auf, winkte die drei zu sich und löschte ihren Durst mit einem großen Schluck der rötlichen Flüssigkeit, die ihr immer besser schmeckte, je öfter sie davon trank. »Ich möchte meine Großmutter nicht enttäuschen.«

Wenig später befand sie sich fertig angekleidet und mit kunstvoll aufgestecktem Haar auf dem Weg zu Nimeye, die sie in ihrer Höhle erwartete.

Die langen und luftigen Gewänder, die man ihr gegeben hatte, bestanden aus mehreren Schichten eines hauchdünnen grünen und gelben Stoffes, der mehr von ihrer hellen Haut zeigte, als er verbarg, und kaum zu spüren war. Obwohl es außerordentlich prächtig war, fühlte Caiwen sich nicht richtig wohl darin. Sie war es gewohnt, dicke und warme Kleidung zu tragen, und auch wenn das leichte Gewebe bei der Hitze in den Höhlen viel angenehmer war, wäre ihr ein blickdichter Stoff, wie ihn ihre drei Begleiterinnen trugen, doch lieber gewesen.

Nimeye hingegen war begeistert. »Du bist wunderschön!«, schwärmte sie und kam lächelnd auf Caiwen zu.

»Ich weiß nicht recht.« Verlegen zupfte Caiwen an der lindgrünen Bluse, die unter einem langen, ärmellosen Überwurf in Dunkelgrün und einem gelben Unhang mit langen Ärmeln hervorschaute. »Es ist so … ungewohnt.«

»Es ist einer Hohepriesterin würdig«, erklärte Nimeye bestimmt, die ein ähnliches Gewand in Rot und Orange trug. »Fehlt nur noch der Schmuck.« Sie winkte eine der jungen Elfen herbei und reichte ihr ein funkelndes Diadem aus dünnen Ketten und kostbaren Edelsteinen, das Caiwens Stirn und Haare schmücken sollte. Sie selbst legte Caiwen eine passende Kette um den Hals.

»Perfekt!« Sie trat einen Schritt zurück und betrachtete zufrieden ihr Werk.

»Ich wünschte, ich könnte es sehen.« Vorsichtig betastete Caiwen den Schmuck.

»Oh verzeih, das kannst du natürlich.« Nimeye gab einer jungen Elfe ein Zeichen und befahl: »Bringt einen Spiegel. Schnell.«

Die Elfe huschte davon, da ertönten eilige Schritte und ein Elf in der Uniform der Wachen trat vor die Höhle. Ein tiefes Rot umgab seinen Körper und zeugte von Eile, Sorge und einer unterdrückten Wut. »Herrin!« Er neigte leicht das Haupt und wartete.

»Was gibt es Wichtiges, dass du mich jetzt störst?«, herrschte Nimeye ihn an. »Weißt du nicht, dass die Heimkehrzeremonie gleich beginnt?«

»Verzeiht, Herrin, aber ich bringe beunruhigende Kunde.«

»Und die wäre?« Nimeye schien nicht wirklich interessiert.

»Der Rußrabe Borax ist verschwunden.«

»Was ist daran beunruhigend?«, fragte Nimeye ungehalten. »Vermutlich ist er auf dem Weg zum Festland, um Maeve unsere baldige Ankunft zu verkünden.«

»Das hätte er sein sollen«, erklärte der Elf. »Aber er verschwand in der Nacht, noch ehe er die Reise antreten konnte.«

»Was geht mich das an?«, fauchte Nimeye. »Soll der Rabenmeister nach ihm suchen.«

»Der Rabenmeister bittet …«

»Sag dem Rabenmeister, dass die Rußraben nicht mehr von Bedeutung sind«, fiel Nimeye dem Elfen ins Wort. »Sobald der Bann gebrochen ist, benötigen wir ihre Dienste nicht mehr. Und jetzt geh. Ich habe Wichtigeres zu tun, als mich um das alberne Federvieh zu kümmern.« Damit war die Sache für sie erledigt. Sie wandte sich der jungen Elfe zu, die mit dem Spiegel zurückkehrte.

»Hier, Liebes«, sagte sie lächelnd und reichte Caiwen den Spiegel, während ihre Aura von einem lodernden Rot in das sanftmütige Grün überging. »Nun kannst du sehen, wie schön du bist.«

Caiwen sah in den Spiegel und erstarrte.

»Was ist, Liebes?«, erkundigte sich Nimeye besorgt. »Gefällt dir mein Schmuck nicht?«

»Er ist wunderschön. Aber meine Augen …« Caiwen konnte den Blick nicht von dem Spiegel abwenden. »Sie sind so sonderbar.«

»Sonderbar?« Nimeye nahm den Spiegel fort und schaute Caiwen direkt in die irislosen Augen. »Du irrst dich. Sie sind nicht sonderbar. Du bist jetzt eine von uns.«

Das Blut der Erde

Eine Unruhe, die nicht allein von der gespannten Erwartung herrührte, hatte die Elfen erfasst, die sich schon früh in der großen Höhle eingefunden hatten.

Das Rumoren im Innern des Vulkans schien sie unsicher zu machen, und obwohl keiner seine Furcht offen zeigte, spürte Finearfin, dass sie in der Höhle allgegenwärtig war. Zusammen mit Heylon und Durin hatte sich die Elfe einen Platz in der Nähe der steinernen Empore gesucht, auf der die lang ersehnte Zeremonie stattfinden sollte. Noch war die Empore leer. Bis auf vier junge Elfen, die im Schatten eines Durchbruchs auf der rückwärtigen Seite des Podestes standen und warteten, war niemand zu sehen.

Verhaltenes Raunen erfüllte den Saal, das immer dann verstummte, wenn das unheimliche Donnern und Grollen zu hören war.

»Sie haben Angst«, stellte Durin fest. Wie Heylon hatte auch er die Kapuze seines Umhangs tief ins Gesicht gezogen, um unerkannt zu bleiben. Finearfin hatte befürchtet, dass die beiden damit auffallen würden, aber schnell festgestellt, dass eine ganze Reihe von Elfen ihr Gesicht verhüllten, um die durch Geschwüre und offene Wunden teilweise grausam entstellten Züge vor den anderen zu verbergen.

Der Anblick der Gezeichneten hatte sie erschüttert. Obwohl es ihre Feinde waren, empfand sie tiefes Mitgefühl für ihre Brüder und Schwestern, die offensichtlich an einer Krankheit litten, die von den giftigen Dämpfen in den Höhlen oder dem Mangel an Sonnenlicht herrühren mochte.

»Hast du keine Angst?« Heylon schaute Durin von der Seite her an. »Das Rumoren ist mir unheimlich. Hätte ich die Wahl, ich wäre jetzt lieber irgendwo da draußen.«

»Wenn der Vulkan ausbricht, bist du da draußen auch nicht sicherer«, ertönte Durins Stimme aus den Tiefen der Kapuze. »Glaub mir, hier drinnen ist es schneller vorbei.«

»Du kannst einem wirklich Mut machen.« Heylon seufzte leise und fragte flüsternd: »Und? Wie wollt ihr Caiwen hier herausholen? So weit reichte unser Plan ja nicht.«

»Gar nicht.«

»Gar nicht?« Heylon schaute Durin fassungslos an. »Aber ihr habt doch gesagt, dass wir sie retten wollen.«

»Das war, bevor sie die Insel erreicht hat«, knurrte Durin leise.

»Wir sagten, dass wir das Schlimmste verhindern wollen«, erklärte Finearfin im Flüsterton. »Das bedeutet, wir müssen verhindern, dass sie den Bann löst.«

»Heißt das, ihr wollt sie töten?« Obwohl Heylons Gesicht im Schatten lag, konnte Finearfin sehen, wie blass er auf einmal war. Offensichtlich hatte er sich die ganze Zeit in der Rolle des heldenhaften Retters gewähnt und darüber ganz vergessen, sich mit den Tatsachen auseinanderzusetzen. »Nein«, lenkte sie rasch ein, um ihn zu beruhigen. »Nein, das wollen wir nicht. Wir müssen abwarten, was wird, aber es ist …«

»… nicht ausgeschlossen.«

Finearfin warf Durin einen finsteren Blick zu. Wie konnte er nur so taktlos sein? Sie hatte lange mit ihm darüber gesprochen, was sie tun konnten, und viele Möglichkeiten erwogen und verworfen. Letztlich scheiterten alle daran, dass keiner von ihnen wusste, wie die Zeremonie ablaufen und welche Rolle Caiwen darin spielen würde. Dessen ungeachtet war Finearfin nach wie vor fest entschlossen, Caiwen lebend aus diesem Feuerberg zu befreien, nicht nur um ihrer selbst willen, auch um das Zweistromland vor den Eisdämonen zu schützen. Allerdings war das nur das eine Problem. Wie sie die Insel verlassen konnten, darauf hatte Finearfin ebenfalls noch keine Antwort gefunden. Bei ihr endete jeder Plan am Ufer des Ozeans der Stürme.

»Wir werden einen Weg finden«, sagte sie lächelnd und legte alle Zuversicht, die sie aufbringen konnte, in ihre Worte. »Es wird alles gut. Du wirst sehen.«

Sie hatte den Satz gerade beendet, als der Berg erneut zu rumoren begann. Der Boden erzitterte und kleine Steine lösten sich von der Höhlendecke. Diesmal gab es keinen Zweifel mehr daran, dass die Erdstöße mit jedem Mal heftiger wurden.

»Was ist das?«, hörte sie eine junge Elfe, die nicht weit entfernt stand, mit angstgeweiteten Augen fragen.

»Ich weiß es nicht.« Der junge Elf an ihrer Seite zog bedauernd die Schultern in die Höhe. »Vielleicht spürt der Berg, dass wir ihn verlassen wollen, und zürnt uns.«

»Der Berg ist schon oft unruhig gewesen«, bemerkte eine gebeugte Elfe mit verhülltem Gesicht. »Ich bin sicher, es legt sich wieder, wie immer.«

»Nimeye hat uns mit ihrer Magie zweihundert Winter vor dem Feuer im Berg beschützt«, warf ein anderer Elf ein. »Sie wird nicht zulassen, dass uns etwas geschieht.«

Ein Raunen lief durch die Menge und lenkte die Aufmerksamkeit der Elfen auf den Durchlass hinter dem Steinpodest, wo Bewegung in die Schatten kam. Drei Elfen traten auf die Empore und entzündeten Schalen mit rauchlos brennendem Öl. Die vierte schlug mit einem Schlägel gegen ein großes kupfernes Becken. Ein dumpfer Ton erklang, und es wurde still, während sich aus dem Dunkeln hinter dem Tunnel eine fackeltragende Prozession näherte.

»Da ist Caiwen!«, raunte Heylon Finearfin zu, als Nimeye und ihre Enkelin nebeneinander die Empore betraten. »Den Göttern sei Dank, es geht ihr gut.«

»Zu gut.« Finearfin konnte den Blick nicht von den beiden Frauen abwenden, die nun vortraten, um die Versammelten zu begrüßen. Caiwen wirkte auf eine schwer zu beschreibende Art verändert. Es war nicht die prachtvolle Kleidung, die sie trug, und auch nicht das aufwendig hochgesteckte und geschmückte Haar. Vielmehr empfand Finearfin ihre Bewegungen und ihre Haltung als so stolz und unnahbar, dass sie Nimeye darin in nichts nachstand. »Das Ganze sieht mir eine Spur zu einmütig aus.«

»Wie meinst du das?«

»Ich habe nicht den Eindruck, dass Caiwen gewaltsam gezwungen wird, das hier zu tun.« Finearfin schüttelte unmerklich den Kopf. »Das gefällt mir nicht.«

»Mir auch nicht.« Durin rückte etwas näher an Finearfin heran, während Nimeye ein paar Worte an die Elfen richtete und Caiwen mit überschwänglichen Worten als die lang ersehnte Retterin pries. »Ich wusste, dass sie sich verbünden«, sagte er voller Verachtung. »Ich habe es dir doch gesagt: Blut ist dicker als Wasser. Siehst du ihre Augen? Sie sieht schon genauso aus wie die anderen Feuerelfen.«

»Man könnte meinen, sie ist eine von ihnen.« Finearfin ballte die Fäuste. »Ich weiß nicht, was diese Nimeye mit ihr angestellt hat. Aber eines ist sicher. Caiwen wird sich nicht wehren und alles tun, was man von ihr verlangt.«

»Dann müssen wir sie aufhalten.« Durins Hand wanderte zum Griff seines Kurzschwerts, das unter seinem Umhang verborgen war. »Wann schlagen wir los?«

»Noch nicht.« Finearfin versuchte, Zeit zu gewinnen. Dass Caiwen sich so fügsam verhielt, konnte nur eines bedeuten: Sie stand unter Nimeyes Einfluss, und ebendiesen galt es zu brechen …

Die Fülle von Gefühlen, die Caiwen entgegenschlugen, als sie an der Seite ihrer Großmutter auf die Empore trat, raubte ihr fast den Atem. Noch nie hatte sie sich einer solchen Masse an Elfen gegenüber gesehen, noch nie hundertfache Freude und Bewunderung so direkt gespürt. Die Menge der Versammelten war für sie ein Farbenmeer aus warmen Grün-, Gelb- und Orangetönen, in dem die Gesichter der Einzelnen nicht oder nur verschwommen zu erkennen waren.

Sie war gerührt und stolz, dass sie es sein durfte, die diesen armen, zu Unrecht verbannten Elfen die Heimkehr ermöglichte, und konnte es kaum erwarten zu beginnen. Die Macht, die sie von ihrer Mutter geerbt hatte, strömte heiß und pulsierend durch ihren Körper und ließ ihre Fingerspitzen prickeln. Nur mit Mühe gelang es ihr, sich zurückzuhalten, damit Nimeye noch ein paar Worte an die Verbannten richten konnte.

Das Einzige, was ihre Zuversicht zum Wanken brachte, war das Ächzen und Donnern in den Tiefen des Vulkans, das ihre Sinne wie die Ahnung eines nahenden Unheils streifte. Nimeye hatte es ebenfalls bemerkt und ihr erzählt, dass der Berg hin und wieder gegen die magischen Fesseln aufbegehrte, die sie ihm angelegt hatte.

»Keine Sorge, Liebes«, hatte sie augenzwinkernd gesagt. »Er versucht es immer wieder, aber es ist ein starker Zauber, der uns vor seiner Wut schützt. Uns wird nichts geschehen.«

Die Worte hatten Caiwen beruhigt, die Sorge aber nicht ganz vertreiben können. Sie war die Enge in den Höhlen nicht gewohnt und sehnte sich danach, endlich wieder unter einem blauen Himmel zu stehen und den Blick bis zum Horizont richten zu können. Nicht zuletzt deshalb fieberte sie dem Ende der Zeremonie entgegen.

Die Gestalt, die plötzlich aus der Menge aufsprang, war so erfüllt von Hass und Zorn, dass Caiwen nur deren flammend rote

Aura wahrnahm. »Du wirst das Zweistromland nie beherrschen, Verräterin!« Die Worte waren noch nicht verklungen, da sirrte schon ein Pfeil mit tödlicher Präzision auf die Hohepriesterin zu.

Nimeyes Aura wechselte blitzartig von Grün in ein kaltes Blau, als sie sich der Angreiferin zuwandte und in einer fast beiläufigen, befehlenden Geste die Hand hob. Caiwen wusste nicht, was Nimeye tat, aber sie spürte die ungeheure Macht, die in dieser knappen Bewegung lang. Für den Bruchteil eines Augenblicks wurde die Hitze von einer eisigen Welle verdrängt, die für alle unsichtbar durch die Höhle fegte.

Staunend sah Caiwen, wie der Pfeil nur eine Armlänge von Nimeye entfernt wie angefroren in der Luft verharrte und klirrend zu Boden fiel, als diese ihn lächelnd mit dem Finger berührte. »Was für ein lächerlicher Versuch, sich mir zu widersetzen«, bemerkte die Hohepriesterin kühl, während sie gemessenen Schrittes auf die Angreiferin zuging, die, wie der Pfeil, mitten in der Bewegung erstarrt war. Sie hatte die Elfe fast erreicht, als Caiwen zu beiden Seiten der Angreiferin zwei weitere feurig-rote Lichtscheine aufflammen sah, die sich mit wütendem Brüllen auf Nimeye stürzen wollten.

Caiwen erkannte sofort, wie aussichtslos das Vorhaben war. Ein Fingerzeig von Nimeye genügte, um sie wie ihre Komplizen zu lähmen, ohne dass sie Nimeye auch nur ansatzweise gefährlich werden konnten.

»Befindet sich vielleicht noch jemand in dieser Höhle, der der Ansicht ist, dass wir die Insel nicht verlassen sollten?« Nimeyes Stimme war so ruhig, als würde sie um ein Glas Wasser bitten.

Die Menge schwieg.

»Gut. Dann hoffe ich sehr, dass wir nun nicht mehr gestört werden.« Nimeye gab den Wachen ein Zeichen, deutete auf die drei reglosen Gestalten und sagte: »Schafft sie weg und werft sie in den Schlund.«

Caiwen war von der kleinen Machtdemonstration ihrer Großmutter beeindruckt.

Nimeye war eine mächtige Hohepriesterin. Manche sagen, sie war die mächtigste überhaupt.

Ganz unvermittelt kamen ihr Worte in Erinnerung, die sie irgendwann einmal gehört hatte. Sie konnte sich nicht mehr erinnern, von wem sie stammten, aber sie wusste jetzt, dass es die Wahrheit war. Für Nimeyes Magie schien es keine Grenzen zu geben. Sie war die geborene Anführerin, dazu auserwählt, über das Zweistromland zu herrschen.

Dass Nimeye die drei Angreifer, ohne mit der Wimper zu zucken, zum Tode verurteilt hatte, erschien Caiwen gerecht. Wer sich anmaßte, über Leben und Tod zu entscheiden, durfte sich nicht wundern, wenn ihn am Ende dasselbe Schicksal ereilte. Mit einer Mischung aus Stolz und Bewunderung blickte sie ihrer Großmutter entgegen, die den Versammelten den Rücken zuwandte und ohne Hast auf die Empore zuschritt.

Weit kam sie nicht.

Ohne dass Caiwen etwas gesehen oder gespürt hätte, tauchte zwischen ihr und ihrer Großmutter wie aus dem Nichts ein Elf auf, der ungewöhnlich dunkel gewandet war und, was sie am meisten überraschte, überhaupt keine Aura zu besitzen schien.

»Du?« Nimeye blieb wie angewurzelt stehen und schnappte nach Luft. »Aber du bist tot!«

»Noch nicht, wie du siehst.« Der schwarz gekleidete Elf lächelte amüsiert. »Es braucht schon etwas mehr als einen lächerlichen Wasserwirbel, um mich zu töten.« Er reckte sich und schaute auf einen Punkt hinter Nimeye. »Die drei sind übrigens meine Freunde«, sagte er in einem Tonfall, der an Gelassenheit kaum noch zu überbieten war. Wie zuvor Nimeye hob er die Hand, deutete in Richtung der Aufrührer und murmelte etwas. Kurz darauf löste sich die Starre seiner Gefährten. Sie blickten sich verwirrt um, während nun die Wachen zu völliger Reglosigkeit verurteilt waren.

»So ist es besser, findest du nicht?«, fragte der Elf ironisch.

»Lass die Spielchen.« Nimeye drehte den Kopf, um einen neuen Zauber zu weben. »Du hast Tamoyen verlassen und bist so gut wie tot. Du kannst mich nicht aufhalten.«

»Das hast du einst auch zu Elethiriel gesagt. Erinnerst du dich?«

»Wie könnte ich das vergessen haben?« Ein boshaftes Funkeln erschien in Nimeyes Augen. »Und ich habe recht behalten. Am Ende ist sie meiner Macht unterlegen. Am Ende musste auch sie einsehen, dass ein Verrat nicht ungesühnt bleibt, dass niemand seiner gerechten Strafe entkommt...«

»Hast du sie deshalb getötet?«, fragte der Elf schroff. »Um des Triumphs einer billigen Rache?«

»Du bist immer noch nicht darüber hinweg – wie?« Nimeye lächelte kalt. »Die Arme. Musste jämmerlich ertrinken, ohne dass du ihr mit deiner Magie hättest helfen können... Für dich mag es grausam gewesen sein, für mich war es kleine, süße Rache für das, was sie mir und meinen Getreuen angetan hat. Ein Jammer nur, dass es so schnell ging. Ich hatte gehofft, sie würde länger leiden...«

»Du?« Caiwen hatte dem Wortwechsel mit wachsendem Entsetzen gelauscht und konnte nicht länger an sich halten. Zu ungeheuerlich war, was Nimeye da erzählte. »Du hast meine Mutter getötet? Aber... aber warum? Sie... sie sollte euch doch befreien.«

»Warum?« Nimeyes Augen blitzten. »Warum ich deine Mutter tötete?« Sie lachte. »Kannst du es dir nicht denken?«

»Nein!«

»Weil sie es niemals getan hätte, du dummes Ding«, fuhr Nimeye voller Hass fort. »Sie wäre in den Tod gegangen, aber sie hätte niemals den Bann gelöst, den sie in ihrer Selbstgefälligkeit ersonnen hat, um meinen Platz als Hohepriesterin einzunehmen und an der Seite des Elfenkönigs über das Zweistromland zu herrschen.«

»Aber warum am Riff?« Caiwen war nun völlig verwirrt. »Warum hast du das Schiff dort kentern lassen? Warum hast du sie nicht hier getötet, wenn du sie so sehr verabscheut hast?«

»Weil du leben solltest.« Nimeyes Lächeln vertiefte sich. »Fernab von allen, die dich ihre Lügen lehren konnten, solltest du aufwachsen, bis ich dich zu mir rufe. Deine Mutter sollte dich in Sicherheit wähnen. Ich wusste, nur dann würde sie all ihre Macht und ihr Wissen an dich weitergeben, um das Zweistromland vor den Eisdämonen zu schützen. Nur so erhieltest du von ihr, was nötig ist, um uns in die Heimat zurückkehren zu lassen.«

»Ein schlauer Plan, aber er wird nicht aufgehen«, warf der Elf ein. »Caiwen mag von deinem Blute sein, aber sie ist nicht wie du. Sie hat dich längst durchschaut und wird das Zweistromland niemals der Finsternis anheimfallen lassen.«

»Hat sie das?« Nimeye lachte leise. »Da wäre ich mir nicht so sicher.« Urplötzlich wurde sie wieder ernst. »Genug der Worte«, sagte sie streng und schleuderte einen zuckenden Blitz aus ihren Fingerspitzen auf den Elfen, der sich stöhnend zusammenkrümmte. »Zu spät«, presste er zwischen zusammengebissenen Zähnen hervor. »Es ist zu spät. Du hast verloren, Nimeye. Du weißt es nur noch nicht.«

Wieder ertönte ein Donnern aus der Tiefe. Diesmal war es so stark, dass kleine Steine von der Höhlendecke rieselten und ein Riss durch den Boden der Empore fuhr. Einige der Elfen in der Höhle schrien auf.

»Hörst du es?« Obwohl der Elf große Schmerzen haben musste, gelang ihm ein Lächeln.

»Du elender Bastard, was …?« Nimeyes Worte gingen im nächsten Beben und weiteren Angstschreien unter.

»Du hast mich damals besiegt und gebannt, Nimeye. Noch einmal wird es dir nicht gelingen.« Der Elf atmete schwer, aber er lächelte noch immer auf eine Weise, die Caiwen spüren ließ, dass er mit seinem Leben abgeschlossen hatte.

Auch Nimeye schien den Ernst der Lage zu erkennen. Mit einer Bewegung, die Caiwen nur als orangefarbenen Streifen wahrnahm, entfernte sie sich ein paar Schritte von dem Elfen und hüllte seinen Körper noch in derselben Bewegung in ein Feuerwerk aus violetten Blitzen. »Du kannst mich nicht aufhalten, Schwarzer!«, rief sie wutentbrannt aus. »Du bist schwach. Das spüre ich. Ich werde dich und deine Freunde vernichten, euch wie Läuse zerquetschen. Dann wird es niemanden mehr geben, der meinen Siegeszug durch Tamoyen und das Zweistromland aufhalten kann.«

»Nennst du das Schwäche?« Der Schwarze richtete sich mühsam auf, verschränkte die Arme vor der Brust, schloss die Augen und sprach einige unverständliche Worte. Ein gleißender Lichtstrahl entflammte die Höhle für die Dauer eines Wimpernschlags und blendete Caiwen, die aber hören konnte, wie die Unruhe unter den versammelten Elfen wuchs. Als ihre Augen sich an die Helligkeit gewöhnt hatten, sah Caiwen den Schwarzen in einer silbrigen Lichtkugel stehen, von der Nimeyes Blitze wirkungslos abprallten.

»Du verschwendest deine Kräfte, Nimeye«, hörte sie ihn sagen. »Am Ende wird nichts mehr da sein, um …«

»Schweig!« Nimeyes Aura pulsierte in einem so feurigen Rot, wie Caiwen es noch nie gesehen hatte. Sie konnte die Wut ihrer Großmutter spüren, als wäre es ihre eigene. »Ich werde dir zeigen, was wahre Macht bedeutet!«, hörte sie Nimeye rufen und sah, wie diese beide Arme hob und einen gewaltigen Feuerball auf den Schwarzen schleuderte. Ein ohrenbetäubender Knall ertönte, als er auf die Lichtkugel traf und in einem Funkenregen zerbarst. Die Hülle flackerte, aber sie hielt.

»Willst du mich töten oder weiter Spielchen spielen?« Der Schwarze gab ein spöttisches Lachen von sich, das von dem Aufprall der nächsten Feuerkugel verschluckt wurde. Der Knall übertönte ein wütendes Dröhnen aus dem Berginnern, den klaffenden Riss aber, der sich plötzlich durch den Höhlenboden zog, konnten alle sehen. Caiwen zuckte zusammen und erkannte, dass die ersten Elfen aus der Höhle flohen. Aber noch war es der Kampf der beiden Magier, der die meisten in seinen Bann zog.

Inzwischen hatte Nimeye eine dritte Feuerkugel auf den Schwarzen niedergehen lassen. Caiwen erkannte, dass dessen Schutzschild an Leuchtkraft verlor, und spürte plötzlich, dass sie um sein Leben bangte.

Aus dem Nichts tauchte vor ihrem geistigen Auge das Bild eines nächtlichen Waldes auf. *Eine Elfe lag lächelnd im mondbeschienenen Gras auf einer Wiese, neben ihr ein Mann, der dem Elfen in der Höhle wie aus dem Gesicht geschnitten war. Sie wandte sich ihm zu, und Caiwen erkannte, dass es ihre Mutter war. »Ich werde sie Aniye-Nenetihil nennen«, sagte sie und gab dem Mann einen Kuss. »Wenn die Zeit gekommen ist, werde ich ihr von ihrem Vater erzählen!«*

Mutter!

Vater!

»Vater!« Ihr Ruf ging in dem Wüten des Berges und Knistern der Magie fast unter, aber der Schwarze hörte ihn dennoch. »Aniye-Nenetihil«, sagte er voller Zuneigung und lächelte. »Ich habe gehofft, dass du die Täuschung irgendwann durchschauen würdest.«

Hüte dich vor allen, die deinen Namen nicht kennen, meine geliebte kleine Aniye-Nenetihil. Hüte dich vor falschen Freunden und jenen, die der dunklen Seite zugetan sind. Vor allem aber hüte dich vor Nimeye, die unser Volk knechten will, und vor Maeve, die ihr eine treue Dienerin ist.

Die Worte ihrer Mutter kamen Caiwen wieder in den Sinn und zerrissen endgültig die Schleier der Täuschung und Lüge, die Nimeye über ihre Erinnerungen gelegt hatte und die nicht einmal das Wissen um ihre grausamste Tat hatte lüften können. Es war, als würde sie jäh aus einem furchtbaren Albtraum erwachen und sich sogleich in dem nächsten wiederfinden, in dem ein erbitterter Kampf um Leben und Tod tobte.

»Neiiiin!« Nimeyes gellender Aufschrei zerriss die Luft in der

Höhle, als sie erkannte, dass sie die Macht über Caiwen verloren hatte. Außer sich vor Wut, riss sie die Hände in die Höhe, formte aus den Blitzen einen gleißenden Flammenspeer und schleuderte ihn mit einem zornigen Brüllen auf den Schwarzgewandeten. Mühelos durchdrang der Speer die Lichtkugel und bohrte sich in den Leib des Elfen. Das Silberlicht der Schutzhülle flackerte und erlosch. Für wenige Atemzüge stand der Elf noch aufrecht und schaute Caiwen an, dann sackte er lautlos in sich zusammen.

»Vater! Nein!« Blind vor Tränen, stürzte Caiwen vor, kniete nieder und schloss den Elfen in die Arme. »Verzeih mir!«, schluchzte sie. »Bitte verzeih mir.«

»Du hast dir nichts vorzuwerfen.« Die Stimme des Schwarzen war nicht mehr als ein Flüstern. »Aber du musst beenden, woran Elethiriel und ich gescheitert sind. Du musst Nimeye aufhalten. Geh und suche den Blutkelch. Du weißt, was zu tun ist. Nimm die Schlangenkriegerin an dich und flieh. Hilfe ist …«

»Fort mir dir!« Caiwen fühlte, wie eine riesige, unsichtbare Faust sie packte und auf die Empore schleuderte, wo sie benommen liegen blieb. Im Boden dröhnte es inzwischen ohne Pause. Unter den Elfen war Panik ausgebrochen. Alle versuchten, die Höhle zu verlassen, während immer größere Brocken aus der Höhlendecke brachen und krachend auf dem Boden aufschlugen.

Für den Bruchteil eines Augenblicks glaubte Caiwen, Finearfin, Heylon und Durin zu sehen, die gegen den Strom der Flüchtenden ankämpften und vergeblich versuchten, zur Empore zu gelangen. Ihr Herz machte vor Freude einen Sprung, aber dann polterten Gesteinstrümmer direkt neben ihr herunter, und eine Staubwolke raubte ihr die Sicht, sodass sie nicht sicher war, ob sie die drei wirklich gesehen hatte oder einer Täuschung erlegen war.

»Das ist dein Ende!« Durch den Nebel hindurch sah Caiwen Nimeye vor ihrem Vater stehen. Er lag auf dem Boden und presste die Hände auf eine klaffende Wunde im Bauch. Nimeye lächelte kalt. »Du hast verloren.«

»Das ist nicht wahr.« Obwohl er dem Tod näher schien als dem Leben, lag ein glückliches Lächeln auf seinem Gesicht. »*Du* hast verloren, und zwar mehr als nur die Macht über Caiwen. Sie ist jetzt …«

»Schweig!« Nimeye ließ einen violetten Blitzschauer auf den Schwarzen niedergehen. »Sie hat jetzt das Wissen ihrer Mutter. Aber sie ist schwach. Was sie mir nicht freiwillig gibt, werde ich mir mit Gewalt holen.«

»Dazu wirst du keine Zeit mehr haben.« Der Schwarze keuchte auf und krümmte sich vor Schmerz. Caiwen wollte aufspringen und ihm zu Hilfe eilen, aber eine Handbewegung Nimeyes warf sie erneut zu Boden. »Der Berg erwacht«, hörte sie ihren Vater sagen. »Nicht mehr lange, und das alles hier ist Vergangenheit. So wie du und deine verräterischen Pläne.«

»Du Narr, der Berg gehorcht mir!« Nimeye lachte höhnisch und hüllte den Schwarzen erneut in zuckende Blitze. »Ich werde ihn besänftigen, sobald ich mit dir fertig bin.«

»Zu spät.« Der Schwarze stöhnte. Schweißperlen standen auf seiner Stirn. »Ich habe den Zauber zerstört, der das Blut der Erde all die Winter zurückgehalten hat, und du warst ein wenig zu übereifrig in deinem Bestreben, mich zu töten. Du hast deine Magie erschöpft. Du kannst den Zauber nicht erneuern. Das ist dein Ende, Nimeye. Du weißt es nur noch nicht.«

»Du weiß nicht, wovon du redest.« Nimeye war außer sich vor Wut. »Ich besitze Kräfte, von denen du nicht einmal zu träumen wagtest. Nicht ich bin es, die sterbend am Boden liegt, sondern du – und nun stirb!« Sie riss die Hände in die Höhe, und Caiwen spürte, dass sie zum Todesstoß ansetzte. »Vater!« Ihr Schrei ging im Poltern der Steine unter, als der hintere Höhlenteil einstürzte. Die letzten Worte ihres Vaters hingegen erreichten sie wie auf magische Weise.

»Lauf, Caiwen! Lauf!«

Das Versprechen

»Lauf, Caiwen! Lauf!«

Caiwen reagierte, ohne zu zögern. Es war nicht allein die Dringlichkeit, die in den letzten Worten ihres Vaters mitschwang, die sie aufspringen ließ, es war mehr: ein Wispern in ihren Gedanken, das sie weitertrieb, um nach dem Blutkristall und der Wächterstatue zu suchen.

Wie von selbst fanden ihre Füße den Weg zurück in das Höhlenlabyrinth. Als sie sich noch einmal umdrehte, sah sie ihren Vater leblos und mit unnatürlich verrenkten Gliedern am Boden liegen. Rauch stieg von seinem schwarzen Gewand auf und sein Körper erstrahlte in der gleißend weißen Aura des Todes.

Nimeye stand über ihn gebeugt. Das Gesicht zu einer grauenhaften Grimasse des Hasses verzerrt. Als könne sie Caiwens Blick auf sich spüren, flog ihr Kopf ruckartig herum. Ihr gellender Wutschrei zerriss die Stille, die über der Höhle lag, als sie erkannte, was Caiwen vorhatte. Caiwen sah, wie sie die Arme hob und zuckende Blitze aus den Fingerkuppen schossen …

Mit einem gewagten Satz brachte sich Caiwen in Sicherheit und hastete um eine Biegung, während die Blitze knisternd in die Höhlenwand einschlugen.

Lauf, Caiwen! Lauf!

Die Worte ihres Vaters hallten in ihren Gedanken nach und

vertrieben die Schuldgefühle darüber, ihm nicht zu Hilfe geeilt zu sein. Sie spürte, dass sie genau das tat, was er von ihr erwartete. Er hatte sich geopfert, um sie zu retten. Nun war es an ihr, diesem Opfer einen Sinn zu geben.

Ihr Kopf schmerzte, aber ihr Geist war klar, und sie erkannte, was Nimeye, die Mörderin ihrer Mutter, ihr angetan hatte. Vielleicht war es die rote Flüssigkeit gewesen, die sie zu einem willenlosen Werkzeug ihrer Großmutter hatte werden lassen. Vielleicht ein Zauber, geschickt in die süßlichen Worte von Liebe und Treue verwoben, oder ihre Unerfahrenheit – ganz gleich was die Ursache war, ihrem Vater war es gelungen, die Macht der dunklen Magierin über sie zu brechen. Er hatte sie wieder zu dem werden lassen, was sie vor dem Treffen mit Nimeye gewesen war: Eine Elfe, die entschlossen war, ihr Volk vor Unheil zu bewahren. Aber dazu musste sie den Blutkelch finden.

Keuchend blieb Caiwen stehen und schaute sich um. Vor ihr verzweigte sich der Tunnel in drei Richtungen. Welchen Weg sollte sie nehmen? Wie sollte sie in diesem Labyrinth den Kelch finden, ihr Blut hineinfließen lassen und dann auch noch nach der Schlangenkriegerin suchen, bevor …? Caiwen erlaubte es sich nicht, den Gedanken zu Ende zu führen. Sie machte sich nichts vor – die Aussichten, die ungeheure Aufgabe zu erfüllen, die das Schicksal ihr auferlegt hatte, und am Ende lebend aus dem Berg zu kommen, der von immer heftigeren Beben erschüttert wurde, waren mehr als gering.

Lauf, Caiwen!

Entschlossen machte sie einen Schritt auf den rechten Tunnel zu, als ein gewaltiger Donnerschlag das schwarze Gestein erschütterte und die Decke des mittleren und rechten Tunnels einstürzen ließ. Funken stoben und Trümmerstücke prasselten auf Caiwen herab, die sich blindlings in den linken Tunnel flüchtete, der noch nicht zerstört schien.

Als sich der Staub etwas legte, erkannte sie den Tunnel wieder. Es war derselbe, durch den sie zuvor mit Nimeye gegangen war. Sie schöpfte Hoffung und lief weiter, war aber noch nicht weit gekommen, als die Wand vor ihr wie unter einem Fausthieb zersplitterte. Feurige Flammenzungen schossen aus dem Durchbruch und verwandelten den Tunnel binnen eines Wimpernschlags in einen Glutofen aus zuckendem Licht und fließenden Schatten. Eine unvorstellbare Hitze griff nach Caiwen. Schweiß perlte auf ihrer Haut und ihre Kehle war wie ausgedörrt.

Es war weniger Mut als der pure Wille zu überleben, der sie noch einmal Atem schöpfen, die Augen schließen und mit einem verzweifelten Satz durch die Flammenwand springen ließ. Etwas schrammte über ihre Schulter, schlitzte ihr Gewand und die Haut darunter auf und jagte ihr einen beißenden Schmerz durch den Körper. Tropfen aus glühender Schlacke versengten ihr Haar, brannten Löcher in ihr dünnes Gewand und setzten sich wie feurige Insekten auf ihre Haut. Für den Bruchteil eines Augenblicks fürchtete sie, das Feuer würde kein Ende nehmen, dann sah sie etwas Dunkles auf sich zurasen und schlug gleich darauf mit entsetzlicher Wucht gegen die Höhlenwand.

Der Aufprall presste ihr die Luft aus den Lungen und raubte ihr fast das Bewusstsein. Für wenige Herzschläge blieb sie benommen am Boden liegen, kam dann aber wieder auf die Beine, um die Glut abzuschütteln und die Flammen zu löschen, die am Saum ihres Gewandes züngelten.

Als sie sich umschaute, fand sie sich vor den Höhlen wieder, die Nimeye bewohnte. Beißender Rauch quoll daraus hervor. Es war unmöglich, dort nach dem Kelch zu suchen. Sie rief sich in Erinnerung, wie es im Innern ausgesehen hatte, und kam zu dem Schluss, dass ihre Großmutter weder den Kelch noch die Statue in ihren Gemächern aufbewahrt haben konnte.

Aber wo dann?

Zum Nachdenken blieb ihr keine Zeit. Die Hitze des Feuers war unerträglich und der Rauch machte jeden Atemzug zur

Qual. Caiwen presste die Hände vor den Mund, hatte damit aber nur wenig Erfolg. Hustend kämpfte sie sich voran, stolperte über einen gekrümmten Körper, den das Feuer bis zur Unkenntlichkeit entstellte hatte, und taumelte schließlich in einen Tunnel, in dem die Luft noch nicht so heiß und rauchgeschwängert war.

Caiwen gönnte sich einen Moment Ruhe, um Atem zu schöpfen. Dann verbannte sie alle störenden Gedanken aus ihrem Bewusstsein und richtete ihren ganzen Willen allein darauf aus, den Kelch zu finden. In der Hoffnung, dass dies die richtige Entscheidung war, überließ sie sich ganz ihren neu erwachten Instinkten …

Und wirklich: Ihre Füße wählten den Weg wie von selbst. Zielsicher bewegte sie sich durch Tunnel und Abzweigungen, eilte an Toten und Trümmern vorbei und gelangte schließlich an einen Ort, den sie noch nie zuvor gesehen hatte.

Hier ist es!

Das Empfinden war stark. Sie war am Ziel. Obwohl noch vieles neu für sie war, hatte sie schnell gelernt, ihrem Gefühl zu vertrauen.

Sie stand vor einer Höhle, in deren Mitte eine glutrote Feuersäule in die Höhe schoss. Eine Hitze, die kein Sterblicher überlebt hätte, ging davon aus, aber mehr noch spürte Caiwen den Hass und die Verachtung, die in den Flammen loderten. Es war ein Feuer wider die Natur, dessen Flammen aus einer anderen Welt stammen mussten. Ein Feuer, das nicht dem Berg entsprang, sondern einer anderen Macht, die ungleich zerstörerischer war. Das Feuer war der Arm, mit dem diese Wesenheit nach ihrer Welt griff.

Caiwen erschauerte. Was immer hinter dem Feuer lauern mochte, durfte die Welt der Elfen und Menschen niemals betreten. Was sie von ihrer Mutter darüber gehört hatte, war schrecklich gewesen. Aber hier zu stehen und die zerstörerische Aura am eigenen Leib zu spüren, war um ein Vielfaches schrecklicher.

Nun endlich verstand Caiwen, warum es ihren Eltern so wichtig gewesen war, den Pakt zu zerstören und Nimeye das Handwerk zu legen. So wichtig, dass sie sogar ihr Leben dafür gegeben hatten. Nun war es an ihr, es zu vollenden.

Entschlossen trat Caiwen vor den Höhleneingang, schloss die Augen und schuf um sich herum einen unsichtbaren Schild, der sie vor der Hitze schützen würde. Die Selbstverständlichkeit, mit der ihr der Zauber über die Lippen kam, überraschte sie. Es war, als hätte sie die Magie schon Hunderte Male angewandt, denn obwohl es Laute in einer fremdartigen Sprache waren, verstand sie auf Anhieb jedes Wort.

Die ersten Schritte, die sie dem Feuer entgegenging, waren noch von Vorsicht geprägt. Dann wurde sie mutiger. Als sei es ein Spaziergang, durchmaß sie die Höhle und suchte das gewaltige Gewölbe nach dem Blutkelch ab. Wer immer hinter dem Feuer lauerte, schien nicht nur ihre Nähe zu spüren, sondern auch die Absicht zu kennen, die sie verfolgte. Caiwen hatte das Gefühl, gerufen zu werden, und sah, dass die Flammen in wilder Raserei immer heller und höher brannten. Aber sie achtete nicht darauf. Ihre ganze Aufmerksamkeit galt einer gläsernen Vitrine im hinteren Teil der Höhle, in der ein wunderschön gearbeiteter Pokal aus geschliffenem Glas stand. Das Feuer der Höhle spiegelte sich in Hunderten fein gearbeiteter Facetten und tauchte den Pokal in blutiges Rot.

Mit wenigen Schritten war Caiwen an der Vitrine. Fast wäre sie gestürzt, weil ein neuerlicher Donnerschlag den Berg erschütterte. Aber sie konnte sich im letzten Moment an der Höhlenwand festhalten.

Als der Boden nicht mehr schwankte, trat Caiwen vor die Vitrine, untersuchte sie und stellte enttäuscht fest, dass sie weder eine Tür noch einen Deckel besaß. Der Pokal war wie in einem gläsernen Würfel eingeschlossen. Während sie das Behältnis nach einem magischen Schloss oder einer unsichtbaren Öffnung abtastete, besah sie sich den Kelch genauer. Sie hatte sich getäuscht. Der Pokal glänzte nicht allein deshalb rötlich, weil er das Feuer widerspiegelte, er war auch aus einem roten Glas gefertigt, wie Caiwen es nie zuvor gesehen hatte. Noch mehr aber überraschte sie, dass der Kelch leer war. Wo war das Blut der Hohepriesterin, das sich mit Dämonenblut vermischt hatte, um eine unheilige Verbindung zu stiften?

»Enttäuscht?«

Die Stimme jagte Caiwen einen eisigen Schreck durch die Glieder. Sie wirbelte herum und erstarrte. Keine zehn Schritte entfernt, stand Nimeye zwischen ihr und dem tosenden Feuersturm, der aus dem Loch im Boden in die Höhe schoss. Ihr kostbares Kleid war zerrissen und wies unzählige Brandlöcher auf. Die einstmals kunstvoll frisierten Haare hingen ihr wirr und rußgeschwärzt ins Gesicht. Sie wirkte erschöpft, aber ihre Stimme hatte nichts an Kraft und Hochmut verloren, als sie lässig die Hände vor der Brust verschränkte und mit kaltem Lächeln sagte: »Ein Jammer, Liebes. Nun bist du so weit gekommen, nur um hier zu sterben.«

Als Finearfin den Schwarzen sterben sah, zerbrach etwas in ihr. Verzweifelt hatte sie versucht, sich durch den Strom der flüchtenden Elfen einen Weg zur Empore zu bahnen. Aber obwohl Durin und Heylon ihr nach Kräften zur Seite gestanden hatten, war es ihr unmöglich gewesen.

Die Erschütterungen des Berges hatten ein Ausmaß erreicht, das selbst den verbannten Elfen Furcht einflößte und sie in blinder Panik ins Freie drängen ließ. Niemand achtete mehr auf die drei Verräter, die Nimeye zum Tode verurteilt hatte.

Die Wachen waren verschwunden und die ganze Aufmerksamkeit der verräterischen Hohepriesterin galt dem Schwarzen, der sie mit bewundernswerter Ruhe herausgefordert und am Ende sein Leben gegeben hatte, um Caiwen von ihrem Einfluss zu befreien.

Lauf, Caiwen! Lauf! Die letzten Worte des Schwarzen schienen Caiwens Geist geklärt zu haben. Obwohl ein neuerliches Beben den Boden erschütterte und die Höhle mit Staub füllte, erkannte Finearfin, dass das Mädchen sich, ohne zu zögern, umwandte und in die Höhlen zurücklief.

»Verflucht seien die Götter! Was tut sie da?« Durin ergriff einen flüchtenden Elfen und schleuderte ihn zur Seite, um sich Platz zu verschaffen. »Sie muss verrückt geworden sein.«

»Sie ist nicht verrückt. Sie ist mutig.«

»Mutig?« Heylons Stimme überschlug sich fast. »Der Vulkan kann jeden Augenblick ausbrechen. Sie rennt in den Tod, und du nennst es mutig?«

»Sie sieht nicht ihr eigenes Schicksal, sondern das der anderen«, bemerkte Finearfin.

»Die Wächterstatue!« Nun begriff auch Durin, was Caiwen vorhatte. »Sie versucht, die Statue zu retten.«

»... und Nimeye versucht, sie daran zu hindern.« Finearfin war nicht entgangen, dass Nimeye ihrer Enkelin gefolgt war. Die Elfenkriegerin hatte den Schwarzen erreicht, der mit schwelenden Gewändern am Boden lag, kniete erschüttert neben ihm nieder und schloss ihm die blicklosen Augen.

»Worauf wartet ihr? Wir müssen ihr helfen!« Heylon stand in dem Durchlass, durch den Caiwen und Nimeye verschwunden waren, und gestikulierte wild. »Wir dürfen sie nicht im Stich lassen.«

»Der Junge hat recht!« Durin packte Finearfin an der Schulter. »Komm ...« Weiter kam er nicht, denn in diesem Augenblick zerriss ein gewaltiger Donnerschlag die Luft.

Im hinteren Teil der Höhle stürzte die Decke ein, armdicke Risse klafften jäh im Boden auf, und eine Staubwolke verschluckte alles, was mehr als zwei Schritte entfernt war.

Finearfin hustete. Sie hörte die Elfen in der Höhle aufschreien und fühlte Durins Hand auf der Schulter. Alles andere war hinter einem dichten Vorhang aus Staub verborgen.

»Finearfin! … Durin!« Von irgendwo jenseits des Graus drang ihr Heylons schmerzerfüllte Stimme an die Ohren. »Heylon?« Finearfin hustete und schaute in die Richtung, aus der die Stimme kam, konnte aber nichts erkennen.

»Ich sehe nach!« Durin nahm die Hand fort und verschwand. »Verdammt, Junge! Das sieht nicht gut aus!«, rief er kurz darauf. »Nicht bewegen!«

Steine polterten und Finearfin hörte Heylon wimmern. Sehen konnte sie immer noch nichts. »Was ist mit ihm?«, rief sie Durin zu, erhielt aber keine Antwort.

Als der Staub sich legte, sah sie Durin und Heylon näher kommen. Der Kopfgeldjäger stützte den Jungen. »Heylon wurde von Trümmern getroffen«, erklärte er knapp. »Sein Bein ist verletzt.«

»Das Bein ist nicht wichtig.« Heylon deutete hustend auf den Durchlass. »Kümmert euch nicht um mich. Ihr müsst Caiwen suchen und ihr helfen.«

»Das ist unmöglich, Junge«, meinte Durin bedauernd. »Der Tunnel ist eingestürzt.«

»Dann gibt es nur eines.« Finearfin hob den Leichnam des Schwarzen vom Boden auf und wies mit einem Kopfnicken zum Ausgang, durch den noch immer unzählige Elfen flohen. »Wir müssen hier raus.«

»Da sind wir endlich mal einer Meinung.« Durin nickte grimmig. »Aber der Schwarze bleibt hier.«

»Du hast mir keine Befehle zu erteilen!« Finearfin war bereits auf dem Weg zum Ausgang. »Ich treffe meine Entscheidungen immer noch selbst.«

»Er ist tot!« Durin gab ein ärgerliches Schnauben von sich und eilte ihr nach. »Weißt du nicht mehr, wie schmal der Pfad da draußen ist?«, fragte er aufgebracht, als er sie eingeholt hatte. »Und die vielen Flüchtenden. Siehst du nicht, wie sie sich drängen? Du kannst unmöglich einen Toten da mitten hindurch …«

»Kümmere du dich um Heylon«, erwiderte Finearfin kühl, ohne sich umzudrehen. »Ich habe dem Schwarzen versprochen, ihn hier herauszubringen, und ich werde mein Versprechen halten.«

Der rote Kristall

Nimeye!« Caiwen starrte ihre Großmutter an.

»Es überrascht mich, dich hier zu sehen.« Nimeye kam näher. »Ich war überzeugt, dass du zuerst nach der Schlangenkriegerin suchen würdest.« Ihre Miene verfinsterte sich, und ihre Stimme gewann an Schärfe, als sie fragte: »Wer hat dir von dem Kelch erzählt?«

»Ist das nicht gleichgültig?« Caiwen wich so weit zurück, dass sie das Glas der Vitrine unter den Fingern spüren konnte. »Du hast mich belogen«, presste sie mit mühsam unterdrückter Wut hervor. »Und nicht nur das. Heimtückisch hast du mich deinem Willen unterworfen und zu deinem Werkzeug gemacht. Ich verabscheue dich!«

»Ach, das ...« Auf Nimeyes Lippen zeigte sich ein dünnes Lächeln, während der Boden erneut von einem Beben erschüttert wurde. »Na gut, ich gebe zu, der Zauber war ein Trick, aber ich habe dich zu nichts gezwungen, was du früher oder später nicht auch freiwillig getan hättest. Ich habe es lediglich etwas beschleunigt. Was hättest du schon gegen mich ausrichten können? Die Statue stehlen? Verschwendete Mühe. Sie wäre nicht lange in deinem Besitz geblieben, denn du hättest die Insel nicht verlassen können. Den Kelch zerstören?« Sie schüttelte lachend den Kopf. »Ich bin sicher, du hast bereits bemerkt, dass du niemals an ihn herankommen wirst. Hitze und Feuer mögen dir nichts anhaben können. Aber die Vitrine, die ihn umgibt, kannst du nicht öffnen.«

»Du lügst!«, rief Caiwen aus. »Ich hätte dir niemals geholfen, den Bann zu lösen.« Wieder erschütterte ein Beben die Höhle. Diesmal so heftig, dass sie sich an der Vitrine festhalten musste, um nicht zu stürzen. »Ich hätte niemals verraten, wofür meine Mutter gestorben ist.«

»Mit diesem *Niemals* wäre ich an deiner Stelle sehr vorsichtig.« Nimeye kam näher und hob die Hände auf unheilvolle Weise, unwillkürlich zuckte Caiwen zusammen. »Du weißt es vielleicht nicht, aber ich war nachsichtig mit dir. Sehr nachsichtig«, sagte sie gefährlich leise. »Du bist von meinem Blut. Die Letzte aus dem Geschlecht der Hohepriesterinnen. Ich wollte nicht, dass du leidest, aber die Zeit drängte. Mit anderen wäre ich nicht so milde umgegangen.«

»Milde?« Caiwen spie Nimeye das Wort entgegen, als hätte es einen bitteren Beigeschmack. »Du weißt doch gar nicht, was das ist. Du hast meine Mutter umgebracht. Deine Tochter.«

»Elethiriel hat mich verraten!« Nimeye gab ihre zur Schau getragene Gelassenheit auf. »Sie und dieser Bastard von König haben Leiden über uns gebracht, für die es keine Beschreibung gibt. Sie haben …«

Ein heftiges Dröhnen und Rumoren aus dem Innern des Berges übertönte ihre Worte und ließ die Höhle erzittern. Steine lösten sich von der Decke und zerschellten krachend auf dem Boden, während die Feuersäule immer gewaltiger wurde. Caiwen duckte sich instinktiv, obwohl sie wusste, dass sie hier nirgends Schutz finden würde.

»Du fürchtest dich?« Nimeyes Lachen übertönte das Brüllen der Flammen, als das Grollen des Berges nachließ. »Du fürchtest dich nicht genug. Dein Vater glaubte, er hätte mich vernichtet, indem er die Kraft des Vulkans entfesselte, aber er hat sich geirrt. Wenn es diese Insel nicht mehr gibt, wird es auch keinen Bann mehr geben, der mich an diesen Ort bindet. Dann gibt es nichts mehr, was mich davon abhalten kann, meinen Siegeszug ins Zweistromland anzutreten und alles zu zermalmen, was sich mir in den Weg stellt, wenn …«

»… du das hier überlebst.« Caiwen griff den Widerspruch in den Worten ihre Großmutter auf, um Zeit zu gewinnen. »Aber selbst wenn du lebend hier herauskommst, hast du keine Getreuen mehr, die an deiner Seite kämpfen.«

»Die Feuerelfen kümmern mich nicht! Sie sind entbehrlich.« Nimeye schien sich ihrer Überlegenheit so sicher zu sein, dass sie Caiwen selbst ihre geheimsten Gedanken verriet. »Sie waren schon immer entbehrlich. Ich brauchte sie, um hier zu überleben, bis alles bereit ist, aber jetzt nicht mehr.« Sie lächelte kalt und sprach wieder ganz ruhig, als sie hinzufügte: »Wärst du nicht gekommen, hätte ich den Berg schon sehr bald selbst zerstört. Es ist immer gut, einen zweiten Plan zu haben.«

»Du bist ja verrückt.« Caiwen konnte nicht glauben, was sie da hörte. »Glaubst du wirklich, deine Verbündeten jenseits des Feuers werden dich als ihre Herrscherin anerkennen, wenn sie erst einmal freigelassen wurden? Spürst du nicht den Hass und die Verachtung, die in den Flammen mitschwingen?«

»Natürlich spüre ich es. Es war schließlich der Grund dafür, dass ich sie erwählt habe. Deine Sorge ehrt dich, aber das sollte dich nun wirklich nicht kümmern, denn du wirst diese Höhle nicht lebend verlassen. Nicht mehr lange, und die Feuerinsel ist Geschichte«, stieß Nimeye siegesgewiss hervor. »Was du mir verweigert hast, hat dein Vater, dieser Narr, mir geschenkt und damit gleichzeitig dein Todesurteil gesprochen. Du bist nun ebenso entbehrlich wie alle anderen hier. Aber ich werde nicht warten, bis du dein Leben in den feurigen Fluten aushauchst. Ich werde es selbst zu Ende bringen. Und nun spüre, wie es deinem Vater ergangen ist. Erkenne, wie es ist zu sterben!« Ihre Hände zuckten vor und Caiwen sah ein Bündel aus Blitzen auf sich zuschießen …

Die Zeit verlor jede Bedeutung, während Caiwen das tödliche Licht unendlich langsam auf sich zukommen sah. Sie duckte sich, wusste aber im gleichen Augenblick, dass sie in der Falle saß. Die Geräusche aus der Höhle erreichten sie nur verzerrt. Das Brüllen der Flammensäule mischte sich mit dem Grollen des Berges zu einem dumpfen Rumoren, als sich der Vulkan jäh wie ein gefangenes Tier aufbäumte und Caiwen von den Füßen riss.

Im Fallen sah sie, dass auch Nimeye stürzte. Das Bündel aus Blitzen änderte die Richtung, fuhr zuckend in die Höhe und schlug krachend in einen Felsvorsprung über der Vitrine ein. Mit einem Knirschen, das an splitterndes Eis erinnerte, schoss ein gewaltiger Riss durch den Felsen und trennte den gesamten Vorsprung von der Höhlendecke.

Caiwen stockte der Atem, als sie die Gefahr erkannte. Instinktiv rollte sie zur Seite, krümmte sich zusammen und hielt die Arme schützend vors Gesicht. Keinen Augenblick zu früh. Sie hatte die Bewegung noch nicht vollendet, als der Felsen mit Urgewalt auf die Vitrine krachte. Die Wucht des Aufpralls ließ Steine und Glasscherben wie Geschosse durch die Höhle fliegen. Caiwen spürte einen beißenden Schmerz, als einige der Splitter ihr die Haut aufschlitzten, wagte aber nicht, sich zu bewegen. Erst als des Klirren und Klacken ein Ende fand, hob sie vorsichtig den Kopf.

Die Höhle glich einem Trümmerfeld. Nimeye lag am Boden. Ihr Körper war mit unzähligen Schnittwunden übersät, aus denen Blut rann. Sie atmete schwach und rührte sich nicht.

Keuchend rappelte Caiwen sich auf. Sie empfand weder Mitleid für Nimeye, noch verspürte sie den Wunsch, ihr zu Hilfe zu eilen. Ihr einziger Gedanke galt dem Blutkelch, der irgendwo unter den Steinen begraben sein musste. Die Vitrine war zerstört.

Tausende winziger Glasstückchen, die sich überall in der Höhle verteilt hatten, ließen daran keinen Zweifel.

Und wenn auch der Kelch zerbrochen ist?

Caiwen gestattete es sich nicht, darüber nachzudenken. Mit bloßen Händen schaufelte sie messerscharfe Scherben und faustgroße Gesteinsbrocken zur Seite. Ihre Hände bluteten und schmerzten, aber sie gab nicht auf. Mit einer aus Verzweiflung geborenen Entschlossenheit grub sie weiter, bis sie inmitten der Trümmer etwas funkeln sah.

Der Kelch!

Caiwen keuchte vor Anstrengung. Ihr Herz hämmerte wie wild, und Schweiß rann ihr über die Stirn, als sie den Blutkelch hervorzog. Er war völlig unversehrt. Caiwen hielt ihn ins Licht der Flammen, um ihn genauer zu betrachten. Immer noch konnte sie nicht die kleinste Spur von Blut erkennen.

Es ist der falsche Kelch! Nimeye hat mich wieder getäuscht. Der Gedanke schoss ihr wie ein eisiger Blitz durch den Körper. *Vergebens, es war alles vergebens …*

Sie hatte den Gedanken noch nicht zu Ende geführt, als sie sah, wie sich ein Blutstropfen von ihrem Zeigefinger löste und in den Kelch tropfte. Kaum dass er das Glas berührte, wurde er aufgesogen und färbte das Glas ein wenig roter.

Caiwen verstand und zögerte nicht länger. »Und so löse ich den Pakt, den Nimeye einst geschlossen hat, und entbinde jene, die ihr verpflichtet sind, von allen Schuldigkeiten«, murmelte sie leise die Worte, die ihre Mutter ihr mit auf den Weg gegeben hatte, und ließ einen weiteren Tropfen in den Kelch fallen.

»Neiiiin!« Nimeyes Aufschrei gellte durch die Höhle. Ohne dass Caiwen es bemerkt hatte, war sie aufgestanden und bewegte sich mit schleppenden Schritten auf sie zu. »Gib mir den Kelch!«, keifte sie wie von Sinnen. »Gib ihn mir! GIB – IHN – MIR!«

Caiwen überlegte nicht lange: »Du willst ihn?«, rief sie herausfordernd, hob den Blutkelch in die Höhe und schleuderte ihn mit den Worten »Dann hol ihn dir« mitten in die Flammensäule.

Nimeye wirbelte herum und setzte dem Kelch mit einem Sprung nach, der nur aus Magie geboren sein konnte.

Wieder schien die Zeit für einige Herzschläge auszusetzen. Caiwen sah, wie sich Nimeye durch die Luft bewegte, den Arm ausstreckte und den Kelch fing, ehe er die Flammen erreichte. Triumphierend riss sie ihn an sich, aber sie war zu schnell. Der ungeheure Schwung trug sie weiter – mitten in die Flammensäule hinein. Ein markerschütternder Schrei gellte durch die Höhle, als die Flammen gierig nach ihrem Gewand und den Haaren griffen. Für einen Augenblick sah Caiwen sie noch, in Flammen gehüllt, im Feuer stehen. Dann fand der Schrei ein jähes Ende und Nimeye war verschwunden.

Caiwen starrte auf die Flammensäule. Sie empfand keine Trauer, aber auch keine Freude. Nimeyes Tod war nichts anderes als das Ergebnis ihre Bosheit. Alles, was Caiwen fühlte, war eine grenzenlose Erschöpfung, den Schmerz der blutenden Schnittwunden und den drängenden Wunsch, diesen schrecklichen Ort endlich zu verlassen. Ohne zu zögern, wandte sie sich um und begann zu laufen.

Glühende Gesteinsmassen folgten ihr durch die Tunnel und Höhlen, als sie aus dem Herz des Vulkans floh.

Es war heiß. Unerträglich heiß. Die dünnen Gewänder klebten ihr schwer auf der Haut und immer wieder nahmen ihr Schweißtropfen die Sicht. Sie hatte keine Kraft mehr, den magischen Schild gegen die Hitze aufrechtzuerhalten, und musste sich ungeschützt einen Weg durch die Tunnel bahnen.

Das Licht war schlecht und der Boden von tiefen Spalten durchzogen, die Caiwen oft erst im letzten Augenblick bemerkte und nur mit einem beherzten Sprung überwinden konnte, während sie tief unter sich die glühende Flut aufsteigen sah.

Ich muss hier raus! Der Gedanke hämmerte unablässig hinter ihrer Stirn. Instinktiv wählte sie immer die Abzweigungen, die nach oben führten, in der Hoffnung, dass die Tunnel nicht verschüttet waren. Sie wusste, dass sie sich längst hoffnungslos verlaufen hatte, aber sie gab nicht auf.

Weiter, immer weiter, spornte sie sich selbst in Gedanken an. Stehen zu bleiben, würde unweigerlich den Tod bedeuten. Nur wenn sie sich stetig nach oben bewegte, hatte sie noch eine Chance zu entkommen.

Die Suche nach der Wächterstatue hatte sie aufgegeben, ehe sie damit begonnen hatte, verbot sich aber jedes Schuldgefühl. Dieser Konflikt war nicht der ihre, und wenn sie auch kraft ihres Blutes hineingezogen worden war, so konnte niemand von ihr erwarten, dass sie Wunder vollbrachte. Sie hatte es versucht und war zu einem Teil sogar erfolgreich gewesen. Sie hatte alles gegeben und würde vielleicht sogar ihr Leben bei diesem Abenteuer verlieren. Mehr konnte, mehr durfte niemand von ihr verlangen. Und doch ließ sich die Stimme nicht zum Schweigen bringen, die ihr zuflüsterte, dass sie versagt hatte.

Ein kühler Luftzug streifte ihr Gesicht und ließ sie neue Zuversicht schöpfen.

Nach rechts!

Der Tunnel führte steil bergauf. Der Windhauch, ein rötlicher Lichtschein sowie ein lautstarkes Brausen kündeten davon, dass ganz in der Nähe ein Ausgang sein musste.

Caiwen beschleunigte ihre Schritte.

Nach der Dunkelheit im Innern des Berges gewöhnten sich ihre Augen nur langsam an das Licht, das ihr vom Ende des Tunnels entgegenflutete. Sie schmerzten, und Caiwen musste sich zwingen, sie offen zu halten, aber das war nahezu unmöglich. Fast wäre ihr das zum Verhängnis geworden.

Viel zu spät erkannte sie das Ende des Tunnels, als die Felswände jäh zurückwichen und sie sich völlig unerwartet auf einem

Felsvorsprung wiederfand, unter dem sich der gähnende Abgrund des Vulkanschlunds auftat. Caiwen prallte zurück und schnappte nach Luft. Es war nicht so sehr die ungeheure Tiefe unter ihren Füßen, die ihr Angst einjagte, sondern der Anblick der glühenden Gesteinsmassen, die wie ein blasenschlagendes rotes Meer unter ohrenbetäubendem Tosen schnell immer höher stiegen.

Langsam tastete sie sich rückwärts. Als sie endlich das poröse Gestein im Rücken spürte, presste sie sich fest an die Felswand und wartete darauf, dass sich ihr hämmernder Herzschlag beruhigte. Sie hatte es geschafft. Sie hatte den Weg nach draußen gefunden. Aber was für ein Weg war das?

Caiwens Herz krampfte sich zusammen, als sie, die Finger in den Fels gekrallt, den Blick nach oben richtete, wo sich ein schmaler Pfad an der Innenwand des Vulkanschlunds emporschraubte. Er war gerade so breit, dass ein Mann darauf gehen konnte, ehe er in schwindelnder Höhe in den breiteren Pfad mündete, den sie auf ihrem Weg in die Höhlen mit Nimeye gegangen war.

Caiwen keuchte auf. Erst jetzt wurde ihr bewusst, wie tief sie auf ihrer Suche ins Innere des Vulkans vorgedrungen war. Und noch etwas ließ ihr den Atem stocken. Durch die rötliche Düsternis nur als Schatten zu erkennen, sah sie, dass sich auf dem Pfad zum Ausgang unzählige Gestalten drängten. Elfen, die in panischer Furcht und ohne Rücksicht auf die anderen versuchten, ins Freie zu gelangen.

Etwas Schwarzes huschte am Rand ihres Blickfelds vorbei und versank lautlos in der Glut. Ein Stein? Kurz darauf stürzten auf der anderen Seite des Schlunds zwei weitere dunkle Punkte in den Abgrund.

Ganz in der Nähe hörte Caiwen den gellenden Schrei einer Frau, die offenbar den Halt verloren hatte und wenige Herzschläge später in der alles versengenden Masse unterging. Sie war erschüttert. Die Punkte waren keine Gesteinstrümmer. Es waren Elfen. Wieder hörte sie einen Schrei. Obwohl sie nicht hinsehen wollte, konnte sie den Blick nicht abwenden, als erneut ein Elf an ihr vorbei in seinen Tod stürzte. Es mit anzusehen, ohne helfen zu können, war furchtbar, noch schlimmer aber war die Erkenntnis, dass die Glut in nur wenigen Augenblicken ein ganzes Stück höher gestiegen war.

Caiwen wusste, dass sie keine Wahl hatte. Bald würde es für eine Flucht zu spät sein.

Sie zwang sich, den Blick von der brodelnden Glut zu lösen, und schluckte gegen die Angst an. Schon der Gedanke, auch nur einen Fuß auf den Pfad zu setzen, trieb ihr den Schweiß auf die Stirn und ließ sie zittern. Sie wusste, dass sie hier fortmusste, aber sie konnte nicht. Ihre Füße schienen mit dem Fels verwachsen, während sich ihre blutenden Finger in das poröse Gestein krallten, das eine trügerische Sicherheit verhieß.

Lauf, Caiwen, lauf!

Wie aus weiter Ferne glaubte sie in Gedanken noch einmal die Stimme ihres Vaters zu hören, der sie anspornte, jetzt nicht aufzugeben.

Lauf, Caiwen, lauf!

Caiwen straffte sich. Ihr Vater hatte recht. Wenn sie nicht bald den ersten Schritt tat, war sie verloren. Schon spürte sie die Hitze der Glut unter ihren Füßen. Nicht mehr lange, und das Feuer würde den Sims verschlucken. Der Gedanke an einen grausamen Tod war es, der ihre Starre löste. Zögernd tastete sie sich mit den Fingern an den Felsen entlang und ging los.

Die Schlangen-kriegerin

Caiwen rannte wie noch nie in ihrem Leben. Ihr Atem ging stoßweise. Ihr Kopf dröhnte und in den Ohren rauschte das Blut im pulsierenden Takt ihres Herzens. Klebriger, von Staub und Ruß durchsetzter Schweiß bedeckte ihr Gesicht und ihren Körper.

Sie blickte nicht zur Seite und nicht zurück, hörte nicht auf die gellenden Schreie der Unglücklichen, die weiter oben im Gedränge den Halt verloren oder gestoßen wurden und in die Tiefe stürzten, und achtete nicht auf das unheilvoll anschwellende Rumoren, dass seit einiger Zeit ohne Pause aus dem Berginneren aufstieg. Den Blick fest auf den schmalen Pfad geheftet, tat sie Schritt um Schritt und betete dabei zu allen bekannten und unbekannten Göttern, dass das Gestein halten und es kein neuerliches Beben geben möge.

Die Glut folgte ihr. Schnell und unaufhaltsam stieg sie im Schlund empor und legte mit jedem Schritt, den Caiwen tat, die doppelte Strecke zurück.

Ich schaffe es nicht! Die Verzweiflung trieb Caiwen Tränen in die Augen, ließ sie aber auch über sich hinauswachsen. Jenseits von Erschöpfung und Schmerz kämpfte sie sich weiter und erreichte schließlich den breiten Pfad an der Stelle, wo sie nur eine Nacht zuvor von Nimeye in die Höhlen geführt worden war.

Ein kurzer Blick in den Durchlass genügte, um ihr zu zeigen, dass es die Höhlen und Tunnel dahinter nicht mehr gab. Dort, wo ihr die Trümmer nicht die Sicht versperrten, kündete ein unheilvolles Glühen aus den Tiefen von Tod und Zerstörung, während der beißende Rauch, der ihr entgegenwaberte, den Geruch von verbranntem Fleisch mit sich trug.

Schaudernd wandte Caiwen sich ab und eilte weiter. Sie war die Letzte auf dem langen Weg nach draußen. Vor ihr befanden sich nur noch wenige Elfen. Verletzte, die sich mühsam dem Ausgang entgegenschleppten.

Weiter, ich muss weiter …

Es gab keinen Muskel in ihrem Körper, der nicht schmerzte, aber der Anblick des nahen Ausgangs ließ sie noch einmal alle Kräfte zusammennehmen. Sie wollte nicht sterben. Nicht hier, nicht jetzt und vor allem nicht, ohne das Zweistromland aus den Klauen der Eisdämonen befreit zu haben.

»Bemüh dich nicht. Du kommst hier nicht lebend raus.« Wie aus dem Nichts tauchte Nimeye vor ihr auf und versperrte ihr den Weg.

Caiwen fuhr erschrocken zusammen. »Du?«, keuchte sie. »Aber du bist …«

»… tot?« Nimeye lachte spöttisch. Haut und Haare der Hohepriesterin waren versengt, ihre Kleider nicht mehr als verkohlte Fetzen. Sie sah furchtbar aus, aber sie lebte. »Es gehört schon ein wenig mehr dazu, mich zu vernichten, als dieses kleine Feuerchen«, erklärte sie mit schneidender Stimme. »Du kannst es nicht wissen, aber in den Flammen befindet sich ein Tor, das ich schon oft durchschritten habe.« Sie hob die Hand und fuhr sich damit durch das verbrannte Haar. »Ich gebe zu, es ist der Schönheit etwas abträglich, aber das lässt sich mit ein wenig Magie schnell wieder richten. Dieses kleine Opfer hat sich bisher immer gelohnt.« Sie grinste böse, holte die linke Hand hinter dem Rücken hervor und hielt Caiwen den Blutkelch entgegen, der bis auf ein paar Rußflecken keine Beschädigung aufwies. »Du hast versagt, Liebes«, sagte sie in einem Ton, der ihr Lächeln Lügen strafte. »Der Kelch ist mein und es dürstet ihn nach meinem Blut.« Sie deutete mit dem Finger auf Caiwen, die sich plötzlich nicht mehr rühren konnte. Es war, als würde sie von einer riesigen Hand gepackt, die sie erbarmungslos festhielt. Sie wollte den Mund öffnen und etwas sagen, aber selbst das gelang ihr nicht.

Ein Lähmungszauber. Caiwen spürte, dass sie den Gegenzauber kannte. Die Worte, die ihn lösen konnten, waren irgendwo in den Erinnerungen ihrer Mutter verborgen. Verzweifelt suchte sie danach, war aber so erschöpft, dass sie kaum einen klaren Gedanken fassen konnte.

Zur Untätigkeit verdammt, musste sie mit ansehen, wie Nimeye den Kelch abstellte, ein Messer von ihrem Gürtel löste und es langsam über ihre geöffnete Handfläche führte.

Achtlos ließ sie das Messer fallen, nahm den Kelch wieder zur Hand und ballte die Linke zur Faust, bis das Blut daraus hervorrann. »Schau hin!«, forderte sie Caiwen auf. »Und werde Zeuge deines Scheiterns.« Ihr Blick ruhte auf ihr, während sie feierlich die Worte zu rezitieren begann, die den Pakt mit ihren Verbündeten erneuern würden.

Caiwen stockte der Atem. Das durfte nicht sein, dass konnte nicht sein. Nicht nach allem, was sie durchgemacht und auf sich genommen hatte.

»Bei allem, was uns bindet, für jetzt, für die Zukunft und immerdar, gebe ich mein Blut in diesen Kelch, um …« Nimeyes Stimme hallte durch den Schlund, so hell und klar, dass sie sogar das Rumoren des Berges zu übertönen schien.

Caiwen gebärdete sich wie ein gefangenes Tier, aber der Zauber war zu stark. Es gab kein Entkommen.

Da bemerkte sie aus den Augenwinkeln eine Bewegung im Durchlass zu den Höhlen. Im ersten Moment glaubte sie an eine besonders dichte Rauchwolke, dann erkannte sie den Irrtum. Aus

Feuer und Rauch tauchte ein zottiger Hund mit schwelendem Fell auf, der etwas Helles im Maul trug und sich, kaum dass er den Tunnel verlassen hatte, blitzartig in einen riesigen Nachtmahr verwandelte.

Saphrax!

Caiwen traute ihren Augen nicht. Ohne sie anzusehen, stürmte das Wechselwesen auf Nimeye zu. Diese schien so in das Ritual vertieft, dass sie die Gefahr zunächst nicht erkannte. Und dann war es zu spät.

Ein zorniger Schrei drang aus Saphrax' Kehle und marterte Caiwens Ohren, als er seine Last fallen ließ und sich mit der ganzen Wucht seines massigen Körpers gegen die Hohepriesterin warf. Dem ungeheuren Gewicht des Wechselwesens hatte Nimeye nichts entgegenzusetzen.

Für einen kurzen, aber auch schrecklich langen Moment sah Caiwen Nimeye und Saphrax am Abgrund stehen, wie zwei Liebende im Todeskampf eng umschlungen, ehe sie gemeinsam in die Tiefe stürzten.

Das alles kam so überraschend und ging so schnell, dass Caiwen es zunächst nicht glauben konnte. Nur Bruchteile eines Wimpernschlags später konnte sie sich wieder bewegen. Fassungslos trat sie an den Abgrund und spähte in die Tiefe – vergeblich. Die Glut hatte Saphrax und Nimeye verschlungen.

»Saphrax!« Das Wort kam Caiwen so leise über die Lippen, dass sie es über das Lärmen des Vulkans selbst kaum verstand. Sie hatte das Wechselwesen nicht gut genug gekannt, um wirkliche Trauer zu empfinden, aber gerade das war es, was sein Opfer so überwältigend machte. Selbstlos hatte Saphrax sein Leben gegeben, um sie zu retten – für eine Fremde! Für eine Fremde, die eigentlich sein Feind hätte sein müssen.

Caiwen schluckte trocken. Ein heißer Wind stieg von unten auf, strich wie eine glühende Hand über ihre Haut und zwang sie zurückzuweichen. Ihr blieb keine Zeit. Als sie nach oben blickte, erkannte sie, dass auch die letzten Elfen fort waren. Sie war allein und die Gesteinsmassen stiegen immer schneller.

Caiwen machte sich nichts vor, obwohl der Ausgang nicht mehr weit entfernt schien, standen ihre Chancen erbärmlich schlecht, den Schlund lebend zu verlassen.

Nein, dachte sie. *Ich werde nicht aufgeben.* Entschlossen ballte sie die Fäuste und wollte gerade loslaufen, als ihr Blick auf den Gegenstand fiel, den Saphrax aus den Höhlen mitgebracht hatte. Er war etwa zwei Handspannen lang, verrußt und schmutzig, aber als Caiwen sich bückte, um ihn aufzuheben, erkannte sie, dass es eine fein gearbeitete silberne Statue war. Sie zeigte eine Elfenkriegerin mit Schwert und Schild, die das Schwert in einer drohend-abwehrenden Geste erhoben hatte. Ein Helm schützte ihren Kopf, Brustpanzer und Armschienen ihren Körper. Unterleib und Beine waren wie der Körper einer Schlange gearbeitet, der sich am Fuß der Figur viermal um sich selbst wand und ihr einen sicheren Stand verlieh.

Die Schlangenkriegerin!

Caiwen spürte, wie ihr Tränen der Freude in die Augen stiegen. Saphrax hatte ihr nicht nur das Leben gerettet, er hatte auch die Statue aus den brennenden Höhlen geholt. Es war unglaublich. Er, ein Wesen aus der Welt, gegen die sich die Magie der Statue richtete, hatte alles aufs Spiel gesetzt, um sie wiederzubeschaffen – für Tamoyen und das Zweistromland.

»Saphrax!« Caiwen schluchzte auf und presste die Wächterstatue an sich. Sie konnte sich bei dem kleinen Helden nicht mehr bedanken, aber sie konnte seinem Opfer einen Sinn geben …

Caiwens Gedanken waren bei Saphrax, als sie die Schlangenkriegerin in die Fetzen ihres Gewandes steckte, sich schleppend in Bewegung setzte und schließlich zu laufen begann. Höher, immer höher, Schritt für Schritt, die brodelnde Glut dicht hinter sich wissend. Schmerz und Hitze ließen ihr Tränen über die Wangen rinnen, während sie halb blind den Pfad hinaufhetzte, der zum Ausgang führte. Sie konnte nicht mehr atmen. Die ungeheure Hitze hatte ihre Kehle verbrannt, der beißende Rauch ihre Lungen vergiftet. Allein der Wille war es, der sie noch auf den Beinen hielt und sie weitertaumeln ließ.

»Ich wusste, dass du es schaffst. Ich wusste es.« Den dunklen Punkt, der ihr vom Ausgang entgegeneilte, nahm Caiwen nur als verschwommenen Schatten wahr. Die Stimme erreichte ihre Ohren nur verzerrt in einer Welt, die nur noch aus Pein und Feuer zu bestehen schien. Sie fühlte sich hochgehoben und wollte sich wehren, aber ihr fehlte die Kraft dazu. Ihr Körper schien eine einzige Wunde zu sein, und für die Dauer eines Augenblicks ließ sie sich von der Dunkelheit davontragen, die nach ihr griff.

Es waren die kühle Luft und der Wind, die ihre Lebensgeister weckten. Sie spürte, dass sie noch immer getragen wurde, und als sie die Augen öffnete, erkannte sie, dass es Durin war, der sie aus dem Schlund gerettet und auf die Mole hinausgebracht hatte. Hier drängten sich unzählige Elfen, die furchtsam zum Vulkan hinaufblickten. Viele waren schon ins Wasser gesprungen und versuchten, sich schwimmend in Sicherheit zu bringen, andere konnten offenbar nicht schwimmen und zögerten noch. Die aufsteigende Glut im Berginnern hatte den Ring aus brennendem Wasser erlöschen lassen, aber ohne ein Boot würden auch die, die es bis zum Wasser geschafft hatten, nicht lange überleben. »Caiwen! Den Göttern sei Dank, du lebst.« Finearfins Gesicht tauchte vor ihr auf und musterte sie besorgt. Als sie sah, dass Caiwen wach war, fragte sie. »Kannst du stehen?«

Caiwen wollte antworten, brachte aber nur ein Krächzen zustande. So nickte sie nur. Als Durin sie behutsam absetzte, wankte sie vor Schwäche und wäre wohl gestürzt, wenn der Kopfgeldjäger nicht beherzt zugegriffen und sie gestützt hätte. »Du hättest sie besser fragen sollen, ob sie schwimmen kann«, knurrte er mit einem Blick auf den Vulkan, der in diesem Augenblick ein wütendes Grollen ertönen ließ. Dem Grollen folgte ein Beben, das die Mole erschütterte. Dutzende Elfen stürzten sich ins Wasser.

»Hast du Heylon gesehen?«, fragte Durin.

»Heylon?« Caiwen fasste Durin an der Schulter. »Wo ist er?«

»Er ist hier!« Durin lächelte, wirkte aber gehetzt. »Mach dir keine Sorgen. Es geht ihm gut.« Dann fragte er mit einem Seitenblick auf Finearfin: »Also, wo ist er?«

»Vorn, bei … ihm.« Etwas in der Art, wie Finearfin das sagte, ließ Caiwen aufhorchen, aber sie war viel zu schwach, um darüber nachzudenken.

»Dann nichts wie hin!«, bestimmte Durin. »Das sieht hier nicht gut aus.« Er wandte sich an Caiwen und fragte: »Soll ich dich tragen?«

Caiwen schüttelte den Kopf. Allein die Vorstellung, ihre schmerzenden Muskeln wieder bewegen zu müssen, ließ Übelkeit in ihr aufsteigen, aber sie wollte Heylon nicht wie eine Schwerverletzte gegenübertreten.

»Dann los.« Durins Worte gingen im Geschrei der Elfen unter, die furchtsam zum Ende der Mole blickten, wo die erste Glut aus dem Eingang quoll. »Weg hier!«, hörte Caiwen Durin über den Lärm hinweg rufen. »Ehe der ganze Misthaufen in die Luft fliegt.«

Wie um seine Wort zu bekräftigen, erzitterte der Berg in diesem Moment unter einem ungeheuren Schlag. Caiwen fuhr herum und sah, wie eine riesige graue Rauchwolke aus dem Krater quoll und auf der rückwärtigen Seite des Vulkans in die Tiefe floss.

Panik erfasste die Elfen auf der Mole. Nun sprangen auch die Letzten ins Wasser.

Caiwen hetzte hinter Durin und Finearfin her, so schnell sie konnte, aber sie war zu langsam, viel zu langsam. Schon der nächste Schlag riss ihr den Boden unter den Füßen weg. Sie spürte, wie sie in die Luft geworfen wurde und hart wieder auf dem Boden aufkam, und hörte die Elfen im Wasser aufschreien, als der Berg am Rande ihres Blickfelds in einer gewaltigen, Feuer speienden Explosion zerbarst.

Instinktiv umklammerte sie die Wächterstatue, die noch immer in ihrem zerschlissenen Gewand ruhte, und wusste doch, dass sie verloren war.

Rauch und Trümmer hüllten sie ein. Die Hitze und eine ungeheure Druckwelle nahmen ihr die Luft zum Atmen, während sie wie ein Blatt im Wind durch die Luft gewirbelt wurde und die Welt um sie herum in Schwärze versank …

Es war Heylons Gesicht, das ihr entgegenblickte, als sie die Augen wieder öffnete. Der Himmel dahinter war blau, die Luft salzig und herrlich frisch.

Ein überwältigendes Glücksgefühl durchflutete Caiwen, als sie ihm in die Augen sah. Sie hatte schon befürchtet, dass die Seelen der Elfen und Menschen nach dem Tod in verschiedenen Gestaden wanderten. Aber er war hier. Bei ihr!

Sie wollte etwas sagen, aber er legte ihr lächelnd den Finger auf die Lippen. »Nicht sprechen. Du musst dich schonen, noch sind wir nicht in Sicherheit.«

Nicht in Sicherheit? Caiwen stutzte. Jetzt erst bemerkte sie, dass der Boden unter ihr leicht schwankte wie – auf dem Wasser!

Ruckartig richtete Caiwen sich auf und wäre fast von der schmalen Planke gerutscht, auf der sie lag. Eine dicke, helle Rauchwolke, die nicht weit entfernt über dem Meer aufstieg, bestätigte ihr, was sie kaum glauben konnte. Sie war nicht tot. Jedenfalls noch nicht. Irgendwie war es Heylon gelungen, sie zu retten und auf dieses Brett zu ziehen. Er selbst schwamm nebenher und führte das behelfsmäßige Schiffchen.

Die Vulkaninsel gab es nicht mehr, die Explosion hatte sie zerschmettert und im Meer versinken lassen, so wie sie vor vielen

Hundert Wintern daraus aufgetaucht war. Nur die Rauchsäule erinnerte noch an den Ort, wo sie einst gelegen hatte.

Als Caiwen den Blick über das Meer schweifen ließ, entdeckte sie Dutzende von Überlebenden, die sich an Trümmer klammerten, aber auch die Körper unzähliger Toter, denen die Flucht ins Wasser keine Rettung hatte bringen können. Ganz in der Nähe sah sie Durins kahlen Schädel aus dem Wasser ragen. Gemeinsam mit Finearfin klammerte er sich an eine der Planken, auf der ein schwarzes Bündel ruhte …

Vater!

»Wie fühlst du dich?« Heylons Worte rissen sie aus ihren Gedanken. Sie schaute ihn an und sah, dass sich seine Lippen bereits blau verfärbt hatten. Plötzlich schämte sie sich, halbwegs im Trockenen zu liegen, während er schon wer weiß wie lange bis zu den Achseln im Wasser steckte.

Welche Ironie des Schicksals. Sie hatten das Inferno überlebt, um nun jämmerlich zugrunde zu gehen. Verdursten, erfrieren, ertrinken … es stand ihren frei, die Todesart selbst zu wählen.

Aber noch war es nicht so weit. Noch lebten sie. »Komm herauf«, forderte sie Heylon auf, ohne seine Frage zu beantworten. »Hier ist Platz für uns beide.«

»Nicht nötig.« Heylon schüttelte den Kopf. »Wir sind bald im Trocknen.«

»Wie meinst du das?« Caiwen runzelte die Stirn,

»Er meint es so, wie er es gesagt hat.« Eine Raubmöwe landete flügelschlagend auf der Planke, legte den Kopf schief und schaute Caiwen an.

»Saphrax?« Caiwen blinzelte verwirrt. »Bist du es wirklich?«

»Wie viele sprechende Raubmöwen hast du in deinem Leben schon getroffen?« Die Möwe schüttelte ihr rußverschmiertes Gefieder. Einige Federn waren angesengt, andere fehlten. Caiwen starrte die Möwe an wie einen Geist. »Aber du bist doch tot.«

»Tot?« Saphrax ließ ein Kreischen ertönen, das einem Lachen

sehr ähnlich war. »Du meist, weil ich mit dieser Dämonin in den Schlund gestürzt bin?« Er lachte wieder und schüttelte den Kopf. »Du musst noch viel über Wechselwesen lernen.«

»Du hast die Wächterstatue vor dem Feuer gerettet.« Mit zitternden Händen holte Caiwen die Figur der Schlangenkriegerin unter ihrem Gewand hervor. »Und du hast mir das Leben gerettet. Du bist ein Held. Wenn wir das hier überleben und nach Tamoyen zurückkehren, werde ich mich persönlich beim König der Elfen dafür einsetzen, dass du für den Rest deines Lebens als Ehrengast im Zweistromland leben kannst.«

»Klingt verlockend.« Obwohl es mit dem Schnabel eigentlich unmöglich war, glaubte Caiwen, Saphrax lächeln zu sehen. »Dann leg dir schon mal die richtigen Worte zurecht.«

»Warum?«

»Sieh selbst.« Saphrax breitete die Flügel aus und flog auf.

Caiwen drehte sich um und schnappte nach Luft. Am Horizont waren Segel zu sehen. Ein Dutzend und mehr weiße, dreieckige Segel über schlanken, schnellen Schiffen, die sich ihnen rasch näherten.

»Schiffe?« Caiwen glaubte zu träumen.

»Elfenschiffe.« Heylon lachte.

»Aber wie …?« Caiwen blinzelte verwirrt.

»Das haben wir deinem Vater zu verdanken«, erklärte Heylon. »Vor unserem Aufbruch sandte er eine Nachricht an den Elfenkönig, erhielt aber keine Antwort. Jetzt sind sie da: spät, aber nicht zu spät. Wir sind gerettet.«

Epilog

Wie ein Vorbote des nahen Frühlings schmetterte ein kleiner Vogel sein Lied in den Morgen, als die Sonne drei Tage später ihr Antlitz über den Horizont erhob.

Caiwen und Heylon standen allein auf den Klippen westlich von Arvid und ließen den Blick über die endlose Weite des Wassers schweifen. Der Ozean der Stürme war ungewöhnlich ruhig an diesem Tag, ganz so als spüre er die Trauer, die die beiden in ihren Herzen trugen.

Verbrennt meinen Körper auf der höchsten Klippe Tamoyens und übergebt die Asche dem Wind.

So hatte es sich Caiwens Vater gewünscht und so würde es geschehen. Die ganze Nacht hatten sie an seinem Totenfeuer Wache gehalten und sich gegenseitig Trost gespendet. Als es heruntergebrannt und die Glut erloschen war, hatte Caiwen die Asche in eine silberne Schale gefüllt und war damit zum Rand der Klippe gegangen.

Mit der aufgehenden Sonne kehrte der Wind zurück. Eine milde Morgenbrise strich über die Schale und trug eine Prise der Asche mit sich fort.

»Es ist so weit.« Caiwen schluckte gegen die Tränen an, die ihr die Kehle zuschnürten. Dann bückte sie sich, nahm die Schale in beide Hände und streckte die Arme dem Himmel entgegen. Lange stand sie so da, hielt die Augen geschlossen und sandte ein stummes Gebet zu den Ahnen, die ihren Vater nun in ihrer Mitte aufnehmen würden. Dann richtete sie den Blick auf den Ozean und stimmte mit klarer Stimme das Lied an, das ihre Mutter einst an Bord der *Annaha* für sie gesungen hatte, um ihr die Angst zu nehmen:

Síve la cala fire earo morne núriessen,
San fire estel.
Síve i súle sinte helca súresse,
San sinta estel.
Mal síve Anar orta arinesse,
San orta estel.

Auch an diesem Morgen hatten die Worte etwas Tröstliches. Sie nahmen einen Teil der Trauer mit sich fort und entzündeten einen Funken der Hoffung in der Dunkelheit, die Caiwen zu umgeben schien. Einen Moment noch zögerte sie, dann war sie bereit, ihn gehen zu lassen und Abschied zu nehmen.

Mit geschlossenen Augen rief sie den Wind herbei. Sie musste die Worte dafür nicht suchen, sie waren in ihr, wie so vieles, das ihre Mutter ihr kurz vor ihrem Tod mit auf den Weg gegeben hatte und das es erst noch zu ergründen galt.

Ihre Haare und ihr langes Gewand bauschten sich, als die Böe von hinten heranrollte und die Asche aus der Silberschale mit sich forttrug.

»Flieg!« Caiwen konnte die Tränen nicht länger zurückhalten, als sie der durchscheinenden Wolke nachblickte, die sich wie ein langes hellgraues Banner auf den Ozean hinausbewegte. Und als sei das ein Zeichen, erhoben sich in diesem Augenblick Hunderte von Raubmöwen vom Strand in die Lüfte, um ihren väterlichen Freund auf seiner letzten Reise über das Meer ein Stück weit zu begleiten.

»Er ist jetzt bei deiner Mutter.« Heylon legte den Arm tröstend um Caiwens Schultern. »Wo immer sie sind, ich bin sicher, sie sind glücklich.«

»Ich weiß.« Caiwen schluckte und wischte eine Träne fort. »Es ist nur … ich … ich hätte ihn … sie beide … so gern noch ein wenig bei mir gehabt. Jetzt bin ich ganz allein.«

»Du bist nicht allein.« Heylon ergriff lächelnd ihre Hände und schaute sie aus seinen warmen brauen Augen liebevoll an.

»Aber ich muss ins Zweistromland und mein Erbe antreten«, erinnerte ihn Caiwen. »Und du wirst mit Durin zum Riff reisen und den Menschen dort die Nachricht bringen, dass sie in Tamoyen nichts mehr zu befürchten haben. Du wirst ihnen helfen, in der für sie fremden Welt Fuß zu fassen, während ich mich auf das Amt der Hohepriesterin vorbereite.« Sie seufzte. »Auf uns warten große und wichtige Aufgaben, aber leider sind es nicht die gleichen.«

»Du hast recht«, sagte Heylon ernst. »Ich werde zum Riff reisen und unser Volk nach Tamoyen führen, so wie du es dir immer gewünscht hast. Und natürlich werde ich sie nicht allein lassen, jedenfalls nicht sofort. Und du musst dein Erbe antreten, so wie es dir von Geburt an bestimmt ist. Aber ich dachte, also … wenn du nichts dagegen hast, dass dein Heim im Zweistromland vielleicht auch das meine werden könnte.« Er verstummte kurz und fügte dann, ohne dass Caiwen etwas sagen konnte, augenzwinkernd hinzu: »Weißt du, Finearfin hat mir erzählt, dass die Elfen viele Bücher besitzen. Die möchte ich mir gern einmal ansehen – meine eigenen auf dem Riff habe ich alle schon so oft gelesen.«

Er verlässt mich nicht. Caiwen strahlte vor Glück. »Ja … ja, natürlich kannst du bei mir wohnen. Und du … du kannst dir alle Bücher ansehen … oder sie lesen«, stammelte sie. »Wann immer und solange du willst.«

»Wenn du es möchtest, ein Leben lang.« Heylons Stimme bebte, als er endlich den Mut fand, die Worte auszusprechen, vor denen er sich schon so lange gedrückt hatte. »Ich bin kein Elf und habe keine besonderen Gaben, aber weißt du … ich … ich liebe dich, seit wir vor mehr als zehn Wintern das erste Mal zusammen an den Strand gegangen sind.« Er verstummte, holte tief Luft und sagte noch einmal: »Ich liebe dich, Caiwen. Mehr als alles andere auf der Welt. Und wenn mir auch nicht eine so lange Lebensspanne vergönnt ist wie deinem Volk, möchte ich die Zeit, die mir gegeben ist, an deiner Seite verbringen. Ohne dich kann ich nicht glücklich sein.«

»Und ich nicht ohne dich.« Caiwens Augen strahlten, als sie die Arme um Heylons Nacken schlang und sich an ihn schmiegte: »Halt mich fest«, flüsterte sie. »Halt mich ganz fest und lass mich nie wieder los. Heute, morgen und für alle Zeit.«

Jenny-Mai Nuyen

Das Erbe der Elfenkrone

512 Seiten ISBN-10: 3-570-13058-4
ISBN-13: 978-3-570-13058-2

Ein unglaubliches Vergehen erschüttert den Frieden der Welt: Elrysjar, die magische Halbkrone der Moorelfen, wird von einem machtbesessenen Menschen gestohlen. Er schwingt sich auf zum neuen König über die Marschen von Korr, um die Welt mit seiner Schreckensherrschaft zu überziehen. Nur eine Waffe kann das Elfenvolk retten – das magische Messer, das Königssymbol der Freien Elfen. Das Messer braucht eine Trägerin. Alle Hoffnungen ruhen auf der jungen Halbelfe Nill. Denn sie ist die Auserwählte – sie ist Nijura.